U0135999

一種風流吾最愛

——《世說新語》今讀

劉強●著

目錄

卷二 典故篇

卷三　風俗篇

台灣版自序

這本小書就要與臺灣的讀者見面了。作為曾在臺灣生活過兩個半月的人，我既覺得欣慰，又充滿感恩。我想，一定有什麼因緣早已注定，使我在已經充分「現代化」的上海寫下這本回溯魏晉風流的書，又使生活在臺灣的山海美景中的你不經意地打開她。

英國小說家狄更斯的名著《雙城記》開頭有這麼一段話：

這是最好的日子，也是最壞的日子；這是智慧的時代，也是愚蠢的時代；這是信仰的時期，也是懷疑的時期；這是光明的季節，也是黑暗的季節；這是希望的春天，也是絕望的冬天。我們面前好像樣樣都有，但又像一無所有；我們似乎立刻便要上天堂，但也有可能很快就要入地獄！

我曾多次引用過這段話。因為這段看似「曖昧」的話非常精準而又犀利地揭開了時代和人類的精神共相。一百五十年過去了，這段話仍未過時。對於生活在二十一世紀的我們來說，高速發展的現代科技和日新月異的物質文明已經成為自然生態和心靈家園的最大入侵者和掠奪者，一個世紀以來，我們在一波又一波的革命和運動中，在一次又一次文化和精神的更新和改造中，或數典忘祖，自暴自棄，漸失原本的民族文化信仰；或急功近利，荒腔走板，打亂了自己文化心靈的優雅節奏。而今而後，究竟何去何從，我們自己也沒有答案。

每當我對周遭的一切感到失望甚至失落、無奈甚至無助的時候，總是會把目光投向古代，希望從那些被無數代人閱讀的經典中尋找答案，或者得到安慰。《世說新語》便是能夠提神醒腦、慰藉心靈的文學經典之一。在我看來，由這部經典所呈現出的「魏晉風度」，實在具有人類學的價值和心靈史的意義。

所謂魏晉風度，是指漢末魏晉時期形成的一種時代精神和人格理想，具體說就是在道家學說和玄學清談思潮影響下產生的，一種追求自然（與名教相對）、自我（與外物相對）、自由（與約束相對）的時代風氣，以及由此在上層貴族階層中形成的，一種超越性的人生價值觀和審美性的人格追求與氣度。這種人格理想和追求，至今仍具有現實意義。

我寫這本書，不是把《世說新語》當作學術研究的對象，而是把她當作生命體認的對象。因為《世說新語》全書所凸顯的，不過是一個大寫的「人」字；魏晉風度所展現的，也不過是一個大寫的「美」字。我曾在大陸版的後記中寫道：

> 寫這本書，只是想表達一種欣賞——對美麗人生的欣賞，對自由心靈的欣賞，對獨立人格的欣賞，對智慧之語、超越之境的欣賞。
>
> 我想說，如果這世界曾經是美麗的，迷人的，那一定是因為——這世界有了人。
>
> 我還想說，如果這世界曾經是可怕的，荒謬的，那同樣是因為——這世界有了人。

那就看看這些魏晉名士吧。他們，也許活得不一定正確，卻活得很精彩，很耐看。而活得精彩和耐看，恰恰是我們今人所缺乏的。

劉強

二〇一一年六月二十一日寫於上海

代序／

一部偉大的書可以怎樣讀

一

人生如寄，來去匆匆。這世界上，有些書可以走馬觀花，一掠而過，有些書則需要、也值得投注生命、情感和智慧，浸淫涵泳，反復研讀。毫無疑問，成書於西元五世紀的六朝志人小說名著《世說新語》，就應當屬於後者。

《世說新語》，南朝宋臨川王劉義慶（四〇三－四四四）撰，梁代史學家劉孝標（四六三－五二二）注，是中華文化史上一部極重要的經典。自其成書以來，一直受到歷代文人士大夫的喜愛，它所傳遞的那種特立獨行的「魏晉風度」有如光風霽月，彪炳千古，令無數讀書人心向神往，諷詠步武，歷一千五百餘年而未曾稍歇。

大凡好書，往往見仁見智，從不同角度看《世說新語》，觀感常常迥異，所謂「橫看成嶺側成峰」：從文化思潮立論者，說它是一部「清談之書」；從名士風流著眼者，說它是一部「名士底教科書」；自其大者而觀之，即便稱之為「中古時代的百科全書」亦不為過；自其小者而觀之，覺得它不過就是一部瑣碎餖飣、以資談助的「叢殘小語」、「尺寸短書」。蔡元培先生所謂「多歧為貴，不取苟同」，正此意也。

我曾在一篇文章裡，把《世說新語》稱作一部中國人的「智慧之書、性情之書、趣味之書」，以為生為中國人而不讀此書，殊為憾事！這部傳世經典我讀了十餘年，周而復始，欲罷不能。無形之中，《世說新語》成了我精神生活中一個「不可須臾離也」的大自在，大迷題，無從回避，也不願回避。不僅不回避，而且樂此不疲——樂讀、樂說、樂思、亦樂解。子曰：「知之者不如好之者，好之者不如樂之者。」就此而言，《世說新語》又是我精神生活中的大美味，大享受！我甚至覺得，我所讀過的所有書（那當然是極其有限的），都是為讀懂《世說新語》所做的準備！讀的遍數越多，想的越深入，我便越覺得這部書堪稱漢語言文學史上一部偉大的經典，其主要編撰者劉義慶亦堪稱一位偉大的藝術家——兩者偉大的程度實不亞於我國古典小說的不朽名著《紅樓夢》和它的作者曹雪芹！

《中庸》有云：「人莫不飲食，鮮能知味。」——人大多讀書，能讀出書中三昧的又有幾人？從這個意義上說，一個人一生真能讀懂一本書，足矣！東晉「風流宰相」謝安年少時，曾請名士阮裕講解戰國公孫龍子的《白馬論》，阮裕遂寫了一篇論文以示謝安。謝安對文中要旨並不能馬上理解，於是多次諮詢請教，直到明白為止。阮裕不禁感嘆道：「非但能言人不可得，正索解人亦不可得！」（《世說新語·文學》二十四，下引不再注書名，僅注篇目及序號）這裡的「能言人」亦可謂「解人」，蓋指阮裕自己，而「索解人」——尋求解答的人——則指謝安。阮裕是說：不僅對此一問題能夠融會貫通的「解人」很難得，現在就連謝安你這樣孜孜不倦的求解之人也找不到了！

我於《世說新語》，當然不敢妄稱「解人」，但自信還算是個勉力而為的「索解人」。我「索解」的結果，就是發現《世說新語》和《紅樓夢》一樣，都是我們民族文化遺產中的「偉大之書」，它們的作者，也都是我們民族傑出人物中的「偉大之人」，他們的心靈，更是一顆放在世界文化史上也「多乎哉？不多也」的「美麗心靈」！

法國大雕塑家羅丹說：「世界上不是缺少美，而是缺少發現美的眼睛。」我要說，任何一雙發現美的眼睛，必然來自一顆大慈悲、大關愛、大寬容的「美麗心靈」！沒有一顆這樣的「美麗心靈」，你就是獲得再多獎項，賺取再多銀子，贏得再多粉絲，甚至被專家學者寫進了「文學史」，又能怎樣？孫悟空剛當上弼馬溫的時候，何等志得意滿，等他知道真相，便轉而埋怨玉帝老兒不僅「不會用人」，而且嚴重地「以貌取人」：「他見老孫這般模樣，封我做個什麼弼馬溫，原來是與他養馬，未入流品之類」（《西遊記》第四回）。——這世界上，有多少文學上的「弼馬溫」終生不曾獲得孫悟空的「自知之明」，不知道紅得發紫的自己，事實上「未達一間」、「未入流品」呢？

二

歷史已經證明，未來也將繼續證明：在中華文明史上，《世說新語》足可躋身「偉大之書」而無愧！說它偉大，主要還不是從文化、文學或文獻價值上著眼，而是從民族的審美經驗史、心靈體驗史和人類的精神超越史角度立論而得出的印象。從這一角度出發，如果說曹雪芹的《紅樓夢》堪稱一部偉大的靈性之書、人性之書、詩性之書的話，那麼，劉義慶的《世說新語》亦然。某雖不才，請試稍作解說，以就教於讀者諸君。

（一）說《世說新語》是一部「靈性之書」，理由至少有二：

其一，書名是靈性的。我曾在拙著《世說新語會評》（鳳凰出版社，二〇〇七年版）的〈自序〉中，指出《世說新語》有「五奇」，位列第一的就是「書名奇」。「世說新語」這書名，其實是對前代文化典籍繼承借鑒的產物：漢代學者劉向就有一部子書，題為《世說》；漢初的名臣陸賈也寫有一書，名為《新語》。儘管「世說新語」這個書名在宋以後才真正確定下來，此前它還有《世說》、《世說新書》等名目，但無論如何，「世說新語」這四個漢字，已經成為我們今天對這部書的唯一專用書名了。

這書名「奇」在哪裡？我以為首先在這個「世」字上。「世」字既可組成「世界」一詞，亦可組成「世代」一詞。「世界」是個空間概念，「世代」則是個時間概念，所謂「三十年為一世」。正是這個神奇的漢字，點明了這部書的「人間性」和「歷時性」。

再看「說」和「語」。這兩字其實指涉了這部書的文體性質，「說」和「語」都是與歷史有關、而帶有小說性質的文類概念，在經、史、子、集四部中應該放在「子部」，在「子部」中又應放在「小說家」這一類。有人把《世說新語》當作純粹的歷史記載，其實是不夠嚴謹的，因為歷史記載在於「求實」，而小說雜記則更多傾向於「好奇」；歷史著作重在宣示道德訓誡，所謂鑒往知來，而小說則常常逸出道德藩籬而直奔審美經驗，重在賞心悅目。所以，這一類著作可算是歷史的

「邊角料」和「剩餘物」，大多由「好事者為之」，被稱為「史餘」之作，或曰「稗官野史」。在「九流十家」中，「小說家」的地位一向都是最低的，不像現在，「小說家」甚至可以成為大眾偶像。

再看「新」字。我以為這個「新」字最能標明整部書的精神氣質。「世說」如果可以理解為「關於這世界的某一時代的傳說」，那麼「新語」，則暗示了它與前代的傳說大不相同，它的記載，無不體現了這一時代特有的「新面貌」和「新價值」，以及「與時俱進」的「創新」精神。唯其如此，《世說新語》這部書才能「歷久彌新」，長盛不衰。別的不說，這個書名到現在都很「時尚」，許多報刊媒體的專欄動輒以「世說新語」冠名，文人墨客寫篇小品雜文，也常以「新世說」標目，「一世之說」而成「百代新語」，說明「世說新語」這四個十分具有內在張力的漢字，本身即充滿了深廣的文化內涵和無窮韻味，且已滲入我們民族的文化血脈中，成為「日日新，又日新」的文化遺產、人文符號了。這不能不說是一個奇蹟！

其二，形式是靈性的。這裡的所謂「形式」，也即「編撰體例」或「文體」之謂。眾所周知，《世說新語》是一部編撰之書，魯迅說它「纂輯舊文，非由自造」（《中國小說史略》），基本符合事實。但也要看到，《世說新語》的編者在編撰體例上的創造性貢獻，實不亞於任何一部「全由自造」的敘事文本，以至於最終形成了我國文言小說史上一種特殊的文體——「世說體」。大略而言，此書之體例約有如下幾個特點：

一是分門別類，以類相從。《世說新語》根據不同的主題，分成三十六個門類，分別是：

上卷：德行、言語、政事、文學（所謂「孔門四科」）

中卷：方正、雅量、識鑒、賞譽、品藻、規箴、捷悟、夙惠、豪爽

下卷：容止、自新、企羨、傷逝、棲逸、賢媛、術解、巧藝、寵禮、任誕、簡傲、排調、輕詆、假譎、黜免、儉嗇、汰侈、忿狷、讒險、尤悔、紕漏、惑溺、仇隙

和《論語》不同，《論語》的標題是後來所加，一般是該篇第一則的頭兩個字或三個字，而《世說新語》的門類標題則是對記述主題的概括，可以統攝全篇，不僅如此，各門標題還暗寓褒貶，自《德行》以至《仇隙》，越往後越貶，大致遵循一個「價值遞減」[1]的原則。這是此書一目了然的一個形式特點。

二是敘事以人為本，所記俱為「人間言動」，所以魯迅稱之為「志人小說」。而言、行之間，又重在記言。

三是形制上多為叢殘小語，篇幅短小。長則一、二百字，短則數十字，甚至一句話。

四是各門條目的編排，大體以人物所處時代為序。往往先兩漢，次三國，再次西晉，複次東晉，秦末和劉宋時也有零星記載，但不在主流。每門內容，有一種潛在的「編年」意味。但同寫一個人物，相連的幾個條目，未必一定有事實上的先後關係。從整體上看，《世說新語》的結構正是一種既以時序為經、人物為緯，又以三十六門敘事單元為綱、具體事件（人物言行）為目的雙重的「網狀結構」，從而使文本形成了一個無論是在歷史維度還是在文學（文本）維度都遙相呼應、氣脈貫通的「張力場」。

五是每則所記，一般有一中心人物，此人處於主位，其他人物則處於賓位。作者的意圖，大概是想以一個具體人物為中心，組成一條相對獨立的「故事鏈」。條目與條目之間，藕斷絲連，既留下了大量「空白」，又可獨立欣賞，後來的小說如《水滸傳》、《儒林外史》「雖云長篇，頗同短制」（魯迅《中國小說史略》）的佈局結構，未嘗沒有受到《世說新語》的影響。

可以說，《世說新語》的這種體例，上承《論語》、《孟子》等文化經典的記言傳統，下開後世文言筆記小說之先河，在美學上最具「民族特色」，堪稱一種英國文論家克萊夫・貝爾（一八八一—一九六六）所謂的「有意味的形式」。因為它的體例具有某種「程式化」特徵，便於模仿，所以，後世續書和仿作層出不窮，這一系列的文言筆記小說體例，被稱為「世說體」。[2]這一文體的閱讀效果極具形式美學和接受美學的闡釋價值。我曾借用阿根廷詩人、小說家博爾赫斯（一八九九—一九八六）的小說題目，把《世說新語》稱作我的「沙之書」，因為它的確是一部「循環往復，無始無終」的「活頁式」文本，無論你何時打開它，都恍如走進一座「小徑分岔」的文字迷宮、故事迷宮和人物迷宮，留連忘返，不知所之。這樣一種文體形式，看似簡單便宜，其實非有大才華與大手筆者莫能辦，所以我說劉義慶是個偉大的藝術家。

上述兩點，早已逸出文本之外，甚至逸出時間之外，這是《世說新語》歷久彌新的文化密碼，也是其作為「靈性之書」的最佳證明。

（二）說《世說新語》是一部「人性之書」，理由至少有三：

其一，它的分類是高度人性的。《世說新語》的三十六門分類，不僅具有「分類學」的價值，以至於成為後世類書仿效的典範，而且還具有「人才學」甚至「人類學」的價值，它體現了魏晉時期人物美學的新成果和新發現，也濃縮了那個時代對於「人」的全新的審美認知和價值判斷。我們知道，孔子論人，承認智力（或根性）上存在差異，曾說：「中人以上，可以語上也；中人以下，不可以語上也。」（《論語・雍也》）還說：「生而知之者，上也；學而知之者，次也；困而學之，又其次也；困而不學，民斯為下矣。」（《論語・季氏》）這裡的「學而知之」和「困而學之」者，所指其實就是「中人」。可見孔子是以「中人」為分水嶺，把「人」分成了三類。這也就是所謂的「三品論人」模式。

降及東漢，班固撰寫《漢書》，特別開列了一張〈古今人表〉，對孔子的「三品論人」進一步細化，將古今人物分成上上、上中、上下、中上、中中、中下、下上、下中、下下等九個品級，開啟了「九品論人」的新模式，並直接催生了曹丕時代的「九品中正制」。三國時的思想家劉邵，又寫成《人物志》一書，對人的內在才性進行細緻入微的學理分析，成為中國古代人才學理論的扛鼎之作。

成書於劉宋初年的《世說新語》，正是受到漢末以來人物品藻和玄學清談風氣影響的產物，它不僅記載了眾多歷史人物的嘉言懿行，同時也展現了那一時代對「人」的全新觀照和理解方式。班固的「九品論人」模式，還只是訴諸倫理道德的功利判斷，標準是單一的，眼光是靜止的，結果是固定的，所謂「蓋棺論定」，不可更改。而《世說新語》則「發明」了一種全方位、多角度、立體式的對「人」的認知評價模式，將「人之為人」的眾多品性分成自「德行」至「仇隙」的三十六門，加以全景式的、客觀的展現，和相容式的、動態的欣賞。這三十六個門類的標題，都是當時與人物評價和審美有關的文化關鍵字，分散來看，各有各的特色，合起來看，其實也可以理解為一個個體的「人」的眾多品性及側面。從這個角度上說，《世說新語》既是一部展現眾多人物言行軼事的「品人」之書，也是一部把「人」所可能具有的眾多品性進行全面解析的「人品」之書——毋寧說，它是用一千一百三十條小故事塑造了一個複雜而有趣的大寫的「人」！《世說新語》的這一體例創變，在我國人物美學發展史上的貢獻可說是「劃時代」的，充分體現了對人性理解的寬泛和深入。

其二，作者的視角是客觀的、多元的、寬容的，因而也是人性化的。儘管很多學者以為《世說新語》乃「成於眾手」，劉義慶只是掛名主編，但結合劉義慶的出身、履歷、性格及生平思想，我以為，「為性簡素，寡嗜欲，愛好文義，文詞雖不多，然足為宗室之表」（《宋書．劉義慶傳》），且與名士、文人、僧侶多有交遊的劉義慶，在《世說新語》的編撰過程中，其作用是決定性的，主編身份實在不足以概括其貢獻，至少也應該是「第一作者」。我們雖然不能說劉義慶就是一個玄學家，但作為一個由晉入宋的文人政治家，無論在政治觀念、文化趣味、哲學思想等方面，他都表現出鮮明的玄學氣質，則是不爭的事實。所謂玄學氣質，毋寧說是一種追求精神超越、生命自由的氣質，所以在《世說新語》中，我們看到了儒、釋、道、玄等諸多思想的交匯、碰撞、合流。順便說一句，有玄學精神的人可能未必是安邦定國的棟梁之材，但一般也絕不是冷血嗜殺的殘忍之輩。只要看看《政事》門的數十條故事，便可明瞭劉義慶認可的乃是寬厚仁慈的無為之治，而非嚴刑峻法的苛酷之政。

唯其如此，劉義慶才能用超越自我和時代局限的「第三隻眼」來看待世界、歷史和芸芸眾生。

這隻眼睛幾乎可以等同於所謂「上帝之眼」，它明亮在歷史之前，也照燭在歷史之後，由於它有著某種常人稀缺的「神性」，因而才更接近於「人性」的本真。儘管三十六門分類暗寓褒貶，但作者的立場卻是客觀的、多元的、寬容的，是淡化道德判斷而深化審美判斷的。你甚至可以說，作者是無立場、無是非的，只要是人的品性和特點，優劣、雅俗、美醜、善惡等，作者一律「等距離」地展示在讀者面前，不加主觀評判，而相信清者自清，濁者自濁，關鍵是——作者相信讀者會做出自己的判斷。

老子說：「道可道，非常道；名可名，非常名。」（《道德經．第一章》）早已揭櫫語言作為「言道」「達意」工具的有限性。孔子也說：「予欲無言。」又說：「天何言哉？四時行焉，百物生焉，天何言哉？」（《論語．陽貨》）所以「信而好古」的他選擇了「述而不作」（《論語．述而》）。順此思路，莊子也說：「天地有大美而不言，四時有明法而不議，萬物有成理而不說。」（《莊子．知北遊》）這樣一種純客觀的「不言」、「不議」、「不說」的立場和視角，其實更接近於我們通常所謂的「道」。而這個「道」，又是只可意會不可言傳的。這也就是所謂「言不盡意」。所以莊子又說：「蹄者所以在兔，得兔而忘蹄。言者所以在意，得意而忘言。」（《莊子．外物》）在《世說新語》中，我們可以找到不少例子來證明，劉義慶是個看重「不言之教」的藝術家：

謝太傅（謝安）絕重褚公（褚裒，字季野），常稱：「褚季野雖不言，而四時之氣亦備。」（《德行》三十四）

王中郎（王坦之）令伏玄度（伏滔）、習鑿齒論青、楚人物，臨成，以示韓康伯，康伯都無

言。王曰：「何故不言？」韓曰：「無可無不可。」（《言語》七十二）

桓茂倫（桓彝）云：「褚季野皮裡陽秋。」謂其裁中也。（《賞譽》六十六）

劉尹（劉惔）道江道群（江灌）：「不能言而能不言。」（《賞譽》一三五）……

劉義慶大概深知「言不盡意」之道，或者，他自知是個「不能言」的人，所以才選擇了「皮裡陽秋」式的「能不言」。這種「一切盡在不言中」的「價值中立」視角，毋寧說是一種「大觀」視角。作者對他筆下的人物似乎不負任何道義的責任，喜怒哀樂、妍蚩美醜，全交給他們去「扮演」，自己則抱持「無可無不可」的心態，純作「壁上之觀」。古語說：「形而上者謂之道，形而下者謂之器。」如果說作者主觀之「言」就是「形下之器」，那麼，將這種「形下之器」降低到最小值甚至徹底「刪除」，無疑是明智之舉，因為只有這樣，一部充滿「人與事」的書，才能最大限度地接近「性與天道」。[3] 所以，我們看到，對待一個人格上有嚴重污點的人，只要他在某一特定瞬間的言行，發出了人性的光芒，作者總能夠報以同情的甚至是欣賞的目光。

劉義慶似乎要告訴我們：人是有缺陷的，人性是複雜的，但人又是可愛的，值得欣賞和同情的，人性的閃光之處是可以照亮現實世界的黑暗的。在看似不動聲色的敘述中，作者不僅給那些歷史人物撣去了時間的灰塵，也給道德減了壓，給人性鬆了綁，這是一種「偉大的寬容」，也是一種大境界和大智慧！

其三，對女性才智的欣賞和發現。孔子說過：「唯女子與小人為難養也。近之則不孫，遠之則怨。」（《論語．陽貨》）歷來對聖人的這句話，文過飾非、曲意解說者多有，但大家都忘了，聖人首先也是個「人」。我熱愛孔子，但我不能不說，他老人家對女性似乎缺乏一種真正的理解和尊重，別的不說，在他創辦的史上最早的「私立大學」裡，我們就找不到一個「女生」！西漢學者劉向撰有《列女傳》，對歷代符合儒家道德的女性予以表彰，引起後世史家紛紛效仿，這固然可算是一個創舉，但以「三從四德」表彰女性，還不如直接表彰男性來得乾脆。《世說新語》正是在這一點上顯得不同流俗。《賢媛》一門看似推重女性之「賢德」，實際上是標舉女性之「才智」，三十二條故事個個精彩，可說是一篇縮微版的《女世說》，如此集中地讚美女性的才能智慧，意義真是非同小可。此外，像《言語》篇裡的「謝女詠絮」，《文學》篇中的「鄭玄婢引詩」、謝安稱讚「家嫂」，《任誕》篇中的「阮籍別嫂」、「阮咸追婢」，《惑溺》篇中的「荀奉倩與婦至篤」以及王戎妻「卿卿我我」等故事，無不表現出一種嶄新的、不是「俯視」而是「平視」的女性觀。這固然是魏晉之際女性地位有所提高的表現，又何嘗不是劉義慶個人的女性觀的投影？而對女性的尊重和欣賞，正是《世說新語》作為一部「人性之書」的最有力的證明。

可惜的是，這種對女性才智的欣賞和發現，在後來的古典小說中被忽略甚至拋棄了，《三國演義》、《水滸傳》、《金瓶梅》中的女性依舊處於被貶斥、被醜化、被仇視、被清算的地位，直到古典小說的偉大名著《紅樓夢》橫空出世，舊道德中「男尊女卑」的觀念才遭遇到最有力的挑戰甚至徹底被顛覆，取而代之的是「女清男濁」，甚至是「女尊男卑」。君不見大觀園裡的那些美麗女子，無不多才多藝，敢愛敢恨，個個是男人世界中難得一見的「性情中人」！從這個意義上說，《紅樓夢》所塑造的性情女子恰與《世說新語》所發現的才智女性一脈相承，遙相呼應。那個對女性的美有著深刻體察和感悟的賈寶玉，其實繼承了熱愛女性到「情癡」境界的荀粲、阮籍等魏晉名士的「文化基因」。杜甫詩云：「悵望千秋一灑淚，蕭條異代不同時。」從這個意義上說，劉義慶和曹雪芹，豈不是一對心心相印的「隔代知音」？

（三）說《世說新語》是一部「詩性之書」，至少也有兩條理由：

其一，它的文字是詩性的。《世說新語》是中古語言文字的「活化石」，是許多膾炙人口的成語典故的「集散地」，凡讀過此書的人，無不被其「簡約玄淡，爾雅有韻」（袁褧語）的文字所傾倒，所折服。在後世文人的詩詞中，《世說新語》中的人、事、物、語，都有著驚人的「引用率」。那些美妙的文字，如王子猷的「何可一日無此君」，謝道蘊的「未若柳絮因風起」，司馬紹的「舉目見日，不見長安」，桓溫的「樹猶如此，人何以堪」，《言語》篇的「千里蓴羹，未下鹽豉」，《賞譽》篇的「清露晨流，新桐初引」，等等，稍加改動便是絕妙好辭，它們不僅是詩歌的「素材」，它們本身就是詩！魯迅稱道《世說新語》的語言，說它「記言則玄遠冷俊，記行則高簡瑰奇」，正是把握住了這種在敘事文學中並不多見的詩性特質。難怪，每當人們發現一則文字雋永、意蘊豐厚的掌故妙語，總是會說——「可入《世說新語》」！

其二，它的總體審美趣味是詩性的，能夠喚起讀者超越性的生命體悟和形而上的哲學思考。中國古代的小說書，除了《紅樓夢》，很少有像《世說新語》這樣涉及到人的存在問題並做出超越性和詩性解答的。曹雪芹筆下的「大觀園」猶如一個超凡脫俗的理想國，從園中人經常賦詩聯句，可以讓我們聯想到西哲「人，詩意地棲居」這個著名的命題，而《世說新語》中的《雅量》、《容止》、《任誕》、《巧藝》諸篇，實則早已點醒人的自我超越和詩意棲居問題。可以說，《世說新語》早於《紅樓夢》一千多年，率先在「說部」中尋求著「人」在這個世界上的精神出路和靈魂皈依。更有甚者，此書通篇體現了某種和諧與包容，有一種海納百川的大氣度，大風流，作者的目光是別有賞會的那種：儒與道，禮與玄，莊與諧，雅與俗，智與愚，狂與狷，一言一動，一顰一笑，一象一境，一丘一壑，但凡體現了人的主觀能動性、主體創造性以及自我超越性，作者無不報以「瞭解之同情」，予以真心的欣賞和傳神的描繪，這使得無論何時何地的讀者，只要開始閱讀這本書，總會產生一種「近在咫尺」的親切感，進而走進一幅波瀾壯闊的史詩性畫卷。那些特立獨行的人物、膾炙人口的故事、傳神寫照的描畫、活色生香的文字，正是附著在這樣一艘擺脫了空間和重量羈絆的時光之船上，才獲得了抵達現在和撞擊心靈的巨大能量和撩人魅力！王子猷「雪夜訪戴」的故事之所以迷人，正在於人的「沉重的肉身」在王子猷「造門不前而返」的那一刻，飛升到了一種自由澄明之境，難怪凌濛初評點說：「讀此飄飄欲飛！」

看似史而超越史，不是詩而勝似詩，並非哲學而富含哲學氣質——這就是《世說新語》帶給人的充滿哲思和詩性的審美愉悅。它不斷地啟發我們思考：人究竟應該怎樣超越自我的局限和世俗的藩籬，雖不遺世而自高蹈，雖不煊赫而自高貴，實現真正的「神超形越」？

有人把《世說新語》當作「史料」來看待，甚至用於階級分析的鬥爭哲學，這正如把《紅樓夢》當作階級鬥爭的活教材一樣，實在是「見木不見林」、棄其「神」而就其「形」的一孔之見。暴殄天物至此，煮鶴焚琴若斯，可發一嘆！

三

近讀劉再復先生的《紅樓夢悟》，發現他在闡釋《紅樓夢》時，也提到了《世說新語》：

《世說新語》不寫帝王功業，只寫日常生活，它記錄了許多遺聞趣事，呈現了許多人物的音容笑貌，從而奠定了中國小說的喜劇基石。《儒林外史》可以說是《世說新語》的伸延與擴大。中國小說有輕重之分，「重」的源於《史記》，「輕」的源於《世說新語》。《三國演義》、《水滸傳》都太「重」，學得走樣。《紅樓夢》則輕重並舉，而且舉重若輕，有思想又有天趣，極深刻的思想就在日常的談笑歌哭中。（《紅樓夢悟》，三聯出版社，二〇〇六年版，頁一〇八。）

劉先生以「輕」「重」論文學，可謂別具隻眼。更為難得的是，他從小說史的角度出發，把《世說新語》稱作「中國小說的喜劇基石」，是古典小說中「輕」的一脈的源頭，真是言人未言，道人未道。事實上，《世說新語》從頭至尾都洋溢著這麼一種超越倫理道德、是非功過的「喜劇精神」，可以說，中國真正意義上的幽默文學正是從《世說新語》開始的。諸如《言語》、《任誕》、《排調》、《輕詆》、《假譎》等門類充滿幽默感自不必說，就連《傷逝》、《忿狷》、《汰侈》、《儉嗇》、《惑溺》等門類，也隨處可見讓人忍俊不禁乃至捧腹大笑的開心故事。特別是它那短小、輕靈、雋永的形式特點，不是和我們今天喜聞樂見的「段子文學」有異曲同工之妙嗎？《世說新語》不是沒有涉及歷史道義、國家興亡和個人悲劇，但它絕不在任何一個悲情對象身上做過多的盤桓和流連，作者不斷變換的視線和被剪裁成吉光片羽似的人、事、物、語，使人世間原本沉重乏味的一切，變得短暫、輕快、生動、美麗！作者似乎在說：一切都將過去，肉體終會消滅，永恆的，不過就是那一瞬，一個不可愛的人也會因為那一瞬，變得嫵媚可喜！這，就是我們民族文化中土生土長的喜劇精神。生活再艱難，世道再黑暗，都無法阻擋我們飽經滄桑和憂患的臉上隨時綻放出如花笑顏！

宗白華先生說：「漢末魏晉六朝是中國政治上最混亂、社會上最苦痛的時代，然而卻是精神史上極自由、極解放、最富於智慧、最濃於熱情的一個時代。因此也就是最富有藝術精神的一個時代。」（《論〈世說新語〉和晉人的美》）乍一看這段議論充滿矛盾和荒誕，但它所描述的又恰是確鑿無疑的事實。這裡的「藝術精神」表現在《世說新語》中，就是一種充滿靈性、人性和詩性的「喜劇精神」！而且，越是動盪不安、禮崩樂壞的亂世，越是盛產這種偉大的藝術精神和喜劇精神，因為所有虛偽的道德偶像、清規戒律和「絕對真理」都被顛覆了，打碎了，世界——人的世界和語言的世界——顯示出了赤裸裸的荒謬和猙獰，這時候，唯一具有欣賞價值的只有「人與自然」——而且是「自在」、而非「自為」意義上的「人與自然」！

所以，我們看到，在魏晉那樣一個亂世，「存在」的廢墟上竟開出嬌豔的生命之花來，對人生悲劇性和荒誕性的發現，使名士群體轉而去追求它的喜劇性和藝術性：藥與酒、嘯與歌、仕與隱、美貌與才情、山水與巧藝、愛情與死亡……無不顯示出可觀、可賞、可笑與可愛的一面來。學理一點說，正是漢代以來建構起來的儒家「認識論」體系的瓦解，才迫使人們轉而去擁抱老莊、去探求那「無中生有」的「本體論」，進而從「禮」走向了「玄」。當我們回眸一望的時候，發現他們的成績是偉大的，用宗白華先生的話說就是——「晉人向外發現了自然（的美），向內發現了自己的深情」！如果沒有這種「超越一切而上」的藝術精神和喜劇精神，亂世人生該是多麼無聊和無趣！

《世說新語》肇始的這種「藝術精神」和「喜劇精神」，不僅於我們民族有價值，於東方文明有價值，甚至可以「放之四海而皆準」——每一個熱愛生命、自由和藝術的人，都會為之傾倒，為之唏噓，為之流連！日本人大沼枕山就曾寫過兩句漢詩：「一種風流吾最愛，六朝人物晚唐詩。」誠哉斯言也！

四

作為一個《世說》愛好者和研究者，我很早就有一個想法，就是用一種相對比較平易的形式，和適合一般讀者接受的方式，將《世說新語》與「魏晉風度」的方方面面，展現在讀者面前，讓更多的人能夠打開這部豐富多彩的奇書，看看一、兩千年前，生活在我們這個國度上的非常之人，以及他們的非常之語、非常之事。於是，就有了這本《世說新語今讀》。

本書共分三個部分，分別是：人物篇、典故篇和風俗篇；共三十二講。需要說明的是，無論典故還是風俗，我的立足點和著眼點仍舊是一個「人」字。當然，漢末魏晉那一段波詭雲譎、刀光血影的歷史大事，也會在對「人」的講述中穿插介紹。但願從這些精心選擇、編排和演繹的人物、典故和風俗「景觀」中，一般讀者能夠對《世說新語》與「魏晉風度」，有一個比較全面、立體、鮮活的瞭解。由本書採用的體例所決定，一些原始材料，以及個別在歷史上有爭議的問題，正文敘述不宜展開的，一般放在注釋中稍作辨析，以供讀者參考。本書寫作過程中，參考了不少古今《世說新語》研究成果，恕不一一列舉，就在這裡一併表示謝意吧。

註釋

1 「價值遞減」出自駱玉明《世說新語精讀．導論》，復旦大學出版社，二〇〇七年版，頁八。

2 據我統計，自唐至今，「世說體」續書仿作至少有三十種以上：唐有劉肅《大唐新語》、王方慶《續世說新書》，宋有王讜《唐語林》、孔平仲《續世說》、李垕《南北史續世說》；明有李紹文《皇明世說新語》、何良俊《何氏語林》、王世貞《世說新語補》、焦竑《焦氏類林》及《玉堂叢語》、林茂桂《南北朝新語》、鄭仲夔《清言》、曹臣《舌華錄》、趙瑜《兒世說》、張墉《廿一史識餘》；清有梁維樞《玉劍尊聞》、吳肅公《明語林》、王晫《今世說》、章撫功《漢世說》、李清《女世說》、顏從喬《僧世說》、李文胤《續世說》、汪琬《說鈴》、鄒統魯、江有溶《明逸編》；民國則有易宗夔《新世說》、陳灨一《新語林》、夏敬觀《清世說新語》；近年又有《非常道》、《禪機》等書問世，體現了這一文體強大的生命力。

3 《論語．公冶長》：「子貢曰：『夫子之文章，可得而聞也；夫子之言性與天道，不可得而聞也。』」可知「性與天道」如同「生死」以及「怪力亂神」等話題一樣，也許只有「不言」「不語」，才能更接近其實質。

4 《世說新語．文學》七十六：「郭景純（郭璞）詩云：『林無靜樹，川無停流。』阮孚云：『泓崢蕭瑟，實不可言。每讀此文，輒覺神超形越。』」阮孚無意之間，道出了晉人風流的理想境界和精神實質。

世說新語　今讀

卷一 人物篇

本書卷一為人物篇，選擇了漢末至東晉的十位名士加以解讀，他們是：郭泰、阮籍、嵇康、王衍、陸機、王敦、王導、庾亮、桓溫、謝安。透過這十位漢晉之際最具代表性的人物，可對漢魏風骨——魏晉風度——江左風流的肇端、發展、興盛、演變之軌跡，沿波觀瀾，一目了然。

作為一部展現魏晉名士風流的志人小說，《世說新語》很像是一部被打散的眾多歷史人物的「列傳」，打散的標準就是「以類相從」、「分門隸事」。魯迅先生評價《儒林外史》的結構時說：「惟全書無主幹，僅驅使各種人物，行列而來，事與其來俱起，亦與其去俱訖，雖云長篇，頗同短制。」（《中國小說史略》第二十三篇《清之諷刺小說》）這段話用於表達《世說新語》的閱讀感受，也很合適。因此，衡量一個讀者對《世說新語》的理解和熟悉程度，常有一個重要標準，就是看你能否將這些被打散之後「並置」於各個門類的「列傳素材」，進行符合歷史進程和邏輯順序的「還原」和「再現」。

本書的「人物篇」，毋寧說，就是給這些性情各異的風流名士重新立傳——當然是帶有個人價值判斷和邏輯重組的新的「人物志」和「名士傳」。

郭泰——「第三種人」與「第三條路」

魏晉士風的形成，離不開東漢業已生成的社會文化環境。清代思想家顧炎武在《日知錄》中說：「三代以下，風俗之美，無尚於東京者。」東京，即指東漢。其實，這裡的「風俗之美」也可以理解為「人物之美」，人物是皮，風俗是毛——「皮之不存，毛將焉附」？漢末人物風俗，正是魏晉士風的淵源所自。《世說新語》的作者顯然早有此一高見，他編撰魏晉名士的言行錄，展現「清談時代」的人物風俗之美，卻從漢末「清議時代」的名士「開宗明義」，大概正是為了揭示漢末魏晉這三百年間，大體上處於源流承傳的同一個歷史文化階段。

《世說新語·德行篇》開篇前三條，分別寫了三個漢末人物：陳蕃、黃憲、郭泰。不太為人注意的是，這三個人物，鼎足而三，實際上分別代表了漢末亂世，士人立身處世的三個方向、三種立場。陳、黃二位我們會在「典故篇」中介紹，這一講，我們要說的是地位雖不顯赫、卻對魏晉風氣影響深遠的清流人物——郭泰。

郭泰這個人，可以說是漢末著名的人物品評大師和「意見領袖」，聚焦在他身上的，早已不是個人的得失升降、榮辱悲歡，而是漢魏之際士風轉變、士人群體人格形成、以及生逢亂世的士人應當何去何從等一系列時代大命題和人生大拷問。

正是這個人，把一個時代的顏色改變了，也把儒與道、禮與玄、朝與野、生與死的邊際彌合了，抹平了。這個人，是歷史的一個入口——敞亮而又悲傷的入口。走近這個人，也許就是走近了那個波詭雲譎的時代。

大夢誰先覺

郭泰（一二七—一六九），字林宗，太原界休（今屬山西）人。家世貧賤，早孤，事母至孝。史書上說，郭泰少時，其母讓他到縣廷做吏，他說了一句很豪壯的話：「大丈夫焉能處鬥筲之役乎？」遂辭。「鬥筲」一詞，出自《論語》，[1]鬥和筲都是容量不大的容器，比喻氣量狹小或才識短淺。「鬥筲之役」，猶言沒有器量和前途的差役小吏。看來，郭泰和想要「澄清天下」的陳仲舉一樣，也是一位志存高遠的大丈夫。

既然不屑仕途，便一心向學。郭泰二十歲時，曾向成皋（今屬河南）的屈伯彥學習。屈伯彥何許人？文獻無考。我推測，郭泰向他學習的除了儒道經典，很可能還有相面預測之術，所以才有了他對政局的準確預判和對人才的精準識鑒。郭泰學得很刻苦，缺吃少穿，而不改其樂。三年後畢業，「博通墳籍」，學識淵博。並且「善談論，美音制」。這為他後來的成名奠定了基礎。

古人學習，很重交遊，《禮記．學記》云：「獨學而無友，則孤陋而寡聞」。大概正是在這時候，郭林宗開始周遊郡縣，拜師訪友，求賢問道。謝承《後漢書》說：

> （郭太）故適陳留則友符偉明（融），遊太學則師仇季智（覽），之陳國則親魏德公（昭），入汝南則交黃叔度（憲）。初，太始至南州，過袁奉高，不宿而去；從黃叔度，累日不去。或以問太。太曰：「奉高之器，譬之氾濫，雖清而易挹。叔度之器，汪汪若千頃之陂，澄之不清，擾之不濁，不可量也。」已而果然。太以是名聞天下。

這則材料其實是《世說新語》中「叔度汪汪」典故的另一個版本。說明對黃叔度的賞識和品評，也為郭泰的人才識鑒事業帶來了質的飛躍。

隨後，郭泰又到洛陽遊學，進了太學，成為太學生的領袖。在洛陽時，經另一位名士符融的引薦，結識了時任河南尹的清議名士李膺，李膺一見郭泰，就讚嘆道：「吾見士多矣，無如林宗者也。」（《續漢書》）「大奇之，遂相友善，於是名震京師」（《後漢書．郭泰傳》）。後來郭泰要歸鄉時，京城洛陽的衣冠諸儒、風流名士紛紛前來送行，一直送到黃河岸邊，車子綿延不絕，竟有數千輛！「林宗唯與李膺同舟共濟，眾賓望之，以為神仙焉」。成語「同舟共濟」大概就是由此得到定型的。[2]可以說，洛陽遊學的經歷，是郭泰人生的一個輝煌頂點。

後來，郭泰被察舉為「有道」一科，故又稱「郭有道」。[3]漢代的選拔官吏的制度有兩個管道：一是公府征辟，一是地方察舉。征辟，就是指徵召布衣出仕。朝廷召之稱征，三公以下召之稱辟。察舉，是漢代重要的選官制度。始於漢武帝時，由丞相、列侯、刺史、守相等推舉，經過考核合格即任以官職，主要科目有：孝廉、賢良文學、秀才等。察舉是士大夫仕進的主要途徑。「有道」，是東漢在漢初詔舉賢良、方正，州郡察孝廉、秀才基礎上，增補的察舉選士的一個科目，同時增補的還有：敦朴、賢能、直言、獨行、高節、質直、清白、敦厚等科（《後漢書・左周黃列傳》）。被察舉為「有道」一科，足以說明郭泰在時人心目中屬於德行完善的一類人。

按當時制度，士人一旦獲得察舉，便是有了進身之階，從此可以踏上仕途。但郭泰卻無意仕進。有人勸他，他神秘兮兮地說：「我夜觀天象，晝察人事，天之所廢，不可支也。」言下之意，大漢王朝氣數已盡，已經進入今天所謂的「倒計時」了，出仕何為？

這個觀點和當時著名的隱士徐稚徐孺子（九七—一六八）不謀而合。據《後漢書・徐稚傳》記載：

（徐）稚嘗為太尉黃瓊所辟，不就。及瓊卒歸葬，稚乃負糧徒步到江夏赴之，設雞酒薄祭，哭畢而去，不告姓名。時會者四方名士郭林宗等數十人，聞之，疑其稚也，乃選能言語生茅容輕騎追之。及於塗，容為設飯，共言稼穡之事。臨訣去，謂容曰：「為我謝郭林宗，大樹將顛，非一繩所維，何為棲棲不遑寧處？」

黃瓊（八六—一六四）一六四年去世，這一年郭泰三十七歲，徐孺子六十七歲。他們都去為曾經的「舉主」（舉薦過自己的人）黃瓊弔唁，報答知遇之恩，而徐孺子只帶了「隻雞絮酒」，以為薄祭，哭過之後，不通姓名就離去了。郭泰聽說後，懷疑此人就是徐孺子，便派一個能說會道的門生茅容騎馬追趕。茅容追上徐稚之後，為他做了一頓飯，兩人聊了關於耕種稼穡方面的話題，臨別，徐孺子就請茅容帶話給郭泰，說：「大樹將顛，非一繩所維，何為棲棲不遑寧處？」意思是，大漢王朝好比將要轟然倒地的大樹，不是一條繩子所能維繫的，你幹嘛還要奔走折騰、不老老實實待著呢？

可見，對於漢末的政治局勢，郭泰和徐孺子是英雄所見略同。

太學領袖

郭泰敏銳地洞察到東漢王朝大廈將傾、獨木難支的命運，故對朝廷的徵召，一概不應。不做官，幹什麼呢？他學孔老夫子，興辦私學，在鄉間聚徒授書，門徒達數千人。用諸葛亮《出師表》的話說，這是「苟全性命於亂世，不求聞達於諸侯」。然而，郭泰並非一個安於寂寞的隱士。時風相扇，「善談論，美音制」的他自然不願枯守一隅，心齋坐忘。他雖然不願做官，卻被中國歷史上最為強勁的清議之風裹挾著，走上了時代的風口浪尖。史書上說，當時有太學生三萬餘人，郭林宗、賈偉節（賈彪）為其冠，和當時清議名士李膺、陳蕃、王暢同氣連枝，更相褒重，「學中語曰：『天下楷模李元禮（膺），不畏強禦陳仲舉（蕃），天下俊秀王叔茂（暢）。』……並危言深論，不隱豪強。自公卿以下，莫不畏其貶議，屣履到門」（《後漢書．黨錮列傳》）。

不過，這則史料中的「並危言深論」（並，共同之意），其實並不確切。至少，郭林宗就應該排除在外。《後漢書．郭泰傳》說得明白：「林宗雖善人倫，而不為危言核論，故宦官擅政而不能傷也。及黨事起，知名之士多被其害，唯林宗及汝南袁閎（疑為袁閬）得免焉。」這裡的「危言核論」，即正直而翔實的言論，其實就是「危言深論」的翻版，但「並」（一併、共同之意）卻換成了「不為」。也就是說，和其他清議名士不同，郭泰十分注意言論的「尺度」，以求避免不該有的安全隱患。

問題是，「不為危言核論」的郭林宗憑什麼贏得士林的愛戴、甚至成為太學生的精神領袖呢？我以為有三個原因：

首先是外形俊美。史載林宗「身長八尺，容貌魁偉，褒衣博帶，周遊郡國」。漢末的人物品評，已開魏晉重風度容止之美的風氣，郭林宗的俊朗外貌和瀟灑風神，自然玉成其為天下人望。前面說的「同舟共濟」的典故就是一例。郭泰的好友宋子俊稱讚他：「自漢元以來，未有林宗之匹。」（《世說新語·賞譽》十三劉注）

人們對郭林宗的崇拜幾乎到了癡迷的地步。有一次，他在路上遇雨，無從躲避，所戴的方巾一角被雨淋濕而下墜，沒想到竟引起天下效尤，「時人乃故折巾一角，以為『林宗巾』」！此前之世風流俗，多屬「上行下效」，所以有「趙王好大眉，人間半額；楚王好廣領，國人沒頸；齊王好細腰，後宮有餓死者」（應劭《風俗通義》）的記載，而郭泰以一介布衣竟能領導時尚潮流，足見其人格魅力無與倫比。

其次，就是善於品鑒人物，獎掖後進。史書上說，郭泰「性明知人，好獎訓士類」，「其獎拔人士，皆如所鑒」。謝承《後漢書》也說「（郭）太之所名，人品乃定，先言後驗，眾皆服之」。郭泰一生「題品海內之士，或在幼童，或在里肆，後皆成英彥，六十餘人。自著書一卷，論取士之本」（《世說新語·政事》劉注引《郭泰別傳》）。也就是說，郭泰品評人物，不僅有實踐，還總結出一套理論來。還有一種說法以為，郭泰的人倫識鑒之書乃是後之好事者「附益增張」而成，「故多華辭不經，又類卜相之書」（《後漢書》本傳）云云。這裡的「又類卜相之書」，證明了漢末頗重形骨性命的人物品評之學，實際上是由原始相面測命之術脫胎而來，只不過進行了適合當代政治思潮和審美風氣的改造而已。可見，郭林宗實為我國古代最早的人才學大師，他和汝南的另一位人物品評大家許劭合稱「許、郭」，共同引領了漢末人物品評的一代風氣。

根據《後漢書》的記載，經郭泰品鑒而或成或敗一如其言的名士，比較著名的有：左原、茅容、孟敏、庾乘、宋果、賈淑、史叔賓、黃允、謝甄、王柔等，這些人物在《郭泰傳》裡都附有一個「小傳」。有的人物比較著名，比如前面說的茅容：

> 茅容字季偉，陳留人也。年四十餘，耕於野，時與等輩避雨樹下，眾皆夷踞相對，容獨危坐愈恭。林宗行見之而奇其異，遂與共言，因請寓宿。旦日，容殺雞為饌，林宗謂為己設，既而以供其母，自以草蔬與客同飯。林宗起拜之曰：「卿賢乎哉！」因勸令學，卒以成德。

茅容避雨危坐和殺雞奉母、草蔬待賓的故事一時傳為佳話。宋人徐鈞有贊《茅容》詩云：

> 一雞供母不供賓，主亦無慚賓不嗔。禮遇何須分厚薄，論交只是貴清真。

還有一位叫孟敏的，也是個奇人，他曾扛著一只大甑趕路，不小心把甑摔落在地，甑是古代一種瓦制炊器，摔在地上肯定是響聲很大的，孟敏不可能聽不見，但他頭也不回，繼續趕路。郭泰碰巧看見，大感驚詫，就上前問他。孟敏說：「既然瓦甑已破，再看它又有何用？」大有「過去的就讓它過去吧」的氣概，說明「魏晉風度」在東漢末年就有了萌芽。這就是「墮甑不顧」典故的由來。茅容和孟敏都在郭泰的知遇之下，奮發向學，終於成就了美名。

這是正面「勸學」的例子，還有反面「勸善」的，比如左原和賈淑：

> 左原者，陳留人也，為郡學生，犯法見斥。林宗嘗遇諸路，為設酒肴以慰之。謂曰：「昔顏涿聚梁甫之巨盜，段幹木晉國之大駔（ㄗㄤˇ），卒為齊之忠臣，魏之名賢。蘧瑗、顏回尚不能無過，況其餘乎？慎勿恚恨，責躬而已。」原納其言而去。或有譏林宗不絕惡人者。對曰：「人而不仁，疾之以（已）甚，亂也。」原後忽更懷忿，結客欲報諸生。其日林宗在學，原愧負前言，因遂罷去。後事露，眾人咸謝服焉。

郭泰對左原的勸諫和禮遇，終於使這個喜歡和同學打群架的學生知錯而退，足可見出郭泰的先見之明。「人而不仁，疾之已甚，亂也。」見於《論語・泰伯》。是說我們對待那些不仁德的人，如果嫉之如仇，恨之入骨，那只會帶來更大的禍亂。

賈淑是郭泰的老鄉，為人惡劣，乃當地一霸。郭泰母親死後，他來弔喪，郭泰也就接受了，不久鉅鹿人孫威直也來了，對此事很看不慣，不弔而去。郭泰追上去，跟他說：「賈淑的確有不好的地方，但現在願意洗心向善。當年孔子對互鄉童子都接見，並且說『與其進也，不與其退也』[4]，我這樣做，也是贊許他的進步啊。」賈淑聽到這番話，大為感動，後來真的改過自新，變成了一個具有「公益」之心的「慈善家」[5]。

由於品鑒水準極高，郭泰在士林中享有崇高威望，他享受的「話語權」實不亞於當朝政要，甚至到了一言九鼎的地步。《世說新語．規箴》有條故事說：

陳元方遭父喪，哭泣哀慟，軀體骨立。其母愍之，竊以錦被蒙上。郭林宗弔而見之，謂曰：「卿海內之俊才，四方是則，如何當喪，錦被蒙上？孔子曰：『衣夫錦也，食夫稻也，於汝安乎？』吾不取也！」奮衣而去。自後賓客絕百所日。（《規箴》三）

陳元方就是漢末大名士陳寔的長子，素有清名令譽，被郭泰一番指責後竟至聲名掃地，一百多天「門前冷落鞍馬稀」，名士尚且如此，其他人更可想而知。魯迅所謂「漢末士流，已重品目，聲名成毀，決於片言」（《中國小說史略》第七篇《〈世說新語〉與其前後》）的議論，用在郭泰身上真是恰如其分。

第三，郭泰還有著超人的親和力和生存智慧。他在太學中被列為「八顧」之首，「顧」者，「言能以德行引人者也」。當時有則謠諺說：「天下和雍郭林宗。」「和雍」，即溫和雍容之意，最能見出郭泰虛懷若谷、有容乃大的性情。他對於當時一些高才異能之士，均能報以禮敬欣賞態度，結交獎掖甚至「不絕惡人」，如前面所舉左原、賈淑二例就是。林宗的「不為危言核論」，本身就有性格寬厚、襟懷坦蕩的因素，並非全為身家性命考慮，贏得士林豪傑的一致擁戴也就毫不奇怪了。

有人問汝南名士、後遭黨錮之禍慷慨就義的范滂（一三七—一六九）：「郭林宗是個怎樣的人？」范滂回答說：「隱不違親，貞不絕俗，天子不得臣，諸侯不得友，吾不知其它。」這一評價連用四個「不」字，而且出自一位蹈死不顧的義士之口，足見郭林宗超塵拔俗的人格及其無與倫比的影響力。

總之，郭林宗是個從善如流、提攜後進不遺餘力的儒雅之士，所以很快成為深受愛戴的士林領袖。《後漢書》本傳傳論說：「莊周有言，人情險於山川，以其動靜可識，而沉阻難征。故深厚之性，詭於情貌；『則哲』[6]之鑒，惟帝所難。而林宗雅俗無所失，將其明性特有主乎？然而遜言危行，終享時晦，恂恂善導，使士慕成名，雖墨、孟之徒，不能絕也。」

「無愧碑」

建寧二年（一六九年），郭泰卒於家中，時年四十二歲。這一年，正是歷史上著名的「黨錮之禍」最慘烈的年份，許多名士如李膺、杜密、陳蕃、竇武、范滂等均於此年前後死於非命，而郭泰卻因「不為危言核論」而免遭橫禍。但是，前輩時賢的紛紛凋零，對郭泰的打擊是巨大的，《後漢書》本傳云：

林宗雖善人倫，而不為危言核論，故宦官擅政而不能傷也。及黨事起，知名之士多被其害，唯林宗及汝南袁閎得免焉。遂閉門教授，弟子以千數。建寧元年（一六八），太傅陳蕃、大將軍竇武為閹人所害，林宗哭之於野，慟。既而嘆曰：「『人之云亡，邦國殄瘁』。『瞻烏爰止，不知於誰之屋』[7]耳。」

可見，郭泰其實是以「黨人」自居的，黨錮名士的死亡讓他如喪考妣，悲不自勝。就像嵇康被殺不久，阮籍也鬱鬱而終一樣，也許正是和清議名士同氣連枝導致了郭泰的英年早逝。史書上說，林宗死後，「自弘農函谷關以西，河內湯陰以北，兩千里負笈荷擔彌路，柴車葦裝塞塗，蓋有萬數來赴」（謝承《後漢書》），哀榮之盛，當世無兩。同志好友為他刻石立碑，一生給很多人寫過悼詞碑銘的名儒、大學士蔡邕（一三三—一九二）親自為其撰寫碑文，寫完後對涿郡的盧植（？—一九二）說：「吾為碑銘多矣，皆有慚德，唯郭有道無愧色耳。」（《後漢書》本傳）蔡邕是寫墓誌銘的大師，深諳碑銘寫作文過飾非、塗脂抹粉之道，他的感嘆當是知深愛重之言無疑。於是後人稱此碑為「無愧碑」。[8]據《太平寰宇》記載：「周武帝時除天下碑，唯郭林宗碑詔特留。」

我曾試圖從漢末士大夫群體的角度，對郭泰這樣的名士進行歸類，卻發現並不容易。如果說「仕」與「隱」代表了當時士人的兩大選擇和陣營的話，郭泰則是介於二者之間。他既不像陳蕃、李膺那樣有澄清天下之志，也不像徐孺子、黃叔度、管寧那樣甘心做一個隱士，說他是儒家也可，說他是道家也行，總之，在郭泰的身上，我們看到了「兩者得兼」的可能性。

要我說，郭泰本質上還是一個儒家，從他的事母至孝，從他獎掖後進、批評時賢時經常援引儒家經典，從他在太學這一學術機構的巨大影響力，從他興辦私學，聚徒授書等行為，都可看出，他其實一直都在以布衣身份行卿相之責，在廟堂之外的學府和民間，推行儒家的禮義仁孝之道。他的「不為危言核論」，奉行的正是孔子所謂「邦有道，危言危行；邦無道，危行言孫（遜）」（《論語‧憲問》）的出處之道。

可以說，郭泰是漢代末年的「第三種人」，[9]他為生逢亂世的知識者提供了「仕」與「隱」之外的「第三條路」。這條路在漢末也許並非康莊大道，但其獨立的人格和超脫的意志無疑贏得了當時人的尊敬。而且，作為一種具有「生存有效性」的人格類型和處世之道，郭林宗對於魏晉以後的士人心態確有不可估量的影響。別的不說，他的「不為危言核論」，就深深影響了「竹林名士」阮籍的言行。

所以，從某種意義上說，郭泰是個開風氣的人物。他是在亂世的政治高壓下，士人從清議向清談轉變過程中的關鍵一環，陳寅恪先生說清談「起自郭林宗，而成於阮嗣宗」，[10] 正是敏銳地覺察到了這一點。

註釋

1 《論語．子路》：子貢問曰：「何如斯可謂之士矣？」子曰：「行己有恥，使於四方，不辱君命，可謂士矣。」曰：「敢問其次。」曰：「宗族稱孝焉，鄉黨稱弟焉。」曰：「敢問其次。」曰：「言必信，行必果，硜硜然小人哉！抑亦可以為次矣。」曰：「今之從政者何如？」子曰：「噫！鬥筲之人，何足算也！」

2 一般以為「同舟共濟」典出《孫子．九地》：「夫吳人與越人相惡也，當其同舟而濟，遇風，其相救也如左右手。」但此處不過「同舟而濟」，尚未真正「完型」。

3 《後漢書》本傳：「司徒黃瓊辟，太常趙典舉有道。或勸林宗仕進者，對曰：『吾夜觀乾象，晝察人事，天之所廢，不可支也。』遂並不應。」

4 「仲尼不逆互鄉」，事見《論語．述而》：「互鄉難與言，童子見，門人惑。子曰：『與其進也，不與其退也，唯何甚？人潔己以進，與其潔也，不保其往也。』」

5 事見《後漢書．郭泰傳》：「賈淑字子厚，林宗鄉人也。雖世有冠冕，而性險害，邑里患之。林宗遭母憂。淑來修弔，既而鉅鹿孫威直亦至。威直以林宗賢而受惡人弔，心怪之，不進而去。林宗追而謝之曰：『賈子厚誠實凶德，然洗心向善。仲尼不逆互鄉，故吾許其進也。』淑聞之，改過自厲，終成善士。鄉里有憂患者，淑輒傾身營救，為州閭所稱。」

6 《尚書．皋陶謨》：「知人則哲，能官人。」後以「則哲」謂知人。

7 按：「人之云亡，邦國殄瘁」出自《詩經．大雅．瞻卬》。「瞻烏爰止，不知於誰之屋」出自《詩經．小雅．正月》，原文作「瞻烏爰止，於誰之屋」。

8 按：《文選》卷五十八有蔡邕《郭有道碑文並序》，文長不錄。

9 按：「第三種人」是現代文學史上的一個概念，指十九世紀三〇年代初的「文藝自由論」者蘇汶。蘇汶（一九〇七—一九六四），原名戴克崇，筆名杜衡，浙江杭縣（今余杭）人。文藝理論家。參加過中國左翼作家聯盟。一九三二年因在《現代》雜誌上發表《「第三種人」的出路》等文章，自稱為「第三種人」，提倡「文藝自由論」，受到瞿秋白，魯迅等作家的批評。通過論辯，左聯也暴露了理論上和策略上「左」的錯誤。現在看來，蘇汶的觀點自有其可取之處，不可因人廢言。

10 陳寅恪先生稱：「大抵清談之興起由於東漢末世黨錮諸名士遭政治暴力之摧壓，一變其指實之人物品題，而為抽象玄理之討論，起自郭林宗，而成於阮嗣宗，皆避禍遠嫌，消極不與其時政治當局合作者也。」參見《金明館叢稿初編．陶淵明之思想與清談之關係》。

阮籍——我活過，我愛過，我寫過

這一講我們要把目光投向魏晉名士的關鍵人物——阮籍。

阮籍（二一〇—二六三），字嗣宗，陳留尉氏（今屬河南）人，「竹林七賢」的領袖人物，與嵇康並稱「嵇阮」。因曾任步兵校尉，故又稱「阮步兵」。

關於阮籍的故事很多，我們只能選取一個最具特色的角度來談，比如阮籍對禮法（或曰名教）的蔑視、超越和反叛，就很具研究價值和觀賞性。這個當時的名教罪人、禮法叛逆，用他張揚而又痛苦的一生，實踐了司湯達的那句名言：「我活過，我愛過，我寫過。」

玄遠至慎

阮籍的父親是「建安七子」之一的阮瑀（一六五？—二一二）。阮瑀年輕時曾受學於漢末大儒蔡邕，蔡邕稱他為「奇才」，後來阮瑀被曹操禮遇，和陳琳同為司空軍謀祭酒，掌管記室，撰寫章表書記，曹操做丞相後，阮瑀任倉曹掾。建安十七年（二一二），阮瑀病死，當時阮籍還不滿三歲。曹丕曾寫過一首《寡婦詩》，對阮瑀身後的孤兒寡母表示同情。

從出身背景來看，阮籍顯然是曹魏集團的人。這就給他在司馬氏專權之下度過的大半生，出了一道難題，也造成了其人格的複雜性和矛盾性，他用生命和血淚撰寫的八十二首詠懷詩，成了詩歌史上最晦澀難懂的一組詩。南朝的詩歌評論家鍾嶸稱阮籍的詩：「言在耳目之內，情寄八荒之表。」（《詩品》）唐朝的李善也說：「嗣宗身仕亂朝，常恐罹謗遇禍，因茲發詠，故每有憂生之嗟。雖志在刺譏，而文多隱避，百代之下，難以情測。」（《昭明文選》注）

其實，阮籍年輕的時候也有「濟世志」。史載他曾登上廣武山，俯瞰楚漢戰爭時的古戰場，發出一句感慨：「時無英雄，使豎子成名！」豎子，是對人的蔑稱，猶言小子。「豎子」到底指誰呢？有兩種說法，一種認為是指楚漢戰爭時期的劉邦和項羽，如李白《登廣武古戰場懷古》詩云：「沉湎呼豎子，狂言非至公。撫掌黃河曲，嗤嗤阮嗣宗。」還有一種觀點認為，「豎子」是指魏晉之際的人，如蘇東坡就說：「傷時無劉、項也，豎子指魏、晉間人耳。」（《東坡志林》卷一）無論孰是孰非，阮籍這話都堪稱擲地有聲的豪言。再看《詠懷詩》第三十九首：

壯士何慷慨，志欲威八荒。驅車遠行役，受命念自忘。良弓挾烏號，明甲有精光。臨難不顧生，身死魂飛揚。豈為全軀士，效命爭戰場。忠為百世榮，義使令名彰。垂聲謝後世，氣節故有常。

這詩很有「建安風骨」的況味，和曹植的《白馬篇》風格上很相近，也是阮籍早年慷慨多氣的寫照。

然而，阮籍空有一身抱負，卻毫無用武之地。正始年間（二四〇—二四九）的政局實在太過險惡，大勢所趨，但凡有些思想的人，無不活在司馬氏嗜血的屠刀邊緣。史書上說：「籍本有濟世志，屬魏、晉之際，天下多故，名士少有全者，籍由是不與世事，遂酣飲為常。」（《晉書．阮籍傳》）這一段屢被學者稱引，成為對當時黑暗政治的真實寫照。從此，阮籍就陷入了「終身履薄冰，誰知我心焦」（《詠懷三十三》）的痛苦境地，不得不採取各種不得已的策略保全性命，躲避政治的「高壓線」，所以他說：「愁苦在一時，高行傷微身。曲直何所為？龍蛇為我鄰。」（《詠懷三十四》）

比之郭泰，阮籍出身的特殊性使他不可能與政治絕緣，故而不得不為自己準備一種更為安全——儘管違背本性——的「保護色」。這層「保護色」，連司馬昭都看出來了，那就是「玄遠至慎」。

晉文王稱：「阮嗣宗至慎，每與之言，言皆玄遠，未嘗臧否人物。」（《德行》十五）

司馬昭說：當今天下，阮嗣宗可以算得上最謹慎的了，每次和他說話，他的語言都是玄遠縹緲，從不評論時事，褒貶人物。這裡的「言皆玄遠」，比郭泰的「不為危言核論」更進一步，郭泰是儘量不說與己不利的話，阮籍則是說歸說，卻說得雲遮霧障，玄虛縹緲，讓人摸不著頭腦。此條劉孝標注引《魏氏春秋》也說：「阮籍……宏達不羈，不拘禮俗。兗州刺史王昶請與相見，終日不得與言，昶愧嘆之，自以不能測也。口不論事，自然高達。」這大概是阮籍十七歲前後的事，年紀輕輕就懂得深沉默存之道，足見其見識非同一般。

阮籍不僅把自己對時事人物的評價「雪藏」起來，奉行「沉默是金」，甚至還在日常生活中掩藏自己的真實情感，讓人莫測高深，《晉書》本傳說阮籍「容貌瑰傑，志氣宏放，傲然獨得，任性不羈，而喜怒不形於色」。在那個時代，「傲然獨得，任性不羈」屬於「自己跟自己玩」，離政治高壓線較遠；如果「喜怒形於色」，就是和別人有關係的舉動，難免不授人以柄。

阮籍也不是從來沒說過出格的話，比如他任司馬昭的從事中郎時，有一次，司法部門的官吏通報有一起兒子殺母的案件，阮籍竟然說：「嘻！殺父還可說得過去，怎麼可以殺母呢！」當時是在司馬昭的府上，與坐者都怪其失言。司馬昭也不以為然，問他：「殺父，天下之極惡，你竟然以為可以嗎？」阮籍說：「禽獸只知有母而不知有父，殺父，等同於禽獸；殺母，禽獸不如！」大家一聽，無不心悅誠服。可見阮籍對於什麼話不該說、什麼話可以說、怎麼說才能既駭人聽聞又不至禍從口出，是有過精密研究的，分寸、火候把握得非常到位！

在專制獨裁者面前，先知先覺者常常倍感痛苦，阮籍就是這樣的知識人，他什麼都明白，但又不得不裝聾作啞，忍氣吞聲。

現代著名經濟學家、《資本論》的翻譯者王亞南先生曾經說：「專制制度下只有兩種人：一種是啞子，一種是騙子。我看今天的中國就是少數騙子在統治多數啞子。」另一位著名學者雷海宗也說：「中國知識分子一言不發的本領在全世界的歷史上，可以考第一名。」

為什麼？因為中國幾千年的歷史，常常就是騙子在統治啞子。

美國總統羅斯福認為：民主社會，有四種自由是不能被剝奪的，即言論的自由、信仰的自由、免於匱乏的自由、免於恐懼的自由。前兩種自由可以視為積極自由，後兩者則屬於消極自由。而通常的情況是，在專制獨裁時代，人們不僅無法享有積極自由，甚至連消極自由也給剝奪了！

在恐懼和匱乏之中，人，與其說是有尊嚴的人，不如說是沒有生命保障的人質！阮籍所處的正是這樣一種雖然尚可「免於匱乏」，但卻絕對不能「免於恐懼」的時代，所以他只好選擇「沉默是金」。我們固然可以說，這是中國知識分子修煉的一種高級的智慧。但仔細想想，這樣的高級智慧凝結著的何嘗不是無邊的恐懼和恥辱！

言歸正傳。阮籍的這一招，連嵇康都很羨慕，在《與山巨源絕交書》中，嵇康說：「阮嗣宗口不論人過，吾每師之，而未能及。」可見，阮籍的「口不論人過」，和郭泰的「不為危言核論」一樣，說時容易做時難。首要一點，就是能「忍」。在阮籍看來，大到江山易主，小到雞毛蒜皮，不過「愁苦在一時」，很快都會過去，「曲直何所為」——爭個是非曲直又有什麼用？阮籍的這種「玄遠至慎」的生存策略發展到極致，即既無政治立場和人格操守，也無人的真性情，那就很容易淪為「犬儒」或「鄉愿」，如果真是那樣，阮籍也就不是阮籍了，至少，嵇康絕不會和他結成莫逆之交。這就牽涉到阮籍的另一面，那就是——

至性佯狂

如果說「玄遠至慎」是阮籍的「保護色」，「與物無傷」的結果是「與己無害」，那也不過是阮籍的一個側面，事實上，阮籍是個立場、愛憎均很分明的人，否則他不會被「禮法之士」疾之如仇。因為輕易不臧否人物，阮籍甚至還練就了一個「特異功能」——就是著名的「青白眼」，見到凡俗之士，就「以白眼對之」。人常說「君子動口不動手」，可阮籍來個「君子瞪眼不動口」。在阮籍母親的葬禮上，嵇康的兄長嵇喜前來弔喪，嵇喜當時已經做了司馬氏的官，阮籍不喜歡他，就衝他大翻白眼。嵇喜非常鬱悶，回家告訴弟弟嵇康。嵇康便拿著酒、挾著琴去拜訪阮籍，阮籍很欣賞嵇康，於是青眼有加。

嵇康評價阮籍說：「至性過人，與物無傷，唯飲酒過差耳。至為禮法之士所繩，疾之如仇，幸賴大將軍保持之耳。」（《與山巨源絕交書》）上述「青白眼」的故事，正可看出阮籍「至性過人」的一面。因為有這樣一種真性情，阮籍贏得了士林的美名，唯其如此，他也就經常陷於政治是非的漩渦之中不能自拔。這正是「樹欲靜而風不止」。故阮籍不得不採取另外的保身之道，那就是飲酒酣暢，佯狂慢世。所以有人說：「阮籍胸中壘塊，故須酒澆之。」（《任誕》五十一）這「壘塊」，正是積鬱於胸中無處排遣的不平之氣。

阮籍的喝酒和劉伶不同，劉伶是真正沉浸在酒中自得其樂的「酒仙」，阮籍則是用喝酒來做政治上的「煙幕彈」、「避雷針」和「擋箭牌」，猶如蝸牛蜷縮在貝殼裡，蛇蟻屈身在泥洞中，借此躲避政治寒流的侵襲，擺脫生命的大痛苦和大孤獨。所以，劉伶能寫出《酒德頌》，而阮籍的八十二首詠懷詩，竟然只有兩處提到酒！[1]我想，冥冥中，阮籍不僅不愛酒，甚至還有些恨酒，或者是又愛又恨，因為一看到酒，就會想到太多傷心的往事。

比如有一次，司馬昭派人來提親，阮籍不敢硬抗，又不願就範，竟然大醉六十日以求脫身。這恐怕是可以進入古今中外醉酒時間的「金氏紀錄」了！同是喝酒，別人是推杯換盞、淺斟低唱地喝，阮籍卻是玩命地喝，沒日沒夜地喝，不顧死活地喝，直到讓前來提親的人知趣地閉嘴為止，只要自己的名節還能保全，暫時委屈一下自己的「酒精胃」又算得了什麼呢？

還有一個記載說，司馬氏手下的鷹犬鍾會來到阮籍家，「數以時事問之，欲因其可否而致之罪，皆因酣醉獲免」。對待這樣一個「思想員警」、「言論殺手」，阮籍還是以不變應萬變，除了喝醉還是喝醉。好在阮籍的酒量好，胃的功能也好，那時的酒也不像現在這麼「假」，阮籍愣是沒喝死！阮籍這代人不可能再像漢末清議名士那樣「婞直」，那樣頂真了，因為中間橫亙著讓人不寒而慄的黨錮之禍！阮籍們已經喊不出「士可殺不可辱」的豪言壯語，歷史留給他們的作業是，徹底地超脫人生的有限，把人類在高壓政治下所能產生的智慧和生命能量盡可能地釋放出來。我想，每一次從危險中逃脫的阮籍，一定是一邊冷笑，一邊醉醺醺地昏睡過去了，儘管笑容中常常含著鹹澀的淚！冥冥之中，我彷彿聽到有首歌在耳邊回蕩：「我醉了，因為我寂寞；我寂寞，有誰來安慰我？」（鄧麗君《酒醉的探戈》）阮籍的無邊寂寞，怕也只有那杯中酒才能「安慰」吧？

阮籍經常一個人駕著車出門，「不由徑路」，任憑車馬狂奔，直到窮途之處，末路之時，才放聲慟哭一場，然後才調轉車頭回去。[2]這個故事很有象徵意味，它正好印證了阮籍在那樣一個時代「無路可走」的悲劇性命運。阮籍的孤獨和悲涼是具有時代精神的，也具有人類存在困境的終極價值，他的「窮途之哭」不是一般的減壓方式，而是找尋自我存在價值、補充生命能量的一種方式，猶如古希臘神話中那位不斷把石頭推上山的薛西佛斯一樣，阮籍的無路可走的宿命性悲劇不僅是時代的縮影，其實也是對人類生存困境的生動隱喻。從阮籍身上，我們看到了西方存在主義哲學的一個命題，即世界常常是荒謬的，而人生則充滿了痛苦。

——阮籍的「窮途之哭」，難道不也和我們初生時的無助哭喊遙相呼應嗎？

仕隱雙修

儘管如此，阮籍仍不能高枕無憂。有道是樹大招風，阮籍這樣的人即使不願做官，官位也會找上門來。為此，他不得不開闢和郭泰的「非仕非隱」的「第三條路」不同的另外一條全身遠禍之路——「仕隱雙修」。有人說，阮籍一生只做過十幾天的官，其他時間都在竹林隱居，飲酒酣暢。這個說法並不確切。根據《晉書》本傳及陳伯君先生所撰《阮籍年表》（《阮籍集校注》，中華書局，一九八七年版），可將阮籍（二一〇—二六三）仕宦生涯列表如下：

魏正始三年（二四二），三十三歲，任太尉蔣濟屬吏，後以疾辭。這是第一次做官。

同年前後，復任尚書郎，不久，又以病免。

正始八年（二四七），三十八歲，曹爽輔政，召阮籍為參軍，阮因疾辭歸。

嘉平元年（二四九），四十歲，司馬懿執政，阮籍出任司馬懿的從事中郎。

嘉平三年（二五一），四十二歲，司馬師執政，阮籍出任司馬師的大司馬從事中郎。

高貴鄉公正元元年（二五四），四十五歲，司馬師廢曹芳，改立曹髦為帝，阮籍封關內侯，升任散騎常侍，在曹髦身邊任職。

正元二年（二五五），四十六歲，司馬昭掌權，拜阮籍為東平相。「籍乘驢到郡，壞府舍屏障，使內外相望。法令清簡，旬日而還。」司馬昭引為大將軍從事中郎。

景元三年（二六二），五十三歲，自請做步兵校尉，因為步兵營廚裡「有貯酒三百斛」。

次年（二六三），死於步兵校尉任上。故時人稱之為「阮步兵」。

由此可見，阮籍不僅大半生都在做官，而且做的都是當軸政要的屬官，一直位於權力中心。不過儘管如此，我們卻不能說阮籍是個貪戀權位的「官迷」，事實上，做官也好，辭官也罷，都是不得已而為之的權宜之計。正始三年，剛剛升任太尉的蔣濟（一八八？—二四九）聽說阮籍的大名，招他出來做官時，阮籍就在都亭（都邑中的傳舍）中寫了一封表明心志的奏記，引用子夏和鄒衍的典故，說自己無德無能，加上有病，不堪重任，只想躬耕東皋，隱居終老。[3]這份奏記很能說明，阮籍在接到第一張「委任狀」的時候，就表達了自己的隱居之志。蔣濟開始還擔心阮籍不來，收到他的奏記以後很高興，以為這是通常文人常用的外交辭令。就派遣吏卒前去都亭迎接，想不到阮籍早已走了，蔣濟大怒。於是「鄉親共喻之」，阮籍無奈之下，只好就任蔣濟的屬吏。幸好阮籍埋下了「負薪疲病，足力不強」的伏筆，不久他就以生病為由辭官歸裡了。

此後阮籍又接到過曹爽的徵召，又以病免。高平陵之變後，阮籍先後做過司馬懿、司馬師、司馬昭父子三人的從事中郎，擔任的都是裝點門面的閒職，「三天打魚兩天曬網」，很難看到他有什麼政治熱情，基本上處於「在其位不謀其政」的「行政不作為」狀態。所以，《世說新語．任誕》篇便有如下記載：

陳留阮籍、譙國嵇康、河內山濤三人年皆相比，康年少亞之。預此契者，沛國劉伶、陳留阮咸、河內向秀、琅邪王戎。七人常集於竹林之下，肆意酣暢，故世謂「竹林七賢」。

我們一般都以為「竹林七賢」是一個隱士群體，其實不然，竹林名士中真正沒有官職的幾乎沒有，都曾或仕魏，或仕晉，吃過皇糧。這也正是《世說新語》的編者沒有把這一條放在《棲逸》篇而放在《任誕》篇的原因。以阮籍、嵇康為代表的「竹林七賢」所開啟的乃是一種放達自然的風氣，而不僅是隱逸避世。他們飲酒酣暢，揮麈談玄，彈琴賦詩，把亂世中的人生苦悶盡情宣洩，形成了一個讓後人嚮往不已的文人沙龍。我估計，真正的竹林之遊時間並不長，可能也就在曹爽輔政到高平陵之變的兩、三年（二四七—二四九），此後，阮籍和山濤便被司馬氏招去做了官。

但阮籍當官純屬「幫閑」性質，並無政績。唯一做過的實事就是在東平太守任上的那十來天。據《文士傳》記載：「籍放誕有傲世情，不樂仕宦。晉文帝親愛籍，恒與談戲，任其所欲，不迫以職事。籍常從容曰：『平生曾遊東平，樂其土風，願得為東平太守。』文帝說（悅），從其意。籍便騎驢徑到郡，皆壞府舍諸壁障，使內外相望，然後教令清寧。十餘日，便復騎驢去。」這件事總算顯示出阮籍的政治才幹，故唐代大詩人李白《贈閭丘宿松》詩云：

阮籍為太守，乘驢上東平。判竹十日間，一朝風化清。偶來拂衣去，誰測主人情？……

後來阮籍「聞步兵廚中有酒三百石，忻然求為校尉。於是入府舍，與劉伶酣飲」。這兩件事，都發生在司馬昭掌權時期，「司馬昭之心，路人皆知」，阮籍不可能不知，他求做外職，可能正是出於一種遠離是非、擺脫司馬昭勢力籠罩的考慮。司馬昭欣賞阮籍，也不難為他，允許他的這種政治上的「撒嬌」做派，這其實也是玉皇大帝對孫悟空的心理，且由著他鬧，只要別太過分，這樣鬧反而能夠裝點繁華，粉飾太平，何樂而不為？

靠著這種與時俯仰、和光同塵、仕隱雙修的騎牆策略，阮籍總算得以壽終。

禮豈為我輩設？

然而，阮籍並非毫無立場和尊嚴的軟骨頭。政治上的韜晦策略實在是出於保命的需要，這對於阮籍人格的扭曲和擠壓當然是很大的，他必須尋找一個突破口來發洩。不能公然表示自己的「不同政見」，那我就做一個「禮法叛徒」。也就是說，阮籍不對當權者的合法性提出質疑，但他並不放棄對當權者所宣傳的意識形態的虛偽性的批判。這是阮籍高明的地方，也是他讓人尊敬的地方。他用這種方式「贖回」了自己的人格。

魏晉之際，漢代的經學體系瓦解，老莊思想抬頭，「名教」和「自然」成為當時學術討論中一個重要的命題。阮籍是老莊哲學的信徒，在他眼裡，多行不義的司馬氏所宣揚的禮法和名教顯得面目可憎。儘管以王弼、何晏、夏侯玄為代表的正始名士，試圖彌合「情」與「禮」、「自然」與「名教」的理論分歧和現實裂縫，但在一個禮崩樂壞、陽奉陰違、作奸犯科的時代，當禮法和名教成了權勢者手中的意識形態道具和「君人南面之術」的時候，真正的志士仁人，只有和這樣的禮法和名教決裂，回歸自然一途，這也就是嵇康所說的「越名教而任自然」。

「阮籍喪母」是個在當時引起轟動的事件，留下了許多記載。如《任誕》篇：

阮籍當葬母，蒸一肥豚，飲酒二斗，然後臨訣，直言：「窮矣！」都得一號，因吐血，廢頓良久。（《任誕》九）

此條劉孝標注引鄧粲《晉紀》說得更離奇：

籍母將死，與人圍棋如故，對者求止，籍不肯，留與決賭。既而飲酒三斗，舉聲一號，嘔血數升，廢頓久之。

這就牽涉到對「孝」的理解問題。在阮籍看來，親情乃人倫至情，本乎自然，不須繁文縟節來證明，居喪無禮，不等於不孝，反之，禮數周到，也未必就是真孝。這和孔子所謂「禮，與其奢也，寧儉；喪，與其易也，寧戚」（《論語・八佾》）的思想是一脈相承的。所以阮籍雖然飲酒食肉，但緊接著又吐血數升，元氣大傷，可見他對很早就守寡、含辛茹苦把他撫養成人的母親感情很深。所以《魏氏春秋》說：「籍性至孝，居喪雖不率常禮，而毀幾滅性。」

阮籍的這種真性情在當時雖然有些出格，但也不是沒有知音。《任誕》篇第十一條：

阮步兵喪母，裴令公（楷）往弔之。阮方醉，散髮坐床，箕踞不哭。裴至，下席於地，哭，弔唁畢便去。或問裴：「凡弔，主人哭，客乃為禮。阮既不哭，君何為哭？」裴曰：「阮方外之人，故不崇禮制。我輩俗中人，故以儀軌自居。」時人嘆為兩得其中。

裴楷（二三七—二九一）當時只有二十歲，他來弔喪時，阮籍散發箕踞，完全不修喪禮，裴楷哭過之後，按照禮節，作為孝子的阮籍應該哭幾聲表示感謝，可是阮籍當時悲痛萬分，哪裡去管這些禮節？裴楷很能理解阮籍，說他是「方外之人」，——方外即世外，指言行超脫於世俗禮教之外的人，後指僧道。——可以不尊崇禮制，而自己是「俗中人」，所以要遵守世俗的禮儀規範。於是時人稱之為「兩得其中」，不妨也可以理解為「兩全其美」。裴楷哭過之後，揚長而去，不以阮籍的「非禮」為意，真讓人覺得他倒是阮籍的「同道中人」了。

不過，裴楷這樣的雅量之士畢竟不多，像司隸校尉何曾（一九九—二七八）那樣的「禮法之士」，就對阮籍「疾之如仇」：

> 阮籍遭母喪，在晉文王坐，進酒肉。司隸何曾亦在坐，曰：「明公方以孝治天下，而阮籍以重喪顯於公坐飲酒食肉，宜流之海外，以正風教。」文王曰：「嗣宗毀頓如此，君不能共憂之，何謂？且有疾而飲酒食肉，固喪禮也！」籍飲噉不輟，神色自若。（《任誕》二）

阮籍對於名教和禮法全然採取蔑視的態度，居喪期間照樣飲酒吃肉，而且是當著司馬昭的面大飲大嚼，禮法之士如何曾之流非常反感，拿出「以孝治天下」的倫理大棒揮舞起來，要把阮籍流放海外，以正風教。幸好司馬昭看好阮籍，為他打圓場，說阮籍是「有疾而飲酒食肉」，這也符合喪禮。阮籍呢，旁若無人，照樣大吃大喝。什麼叫「有恃無恐」？這就是了。《晉書·何曾傳》記載此事，司馬昭對何曾說的話更顯懇切：「此子（指阮籍）羸病若此，君不能為吾忍邪！」種種跡象表明，阮籍和司馬昭的關係還是比較融洽的，兩人年齡相當，經常在一起聚會，司馬昭也需要阮籍這樣的名士顯示自己的「禮賢下士」，所以他倒經常充當阮籍的「保護傘」，阮籍似乎也享受著別人享受不到的「優待」和「禮遇」。如《簡傲》一：「晉文王功德盛大，坐席嚴敬，擬於王者。唯阮籍在坐，箕踞嘯歌，酣放自若。」

除了「居喪無禮」，阮籍還對「男女授受不親」的儒家禮教發起大膽挑戰。著名的「阮籍別嫂」的故事說：

阮籍嫂嘗回家，籍見與別。或譏之。籍曰：「禮豈為我輩設也？」（《任誕》七）

按照《禮記．曲禮》的說法，「男女不雜坐」，「叔嫂不通問」。阮籍可不管這一套，嫂子回娘家，他偏要趕去道別，估計還來個十里相送。有人譏諷他，他說了一句膾炙人口的反禮教宣言：「禮法這勞什子，難道是為我這樣的人設計的嗎？」其實，這恰恰是以「方外之人」自居，也和後來王戎的「情鍾我輩」之說遙相呼應。

不僅對自己嫂子如此，對其他女性阮籍也完全不拘禮法，率性以待：

阮公鄰家婦，有美色，當壚酤酒。阮與王安豐常從婦飲酒。阮醉，便眠其婦側。夫始殊疑之，伺察，終無他意。（《任誕》八）

故事有意強調阮籍鄰家這位賣酒的老闆娘「有美色」，這也是阮籍和王戎「常從婦求酒」的原因，說明阮籍和天下男子一樣都有著「好色」的天性。阮籍喝醉了便睡在老闆娘旁邊，未嘗不是「精心策劃」的行動，而且不止一次，但終於又能通過老闆的「伺察」，顯得一派純真浪漫。古語說：「君子好色而不淫。」阮籍的這種「發乎情」而不拘於禮，最終又能「止乎禮」的舉動，很有些柏拉圖「精神戀愛」的意味，故而傳為佳話。該條劉孝標注引王隱《晉書》也記載了一個情調相似的故事：

> 籍鄰家處子有才色，未嫁而卒。籍與無親，生不相識，往哭，盡哀而去。其達而無檢，皆此類也。

這又是阮籍和「鄰家女孩」的故事。這女孩「有才色」，且「未嫁而卒」，阮籍和這戶人家沒有關係，與這女孩也不認識，居然跑到人家喪禮上大哭一場，盡哀而去。這種「冒天下之大不韙」的舉動，既是阮籍「達而無檢」的地方，也是阮籍最具性情、最自然可愛的地方。故《晉書》本傳稱其「外坦蕩而內淳至」。[4]這女孩的夭折，有如一朵鮮花未及綻放，即告凋零，怎不讓人唏噓感嘆、黯然傷懷呢？阮籍是為一個美麗生命的消亡而悲痛，這一刻，一切繁文縟節都顯得虛偽造作，阮籍在痛哭中昇華到了佛陀悲天憫人的境界！

這幾個故事很能看出阮籍對女性的態度。儒家的倫理體系中，女性地位很低，而在阮籍心目中，女性卻是值得親近和崇拜的，阮籍對女性的這種態度不能簡單的理解為男性的女性之愛，而是融合了更高境界的對禮教綱常的反抗，以及對弱勢群體的同情與呵護。這是一份超越了綱常禮教和個人私欲的人間大愛！這種女性崇拜，其實質乃是一種人道主義精神，雖歷經千年而未得彰顯，直到曹雪芹在《紅樓夢》中以他的如椽大筆，塑造了女性的知音賈寶玉這一形象，才又得到更為深刻的闡釋和弘揚。而據余英時先生的研究，曹雪芹最為欣賞的古代人物就是竹林七賢中的阮籍，甚至給自己取字「夢阮」。[5]他筆下的賈寶玉，對大觀園中那些純潔少女懷有的近乎癡迷而並不帶占有欲望的愛（所謂「意淫」），特別是他為金釧兒、晴雯、鴛鴦等女子的悲慘死亡感到痛不欲生，難道不是和阮籍很相似嗎？

阮籍的眼淚，是男人的眼淚，不僅洗滌了自己的靈魂，也讓我們看到了亂世中一抹夕陽晚霞般的真情。

活著才是硬道理

對於阮籍這樣的人，我們不能用貼標籤的方式去理解和評判。以往我在談到阮籍的時候，喜歡說他「晚節不保」，也就是說至慎玄遠也好，佯狂醉酒也好，仕隱雙修也好，蔑視禮法也好，最終都未能阻止他從「幫閑」到「幫忙」的轉化。因為，當上述全身遠禍的智謀的作用發揮到極限之時，這樣的「非暴力不合作」的政治立場已經不能滿足司馬昭不斷膨脹的政治需要了，特別是，當屠刀多次揚起之後，像阮籍這樣的重量級文人的「表態」和「歸隊」，對於覬覦皇帝寶座的司馬昭就顯得極為重要。於是，在一次醉酒無效之後，阮籍萬般無奈，揮筆寫下了那篇享有「神筆」之譽的「勸進文」：

魏朝封晉文王為公，備禮九錫，文王固讓不受。公卿將校當詣府敦喻。司空鄭沖馳遣信就阮籍求文。籍時在袁孝尼家，宿醉扶起，書札為之，無所點定，乃寫付使。時人以為「神筆」。（《文

學》六十七）

故事的時間主要有兩種說法，一說是在甘露五年（二六〇）曹髦被殺之後，一說在景元三年（二六二）嵇康被殺之後，總之是一個血腥的年份。迫於司馬氏的淫威，魏朝不得不答應封晉文王司馬昭為公，並準備了「九錫」之禮。[6]司馬昭照舊模仿當年的曹丕，假意堅辭不受。按照心知肚明的「遊戲規則」，其手下黨羽、文武官員要到他的府上敦促勸喻，把戲做足之後，時任司空的鄭沖（？—二七四）便急忙派信使到阮籍那裡，讓他寫一篇勸進文。當時阮籍在袁孝尼家（袁孝尼，就是曾向嵇康求學《廣陵散》的袁准），宿醉未醒。阮籍是不是想故技重演，借醉酒躲過這個為虎作倀的苦差事，我們不得而知。總之，這一次他沒有推托，被人扶起之後，提筆就寫，一氣呵成，寫完後絲毫不做修改便給了信使。此文文氣縱橫，就勸進的主旨來說，可說是一招一式，恰到好處，故時人號為「神筆」。[7]我很懷疑這篇文章是阮籍的「夙構」（事先擬就或備好）之作，[8]不到萬不得已，他是寧願把文章爛在充滿酒精的肚子裡的！

正是這篇勸進文，讓阮籍陷入了道義的泥潭，成為廣受後世文人詬病的政治污點。如宋人葉夢得云：「阮籍不肯為東平相，而為晉文帝從事中郎，後卒為公卿，作《勸進表》。若論於嵇康前，自宜杖死。」（《避暑錄話》卷二）近人余嘉錫也說：「嗣宗陽狂玩世，志求苟免，知括囊之無咎，故縱酒以自全。然不免草勸進之文詞，為馬昭之狎客，智雖足多，行固無取。宜其慕浮誕者，奉為宗主；而重名教者，謂之罪人矣。」（《世說新語箋疏》）這等於是說，阮籍就是不折不扣的「名教罪人」！

然而，後人對阮籍也許太過苛刻了，或者說，我們總以為阮籍的這一舉動意味著對曹魏的背叛。當我們這樣想的時候，也許忘記了曹魏政權的獲得也有不可告人之處，司馬氏不過是如法炮製而已。看穿了這一點的阮籍，對政治和權術本質上的非正義性洞若觀火，所以在他眼裡，曹魏也好，司馬氏也好，全是一丘之貉！自己不過是這鬧劇中的一個角色而已。他既然歷任司馬氏父子三人的從事中郎，又與司馬昭又私交篤厚，實質上已是司馬氏陣營中的一員，寫一篇勸進文似乎也是他份內之事，特別是在不寫的「後果很嚴重」的時候。

所以，我們無權苛責阮籍，因為當我們用所謂忠臣孝子之類的眼光看待他的時候，立足點本質上也不過就是「名教」。而「名教」在阮籍看來，遠不如生命的保全更接近「自然」和「本真」。王隱《晉書》說：「魏末，阮籍有才而嗜酒荒放，露頭散髮，裸袒箕踞。作二千石，不治官事，日與伶等共飲酒歌呼。時人或以籍生在魏晉之交，欲佯狂避時，不知籍本性自然也。」（《太平御覽》卷四百九十八引）陳寅恪先生也以為：「夫自然之旨既在養生遂性，則嗣宗之苟全性命仍是自然而非名教。」[9] 我在一篇文章中這樣寫道：

如果一個人選擇了在刀尖上活下去，那就只能把沉重的肉身變「輕」，把堅硬的人格變「軟」，把明確的立場變得「飄忽」，把清醒的大腦變得「糊塗」，於是，阮籍生活上選擇了藥與酒，藝術上選擇了琴與詩，語言上選擇了「發言玄遠，口不臧否人物」，政治上選擇了「非暴力不合作」，一切的妥協只為了一個目標——活著！潛水一般的活著！實驗一般地活著！看看自己在刀尖上、火山口、陷阱中、射程內……怎麼才能活下去？又能活多久？（《今月曾經照古人．刀尖上

的人生觀》）

可以說，在「但恐須臾間，魂氣隨風飄」的阮籍眼裡，生命的保全超越了一切道德和價值，一句話，對阮籍而言，活著才是硬道理！年輕的時候，我曾對一句俗話嗤之以鼻——「好死不如賴活著」。等到年齒漸長，便對下里巴人或芸芸眾生的求生本能多了幾許同情。螻蟻尚且貪生，何況人乎？所以，我對那些大手一揮便「鼓勵」甚至「慫恿」別人去「捨生取義」的人——不管你是壟斷了權力還是壟斷了真理——心懷警惕甚至厭惡。阮籍的貪生畏死或許顯得不那麼高尚，但我們誰都無權去用一個自己認可的崇高價值去「嚴以律人，寬以待己」。子夏說：「大德不逾閑（限），小德出入可也。」（《論語．子張》）設身處地為阮籍想一想，我要說，他是「晚節可議，大德不虧」！也許他正是要用這樣一種自暴自棄的行為，來表達他對整個一套矯揉造作的綱常禮教的輕蔑和厭棄——誰知道呢？

所以，在阮籍的人格悲劇裡面，含有深刻的喜劇性成分，甚至喜劇性都不足以概括，因為它可以讓我們聯想到，人生這齣大戲骨子裡的鬧劇乃至荒誕劇的本質！

阮籍對於魏晉士風的影響是怎麼估計也不過分的。猶如喝藥經由何晏成為一種時尚，阮籍也成了縱酒、裸袒、佯狂等名士行為的始作俑者。「嗜酒荒放，露頭散發，裸袒箕踞」，後來竟成為魏晉名士顯示放達的招牌行為，只不過世易時移，阮籍任誕放達行為的自然性、深刻性和悲劇性反而被消解了。[10]

——這是歷史的弔詭處，也是世俗的可愛處。

註釋

1 分別是《詠懷三十四》：「對酒不能言，悽愴懷酸辛。」《六十八》：「堂上置玄酒，室中盛稻粱。」

2 《世說新語．棲逸》一劉孝標注引《魏氏春秋》曰：「阮籍常率意獨駕，不由徑路，車跡所窮，輒慟哭而反。」《晉書》本傳本此。

3 阮籍的奏記原文如下：「伏惟明公以含一之德，據上臺之位，英豪翹首，俊賢抗足。開府之日，人人自以為掾屬；辟書始下，而下走為首。昔子夏在於西河之上，而文侯擁篲；鄒子處於黍谷之陰，而昭王陪乘。夫布衣韋帶之士，孤居特立，王公大人所以禮下之者，為道存也。今籍無鄒、卜之道，而有其陋，猥見採擇，無以稱當。方將耕於東皋之陽，輸黍稷之餘稅。負薪疲病，足力不強，補吏之召，非所克堪。乞回謬恩，以光清舉。」

4 此事《晉書》本傳作：「兵家女有才色，未嫁而死。籍不識其父兄，徑往哭之，盡哀而還。其外坦蕩而內淳至，皆此類也。」

5 參見余英時《曹雪芹的反傳統思想》，《紅樓夢的兩個世界》一書，上海社會科學院出版社，二〇〇六年版，頁一八九—一九〇。

6 按：「九錫」是天子賜給諸侯、大臣有殊勳者的九種禮器，是最高禮遇的表示。錫，在古代通「賜」字。九種特賜用物分別是：車馬、衣服、樂、朱戶、納陛、虎賁、斧鉞、弓矢、鬯。古時人臣欲篡君位，常以暗示或脅迫天子備「九賜」之禮，作為「禪位」的前奏。

7 按：《文選》卷四十收有此文，題為《為鄭沖勸晉王箋》。

8 按：《晉書．阮籍傳》云：「會帝讓九錫，公卿將勸進，使籍為其辭，籍沉醉忘作。臨詣府，使取之。見籍方據案醉眠，使者以告，籍便書案，使寫之，無所改竄，辭甚清壯，為時所重。」

9 《金明館叢稿初編．陶淵明之思想與清談之關係》，三聯書店，二〇〇一年六月版，頁二〇七—二〇八。

10 《世說新語．任誕》二十三：「王平子、胡毋彥國諸人，皆以任放為達，或有裸體者。樂廣笑曰：『名教中自有樂地，何為乃爾也？』」劉孝標注引王隱《晉書》曰：「魏末阮籍，嗜酒荒放，露頭散髮，裸袒箕踞。其後貴游子弟阮瞻、王澄、謝鯤、胡毋輔之之徒，皆祖述於籍，謂得大道之本。故去巾幘，脫衣服，露醜惡，同禽獸。甚者名之為通，次者名之為達也。」

嵇康（上）——龍性誰能馴？

提起嵇康，我的第一感覺是肅然起敬，真有「仰之彌高，鑽之彌堅」之感。在魏晉名士的群像中，嵇康無疑是「海拔」最高的：他的才華最全面，風骨最剛勁，人格最完美，結局也最悲壯，沒有他，所謂「魏晉風度」只怕要塌下半邊天！

身世迷離

嵇康（二二四—二六三）字叔夜，譙國銍（今安徽濉溪，一說宿縣）人。他的身世可謂撲朔迷離。嵇康的姓氏首先就是一大懸案。在此之前，嵇姓幾乎不存在，嵇康的出現使這一姓氏有了較高的知名度。至今有人寫嵇康之名，還常常誤寫為「稽康」。其實也不算大誤，因為嵇康的姓氏原本就與會稽（今浙江紹興）有關。根據東晉的史學家虞預和王隱的兩部《晉書》，嵇康的身世可以梳理如下：

嵇康祖上本姓奚，會稽人，因避怨遷到譙國的銍縣，改姓為嵇。改姓嵇的原因，一說是為紀念出自會稽，一說是因為在銍縣嵇山之側安家的緣故。[1]但我以為，改姓還有一個原因，就是為了避免仇家的尋釁，不得不「隱姓埋名」。

關於嵇康的身世，值得注意的有三點：

第一，譙國也是曹操的家鄉，嵇康家族和曹氏家族屬於「鄉黨」。

第二，不僅屬於鄉黨，而且在政治上也有同盟關係。嵇康雖「家世儒學」（嵇喜《嵇康別傳》），但也並非名門望族。嵇康的父親嵇昭（字子遠）曾經做過「督軍糧治書侍御史」，屬於曹魏集團的親信，可以說，嵇氏與曹家的關係從嵇康的父親嵇昭這一輩就已開始了。儘管嵇康幼年喪父，但這種關係仍在延續。

第三，黃初元年（二二〇），曹丕稱帝伊始，便下令把譙國與長安、許昌、鄴、洛陽等重要城市一起，合稱「五郡」，後又將弟弟沛穆王曹林進爵為公，再由公進封為譙王。《晉書·嵇康傳》說：「（嵇康）與魏宗室婚，拜中散大夫。」這個「宗室」，指的正是曹林，嵇康後來娶了他的女兒（一說孫女）長樂亭主。[2]這個背景對於我們理解嵇康的政治處境和立場很重要。

也就是說，嵇康和曹魏的關係，比阮籍更深一層，不僅是政治同盟，還有姻親關係。我們不能說嵇康的反對司馬氏，完全是出於婚宦同盟的關係，但家族婚姻背景導致政治立場的不同，至少是一個非常重要的原因。有人出於對嵇康的敬仰，片面拔高嵇康反對司馬氏就是為了反對暴政，而與曹魏無關，感情固然可以理解，但卻不是審慎嚴謹的態度。嵇康再偉岸，也畢竟不是「外星人」，盤根錯節的人事關係不可能不對他的政治立場產生影響。

龍章鳳姿

嵇康長大後，風神瀟灑，玉樹臨風，成為魏晉時最著名的美男之一。順便說一句，在我看來，中國古典美學中有三大系統：自然美學、文藝美學和人物美學。宗白華先生說過一句很有價值的話：「中國美學竟是出發於『人物品藻』之美學。」（《〈世說新語〉與晉人的美》）這個「人物品藻之美學」也即我所謂的「人物美學」。魏晉時期可以說是中國「人物美學」的成熟期，而其中一個最典型的特點就是對於男性美的欣賞（詳見《風俗篇．美容之風》）。當時男性美的標準有很多：比如人的身材要高，皮膚要白，眼睛要亮，服飾要美，風度神韻要瀟灑飄逸，等等。但總的說來不過兩大類：或陰柔，或陽剛。像何晏、衛玠、王衍等人，代表了當時男性美中偏於陰柔的一面，而嵇康、夏侯玄等人，則代表了比較陽剛的一面。

關於嵇康的美，有許多文獻記載。如《晉書》本傳說：

> 康早孤，有奇才，遠邁不群。身長七尺八寸，美詞氣，有風儀，而土木形骸，不自藻飾，人以為龍章鳳姿，天質自然。

七尺八寸，相當於現在的一米八幾，所以見者嘆道：「蕭蕭肅肅，爽朗清舉。」

魏晉人喜歡用一些只可意會、難以言傳的詞彙評價人的風神氣度，「蕭蕭」和「肅肅」在這裡意思相近，很難直接翻譯，大概可以解釋成瀟灑、幽遠、清寂、沉靜的樣子，「爽朗清舉」則是一種光明坦蕩、清峻超拔之氣。

高大偉岸，容儀俊美，這只是嵇康陽剛之美的「表」。「裡」則是他對自己的美的態度和處理方式。也就是「土木形骸，不自藻飾」。通常的情況是，一個貌美的人難免會以美貌自矜甚至「自戀」，如何晏就十分注意自己的儀表，史書上說他「性自喜」，「行步顧影」，「動靜粉白不去手」。貌醜的人未必不自戀，但也很容易自暴自棄，不修邊幅，「土木形骸」，如身長不滿六尺、「貌甚醜悴」的劉伶就是好例。而嵇康卻以美男之身行醜男之事，居然也像劉伶一樣「土木形骸，不自藻飾」，這就有些與眾不同了。在《與山巨源絕交書》裡，他多少有些誇張地說自己經常一個月或十五天不洗臉；如果身體不是特別悶癢，是不願意洗澡的。這表明，他對何晏們所「苦心經營」的容貌，不僅看不上眼，而且是故意唐突甚至破壞的。「天生麗質偏自棄」，嵇康的這種通脫率性、順其自然的態度反而成就了他的超凡脫俗的美，所以史書上說他「龍章鳳姿，天質自然」。

因為「天質自然」，人們對他容貌的讚美當然也就「自然化」了，比如有人說他：「肅肅如松下風，高而徐引。」

這是採用比喻的手法讚美嵇康的風度。而且，把嵇康比作松樹下的風，是個比較形象同時又有點抽象的比喻，容易激發人的想像和聯想。從美學上來說，這叫「人的自然化」，就是把人格風度之類不易捉摸的東西自然化、形象化，這是一種詩意的人物審美方式。這裡的「肅肅」既有清幽、高遠之意，同時又可當作一個擬聲詞，形容風聲和松樹交互作用發出的那種「松濤」。「高而徐引」既和嵇康的挺拔形象有關，也是對其高峻脫俗的氣質的形象化聯想。嵇康的好朋友山濤說他：

「嵇叔夜之為人也，岩岩若孤松之獨立；其醉也，傀俄若玉山之將崩。」（《容止》五）

還是採用比喻的形式，「孤松」是讚其高，「玉山」應該是讚其白，靜態和動態相結合，說嵇叔夜這個人，高大挺拔如山崖間傲然獨立的青松；就連他醉倒的時候，也是風光無限，宛如一座巍峨的玉山將要坍塌了一樣。真是醒時也美，醉時也美，怎一個「美」字了得！一次嵇康去山上採藥，在密林岩泉之間流連忘返。這時，恰有一位樵夫荷薪而歸。在黃昏的氤氳光線中，樵夫抬眼望見山崖間的嵇康，衣袂飄飄，氣度非凡，還以為遇見了神仙，連忙拋柴棄擔，長揖不止（《晉書．嵇康傳》）。

據說嵇康唯一的兒子、後來做了晉朝忠臣烈士的嵇紹（字延祖），也是一個美男子。有一次，有人在王戎面前讚美嵇紹說：「嵇延祖真是天姿卓著，在眾人之間就像野鶴在雞群中一樣！」王戎聽了，不以為然地說：「那只不過是因為你沒有見過他的父親罷了。」（《容止》十一）嵇康的絕塵拔俗之美，由此可見一斑。

才高性峻

不僅長得俊美，而且多才多藝。嵇康是魏晉時少有的通才型人物，他是當時第一流的文學家，四言詩寫得很好，散文的成就更高。他還是當時著名的玄學家，他的《養生論》、《聲無哀樂論》在東晉竟成為清談家的理論話題。[3]他的音樂水準更是首屈一指，是當時最著名的音樂理論家、作曲家和古琴演奏家。嵇康的書法造詣也很高，唐代張彥遠《書法會要》竟把嵇康的草書排在張芝之後，位居第二，大名鼎鼎的「二王」還在其後。[4]嵇康還擅長丹青，唐朝時尚有《巢由洗耳圖》、《獅子擊象圖》傳世。更令人驚嘆的是，嵇康竟然是個打鐵的高手。史書上說嵇康「性絕巧而好鍛」，說他心靈手巧，喜歡打鐵。他在河內山陽（今河南省修武縣）隱居時，經常和向秀一起打鐵，所使用的冶鐵工具可以說代表了當時的「先進生產力」。

總之，嵇康是個難得的「全才型」人物，似乎上帝把所有美好的稟賦都給了他。他的風度和才華受到當時士林的擁戴和追捧。有個叫趙至的少年，是嵇康的「鐵杆粉絲」，他第一次在太學見到嵇康，便為之傾倒，以致於後來竟相思成狂，自殘自虐，輾轉求索，最終得以跟隨在嵇康左右。[5]這說明，狂熱的「追星族」古已有之。

嵇康的性格是很矛盾的，可以說是儒道兼修，溫厲並存。這種矛盾性跟那個時代的政治狀況有關。嵇康是曹魏宗室的女婿，又任中散大夫這個閑職，在正始年間曹爽集團和司馬氏爭權達到白熱化程度之時，他便陷入了政治的漩渦之中。他不得不掩藏自己的真實心境以求免禍。嵇康一家很早就搬到了河內山陽居住，這裡山青水秀，有茂林修竹，很適合隱居。也正是在這裡，他認識了山濤、阮籍、向秀、王戎、呂安等名士，形成了一個以山陽為中心的文人交遊圈。嵇康是個虔誠的道教徒，認為神仙之事是可能的，服食養生，導引節欲成了他的日常生活方式。種種跡象表明，他是打定主意要遠離政治，追求老莊的無為逍遙之道的。

不僅如此，嵇康還十分注意自己的言行。他欣賞阮籍的玄遠至慎之道，並努力向他學習。在《與山巨源絕交書》中，嵇康說：「阮嗣宗口不論人過，吾每師之，而未能及。」應該說，嵇康模仿的還是很「到位」的，王戎就說：「與嵇康居二十年，未嘗見其喜慍之色。」（《德行》十六）嵇康的哥哥嵇喜所撰《嵇康別傳》也說：「康性含垢藏瑕，愛惡不爭於懷，喜怒不寄於顏。所知王濬沖在襄城，面數百，未嘗見其疾聲朱顏。此亦方中之美範，人倫之勝業也。」這些記載，除了王戎所說在時間上略有出入外，[6]其他應該是可信的。

大概在嘉平年間（二四九—二五四），嵇康還曾經深入汲郡山中，拜神秘道士孫登[7]為師，向他求道歷三年。嵇康臨走時，孫登說了一句「臨別贈言」：「君才則高矣，保身之道不足。」《文士傳》記此語略有不同：「今子才多識寡，難乎免於今之世矣！子無多求！」《嵇康別傳》：「孫登謂康曰：『君性烈而才儁，其能免乎？』」沒想到這話竟然不幸言中，未及十年，嵇康果然為司馬昭所殺。嵇康在獄中作《幽憤詩》云：「昔慚下惠，今愧孫登。」頗有自責之意，所指即為此事。

還有一個故事也很有神秘色彩。說嵇康曾和另一位有名的隱士王烈相遇，兩人遂一起入山修道。有一次，王烈得到一種石髓，猶如飴糖一般軟滑可食，王烈自己吃了一半，把剩下的一半給了嵇康，沒想到這些石髓到了嵇康手裡，便凝固成了石頭！又有一次，王烈在一個石室中發現一卷「素書」（也就是求仙問道之類的書），連忙招呼嵇康來取，結果轉瞬之間素書就不翼而飛。王烈於是感嘆說：「叔夜的志趣雖然非同一般，但卻交不上好運，這大概就是命吧！」這個故事未必可信，但其暗示意味是很強的，那就是嵇康之所以在求仙問道方面屢屢受挫，是因為他命中注定會因為才高性峻而死非其命！

嵇康性格的矛盾性在他的《家誡》一文中表現得尤為突出。此文估計也是獄中所寫，談的都是謹言慎行的君子之道，諄諄教誨，循循善誘，面面俱到，無所不至，似乎要把兒子教育成一個言寡尤、行寡悔，明哲保身之人。連魯迅都說，現實中的嵇康和《家誡》裡那個婆婆媽媽、謹小慎微的父親「宛然是兩個人」：「嵇康是那樣高傲的人，而他教子就要他這樣庸碌。因此我們知道，嵇康自己對於他自己的舉動也是不滿足的。……這是因為他們生於亂世，不得已，才有這樣的行為，並非他們的本態。但又於此可見魏晉的破壞禮教者，實在是相信禮教到固執之極的。」（《魏晉風度及文章與藥及酒之關係》）仔細想想，似乎又不矛盾，嵇康的前半生可以說正是按照他《家誡》中的原則立身處世的，只是他身處政治漩渦的中心，無法徹底地奉行自己所追求的老莊無為守真之道罷了。

其實，嵇康對自己的性格最瞭解。在《與山巨源絕交書》中，他說：「吾直性狹中，多所不堪。」「吾不如嗣宗之資，而有慢弛之闕；又不識人情，暗於機宜；無萬石之慎，而有好盡之累。久與事接，疵釁日興，雖欲無患，其可得乎？」在列舉了自己不願做官的「七不堪」、「二不可」的九大理由後，嵇康說：「剛腸疾惡，輕肆直言，遇事便發，此甚不可二也。以促中小心之性，統此九患，不有外難，當有內病，寧可久處人間邪？」可見嵇康並非沒有識見，也並非不懂得「保身之道」，但關鍵時刻，他又不願委曲求全，放棄自己的人格尊嚴和自由意志。

若干年後，東晉皇帝簡文帝司馬昱評價何晏和嵇康的悲劇時說：「何平叔巧累於理，嵇叔夜俊傷其道。」（《品藻》三十一）劉孝標與此條注稱：「理本真率，巧則乖其致；道唯虛澹，俊則違其宗。所以二子不免也。」值得注意的是，何晏和嵇康都是曹魏的女婿，嵇康的岳父就是何晏的大舅子沛穆王曹林。[8] 兩人都是死於司馬氏之手，既有政治的原因，也未嘗沒有性格的原因。而嵇康的被殺，歷來都是一個眾說紛紜的話題。我以為，至少有三個原因直接導致了嵇康的被害：

第一是構怨鍾會，埋下了小人陷害的禍根；第二是絕交山濤，言論放肆令司馬昭懷恨在心；第三是呂安事件，為政敵們除去心腹之患提供了一個絕佳藉口。下面我們按照時間發展的順序一一介紹。

構怨鍾會

如果人一生難免會遇到小人，那麼鍾會就是嵇康的「小人」，而且是足以致命的小人。

鍾會（二二五—二六三）字士季，潁川長社（今河南長葛）人。他家世代書香，父親鍾繇不僅位至三公，是曹丕時期重要的大臣，還是我國歷史上最早可稱專業的書法家之一。出生於這樣的家庭，鍾會自然有一種天生的優越感。鍾會小時侯就頗有異才。據說他五歲時，與父親一道見太尉蔣濟，蔣濟一看他的眼睛，便大吃一驚，說：「這孩子絕不是一般人啊！」

還有一個故事說，鍾會七、八歲時，有一天，父親在臥室睡午覺，他便和哥哥鍾毓（？—二六三），一起偷酒喝。鍾毓比較老實，喝完後不安地說：「我們偷喝了酒，應該行個禮表示歉意吧？」鍾會聽了，嗤之以鼻，說：「偷酒本來就是非禮之事，幹嘛還要行禮呢？」（《言語》十二）

鍾毓、鍾會兄弟十三歲時，魏文帝曹丕聽說他們的名聲，對他父親鍾繇說：「可以令你的兩個兒子過來見我。」兩兄弟來見曹丕時，鍾毓很緊張，臉上滲出汗來，曹丕問：「卿臉上怎麼出汗了？」鍾毓回答說：「戰戰惶惶，汗出如漿。」又問鍾會：「卿何以不汗？」鍾會說：「戰戰慄慄，汗不敢出。」（《言語》十一）這兩個故事記在《世說新語．言語》篇中，可見鍾會小時候就比他哥哥鍾毓心眼多，膽子大，而且能言善辯，巧舌如簧。

鍾會的母親張氏，是個賢淑有德、教子有方的女子。在她的教導下，鍾會博學眩通，未成年便已把諸子百家的經典倒背如流，為他後來精練名理，成為魏晉之際重要的玄學家打下紮實的基礎。不過說到底，在鍾會身上，政客的成分遠比文人的色彩更濃重。而且還不是一般的政客，而是一個頭腦精明、為人狡詐、一肚子陰謀詭計的政客。他二十出頭便已在朝廷中擔任要職，先是做曹爽的官，再是做司馬氏的官，可謂八面玲瓏，左右逢源，是個政治上的「不倒翁」和「風派人物」。要不是他滅蜀之後，野心勃勃地要做皇帝，結果引火焚身，死於非命的話，也許，他會爬上更高的位置。不過這都是後話。

嘉平年間，嵇康成為京師學術界眾望所歸的領軍人物，比嵇康小一歲的鍾會已經官至中書侍郎，少年得志，目空一切。作為一名玄學家，鍾會主張學術與現實政治相融合，這自然與嵇康「越名教而任自然」的思想格格不入。嵇康在學術上的成就和影響，使鍾會很想引起他的注意，甚至還有與嵇康交朋友的想法。

嘉平五年（二五三年），鍾會總結傅嘏、王廣等人的玄學思想中有關「才性同異」方面的資料，編成《四本論》（「四本」即才性同、才性異、才性離、才性合）一書。他很想請嵇康看看，就把《四本論》揣進懷裡，一個人偷偷來到嵇康的住所。可是走到門口，又自慚形穢，怕嵇康當面駁難，便遠遠地把《四本論》手稿從牆外扔進室內，然後掉頭就跑。（《文學》五）自知不如人，卻又不願面對現實，想與別人交朋友，卻又不願放下架子、坦誠相見，鍾會的自負、自卑和虛榮，於此可見一斑。

這年夏天，鍾會又一次拜訪嵇康在洛陽郊外的住所。那天，嵇康和向秀（字子期）在門前打鐵。嵇康光著膀子，散著頭髮，正有節奏地揮舞鐵錘。向秀則箕踞坐在地上，一下一下地招呼著風箱。[9]正當嵇、向二人幹得熱火朝天的時候，鍾會翩翩而至。這位公子哥兒帶了一大幫京城的名流闊少，穿著錦衣繡裳，騎著高頭大馬，浩浩蕩蕩，耀武揚威地簇擁而來。嵇康、向秀聽到人聲馬嘶，並沒停下手中的活計。嵇康依舊揚錘而鍛，旁若無人，半天不說一句話。

鍾會立馬站在那兒，尷尬不已。正當鍾會一夥掉轉馬頭，準備離開時，打鐵聲嘎然而止。嵇康轉過身，朗聲說道：「何所聞而來，何所見而去？」這話是包含諷刺意味的，言下之意，你們此來，不是想要行使「間諜」的任務，刺探我在幹什麼嗎，你們現在究竟看到了什麼，又聽到了什麼呢？要是換了旁人，肯定噎得他半天說不出話，但是鍾會何等聰明機變，當即答道：「聞所聞而來，見所見而去！」（《簡傲》三）意思是，我聽見了我聽見的，看見了我看見的，收穫很大。至於以後——咱們騎驢看唱本，走著瞧！

說完，鍾會一夥悻悻而去。這次交鋒使鍾會威風掃地。但嵇康也為此付出了更為慘痛的代價。懂得養生之道的他卻無法控制自己嫉惡如仇的性格和「輕肆直言」的嘴巴。嵇康性格的矛盾性在這件事中盡顯無遺。但如果讓嵇康虛與委蛇，與鍾會之流稱兄道弟，那嵇康也便不是嵇康了。

放論管、蔡

嘉平二年（二五〇），魏帝曹芳的帝位第一次遭到直接的否定與動搖。不過，這一次的肇事者並非司馬氏，而是新任太尉王淩（一七二—二五一）。王淩是後漢司徒王允（就是他巧施「連環計」使呂布殺了董卓）的侄子，也是魏國的三朝元老。王凌升任太尉後，為達到制衡司馬懿的目的，便與他的外甥令狐愚密謀廢掉昏庸無能的曹芳，迎立楚王曹彪為帝。不料他的計畫竟被「自己人」洩露給司馬懿。嘉平三年，司馬懿興兵征討王凌。王凌兵敗自殺；楚王曹彪被「賜死」。凡與此事有關的人都被誅夷三族。嗣後，司馬懿仍不解恨，又把王凌、令狐愚二人的屍體從墳中挖出，在附近的鬧市區示眾了三天。

嘉平六年（二五四），曹芳的岳父張緝和李豐、蘇鑠、樂敦等忠於曹魏的大臣密謀，欲以威望較高的夏侯玄（二〇九—二五四）取代越來越飛揚跋扈的司馬師（二〇八—二五五）。不料事情敗露。司馬師惱羞成怒，遂將夏侯玄、李豐等人「皆夷三族」，名士群體又一次遭到巨大摧殘。是年九月，司馬師又將怒火傾泄到越來越看不上眼的皇帝身上，竟矯太后的詔令，以「耽溺內寵」、不賢不孝的罪名廢掉了曹芳。迎立曹丕的另一個孫子、東海王曹霖之子高貴鄉公曹髦（二四一—二六〇）為帝，改年號嘉平為正元。至此，曹魏政權已完全被司馬氏玩於股掌之中。

正元二年（二五五）正月，與夏侯玄、李豐等人親善的鎮東將軍毌丘儉（？—二五五）、揚州刺史文欽等因不滿司馬師悖越綱常的行徑，在淮南聯合發動反司馬師的軍事行動。但這次軍事行動最終也被司馬氏兄弟撲滅，毌丘儉兵敗被殺、文欽畏罪投奔吳國。

這三件事，也就是所謂的「淮南三叛」。毌丘儉、文欽事敗後，司馬昭的極權統治更為變本加厲，士人隊伍也日漸分化。阮籍本在儉、欽事變時辭去散騎常侍一職，玩了一個「金蟬脫殼」；司馬昭一上任，他見來者不善，便主動要求出任東平相一職。十幾天後，司馬昭招阮籍回京，把他釘在大將軍府從事中郎的位置上。山濤則做上了驃騎將軍王昶的從事中郎。王戎、裴楷等人也經鍾會拉攏、引薦，投靠了司馬昭。[10]

相比之下，嵇康則屬於「不同政見者」，走的是一條與他的朋友們截然不同的路。據《三國志》注引《魏氏春秋》：「大將軍嘗欲辟康，康既有絕世之言，又從子不善，避之河東，或云避地。」這說明，嵇康在政治上是拒絕與司馬氏合作的。隨著局勢的進一步惡化，這種「不合作」甚至差一點釀成了魚死網破的「暴力反抗」。《三國志．王粲傳》注引《世語》稱：「毌丘儉反，（嵇）康有力，且欲起兵應之，以問山濤，濤曰：『不可。』儉亦已敗。」這個記載雖然沒有更多的佐證，但也絕非捕風捉影。《三國志．王粲傳》說：「譙郡嵇康，文辭壯麗，好言老莊，而尚奇任俠。」這個「尚奇任俠」，顯然是與愛好老莊之道不同的性格特徵。大概是曹魏忠臣的多次「勤王」行動，刺激了嵇康的男兒血性，使他忍不住孤注一擲。雖然在山濤的勸告下，終未鋌而走險，但有了這次經歷，嵇康骨子裡的英雄豪情被大大激發出來，不與司馬氏合作的政治立場更為鮮明和堅定了。

嵇康雅好文章，曾寫過不少論文，時常發出不合時宜的「不平之鳴」。如在《釋私論》中說：「矜尚不存乎心，故能越名教而任自然。」在《太師箴》中說：「憑尊恃勢，不友不師。宰割天下，以奉其私。」「刑本懲暴，今以脅賢，昔為天下，今為一身。下疾其上，君猜其臣。」《卜疑》一文，甚至發出「輕賤唐虞而笑大禹」的豪言。

最具「爆炸力」的還是那篇《管蔡論》，在這篇政論文中，嵇康借古諷今，對司馬氏的倒行逆施進行了有力的控訴。

甘露元年（二五六）四月，年滿十六歲的皇帝曹髦去太學問學。在談到周公殺管叔、蔡叔這個與時政有關的敏感話題時，仰人鼻息的太學博士庾峻避不敢談。曹髦很生氣：「周公、管、蔡之事，皆《尚書》所載，是博士應該精通的。」言下之意：你連這個都不懂，怎麼配當博士呢？消息很快傳到嵇康的耳朵裡，他便寫下了一篇詞鋒銳利、志深筆長的傳世名文——《管蔡論》。

周公誅放管、蔡二叔的事件是歷史上的一樁公案。歷來的「官方話語」中，管叔和蔡叔都被指為犯上作亂、理當受誅的「歷史罪人」。管、蔡二人，本名姬鮮、姬度，和周公姬旦一樣都是周文王姬昌的兒子、武王姬發的弟弟。按年齡排行，管叔姬鮮是周公的哥哥，蔡叔姬度是周公的弟弟。周武王滅掉殷朝之後，曾大封功臣和兄弟，姬鮮封於管，姬度封於蔡；武王死後，成王即位，他們自然就成了「皇叔」，稱為管叔、蔡叔。但成王登基時，不過十來歲，姬旦德高望重，就擔當起「攝政」的重任，成為歷史上和文王、武王並稱的「三聖」之一的「周公」。周公「攝政」之後，管、蔡二叔曾在全國放出流言，說「（周）公將不利於孺子（幼帝）」，然後挾商紂王之子武庚發動叛亂。周公為此東征，最後平定了叛亂，殺掉武庚和管叔，同時將蔡叔流放。

這麼一樁歷史上已經蓋棺論定的「公案」，為什麼會引起曹髦的重視呢？聯繫當時的政局便不難找到答案。當初明帝曹叡死後，即位的曹芳只有八歲；曹芳被廢之後，重立的曹髦也不過十來歲，與成王幼年為帝的情形何其相似！而曹爽死後，司馬氏專權獨斷，又與周公「攝政」遙相呼應。更耐人尋味的是，司馬氏也頗懂得「拉大旗作虎皮」的手段，竟然自比周公，藉以欺世盜名。曹髦為何不早不晚，偏在這時候對管叔、蔡叔表示同情？原因無它，就因為前不久毌丘儉、文欽「叛亂」一事及其結果，太像當年的管叔、蔡叔了！

太學博士庾峻不敢正面回答曹髦的問題，並非他對此事完全沒有自己的看法，而是怕得罪以周公自居的司馬氏。但庾峻這種腐儒害怕司馬氏，嵇康卻不怕。他的這篇《管蔡論》，就是要冒天下之大不韙，公開為管叔、蔡叔「翻案」！他寫道：

> 管蔡皆服教殉義，忠誠自然，……卒遇大變，不能自通，忠於乃心，思在王室，遂乃抗言率眾，欲除國患，翼存天子，甘心毀旦。斯乃愚誠憤發，所以僥禍也。

認為管叔、蔡叔原本都是忠良，因此文王才「立而顯之」，武王才「舉而任之」；後來之所以起兵作亂，是由於他們遠離京城，不知道周公攝政乃權宜之計，以為周公有意篡權，這才興兵討伐周公。周公東征，大義滅親，固然是聖人之舉，但管、蔡二人也是「懷忠抱誠」，出發點是為了「翼存天子」，也不是通常所認為的「凶逆」、「頑惡」之輩！

雖然在文章中，嵇康用了「曲筆」，沒有大張旗鼓的否定周公，但他對管、蔡二人大加稱讚，其借古諷今的用意卻是再明白不過了。明代文學家張采評論說：「周公攝政，管、蔡流言；司馬執政，淮南三叛；其事正對。叔夜盛稱管、蔡，所以譏切司馬也。」（《漢魏別解》）可以說，到了寫《管蔡論》的時候，嵇康與司馬氏的衝突已經白熱化了。

這時候，山濤再一次伸出友誼之手，希望能夠緩和嵇康與司馬氏的關係。沒想到，這個忙不僅沒幫上，反而把嵇康往深淵又推了一把。

註釋

1 虞預《晉書》云：「康家本姓奚，會稽人。先自會稽遷於譙之銍縣，改為嵇氏。取稽字之上山從為姓，蓋從志其本也。一曰，銍有嵇山，家於其側，遂氏焉」（《三國志》卷二十一注引）。王隱《晉書》稱：「嵇本姓奚，其先避怨徙上虞移譙國銍縣。以出自會稽，取國一支音同本奚焉。」（《世說新語．德行》注引）

2 按：《世說新語．德行》注引《文章敘錄》：「康以魏長樂亭主婿，遷郎中，拜中散大夫。」還有一種說法認為嵇康是曹林的孫女婿，也即是曹操的曾孫女婿。又《三國志．沛穆王林傳》：「沛穆王林，建安十六年封饒陽侯，二十二年徙封譙。黃初二年，進爵為公。三年為譙王。五年改封譙縣。七年徙封鄄城。太和六年改封沛。景初、正元、景元中，累增邑，並前四千七百戶。林薨，子緯嗣。」注：「案《嵇氏譜》，嵇康妻，林子之女也。」曹林，曹操杜夫人出，故嵇康為杜夫人之曾孫女婿。不過根據各人的年齡，似乎應以孫女婿可能較大。

3 《世說新語．文學》二十一：「舊云，王丞相過江左，止道《聲無哀樂》、《養生》、《言盡意》三理而已，然宛轉關生，無所不入。」

4 這個代表張彥遠個人傾向的「草書榜單」如下：伯英（張芝）第一、叔夜（嵇康）第二、子敬（王獻之）第三、處仲（王敦）第四、世將（王廙）第五、仲將（韋誕）第六、士季（鍾會）第七、逸少（王羲之）第八。又，清余蕭客《文選紀聞》卷二十四：「（張）懷瓘曰：因得叔夜草絕交書一紙，有人以逸少草書兩紙易之，惜而不與。後於李造處見嵇全書，方知嵇公生平氣宇，若與面焉。」（宋釋適之《金壺記下》）

5 按：《世說新語．識鑒》劉注引嵇紹《趙至敘》云：「（趙）至年十五，佯病，數數狂走五里三里，為家追得，又炙身體十數處。年十六，遂亡命，徑至洛陽，求索先君不得。至鄴，沛國史仲和是魏領軍史渙孫也，至便依之，遂名翼，字陽和。先君到鄴，至具道太學中事，便逐先君歸山陽經年。」

6 按：王戎二三三年出生，十五歲即二四七年前後由阮籍引薦加入竹林之遊，而嵇康二六三年前後被司馬昭殺害，以此倒推二十年，當在二四三年，此時王戎僅十歲，尚未與嵇康相識，故王戎所言「與嵇康居二十年」，乃不可信。

7 據劉孝標注引《康集序》曰：「孫登者，不知何許人。無家，於汲郡北山土窟住。夏則編草為裳，冬則披髮自覆。好讀易，鼓一弦琴，見者皆親樂之。」又《魏氏春秋》曰：「登性無喜怒，或沒諸水，出而觀之，登復大笑。時時出入人間，所經家設衣食者，一無所辭，去皆舍去。」

8 衛紹生：《嵇康研究中的幾個問題》，《中國古典文學與文獻學研究》第一輯，學苑出版社，二○○二年版。

9 按：《世說新語．言語》注引《向秀別傳》：「常與嵇康偶鍛於洛邑，與呂安灌園於山陽。」又《晉書．向秀傳》：「康善鍛，秀為之佐，相對欣然，旁若無人。」

10 按：《世說新語．賞譽》五：「鍾士季目王安豐：『阿戎了了解人意。』謂裴公之談，經日不竭。吏部郎闕，文帝問其人於鍾會，會曰：『裴楷清通，王戎簡要，皆其選也。』於是用裴。」

嵇康（下）——不自由，毋寧死

壯詞絕交

早在甘露四年（二五九），從河東回山陽的嵇康便從同鄉公孫崇、好友呂安的口中，得知山濤要推薦他做官之事，最終不了了之。景元二年（二六一），司馬昭的大網越收越緊，嵇康的處境更加險惡。出於對好朋友的關切，可能也有司馬昭的授意，時任吏部郎的山濤在轉升散騎侍郎前，又一次向嵇康表達了推薦他自代的意思。事情很明白，這是司馬氏通過山濤向嵇康下達的「最後通牒」，如果嵇康再「敬酒不吃吃罰酒」，那麼，急著要做皇帝的司馬昭勢必會失去耐心，「圖窮匕現」了。

作為一個正直善良的文人，嵇康尚未意識到問題的嚴重性。他一直用理想的眼睛看待這個世界，無論是直接還是間接，他都恥於接受司馬氏的政治賄賂。於是他寫下了一篇千古奇文——《與山巨源絕交書》，作為對山濤，更是對司馬昭的答覆。

在這封絕交信中，嵇康一方面諷刺山濤就像廚子一樣，自己弄得一身膻腥，還要拉別人一塊沾污染穢的無聊行為；一方面盡情描述自己傲世避俗、養素全真、崇尚自由的生活態度。他以犀利的文筆無情地嘲諷官場上的繁文縟節，宣稱自己不願出仕的原因有「必不堪者七，甚不可者二」，諸如：喜歡睡懶覺，但做官以後，守門的差役很早就要催人起床，實在難以忍受；平日喜歡抱著琴行吟漫步，或在郊野垂釣游弋，但做官以後，出入皆有吏卒跟隨，令人不堪忍受；此外，自己身上蝨子多，搔起癢來沒完沒了，卻要穿上官服去拜見上司；不喜歡弔喪，卻又不得不去；不喜歡俗人，做官後卻又不得不和他們共事；官場臭腐，案牘勞形，壓得人喘不過氣來……凡此種種都讓人難以忍受。再加上本人喜歡「非湯、武而薄周、孔」，又「剛腸疾惡」，有「輕肆直言，遇事便發」的毛病，這樣的人怎麼能去做官呢？他還表示自己「志氣所托，不可奪也」，好比野性難馴的麋鹿，「長而見羈，則狂顧頓纓，赴湯蹈火，雖飾以金鑣，飧以嘉肴，逾思長林而志在豐草也」。又說自己「但願守陋巷，教養子孫，時與親舊敘離闊，陳說平生，濁酒一杯，彈琴一曲，志願畢矣。」如果你硬要逼迫，我一定會發瘋的，咱們又沒有多大的仇恨，你不至於會害我吧？……全文嘻笑怒罵，揮灑自如，莊諧齊舉，文情並茂，讀來如見其人，如聞其聲，真是痛快淋漓！在這封信裡，那個學習阮籍「口不論人過」的嵇康，那個王戎「未嘗見其喜慍之色」的嵇康不見了，取而代之的是「直性狹中」的嵇康，是「金剛怒目」的嵇康，是將生死置之度外的嵇康！

這篇絕交書是嵇康人生觀、政治觀的「自白」，它不僅是與山濤斷絕私交的聲明，更是與司馬氏淫威籠罩之下的整個政壇劃清界限的「自由宣言」。嵇康的自由人格和不屈個性在這篇文章中得到了最充分的展現，也從而奠定了他在我國散文史上的重要地位。

然而，正是這封絕交書，使司馬昭懷恨在心，並最終給嵇康帶來了殺身之禍。前引《魏氏春秋》緊接著說：「及山濤為選曹郎，舉康自代，康答書拒絕，因自說不堪流俗，而非薄湯、武。大將軍聞而怒焉。」好心的山濤辦了一件壞事。他對嵇康的性格中那種剛烈不屈的一面知之甚少，他原以為，自己的安排可能會救嵇康出水火，沒想到，他這種俗不可耐的如意算盤玷污了嵇康高潔的靈魂，嵇康本是人中龍鳳，你卻用引誘蚯蚓麻雀的東西去逗引他，使他受到比死亡本身更難忍受的傷害和侮辱，他怎麼會不虎嘯龍吟，赴湯蹈火呢？嵇康寫這封信的意思再明白不過，那就是告訴山濤以及暴政魁首司馬昭：我就是我，我只能做我，我的名字叫——嵇康！

思想家殷海光說：「自古至今，容忍的總是老百姓，被容忍的總是統治者。」

作為傑出知識分子的代表，嵇康對司馬氏的倒行逆施洞若觀火，恨之入骨，所以，他成了率先表示「不能容忍」的一個。

在那樣一個萬馬齊喑的時代，剛腸疾惡的嵇康飛蛾撲火般地撲向了暴政的殺人機器，成了司馬昭屠刀之下的犧牲品。

呂安事件

也許真有所謂命運，歷史彷彿處心積慮地創造一個偉大的人物，然後又為安排他的死亡煞費苦心。得罪了鍾會，絕交了山濤，觸怒了司馬昭，這還都不足以置嵇康於死地。思想和言論的「異端」固然是嵇康之死的根本原因，但司馬昭尚且不至於愚蠢到、殘暴到或者喪心病狂到把思想和言論作為殺人的理由。他在等待機會，而對於極權專制的屠夫來講，只要你願意殺人，機會總是有的。嵇康身邊所有的人，甚至他自己的一言一行，都在為這個機會的營造添磚加瓦。

如果說構怨鍾會是埋下了一顆炸彈，絕交山濤等於被司馬氏列入了「黑名單」，那麼，呂安事件就是一根引爆炸彈的導火索。

一個真正具有人格魅力的人，就像一個巨大的磁場，永遠不會缺少追隨者。隨著政治環境的惡化，竹林中的大部分名士都風流雲散，各奔前程去了，經常和嵇康交遊往來的除了向秀，就是東平的才子呂安。嵇康和呂安雖非同年同月同日生，但卻實現了同年同月同日死，這樣的緣分實在非同小可。

呂安，字仲悌，小名阿都，東平（今屬山東）人。鎮北將軍、冀州牧呂昭次子。大概由於出身名門的緣故，呂安自幼便有拔俗之氣，凌雲之志，喜歡結交俊才高士，而不屑與俗人為伍。他有一個同父異母的哥哥，叫呂巽，字長悌；因為呂巽的關係，呂安才得以結識嵇康。想不到二人一見如故，言語歡洽，竟成莫逆之交。呂安更是為嵇康的風神遠志所傾倒，將其視為知音和榜樣。兩人的友誼山高水長，竟為人類的情感詞典創造了一個熠熠生輝的成語——「千里命駕」：

> 嵇康與呂安善，每一相思，千里命駕。安後來，值康不在，（嵇）喜出戶延之，不入。題門上作「鳳」字而去。喜不覺，猶以為欣，故作。「鳳」字，凡鳥也。（《簡傲》四）

在這個故事中，嵇康的哥哥嵇喜又一次充當了一個反襯，同樣是對他的輕蔑，阮籍的白眼令他不堪，而呂安的「題鳳」反而令其欣然，果然不愧「凡鳥」之喻。而呂安的高傲脫俗也就呼之欲出了。

景元三年（二六二年），一場無妄之災降臨在嵇康的頭頂。災難之火首先在呂安的家裡點燃，接著迅速燒到他最好的朋友身上。這場災難，又一次檢驗了嵇康的善良、正直和寧折不撓的節操。

事情是這樣的：呂安的同父異母的哥哥呂巽，雖然頗喜結交名流以附庸風雅，但骨子裡卻心術不正。他一向嫉妒弟弟呂安的才華及人品，處處刁難呂安。呂安敬他是兄長，每每息事寧人，但求相安無事而已。但他萬萬沒有想到，身為兄長的呂巽竟會垂涎他的妻子徐氏的美貌，趁他外出之際，灌醉弟媳並將其誘姦！呂安得知後忍無可忍，打算將此事告官。出於對好朋友家庭聲譽和個人名節的關心和維護，嵇康勸呂安暫且隱忍不發，待他居中調停後再作計較。呂巽做賊心虛，便做痛心疾首狀苦苦相求，並答應從今以後同弟弟親善和睦。呂安見他態度還好，便答應暫不告發，以觀後效。事後嵇康還不放心，又單獨找到呂巽，要他痛改前非，承諾不要再起事端。呂巽當然又是信誓旦旦。

誰知沒過多久，竟傳來呂安被捕的消息。原來呂巽當初答應嵇康不過是「緩兵」之計，他這時已爬上「相國掾」的位置，是司馬昭手下的得力幹將，怎甘心授人以柄？於是他便惡人先告狀，誣告呂安毆打母親，誹謗兄長，想以「不孝」定呂安之罪。在魏晉之際，「不孝」之罪非同小可，輕者發配，重者殺頭。司馬氏一向標榜「以孝治天下」，呂巽的狀自然是一告就准。就這樣，無辜的呂安被判了流放到邊疆地區的徒刑。

聽到這個消息，嵇康猶如五雷轟頂。對呂安的不幸遭遇，他十分內疚，要不是他出面勸說、調停，呂安就不會放過呂巽，給他以可乘之機，呂安本人也就不會反受其禍，含冤受辱。同時，呂巽的卑鄙行徑又使他憤怒到了極點，他寫下了平生第二篇絕交信——《與呂長悌絕交書》。在這篇不足三百字的短文中，嵇康以十分冷峻、決絕的語氣回顧了與呂巽相交和此事前後自己的心跡，活畫了呂巽出爾反爾、包藏禍心的醜惡嘴臉，最後說：

「都（呂安）之含忍足下，實由吾言。今都獲罪，吾為負之。吾之負都，由足下之負吾也。悵然失圖，復何言哉！若此，無心復與足下交矣。古之君子，絕交不出醜言，從此別矣，臨別恨恨。嵇康白。」

這封「臨別恨恨」的絕交書不僅又得罪了小人呂巽，同時也向其主子司馬昭再次亮明了絕不合作的嚴正立場。

隨後，義憤填膺的嵇康不顧兇險，隻身前往洛陽，為呂安辯護、作證。[1]殊不知這樣一來，正好掉進了奸人預設的陷阱。猶如一條伺機已久的毒蛇，鍾會終於抓住了這個置嵇康於死地的絕佳機會。《世說新語．雅量》篇第六條注引《文士傳》稱：

呂安罹事，康詣獄以明之。（司隸校尉）鍾會廷論康曰：「今皇道開明，四海風靡，邊鄙無詭隨之民，街巷無異口之議。而康上不臣天子，下不事王侯，輕時傲世，不為物用，無益於今，有敗於俗。昔太公誅華士，孔子戮少正卯，以其負才亂群惑眾也。今不誅康，無以清潔王道。」於是錄康閉獄。

別的不說，單是「上不臣天子，下不事王侯」一句，便可將嵇康置於死地。《晉書・嵇康傳》記此事，羅織了更為可怕的罪名：

及是，（鍾會）言於文帝（司馬昭）曰：「嵇康，臥龍也，不可起。公無憂天下，顧以康為慮耳。」因譖「康欲助毌丘儉，賴山濤不聽。昔齊戮華士，魯誅少正卯，誠以害時亂教，故聖賢去之。康、安等言論放蕩，非毀典謨，帝王者所不宜容。宜因釁除之，以淳風俗。」帝既昵聽信會，遂並害之。

鍾會真是「有鋼都用在了刀刃上」，他先是把嵇康比作「臥龍」，實為落井下石，司馬昭想做真龍天子，豈容臥龍在側？第二是誣告「康欲助毌丘儉，賴山濤不聽」，這又是謀反之罪。第三則說嵇康「言論放蕩，非毀典謨」，又搬出聖賢誅戮不肖的古例為之張目，似乎是鐵證如山，非殺不可了。司馬昭也把嵇康視作篡逆路上的絆腳石、攔路虎，早已磨刀霍霍，機會一來，怎肯放過？就這樣，嵇康和呂安被不明不白地推上洛陽東市的刑場。

廣陵絕唱

景元三年（二六二）秋，嵇康坐呂安事被殺。

嵇康入獄後，發生了一件很轟動的事。據王隱《晉書》記載：「康之下獄，太學生數千人請之，於時豪俊皆隨康入獄，悉解喻，一時散遣。康竟與安同誅。」這其實是一次類似於漢末黨錮之禍的學生運動。說明嵇康的冤獄，早引起當時豪俊之士及太學生的不滿，大家用「有難同當、有牢同坐」的態度表示對精神領袖嵇康的聲援。但是，聲援被宣布無效，嵇康也就認命，在獄中，他寫下了一首四言《幽憤詩》，[2]其中有這麼幾句：「欲寡其過，謗議沸騰，性不傷物，頻致怨憎。昔慚柳惠，今愧孫登，內負宿心，外恧良朋。」說自己一向都想學習蘧伯玉減少自己的過錯，本性也不願意傷害別人，可是卻被小人怨憎誹謗，不遺餘力，思前想後，愧對古聖今賢，也辜負了本心良朋。又說：「匪降自天，實由頑疏，理弊患結，卒致囹圄。對答鄙訊，縶此幽阻，實恥訟冤，時不我與。」認為這次牢獄之災，實與自己性格有關，面對獄吏粗野的審訊，實在恥於為自己鳴冤叫屈，即使來日無多，也只能默默接受。這首詩情辭淒惻，格調高古，披肝瀝膽，感人至深。

《家誡》一文大概也是寫於獄中，對孩子的牽掛，對生命的留戀，對世道人心的洞察，無不流瀉於字裡行間。獄中的自省蕩滌了嵇康心中的不平、憤怒、遺憾和屈辱，臨刑的日子終於到了，「龍性難馴」的嵇康，用他的俠骨柔腸、劍膽琴心，成就了一個中國歷史上最淒美、最壯烈、最富詩意的死亡。嵇康用他的死，譜寫了一曲「獨立之精神，自由之思想」的不朽樂章，完成了中國古代知識分子最具警世價值和唯美色彩的「天鵝之死」。

這一天，又發生了一次大規模的學生請願活動。史書上說：「康將刑東市，太學生三千人請以為師，弗許。」（《晉書．嵇康傳》）這是在行刑之前發生的事，是三千太學生所代表的「民意」的最後一次伸張。「公道自在人心」。這次請願可能會使劊子手的屠刀磨得更快，但也給了即將就義的嵇康與呂安莫大的安慰。關於嵇康臨刑的情景，《世說新語》裡有一段可作詩歌讀的文字：

嵇中散臨刑東市，神氣不變。索琴彈之，奏《廣陵散》。曲終，曰：「袁孝尼嘗請學此散，吾靳固不與，《廣陵散》於今絕矣！」太學生三千人上書，請以為師，不許。文王亦尋悔焉。（《雅量》二）

在赴死的這一天，嵇康讓所有人見識了他那足以驚天地、泣鬼神的浩浩「雅量」！幾年前，同樣是在洛陽東市，正始名士夏侯玄被司馬師殺害。《世說新語．方正》篇記載：

夏侯玄既被桎梏，時鍾毓為廷尉，鍾會先不與玄相知，因便狎之。玄曰：「雖復刑餘之人，未敢聞命。」考掠初無一言，臨刑東市，顏色不異。（《方正》六）

夏侯玄也是陽剛美男的代表，面臨死亡，他交出了和陰柔美男何晏、王衍之流不同的答卷。現在，這答卷又輪到嵇康來完成了。相比之下，嵇康做得更漂亮！不僅「神色不變」，而且「索琴彈之」。這一刻，讓我們想起了他寫給嵇喜的那首膾炙人口的四言詩：「目送歸鴻，手揮五弦。俯仰自得，游心太玄。」（《贈兄秀才入軍．十四》）

我們還想到了顧愷之據此詩作畫的一句感嘆：「畫『手揮五弦』易，『目送歸鴻』難！」（《巧藝》十四）

《晉書．嵇康傳》記載這個場景，說：「康顧視日影，索琴彈之。」一句「顧視日影」，真是氣韻生動，力貫千鈞，令人想見其人！

嵇康所彈的曲子就是著名的《廣陵散》（又名《太平引》）——或者說，就是因嵇康而著名的

《廣陵散》描述的是聶政刺韓王的故事，可想而知，那音樂一定是大氣磅礴，雄渾壯烈的。關於這首琴曲，還流傳著一個有些神話色彩的傳說。說嵇康有一次出門遠行，夜裡在一個亭子裡休息彈琴，與死去的古人相遇，對方教他這首「獨家原創」的《廣陵散》，並約定「不得教人」云云。[3]這故事當然是好事者附會而成，不可盡信。其主要目的是為嵇康的臨終感嘆「打圓場」，也就是解答後人的疑問：一，為什麼這首琴曲只有嵇康會彈？二，為什麼嵇康不願意教別人？《晉書》本傳把這個傳說採之入史，其實是個敗筆，難免受人詬病。

且說嵇康彈完此曲，沒有為自己生命的終結而悲傷，反而感嘆地說：「當年好朋友袁孝尼（名袁准）請學此曲，我拒絕了他，現在《廣陵散》就要成為絕唱了！」這就是魏晉風度中最高妙的境界！一個臨死的人，竟然為一首琴曲的失傳耿耿於懷，喟然長嘆，這是怎樣美麗的心靈，這是怎樣超越的生命！嵇康曾經說過：「形恃神以立，神須形以存。」（《養生論》）這一刻，他用自己的行為突破了這一通常的生命存在方式：在形而下的肉體行將消亡之時，另一種形而上的精神生命誕生了，並且永垂不朽！

莊子說：「方生方死，方死方生。」（《齊物論》）嵇康的死亡，真好比鳳凰浴火而涅槃，本身就是生命在非肉體意義上的「重生」！在喋血三尺的一剎那，劊子手的屠刀似乎只有一個作用，就是向一顆「勇敢的心」致敬，為一個上帝的偉大造物送行！任何一個心懷慈悲的人讀到這裡，除了扼腕嘆息，一掬同情之淚，應該還會感到一種振奮吧——那是偉大的生命賜給所有生者的尊嚴感和自豪感！

其實，《廣陵散》並沒有就此絕響，[4]而像嵇康這樣最能彈奏出此曲神韻的人卻的確無從尋覓了，從這個意義上說，這也是王子猷所謂的「人琴俱亡」。嵇康的死亡，是魏晉易代之際十分重大的政治事件，它宣告了一個時代的終結。從此以後，漢末黨錮名士所開闢的處士橫議、裁量執政的清議之風徹底消歇，歷史進入到了「後清議時代」，或者說進入到名士們展示風流而缺乏風骨的「清談時代」，這個時代，儘管也是盡態極妍，精彩紛呈，但像嵇康那樣寧為玉碎、不求瓦全的錚錚鐵骨的名士再未出現。故南朝顏延之《五君詠．嵇中散》詩云：

中散不偶世，本自餐霞人。形解驗默仙，吐論知凝神。
立俗迕流議，尋山洽隱淪。鸞翮有時鎩，龍性誰能馴！

余嘉錫先生說：「竹林諸人，在當時齊名並品，自無高下。若知人論世，考厥生平，則其優劣，亦有可言。叔夜人中臥龍，如孤松之獨立。乃心魏室，菲薄權奸，卒以伉直不容，死非其罪。際正始風流之會，有東京節義之遺。雖保身之術疏，而高世之行著。七子之中，其最優乎！」（《世說新語箋疏》）

一千六百多年後，嵇康的隔代知音魯迅分析其死因時說：「嵇康的見殺，是因為他的朋友呂安不孝，連及嵇康，罪案和曹操的殺孔融差不多。魏晉，是以孝治天下的，不孝，故不能不殺。為什麼要以孝治天下呢？因為天位從禪讓，即巧取豪奪而來，若主張以忠治天下，他們的立腳點便不穩，辦事便棘手，立論也難了，所以一定要以孝治天下。但倘只是實行不孝，其實那時倒不很要緊的，嵇康的害處是在發議論；阮籍不同，不大說關於倫理上的話，所以結局也不同。」（《魏晉風度及文章與藥及酒之關係》）

魯迅非常喜愛嵇康，曾花幾年功夫編訂《嵇康集》，而魯迅本人在當時那樣一個亂世的思想和行為，其實是和嵇康一脈相承的。嵇康犯的不是不孝之罪，而是莫須有的思想罪和言論罪。嵇康何嘗不熱愛生命呢？但他偏是個「龍性難馴」、寧折不彎的人，所以他在委曲求全和為自由和真理而死之間，毅然選擇了後者。

終生信奉「非暴力不合作」的聖雄甘地說過：「當我絕望時，我會想起，在歷史上，只有真理和愛能得勝，歷史上有很多暴君和兇手，在短期內或許是所向無敵的，但是終究總是會失敗，好好想一想，永遠都是這樣」。

在和司馬氏暴政集團的較量中，嵇康失去的是生命，是枷鎖，但他獲得了在「真理和愛」的評判中永久的勝利！

「不自由，毋寧死。」可以說，嵇康是一位中國古代的「自由知識分子」，他為一個長期專制的國度譜寫了一曲自由精神的招魂曲。其追求自由、反抗強權的精神足夠專制制度下的「吾國吾民」永遠繼承和發揚。

註釋

1 《三國志》注引《魏氏春秋》：「初，康與東平呂昭子巽及巽弟安親善。會巽淫安妻徐氏，而誣安不孝，囚之。安引康為證，康義不負心，保明其事，安亦至烈，有濟世志力。鍾會勸大將軍因此除之，遂殺安及康。……及遭呂安事，為詩自責曰：『欲寡其過，謗議沸騰。性不傷物，頻致怨憎。昔慚柳下。今愧孫登。內負宿心，外赧良朋。』」

2 嵇康《幽憤詩》云：「嗟余薄祜，少遭不造，哀煢靡識，越在襁褓。母兄鞠育，有慈無威，恃受肆姐，不訓不師。愛及冠帶，憑寵自放，抗心希古，任其所尚。托好《莊》《老》，賤物貴身，志在守樸，養素全真。曰予不敏，好善暗人，子玉之敗，屢增惟塵。大人含弘，藏垢懷恥。人之多僻，政不由己。惟此褊心，顯明臧否；感悟思愆，怛若創痏。欲寡其過，謗議沸騰，性不傷物，頻致怨憎。昔慚柳惠，今愧孫登，內負宿心，外恧良朋。仰慕嚴鄭，樂道閑居，與世無營，神氣晏如。咨予不淑，嬰累多虞。匪降自天，實由頑疏，理弊患結，卒致囹圄。對答鄙訊，縶此幽阻，實恥訟冤，時不我與。雖曰義直，神辱志沮，澡身滄浪，曷云能補。雍雍鳴雁，厲翼北遊，順時而動，得意忘憂。嗟我憤嘆，曾莫能疇。事與願違，遘茲淹留，窮達有命，亦有何求？古人有言，善莫近名。奉時恭默，咎悔不生。萬石周慎，安親保榮。世務紛紜，祇攪余情，安樂必誡，乃終利貞。煌煌靈芝，一年三秀；予獨何為，有志不就。懲難思復，心焉內疚，庶勖將來，無馨無臭。采薇山阿，散發岩岫，永嘯長吟，頤神養壽。」

3 《太平廣記》卷三一七引東晉荀氏《靈鬼志》：「（嵇康）嘗行，去路數十里，有亭名月華。投此亭，由來殺人。中散心神蕭散，了無懼意。至一更，操琴先作諸弄，雅聲逸奏，空中稱善。中散撫琴而呼之：『君是何人？』答云：『身是故人，幽沒於此。聞君彈琴，音曲清和，昔所好，故來聽耳。身不幸非理就終，形體殘毀，不宜接見君子。然愛君之琴，要當相見，君勿怪惡之。君可更作數曲。』中散復為撫琴，擊節，曰：『夜已久，何不來也？形骸之間，復何足計。』乃手挈其頭曰：『聞君奏琴，不覺心開神悟，恍若暫生。』遂與共論音聲之趣，辭甚清辯，謂中散曰：『君試以琴見與。』乃彈《廣陵散》。便從受之，果悉得。中散先所受引，殊不及。與中散誓：不得教人。」《晉書》本傳：「初，康嘗游於洛西，暮宿華陽亭，引琴而彈。夜分，忽有客詣之，稱是古人，與康共談音律，辭致清辯，因索琴彈之，而為《廣陵散》，聲調絕倫，遂以授康，仍誓不傳人，亦不言其姓字。」

4 按：《文選．嵇康〈琴賦〉》李善注：「《廣陵》等曲，今並猶存。」余嘉錫先生《世說新語箋疏》中稱《廣陵散》：「彈之者不一其人，而非嵇康所獨得。康死之後，其曲仍流傳不輟，未嘗因死而便至絕響也。《世說》及《魏志注》所引《康別傳》，康臨終之言，蓋康自以為妙絕時人，不同凡響，平生過自珍貴，不肯教人。及將死之時，遂發此嘆，以為從此以後，無復能繼己者耳。後人耳食相傳，誤以為能彈此曲者，惟叔夜一人。」

王衍——誰料清談竟誤國？

關於王衍，可以作為重要談資的莫過於「清談誤國」論。可以說，清談誤國，既是別人對王衍的預測和判斷，也是王衍臨終的良心發現，後人說起西晉覆亡，也總是把「祖尚浮虛」的王衍作為罪魁禍首，釘在歷史的恥辱柱上。

眾所周知，西晉統一全國之後，有過十幾年的承平歲月，尤其是太康年間（二八〇—二八九），西晉政壇相對比較平穩，人民生活也較安定。但由於西晉和曹魏的政權皆由篡奪而來，兩家只好宣布「以孝治天下」，不敢言「忠」，致使儒家名教成了一塊虛偽的「遮羞布」，道家的玄虛無為遂成為名士群體逃避責任、追求享樂的「保護傘」。整個社會的價值觀也呈現出一種從沒有過的無序和混亂狀態，表面的繁華之中醞釀著崩解的風暴。武帝一死，賈後亂政，導致八王之亂，五胡趁勢而入，終於使剛剛統一的天下，陷入近三百年分崩離析的亂局。錢穆先生在談到兩漢、魏晉之際的學術政治大勢時說：

西漢初年，由黃、老清靜變而為申、韓刑法。再由申、韓刑法變而為經學儒術。一步踏實一步，亦是一步積極一步。現在是從儒術轉而為法家，再由法家轉而為道家，正是一番倒卷，思想逐步狹窄，逐步消沉，恰與世運升降成為正比。在此時期，似乎找不出光明來，長期的分崩禍亂，終於不可避免。[1]

這個分析堪稱目光如炬。

在西晉上層貴族中間，有兩個方面的表現值得注意：一是物質生活上追求奢侈浮華，甚至到了草菅人命的地步，這是末世的亂象之一，我們會在「風俗篇」中涉及。二是文化生活中，精神的虛無與肉體的放縱成為時尚，名士群體分作兩派，一派屬於正始名士何晏、王弼的追隨者，終日談玄說無，而無學理；另一派則是竹林名士的「發燒友」，他們紛紛效法阮籍、劉伶等人的縱酒裸裎，以此為通達，而無深度。

這兩派人物的代表，就是王衍和他的弟弟王澄。

「寧馨兒」

王衍（二五六—三一一），字夷甫，琅邪臨沂人。平北將軍王乂之子。他是「竹林七賢」王戎的從弟，也是西晉著名的美男子。關於他的美貌，文獻記載很多。以下是《世說新語》中的相關記載：

王夷甫容貌整麗，妙於談玄，恒捉玉柄麈尾，與手都無分別。（《容止》八）

王大將軍（敦）稱太尉：「處眾人中，似珠玉在瓦石間。」（《容止》十七）

這些記載無不突出王衍的俊美外貌，可以說，他是衛玠之前西晉第一美男。他的美貌甚至讓人感到擔心和恐懼，使人想起「紅顏禍水」之類的不祥之物。有一個「寧馨兒」的典故便道出了此中消息：

（衍）神情明秀，風姿詳雅。總角嘗造山濤，濤嗟嘆良久，既去，目而送之曰：「何物老嫗，生寧馨兒！然誤天下蒼生者，未必非此人也。」（《晉書．王衍傳》）

我們知道，山濤很有人倫鑒識，看人的眼光也很「毒」，他第一次見到小時候的王衍，竟然大為感嘆，百感交集，先是驚嘆其姿容出眾，從遺傳學上大加讚美（「寧馨兒」猶言「這樣的孩子」，後來成了一個成語），後又從政治學社會學角度質疑，預測此人長大之後，有可能誤盡蒼生，傾覆天下！

和山濤英雄所見略同的，還有德高望重的西晉名臣羊祜（二二一—二七八）。王衍是羊祜的堂外甥，他十四歲時，曾在京師洛陽拜訪過羊祜，「申陳事狀，辭甚清辯。祜名德貴重，而衍幼年無屈下之色，眾咸異之」（《晉書．王衍傳》）。這是王衍第一次見羊祜。第二次是十七歲，據《晉陽秋》記載：「夷甫父乂，有簡書，將免官，夷甫年十七，見所繼從舅羊祜，申陳事狀，辭甚俊偉。祜不然之，夷甫拂衣而起。祜顧謂賓客曰：『此人必將以盛名處當世大位，然敗俗傷化者，必此人也！』」

應該說，羊祜的眼光更犀利，山濤還被王衍的外貌所吸引，大加讚嘆，羊祜卻從王衍的「巧言令色」中「嗅」到了更加危險的氣息，斷定這個「寧馨兒」必將「敗俗傷化」，禍國殃民。此事在《世說新語》中也有反映：

> 王夷甫父乂為平北將軍，有公事，使行人論，不得。時夷甫在京師，命駕見僕射羊祜、尚書山濤。夷甫時總角，姿才秀異，敘致既快，事加有理，濤甚奇之。既退，看之不輟，乃嘆曰：「生兒不當如王夷甫邪？」羊祜曰：「亂天下者，必此子也！」（《識鑒》五）

出於突出人物「識鑒」能力的需要，《世說新語》的編者顯然把不同時間、地點的事情「拼湊」到一塊了。

因為羊祜對年少輕狂的王衍沒有好印象，又因為在和東吳的一次戰鬥中，羊祜想要對犯有瀆職錯誤的王戎按軍法問斬，雖然沒有執行，但這兩件事使王戎、王衍兄弟對羊祜懷恨在心，他們後來顯達後，經常詆毀壓制羊祜，以致於當時流傳著這樣一句諺語：「二王當國，羊公無德。」[2]根據王衍兄弟的行徑，我甚至懷疑，也許山濤壓根沒說過「誤天下蒼生」那句話，否則後來王衍怎會對山濤評價那麼高？[3]

事實證明，琅邪王氏對羊祜的這種不滿甚至「遺傳」到了子孫後輩身上，王獻之（子敬）後來就曾對王孝伯說：「羊叔子（祜）自復佳耳，然亦何與人事？故不如銅雀臺上妓。」（《言語》八十六）把羊祜和銅雀臺上的歌妓舞女相比本身已經不倫，又加上「故不如」三字，真是輕薄到了極點。

一世龍門

如上所述，王衍出身高貴，加之貌美多才，自然極其傲慢。他非常善於「炒作」自己，竟自比孔子最有才華的學生子貢，不把一般人放在眼裡。當時外戚、晉武帝岳父、臨晉侯楊駿想要把女兒嫁給王衍，王衍竟以之為恥，「遂陽狂自免」，就是採用裝瘋賣傻的辦法才搪塞過去。這事驚動了晉武帝司馬炎，大概司馬炎想不通：難道和當朝皇帝做連襟的事你都不幹嗎？就問王衍的堂兄王戎：「當今之世，誰可以和你堂弟王夷甫相提並論？」王戎何等聰明，趁機為他的堂弟鼓吹，說：「未見其比，當從古人中求之。」把牛皮都吹到天上了。

王衍後來官至太尉，聲名日隆，成為士林偶像級人物，史稱「一世龍門」。可以說，「王與馬，共天下」的局面在西晉已經大體形成，只可惜王衍的政治才幹比起後來支撐東晉政局的王導不可同日而語，現在看來，王導後來的「興國」似乎是為王衍當年的「誤國」還債買單。

由於門第高貴，王氏兄弟十分「抱團兒」，同氣連枝，常常互相標榜，且看：

王戎云：「太尉神姿高徹，如瑤林瓊樹，自然是風塵外物。」（《賞譽》十六）

王公（導）目太尉：「岩岩清峙，壁立千仞。」（《賞譽》三十七）

王丞相（導）云：「頃下論以我比安期（王承）、千里（阮瞻）。亦推此二人；唯共推太尉，此

君特秀。」（《品藻》二十）

劉注引《晉諸公贊》稱：「夷甫性矜峻，少為同志所推。」這裡的「同志」，還是王家兄弟居多。當然也有外人為王家兄弟做「廣告」的：

> 有人詣王太尉，遇安豐（王戎）、大將軍（王敦）、丞相（王導）在坐。往別屋，見季胤（王詡）、平子（王澄）。還，語人曰：「今日之行，觸目見琳琅珠玉。」（《容止》十五）

「琳琅滿目」的成語蓋由此而來。這說明，即使在外人眼裡，王家兄弟也的確是芝蘭玉樹，出類拔萃。

王衍對他的弟弟王澄也是十分推重。王澄，字平子。說到王澄，這裡講一個有趣的故事，這個故事跟王衍的妻子郭氏有關。郭氏是郭豫（字太寧）之女，賈充之妻、賈後之母郭槐的娘家人。郭槐是個非常好妒而殘忍的女人，曾因妒忌而殺害自己兒子的乳母。[4]王衍拒絕了外戚楊駿的婚姻，卻娶了郭槐的親戚郭氏，真是所娶非人。大概是家族門風的薰陶所致，郭氏也是個貪鄙、吝嗇、暴戾的女人。有一次，她讓婢女路上擔糞。大概糞擔子很重，當時年僅十四歲的王澄看了不忍心，就勸諫郭氏不要這樣。沒想到郭氏大怒，瞪著眼睛對她的小叔子說：「當年老夫人臨終的時候，是把你托付給我，不是把我托付給你的！」說時遲那時快，這個「母夜叉」突然抓住王澄的衣襟，拿起棍子就要打，幸虧王澄年輕力壯，掙脫出來，跳上窗子逃跑了。這個故事見於《世說新語・規箴》，《規箴》篇記載的規勸故事一般都能有個好的結果，唯獨這一條，好心勸善的王澄差點兒挨揍！

這是王澄年輕時的趣事。從這個故事可以看出，嫂子雖然強梁霸道，小叔子也不是好惹的，王澄那動如脫兔、跳窗而逃的敏捷身手告訴我們，他也絕非儒雅之輩！果然，等王澄長大之後，就和他哥哥王衍判然有別。打個不恰當的比方，王衍好比戲曲中的「花旦」，王澄則是「武生」兼「小丑」。兄弟倆對此也非常清楚，如《賞譽》篇二十七就說：

王平子目太尉：「阿兄形似道，而神鋒太俊。」太尉答曰：「誠不如卿落落穆穆。」

「落落穆穆」，猶言不拘小節，疏放自如。王澄的「落落穆穆」發展到後來，就變得無所顧忌，狂放任性，縱酒裸裎，肆無忌憚，成了西晉放達之風的代表人物。例如：

王平子、胡毋彥國（輔之）諸人，皆以任放為達，或有裸體者。樂廣笑曰：「名教中自有樂地，何為乃爾也？」（《德行》二十三）

劉注引王隱《晉書》稱：「魏末阮籍，嗜酒荒放，露頭散髮，裸袒箕踞。其後貴游子弟阮瞻、王澄、謝鯤、胡毋輔之之徒，皆祖述於籍，謂得大道之本。故去巾幘，脫衣服，露醜惡，同禽獸。甚者名之為通，次者名之為達也。」王澄之流看似竹林七賢的後繼者，但難免流於東施效顰、邯鄲學步，引起樂廣的譏笑自是情理之中了。

儘管王澄是個頑劣無度的公子哥兒，但出於同胞手足之情，以及家族門戶的考慮，王衍還是極力為之鼓吹延譽。《晉書．王澄傳》：

衍有重名於世，時人許以人倫之鑒。尤重澄及王敦、庾敳，嘗為天下人士目曰：「阿平（王澄）第一，子嵩（庾敳）第二，處仲（王敦）第三。」

不僅如此，王衍還對當時的清談名士樂廣說：「名士無多人，故當容平子知。」（《賞譽》三十二）天下名士如果經王澄品題評價過，王衍和王戎兄弟也就不再品評，理由是「已經平子」，言下之意，此人阿平已經評價過了，他的意見就是我們的意見。王衍對王澄的偏袒，甚至連自己的兒子王眉子都看不過去。有一次，王衍問眉子：「你叔叔可是個名士啊，你為什麼不推重他呢？」眉子反駁說：「何有名士終日妄語？」（《輕詆》二）真是一針見血！

晉惠帝末年，時任太尉的王衍出於鞏固家族地位的目的，推薦弟弟王澄任荊州刺史、堂弟王敦任青州刺史，自己坐鎮京師，形成「狡兔三窟」之勢。王澄、王敦來辭行時，王衍對他們說：「荊州有江、漢之固，青州有負海之險，卿二人在外，而吾留此，足以為三窟矣。」對王衍這種假公濟私的行為，有識之士都很鄙視。沒想到，王澄臨行時，又表演了一次「放達真人秀」：

王平子出為荊州，王太尉及時賢送者傾路。時庭中有大樹，上有鵲巢，平子脫衣巾，徑上樹取鵲子，涼衣拘閡樹枝，便復脫去。得鵲子還下，弄，神色自若，傍若無人。（《簡傲》六）

這樣一個聲勢浩大的送行場面，王澄全不顧忌，竟脫掉外衣巾帽，施展身手，爬上大樹掏鳥窩！這倒也罷了，衣服被樹枝掛住時，他不做任何補救措施，乾脆連內衣也脫掉，赤膊上陣，抓住鳥雀下來，還不停地逗弄，旁若無人！

後來王澄到任，不理政務，每日投壺博戲，縱酒狂歡，弄得怨聲載道。他赴任之時，西晉名將劉琨（二七一—三一八）就曾提醒他：「卿形雖散朗，而內實勁狹，以此處世，難得其死！」後來王澄果然因為驕橫傲慢觸怒堂兄王敦，被其所殺。[5]

祖尚浮虛

王衍是西晉數一數二的清談高手，為一世所宗。他的理論武器就是《老》、《莊》玄虛無為之道，具體說，就是正始年間何晏、王弼的「貴無論」。何、王以為：「天地萬物皆以無為本。無也者，開物成務，無往不存者也。陰陽恃以化生，萬物恃以成形，賢者恃以成德，不肖恃以免身。故無之為用，無爵而貴矣。」王衍對此非常推崇，「於是口不論世事，唯雅詠玄虛而已」（《晉書》本傳）。由於王衍地位高，才貌佳，「粉絲」自然眾多，而大凡「粉絲」，總是「好惡大於是非」的，一般只是「愛你沒商量」，《晉書》本傳說：

衍既有盛才美貌，明悟若神，常自比子貢。兼聲名藉甚，傾動當世。妙善玄言，唯談《老》《莊》為事。每捉玉柄麈尾，與手同色。義理有所不安，隨即改更，世號「口中雌黃」。朝野翕然，謂之「一世龍門」矣。累居顯職，後進之士，莫不景慕放效。選舉登朝，皆以為稱首。矜高浮誕，遂成風俗焉。

其實，王衍在玄學的義理上，和何晏、王弼是沒法比的。但他有他的本事，每當自己的言論

「義理有所不安」的時候，他便「隨即改更」，人們稱其為「口中雌黃」。「雌黃」本是一種礦物，橙黃色，可做顏料，古時用來塗改文字。這個典故包含了對王衍的諷刺，也就是說，王衍雖然文辭華麗，但往往辭勝於理，邏輯上缺乏前後照應，義理上也不夠貫通周延，所以只好強不知以為知，信口開河，文過飾非，學風十分惡劣。但因為王衍有「巧言令色」，說話滔滔不絕，自以為真理在握，相貌又讓人喜聞樂見，所以，廣大「受眾」自然也就被他「忽悠」住了，成了他的忠實擁躉和鐵杆粉絲。

還有一個故事可證王衍的玄談並不高深：

諸葛厷年少不肯學問，始與王夷甫談，便已超詣。王嘆曰：「卿天才卓出，若復小加研尋，一無所愧。」厷後看《莊》、《老》，更與王語，便足相抗衡。（《文學》十三）

此條劉注引王隱《晉書》說：「（諸葛）厷字茂遠，琅邪人，魏雍州刺史緒之子。有逸才，仕至司空主簿。」作為晚輩後學，諸葛厷不學無術，但很有天分，稍微「惡補」一下《老》《莊》，便可以與王衍抗衡。王衍清談的「虎皮羊質」，外強中乾，於此可見一斑。儘管如此，王衍仍然執當時清談界之牛耳，他的祖尚浮虛，引領著當時思想界的時尚潮流。

當時，能夠和王衍一決高下的清談家只有兩人：一個是樂廣，一個是裴頠。

樂廣（？—三〇四）字彥輔，南陽淯陽人，是衛玠的岳父，曾出補元城令，故人稱樂令。樂廣很擅長清談，以「言約而旨達」著稱。[6]有一次，王夷甫嘆道：「我與樂令談，未嘗不覺我言為煩。」（《賞譽》二十五）話雖這麼說，王衍對口若懸河的人還是特別欣賞，比如他評價當時的玄學家郭象（二五二?—三一二），就說：「郭子玄（象）語議，如懸河泄水，注而不竭。」（《賞譽》三十二）由此可見，王衍的清談是以辭藻華美、滔滔不絕為特色的，他對樂廣的禪宗一般的清談方式，是「心嚮往之」而「實不能至」。

裴頠（二六七—三〇〇）字逸民，河東聞喜（今屬山西）人。王衍和裴頠的第一面就有些微妙，《世說新語．雅量》篇：

> 王夷甫長裴公四歲，不與相知。時共集一處，皆當時名士，謂王曰：「裴令令望何足計！」王便「卿」裴，裴曰：「自可全君雅志。」（《雅量》十二）

裴頠雖比王衍小十一歲，輩份卻要低一輩，因為裴頠是王戎的女婿，所以，第一次見面王衍沒把他放在眼裡，以「卿」稱之原也正常。王衍碰到比自己小幾歲的庾敳（二六一—三一一），就只好被後者「卿之不置」了。[7] 裴頠說「自可全君雅致」，不是他有雅量，而是沒奈何——畢竟人家是長輩嘛！後來兩人關係還算融洽，經常一起清談。王衍對裴頠也很看重，有例為證：

> 中朝時，有懷道之流，有詣王夷甫諮疑者。值王昨已語多，小極，不復相酬答，乃謂客曰：「身今少惡，裴逸民亦近在此，君可往問。」（《文學》十一）

此條劉注引《晉諸公贊》說：「裴頠談理，與王夷甫不相推下。」可見在清談玄理方面兩人不相上下。王衍談累了，還讓裴頠代替自己答人疑問。

然而，二人的學術觀點和清談風格並不一樣，甚至針鋒相對。裴頠對於當時盛行的虛無玄虛之理很反感，認為何晏、王弼的「貴無」之道於世道人心無益，於是寫了一篇《崇有論》加以批駁。[8]此文深中時弊，「才博喻廣，學者不能究」。有一次，樂廣與裴頠在一起探討名理，裴頠便闡發自己的「崇有論」，「辭喻豐博，（樂）廣自以體虛無，笑而不復言」（《文學》注引《晉諸公贊》）。這裡樂廣的「笑而不復言」，可能也是被擊中要害，無法辯駁之意。畢竟樂廣還是認為「名教中自有樂地」的，他雖然「體虛無」，但對「崇有」說未嘗沒有同情。所以時人稱裴頠為「言談之林藪」（《賞譽》十八）。

有趣的是，同樣是這個觀點，裴頠一遇到王衍，便有些招架不住：

裴成公作《崇有論》，時人攻難之，莫能折，唯王夷甫來，如小屈。時人即以王理難裴，理還復申。（《文學》十二）

這個記載很有意思，裴頠本來辯才無礙，高舉「崇有論」的大旗，義正辭嚴，所向披靡，可是王衍一來，和他論辯，便「小屈」，遭到挫折，而其他人再用王衍同樣的理論和裴頠辯論，裴頠又占據了上風。這說明，王衍戰勝裴頠靠的並不是義理本身，而是自己身上得天獨厚的優勢，諸如貌美、位高、言辭華美、咄咄逼人，甚至還有輩份高（可以倚老賣老），以及「信口雌黃」、強詞奪理等等，正是這些「優勢」使辯論的形勢發生「一邊倒」的「大逆轉」。說穿了，這是「功夫在理外」，難免勝之不武。

但無論如何，這場辯論在形式上還是王衍占了上風。最終，裴頠的「崇有論」未能在西晉學術思想界占據優勢，以王衍為代表的「虛無」之風仍然甚囂塵上，名士們不以國事為重，一方面口屬玄虛，以無為為雅志，一方面像王澄之流，放達不羈，將虛無的狂歡進行到底。這也就是所謂「大勢所趨」。

王衍的祖尚浮虛，表現在行動上也有許多趣事。一個很有名的故事說：

王夷甫雅尚玄遠，常嫉其婦貪濁，口未嘗言「錢」字。婦欲試之，令婢以錢繞床，不得行。夷甫晨起，見錢閡行，呼婢曰：「舉卻阿堵物！」（《規箴》九）

因為追求玄遠之道，王衍對「錢」一類的俗物也視而不見，甚至連「錢」字都不屑出口。他妻子郭氏貪婪好財，偏不相信王衍的德行有多麼高，就想了個「以錢繞床」的辦法試探他。故事的末尾，王衍終於沒有說「錢」字，而是用了個指代詞——「阿堵物」。這個故事放在《規箴》篇裡，顯然也是把王衍的這種做派當作「矯情」的。劉注引王隱《晉書》就說：「夷甫求富貴得富貴，資財山積，用不能消，安須問錢乎？而世以不問為高，不亦惑乎！」真是一語中的。

王衍在政治上沒有什麼建樹，倒是留下一些風流雅事。如「三語掾」的典故說，阮修（字宣子）有令聞。太尉王夷甫見而問曰：「老莊與聖教同異？」阮回答說：「將無同？」——大概是相同的吧？太尉善其言，辟之為掾。世謂「三語掾」（《文學》十八）。還有一個故事說，王衍曾托族人辦事，對方好久沒有辦。有一次聚會宴飲，王衍就問族人：「近來托您辦的事，怎麼還沒有辦？」那族人大怒，就舉起檈（一種盛食物的盤子）擲到他臉上。王衍一句話都沒說，把臉洗乾淨，牽著族弟王導的胳膊，一起乘車而去。在車中，王衍拿出鏡子自照，對王導說：「你看我的眼光，乃在牛背之上。」（《雅量》八）牛背是著鞭之處，意思是說，你還在惦記我挨打受辱的事呢，我早把它忘記了！

牆倒眾人推

有一種說法認為，王戎「情鍾我輩」的典故應該出自王衍，如《晉書・王衍傳》就做了這種處理。但我個人以為，王衍不太像是個很重感情的人。有三個例子為證。

一是王衍女兒的婚事。王衍有個女兒嫁給了湣懷太子司馬遹（二七八—三〇〇），司馬遹並非賈后所生，而是司馬炎的才人謝玖和惠帝司馬衷所生，因此遭到賈后的嫉恨。在此之前，賈南風因不滿意外戚楊駿操縱朝政，便聯絡汝南王司馬亮、楚王司馬瑋殺死楊駿，接著，她又先後殺死了司馬亮和司馬瑋。一時朝野上下，血雨腥風。元康九年（二九九），賈后設計誣陷司馬遹謀反，廢掉其太子位，第二年又將其殺害。趙王司馬倫藉口此事，帶兵進京，捕殺了賈皇后，廢黜了晉惠帝，自立為帝。「八王之亂」愈演愈烈。在賈后廢太子這件事上，很多大臣知道有詐，卻又無可奈何。身為太子岳父的王衍卻看風使舵，上書請讓小女兒與太子離婚。史載太子妃王惠風號哭著回家，路上的行人都為之流涕。後來太子被平反，王衍則受到彈劾和指責。如果王衍重情，何至於此！

還有一個例子。王衍素輕趙王司馬倫的為人。司馬倫篡位後，他唯恐遭到對方報復，竟然又一次陽狂以求自免，不過這一次他扮演的是「變態殺人狂」，竟瘋狂地砍殺自己的婢女！躲過這一劫後，趙王司馬倫也被誅殺，他很快又巴結上政治新貴成都王司馬穎，累遷尚書僕射，領吏部，後拜尚書令、司空、司徒，官做得越來越大。《晉書》本傳說王衍「雖居宰輔之重，不以經國為念，而思自全之計」，真是一點都沒冤枉他！

更有甚者，這樣一個尸位素餐的清談家，在外敵入侵時毫無匡立之志，多次推卸責任。等到司馬穎死後，勉強做了三軍統帥，卻又不思進取，束手無策。很快石勒率領的匈奴大軍便攻克洛陽，史書寫道：

> （石）勒呼王公，與之相見，問（王）衍以晉故。衍為陳禍敗之由，云計不在己。勒甚悅之，與語移日。衍自說少不豫事，欲求自免，因勸勒稱尊號。勒怒曰：「君名蓋四海，身居重任，少壯登朝，至於白首，何得言不豫世事邪！破壞天下，正是君罪！」使左右扶出。謂其黨孔萇曰：「吾行天下多矣，未嘗見如此人，當可活不？」萇曰：「彼晉之三公，必不為我盡力，又何足貴乎！」勒曰：「要不可加以鋒刃也。」使人夜排牆填殺之。

王衍為了保住小命，竟然勸石勒「稱尊號」，自己不忠，還要陷別人於不義，難怪石勒要大發雷霆，說：「破壞天下，正是君罪！」可以說，石勒這句話不僅是對羊祜當年預言的呼應，也振起了「清談誤國」論的先聲。不過石勒對王衍的外貌還是心有好感，不忍心以刀劍鋒刃加之，來了個「牆倒眾人推」，敲響了王衍的喪鐘。史書接著寫道：

> 衍將死，顧而言曰：「嗚呼！吾曹雖不如古人，向若不祖尚浮虛，戮力以匡天下，猶可不至今日！」時年五十六。（《晉書．王衍傳》）

有道是「人之將死，其言也善」，王衍在最後的關頭總算為自己做了一個「蓋棺論定」。數十年後，東晉梟雄桓溫再次將西晉山河破碎的罪責算到了王衍頭上：

桓公入洛，過淮、泗，踐北境，與諸僚屬登平乘樓，眺矚中原，慨然曰：「遂使神州陸沉，百年丘墟，王夷甫諸人，不得不任其責！」……（《輕詆》十一）

此條劉注引《八王故事》也說：「夷甫雖居台司，不以事物自嬰，當世化之，羞言名教。自台郎以下，皆雅崇拱默，以遺事為高。四海尚寧，而識者知其將亂。」王羲之也說過「虛談廢務，浮文妨要，恐非當今所宜」。[9] 羲之是王衍家族的後人，他的話還算委婉，但足可說明王衍之流所宣導的玄虛之風，在輿論中的確成為「誤國」的罪魁。有人甚至把「清談誤國」追究到正始名士、清談鼻祖何晏、王弼身上，要我看，「清談誤國」放在何晏、王弼身上實在有些委屈，放在王衍身上倒還恰如其分。

對於那些沒有掌握大權的士人來講，他就是想「誤國」怕也沒那麼容易吧。同理，如今的「憤怒青年」動輒把別人定在「賣國」的恥辱柱上，怕也是高射炮打蚊子——大材小用了。

註釋

1 錢穆《國史大綱》修訂本，上冊，商務印書館，一九九六年修訂第三版，頁二二五。

2 《晉書．羊祜傳》：「從甥王衍嘗詣祜陳事，辭甚俊辨，祜不然之，衍拂衣而起。祜顧謂賓客曰：『王夷甫方以盛名處大位，然敗俗傷化，必此人也。』步闡之役，祜以軍法將斬王戎，故戎、衍並憾之，每言論多毀祜。時人為之語曰：『二王當國，羊公無德。』」

3《世說新語．賞譽》二十一：「人問王夷甫：『山巨源義理何如？是誰輩？』王曰：『此人初不肯以談自居，然不讀《老》、《莊》，時聞其詠，往往與其旨合。』」

4《世說新語．惑溺》三：「賈公閭後妻郭氏酷妒。有男兒名黎民，生周，充自外還，乳母抱兒在中庭，兒見充喜踴，充就乳母手中嗚之。郭遙望見，謂充愛乳母，即殺之。兒悲思啼泣，不飲他乳，遂死。郭後終無子。」

5參見《世說新語．讒險》注引鄧粲《晉紀》。

6《世說新語．文學》十六：「客問樂令『旨不至』者，樂亦不復剖析文句，直以麈尾柄確幾曰：『至不？』客曰：『至。』樂因又舉麈尾曰：『若至者，那得去？』於是客乃悟服。樂辭約而旨達，皆此類。」

7《世說新語．方正》二十：「王太尉不與庾子嵩交，王夷甫、庾敳。日卿之不置。王曰：『君不得為爾。』庾曰：『卿自君我，我自卿卿；我自用我法，卿自用卿法。』」

8《晉書．裴頠傳》：「頠深患時俗放蕩，不尊儒術，何晏、阮籍素有高名於世，口談浮虛，不遵禮法，屍祿耽寵，仕不事事；至王衍之徒，聲譽太盛，位高勢重，不以物務自嬰，遂相放效，風教陵遲，乃著《崇有》之論以釋其蔽。」其文從略。

9《世說新語．言語》七十：「王右軍與謝太傅共登冶城，謝悠然遠想，有高世之志。王謂謝曰：『夏禹勤王，手足胼胝；文王旰食，日不暇給。今四郊多壘，宜人人自效；而虛談廢務，浮文妨要，恐非當今所宜。』謝答曰：『秦任商鞅，二世而亡，豈清言致患邪？』」

陸機——華亭鶴唳豈得聞？

西晉太康末年，江南才子陸機、陸雲兄弟的北上入洛，成為西晉統一後的一個重大事件。然而，二陸在這個事件之後的不幸遭遇，總讓我想起兩個俗語，一是「明珠暗投」，一是「虎落平陽遭犬欺」。在東晉名士袁宏（字彥伯）所作的《名士傳》中，他為魏晉名士樹碑立傳，開具了一個十八人組成的「大名單」，分別是：

正始名士：夏侯太初（玄）、何平叔（晏）、王輔嗣（弼）；

竹林名士：阮嗣宗（籍）、嵇叔夜（康）、山巨源（濤）、向子期（秀）、劉伯倫（伶）、阮仲容（咸）、王濬沖（戎）；

中朝名士：裴叔則（楷）、樂彥輔（廣）、王夷甫（衍）、庾子嵩（敳）、王安期（承）、阮千里（瞻）、衛叔寶（玠）、謝幼輿（鯤）。（《文學》九十四注引）

這份「大名單」中沒有陸機，因為這裡的「名士」更多與玄學和清談有關，像文學史上著名的

「三張二陸兩潘一左」則屬於另一個文士系統，所以，陸機雖然沒上這個名單，不等於他的影響就不大，名氣就不響。事實上，陸機對於中國文化的貢獻實在上述大部分名士之上。他的詩歌、文論、書法都是中國文化史上的上乘之作，為後世所重。

將門英才

陸機（二六一—三〇三），字士衡，吳郡吳縣華亭（今上海松江）人。陸氏是著名的「吳郡四姓」（顧、陸、朱、張）之一，是著名的儒學世家，在江東各大族中人才最盛，堪稱江東第一豪門。陸機的祖父陸遜（一八三—二四五），東吳丞相，父親陸抗（二二六—二七四），東吳大司馬，都是江南一時之選。《世說新語》有個記載說：

孫皓問丞相陸凱曰：「卿一宗在朝有幾人？」陸曰：「二相、五侯、將軍十餘人。」皓曰：「盛哉！」陸曰：「君賢臣忠，國之盛也；父慈子孝，家之盛也。今政荒民弊，覆亡是懼，臣何敢言盛！」（《規箴》五）

孫皓（二四二—二八四），字元宗，東吳的最後一位皇帝。陸凱字敬風，是陸遜的族子，時任丞相，乃東吳重臣，陸凱的回答義正辭嚴，飽含對暴虐昏庸的後主孫皓的辛辣諷刺。孫皓對經常直言強諫的陸凱一直不敢加害，正是忌憚陸氏家族的強盛。

陸機出身名門，才華橫溢，堪為江左之冠，《晉書》本傳稱：「機身長七尺，其聲如鐘。少有異才，文章冠世，伏膺儒術，非禮不動。」寥寥幾筆，才情風度便呼之欲出。陸機二十歲時，東吳被晉軍所滅，後主孫皓出降，被司馬炎封為歸命侯。亡國之君自然倍受欺辱，令人不齒，不過孫皓有些小聰明，在一次宴會上，竟然當眾奚落了司馬炎一次：

晉武帝問孫皓：「聞南人好作《爾汝歌》，頗能為不？」皓正飲酒，因舉觴勸帝而言曰：「昔與汝為鄰，今與汝為臣。上汝一杯酒，令汝壽萬春！」帝悔之。（《排調》五）

「爾汝歌」是魏晉時南方流行的民歌。「爾」「汝」是人稱代詞，古代用於尊長稱呼卑幼，平輩之間用已顯得不客氣，何況用於君臣之間？司馬炎本想嘲弄一下孫皓，不想偷雞不成蝕把米，孫皓治國安邦不行，擺弄民歌小調卻很擅長，一句一個「汝」字，把司馬炎弄得尷尬不已，悔之不迭。

這是亡國之君的表現。對於陸機這樣的「亡國之餘」（當時北方世族對東吳士人的輕侮說法），又該何去何從呢？陸機選擇了「退居舊里，閉門勤學」，而且「積有十年」。不但如此，他還總結東吳孫權所以得，孫皓所以亡的教訓，「述其祖父功業」，寫成著名的《辯亡論》二篇。歷史真是十分弔詭：如果東吳沒有亡國，陸機應該會有出將入相的機會，事實上陸抗死後，陸機已經接管父親的軍隊，任牙門將，所以他對東吳的滅亡耿耿於懷，十年隱居就成了最好的自我排遣之道。

虎落平陽

太康（二八〇—二八九）末年，年屆而立的陸機和他的弟弟陸雲懷著一腔政治抱負和生命激情，經過長途跋涉，來到京師洛陽。在路上，陸機寫下了《赴洛道中作二首》，其二云：

遠遊越山川，山川修且廣。振策陟崇丘，安轡遵平莽。夕息抱影寐，朝徂銜思往。頓轡倚高岩，側聽悲風響。清露墜素輝，明月一何朗。撫枕不能寐，振衣獨長想。

這首詩十分細膩地傳達了由南入北的陸氏兄弟一路上的患得患失、矛盾複雜的心情。前途未卜、吉凶難測，「側聽悲風響」一句，簡直是一種不祥的預兆，為二陸後來的死非其命埋下了伏筆。

二人來到洛陽，最先拜訪的是名士張華。張華（二三二—三〇〇），字茂先，范陽方城（今河北固安縣）人。曾與羊祜策劃平吳之策，為西晉統一立下大功。當時張華任太常，是個學識淵博、從善如流的人，對二陸的到來非常歡迎，一見如故，說：「平吳之利，在獲二俊。」——滅掉東吳最大的收穫，就是得到你們兄弟兩位賢才啊！

陸雲（二六二—三〇三），字士龍，少與其兄陸機齊名，號曰「二陸」。陸雲有個毛病，遇事總愛笑，一笑便不可止。陸機第一次拜訪張華是一個人去的，張華就問陸雲何在。陸機說：「陸雲有笑疾，未敢自見。」過了一會陸雲來了。他見張華長得一表人材，而且喜歡打扮，連鬍鬚都用帛繩纏繞著，不禁哈哈大笑，一發不可收拾。陸雲這毛病幼時就有，有一次，大概是父親去世之後，陸雲穿著孝服上船，在水中看見自己的影子，不禁大笑起來，竟不慎落入水中，幸虧被人救起才沒淹死。可見，陸雲真是個快樂少年，彷彿天下萬事萬物，無不可笑好玩。

陸雲生性滑稽，喜歡與人嘲戲，一次在張華家裡，陸雲見到了荀隱（字鳴鶴），二人素未相識，張華就說：「今日相遇，可勿為常談。」「勿為常談」，大概就是不要談一本正經的東西，放開來怎麼開心怎麼談的意思。陸雲就舉手說道：「雲間陸士龍。」荀隱應聲回答：「日下荀鳴鶴。」這是自報家門。接著陸雲又說：「既開青雲睹白雉，何不張爾弓，挾爾矢？」這是自比雲間白雉，諷刺對方為何不張弓射箭、快人快語。荀隱則說：「本謂是雲龍騤騤，乃是山鹿野麋，獸微弩強，是以發遲。」言下之意，本以為你是雲中蛟龍，現在才發現不過是山野麋鹿，我有心奮力一箭，只怕你要招架不住啊！張華坐山觀虎鬥，看二人唇槍舌劍，不禁撫手大笑。二人的對話成為當時的文壇佳話，松江的別名「雲間」即從陸雲口中而來。

由南入北之後，陸機兄弟的生活雖然比較艱苦，但志氣不改。《世說新語》：

> 蔡司徒（謨）在洛，見陸機兄弟在參佐廨中，三間瓦屋，士龍住東頭，士衡住西頭。士龍為人文弱可愛，士衡長七尺餘，聲作鐘聲，言多慷慨。（《賞譽》三十九）

讓他們不能忍受的是北方大族的輕視和冷落。這種輕視和冷落，一方面跟東吳被西晉所滅有關，所謂「敗軍之將，不得言勇」。另一方面，也跟風土人情和學術風氣有關，南方偏重儒學，北方已被玄學清談的風氣所籠罩，想要建功立業的陸氏兄弟一進入北方世族的圈子，難免「水土不服」。在張華的引薦斡旋之下，陸機兄弟開始和北方的名士相識交往。

有一次，陸機去見王濟。王濟（二四六—二九一），字武子，太原晉陽（今山西太原）人，西晉大將軍王渾次子。此人才俊名高，氣蓋一時，被晉武帝司馬炎選為女婿，配常山公主。王濟為人輕慢倨傲，生活極其奢侈。陸機去見王濟，王濟在酒席上擺上好幾斛羊乳酪，自以為是難得的好東西，就指著羊乳酪對陸機說：「卿江東何以敵此？」——你們江南有什麼東西可以與此相比？陸機不卑不亢地說：「有千里蓴羹，但未下鹽豉耳。」——有千里蓴菜羹，不放鹽豉時便可匹敵，如果放了鹽豉味道就更鮮美了！（《言語》二十六）當時人們都以為陸機的回答很妙，堪稱名對。

還有一次，范陽（今河北涿縣）豪族盧志竟然在大庭廣眾之下對陸機兄弟出言侮辱：

盧志於眾坐問陸士衡：「陸遜、陸抗是君何物？」答曰：「如卿於盧毓、盧珽。」士龍失色，既出戶，謂兄曰：「何至如此，彼容不相知也？」士衡正色曰：「我父、祖名播海內，寧有不知，鬼子敢爾！」議者疑二陸優劣，謝公以此定之。（《方正》十八）

魏晉士人對家諱非常重視，言談之間最忌諱提到別人的父祖名諱，盧志當眾說陸遜、陸抗是你什麼人（何物，猶言何人）？這不是言語不慎的問題，而是公然的侮辱和挑釁。陸機馬上還以顏色，說我們的關係和你與盧毓、盧珽（盧志的祖、父）的關係一個樣！以牙還牙，毫不示弱。這是陸機性情所在——寧願得罪地頭蛇，也不能丟掉人格尊嚴。相比之下，陸雲就顯得溫良恭儉讓，出門以後，他說何必這麼發火，也許人家真不知道呢？陸機更豪壯地說：「我們父祖名揚天下，怎麼可能不知道？鬼兒子膽敢如此無禮！」可見陸機頗有幾分祖傳的英雄氣概。

不幸的是，就是這一次交鋒，為陸機兄弟埋下了死亡的陰影。

作為深受儒學薰陶的江南才子，陸機對於北方大族的那種欺生排外，以及「飽食終日，無所事事」的做派很是看不慣。《世說新語．簡傲》篇記載：

陸士衡初入洛，咨張公（張華）所宜詣；劉道真是其一。陸既往，劉尚在哀制中。性嗜酒，禮畢，初無他言，唯問：「東吳有長柄壺盧，卿得種來不？」陸兄弟殊失望，乃悔往。（《簡傲》五）

劉道真名劉寶（？—三〇一），高平（今屬山西）人，也是西晉一位放達名士。陸機去見他時，正逢他居喪，可他照樣喝酒，見禮完畢，沒有多餘的話，上來就醉醺醺地問：「東吳有一種長柄壺盧，你有沒有帶種子過來？」這就是北方世族給陸機的印象，南北士人一開始由於風尚不同，互相輕視，陸機兄弟由南入北，對此感受最深。《晉書．張華傳》載：「初，陸機兄弟志氣高爽，自以吳之名家，初入洛，不推中國人士。」不推，也就是不推許，不認同。《晉書．左思傳》也說：思欲作《三都賦》，「陸機入洛，欲為此賦，聞思作之，撫掌而笑，與弟雲書曰：『此間有傖父，欲作《三都賦》，須其成，當以覆酒甕。』」傖父，是南人對北人的蔑稱。

儘管如此，「二陸」入洛，對江東士人影響還是很大，自太康末至太安年間十五年左右的時間裡，不少人相繼入洛，形成了一個南人北上求仕的高潮，吳郡的陸、顧、張，會稽的賀、虞等大姓，以及紀、褚、朱、周、孫諸姓也都先後應召入北。《晉書．薛兼傳》記載：薛兼與紀瞻、閔鴻、顧榮、賀循齊名，號為「五俊」，「初入洛，司空張華見而奇之，曰：『皆南金也。』」

作為江東士人的領袖，陸機、陸雲兄弟也將幫助南士在北方謀求發展，當作自己義不容辭的責任，加上張華的胸襟和雅量，許多江南士人很快融入到了西晉政壇，發揮著他們的作用。《世說新語》中如下記載可見其一斑：

張華見褚陶，語陸平原曰：「君兄弟龍躍雲津，顧彥先鳳鳴朝陽。謂東南之寶已盡，不意復見

褚生。」陸曰：「公未睹不鳴不躍者耳！」（《賞譽》十九）

褚陶，字季雅，吳郡錢塘（今浙江杭州）人；顧彥先名顧榮（？—三一二），吳國吳郡吳縣（今江蘇蘇州）人；二人均有大才，陸機談起他們也是一臉得意。

《世說新語》有一門名為《自新》，記載「浪子回頭」的故事，是全書條目最少的一門，僅有二條，且都與陸機兄弟有關，其一云：

周處年少時，凶彊俠氣，為鄉里所患。又義興水中有蛟，山中有邅跡虎，並皆暴犯百姓，義興人謂為「三橫」，而處尤劇。或說處殺虎斬蛟，實冀「三橫」唯餘其一。處即刺殺虎，又入水擊蛟，蛟或浮或沒，行數十里，處與之俱，經三日三夜，鄉里皆謂已死，更相慶。竟殺蛟而出。聞里人相慶，始知為人情所患，有自改意。乃入吳尋二陸，平原（陸機）不在，正見清河（陸雲），具以情告，並云：「欲自修改而年已蹉跎，終無所成。」清河曰：「古人貴朝聞夕死，況君前途尚可。且人患志之不立，亦何憂令名不彰邪？」處遂改勵，終為忠臣孝子。（《自新》一）

周處（二三六—二九七），字子隱，吳郡陽羨（今江蘇宜興）人。父周魴，吳鄱陽太守。周處很小就失去父親，頑劣無度，為當地一害。後經陸雲點撥，遂改過自新，成為西晉忠臣。這個故事當發生在陸機兄弟入洛之前，是否真實姑且不論，[1]至少說明二人在南方士子中的地位。另有一條云：

戴淵少時，遊俠不治行檢。嘗在江淮間攻掠商旅。陸機赴假還洛，輜重甚盛。淵使少年掠劫，淵在岸上，據胡床指麾左右，皆得其宜。淵既神姿峰穎，雖處鄙事，神氣猶異。機於船屋上遙謂之曰：「卿才如此，亦復作劫邪？」淵便泣涕，投劍歸機，辭厲非常。機彌重之，定交，作筆薦焉。過江，仕至征西將軍。（《自新》二）

這是一個陸機遭遇「打劫」的故事。戴淵（？—三二二），字若思。年少時喜好遊俠，不重禮節，經常率眾在江淮間攻掠往來商旅。陸機坐船去洛陽，行李很多，戴淵便指使一幫人前來搶劫，自己則在岸上指揮若定，把打劫之事安排得井井有條。戴淵本來就長得神姿秀異，雖做盜賊之事，而神氣非凡。陸機在船上看見，大為欣賞，便對戴淵說：「你有這樣的才能，為何偏做強盜？」戴淵聞聽後，十分震動，當場灑淚，表示願悔過自新。陸機見他情真意切，便寫了封推薦信。根據虞預《晉書》，陸機「作筆誎淵」的對象是趙王司馬倫，後來司馬倫果然征辟戴淵出來做官。渡江之後，戴淵一直做到征西將軍。《世說新語》的編者為陸機兄弟的這兩個故事單獨開設一門，表彰其獎掖後進的善舉，足見二陸在當時及對後世影響之深遠。

《晉書》本傳對陸機讚譽有加，但也指出了他的缺點——「然好遊權門，與賈謐親善，以進趣獲譏」。這讓人想起《晉書．潘岳傳》對潘岳的評價：「岳性輕躁，趨世利，與石崇等諂事賈謐，每候其出，與崇輒望塵而拜。構潛懷之文，岳之辭也。謐二十四友，岳為其首。」「二十四友」都有誰呢？據《晉書．賈謐傳》記載，則有「渤海石崇歐陽建、滎陽潘岳、吳國陸機陸雲、蘭陵繆征、京兆杜斌摯虞、琅邪諸葛詮、弘農王粹、襄城杜育、南陽鄒捷、齊國左思、清河崔基、沛國劉瑰、汝南和郁周恢、安平牽秀、潁川陳眕、太原郭彰、高陽許猛、彭城劉訥、中山劉輿劉琨」等共二十四人。不用說，陸機的才華顯然是最高的，《晉書》本傳稱：

> 機天才秀逸，辭藻宏麗，張華嘗謂之曰：「人之為文，常恨才少，而子更患其多。」弟雲嘗與書曰：「君苗見兄文，輒欲燒其筆硯。」後葛洪著書，稱「機文猶玄圃之積玉，無非夜光焉，五河之吐流，泉源如一焉。其弘麗妍贍，英銳漂逸，亦一代之絕乎！」其為人所推服如此。

後世文論家如鍾嶸對陸機更是推崇備至，稱他為「太康之英」，說他「才高詞贍，舉體華美」（《詩品》），而且總要將陸機和潘岳相提並論，言辭之間，以為陸勝於潘：

> 其（潘岳）源出於仲宣。《翰林》嘆其翩翩然如翔禽之有羽毛，衣服之有綃縠，猶淺於陸機。謝混云：「潘詩爛若舒錦，無處不佳；陸文如披沙簡金，往往見寶。」嶸謂益壽輕華，故以潘為勝；《翰林》篤論，故嘆陸為深。余常言陸才如海，潘才如江。（《詩品．上品．晉黃門郎潘岳》）

一般而言，才華極高之人，總想追求生命價值的最大化。陸機是一個繼承了家族英雄氣質和建安風骨的精英文士，他代表了與「祖尚浮虛」的西晉清談派名士截然不同的價值追求，為了建功立業，他不得不尋找各種機會，依傍各種權貴。他的悲劇也正在這裡。孔子說：「危邦不入，亂邦不居。」在當時那樣一個亂世，「好遊權門」是風險極大的「政治投資」（也可說是投機），說不定你看準的靠山，轉瞬間便淪為階下之囚或刀下之鬼！

小人不可得罪

陸機的仕途生涯究竟怎樣呢？可以說是一波三折，險象環生，一直活在屠刀邊緣。先是被太傅楊駿辟為祭酒。元康元年（二九一），楊駿被賈后所殺，引發長達十六年的「八王之亂」。陸機大概因為和賈后外甥賈謐的關係，又累遷太子洗馬、著作郎。這是第一次化險為夷。後來吳孝王司馬晏出鎮淮南，任命陸機為郎中令，遷尚書中兵郎，轉殿中郎。這幾年尚且平靜。

永康元年（三〇〇），湣懷太子司馬遹被賈南風殺害，趙王司馬倫以此為名殺了賈后，自己輔政，引陸機為相國參軍。史書記載，陸機以「豫誅賈謐功，賜爵關中侯。倫將篡位，以為中書郎」。說明此時陸機已從賈謐陣營「反水」脫身，又成為司馬倫的親信。

永寧元年（三〇一）正月趙王倫篡帝位，改元建始。由此「八王之亂」進入白熱化。齊王司馬冏、成都王司馬穎和河間王司馬顒等共同起兵討伐司馬倫，聯軍數十萬向洛陽進攻，司馬倫戰敗被殺，惠帝復位，由司馬冏專權輔政。司馬倫被殺之後，齊王司馬冏懷疑陸機職在中書，參與了九錫文及禪讓詔書的起草，便逮捕陸機等九人交付廷尉審理。幸好成都王司馬穎、吳王司馬晏聯合起來為他求情，被判「減死徙邊」，後遇赦而止。這是陸機政治生涯中的第二次化險為夷。

政治上的挫折激起了陸機的鄉關之思。有個「黃犬傳書」的故事很能看出陸機此時的心境。《晉書》本傳載，陸機本來養有一隻「駿犬」，名叫黃耳，陸機非常喜愛牠，就把牠帶到洛陽。因為客居京師洛陽，很久沒有家中的消息，就開玩笑地對愛犬黃耳說：「我家裡久無音訊，你能為我傳書報信嗎？」沒想到黃耳竟然搖搖尾巴，汪汪幾聲表示答應。於是陸機寫了一封信，裝進竹筒裡，繫在黃耳的脖子上打發牠上路了。黃耳果然聰明，長途跋涉，不遠千里尋到吳中陸機的老家，又帶回音訊回到洛陽，十分出色地完成了信使的任務。這個故事給陸機刀光血影的政治生涯抹上了一筆溫馨的暖色。

不僅陸機想家，當時許多南來的名士都想家。有一個著名的故事說：

張季鷹（翰）辟齊王東曹掾，在洛，見秋風起，因思吳中菰菜羹、鱸魚膾，曰：「人生貴得適意爾，何能羈宦數千里以要名爵？」遂命駕便歸。俄而齊王敗，時人皆謂見機。（《識鑒》十）

張翰字季鷹，吳郡吳縣（今江蘇蘇州）人。性格放縱不拘，時人比之為阮籍，號「江東步兵」（《任誕》十）。張翰也是江東才俊，當時任正是春風得意的齊王司馬冏的東曹掾。張翰是個十分具有政治敏感性的人，他看到齊王現在雖然得勢，但作威作福，臣民失望，加上司馬家族個個覬覦皇位，大的動亂還在後頭，所以，就來個激流勇退，稱病辭官南歸了，而想念家鄉的「菰菜羹、鱸魚膾」，恐怕只是一個風雅的藉口而已。走之前，張翰對同郡的顧榮說：「天下紛紛未已，夫有四海之名者，求退良難。吾本山林間人，無望於時久矣。子善以明防前，以智慮後。」顧榮捉住他的手，愴然說：「吾亦與子採南山蕨，飲三江水爾！」（《文士傳》）沒過多久，永寧二年（三〇二）十二月，長沙王司馬乂帶兵圍攻洛陽，司馬冏大敗，被擒斬首，暴屍三日，同黨皆夷三族，死者兩千餘人。時人都稱讚張翰為「見機」——即有先見之明也。

顧榮是陸機的同鄉好友，和二陸兄弟合稱「三俊」。大概正在這時，顧榮曾勸政治處境很兇險的陸機回鄉。《晉書．陸機傳》說：「時中國多難，顧榮、戴若思（淵）等咸勸機還吳，機負其才望，而志匡世難，故不從。冏既矜功自伐，受爵不讓，機惡之，作《豪士賦》以刺焉。」不過，陸機卻不死心，他還有更大的抱負，他還在等待時機。他怎知道，自己的生命已經進入「倒計時」了呢？名為陸機而不能「見機」，實在是這位絕世奇才留給後人的巨大遺憾！

陸機對自己的眼光很自信。他看到當時成都王司馬穎推功不居，勞謙下士，認為司馬穎一定能夠撥亂反正，康隆晉室，加上感激於他的「全濟之恩」，「遂委身焉」。司馬穎對陸機也委以重任，以陸機參大將軍軍事，表為平原內史，所以陸機又稱「陸平原」。

但是好景不長，太安二年（三〇三）八月，司馬顒與司馬穎因不滿長沙王司馬乂專權，藉口其「論功不平」，聯軍進攻洛陽。這一次，司馬穎任命陸機為後將軍、河北大都督，督管北中郎將王粹、冠軍牽秀等諸軍二十餘萬人。王粹、牽秀都是北方士人，也是賈謐「二十四友」中的人物，對陸機的才華及職務均懷嫉恨。有道是「木秀於林，風必摧之」。這使陸機政治上陷於孤立無援的境地。

加上這時擔任司馬穎左長史的偏偏是陸機曾經得罪過的盧志，陸機的敗亡可說是一觸即發。盧志背後對司馬穎構陷陸機，說陸機自比管仲、樂毅，不把君主放在眼裡，而且他說了一句後來應驗的話：「自古命將遣師，未有臣陵其君而可以濟事者也」。司馬穎嘴上不說，心裡已有猜忌。河橋之役，陸機還沒上戰場，便發生牙旗折斷的不祥之兆。後來，陸機果然一敗塗地。這時候，陸機真是「人為刀俎，我為魚肉」了。

不僅如此，陸機千不該萬不該，不該得罪另一個小人——深受司馬穎寵信的宦官孟玖之弟孟超。此人在臨陣之前，公然與陸機作對，不聽將令，且對陸機挑釁說：「貉奴能作督不？」貉奴，又是北人對南人的蔑稱。陸機的司馬孫拯勸陸機殺掉孟超，陸機畢竟是文人，於心不忍。沒想到孟超反咬一口，大肆宣揚說：「陸機將反。」後來孟超不聽指揮，孤軍深入，不知死活，他哥哥孟玖懷疑陸機殺了他，於是在司馬穎跟前大進讒言，說陸機「有異志」。又拉上包括牽秀在內的一幫人共同作證，形成「三人成虎」、「眾口鑠金」之勢。這一下，本來就志大才疏、耳根子軟的司馬穎終於忍無可忍，當即下令，派牽秀秘密逮捕陸機。

這天晚上，陸機夢見黑幔繞車，伸手怎麼撥都撥不開，這個不祥的預兆讓他心中大惡。第二天天亮，牽秀果然帶兵搜捕。陸機心知性命不保，仍表現出難能可貴的從容和儒雅風度，《晉書》本傳這樣寫道：

（陸機）釋戎服，著白帢，與秀相見，神色自若，謂秀曰：「自吳朝傾覆，吾兄弟宗族蒙國重恩，入侍帷幄，出剖符竹。成都命吾以重任，辭不獲已。今日受誅，豈非命也！」

在《世說新語》裡，對陸機之死的記載簡潔而富有韻味：

陸平原沙橋敗，為盧志所讒，被誅。臨刑嘆曰：「欲聞華亭鶴唳，可復得乎！」（《尤悔》三）

華亭，正是當年陸機兄弟隱居讀書之地，當地有清泉茂林，更有鶴鳴聲聲。劉注引《語林》載：「機為河北都督，聞警角之聲，謂孫丞曰：『聞此不如華亭鶴唳。』故臨刑而有此嘆。」

死亡是對人的最大考驗。面對死亡，人的優劣、雅俗、高下、勇怯一概無處遁形。可以說，陸機之死是他平生所寫的最好的一篇文章。陸機被殺時，年僅四十三歲，其弟陸雲、陸耽、兩個兒子及親族全部遇害。史書上說：「機既死非其罪，士卒痛之，莫不流涕。是日昏霧晝合，大風折木，平地尺雪，議者以為陸氏之冤。」（《晉書》本傳）陸機的「華亭鶴唳」之嘆，從此成為古代文人死亡故事中又一個令人悲惻低回的典故。

據說《晉書．陸機傳贊》是唐太宗親筆御撰，其中提到陸機兄弟致命的弱點就是「智不逮言」，「不知世屬未通，運鍾方否，進不能闢昏匡亂，退不能屏跡全身，而奮力危邦，竭心庸主，忠抱實而不諒，謗緣虛而見疑，生在己而難長，死因人而易促。上蔡之犬，不誡於前，華亭之鶴，方悔於後。卒令覆宗絕祀，良可悲夫！」

可以說，陸機既是時代政治的犧牲品，也是南北勢族各自的「地方保護主義」的犧牲品。陸機的悲劇，是在錯誤的時間，錯誤的地點，做了一些錯誤的事情，最後帶來了滅頂甚至滅門之災！

但無論如何，一代曠世奇才凋落了，隔著時空的迷霧，我們即使不能一掬同情之淚，至少，也不要站著說話不腰疼，對著那死去的人顯示我們的高明吧。

註釋

1 按：清勞格《讀書雜識五．晉書校勘記》對此有考證，云「處弱冠之年，陸機尚未生也。此云入吳尋二陸，未免近誣」。見余嘉錫《世說新語箋疏》，此不贅。

王敦——一不做，二不休

把王敦作為一個重要人物講述曾引起我片刻的遲疑。他的堂兄王衍雖然戴上了「清談誤國」的帽子，但畢竟是不可或缺的「中朝名士」；王敦其人，乃一逆子貳臣，憑什麼被我們掛在嘴邊，津津樂道呢？

不過遲疑也只是「片刻」，便被自己說服。眾所周知，《世說新語》的編者將全書分為三十六門，對書中人物無論賢愚忠奸，均抱一種動態而非靜止的包容心態，絕不「以言廢人」或「以人廢言」，充分相信讀者的良知和判斷，相信褒貶不出於口，公道自在人心，從而成就了《世說新語》長盛不衰的藝術魅力。難道一千六百年後，我們反倒心胸狹窄到只追求「政治正確」，而不懂「瞭解之同情」嗎？戴著那樣的有色眼鏡看人，只怕朗朗乾坤，再無一個真人，更無一個完人，而《世說新語》和「魏晉風度」的人類學意義、人性價值和生命濃度，恐怕也要被我們日漸僵化的頭腦視若無睹，糟蹋殆盡了！

所以，我要講講王敦這個人，不僅王敦，我們後面還要講和王敦惺惺相惜的東晉梟雄——桓溫。講王敦和桓溫，是為了告訴讀者，「魏晉風度」並非「政治正確」和「道德完善」的樣板，而是魏晉時代風雲際會、應運而生的一系列豐富多彩的人格狀態和生命存在方式。同樣，這部小書也絕不是標準單一而虛偽的「光榮榜」，而毋寧說是一部多元並包、窮形盡相的「人物志」。

田舍忍人

王敦（二六六—三二四），字處仲，小字阿黑，王導從兄，因東晉時官拜大將軍，故又稱王大將軍。由於門第的關係，王敦西晉時已踏上仕途，並且尚（娶）晉武帝之女襄城公主，是司馬炎的乘龍快婿。《世說新語》有《豪爽》一篇，可以說是為王敦「量身訂做」的一個門類，開篇第一條就是王敦的一則「豪爽」趣事：

王大將軍年少時，舊有田舍名，語音亦楚。武帝喚時賢共言伎藝事，人皆多有所知，唯王都無所關，意色殊惡，自言知打鼓吹，帝即令取鼓與之。於坐振袖而起，揚槌奮擊，音節諧捷，神氣豪上，傍若無人，舉坐嘆其雄爽。」（《豪爽》一）

故事說，王敦年輕時就有「田舍名」，也就是說王敦給人的印象很土氣，有鄉巴佬的名聲，而且他操著一口方言，口音很重而不夠雅正。有一次，司馬炎召集當時賢達一起談論才藝之事，大家都有心得體會，只有王敦因為從未涉獵過，臉色很難看。一般人碰到這樣的場合，乾脆做個「熱心觀眾」得了，可王敦偏不——他不甘示弱地說，自己懂得打鼓，老丈人司馬炎就命人拿鼓給他，估計心裡也為他捏把汗。沒想到王敦還真是打鼓的好手，只見他從座位上振袖而起，揮臂揚槌，奮力擊鼓，音節和諧迅捷，神情豪邁，旁若無人，將擊鼓這種很有陽剛氣概的「打擊樂」玩得驚天動地！眾人看了，都不禁讚嘆其雄武豪爽。

這個故事頗能看出王敦的性格，就是無論在什麼場合、什麼事情上，他都不甘居人後。不僅如此，他還能夠「旁若無人」！「旁若無人」今天已經被貶義化了，但是仔細想想，能夠在大庭廣眾之中、眾目睽睽之下旁若無人，談何容易！那該是一種多麼生猛、張揚和闊大的生命狀態和人格境界！在王敦的字典裡，似乎根本沒有「溫良恭儉讓」一類詞彙，更不知「敬畏」、「怯懦」為何物。而且，王敦並非不學無術之人，他出身於琅邪王氏，教養自然非比尋常。史書上說，王敦「眉目疏朗，性簡脫，有鑒裁，學通《左氏》，口不言財利，尤好清談，時人莫知，惟族兄戎異之」（《晉書·王敦傳》）。恐怕絕非空穴來風。

有意味的是，王敦的才學最終被他的豪爽所遮蔽。所以當我們猜想王敦其人的面目時，眼前便會閃現出一個五大三粗的赳赳武夫的形象。這一點甚至被他寵幸的女人所指認。王敦曾有一個姬妾，名叫宋禕，傳說是石崇（二四九—三〇〇）的寵妾綠珠的妹妹，是當時很有名的美女，她後來又投奔了謝鯤的兒子謝尚（三〇八—三五六）。有一次謝尚問宋禕：「我和王敦相比怎麼樣？」宋答曰：「王敦比起您來，一個是田舍，一個是貴人。」言下之意，他和您相比，差遠了！《世說新語》的編者認為，宋禕之所以有這樣厚此薄彼的評價，是因為謝尚容止俊美、風流妖冶的緣故（《品藻》二十一）。

王敦之所以給人一種「田舍」的印象，恐怕正在於其豪爽通脫的個性，也就是說，在文人和武夫之間，他更具武夫的特性，因而看起來像個「粗人」。不過，被女人說成「田舍」之人倒也罷了，總勝過晉惠帝的羊皇后，竟對自己的匈奴新夫劉曜說，自己的前夫司馬衷不是個男人！[1]這真是「人質愛上綁匪」[2]的活教材！

除了「田舍」的名聲，王敦還有「忍人」之目。潘岳的侄子潘尼（二五〇—三一一？）之子潘滔（字陽仲）見到小時的王敦，就對他說：「君蜂目已露，但豺聲未振耳。必能食人，亦當為人所食。」（《識鑒》六）劉注引《春秋傳》：「蜂目而豺聲，忍人也。」忍人，也就是殘忍之人。所以，當王衍向東海王司馬越推薦王敦去做揚州刺史時，潘滔就對司馬越說：「王處仲蜂目已露，豺聲未發，今樹之江外，肆其豪強之心，是賊之也。」可以說，潘滔很早就預判出王敦將來一定會做「叛臣賊子」。

不獨潘滔有這個預見能力，就連第一次見到王敦的石崇的婢女，都發出同樣的感嘆。石崇是西晉汰侈之風的魁首，富可敵國，窮奢極欲，他家的廁所有十來個衣著華麗的婢女列隊伺候，豪華到別人不敢冒進，而且還有個「更衣」的程式——脫掉自己身上的衣服，方便完畢，還要由這些婢女們伺候著穿上新衣方可出去。一般客人看到那麼多婢女在那兒，大都不好意思如廁，唯有王敦大搖大擺進去，脫舊衣，穿新衣，神色傲然。等他出門以後，那些婢女都說：「此客必能做賊！」（《汰侈》二）——這個客人將來一定能造反！

還有一個有名的故事叫做「斬美勸酒」。說石崇每次請客燕集，常令美人勸酒。客人如果有飲酒不盡者，便把美人交給內侍拉出去殺掉。有一次，王導和王敦一起來石崇家做客。年輕的王導見這陣勢，雖然不勝酒力，還是勉強自己一杯一杯喝下去，不一會兒就酩酊大醉。可是輪到王敦，他偏偏堅持不喝酒，以觀其變，結果外面已經斬了三位美人，他還是不肯喝，臉上神色如故。王導看不過去，就責備他，沒想到王敦卻說：「他殺他自己家裡的人，關你什麼事！」（《汰侈》一）由此可以看出，王敦真是一個虎狼之人，並無半點孟子所謂的「惻隱之心」。

王敦在西晉時，也喜歡清談，和王衍（夷甫）、王澄（平子）、庾敳（子嵩）、胡毋彥國（輔之）相友，號稱「四友」。鄧粲《晉紀》說：「敦性簡脫，口不言財，其存尚如此。」這和王衍「舉卻阿堵物」頗有異曲同工之妙。不過，和王衍的「祖尚浮虛」不同，王敦更多地是追慕放達之風，和那些裸裎縱酒的「通達之士」更接近。但王澄、庾敳之流大多可歸入「任誕」一門，獨有王敦，竟然開啟一個時代的「豪爽」風氣。《世說新語．豪爽》篇共十三則，其中五則與王敦有關。還有一個故事說：

> 王處仲，世許高尚之目。嘗荒恣於色，體為之弊，左右諫之，處仲曰：「吾乃不覺爾。如此者甚易耳！」乃開後閤，驅諸婢妾數十人出路，任其所之，時人嘆焉。（《豪爽》二）

這個「開閤驅婢」的典故，就與一般任誕名士大異其趣，說明王敦立身行事，我行我素，確有過人之處。也許前面所說的宋禕，正是這次被王敦打發掉的。宋人劉辰翁於此條後批云：「自是可傳，傳此者恨少。」清人方苞也說：「開後閤，驅婢妾，非豪爽者不能。」（《世說新語會評》，頁三四七）

還有一則更有名：

王處仲每酒後，輒詠「老驥伏櫪，志在千里。烈士暮年，壯心不已」。以如意[3]打唾壺，壺口盡缺。（《豪爽》四）

這個「如意唾壺」的典故，大概是王敦晚年之事，當時他手握重兵，野心勃勃，常以曹操自比，其酒後所歌乃曹操樂府詩《龜雖壽》中的名句，其中所傳達的政治抱負自然不難想見。而追溯起來，「豪爽」人格還的確與曹操之類的梟雄人物大有關係，王敦之後，桓溫、桓玄亦有「豪爽」之舉，這一線索在魏晉風度中自成一脈，十分值得注意。

「王與馬，共天下」

和陸機等江東士人在西晉平吳後，紛紛由南入北不同，王敦及其同時代的北方大族，在西晉滅亡前夕的永嘉年間（三〇七—三一三），經歷的恰恰是一次大規模的反向遷徙，史稱「永嘉南渡」。[4]這兩次「對流」，相差不過十幾年，心境卻大不相同。陸機等人的北上入洛，儘管前途難料，畢竟還是酬躇滿志的；而永嘉南渡的士族，則難免惶惶如喪家之犬，成了真正的「逃亡」。南人入北，備遭冷眼，政治上被蔑稱為「亡國之餘」，世俗生活中又被罵為「貉子」；反過來，北人南渡，國破家亡，寄人籬下，被南人排擠，指為「傖父」（亦作「傖夫」，意為粗陋鄙賤之人），心情更為複雜難堪。《世說新語》對此有十分細膩的反映，這裡舉兩個關於晉元帝司馬睿的例子。

司馬睿（二七六—三二二）是東晉的開國皇帝，字景文，司馬懿曾孫，司馬覲之子。他十五歲嗣琅邪王位。「八王之亂」後，匈奴劉淵舉兵入侵，中原局勢惡化，司馬睿採用王導的建議，請求移鎮建鄴（今江蘇南京）。朝廷答應了他的請求，於永嘉元年（三〇七）任命他為安東將軍、都督揚州諸軍事，同年九月南下建鄴。在王導、王敦的輔佐下，安撫當地士族，壓平叛亂，慘澹經營，司馬睿終於在江南站穩腳跟。《晉書・王敦傳》說：「帝初鎮江東，威名未著，敦與從弟導等同心翼戴，以隆中興，時人為之語曰：『王與馬，共天下。』」

建興四年（三一六），劉曜攻陷長安，俘虜晉湣帝，西晉滅亡。次年三月，司馬睿即晉王位，始建國，改元建武。三一八年，司馬睿即皇帝位，改元太興，據有長江中下游以及淮河、珠江流域地區，史稱東晉，司馬睿就是晉元帝。

司馬睿雖是西晉宗室，卻從來沒想過能做皇帝，甚至剛剛過江時，他還十分惶窘慚愧：

元帝始過江，謂顧驃騎（榮）曰：「寄人國土，心常懷慚。」榮跪對曰：「臣聞王者以天下為家，是以耿、亳無定處，九鼎遷洛邑，[5] 願陛下勿以遷都為念。」（《言語》二十九）

從他對顧榮所說的這句話來看，司馬睿還是很有自知之明的，而顧榮以「遷都」一詞為司馬睿解紛，也真是善解人意。不僅「寄人國土」讓司馬睿「心常懷慚」，就是做皇帝也讓他覺得受之有愧。《世說新語・寵禮》篇第一條：

元帝正會，引王丞相登御床，王公固辭，中宗引之彌苦。王公曰：「使太陽與萬物同暉，臣下何以瞻仰？」

在登基典禮這樣莊嚴的場合，皇帝竟要拉著大臣同登御座，而且「引之彌苦」，不是內心覺得受之有愧，是很難想像的。這兩件事足以說明司馬睿的柔弱個性及其偏安江南時的複雜心情。說明「王與馬，共天下」的說法並非誇張，而是確鑿無疑的史實。

還有一個例子記載在《世說新語》的《夙慧》篇：

晉明帝年數歲，坐元帝膝上。有人從長安來，元帝問洛下（洛陽）消息，潸然流涕。明帝問：「何以致泣？」具以東渡意告之。因問明帝：「汝意謂長安何如日遠？」答曰：「日遠。不聞人從日邊來，居然可知。」元帝異之。明日，集群臣宴會，告以此意；更重問之。乃答曰：「日近。」元帝失色，曰：「爾何故異昨日之言邪？」答曰：「舉目見日，不見長安。」（《夙慧》三）

這個故事的主人公是孩提時的晉明帝司馬紹（三〇一—三二五），但元帝司馬睿的「潸然流涕」也讓人印象深刻。司馬紹可稱是兩晉皇帝中最具才華的一個，他的兩次絕然不同的回答十分契合那個時代民族的深層心理，因而成為千古名對。對「長安」的猜想其實凝結著南渡士族對失去的故國的深長思念，而對於劫後餘生的司馬家族來講，「舉目見日，不見長安」八字更可說是字字血淚！

東晉初年，丞相王導、大將軍王敦分別把持著政治和軍事大權，形成真正的「門閥政治」。史載王敦「手控強兵，群從貴顯，威權莫貳，遂欲專制朝廷，有問鼎之心」（《晉書·王敦傳》）。本來就心虛的司馬睿對大權旁落漸漸不滿，遂任用劉隗、刁協、戴淵等為心腹，各據一方，企圖排斥王氏勢力。[6]這可以說是一個虛弱皇帝的本能反應。但這樣一來，便激起了王氏家族的強烈反彈，特別是擁兵自重的王敦，反而找到了一個小試牛刀的絕佳藉口。

永昌元年（三二二），王敦便以「清君側」、誅劉隗為名，在武昌起兵，直撲石頭城（即建康）。王導對劉隗、刁協、戴淵等人捍衛皇權、排抑大族也甚為不滿，曾譏諷地品評三人，說「刁玄亮（協）之察察，戴若思（淵）之岩岩，卞望之（壼）之峰距」（《賞譽》五十四），是說這三人為人處世過於嚴峻苛刻了。為保全王氏家族，王導暗中幫助王敦，其他大族出於保護「既得利益」的考慮，對於劉隗、刁協的「察察之政」也心存不滿，這樣，形勢就變得對王敦有利。王敦這次舉兵，可謂勢如破竹，很快就攻入建康，殺了戴淵、周顗等人，劉隗則投奔了石勒。

史載王敦兵臨城下，司馬睿脫去戎衣，穿上朝服，顧而言曰：「想要坐我的位置，應該早點說！何至害民如此！」又派遣使者對王敦說：「公若不忘本朝，於此息兵，則天下尚可共安也。如其不然，朕當歸琅邪，以避賢路。」（《晉書．元帝紀》）意思是：如你眼裡沒有我這個皇帝，那我就避位讓賢。話都說到這個份兒上，足見皇帝已成門閥大族操控的提線木偶。這次軍事行動的結果是，朝廷任命王敦為丞相、江州牧，進爵武昌郡公，還屯武昌。王敦在京城橫衝直撞，甚至連皇帝都未曾朝見，便領兵而去。同年閏十一月，有名無實的東晉開國皇帝司馬睿在憂憤中病卒。

平心而論，也不能全怪王敦有不臣之心。試想司馬氏的政權真的就那麼乾淨嗎？三二三年，晉明帝當上皇帝後，對司馬氏所以得天下的歷史因由產生了濃厚的興趣，《世說新語》對此亦有生動描繪：

> 王導、溫嶠俱見明帝（司馬紹），帝問溫前世所以得天下之由。溫未答。頃，王曰：「溫嶠年

少未諳，臣為陛下陳之。」王乃具敘宣王（司馬懿）創業之始，誅夷名族，寵樹同己。及文王之末，高貴鄉公事。明帝聞之，覆面著床曰：「若如公言，祚安得長！」（《尤悔》七）

值得注意的是，司馬紹先問溫嶠，而溫嶠不答。為什麼不答？當然並非如王導所說「年少未諳」，而是有所顧慮。溫嶠（二八八—三二九）字太真，太原祁縣（今屬山西）人，西晉末年曾在並州跟隨劉琨征討石勒、劉聰。建武元年（三一七年）南下，雖任侍中、中書令等官，參與朝廷機密，但相比王氏家族，他的根基尚淺，資格也嫩，所以他默然不語。這時，王導則當仁不讓，將司馬家族如何發家的歷史一五一十說出來，給剛登基的年輕皇帝上了一堂「歷史課」，聽得年方二十出頭的司馬紹冷汗直冒，遮著龍顏，拍著御座，竟說出一句不吉利的話來：「如果真如王公所言，那我司馬家的國運怎能長久？！」

這個王導，曾讓司馬睿拉著他同升御座，現在又讓司馬睿的兒子感到龍床不穩，不是有恃無恐是什麼？王導還算有倫理底線的大臣，換了「田舍忍人」王敦，該做如何想，何勞辭費？他大概會想，「皇帝輪流坐，明年到我家」。你司馬家族本就是靠篡奪得了天下，已經名不正言不順了，你司馬睿又屬於皇族旁支，無德無能，要不是我王家兄弟輔佐成全，想做皇帝，真是門兒都沒有！

西晉立國，司馬炎出於心虛，在意識形態上主張「以孝治天下」，而不敢言「忠」，因為「若主張以忠治天下，他們的立腳點便不穩，辦事便棘手，立論也難了」（魯迅《魏晉風度及文章與藥及酒之關係》）這導致世家大族「只知有家，不知有國」（余嘉錫語），心裡只有「門戶大計」，而沒有對國家皇室的所謂忠誠。所以，王敦的不臣之心也未嘗沒有時代精神和社會心理作為基礎。他不僅不把司馬睿放在眼裡，對司馬紹更不待見，逕自稱他「黃須鮮卑奴」（《假譎》六）。永昌元年（三二二）王敦攻破石頭城後，甚至想廢掉當時的太子司馬紹，幸虧溫嶠為太子打掩護才作罷：

王敦既下，住船石頭，欲有廢明帝意。賓客盈坐，敦知帝聰明，欲以不孝廢之。每言帝不孝之狀，而皆云：「溫太真所說。溫嘗為東宮率，後為吾司馬，甚悉之。」須臾，溫來，敦便奮其威容，問溫曰：「皇太子作人何似？」溫曰：「小人無以測君子。」敦聲色並厲，欲以威力使從己，乃重問溫：「太子何以稱佳？」溫曰：「鉤深致遠，蓋非淺識所測。然以禮侍親，可稱為孝。」

（《方正》三十二）

王敦欲廢司馬紹，找不到其他理由，只好說其「不孝」。可是，當王敦把球踢給溫嶠——因為溫嶠曾任太子中庶子，與太子司馬紹關係親密，有「布衣之好」——時，溫嶠偏偏不合作，說皇太子是否有鉤深致遠之才，不是我這樣的淺識之輩所能測度的，但他能夠以禮事親，當然可以稱為孝子了。由此可見，所謂「王與馬，共天下」，王氏家族恐怕更佔優勢。此後我們將看到，王敦進一步專擅朝政，根本不把明帝放在眼裡，終於再度鋌而走險。

狼抗剛愎

王敦的一生，經歷了由名士向逆臣的轉變，作為名士他是「豪爽」的，作為逆臣，則顯得「狼抗剛愎」。「狼抗」亦作「狼伉」、「狼亢」，乃傲慢、驕橫、暴戾、強梁之意。這是一種典型的梟雄性格，一旦得勢必然會演變為六親不認，犯上作亂。這個判斷出自東晉名臣周顗之口，應該說是恰如其分。而王敦和周顗的關係也頗能見出此中奧秘。

周顗（二六九—三二二），字伯仁，安城（今河南省汝南縣東南）人。西晉時，周伯仁和王敦、王導兄弟關係很親密，大概因為周伯仁比較剛直，一般人不敢在他跟前造次，[7]王敦見他甚至都有些怕，每次遇見周顗，都面熱耳赤，即使是在寒冬臘月，也要用手作扇，扇風不止。但是渡江以後，周顗任荊州刺史，官至尚書左僕射，王敦此時位高權重，見他便不再忌憚。這樣的轉變讓王敦沾沾自喜，竟自我感覺甚好地感嘆：「不知是我進步了呢，還是伯仁退步了？」（《品藻》十二）其實，周伯仁當然沒有退步，只是王敦隨著權位的提升氣焰更加囂張罷了。

事實證明，周顗對王敦的性格拿捏得非常準確。《世說新語．方正》篇：

王大將軍當下，時咸謂無緣爾。伯仁曰：「今主非堯、舜，何能無過？且人臣安得稱兵以向朝廷？處仲狼抗剛愎，王平子何在？」（《方正》三十一）

王敦將要起兵順江而下，朝中大臣都說，王敦沒有道理這樣做。言下之意，天子聖明，沒有過錯。這時周伯仁說：「當今皇上並非堯舜之君，怎能沒有過錯？但是即便如此，臣下又怎麼能舉兵攻打朝廷呢？」不過說到這裡，周伯仁話鋒一轉，說：「王敦乃是狼抗殘忍、剛愎自用之人，否則，王平子（澄）現在何處？」王平子就是被王敦殺掉的王澄，周的意思是說，王敦連他的堂弟王澄都殺掉了，他什麼事做不出來？

後來的事態果然按照周顗的預計發展。三二二年，王敦於武昌起兵，攻打石頭城，王導詣台待罪，這時劉隗勸元帝誅滅王家，周伯仁一面率軍抵抗，一面為王導一家求情，求元帝不要殺掉王導家族。但周伯仁也是個豪爽任氣之人，明明是暗中相救，他偏要做「幸災樂禍」狀，竟當著王導說：「今年把這些反賊都殺了，我就可以授更大的金印、做更大的官了！」弄得王導以為他巴不得自己早死，正是這個本不該有的誤會，導致了周的被殺。請看：

王大將軍起事，丞相兄弟詣闕謝。周侯深憂諸王，始入，甚有憂色。丞相呼周侯曰：「百口委卿！」周直過不應。既入，苦相存救。既釋，周大說，飲酒。及出，諸王故在門。周曰：「今年殺諸賊奴，當取金印如斗大繫肘後！」大將軍至石頭，問丞相曰：「周侯可為三公不？」丞相不答。又問：「可為尚書令不？」又不應。因云：「如此，唯當殺之耳！」復默然。逮周侯被害，丞相後知周侯救己，嘆曰：「我不殺周侯，周侯由我而死。幽冥中負此人！」（《尤悔》六）

可見，周伯仁被王敦所殺是得到王導默許的，王導的「不答」、「不應」、「默然」，事實上等於是說，這個周老匹夫，已經不是咱們的朋友了，留他何用！當王導重新掌權之後，瀏覽以前的宮中奏摺，看到了周顗營救自己的摺子，言辭懇切，殷勤備至，不由得痛哭失聲。回來之後他對兒子們說：「吾雖不殺伯仁，伯仁由我而死。幽冥之中，負此良友！」（《晉書．周顗傳》）後來人們遂以「伯仁」指代亡友。「我不殺伯仁，伯仁由我死」也就成了一個創巨痛深的典故。

儘管周伯仁過江以後，縱酒無度，有「三日僕射」之目，但畢竟做到了「臨大節而不可奪也」，仍然不失為一代名臣。下面這則故事頗能看出周伯仁的正直與風骨：

王大將軍既反，至石頭，周伯仁往見之。謂周曰：「卿何以相負？」對曰：「公戎車犯正，下官忝率六軍，而王師不振，以此負公。」（《方正》三十三）

此條劉注引《晉陽秋》記載得更詳細：「王敦既下，六軍敗績。顗長史郝嘏及左右文武勸顗避難，顗曰：『吾備位大臣，朝廷傾撓，豈可草間求活，投身胡虜邪？』乃與朝士詣敦，敦曰：『近日戰有餘力不？』對曰：『恨力不足，豈有餘邪？』」周顗被捕後，路過太廟，大聲說道：「天地先帝之靈，賊臣王敦傾覆社稷，枉殺忠臣，陵虐天下，神祇有靈，當速殺敦，無令縱毒，以傾王室。」話音未落，左右差役便用戟戳其口，血流滿地而周顗面不改色，遂被殺，時年五十四歲。

周伯仁的遇害讓朝野人士無不寒心，王敦的族弟王彬（字世儒）為此差點跟王敦翻臉。據劉注引《王彬別傳》記載，王彬與周顗關係很好，周被害後，王彬撫屍慟哭，悲不自勝。哭完後跑去見王敦，王敦見他一臉悲痛，問他緣故。王彬說：「我剛才哭過周伯仁，情不能已。」王敦說：「伯仁的死是他自找的，你何必這麼難過？」王彬說：「伯仁乃清譽之士，所犯何罪，而遭屠戮？」越說越生氣，就當面罵王敦「抗旌犯上，殺戮忠良」，言辭慷慨，聲淚俱下。王敦惱羞成怒。當時王導也在坐，就為王彬打圓場，並要王彬拜謝賠罪。王彬很有氣節，說：「我有足疾。近來朝見天子尚不能拜，憑什麼跪他？」王敦一聽，威脅道：「腳疾何如頸疾？」意思是說，腳上生病跟脖子上挨一刀，哪個更厲害？因為大家都是同宗兄弟，王敦最後也沒把王彬怎樣，但這件事又可以作為王敦「狼抗剛愎」性格的一個好例。

事實上，王敦對周顗這位從小就「一面披衿」（鄧粲《晉紀》）的老朋友死在自己手裡，也是追悔莫及，甚至流下悲痛的淚水：

王大將軍於眾坐中曰：「諸周由來未有作三公者。」有人答曰：「唯周侯邑（已）五馬領頭而不克。」大將軍曰：「我與周，洛下相遇，一面頓盡。值世紛紜，遂至於此！」因為流涕。（《尤悔》八）

「五馬領頭」是賭博遊戲中的術語，意思是博局已經達到決勝的一步，就是說，以周伯仁的位望，差一點就做上了三公，卻不幸被殺。這正戳到了王敦的痛處，因為渡江之前，王敦的確曾經承諾過自己一旦將來發達，一定要讓周伯仁官至三公，此時聽到有人為伯仁惋惜，難免心生愧疚懊悔之情。這時王敦想必已經知道周伯仁為救王導一家付出的努力，所以，他的眼淚應該是真實情感的流露，不能武斷地視為虛偽。

要說明王敦的狼抗剛愎，還有一個人物不能不提，那就是曾經被王敦引為長史的謝鯤。

謝鯤（二八〇—三二三），字幼輿，陳國陽夏（今河南太康）人。謝鯤屬於名士中的「放達派」，與王澄等人很要好，他們「慕竹林諸人，散首披髮，裸袒箕踞，謂之八達」（鄧粲《晉紀》）。後來他的族子謝安就說過，謝鯤「若遇七賢，必自把臂入林」（《賞譽》九十七）。據說謝鯤鄰家有一女子，應該有些姿色，有一次謝鯤去人家家裡挑逗，那女子正在織布，便就地取材，拿起梭子向謝鯤砸去，竟然打斷了他的兩顆牙齒！謝鯤呢，也不以為忤，回到家裡，豁著牙、吹著口哨說：「猶不廢我嘯歌。」（《江左名士傳》）於是流傳著這麼一句謠諺：「任達不已，幼輿折齒。」

儘管如此，謝鯤仍不失為一個有操守的名士。當時王敦要起兵順流而下，逼著時任豫章太守的謝鯤與自己同行。攻入石頭城後，王敦對謝鯤說：「事已至此，我不能再做輔佐王室的盛德之事了！」謝鯤說：「怎麼能這樣說呢？只要從今以後，君臣盡釋前嫌，日復一日過去，大家也就會忘記這不愉快的往事了。」王敦做賊心虛，在京城的日子，一直稱病不朝，根本無視皇帝存在。謝鯤就勸他說：「近來您的舉動，雖然是想拯救國家，但四海之內，大家確實並不能理解。如果您屈身朝見天子，使群臣放下心來，萬民才能心悅誠服。如果您能順應民心，盡力謙沖退讓，您的功勳一定能像管仲一樣偉大，您的美名也一定能夠傳之千古啊！」王敦說：「你能保證我入朝之後，不會有變嗎？」謝鯤便為之擔保，並願隨從前往。沒想到王敦勃然變色說：「我就是要殺掉幾百個像你這樣的人，對於當今之世又有什麼損害呢！」（《規箴》十二）最終王敦還是沒有朝見天子，不久就率兵還鎮武昌了。

不得其死

這麼一個狼抗剛愎的大將軍，結局又如何呢？事實上，王敦的堂弟王導早為他做了預判，《晉書·王敦傳》記載「斬美勸酒」一事後（按：《晉書》將石崇改作王愷），史臣補敘一筆說：「導還，嘆曰：『處仲若當世，心懷剛忍，非令終也。』」「剛忍」，也即「狼抗剛愎」的另一種說法，「非令終」，也就是俗話所說的「不得好死」。

三二二年之亂，王敦可謂「豺聲已振」，其狼子野心朝野盡知。特別是王敦欲廢而不得的晉明帝司馬紹，對他更是恨之入骨。三二四年，王敦移師鎮守姑孰（今安徽當塗）時，司馬紹曾喬裝打扮潛入王敦軍營中刺探軍情，差一點被捉。[8]但是以司馬紹的才幹魄力，要想消滅羽翼豐滿的王敦，並不容易。還是溫嶠在關鍵時刻力挽狂瀾，平定了叛亂。

事實上，王敦早就知道溫嶠是個人才，又是朝廷的骨鯁之臣，對他很是忌憚。所以他一進石頭城，想要找藉口廢掉皇太子司馬紹時，就把溫嶠拿來說事兒。沒想到溫嶠並不買帳，廢太子之事遂告流產。大概正是這個原因，王敦又表請溫嶠做自己的左司馬，其實是作為人質。溫嶠無奈，只好答應。在王敦稱病不朝時，溫嶠多次勸他覲見元帝，王敦不從。等到王敦帶兵還鎮武昌，溫嶠左右無援，只好假裝與王敦合作，並與王敦手下的參軍錢鳳結交，騙取了二人信任。後來丹陽尹一職空缺，溫嶠故意推薦錢鳳，王敦見他頗有效忠之意，便讓他去任丹陽尹。這正是溫嶠的「金蟬脫殼」之計。溫嶠的確是東晉難得的將相之才，他用自己的智慧瓦解了王敦的「統一戰線」。餞行宴上，溫嶠假裝醉酒，藉故斥罵錢鳳，而與王敦分別時，又依依不捨，痛哭流涕，把王敦感動得一塌糊塗。等溫嶠出發後，錢鳳再進讒言，說溫嶠之言不可信，這時王敦卻說：「人家昨天喝醉了，對你稍加聲色，你怎麼可以因為這點小事就在背後搗鬼呢？」溫嶠回到京都，馬上將王敦謀逆之事上報朝廷，請明帝做好防範準備。（《晉書．溫嶠傳》）

王敦聞訊，怒火中燒，索性一不做，二不休，再度鋌而走險。他在寫給王導的信中說：「太真別來幾日，作如此事！」然後又一次上表，請誅奸臣，而在奸臣的「黑名單」上，溫嶠高居榜首。王敦還惡狠狠地說，如果把溫嶠生擒活捉，一定讓他「自拔其舌」！大概正是因為受了這場溫嶠「反水」的羞辱，王敦竟在舉兵起事時病倒了。萬般無奈，只好讓投奔自己的兄長王含任元帥，後者於太寧二年（三二四）七月，率錢鳳、周撫、鄧嶽等領兵五萬進逼京師。

這一次大兵壓境，又多虧了溫嶠。等錢鳳率軍攻到建康城下時，溫嶠果斷地下令，燒毀秦淮河上的浮橋「朱雀桁」以挫其鋒。明帝不明就裡，很生氣，溫嶠說：「今宿衛寡弱，徵兵未至，若賊豕突，危及社稷，陛下何惜一橋！」王含軍隊果然不得渡河，溫嶠親自率兵與叛軍夾水而戰，王含大敗而逃。

當戰敗的消息傳來，躺在病床上的王敦怒道：「我兄老婢耳，門戶衰矣！」還想作勢而起，卻因體力不支再次臥倒。王敦死到臨頭，還在想著他的千秋大業，他對身邊的人說：「我死後，兒子王應即位，先立朝廷百官，然後再考慮我的葬事。」不久王敦病卒，年在五十九歲。王應其實是王含的兒子，過繼給了無子的王敦。王含兵敗後，與親生兒子王應投奔同族的荊州刺史王舒，沒想到父子倆竟被王舒沉入江底（《識鑒》十五）。山東琅邪王氏的王敦一支遂告絕嗣。

王敦雖然是病死的，但死後卻不得安寧。由於他的叛亂朝野共怒，所以其屍骨未寒，便被朝廷下令，開棺戮屍，「焚其衣冠，跽而刑之」。也就是燒掉他的壽衣壽帽，把屍體跪在地上砍了頭，這還不算，又把王敦的尚未腐爛的首級懸掛於南桁，史書寫到這裡，特意補敘一筆——「觀者莫不稱慶」。用今天的話說，這個不可一世的豪爽將軍，最後「死得很難看」！

不過，如果我們撇開「三綱五常」的視角看王敦，還是可以發現他的許多率真的地方，至少，這位豪爽將軍不是「偽君子」，也不是「假名士」，他甚至也不能算是「小人」，而是一個「真貳臣」——因為這個「真」，在魏晉人物的群像中，他便具有了「只此一家，別無分店」的觀賞價值。魏晉時代是不以成敗論英雄的，所以王敦死後，「田舍忍人」成為歷史陳跡，而又多了一個「可兒」的美譽，「可兒」猶言「可人」，是另一位梟雄桓溫對王敦的賞譽，[9]這說明，王敦死後，他的道德上的污點被稀釋了，而人格上的可愛之處被發掘出來，成了一道別樣的風景。

註釋

1 《晉書．後妃傳．惠羊皇后傳》：「洛陽敗，（羊後）沒於劉曜。曜僭位，以為皇后。因問曰：『吾何如司馬家兒？』后曰：『胡可並言？陛下開基之聖主，彼亡國之暗夫，有一婦一子及身三耳，不能庇之，貴為帝王，而妻子辱於凡庶之手。遣妾爾時實不思生，何圖復有今日。妾生於高門，常謂世間男子皆然。自奉巾櫛以來，始知天下有丈夫耳。』曜甚愛寵之，生曜二子而死，偽謚獻文皇后。」

2 這種心態在心理學上又叫「斯德哥爾摩綜合症」，或「斯德哥爾摩情結」，或者稱為人質情結或人質綜合症，是指犯罪的被害者對於犯罪者產生情感，甚至反過來幫助犯罪者的一種情結，俗稱「人質愛上綁匪」。因與一九七三年八月二十三日發生在瑞典首都斯德哥爾摩的一起銀行搶劫案有關，故被稱為「斯德哥爾摩情結」。

3 按：如意，乃一種象徵祥瑞的器物，用金、玉、竹、骨等製作，頭靈芝形或雲形，柄微曲，供指劃用或玩賞。據故宮博物院資料，如意的起源與我們日常生活中俗稱「不求」的搔背工具有關。最早的如意，柄端作手指之形，以示手所不能至，搔之可如意，故稱如意，俗叫「不求人」。清《事物異名錄》云：「如意者，古之爪杖也。」魏晉南北朝時，如意成為貴族階層手中愛賞之物。

4 《晉書．王導傳》：「洛陽傾覆，中州士女避亂江左者十六、七。」

5 按：耿、亳無定處，是指商王祖乙繼其父河亶甲為帝，商衰，任巫賢為相，遷都於耿（今河南溫縣），商朝復興。商王十九盤庚因王室衰亂，曾五遷而建都於亳（今河南安陽），改國號殷，商道復興。「九鼎遷洛邑」，指周武王滅商，遷都洛邑（今河南洛陽）。九鼎：古代傳說夏禹鑄了九個鼎，象徵冀州、兗州、青州、徐州、揚州、荊州、豫州、梁州、雍州等「九州」，成為夏、商、周三代傳國的寶物。

6 《晉書．王敦傳》云：「帝畏而惡之，遂引劉隗、刁協等以為心膂。敦益不能平，於是嫌隙始構矣。」「時劉隗用事，頗疏間王氏，導等甚不平之。」又云：「敦復上表陳古今忠臣見疑於君，而蒼蠅之人交構其間，欲以感動天子。帝愈忌憚之。俄加敦羽葆鼓吹，增從事中郎、掾屬、舍人各二人。帝以劉隗為鎮北將軍，戴若思為征西將軍，悉發揚州奴為兵，外以討胡，實禦敦也。」

7 《晉陽秋》稱：「顗有風流才氣，少知名，正體嶷然，儕輩不敢媟也。」

8 《世說新語．假譎》六：「王大將軍既為逆，頓軍姑孰。晉明帝以英武之才，猶相猜憚，乃著戎服，騎巴賨馬，齎一金馬鞭，陰察軍形勢。未至十餘里，有一客姥，居店賣食，帝過愒之，謂姥曰：『王敦舉兵圖逆，猜害忠良，朝廷駭懼，社稷是憂。故劬勞晨夕，用相覘察。恐行跡危露，或致狼狽。追迫之日，姥其匿之。』便與客姥馬鞭而去，行敦營匝而出。軍士覺，曰：『此非常人！』敦臥心動，曰：『此必黃須鮮卑奴來！』命騎追之。已覺多許里，追士因問向姥：『不見一黃須人騎馬度此邪？』姥曰：『去已久矣，不可復及。』於是騎人息意而反。」

9 事見《世說新語．賞譽》七十九：「桓溫行經王敦墓邊過，望之云：『可兒！可兒！』」劉注引孫綽《與庾亮箋》曰：「王敦可人之目，數十年間也。」

王導——江左管仲知是誰？

這一講我們講東晉名相王導。在前面的章節中，王導已經多次出場，雖是配角，卻也足夠醒目，這一次，讓我們把舞臺的追光打到這位中國歷史上著名的賢相身上，看看他把人生這齣戲唱得怎麼樣。

王導（二七六—三三九），字茂弘，琅邪臨沂（今山東臨沂）人，王覽孫，王裁子，王衍、王敦族弟。東晉時官至丞相，輔佐元帝（睿）、明帝（紹）、成帝（衍）三朝，所以在《世說新語》中，「丞相」成為王導的專稱。王導不僅是一個天生的政治家，還是一個傑出的清談家和可愛的幽默家。特別值得注意的是，和漢末「清議時代」以陳蕃、李膺為代表的國家柱石之臣相比，在王導身上，集中體現了「清談時代」對於政治家的人格影響，這種影響在王導身上完成，又在隨後的謝安身上得到了更進一步的發揚。如果說，「清議時代」的政治家更多的是「可敬」與「可畏」，那麼，「清談時代」的政治家則讓人覺得「可愛」又「可親」。

天生的政治家

王導是個天生的政治家，正如他的族兄王衍是個天生的清談家，王敦是個天生的叛臣一樣。史載王導十四歲時，陳留高士張公見而奇之，對其堂兄王敦說：「此兒容貌志氣，將相之器也。」所以，王衍、王敦對他都很賞識，經常和他一起出行。王敦和他赴石崇（或王愷）宴會之事前面已經講過，王衍帶王導出行的例子不妨再說一遍：

王夷甫嘗屬族人事，經時未行。遇於一處飲燕，因語之曰：「近屬尊事，那得不行？」族人大怒，便舉樏擲其面。夷甫都無言，盥洗畢，牽王丞相臂，與共載去。在車中照鏡，語丞相曰：「汝看我眼光，乃出牛背上。」（《雅量》八）

此條主要體現王衍的「雅量」，但後一句很費解，「牛背」乃著鞭之處，是否可以理解為，年輕的王導很為王衍挨了那一計感到擔心和氣憤，所以目光中難免流露出來，王衍從鏡子中看到了，就打趣地說：「你看我的眼光，好像是在被鞭子抽打的牛背上一樣。」言下之意，兄弟不必擔心，權當他打在牛背上好了。所以劉孝標解釋說：「王夷甫蓋自謂風神英俊，不至與人校（較）。」

這個故事對於我們理解王導和王衍的關係很重要。從中可以看出，像王衍這樣的清談政治家，看待世界的方式已經與漢末的清議政治家迥然不同。王衍官至太尉，卻不以國事為念，並不純然是沒心沒肺，而是精神上「祖尚浮虛」的必然反應。他不僅對國家大事採取一種超然的態度，對世俗生活中的人事糾紛，也能淡然處之。

作為一個政治家，王衍是徹頭徹尾的失敗了，西晉覆滅有他一份不容推卸的責任。但是，很少為人注意的是，王衍對於東晉的建立實際上卻有間接之功。上文說到，王衍為保存門戶，曾設「狡兔三窟」之計，請求將王敦、王澄派到青州、荊州任刺史，和在洛陽的自己鼎足而成「三窟」。事實上，還應該補充一窟，那就是王衍敏銳地看出從弟王導的才幹，在大亂將起之時，向東海王司馬越建議，將王導安排在琅邪王、安東將軍司馬睿的幕府中做安東司馬，這才有了東晉的百年基業。儘管王衍是出於門戶私心，但從效果上來看，卻不乏可取之處。

王導對王衍是非常仰慕的，前面我們說過，王導讚美王衍「岩岩清峙，壁立千仞」（《賞譽》三十七），還說：「頃下（一作洛下）以我比安期（王承）、千里（阮瞻），亦推此二人；唯共推太尉，此君特秀。」（《品藻》二十）後來的事實證明，王導吸取了王衍的教訓，在政治上揚其長，避其短，既矯正了王衍「不以物務自嬰」的過分超脫的地方，勠力國事，同時，又保留了王衍作為清談家的通脫與超然，周旋於各種複雜的政治鬥爭和家族矛盾之中，從善如流，而不為苛細切碎的「察察之政」，最終完成了東晉的建國大業，以過人的才幹和智慧，穩定了東晉初年的政局，真正達到了「名教」與「自然」——「將無同」的境界！

說王導是天生的政治家還有一個原因，就是王導很早就和當時的琅邪王、後來的晉元帝司馬睿（二七六—三二二）建立了良好的關係，兩人同年出生，「素相親善」，情同好友。俗話說：「近水樓臺先得月。」王導的政治智慧和他的人脈資源都是別人無法企及的，所以他要是成不了政治家反倒怪了。史書上說，「導知天下已亂，遂傾心推奉，潛有興復之志。帝亦雅相器重，契同友執。

帝之在洛陽也，導每勸令之國。會帝出鎮下邳，請導為安東司馬，軍謀密策，知無不為」（《晉書．王導傳》）。可以說，二人早就結成了政治上的「攻守同盟」關係。正是王導的審時度勢和精心謀劃，才使司馬睿得以偏安江左，坐穩皇帝的寶座。

王導為司馬睿下的第一步好棋就是「移鎮建鄴」，提前「突圍」。可以說，這是非常具有先見之明的一招妙棋，使得司馬氏家族危在旦夕之時，保存了皇室命脈，於公於私，於國於家，都是「雙贏」之舉。永嘉元年（三〇七）九月，司馬睿在王導的陪同下渡江來到建鄴（後改稱建康），緊接著就面臨如何在人地生疏的江南站穩腳跟的問題。史載「及徙鎮建康，吳人不附，居月餘，士庶莫有至者，導患之」。王導就和從兄王敦商量，為司馬睿導演了一齣樹立聲威、收復人心的好戲。第二年三月上巳節，司馬睿親自觀看百姓的祓禊活動，「乘肩輿，具威儀，敦、導及諸名勝皆騎從。吳人紀瞻、顧榮，皆江南之望，竊覘之，見其如此，咸驚懼，乃相率拜於道左」。嗣後，司馬睿採納了王導的建議，禮賢下士，讓王導親自拜訪邀請顧榮、賀循等南方大族出來輔政，「二人皆應命而至，由是吳會風靡，百姓歸心焉。自此之後，漸相崇奉，君臣之禮始定」（《晉書．王導傳》）。

不過好景不長，很快洛陽就被匈奴攻佔，大批中原士族和百姓南渡避難，面對這樣一個亂局，王導採取「務在清靜」的為政原則，盡心輔佐，安邦定國，度過了這段人心惶惶的日子。當時北來士族寄人籬下，情緒低落，王導無形之中成了穩定人心、鼓舞士氣的精神領袖：

過江諸人，每至美日，輒相邀新亭，藉卉飲宴。周侯（顗）中坐而嘆曰：「風景不殊，正自有

> 山河之異！」皆相視流淚。唯王丞相愀然變色曰：「當共戮力王室，克復神州，何至作楚囚相對！」（《言語》三十一）

這就是著名的「新亭對泣」之典。當這些北方的士大夫，經歷了山河破碎、顛沛流離的悲慘生活後，來到煙柳繁華、山青水秀的江南，真可謂劫後餘生，家國之痛、黍離之悲就像瘟疫一樣在心中蔓延恣肆，以至於觸景生情，相對流淚。王導何嘗沒有同樣的悲哀？但他卻能克制住個人的傷感，以大局為重，試圖把低迷、渙散的人心士氣收拾起來，短短三句話，其實是一篇極精短的政治綱領，包含了近期目標——「戮力王室」（齊心協力幫助琅邪王司馬睿在江南坐穩江山），長期目標——「克復神州」（積蓄力量在合適的時候收復失地實現統一），以及對當前精神狀態的批評，「何至作楚囚相對」，就是說，與其這樣「楚囚相對」、[1]作楚楚可憐狀，不如重振旗鼓，放開手腳幹一番事業！

可想而知，「愀然變色」的王導說出的這番「豪言壯語」一定是感動了在座的每一個人。從此，王導的威信越來越高，以致於朝野傾心，號為「仲父」。「仲父」這個稱呼大有來歷，春秋時管仲輔佐齊桓公成就霸業，齊桓公就尊管仲為「仲父」；呂不韋相秦國，也被嬴政尊為「仲父」；人臣能夠從君主那裡獲得的尊崇，莫過於此。平心而論，王導的確具有管仲之才，因此，連自視甚高的溫嶠一見之下，都心悅誠服地稱他為「江左夷吾」：

> 溫嶠初為劉琨使，來過江。于時，江左營建始爾，綱紀未舉。溫新至，深有諸慮。既詣王丞相，陳主上幽越、社稷焚滅、山陵夷毀之酷，有黍離之痛。溫忠慨深烈，言與泗俱；丞相亦與之

對泣。敘情既畢，便深自陳結，丞相亦厚相酬納。既出，歡然言曰：「江左自有管夷吾，此復何憂！」（《言語》三十六）

溫嶠是西元三一七年過江的，初來乍到，對江東形勢很擔憂，他去見王導，說到家國之痛，聲淚俱下，這一次連王導也忍不住和他相對流淚。但經過一番深入交談之後，溫嶠遂轉憂為喜，對未來充滿信心，因為他從王導身上，看到春秋時輔佐齊桓公「九合諸侯，一匡天下」的賢相管仲（字夷吾）的影子，所以欣喜地稱讚王導是「江左夷吾」。

和溫嶠所見略同的還有桓彝。桓彝（二七六—三二八），字茂倫，譙國龍亢（今屬安徽懷遠）人，是桓溫的父親。史書上說：「桓彝初過江，見朝廷微弱，謂周顗曰：『我以中州多故，來此欲求全活，而寡弱如此，將何以濟！』憂懼不樂。往見導，極談世事，還，謂顗曰：『向見管夷吾，無復憂矣。』」（《晉書．王導傳》）

還有一個「企羨」的故事說：「王丞相拜司空，桓廷尉作兩髻，葛裙、策杖，路邊窺之，嘆曰：『人言阿龍超，阿龍故自超！』不覺至台門。」（《企羨》一）桓廷尉就是桓彝，阿龍，是王導的小名赤龍的暱稱。王導拜司空是太興四年（三二一），這時江東已定，桓彝對王導由衷欽佩，所以說他「故自超」（確實高超卓越）。這些事例，都是王導作為傑出政治家所具有的人格魅力的佐證。

那麼，王導在政治上到底採取何種策略呢？除了上文說過的「務在清靜」，再就是寬簡平易，不行苛政，甚至「睜一隻眼閉一隻眼」，儘量維持南北、朝野、漢胡、士庶、門閥和皇室等各種複雜關係的均勢和平衡。這種看似沒有原則和立場的行政方略常常受到詬病，殊不知，如果沒有這種以靜制動、以柔克剛、看似無為而實則有為的政治智慧，東晉恐怕根本不可能存在一百餘年。有一個「網漏吞舟」的典故十分形象地說明了這一點：

王丞相為揚州，遣八部從事之職。顧和時為下傳還，同時俱見。諸從事各奏二千石官長得失，至和獨無言。王問顧曰：「卿何所聞？」答曰：「明公作輔，寧使網漏吞舟，何緣採聽風聞，以為察察之政？」丞相咨嗟稱佳，諸從事自視缺然也。（《規箴》十五）

顧和（二八八—三五一）字君孝，吳郡吳人。王導做揚州刺史，新官上任三把火，很想整頓吏治，懲治腐敗，來一番「廉政風暴」。這事放在今天毫無疑問是應該受到贊許的，但在兩晉之交，中原板蕩，江南根基未穩，特別是南北矛盾異常尖銳的特殊歷史時期，王導所代表的北方士族本來就有「鳩占鵲巢」之嫌，如此行政就難免給人一種得寸進尺的不良印象。當奉命到各郡督察的按察官員們回來向王導彙報工作，揭發各郡長官得失的時候，唯獨顧和一言不發。王導問他，他說了一句很實在的話：「您作宰輔治理一方，寧可法網寬大，讓那些吞舟之魚得以逃脫，怎麼能夠讓手下人到處捕風捉影，實行刻薄寡恩的察察之政呢？」顧和其實是代表南方士族發言的，言下之意，「水至清則無魚」，如果你初來乍到，就用一套嚴刑峻法制裁各郡長官，逼得他們狗急跳牆，「過猶不及」，這對東晉的大局有何好處呢？王導聞過則喜，對顧和的話連連稱讚，及時矯正了自己的執政方針。故《晉書．庾亮傳》說：「時王導輔政，主幼時艱，務存大綱，不拘細目。」

事實證明，非常時期採取的非常之政對於穩定江左、收攏人心是大有好處的。也許正因為如此，王導、王敦家族的勢力越來越大，功高蓋主，這自然引起了司馬睿的不滿。司馬睿遂任用劉隗、刁協、戴淵、卞壼等人為心腹，實行與王導不同的苛切細碎的「察察之政」，削弱南北大族的勢力，尤其是王氏家族的利益，一時怨聲載道。王導說「刁玄亮（協）之察察，戴若思（淵）之岩岩，卞望之（壼）之峰距」（《賞譽》五十四），表達的正是對他們奉行的「察察之政」的不滿。所以，當三二二年王敦以「清君側」的名義起兵，王導和其他南北士族是默許的，甚至暗中相助，最終摧毀了劉隗、刁協之流在朝廷的勢力，既保存了門戶，又使在政治上更為合理有效的寬厚清靜之政得以延續。

我們不能不說，在處理王敦第一次軍事行動的過程中，王導是圓滑自私的，但我們又不得不對他的這種圓滑和自私報以理解。門閥政治的一個本質特徵是，「諸門第只為保全家門而擁戴中央，並不肯為服從中央而犧牲門第」。[2]當王導帶著自己一家數十口「旦旦到公車，泥首謝罪」，並對周伯仁說「百口委卿」之時，正是「公私兼顧」的權宜之計。他冒著被滅門的危險，只請罪不拒敵，正是一種類似於「走鋼絲」似的政治博弈。當時劉隗對司馬睿建議殺掉王導一家，最終因為周伯仁的據理力爭而作罷。這一步險棋王導又走對了。等王敦帶兵攻進京城，既殺掉了政敵，又保存了門戶，王導的政治生涯繼續順風順水。

但是，王導並不是王敦，他並無不臣之心。兩年之後（三二四），當王敦、王含再次興兵作亂，狼子野心昭然若揭之時，王導則堅定地站在維護皇室、保存社稷的立場上。他在給王含的信中說：「你今天這番舉動，恰似王敦當年所為。但形勢已完全不同：那年是因為有佞臣亂朝，人心不定，就是我自己也想外離以求自濟；可是現在，先帝雖然去世，還有遺愛在民，當今聖主聰明，並無失德之處。如果你們竟妄萌逆念，反叛朝廷，作為人臣，誰不憤慨？」他甚至表示「寧為忠臣而死，不為無賴而生」（《晉書．王敦傳》）。史載王敦生病後，「導便率子弟發哀，眾聞，謂敦死，咸有奮志」（《晉書．王導傳》）。這套「攻心戰術」很管用，也表明王導這時已經決定放棄王敦，「舍車保帥」，這個「帥」既可以說是年輕的皇帝司馬紹，也可以說是王導家族。當初王敦第一次作亂，曾對王導說：「不從吾言，幾致覆族。」誰曾想，時隔兩年，倒是王導先行為王敦辦了「喪事」。兩相比較，到底還是王導更高明，他敏銳地意識到，「王與馬共天下」是最好的選擇，「專天下」的買賣不過是剃頭的挑子——一頭熱，活得好好的，幹嘛要去找死？！

王敦亂平之後，三二五年司馬紹病死，不到五歲的司馬衍（三二一—三四二）即位，是為晉成帝。當時王導、庾亮、溫嶠等為顧命大臣，庾亮一度專擅朝政，對王導構成威脅。但王導對庾亮還是報以寬厚之心，顯得很有風度，下面這個故事就是好例：

> 有往來者云：「庾公有東下意。」或謂王公：「可潛稍嚴，以備不虞。」王公曰：「我與元規雖俱王臣，本懷布衣之好。若其欲來，吾角巾徑還烏衣，何所稍嚴！」（《雅量》十三）

庾亮（二八九—三四〇），字元規，也是東晉三朝元老，其妹為晉明帝司馬紹皇后，成帝即位後，庾亮以帝舅之尊與王導等共同輔政，總攬朝政，咸和九年（三三四）鎮守武昌，大有取代王導之勢。故《輕詆》四記載：

> 庾公權重，足傾王公。庾在石頭，王在冶城坐，大風揚塵，王以扇拂塵曰：「元規塵污人！」

這個故事頗有趣，當時不過是自然界的大風揚起沙塵，迎面撲來，王導坐在冶城，就順勢做出了「以扇拂塵」的動作，並且說：「這是庾元規揚起的塵土來弄髒別人了。」真是觸景生情，言為心聲，當時庾亮在政治上的咄咄逼人之勢，可不就像「大風起兮塵飛揚」，讓一向溫和沖退的王導「艱於呼吸視聽」嗎？

兩相比照，有人說庾亮有東下、取王導相位之意，讓他略作戒備，以防不測，恐怕也不是子虛烏有，捕風捉影。王導何嘗沒有這種擔心呢？但他卻十分坦然地說：「我和元規雖然都是朝廷大臣，本來就有布衣之交，要是他來，我就穿上便服戴上方巾，退休回烏衣巷做老百姓去，有什麼可戒備的？」這固然是王導緩解緊張關係的一種策略，但如果真的發生此事，我相信他是能說到做到的。

對待政敵如此，對待下屬亦然。《雅量》篇的一個記載讓人讀了很感動：

王丞相主簿欲檢校帳下，公語主簿：「欲與主簿周旋，無為知人几案間事。」（《雅量》十四）

王導手下的主簿想要對丞相幕府中的各級辦公人員來個「突擊檢查」，對於這個有「克格勃」嫌疑的提議，王導不以為然，但他很委婉地對主簿說：「我想和你商量一下：請儘量不要窺探、干預人家案牘間的事務。」言下之意，每個人都有點隱私，這樣盯著別人不太好。這種充分尊重下屬人格，「用人不疑」的雅量和胸襟，真是難能可貴！

到了晚年，王導為政更加簡易寬恕，有個故事說：

丞相末年，略不復省事，正封籙，諾之。自歎曰：「人言我憒憒，後人當思此憒憒。」（《政事》十五）

晚年的王導幾乎不怎麼料理政務，只簽署檔畫諾，也就是只寫上「同意」之類的批示，給人一種「憒憒」（猶言糊塗）之感，用現在的話說，簡直是在「搗漿糊」！但他心裡十分清楚，非常時期不得不如此，所以自信地說：「人說我糊塗，後人應該會思念我這種糊塗！」

有一次，王導大熱天跑到庾亮的弟弟庾冰（二九六—三四四）的官府看他，庾冰正在忙著料理事務。王導就說：「大熱天的，你可以稍微減省些事務。」庾冰當即回答說：「您的減省寬容的為政方針，天下人也未必以為妥當啊。」（《政事》十四）

可見，王導的寬簡之政是一以貫之的，而且引起了當時一些人的非議。但王導「後人當思我憒憒」的話還真的應驗了，他死後，由庾冰代理丞相，網密刑峻。有個叫殷羨的名士出行，甚至碰上收捕的官吏攔住盤問，他就對庾冰說：「你們固然法網嚴密，但都是小道小善罷了，不如當年王丞相，能行無為無理之政。」（劉注引《殷羨言行》）對此，陳寅恪先生評云：「導自言『後人當思此憒憒』，實有深意。江左之所以能立國歷五朝之久，內安外攘者，即由於此。故若僅就斯言立論，導自可稱為民族之大功臣，其子孫亦得與東晉南朝三百年之世局同其興廢。豈偶然哉！」[3]

王導是個天生的政治家，還表現在他傑出的「公關」才能上，有一條「彈指蘭闍」的故事說：

王丞相拜揚州，賓客數百人並加霑接，人人有悅色。唯有臨海一客姓任及數胡人為未洽。公因便還到，過任邊，云：「君出，臨海便無復人。」任大喜悅。因過胡人前，彈指云：「蘭闍，蘭

闍。」群胡同笑，四坐並歡。（《政事》十二）

王導非常善於察言觀色，揣摩人意，在數百人的大型宴會上，從容應酬，賓主盡歡。當他看到臨海的一位任姓客人和幾個胡人因尚未照顧到而悶悶不樂的時候，馬上找個機會過來打招呼，對任姓客人說：「你一出來，你們臨海地方可就沒人了。」又對幾個胡人彈著手指行禮，念念有詞地說：「蘭闍蘭闍。」蘭闍即胡語，有稱讚之意。寥寥數語，便把被冷落的客人弄得如坐春風，皆大歡喜。

王導的這種平易近人，和各階層的人都能打成一片的素質，與其說是政治生涯中歷練出來的，不如說是天生的。此條劉注引《晉陽秋》稱：「王導接誘應會，少有迕者。雖疏交常賓，一見多輸寫款誠，自謂為導所遇，同之舊昵。」這和時下一些領導高高在上，只會在攝像機和閃光燈前「聯繫群眾」，是不可同日而語的。故明人李贄評點說：「第一美政，只少人解。」（《世說新語會評》，頁一〇二）

還有一個故事說：

劉真長始見王丞相，時盛暑之月，丞相以腹熨彈棋局，曰：「何乃淘？」劉既出，人問王公云何，劉曰：「未見他異，唯聞作吳語耳。」（《排調》十三）

劉真長就是當時著名的清談家劉惔（三一四？—三四九）。他大熱天去拜見王導，看見王導把肚子貼在彈棋的棋盤上，用吳地的方言說：「怎麼這麼涼？」劉孝標解釋說：「吳人以冷為淘

（ㄑㄧㄥ）。」劉真長是北方士族（沛國蕭人，今屬安徽），對此很看不慣，人家問他王丞相如何，他不以為然地說：「也沒什麼與眾不同之處，只是聽到他講吳語，如此而已。」

這個故事說明，王導的吳語說得不錯，習慣成自然，以致在北方人面前也一不小心說漏了嘴（或者是為了調節氣氛亦未可知），結果授人以柄。但仔細想想，作為當朝宰輔的王導，之所以要學習「十里不同音」、相當佶屈聱牙甚至被北方士族看不起的吳地方言，並非對方言有多大興趣，而是出於政治上的需要，他這麼入鄉隨俗，不過是為了籠絡江東人心，增強親和力和凝聚力而已。故陳寅恪先生說：「吳語者當時統治階級之北人及江左吳人士族所同羞用之方言，王導乃不惜屈尊為之，故宜為北人名士所笑，而導之苦心可以推見矣。」[4]

不僅如此，為了和江東士族搞好關係，王導甚至向江左陸氏家族的陸玩請求聯姻。陸玩（二七八—三四二），字士瑤，吳（今江蘇蘇州）人，陸機從弟，是江東大族的代表，他官職雖在王導之下，門第自豪感卻很強。慷慨對曰：「培塿無松柏，熏蕕不同器。玩雖不才，義不為亂倫之始。」（《方正》二十四）意思是：小山包上長不出高大的松柏，香草和臭草不能放在同一個容器裡。我雖然不才，但絕不會開這個敗壞人倫的先例。把和頂頭上司王導聯姻說成是「亂倫」，這個玩笑開得實在有點大，可是王導竟然不以為忤，聽之任之。

如果說王導宰輔三朝，全靠這麼「和稀泥」恐怕也不符合事實。有的人是媚上欺下，見風使舵，王導則不然，他是對下寬容，對上嚴敬，碰到原則問題，甚至會犯顏直諫，絕不姑息縱容。《世說新語．規箴》十一：

元帝過江猶好酒，王茂弘與帝有舊，常流涕諫，帝許之，命酌酒，一酣，從是遂斷。

對於司馬睿貪杯好酒的毛病，王導就絕不妥協，竟然流涕勸諫，司馬睿倒也乖巧，他學劉伶，以酒戒酒，來了個「過把癮就戒」。這還是生活小節，仗著和皇帝的關係勸諫一下也沒什麼大不了，下面一件事牽涉到皇儲的廢立，就有些「茲事體大」了，但是王導當機立斷，絕不手軟，再次體現了一個政治家的韜略和手段：

元皇帝既登祚，以鄭后之寵，欲舍明帝而立簡文。時議者咸謂：「舍長立少，既於理非倫，且明帝以聰亮英斷，益宜為儲副。」周、王諸公並苦爭懇切，唯刁玄亮獨欲奉少主以阿帝旨。元帝便欲施行，慮諸公不奉詔，於是先喚周侯、丞相入，然後欲出詔付刁。周、王既入，始至階頭，帝逆遣傳詔，遏使就東廂。周侯未悟，即卻略下階。丞相披撥傳詔，徑至御床前，曰：「不審陛下何以見臣？」帝默然無言，乃探懷中黃紙詔裂擲之。由此皇儲始定。周侯方慨然愧嘆曰：「我常自言勝茂弘，今始知不如也！」（《方正》二十三）

這大概是三一八年之後的事，本來司馬紹是司馬睿的嫡長子，又聰明英武，是法定的皇位繼承人，太子之位非他莫屬。但由於愛妃鄭阿春大吹「枕頭風」，司馬睿耳根子軟，就想放棄司馬紹，立鄭妃之子司馬昱（即後來的簡文帝）為太子。廢長立幼歷來是王朝大亂之源，所以周伯仁、王導等大臣都不同意，極力阻止。只有尚書令刁協（？—三二二）一人想尊奉少主以討好皇帝。無奈之下，司馬睿想了個「調虎離山」之計，先傳周、王兩位德高望重的大臣入宮，然後準備把詔書交給刁協。周、王入宮後，剛走上幾級臺階，司馬睿就讓傳詔官阻止他們上殿並引到東廂配殿待命。周伯仁還沒明白過來，就退後幾步下了臺階，說時遲那時快，王導卻撥開傳詔官，徑直入殿來到皇帝御座前，說：「不知道陛下為什麼事召見微臣？」這話語帶雙關，還有一層意思是：不知道陛下這麼做以後還怎麼面對大臣？司馬睿默然不語，從懷中取出黃紙詔書撕碎了摔在地上。從此皇儲之位才確定下來。試想，如果王導反應慢一點，晚一步，司馬睿就有可能把詔書交給刁協當眾宣布，那時再阻止就來不及了。難怪周伯仁要感嘆：「我常認為自己比王導強，現在才知道自己不如他啊！」

在阻止元帝改立皇儲這件事上，王導又一次表現了政治家的膽識與魄力。此外，在興辦學校、發展經濟、阻止遷都等重要事件中，王導的表現均可圈可點，限於篇幅，恕不一一交代。

作為政治家，如果說王導有什麼遺憾，那就是自己出於私心和成見，以默認的態度導致了曾經並肩戰鬥的好友周伯仁的被害。在那一刻，王導暴露了自己狹隘自私的一面，相比之下，周伯仁明明救了王導卻不以恩人自居，甚至都不願說出實情，正是心胸寬廣、光明磊落的表現，儘管周伯仁晚年任放不羈，甚至做過「有傷風化」的不雅之事，[5]但和王導的這人生的最後一場「較量」，他是最終的贏家。王導得知真相後，痛哭流涕，說出「我不殺伯仁，伯仁由我而死」的愧悔之言，真足以驚天地，泣鬼神，千年之後思之，尤使人生戒懼之感！

因為政治上的成就太過顯赫，人們很容易忽略王導的清談家身份，事實上，王導不僅在東晉政壇能夠呼風喚雨，而且是清談沙龍中的當然領袖和清談發展史上的重要理論家。可以說，沒有作為清談家的王導，也就沒有奉行清靜寬簡之政的政治家王導。從這個意義上說，我們可以給王導、謝安這樣的政治家冠以「清談政治家」的雅號，他們和漢末陳蕃、李膺等「清議政治家」是判然有別的。

兩晉的一些清談政治家，也和傳統的「禮法之士」大不一樣，他們雖不能完全以「方外之人」自居，但在「名教」和「自然」之間，至少獲得了某種可供轉圜的空間和餘裕。對待人生，他們固然不能完全擺脫道德功利的視角，但畢竟又多了一種超功利的參照系，這種參照系經由王衍傳遞給了王導，再由王導傳遞給謝安，終於形成了「縱情肆志，不受外物屈抑」的「清談精神」（錢穆《國史大綱》）。

所以，到了東晉中後期，我們才在王子猷、桓子野等名士身上，領略到了那種介乎道家和禪宗之間的審美式的生命存在方式，這些清談名士，我們固然可以批評他們「居官無官官之事，處事無事事之心」（《晉書·劉惔傳》），毫無家國之念，但我們又不得不承認，一個真正能夠超越家國、超越事功，只在自然和藝術中自由遨遊的生命和靈魂是令人羨慕的。我們批評他們，往往是「執著」於某種先驗的理念和價值，而這種理念和價值卻被他們「放逐」了，「取消」了，從更大、更廣的視角來看，有所執著的人生並不見得比無所執著的人生更高明，更純粹，更自由。我們批評他們，未嘗沒有嫉妒的成分在吧。

為什麼說王導是個開風氣的清談家呢？讓我們從《世說新語·文學》篇的一條記載說起：

舊云，王丞相過江左，止道《聲無哀樂》、《養生》、《言盡意》三理而已，然宛轉關生，無所不入。（《文學》二十一）

「舊云」二字顯然是作者追敘之詞，這在「纂輯舊文，非由自造」（魯迅語）的《世說新語》中，顯得比較特別，說明這種說法一度相當盛行，很有「立此存照」的必要。這裡的所謂「三理」指的是嵇康的《聲無哀樂論》、《養生論》以及歐陽建（字堅石，？—三〇〇）的《言盡意論》三篇玄學論文。王導過江以後，「止道」這「三理」包含以下兩層意思：

其一，說明王導在西晉就擅長清談，而且他談的內容很廣泛，清談家的必修課如著名的「三玄」（《老》、《莊》、《易》）他應該都有所涉獵，所談論的至少「不止」這「三理」。有例為證：

王丞相過江，自說昔在洛水邊，數與裴成公（頠）、阮千里（瞻）諸賢共談道。羊曼曰：「人久以此許君，何須復爾？」王曰：「亦不言我須此，但欲爾時不可得耳！」（《企羨》二）

裴成公即西晉名士、作《崇有論》的裴頠，阮千里則是「竹林七賢」之一阮咸的兒子阮瞻，袁宏《名士傳》將其列於「中朝名士」榜中，裴、阮二人都是西晉一流的清談高手。西晉時，洛水之濱常常是名士雅集、坐而論道的地方，王導那時不過二十出頭的小青年，躬逢其盛，自然終身誦之。羊曼字延祖，泰山（今屬山東）人，東晉名士。他的話很有意思，用大白話說就是：「人們早就知道您的這些光榮歷史了，何必老是喋喋不休、津津樂道呢？」這話其實不無嫉妒的成分在。王導則意味深長地說：「也不是我要自我標榜，只是再想回到當時的盛況已經不可能罷了！」王導的話既是懷舊，也隱含了對過江以後清談水準下滑的委婉批評。這說明，在當時王導可以說是清談界碩果僅存的元老級人物，自以為承擔著在玄學理論上承亡繼絕、發揚潛德的光榮使命。

其二，「三理」在過江以後，成為王導清談話題中的「最愛」，專門研究和闡發，以至於獨擅勝場，無出其右者。「宛轉關生，無所不入」是對王導清談水準的評價，也就是說，在談及這「三理」時，王導能夠做到觸類旁通，左右逢源，關聯派生，無所不包，幾乎將萬事萬物之理闡發殆盡了。

更值得注意的是，以往的玄學家或者通過注疏經典而立論，如何晏、王弼、向秀、郭象等；或者「師心以遣論」，[6]如嵇康、阮籍等就能夠寫出非常優秀的長篇論文；再或者如王衍、樂廣闡釋《老》《莊》的微言大義，口吐蓮花而不立文字。而到了王導這裡，情況發生了變化，他開始對前輩玄學家在專題論文中提出的玄學命題進行深入、細緻的辨析，並和其它玄學義理相聯繫，這很像是今天所謂的「研究之研究」，具有學術史研究的特點和意味，顯得更加深刻、豐富、精密，也更具前沿性和時代感。事實證明，王導的這種更具「專業」色彩的清談模式開啟了東晉清談的一代風氣。當時年輕一輩的清談家如殷浩善談《四本論》，名僧支遁（字道林）善談莊子《逍遙篇》，阮裕善談《白馬論》，謝安善談《莊子．漁父》等，各擅勝場，各有「絕活兒」，大概就是這一風氣影響下的產物。

王導不僅在玄學理論上勇於創新，率先垂範，而且是清談沙龍活動的組織者和領導者。他的府第，常常是高朋滿座，名流如雲。王導和這些清談名士保持著非常友好的關係：

何次道（充）往丞相許，丞相以麈尾指坐，呼何共坐曰：「來，來，此是君坐！」（《賞譽》五十九）

何充（二九二—三四六）字次道，廬江人。此人思韻淹通，有文義才情，加上是王導的內甥，故而很受王導器重，是王導清談沙龍中的常客。從王導以麈尾指著自己的座位，要何充過來一起坐的細節可以看出，王導對何充的欣賞，以及清談聚會中不拘尊卑之禮、其樂融融的自由氛圍。經常來清談的還有謝尚：

王丞相云：「見謝仁祖，恒令人得上。」與何次道語，唯舉手指地曰：「正自爾馨。」（《品藻》二十六）

謝仁祖就是謝尚（三〇八—三五六），中朝名士謝鯤之子，謝安從兄，因曾為鎮西將軍，故又稱謝鎮西。前面說過被王敦婢贊為「貴人」、風流「妖冶」的就是他。謝尚少有高名，通音樂，善舞蹈，[7]又是清談高手。所以王導說，每次見到謝尚，總讓人有所啟迪，精神上得以提升。而每次和何充清談，只有舉手指地，感嘆「正是如此」的份兒。此條劉孝標注稱：「前篇及諸書皆云王公重何充，謂必代己相。而此章以手指地，意如輕詆。或清言析理，何不逮謝故邪？」劉辰翁也評云：「有尊謝卑何之意。」（《世說新語會評》，頁三〇五）其實，王導不過是客觀比較謝、何二人清談風格的不同：謝尚能把人導入更高的形上之境，就如他彈琵琶時，能讓人「作天際真人想」（《容止》三十二）；何充和自己觀點大多相合，是難得的知己，所以聽他說就好像在聽自己說，只有唯唯諾諾，表示贊同罷了，並無褒此貶彼之意。

還有一次，王導和祖約清談，以致通宵不寐。關於祖約，有個非常有名的故事記載在《世說新語》的《雅量》篇：

祖士少好財，阮遙集好屐，並恒自經營。同是一累，而未判其得失。人有詣祖，見料視財物。客至，屏當未盡，餘兩小簏，著背後，傾身障之，意未能平。或有詣阮，見自吹火蠟屐，因嘆曰：「未知一生當著幾量屐！」神色閑暢。於是勝負始分。（《雅量》十五）

祖約（？—三三〇）字士少，東晉范陽遒縣（今河北淶水）人，東晉名將祖逖（二六六—三二一）之弟。阮孚，字遙集，陳留人，阮咸第二子，阮瞻之弟。兩人並有高名，一個好財，一個好屐，用今天的話說，一個是「拜金主義」，一個是「拜物教」，都屬於「戀物癖」患者，所以說「同是一累」。但這種私密的愛好被外人看見之時，兩人的表現卻大不相同，祖約是「傾身障之」，神色很不平靜，好像生怕別人知道自己有這麼一個不雅的嗜好，又好像唯恐別人來分享他的那些「收藏」，總之不夠超脫。而阮孚則表現得很瀟灑，不僅發自內心地感嘆人生苦短，實在穿不了幾雙鞋子，而且「神色閑暢」，表現出一種對於個人癖好的局限性的哲學思考和審美超越。晉人論人高下優劣，最注重的就是這種對於「有限」的超越，對於執著之物能「拿得起放得下」，也即莊子所謂「物物而不物於物」（《莊子．山木》），方可稱名士，如果拘囿其間，作繭自縛，難以自拔，品格上便等而下之了。

儘管祖約和阮孚相比輸了一招，畢竟也是清談高手，王導約他夜裡來清談，竟至通宵達旦：

王丞相召祖約夜語，至曉不眠。明旦有客，公頭鬢未理，亦小倦。客曰：「公昨如是，似失眠。」公曰：「昨與士少語，遂使人忘疲。」（《賞譽》五十七）

這次清談大概在祖約隨祖逖過江之時，時間應在永嘉五年（三一一）之後。兩人談了一個通宵，足見祖約清談水準非同一般。第二天王導還要見客，蓬頭垢面，顯得很疲憊。面對客人的疑問，他說：「昨夜和祖約談話，於是使人忘記了疲倦。」可見，王導真是個清談的「發燒友」，常常為此犧牲睡眠也在所不惜。

由此可知，王導對於清談不是一般的愛好，而是將其作為一種生活方式和感悟生命的形而上的精神享受。他不僅組織清談，而且發掘清談的後起之秀，對他們的清談風格進行點評。經過二十餘年的努力，清談活動蔚然成風，名家新秀絡繹不絕，終於形成了所謂「江左風流」。以致於談到入港處，王導竟會覺得時光倒流，似乎又聽到了當年何晏、王弼開啟的「正始之音」：

殷中軍（浩）為庾公（亮）長史，下都，王丞相為之集，桓公（溫）、王長史（濛）、王藍田（述）、謝鎮西（尚）並在。丞相自起解帳帶麈尾，語殷曰：「身今日當與君共談析理。」既共清言，遂達三更。丞相與殷共相往反，其餘諸賢略無所關。既彼我相盡，丞相乃嘆曰：「向來語，乃竟未知理源所歸。至於辭喻不相負，正始之音，正當爾耳。」明旦，桓宣武語人曰：「昨夜聽殷、王清言，甚佳，仁祖亦不寂寞，我亦時復造心；顧看兩王掾，輒翣如生母狗馨。」（《文學》二十二）

這是一次由王導發起的清談盛宴，時間大概在咸和九年（三三四）。前來參加的都是一時之選，從年輩來講，殷浩（?—三五六）、桓溫（三一二—三七三）、王濛（三〇九—三四七）、王述（三〇三—三六八）、謝尚（三〇八—三五六）諸人都是王導的晚輩，謝尚、王濛、王述還是王導的下屬官員，大部分只有二十多歲。殷浩是當時嶄露頭角的青年玄學家，尤其擅長談論「四本」（才性離合同異之論），[8] 而且他是從王導的政敵庾亮那裡來京的，無形之中成了清談中的「客」，王導作為東道主自然當仁不讓。你看他「自起解帳帶麈尾」的動作何其從容瀟灑，他對殷浩說「身今日當與君共談析理」，又是多麼豪爽自信！這時候，清談彌合了君臣、上下、尊卑、客主的世俗距離，彼此進入到一種無拘無束、暢所欲言的高雅脫俗之境，觀點的碰撞，擦出思想的火花，語言的飛舞，張揚出生命的激情，想來真是令人神往複神旺！

這一晚的清談聚會，王導和殷浩是主角，其餘名士是聽眾和看客，大家樂此不疲，不知東方之既白。年近耳順的王導大概自過江以後，從未享受過如此的清談妙境，總結時他不禁感嘆：「剛才我們所談，竟然分不清各自義理的源流歸屬，但言辭譬喻不相背負，各臻其妙，傳說中的『正始之音』，大概正該如此罷！」可知在這次清談中，大家都沉浸在花團錦簇的語言和玄理的盛宴之中，陶然忘機，至於邏輯是否周延，以及勝負輸贏都已經不重要了。這次清談給人以無窮的回味，從桓溫第二天的話裡可以看出。雖然他們這些年輕人只有做聽眾的份，但謝尚一點也不感到「寂寞」，桓溫自己也不時有「造心」（會心）之感，王濛、王述就更可愛了，在桓溫眼裡，他們完全都聽呆了，就像兩隻活潑可愛的小母狗！

過程遠遠比結果更值得追求和享受，這恐怕正是清談的那種超越功利的唯美精神之所在。

可愛的幽默家

在《世說新語》中，王導的記載隨處可見，無論作為政治家還是清談家，王導都堪稱傑出。如上所述，清談人生對王導的政治生涯影響十分巨大，所以，我們看到的王導絕不是一個愛好權謀、機心重重、冷酷無情的政客，而是一個宅心仁厚、可敬可親、從善如流的真君子。所以，做他的同僚或下屬幾乎可以用幸福來形容，即使出言不遜，也不必擔心會遭到打擊報復：

> 王藍田（述）為人晚成，時人乃謂之癡。王丞相以其東海（王承）子，辟為掾。常集聚，王公每發言，眾人競贊之。述於末坐曰：「主非堯、舜，何得事事皆是？」丞相甚相嘆賞。（《賞譽》六十二）

王述性格狷急，我們可在「王藍田食雞子」那則故事中領教（見本書《典故篇》），「為人晚成」即不通人情世故之意，所以人們稱其「癡」。因為他是王承（字安期，官東海太守，故稱王東海）的兒子，王導很欣賞王東海，就招王述做了自己幕府的掾屬。王導常召集大家聚會，每次王導發言，大家都競相稱讚。王述大概剛來，坐在末座，對此很看不慣，就愣頭愣腦地說了一句：「主君又不是堯舜，怎麼能事事都正確呢？」王導聽了，不僅不生氣，反而大加讚賞。

王導的從善如流對後來者產生了「潤物細無聲」的影響。謝安小時候，第一次在殿廷之上看見王導，便被其風度所吸引，產生崇拜之情，後來他回想起來不禁感嘆地說：「小時在殿廷會見丞相，便覺清風來拂人。」（《容止》二十五劉注引《語林》）「清風來拂人」，這是多麼溫馨愉悅的感受啊！

王導還喜歡與名僧交往，這也開了一時風氣。《世說新語．簡傲》七：

高坐道人於丞相坐，恒偃臥其側。見卞令，肅然改容云：「彼是禮法人。」

高坐道人胡名屍黎密，西域人，是當時名僧，入中土而不願學漢語，簡文帝司馬昱問他何故，他答道：「以簡應對之煩。」（《言語》三十九）高坐和王導關係很好，不拘俗禮，從其俯臥在王導身邊的放鬆姿態便可看出。但他一見到尚書令卞壼（二八一—三二八），便馬上正襟危坐，神色莊重地說：「他是禮法中人。」很顯然，王導雖貴為宰輔，但在「方外之人」高坐眼裡，卻是可以推心置腹的親密朋友。而卞壼那樣拿腔拿調的官僚，則只有以其人之道還治其人之身了。高坐道人這樣做，未嘗沒有諷刺卞壼的意思。

生活中的王導還是一個十足的幽默家，在《世說新語》的《言語》、《排調》、《輕詆》等篇中，幾乎王導的每次出場，都能令人披襟解頤，忍俊不禁。有時候，他是搞笑故事的主角，有時候他又充當觸媒，猶如球場上的「助攻」，穿針引線，旁敲側擊，可以說，王導這個人，亦莊亦諧，大雅大俗，非常符合《世說新語》的主編劉義慶對人生、對世界、對生活的理解和趣味。關於王導的幽默故事，我們會在《風俗篇．嘲戲之風》中講述，此處不贅。

和許多魏晉名士一樣，王導也愛下棋。范汪的《棋品》一書為當時棋手劃分品第，江虨與王恬等人是第一品，相當於現在的專業九段，王導排在第五品，相當於專業五段。在這樣一個背景下來看下面兩條故事就有趣了：

江僕射（江虨）年少，王丞相呼與共棋。王手嘗不如兩道許，而欲敵道戲，試以觀之。江不即下。王曰：「君何以不行？」江曰：「恐不得爾。」傍有客曰：「此年少戲乃不惡。」王徐舉首曰：「此年少，非唯圍棋見勝。」（《方正》四十二）

劉注引徐廣《晉紀》稱：「江虨字思玄，陳留人。博學知名，兼善弈，為中興之冠。」王導請這麼一個全國圍棋冠軍和自己下棋，卻不願意讓對方讓子，非要下對手棋，這就有些倚老賣老兼耍賴的味道了，「試以觀之」四字活畫出王導「老頑童」的可愛形象。江虨雖然年輕，畢竟是第一高手，自然不願在這種不明不白的情況下與之對弈——免得「勝之不武」。王導明知故問：「你怎麼不下啊？」江說：「恐怕不能這麼下。」這時旁邊觀棋的客人插話說：「這個少年，下棋的水準很不錯的！」意思說你恐怕不是他的對手，就別這麼要面子了。王導這才慢慢抬起頭來（估計一臉微笑）說：「這個小伙子，不僅以圍棋見長啊。（這股子當仁不讓的霸氣也很了不得！）」

下面一個故事更有趣：

王長豫幼便和令，丞相愛恣甚篤。每共圍棋，丞相欲舉行，長豫按指不聽。丞相笑曰：「詎得爾？相與似有瓜葛。」（《排調》十六）

王長豫就是王導的長子王悅，王導非常喜歡這個大兒子，《德行》二十九說：「王長豫為人謹順，事親盡色養之孝。丞相見長豫輒喜，見敬豫輒嗔。」敬豫就是王導的次子王恬，「少卓犖不羈，疾學尚武，不為導所重」（《文字志》）。王恬也是一位九段棋手，他的哥哥王悅想來棋力也不差，不然不可能逼得王導「欲舉行」（也就是俗稱「悔棋」）。王悅很受王導寵愛，就不顧兒子的禮節，愣是按住父親的手指不讓。這時王導又笑了——王導的笑容似乎總是掛在臉上的——竟然說：「怎麼可以這樣呢？我與你好像還有些瓜葛吧？」這話就更是「為老不尊」，彷彿是說：你就讓我一次又如何呢？別忘了我是你老爸啊！你看，王導在棋枰之間，完全懷著一顆天真爛漫的赤子之心，舉手投足，一言一行，無不可愛而令人發噱！

《儉嗇》篇本是帶有諷刺意味的一個篇目，如王戎的吝嗇故事就是。但王導出現在《儉嗇》篇裡，卻別有意味：

> 王丞相儉節，帳下甘果盈溢不散。涉春爛敗，都督白之，公令舍去，曰：「慎不可令大郎知。」
>
> （《儉嗇》七）

大郎，即王導長子王悅。這個故事固然可以看出王導的節儉已經成了一種「病態」，但「慎不可令大郎知」一句，則讓我們看到了「父子情深」的一面。王導愛這個兒子，又怕這個兒子，因為王悅是個大孝子，對父母關懷呵護無微不至。前引《德行》二十九還記載：「長豫（王悅）與丞相語，恆以慎密為端。丞相還臺，及行，未嘗不送至車後。恆與曹夫人並當箱篋。長豫亡後，丞相還台，登車後，哭至臺門；曹夫人作簏，封而不忍開。」這樣一個兒子真是打著燈籠也難找，所以，王悅死後，王導非常傷心，每次去官署上班，坐在車上，想到當初兒子送自己上車的情景，就會忍不住老淚縱橫。——王導的微笑和眼淚，兩者都是那麼鮮明而動人！

因為「愛」，所以「怕」

如果說仁愛、寬厚、風趣，是王導作為公眾人物的自我形象的話，那麼私人生活中的王導又如何呢？《世說新語》中有幾條記載可以讓我們看到王導的「另一面」。這另一面，體現的正是一個幽默家的「愛」與「怕」。不妨一言以蔽之吧——「愛」的是生活，「怕」的是老婆。

說來也奇怪，琅邪王氏自王祥的父親娶了後母以後，似乎代代都有怕老婆的案例：王戎的老婆對他「卿卿我我」，他壓根沒辦法；王衍的老婆郭氏既貪且妒，暴戾無常，連小叔子都敢打，是個十足的「母夜叉」；王敦尚（娶）公主，公主是君，自己是臣，想不怕都不行，所以後來王敦翅膀硬了，便把公主給拋棄在路上，不知所終；現在輪到王導，他的老婆是彭城曹夫人，原本還算賢慧，但生性好妒猜忌，弄得王導「乾綱不振」，只敢在外面偷偷摸摸。特別是，王導的這些「緋聞」總是被一姓蔡的「道德先生」拿來說事，弄得王導灰頭土臉，有時候不得不發一通「不平之鳴」。於是我們看到，王丞相身上的幽默元素更加豐富多彩了。

《世說新語》有一門專記男女之情，題為《惑溺》。惑溺者，沉溺於聲色、執迷不悟之意。有一條就是關於王導的：

> 王丞相有幸妾姓雷，頗預政事，納貨。蔡公謂之「雷尚書」。（《惑溺》七）

此條劉注引《語林》稱：「雷有寵，生洽、恬。」這個雷氏顯然是王導明媒正娶的小妾，生了王洽、王恬兩個名士兒子，又深得王導寵愛，自然恃寵而驕，經常干預王導的政務，而且充當「幕後黑手」，收受賄賂。王導不是貪腐之人，但由於家族遺傳、根深蒂固的「懼內」性格，他只好聽之任之。蔡公即蔡謨（二八一—三五六），字道明，陳留考城（今河南民權）人，後官至司徒。蔡謨抓住王導這個把柄，大加奚落，稱雷氏為「雷尚書」，其實就是批評王導管教不嚴，縱容愛妾攬權干政。故事的敘述看似平靜，但內含譏刺，很是耐人尋味。

王導還愛好音樂，甚至自己養了戲班子，那些唱歌舞蹈的女子一般被稱作「女伎」。還是這個蔡謨，又一次用行動表示了自己的不滿：

王丞相作女伎，施設床席。蔡公先在坐，不悅而去，王亦不留。（《方正》四十）

細審文意，大概王導邀請一些客人來欣賞歌舞，蔡謨也來了，但演出過程中，王導又命令「施設床席」，似有留宿過夜之意，蔡謨是個很端方古板的士大夫，見此情景，很不高興，拂袖而去，王導任他離去，也不挽留。

因為有了這些「過節」，一向溫柔敦厚的王導終於有了一個「對頭」，就是蔡謨：

王丞相輕蔡公，曰：「我與安期、千里共遊洛水邊，何處聞有蔡充兒？」（《輕詆》六）

翻遍《世說新語》，這大概是王導說的最不厚道的一句話，竟然把蔡謨的父親蔡充都拿出來說事了，而且又一次提起自己當年與西晉名士王承、阮瞻交遊共處的光榮歷史，以此來貶低蔡謨其人不知天高地厚。蔡充（一作蔡克），字子尼，陳留雍丘人，是漢末名士蔡邕的曾孫，可以說是名門之後，而且「體貌尊嚴，莫有媟慢於其前者」（劉注引《充別傳》）。「蔡充兒」就是「蔡充的兒子」，言下之意，要不是你有個名人老爸，誰知道你是哪根兒蔥呢？

那麼，到底是什麼讓王導對蔡謨如此生氣呢？原來又是一個很好笑的故事。據劉孝標注引的《妒記》記載：

丞相曹夫人性甚忌，禁制丞相，不得有侍禦，乃至左右小人，亦被檢簡，時有妍妙，皆加誚責。王公不能久堪，乃密營別館，眾妾羅列，兒女成行。後元會日，夫人於青疏臺中，望見兩三兒騎羊，皆端正可念。夫人遙見，甚憐愛之。語婢：「汝出問，是誰家兒？」給使不達旨，乃答云：「是第四、五等諸郎。」曹氏聞，驚愕大恚。命車駕，將黃門及婢二十人，人持食刀，自出尋討。王公亦遽命駕，飛轡出門，猶患牛遲。乃以左手攀車蘭，右手捉麈尾，以柄助禦者打牛，狼狽賓士，劣得先至。蔡司徒聞而笑之，乃故詣王公，謂曰：「朝廷欲加公九錫，公知不？」王謂信然，自敘謙志。蔡曰：「不聞餘物，唯聞有短轅犢車，長柄麈尾。」王大愧。後貶蔡曰：「吾與安期、千里，共在洛水集處，不聞天下有蔡充兒！」正忿蔡前戲言耳。

這個故事真是不可多得的小說精品。曹夫人生有一子，就是王悅，「雷尚書」生有二子，即王洽、王恬。突然冷不丁地看到「第四、五等諸郎」不知何時已經「茁壯成長」，怎不令曹夫人「驚愕大恚」？接下來我們看到的是一部名叫「生死時速」的「動作片」——這邊廂，曹夫人帶著一幫內侍婢女，手拿菜刀，氣勢洶洶地出門，要去「斬草除根」；那邊廂，我們的丞相得到消息，嚇得魂不附體，立馬命駕，「飛轡出門」，牛車已經跑得很快，丞相猶嫌太慢，坐在車裡的他，完全不顧自己的形象了，左手攀住車欄杆，右手不知何時竟多出一隻長柄的麈尾——那可是清談時揮斥方遒的風流雅器啊——竟用麈尾的長柄幫助駕車的車夫敲打著牛屁股，慌不擇路，狼狽奔馳，總算在那幫窮凶極惡的「殺手」之前，趕到他秘密建造的「別館行宮」！想必又是一番好說歹說，總算沒有釀成大禍。

不曉得這個「家醜」怎麼被蔡謨知道了，他又一次出言嘲諷，先說朝廷要賜你「九錫之禮」——古代天子賜給諸侯、大臣的九種器物，是一種最高禮遇。——把王導「忽悠」得信以為真，難免謙虛一番。等到耍弄夠了，蔡謨才翻出底牌：「也沒聽說有其他東西，據說只有短轅犢車、長柄麈尾。」王導這才知道中計，一時怒火攻心，情緒一下子失控，多年修煉的涵養風流雲散，於是才破口罵出上面的話來。孔子說過：「唯仁者能好人，能惡人。」（《論語・里仁》）身邊有一個像蔡謨這樣的「道德員警」和「風化顧問」，時時處處監視你的私生活，並出言譏諷，極盡「爆料」之能事，換了誰都會覺得「是可忍，孰不可忍」，何況是從來不願干涉下屬「几案間事」的王導？

溫柔敦厚、雅量超群的王導終於「爆發」了，能夠「爆發」，這正是真性情的流露，我們從這個故事裡，又讀到了幾分生活的幽默。所以，這個有「愛」又有「怕」，而且能夠發脾氣的王導仍舊是可愛的。子夏說過：「大德不逾閑（限），小德出入可也。」（《論語・子張》）瑕不掩瑜，眚不掩德，不是完人，卻是真人，不是道德模範，卻是性情中人，這就是歷史留給我們的禮物——王導。當然，這不過是我眼中的王導。放在蔡謨們眼裡，王導也許會是另一番光景吧。這又有什麼關係呢？難道我們真想在這個世界上見到所謂的「完人」嗎？

終於把王導的故事大概講完了。說實話，我有說不出的高興。因為我似乎看到了丞相在向我微笑。

註釋

1 楚囚：《左傳．成公九年》記載，楚人鐘儀被晉俘虜，晉人稱他為「楚囚」。後用以指被囚禁或處境窘迫的人。楚囚相對，是形容人們遭遇國難或其他變故，相對無策，徒然悲傷。

2 錢穆《國史大綱》，商務印書館，一九九六年版，頁二四一。

3 陳寅恪《述東晉王導之功業》，載於《金明館叢稿初編》，三聯書店，二〇〇一年版，頁六一。

4 陳寅恪《述東晉王導之功業》，載於《金明館叢稿初編》，三聯書店，二〇〇一年版，頁六二。

5 《世說新語．任誕》二十五：「有人譏周僕射：『與親友言戲穢雜無檢節。』周曰：『吾若萬里長江，何能不千里一曲！』」劉注引鄧粲《晉紀》曰：「王導與周顗及朝士詣尚書紀瞻觀伎。瞻有愛妾，能為新聲。顗於眾中欲通其妾，露其醜穢，顏無怍色。有司奏免顗官，詔特原之。」

6 語出劉勰《文心雕龍．才略》云：「嵇康師心以遺論，阮籍使氣以命詩。」這兩句在修辭上屬於互文見義，即指出嵇、阮論文的共同特色是「師心」與「使氣」。

7 《世說新語．任誕》三十二：「王長史、謝仁祖同為王公掾。長史云：『謝掾能作異舞。』謝便起舞，神意甚暇。王公熟視，謂客曰：『使人思安豐。』」

8 《世說新語．文學》三十四：「殷中軍雖思慮通長，然於才性偏精。忽言及《四本》，便若湯池鐵城，無可攻之勢。」又同篇五十一：「支道林、殷淵源俱在相王（簡文帝司馬昱）許。相王謂二人：『可試一交言。而才性殆是淵源崤、函之固，君其慎焉！』支初作，改輒遠之；數四交，不覺入其玄中。相王撫肩笑曰：『此自是其勝場，安可爭鋒！』」皆為其證。

庾亮——我是矛，也是盾

如今，知道庾亮的人也許不多。但庾亮在東晉一朝，可是個讓人肅然起敬的名字。更有意味的是，不僅在《世說新語》中，即便在具體的歷史環境中，庾亮都是作為王導的一個對立面而存在的，無論家族地位，還是處事風格，也無論政治主張，還是私人生活，兩個人都有許多可比性。而且，庾亮家族在東晉執政十餘年，是王導家族之後的又一個豪門大族，在東晉門閥政治中占有重要地位，庾亮其人雖與王導政見不同，但亦雍容雅貴，自成一種名士風格，是另一種類型的清談政治家。所以，認識一下庾亮，就顯得不無必要了。

「豐年玉」

《世說新語》有一門叫《賞譽》，專門記載對別人的稱賞讚譽之詞，其中關於庾亮的一條說：

世稱「庾文康為豐年玉，穉恭為荒年穀」。（《賞譽》六十九）

庾文康就是庾亮，因其死後諡號文康，故稱。穉恭是指庾亮的弟弟庾翼（三〇五－三四五）。此條劉注解釋說：「謂亮有廊廟之器，翼有匡世之才，各有用也。」「豐年玉」是指豐收之年的美玉，有錦上添花之意。說明庾亮在世人心目中，不僅「美姿容」（《晉書．庾亮傳》），而且是個不可多得的安邦定國之器。

庾亮（二八九－三四〇）字元規，潁川鄢陵（河南鄢陵西北）人。晉明帝穆皇后之兄，晉成帝司馬衍之舅，死後追贈太尉，又稱庾太尉。鄢陵庾氏世修儒學，自漢代以來就以德行著稱。後經亂世，人口凋殘，直到曹魏時，庾亮的祖輩庾峻（就是曾被曹髦提問管蔡之事的那位太學博士）這一代，才又有了家族復興之象。西晉時，庾氏家族中最有名的人物大概非庾峻之子、庾亮的堂叔庾敳莫屬。而要瞭解庾亮，就必須先認識一下他的這個堂叔。

庾敳（二六一－三一一）字子嵩，庾峻第三子，又稱庾中郎。大概是受到玄學風氣的影響，庾氏家族到了庾子嵩這裡，已經由儒入玄，成為當時清談名士放達派的代表人物。《容止》十八：

庾子嵩長不滿七尺，腰帶十圍，頹然自放。

庾敳個頭不高，身材寬大，不加藻飾，順其自然，給人以落拓不羈的印象。還有個記載說：

庾子嵩讀《莊子》，開卷一尺便放去，曰：「了不異人意。」（《文學》十五）

庾敳說，《莊子》的宗旨和自己心中所想沒有什麼不同，完全契合，也是豪氣十足的一種說法。所以當時人們把庾敳和王澄相提並論，稱「庾中郎與王平子雁行」（《品藻》十二）。

庾敳為人不拘小節。起初，太尉王衍不願與庾敳交往，庾敳見了他，卻「卿之不置」，就是用「卿」來稱呼王衍，以示親切。王衍說：「君不得為耳。」庾敳可不管這一套，有些耍無賴地說：「卿自君我，我自卿卿。我自用我家法，卿自用卿家法。」（《方正》二十）王衍只好與他交往，最終成了好朋友。據《晉陽秋》記載：「初，王澄有通朗稱，而輕薄無行。兄夷甫有盛名，時人許以人倫鑒識。常為天下士目曰：『阿平第一，子嵩第二，處仲第三。』敳以澄、敦莫已若也。及澄喪，敦敗，敳世譽如初。」聽王衍的口氣，顯然是把庾敳當成了「自家人」了。而庾敳卻以為自己比王澄、王敦兄弟強得多。可惜的是，匈奴攻陷洛陽之後，兩人同被石勒殺害，這一年庾敳剛滿五十。

關於庾敳，還有個很有名的故事，可以看出他「善於托大，長於自藏」（《賞譽》四十四）的個性和才具：

> 劉慶孫在太傅府，于時人士多為所構，唯庾子嵩縱心事外，無跡可間。後以其性儉家富，說太傅令換千萬，冀其有吝，於此可乘。太傅於眾坐中問庾，庾時頹然已醉，幘墮几上，以頭就穿取。徐答云：「下官家故可有兩娑（三）千萬，隨公所取。」於是乃服。後有人向庾道此，庾曰：「可謂以小人之慮，度君子之心。」（《雅量》十）

劉輿是劉琨之兄，字慶孫，中山人。太傅指的是東海王司馬越。當時司馬越輔政，任太傅，網羅了不少人才。劉輿、庾敳等皆在太傅幕府中任職。劉輿雖然有文筆之才，但為人讒險，經常羅織別人的黑材料，背後搞陰謀詭計，落井下石。所以有人說：「輿猶膩也，近則污人。」——劉輿就像一團油垢，靠近他就會被他污染。一些名士就是因為他的構陷而被司馬越殺掉的。只有庾子嵩縱心事外，如閑雲野鶴般獨來獨往，讓劉輿抓不到把柄。後來劉輿打聽到庾家中很富有，便設計陷害，慫恿司馬越向庾借錢，如果庾吝嗇不借，他便有機可乘。沒想到庾敳並非浪得虛名，醉酒的時候也心明眼亮，他一邊用頭去酒桌上戴掉落的頭巾，一邊慷慨地說：「我家裡還有兩、三千萬錢，隨您去取！」劉輿這才心悅誠服。後來庾敳說的那句話，是由《左傳．昭公二十八年》「願以小人之腹，為君子之心」一句演化而來，是成語「以小人之心度君子之腹」的另一個出處。

可以說，庾敳揚棄家族門風，由儒入玄的轉變，也是順應時勢、不得已而為之的自處之道。而這一轉變，成為了庾氏家族的「豐年玉」庾亮成長的土壤。

庾子嵩作《意賦》成，從子文康見，問曰：「若有意邪，非賦之所盡；若無意邪，復何所賦？」答曰：「正在有意無意之間。」（《文學》七十五）

此條劉注引《晉陽秋》稱：「敳永嘉中為石勒所害。先是敳見王室多難，知終嬰其禍，乃作《意賦》以寄懷。」其中有這麼幾句：「天地短於朝生兮，億代促於始旦。顧瞻宇宙微細兮，眇若豪鋒之半。飄搖玄曠之域兮，深漠暢而靡玩。兀與自然並體兮，融液忽而四散。」頗有劉伶《酒德頌》的味道。庾亮當時不過十五、六歲，[1]讀了之後問道：「如果真有所謂『意』，不是一篇賦所能窮盡的；如果並沒有『意』，又何必做這篇賦呢？」這個問題其實與玄學思辨中的「言意之辨」

有關，庾亮顯然認為「言不盡意」，也即俗話所謂「可意會不可言傳」；但他卻走向了一個極端，即徹底否定「言」（這裡指「賦」）在表達「意」方面的價值和作用。對於他這個問題，庾敳回答得很巧妙：「（賦或者言所能達到的境界），恰好在有意和無意之間啊。」叔侄之間的這種玄理探討，真是玄之又玄，其實也是「可意會不可言傳」的。

庾亮對他的這個堂叔非常欣賞，曾讚嘆說：「家從談談之許。」（《賞譽》四十一）大意是，我家堂叔向來以思想深刻言論精深而被贊許。又評價庾敳說：「神氣融散，差如得上。」（《賞譽》四十二）說他神態氣韻豁達散放，能夠超拔向上。庾敳對這個侄子也是關懷備至，有一個故事說：

> 庾太尉在洛下，問訊中郎，庾中郎（敳）留之云：「諸人當來。」尋溫元甫、劉王喬、裴叔則俱至，酬酢終日。庾公猶憶劉、裴之才儁，元甫之清中。（《賞譽》三十八）

這是在洛陽時，一次，少年庾亮有問題請教庾敳，完事後庾亮要告辭，卻被堂叔挽留，理由是：「待會兒各位名士都會過來。」這些名士都是誰呢？一個是太原溫幾（字元甫），一個是彭城劉疇（字王喬），還有一個更有名，就是河東聞喜人、與王戎齊名的名士裴楷（字叔則）。儘管這個記載可能有誤——裴楷死於二九一年，時年庾亮只有三歲，不可能會被庾敳如此重視，很可能前來會談的是其他裴姓名士——但故事本身傳達的意思應該是可信的，那就是通過堂叔庾敳，少年庾亮得以結識許多名流，增長了閱歷和才幹，為他以後投身政治奠定了基礎。

禮玄雙修

所謂禮玄雙修，也可以理解為儒道兼容，這在漢末尚不明朗，特別是不容易在一個人身上兼而有之。比如《世說新語》記載的「華歆遇子弟甚整，雖閑室之內，儼若朝典。陳元方兄弟恣柔愛之道，而二門之裡，兩不失雍熙之軌焉」（《德行》十），華、陳二家的「齊家」之道看似有異，其實本質還是相同的，奉行的都是儒家的禮法仁義之道。魏晉時期隨著道家思想的抬頭，特別是《老》《莊》玄學思辨的盛行，「名教」與「自然」的關係問題成為一個重要玄學命題。以何晏、王弼、夏侯玄為首的正始名士雖然號稱「貴無」派，但由於他們都是當軸政要，故主張「名教本於自然」，如夏侯玄給人的印象就是：「君親自然，匪由名教。敬愛既同，情禮兼到。」[2]而嵇康、阮籍等竹林名士則將兩者截然對立，主張「越名教而任自然」。

然而，在「竹林名士」內部，隨著政治環境的改變，也出現了將老莊自然之道與儒家名教合流的趨勢，如山濤、王戎、向秀等皆是。到了西晉後期，以王衍、樂廣為首的許多名士更是在儒道、禮玄之間依違穿梭，一個「祖尚浮虛」，主張名教自然「將無同」（大概是相同的吧）；一個說「名教中自有樂地」，早已沒有嵇康、阮籍、向秀般「人格分裂」的劇痛了。流風所及，使得江左名士縱心事外者多，禮法自居者少，出現了王導、庾亮、謝安這樣家國並重、禮玄雙修的「清談政治家」。

不過凡事都有左、中、右。同是禮玄雙修，王導偏向玄，故不為察察之政；庾亮則偏向禮，故主張綱紀嚴明。可以說，在清談政治家中，王導屬於「右派」，庾亮屬於「左派」。而周伯仁、郗鑒、溫嶠、何充等人就屬於中間派了。後來的事態表明，正是這些中間派，調和著左、右雙邊的矛盾，三派互相制衡，這才維持了東晉的政權風雨飄搖百年而不倒。

庾亮雖然深受其堂叔庾敳的影響，但終究沒有亦步亦趨，過江以後，他一步步踏上仕途，家族傳統中的儒學基因開始復蘇，使他成為和王導不一樣的清談政治家。《晉書》本傳說：「亮美姿容，善談論，性好《莊》《老》，風格峻整，動由禮節，閨門之內，不肅而成，時人或以為夏侯太初、陳長文之倫也。年十六，東海王越辟為掾，不就，隨父在會稽，嶷（ㄋ一ˋ）然自守。時人皆憚其方儼，莫敢造之。」

這個材料表明，在庾亮身上，已經完成了前輩們未竟的事業，就是將老莊之道和禮法規範陶鑄於一身。「性好《莊》《老》」而「風格峻整」，兩者都很鮮明，這是一種典型的「人格分裂」症狀，自相矛盾，難免令人懷疑其中有「詐」。如《雅量》：

庾太尉風儀偉長，不輕舉止，時人皆以為假。亮有大兒數歲，雅重之質，便自如此，人知是天性。溫太真嘗隱幔怛之，此兒神色恬然，乃徐跪曰：「君侯何以為此？」論者謂不減亮。蘇峻時遇害。或云：「見阿恭，知元規非假。」（《雅量》十七）

故事說庾亮儀容俊美，風度瀟灑，卻舉止端莊，當時人都以為他是在做秀裝假。他有個大兒子名叫庾會，小名阿恭，年方幾歲，端莊持重的樣子就跟他老爹一個樣兒，人們知道這是天性使然。溫嶠是庾亮的好朋友，是個很豪爽粗獷、不拘小節的人，偏偏不信這個邪。有一次他躲在帳幔之後，故意恐嚇庾會，沒想到這孩子不驚不慌，神色安然，並且慢慢跪下來問道：「君侯為何要這樣？」言下之意，作為長輩，您這不是為老不尊嗎？真是「有其父必有其子」！於是大家都相信，庾亮的舉止端莊並不是裝假。

不僅舉止合乎禮度，庾亮在德行方面也確有過人之處。如《德行》三十一：

> 庾公乘馬有的盧，或語令賣去，庾云：「賣之必有買者，即當害其主，寧可不安己而移於他人哉？昔孫叔敖殺兩頭蛇以為後人，古之美談。效之，不亦達乎？」

「的盧」，根據《伯樂相馬經》的記載，是一種「凶馬」，「奴乘客死，主乘棄市」，性情狂暴，很不吉利。庾亮碰巧有這麼一匹凶馬，他手下的人（《語林》以為是殷浩）就勸他把這匹馬賣掉。庾亮說：「賣了牠一定會有人買，那牠肯定會害別人，怎麼能把危害自己安全的東西轉移給別人呢？從前孫叔敖為了別人的安危，就殺死了傳說中只要看見就會死的兩頭蛇，這是古代相傳的美談。我效仿他，不也算是通達事理嗎？」這裡庾亮的所作所為，奉行的正是孔子所謂的「己所不欲，勿施於人」之道。

從此，庾亮儼然成了東晉士大夫的道德楷模。有一次，晉明帝問謝鯤：「君自謂何如庾亮？」答曰：「端委廟堂，使百僚準則，臣不如亮；一丘一壑，自謂過之。」（《品藻》十七）「端委廟堂，使百僚準則」說的正是「禮」，而「一丘一壑」指的正是「玄」。謝鯤屬於清談名士中的「放達」派，在他眼裡，庾亮骨子裡是個「禮法之士」，他的「性好《老》《莊》」不過紙上談兵，不像我輩縱意丘壑之間，玩的是真瀟灑！

當時著名的高僧竺法深也看出了這一點，他不以為然地說：「人謂庾元規名士，胸中柴棘三斗許。」（《輕詆》三）柴棘，指荊棘，引申為心機，這裡說的是，庾亮不像他看起來那麼瀟灑坦蕩，他的心胸狹窄，其中隱藏著太多的心機和掛礙。就像高坐道人一見卞壺便指出他是「禮法人」一樣，深公作為「方外之人」，自然也能「透過現象看本質」。史載「先是，王導輔政，以寬和得眾，亮任法裁物，頗以此失人心」（《晉書．庾亮傳》），恐怕也是這種「本質」顯現造成的結果。不過，庾亮也不純然就是「禮法之士」，和王導一樣，他也是周旋於「禮法之士」和「方外之人」之間的「清談政治家」，只是他更偏向前者，王導更偏向後者而已。有例為證：

> 溫公喜慢語，卞令禮法自居。至庾公許，大相剖擊，溫發口鄙穢，庾公徐曰：「太真終日無鄙言。」（《任誕》二十七）

溫公就是溫嶠，他這人是個大嘴巴，說話不講分寸，不分場合，十分隨便。卞壺則以禮法自居，謹言慎行。劉注引《卞壺別傳》說：「壺正色立朝，百寮嚴憚，貴遊子弟，莫不祗肅。」有一次卞壺跑到庾亮家，對溫嶠大加抨擊，說他開口盡是污言穢語，讓人忍無可忍。這時庾亮慢吞吞地說了一句：「據我所知，太真終日並沒有粗俗的話。」劉注稱：「重其達也。」這顯然是為溫嶠抱不平了。可見庾亮也自有豁達隨和的一面，從這一面講，他還算得上是個清談家，儘管從清談的水準和影響來看，他比王導、謝安要差一大截。

《世說新語》中，關於庾亮清談的記載很少，涉及義理的幾乎沒有，僅有的幾條都是關於人物品藻的。例如：

劉遵祖少為殷中軍所知，稱之於庾公。庾公甚忻然，便取為佐。既見，坐之獨榻上與語。劉爾日殊不稱，庾小失望，遂名之為「羊公鶴」。昔羊叔子有鶴善舞，嘗向客稱之，客試使驅來，氃氋而不肯舞，故稱比之。（《排調》四十七）

劉注引徐廣《晉紀》說：「劉爰之字遵祖，沛郡人。少有才學，能言理。曆中書郎、宣城太守。」殷浩向庾亮稱讚劉爰之人才了得，是個清談高手。庾亮很高興，就請劉作自己的僚屬。見面之後，讓他坐在貴賓坐的獨榻上，和他談論。這天劉爰之不知怎麼，大概有些受寵若驚吧，表現得很一般，庾亮頗覺失望，就給劉起了綽號叫「羊公鶴」。羊公就是西晉名臣羊祜，據說他以前養了一隻鶴，很會跳舞，曾經向客人誇讚牠，客人就讓人把那隻鶴驅趕過來，結果那鶴卻耷拉著羽毛不肯跳舞。庾亮起的這個綽號是為了取笑劉爰之名不副實。

庾亮和名僧也有交往。《言語》五十二：「康法暢造庾太尉，握麈尾至佳。公曰：『此至佳，那得在？』法暢曰：『廉者不求，貪者不與，故得在耳。』」說明庾亮對於清談時的道具麈尾十分關注。他和王導、周伯仁等名士都有交情，所以王導才會說兩人有「布衣之交」。相比之下，庾亮和周伯仁的關係更好些，相互之間經常開玩笑。如《言語》三十：「庾公造周伯仁，伯仁曰：『君何所欣悅而忽肥？』庾曰：『君復何所憂慘而忽瘦？』伯仁曰：『吾無所憂，直是清虛日來，滓穢日去耳。』」

還有一次，庾亮對周伯仁說：「大家都把你和一個姓樂的相比。」周伯仁很感興趣地問：「哪個姓樂的？是樂毅嗎？」樂毅是戰國名將，看來周伯仁自我感覺甚好。但是庾亮說：「不是樂毅，是樂令而已。」樂令，就是中朝名士樂廣。周伯仁一聽，很委屈地說：「何乃刻畫無鹽，以唐突西子也？」（《輕詆》二）無鹽是古時的醜女，西子即西施，周伯仁言下之意，樂廣哪能和我相比呢？

還有一條記載也可看出庾亮是清談中人。《品藻》七十：

王子敬問謝公：「林公何如庾公？」謝殊不受，答曰：「先輩初無論，庾公自足沒林公。」

林公是指當時名僧支遁（三一四—三六六），東晉中後期佛教清談界的代表人物，《世說新語》中記載了他的不少故事。王獻之（三四四—三八六）問謝安（三二〇—三八五）估計是在庾亮死後多年、支遁剛死不久之事，這時謝安已是清談領袖，起初他不願回答，後來只好說：「先輩們對此從來沒有議論過，庾公本來足以蓋過林公吧。」此條注引《殷羨言行》說：「時有人稱庾太尉理者。（殷）羨曰：『此公好舉宗本槌人。』」意思是庾亮喜歡拿自己本宗先輩（如堂叔庾中郎）說事，以此盛氣凌人。其實，謝安此言未必出自真心。因為他對支道林的評價很高，甚至認為支道林的清談水準要超過嵇康，和殷浩各有短長。[3]但庾亮畢竟是前朝宰輔，庾氏家族在政治上影響甚大，而支道林乃一介沙門（僧人），無職無權，又無門第，權衡利弊，謝安當然不便發表對庾亮不利的言論。

但從謝安的為人來看，如果庾亮在清談中表現平平，他是絕不會為其做過分的拔高的。有例為證：

庾太尉在武昌，秋夜，氣佳景清，佐吏殷浩、王胡之之徒登南樓理詠，音調始遒，聞函道中有展聲甚厲，定是庾公。俄而率左右十許人步來，諸賢欲起避之，公許云：「諸君少住，老子於此處興復不淺。」因便據胡床，與諸人詠謔，竟坐甚得任樂。後王逸少下，與丞相言及此事，丞相曰：「元規爾時風範，不得不小頹。」右軍答曰：「唯丘壑獨存。」（《容止》二十四）

王胡之（？—三四九）字修齡，琅邪臨沂人，王廙次子，王導從侄。他和殷浩都在庾亮幕府中作幕僚，在一個秋夜，以兩人為首的一幫名士在南樓談玄說理，吟詠戲謔，談得正高興時，忽然聽到函道（樓梯）上有急促的木屐聲，大家知道這一定是庾亮來了。一會兒庾亮果然率領十餘人走來。這時大家的表現很可玩味——「諸賢欲起避之」，說明庾亮平時「不輕舉止」，善治威儀，大家對他有點「敬而遠之」。這天庾亮心情不錯，慢慢地說：「諸位請留步，老夫對此事興致也不淺！」於是就靠著坐榻和大家諷詠戲謔，滿座皆大歡喜。王羲之也在場，後來他回到京城，對丞相王導談起此事，丞相說：「元規當時的風度恐怕不得不有所減損。」估計王導認為此時的庾亮位高權重，文采風流自然不及當年了。王羲之卻說：「但是庾公胸中的山林丘壑之趣還是存在的。」從此，武昌的南樓，又被稱為「庾樓」，成了令人嚮往的一個風雅所在。如杜甫《秋日寄題鄭監湖上亭》詩裡就有「池要山公馬，月淨庾公樓」的句子。

這個故事很能見出庾亮的為人。他在「禮」與「玄」之間往來穿梭，人不堪其憂，他卻不改其樂。在東晉清談名士中，庾亮的確是個比較特別的人物，他既有「端委廟堂」的威重，又有玄遠超邁的山林丘壑之想，所以孫綽為他所作的《庾亮碑文》有這麼一句話：「公雅好所托，常在塵垢之外。雖柔心應世，蠖屈其跡，而方寸湛然，固以玄對山水。」孫綽這個人品行素為士大夫所不齒，但這些評價也並非都是空穴來風，阿諛奉承。

不過，這種嚴重的「人格分裂」傾向長期附麗在一個人身上，難免會有「走火入魔」的時候，後來我們將會看到，庾亮差點為此誤了卿卿性命！

美貌無罪

東晉前期，共有三次大的叛亂，前兩次是王敦發起的，前面已經說過，後一次則是晉成帝咸和二年（三二七）的蘇峻之亂。這年十一月，蘇峻聯合豫州刺史祖約，以討伐庾亮為名，渡江進攻建康。次年初，攻破建康，放火焚燒，「台省及諸營寺署一時蕩盡」，又「縱兵大掠」（《晉書・蘇峻傳》）。庾亮倉皇逃往尋陽，投奔好友溫嶠。

蘇峻為什麼要討伐庾亮？祖約為何與蘇峻一拍即合？這真是說來話長。蘇峻（？—三二八）字子高，掖縣（今屬山東）人，本為士族，仕郡為主簿。永嘉之亂時，他率所部數百家泛海南渡，至於廣陵（今江蘇揚州），元帝任為鷹揚將軍。蘇峻和祖約一樣，既是朝廷命官，又是各自所統流民之帥。後來蘇峻因為破王敦有功，進使持節、冠軍將軍、曆陽內史，有銳卒萬人。明帝死後，成帝年僅五歲，庾太后臨朝，政事決斷於國舅庾亮。因為當初明帝在遺詔中褒獎升任大臣，而沒有提到陶侃、祖約等流民帥，陶、祖二人都懷疑是庾亮暗中將其名字刪除，早已懷恨在心。所以蘇峻起兵，祖約自然回應。可以說，蘇峻之亂是明帝遺留問題和矛盾的一次總爆發。這一點，劉注引《晉陽秋》說得明白：

是時成帝在襁褓，太后臨朝，中書令庾亮以元舅輔政，欲以風軌格政，繩禦四海。而峻擁兵近甸，為逋逃藪。亮圖召峻，王導、卞壼並不欲。亮曰：「蘇峻豺狼，終為禍亂，晁錯所謂削亦反，不削亦反。」遂下優詔，以大司農征之。峻怒曰：「庾亮欲誘殺我也。」遂克京邑。平南溫嶠聞亂，號泣登舟，遣參軍王愆期推征西陶侃為盟主，俱赴京師。時亮敗績奔嶠，人皆尤而少之。嶠愈相崇重，分兵以配給之。

很顯然，庾亮引起蘇峻的嫉恨正是他以國舅之尊，行使「風軌格政，繩禦四海」的苛嚴之政的結果。而且他一走就走到極端，以致於「禮法之士」的代表卞壼和寬簡之政的代表王導都認為他對蘇峻的態度會激化矛盾，紛紛加以反對。但此時的庾亮是顧命大臣之一，又是國舅，已聽不進不同意見，非要把蘇峻視為「假想敵」，想要削奪其兵權以正視聽。這樣一來，蘇峻騎虎難下，只好發動兵變，血洗建康。

事情發生時，江州刺史溫嶠曾要求帶兵勤王，庾亮又剛愎自用，堅決不許，並且下令說：「妄起兵者誅！」庾亮一錯再錯，遂使京城失守，邦國殄瘁。蘇峻之亂給東晉政治經濟和人民生活帶來了很大災難，朝野都認為責任在庾亮，甚至有殺了庾亮才能平息叛亂的看法。庾亮誠惶誠恐，狼狽逃出都城，向溫嶠求救，一路上發生的諸多故事在《世說新語》中都有記載。其中，侍中鍾雅的表現堪稱可圈可點，《方正》篇接連兩條記載云：

蘇峻既至石頭，百僚奔散，唯侍中鍾雅獨在帝側。或謂鍾曰：「見可而進，知難而退，古之道也。君性亮直，必不容於寇仇，何不用隨時之宜、而坐待其弊邪？」鍾曰：「國亂不能匡，君危

不能濟，而各遜遁以求免，吾懼董狐將執簡而進矣！」（《方正》三十四）

庾公臨去，顧語鍾後事，深以相委。鍾曰：「棟折榱崩，誰之責邪？」庾曰：「今日之事，不容復言，卿當期克復之效耳！」鍾曰：「想闇下不愧荀林父耳。」（《方正》三十五）

前一條可見蘇峻入京前，百官紛紛逃散的亂局，只有侍中鍾雅不顧個人安危，保護幼主。當別人勸他不要坐以待斃時，他義正辭嚴地說：「國家喪亂而不能匡正，國君危難而不能救援，爭先恐後各自逃命，我恐怕董狐要手執簡冊向我走來！」董狐是春秋時晉國史官，敢於秉筆直書，有「良史」之稱。

後一條則說明，在這些逃亡官員中，就有此次災難的肇事者庾亮。庾亮臨走前，把國家大事都交付給鍾雅，鍾雅很生氣，厲聲責問：「國家傾覆，是誰的責任呢？」庾亮說：「事已至此，不要再多說了，你會看到平定叛亂的那一天的！」鍾雅也就以春秋時有功於晉國的荀林父期許於庾亮。

其實，庾亮並非沒有率軍抵抗，只是蘇峻的軍隊驍勇善戰，庾亮的軍事才能也有限，所以敗績。逃亡過程中，還有一件事可以看出庾亮的過人之處：

庾太尉與蘇峻戰，敗，率左右十餘人乘小船西奔，亂兵相剝掠，射，誤中柂工，應弦而倒，舉船上咸失色分散。亮不動容，徐曰：「此手那可使著賊！」眾乃安。（《雅量》二十三）

這則故事雖然短小，倒也堪稱驚心動魄。庾亮帶領十餘人坐船西逃，混亂中，有人射箭，竟然誤中自己船上的舵工，舵工應聲而倒，全船的人都大驚失色，只有庾亮不動聲色，慢慢說了一句：

「這樣的射技豈能讓他射中賊兵！」言下之意，如果這一箭射在賊兵身上，恐怕對方也要應弦而倒，一命嗚呼了！這是一句危急關頭中的玩笑話，此言一出，倒把緊張恐懼的氣氛一掃而空，大家都安定下來，最終化險為夷。

庾亮逃出虎口，又遇險灘。雖然溫嶠接納了他，但荊州刺史陶侃那一關卻不好過。陶侃（二五九—三三四），字士行，江西鄱陽人，是東晉大詩人陶淵明的曾祖父。陶侃出身微賤，陶母「剪髮待賓」的故事廣為流傳。[4]陶侃初為縣吏，後至郡守。永嘉五年（三一一），任武昌太守。建興元年（三一三），任荊州刺史。後任荊、江二州刺史，都督八州諸軍事。他嚴以律已，克勤克儉，不喜飲酒、賭博，為人稱道。因為明帝遺詔中顧命大臣沒有自己的名字，陶侃對庾亮本就有懷疑和不滿，這一次庾亮又把國家弄得混亂不堪，舊怨未了，又添新恨，陶侃遂帶兵順江東下，揚言必欲誅庾亮以謝天下。其勢洶洶，其言鑿鑿，庾亮遭此巨變，惶愧無地，已如喪家之犬，眼看就要死無葬身之地了！

誰曾想，這麼一種泰山壓頂的不可阻擋之勢，竟被溫嶠化解了。

俗話說：愛美之心，人皆有之。溫嶠也沒有什麼錦囊妙計，他之所以成功，不過就是因為他對人性弱點的深刻洞悉和準確把握。當然，如果不是庾亮而是另一個人，恐怕也是在劫難逃。還是說穿了吧：救庾亮的其實不是溫嶠，而是他自己。使他能夠活著走出陶侃的營帳的，不是他的才幹和智慧，而是天生的風流和美貌！有人說：美貌有罪，紅顏禍水，可是這話偏偏被庾亮推翻了，他的確當過「禍水」，但美貌卻最終救了他的命！

關於庾亮的風度，我們前面已經說過，諸如「美姿容」、「風儀偉長」之類。需要特別指出的是，如果庾亮沒有這樣的天賦美貌，他絕不可能爬上現在的高位。在那樣一個重視容止風神之美的時代，以貌取人的事不勝枚舉，庾亮堪為典型代表。可以說，美貌幫了庾亮的大忙：先是幫助他走上仕途，得以躋身豪門，成為皇親國戚。史載「元帝為鎮東時，聞其名，辟西曹掾。及引見，風情都雅，過於所望，甚器重之，由是聘亮妹為皇太子妃。」（《晉書．庾亮傳》）庾亮屬於那種「百聞不如一見」的人物，司馬睿第一次見他即為之傾倒，不僅許以高官厚祿，而且把庾亮的妹妹娶回家來做太子妃，使庾亮一步登天而終於一手遮天。

再就是，美貌幫助他在生死存亡的危難之時，博得政敵的好感，以致於轉危為安。我們來看這樣一個著名的故事：

石頭事故，朝廷傾覆。溫忠武（嶠）與庾文康（亮）投陶公（侃）求救，陶公云：「肅祖顧命不見及。且蘇峻作亂，釁由諸庾，誅其兄弟，不足以謝天下。」于時庾在溫船後，聞之，憂怖無計。別日，溫勸庾見陶，庾猶豫未能往。溫曰：「溪狗我所悉，卿但見之，必無憂也。」庾風姿神貌，陶一見便改觀，談宴竟日，愛重頓至。（《容止》二十三）

「石頭事故」指的就是蘇峻之亂。當時朝廷傾覆，庾亮投奔溫嶠，溫嶠又和他一起去見陶侃。在旁人甚至庾亮自己看來，這無異於自投羅網。因為溫嶠一見陶侃，陶侃就說出除掉庾亮的兩大理由：第一是明帝（即肅祖）駕崩時，遺詔中的「顧命大臣」中沒有我陶侃，這與他姓庾的大有關係；第二是蘇峻的這場叛亂，根子全在庾亮兄弟身上，殺了他們尚且不足以謝天下！所以，於公於私，庾亮必死無疑。當時庾亮就躲在溫嶠船後，聽陶侃這麼說，嚇得六神無主。溫嶠勸他去見陶侃，他一時猶豫不決。溫嶠很有把握地說：「溪狗（對江西人的戲稱，指陶侃）我瞭解，你只管去見他，一定沒事的！」庾亮一咬牙，決定鋌而走險，去見陶侃。陶侃是個率真的人，一見庾亮的「風姿神貌」，便「改觀」——改變了當初的態度，賓主宴飲暢談了一整天，陶侃對庾亮一見如故，「愛重頓至」。

讀到這裡，我們不免會感嘆：現實生活中竟也有這樣「無巧不巧」的事，試想，如果陶侃以前就見過庾亮，這次再見已經「審美疲勞」，那他庾亮豈不要「在劫難逃」！我推測，大概在陶侃見庾亮之前，本以為此人已是「刀下之鬼」，不曾想一見之下竟是這麼一個儒雅風流的「玉人」，難免要生出惻隱之心。溫嶠所以敢打這個保票，正是抓住了「百聞」和「一見」之間的巨大心理落差，這才使庾亮絕處逢生，逢凶化吉。

由此看來，美貌的作用真是巨大，太平年代它是你的一張金字招牌，無論求職、升遷、交友都能無往而不利；危急關頭它又是你的一個「護身符」，能夠讓敵人「放下屠刀，立地成佛」！《假譎》篇第八條也記載了此事，描寫更為細膩，說溫嶠為庾亮出的主意是：「卿但遙拜，必無他，我為卿保之。」一見面，庾亮納頭便拜，陶侃一看，氣早就消了一半，起來阻止他，說：「庾元規何緣拜陶士衡？」意思說你本是我的上級，哪有上級拜下級之理？見禮完畢，庾亮又自降身份到下位落座，「陶又自要其同坐。坐定，庾乃引咎責躬，深相遜謝，陶不覺釋然」。這個故事被記在《假譎》篇，顯然是把這次見面當作溫嶠導演、庾亮主演的一齣好戲。它附帶告訴我們：一個美貌而又謙卑的人，等於給自己買了雙份「保險」，就像傳說中的貓一樣，擁有足夠自己揮霍的「九條命」！

埋玉之恨

庾亮贏得陶侃的「愛重」，除了貌美、謙恭，還有一個原因，就是投其所好。陶侃出身貧寒，是個很節儉的人，《世說新語·政事》篇「竹頭木屑」的典故就與陶侃有關：

陶公性檢厲，勤於事。作荊州時，敕船官悉錄鋸木屑，不限多少。咸不解此意。後正會，值積雪始晴，聽事前除雪後猶濕，於是悉用木屑覆之，都無所妨。官用竹，皆令錄厚頭，積之如山。後桓宣武伐蜀，裝船，悉以作釘。又云，嘗發所在竹篙，有一官長連根取之，仍當足。乃超兩階用之。（《政事》十六）

用今天的話說，陶侃屬於「節能型」政治家，不喜歡鋪張浪費，還懂得「廢物利用」。不知道庾亮是有心還是無意，在他和陶侃首次見面的宴會上，他不失時機地表現了自己和陶侃的「志同道合」。《儉嗇》八：

蘇峻之亂，庾太尉南奔見陶公。陶公雅相賞重。陶性儉吝。及食，啖薤，庾因留白。陶問：「用此何為？」庾云：「故可種。」於是大嘆庾非唯風流，兼有治實。

「薤」，是一種多年生草本植物，地下有鱗莖，鱗莖和嫩葉可食。庾亮當著陶侃的面吃薤，先把嫩葉吃掉，故意留下潔白的根莖。陶侃問他，他卻說：「這東西留著還能再種！」一句話就把陶侃「忽悠」得猶如「他鄉遇故知」，當即讚嘆庾亮不僅人才風流，而且很務實。

應該說，庾亮在落魄之時，不僅能夠放下身段，自貶自抑，而且善解人意，能屈能伸，能大能小，這樣的人不做政治家實在有些可惜！人們說他是「豐年玉」並非沒有道理。

庾亮憑藉美貌和謙卑逃過了一劫，但他最喜歡的兒子庾會卻遭了難。《傷逝》八：

> 庾亮兒遭蘇峻難，遇害。諸葛道明（恢）女為庾兒婦，既寡，將改適，與亮書及之。亮答曰：「賢女尚少，故其宜也。感念亡兒，若在初沒！」

庾會死時年僅十九歲，他的妻子應該更年輕，所以岳父諸葛恢寫信給親家公庾亮，提到女兒改嫁的問題。庾亮當然不好拒絕，回信說：「賢女還年輕，改嫁是應該的。只是我每每思念死去的兒子，覺得他彷彿剛剛離去一樣！」這話似乎隱含不滿，言下之意，我失去愛子的悲痛尚且沒有平復，你卻又來慫恿我的兒媳婦改嫁了！

大概深知公公的痛苦，這個名叫諸葛文彪的兒媳婦在改嫁一事上表現得很剛烈，雖然回了娘家，卻發誓絕不再嫁。但他的父親諸葛恢略施小計，終於把女兒「騙」到了新婿家裡。《世說新語．假譎》篇記載了這個有趣的故事：

> 諸葛令女，庾氏婦，既寡，誓云：「不復重出！」此女性甚正彊，無有登車理。恢既許江思玄（虨）婚，乃移家近之。初誑女云：「宜徙。」於是家人一時去，獨留女在後。比其覺，已不復得出。江郎暮來，女哭詈彌甚，積日漸歇。江虨暝入宿，恒在對床上。後觀其意轉帖，虨乃詐厭，

良久不悟，聲氣轉急。女乃呼婢云：「喚江郎覺！」江於是躍來就之，曰：「我自是天下男子，厭，何預卿事而見喚邪？既爾相關，不得不與人語。」女默然而慚，情義遂篤。（《假譎》十）

諸葛恢共有三個女兒，大女兒文彪嫁給了庾亮的長子庾會，二女兒嫁給了羊忱的兒子羊楷，小女兒嫁給了謝裒的兒子謝石，都是當時的名門大族。不知道諸葛恢是不是特別擅長「女兒外交」，總之庾亮的兒子剛死不久，他便急吼吼地要讓女兒改嫁。他新看中的女婿叫江虨，就是那位「圍棋國手」，也是名門佳公子。為了達成這一目的，諸葛恢不惜哄騙女兒，以搬家為名把女兒送到了江家。江虨晚上進來休息，文彪就大哭大鬧，後來見他不來糾纏，便漸漸消停。江虨很有風度，晚間休息總是睡在對面的床上。後來見她心情平靜了，有一晚江虨就假裝夢魘，呼吸急促，怎麼也醒不過來。文彪就叫來婢女，說：「快把江郎喚醒！」這個「江郎」叫得恰到好處，只見江虨一躍而起，跳到她身邊來，笑說：「我本是天下一個陌生男子，夢魘與你有何相干，卻要你來喚醒我？既然如此，就不能不和我說話！」文彪被他問得啞口無言，羞慚不已，從此兩人成了情投意合的好夫妻。

庾亮一意孤行導致的災難，竟讓他賠了兒子，又搭上兒媳！「感念亡兒」之時，不知庾亮可曾引咎自責？

蘇峻之亂被陶侃等平定之後，庾亮出為豫州刺史，鎮蕪湖，在政治上失去了優勢，國政又由王導代理。史書上說：「時王導輔政，主幼時艱，務存大綱，不拘細目，委任趙胤、賈寧等諸將，並不奉法，大臣患之。陶侃嘗欲起兵廢導，而郗鑒不從，乃止。」（《晉書・庾亮傳》）這時王導已到晚年，奉行的依舊是寬簡無為之政，而且任用違法亂紀的趙胤、賈寧等人，引起朝中大臣的不滿。陶侃當時手握重兵，想要起兵廢黜王導，被王導的姻親、王羲之的岳父、時任司空的郗鑒制止。咸和九年（三三四）陶侃卒，庾亮以帝舅領江、荊、豫三州刺史，都督六州諸軍事，鎮武昌，再次登上權力頂峰。也就是這一時期，庾亮頗有廢黜王導之心，王導調侃地說「元規塵污人」並非空穴來風。史載庾亮「欲率眾黜導，又以諮鑒，而鑒又不許」。親家公郗鑒又一次幫了王導的忙。

平心而論，庾亮還是個很想幹大事的政治家，只不過他對時局和人心的判斷常常出錯，蘇峻之亂就是最好的證明。咸康年間（三三五—三四二），庾亮又幹了一件傻事，當時石勒已死，北方空虛，庾亮以為時機成熟，便派精兵萬人駐守江北的邾城，希望以此作為進攻中原、收復失地的「據點」。不料咸康五年（三三九）後趙遣兵來攻，邾城孤立無援，終於兵敗城陷，損失慘重，守將毛寶赴水而死。這次失利給了心比天高的庾亮以沉重的打擊。史書上說：「亮自邾城陷沒，憂慨發疾。會王導薨，徵亮為司徒、揚州刺史、錄尚書事，又固辭，帝許之。咸康六年薨，時年五十二。追贈太尉，謚曰文康。」

王導死於咸康五年（二三九）四月，八個多月後，也即咸康六年（三四〇）正月，以他為「政敵」的庾亮也在憂悶病痛中死去。關於庾亮的死，有一個非常著名的典故，被稱作「埋玉之恨」。《傷逝》九：

庾文康亡，何揚州（充）臨葬，云：「埋玉樹著土中，使人情何能已已！」

何揚州就是前面提到的何充，他在庾亮的追悼會上說出的這句話，情辭哀婉，形象動人，成為傷逝悼亡的千古名言！宗白華先生說：「《世說》中《傷逝》一篇記述頗為動人。庾亮死，何揚州臨葬云：『埋玉樹著土中，使人情何能已已！』傷逝中猶具悼惜美之幻滅的意思。」（《〈世說新語〉與晉人的美》）

這就是庾亮，一位有時是矛、有時是盾的東晉名臣。「豐年玉」就此沉埋在那亙古不變的黃土之中了，千年之後，我們讀到何充的這句話，怕也難免會產生生死幻滅之感吧？

註釋

1《晉書．庾亮傳》：「年十六，東海王越辟為掾，不就，隨父在會稽，巖然自守。時人皆憚其方儼，莫敢造之。」

2 袁宏《三國名臣序贊》，《文選》卷四十七。

3《世說新語．品藻》六十七：「郗嘉賓問謝太傅曰：『林公談何如嵇公？』謝云：『嵇公勤箸腳，裁可得去耳。』又問：『殷何如支？』謝曰：『正爾有超拔，支乃過殷；然亹亹論辯，恐口欲制支。』」

4 事見《世說新語．賢媛》十九：「陶公少有大志，家酷貧，與母湛氏同居。同郡范逵素知名，舉孝廉，投侃宿。于時冰雪積日，侃室如懸磬，而逵馬僕甚多。侃母湛氏語侃曰：『汝但出外留客，吾自為計。』湛頭髮委地，下為二髲。賣得數斛米，斫諸屋柱，悉割半為薪，剉諸薦以為馬草。日夕，遂設精食，從者無所乏。逵既嘆其才辯，又深愧其厚意。明旦去，侃追送不已，且百里許。逵曰：『路已遠，君宜還。』侃猶不返。逵曰：『卿可去矣。至洛陽，當相為美談。』侃乃返。逵及洛，遂稱之於羊晫、顧榮諸人，大獲美譽。」

桓溫——是「流芳」？還是「遺臭」？

說到桓溫，我想起魯迅先生的兩句詩：「無情未必真豪傑，憐子如何不丈夫？」桓溫是一個豪傑，這是毫無疑問的，但是否是「有情豪傑」呢？這就需要來一番「知人論世」了。

奇骨英物

桓溫（三一二—三七三），字元子，東晉軍事家，政治家，譙國龍亢（今安徽懷遠）人。漢晉之際的譙地（漢時屬豫州沛國，稱譙縣，魏晉時稱譙國），是個英才輩出的地方，曹操、夏侯玄、嵇康等，都出生在這裡。桓溫的父親桓彝（二七六—三二八），字茂倫，我們前面已經講過。他是漢五更榮之九世孫，少孤貧，性通朗，有人倫識鑒，早獲盛名。因避亂渡江，元帝司馬睿即位，累遷中書郎、尚書吏部郎。

桓彝和庾亮少有深交。有一個故事說：

庾公為護軍，屬桓廷尉（彝）覓一佳吏，乃經年。桓後遇見徐寧而知之，遂致於庾公，曰：「人所應有，其不必有；人所應無，己不必無，真海岱清士。」（《賞譽》六十五）

庾亮讓桓彝為自己找一個好的部下，桓彝終於不負所托，找到了頗有才幹的徐寧。當時選拔人才，要有口頭或書面的鑒定，你看桓彝對徐寧的評價：「人所應有的，他不一定有；人所應無的，他不一定無，真是渤海、泰山一代的清廉之士！」本身就是韻味悠長、文采斐然的好文章，相比今天人事鑒定的空話、套話、假話，真有天壤之別！桓彝的人倫識鑒能力於此可見一斑。還有一個例子說：

桓茂倫云：「褚季野（褚裒）皮裡陽秋。」謂其裁中也。（《賞譽》六十六）

劉注引《晉陽秋》說：「（褚）裒簡穆有器識，故為彝所目也。」陽秋就是《春秋》，記歷史的書。晉簡文帝的母親叫鄭阿春，為避諱，遂改「春秋」為「陽秋」。「皮裡陽秋」，就是嘴上不說，心裡早有判斷之意。《晉書·褚裒傳》引這則記載說：「季野有皮裡陽秋。言其外無臧否、而內有褒貶也。」解釋得很合理。這說明，桓彝十分精準地把握住了褚裒的這種「外無臧否，而內有褒貶」的個性，識鑒能力自是非同一般。

尤其值得一提的是，桓彝在蘇峻之亂中，表現出了難得的忠肝義膽，當時叛軍大兵壓境，危在旦夕，但桓彝誓不投降，最後被蘇峻部將韓晃所害，時年五十三。蘇峻亂平，桓彝被朝廷追贈廷尉，諡曰簡，咸安中又改贈太常。桓彝共有五個兒子，桓溫是老大。作為名將忠臣之後，桓溫政治上自然受到優待，得娶明帝女南康公主為妻便是明證。

史書上說，桓溫一生下來便不同凡響，生下來沒多久，溫嶠見而奇之，說：「此兒有奇骨，可試使啼。」等聽到小東西的哭聲，溫嶠更感嘆了，說：「真英物也！」因為從小就受到名士溫嶠的欣賞，所以桓彝便給這個兒子起名為「溫」。溫嶠得知後，笑著說：「果真如此，以後將會改變我的姓氏了！」

桓彝被韓晃所害的那一年，桓溫剛好十五歲，已是一個血性兒郎。因為涇令江播參與了謀害桓彝之事，所以桓溫每天都「枕戈泣血，志在復仇」。等到十八歲這年，正好江播已死，他的兒子江彪兄弟三人在居喪期間，都把刃杖等武器放好，嚴陣以待，隨時防備桓溫來復仇。接下來的事情就很有戲劇性了——「溫詭稱吊賓，得進，刃彪於廬中，並追二弟殺之，時人稱焉。」史書上的描寫雖然簡略，但一個復仇少年的英武豪俠之氣卻躍然紙上！

可以說，桓溫天生就是一個英雄的胚子。史書上說，「溫豪爽有風概，姿貌甚偉，面有七星」。這「面有七星」的描寫，和劉邦的「隆準而龍顏，美鬚髯，左股有七十二黑子」（《史記．高祖本紀》），差可同調。《世說新語．容止》二十七還有更細緻的描繪：

劉尹道桓公：「鬢如反蝟皮，眉如紫石稜，自是孫仲謀、司馬宣王一流人。」

劉尹即清談名士劉惔（字真長），是桓溫的少年好友，他對桓溫的相貌觀察得十分細緻。《晉書》本傳也說：「（溫）少與沛國劉惔善，惔嘗稱之曰：『溫眼如紫石稜，須作猥毛磔，孫仲謀、晉宣王之流亞也。』」孫仲謀、司馬宣王即孫權、司馬懿。說明桓溫相貌堂堂，威武逼人，讓人想起歷史上那些赫赫有名的英雄人物。

桓溫也是豪爽性格的典型代表，所以常有人把他和王敦相比：

桓宣武平蜀，集參僚置酒於李勢殿，巴蜀縉紳莫不來萃。桓既素有雄情爽氣，加爾日音調英發，敘古今成敗由人，存亡繫才，其狀磊落，一坐讚賞。既散，諸人追味餘言。于時尋陽周馥曰：「恨卿輩不見王大將軍！」（《豪爽》八）

周馥，字湛隱，因為曾作過王敦的掾屬，對王敦比較瞭解，所以當眾人誇讚桓溫的豪爽時，他敢於出口發難。但究其實，也不過顯示自己見多識廣而已。所以南宋劉辰翁評云：「馥心不服桓，故優王以劣桓，然桓實勝王。」（《世說新語會評》，頁三四九）

不過，桓溫和王敦還真是非常相似。一樣的相貌英武，一樣的不甘為臣，又是一樣的娶了皇室公主。難怪後來晉孝武帝司馬曜（三六二—三九六）為自己招女婿時，也把王敦和桓溫相提並論：

孝武屬王珣求女婿，曰：「王敦、桓溫，磊砢之流，既不可復得；且小如意，亦好豫人家事，酷非所須。正如真長、子敬比，最佳。」珣舉謝混。後袁山松欲擬謝婚，王曰：「卿莫近禁臠！」（《排調》六十）

磊砢，指儀態豪放灑脫。司馬曜對王珣說：「像王敦、桓溫這樣的人，都是有奇才異能之輩，已經不可再得；而且這種人稍一得意，便好干預別人的家事，實在不是我所需要的乘龍快婿。如能像劉真長、王子敬那樣的，就最好不過了。」王珣後來向他推薦了謝混（？—四一二），說謝混

「人才不及真長，不減子敬」，司馬曜說：「如此，便已足矣。」後來司馬曜駕崩，另一位名士袁山松想把自己女兒嫁給謝混，王珣就說：「你不要靠近禁臠。」（《續晉陽秋》）說起禁臠，也是有典故的，當初元帝司馬睿剛到江南，公私府庫財政困難，「每得一㹠，以為珍膳，項上一臠尤美，輒以薦帝，群下未嘗敢食，于時呼為『禁臠』」（《晉書．謝混傳》）這已是桓溫死後二十多年的事，可見在當時人的心目中，同為駙馬的桓溫和王敦有著太多相似性，屬於一類人。

那麼，桓溫對自己又有怎樣的期許呢？且看《晉書．桓溫傳》的一段：

> 初，溫自以雄姿風氣是宣帝、劉琨之儔，有以其比王敦者，意甚不平。及是征還，於北方得一巧作老婢，訪之，乃琨伎女也，一見溫，便潸然而泣。溫問其故，答曰：「公甚似劉司空。」溫大悅，出外整理衣冠，又呼婢問。婢云：「面甚似，恨薄；眼甚似，恨小；鬚甚似，恨赤；形甚似，恨短；聲甚似，恨雌。」溫於是褫冠解帶，昏然而睡，不怡者數日。

看來，桓溫雖然稱王敦為「可兒」，但並不認為王敦是自己心目中的大英雄。讓他心儀的是司馬懿、劉琨之類能夠力挽狂瀾的人物。所以劉琨的女伎說他「甚似」劉琨時，桓溫很高興，緊接著說他「面甚似，恨薄；眼甚似，恨小；鬚甚似，恨赤；形甚似，恨短；聲甚似，恨雌」時，桓溫便沮喪不堪，有些招架不住了。這是一個擁有雄心壯志的梟雄才會產生的自高自大和自暴自棄。

除了溫嶠，還有一人也堪稱桓溫的伯樂。此人就是庾亮的弟弟庾翼（字稚恭，三〇五—三四五）。史書上說，庾翼風儀秀偉，少有經綸大略。京兆杜乂、陳郡殷浩並才名冠世，而翼弗之重也，每語人曰：「此輩宜束之高閣，俟天下太平，然後議其任耳。」但是，他見到總角時的桓溫，便刮目相看，後來桓溫選尚明帝女南康長公主，拜駙馬都尉，襲爵萬寧男，除琅邪太守，累遷徐州刺史，成為政壇新銳後，庾翼又對成帝司馬衍（三二一—三四二）說：「桓溫有英雄之才，願陛下勿以常人遇之，常婿畜之，宜委以方邵[1]之任，必有弘濟艱難之勳。」

不過話雖這麼說，永和元年（三四五年）庾翼臨終之前，還是起了私心，上表請求以他的兒子庾爰之接替自己的荊州刺史之位：

> 小庾（翼）臨終，自表以子園客（庾爰之）為代。朝廷慮其不從命，未知所遣，乃共議用桓溫。劉尹曰：「使伊去，必能克定西楚，然恐不可復制。」（《識鑒》十九）

但庾翼的這一行為受到何充等大臣的非議。當時任丞相的會稽王司馬昱最終決定由桓溫充任荊州刺史。從此，桓溫便取代庾翼兵權，成為東晉舉足輕重的實權人物。

賭徒與老兵

桓溫是個非常富有觀賞價值的人。猶如十分出色的演員，「渾身都是戲」。他不像我們一般人，終生生活在外在的清規戒律和內在的自我約制之中，循規蹈矩，患得患失。他天生就是為了讓人大吃一驚的，襁褓中的那聲啼哭是如此，為父報仇、手刃三人的壯舉是如此，面對人生這盤賭局，「一不做二不休」、「願賭服輸」的心態和做派，更是如此。

桓溫是一個天生的賭徒，順風順水時他能做到「不見兔子不撒鷹」，反過來，輸到萬劫不復時他照樣能「面不改色心不跳」。如果沒有這種「賭性」，那個不可一世、屢建奇功的名將桓溫是很難想像的。且看下面這則故事：

> 桓宣武（桓溫）少家貧，戲大輸，債主敦求甚切，思自振之方，莫知所出。陳郡袁耽俊邁多能。宣武欲求救於耽。耽時居艱，恐致疑，試以告焉，應聲便許，略無嫌恪。遂變服懷布帽隨溫去，與債主戲。耽素有藝名，債主就局，曰：「汝故當不辦作袁彥道邪？」遂共戲。十萬一擲，直上百萬數，投馬絕叫，傍若無人，探布帽擲對人曰：「汝竟識袁彥道不？」（《任誕》三十四）

故事說，桓溫年少時家境貧寒，而喜好賭博，一次與人豪賭，輸得很慘，根據劉注引《郭子》，這一次輸掉了「數百斛米」。被逼無奈，只好向好友袁耽（字彥道）求救。這個袁耽，也是豪爽任俠之人，當時雖在服喪之中，一聽朋友有難，二話不說便奔赴賭局，臨走時脫掉喪服，把布帽揣在懷裡。在賭博方面，袁耽名氣很大，可以說是當時的「賭神」。債主一上賭桌，便自作聰明地說：「你當然不可能是袁彥道了！」言下之意，袁彥道目前正在服喪，不可能來賭博。於是一起遊戲。由於「賭神」的加入，賭注很驚人，由十萬一局，一直增加到百萬一局，袁耽一邊投擲賭具，一邊大聲喊叫，旁若無人。大概是賭贏之後，他從懷裡掏出布帽扔向對方，說：「你究竟認識我袁彥道不？」

還有一次，桓溫和袁彥道玩樗蒲[2]的遊戲。「袁彥道齒不合，遂厲色擲去五木」。袁彥道的博齒總是不合，就惱羞成怒，竟把五個子全部扔了出去。當時溫嶠也在旁觀看，見此情景，就說了一句：「見袁生遷怒，知顏子為貴。」（《忿狷》四）顏子即顏回。《論語．雍也》裡說：「哀公問：

『弟子孰為好學？』孔子對曰：『有顏回者好學，不遷怒，不貳過，不幸短命死矣，今也則亡，未聞好學者也。』」溫嶠引用此典，意在諷刺袁彥道的「遷怒」和「忿狷」。

袁耽有兩個妹妹，一個嫁給了殷浩，一個嫁給了謝尚。有一次，袁耽對桓溫說：「恨不得再有一個妹妹許配給你！」（《任誕》三十七）這一對賭友的關係真是讓人絕倒！

大概正是這種少年時的賭徒生涯，練就了桓溫對形勢的觀察力、判斷力和畢其功於一役的絕殺力。這一點，他的少年好友劉惔看得最清楚：

桓公將伐蜀，在事諸賢咸以李勢在蜀既久，承藉累葉，且形據上流，三峽未易可克。唯劉尹云：「伊必能克蜀。觀其蒲博，不必得，則不為。」（《識鑒》二十）

桓溫伐蜀，時在永和二年（三四六），即桓溫擔任荊州刺史的第二年。他看到位於巴蜀的成漢政權內部極不穩定，便率軍七千餘人沿長江逆流而上，一舉平定蜀地，漢王李勢投降，拜征西大將軍，封臨賀郡公。而在此之前，朝野無不憂心。只有深知桓溫其人的劉惔對伐蜀之舉抱樂觀態度。說來好笑，劉惔的理由竟是從賭局上找到的，因為他觀察過桓溫在賭局上的表現——「不必得，則不為」，是說桓溫若無十成的把握，絕不輕易出手。此條劉注引《語林》說：「劉尹見桓公每嬉戲必取勝，謂曰：『卿乃爾好利，何不焦頭？』」說明桓溫在賭博上面雖比「賭神」袁耽略遜一籌，卻也是個絕頂高手。在賭場上培養的綜合素質用在軍事上，遂使桓溫成為當時首屈一指的戰略家和軍事家。他西征巴蜀，三次北伐，戎馬一生，立下了赫赫戰功，不能不說與少年時的賭徒經歷大有關係。

下面我們來說說這個「老兵」的私事。

其實，在門閥政治時代，「老兵」這個出身是讓人瞧不起的。且看下面一個故事：

> 王、劉與桓公共至覆舟山看。酒酣後，劉牽腳加桓公頸，桓公甚不堪，舉手撥去。既還，王長史語劉曰：「伊詎可以形色加人不？」（《方正》五十四）

王、劉即指王濛、劉惔，此二人均出身大族，又是當時一流的清談名士，自然攜門第以自重。本來劉惔抬腳放在桓溫脖子上，已經夠無禮的了，但酒後不拘禮節，也不是什麼大事，桓溫忍耐不住，舉手把劉惔的臭腳撥開也很正常，至少，與他關係很鐵的劉惔沒有任何不滿。倒是在旁的目擊證人王濛覺得看不過去了，回去的路上，竟然十分氣憤地對劉惔說：「他桓溫難道也可以給人臉色看嗎？」

其實，王濛真是「鹹吃蘿蔔淡操心」，以桓溫和劉惔的那種「發小」關係，什麼話不可說？什麼事不能做？吹鬍子瞪眼又算得了什麼？再看《排調》篇第二十四條：

> 桓大司馬乘雪欲獵，先過王、劉諸人許。真長見其裝束單急，問：「老賊欲持此何作？」桓曰：「我若不為此，卿輩亦那得坐談？」

你看，劉惔竟敢直呼桓溫「老賊」，而桓溫權當沒事，找到機會他也會揶揄一下這些「垂長衣，談清言」[3]的公子哥兒，告訴他們：沒我這個「老兵」提著腦袋賣命，你們的小命尚且不保，哪有可能在這裡「坐談」呢？

那麼，「老兵」自己的婚姻生活又怎樣呢？只要看看下面這條「方外司馬」的故事便可知道：

桓宣武作徐州，時謝奕為晉陵。先粗經虛懷，而乃無異常。及桓遷荊州，將西之間，意氣甚篤，奕弗之疑。唯謝虎子婦王悟其旨。每曰：「桓荊州用意殊異，必與晉陵俱西矣。」俄而引奕為司馬。奕既上，猶推布衣交。在溫坐，岸幘嘯詠，無異常日。宣武每曰：「我方外司馬。」遂因酒，轉無朝夕禮。桓舍入內，奕輒復隨去。後至奕醉，溫往主許避之。主曰：「君無狂司馬，我何由得相見？」（《簡傲》八）

謝奕字無奕，陳郡陽夏人。謝衡孫，謝裒子，謝安兄。少有器鑒，辟太尉掾、剡令，累遷豫州刺史。謝虎子，謝據小字，謝奕弟，娶王氏為妻。這個故事大概發生在桓溫任荊州刺史的永和元年（三四五），翻譯成白話文就是：桓溫任徐州刺史時，謝奕任晉陵郡太守，起初兩人在交往中略為留意謙虛退讓，而沒有不同尋常的交情。到桓溫調任荊州刺史，將要西去赴任之際，桓溫對謝奕的情意就特別深厚了，謝奕對此也沒有什麼猜疑。只有謝虎子的妻子王氏領會了桓溫的意圖，常常說：「桓荊州用意很特別，一定要和晉陵一起西行了。」不久桓溫就任用謝奕做司馬。謝奕到荊州以後，還很看重和桓溫的老交情，到桓溫那裡作客，頭巾戴得很隨便，長嘯吟唱，和往常沒有什麼不同。桓溫常說：「這是我的世外司馬。」於是謝奕就更加有恃無恐，因為好喝酒，越發違反上下之禮。桓溫丟下他走進內室，謝奕總是跟進去。後來有一次謝奕喝醉時，桓溫就到公主那裡去躲開他。公主說：「您如果沒有一個狂放不羈的司馬，我怎麼能見到您呢！」根據史書記載，此事後面還有一個很好玩的尾巴：「（謝）奕遂攜酒就聽事，引溫一兵帥共飲，曰：『失一老兵，得一老

兵，亦何所怪？』溫不之責。」（《晉書‧謝奕傳》）

這個故事本是烘托謝奕狂放簡傲的名士風度的，卻也從一個側面洩漏了桓溫和南康長公主的夫妻關係已經瀕臨「警戒線」。大概像王敦、桓溫這樣不可一世的英雄豪傑，實在不甘心在女子跟前唯唯諾諾，但又礙於君臣之禮不得不如此，所以，對待已成妻室的公主，他們只有採取「敬而遠之」的策略，能不見就不見。此時桓溫不過三十多歲，公主想必也正當青春，所以，當桓溫為了躲避酒鬼下屬謝奕的糾纏，不得不躲到公主的內室時，備受冷落的公主倒是因禍得福，喜出望外！

因為夫妻關係不好，桓溫西征巴蜀時便納了李勢的妹妹為妾，沒想到竟引起一場「家庭內戰」，鬧得圖窮匕現：

> 桓宣武平蜀，以李勢妹為妾，甚有寵，常著齋後。主始不知，既聞，與數十婢拔白刃襲之。正值李梳頭，髮委藉地，膚色玉曜，不為動容，徐曰：「國破家亡，無心至此，今日若能見殺，乃是本懷。」主慚而退。（《賢媛》二十一）

劉注引《妒記》裡的描寫更生動：

> 溫平蜀，以李勢女為妾，郡主凶妒，不即知之。後知，乃拔刃往李所，因欲斫之。見李在窗梳頭，姿貌端麗，徐徐結髮，斂手向主，神色閑正，辭甚淒惋。主於是擲刀前抱之曰：「阿子，我見汝亦憐，何況老奴。」遂善之。

這又是個「美貌無罪」的故事。美貌和謙卑真是具有無與倫比的魔力，不僅能使政敵「化干戈為玉帛」，還使情敵也能「放下屠刀，立地成佛」！

因為出身行伍，即便在桓溫位極人臣之後，他的兒女婚事照樣會遭遇「傲慢與偏見」，一個著名的故事十分生動地說明了這一點：

王文度為桓公長史時，桓為兒求王女，王許諮藍田。既還，藍田愛念文度，雖長大，猶抱著膝上。文度因言桓求己女婚。藍田大怒，排文度下膝，曰：「惡見文度已復癡，畏桓溫面，兵，那可嫁女與之！」文度還報云：「下官家中先得婚處。」桓公曰：「吾知矣，此尊府君不肯耳。」後桓女遂嫁文度兒。（《方正》五十八）

王文度即王坦之（三三〇—三七五），太原晉陽（今太原）人，王述（藍田）之子。因曾任北中郎將，故又稱王中郎。王坦之是太原王氏最富盛名的人物，有「江東獨步王文度」之說。後來他和謝安齊名，成為掣肘桓溫的一支重要力量。此事發生在王坦之擔任大司馬桓溫長史時，按說頂頭上司桓溫要和自己攀兒女親家，那是求之不得之事。可王卻說要先稟告父親王藍田，因為和「老兵」聯姻非同兒戲，他一人做不了主。接下來的描寫很好玩：已為人父的王坦之竟被父親王藍田抱坐在膝蓋上，其溺愛程度可見一斑。坦之趁著老爺子高興，便把桓溫的意思如實稟告。沒想到王藍田大怒，把坦之從膝蓋上推下來，說：「怎麼又看見文度發癡了！你是礙於桓溫的面子吧，他不過一個兵，怎麼可以把女兒嫁給他家！」坦之只好向桓溫稟告說：「下官的女兒已經找好婆家了。」桓溫何等聰明，就說：「我知道了，這是令尊大人不同意罷了。」後來，為了調節好這層關係，王坦之的兒子王愷就娶了桓溫的女兒。在門閥時代，婚姻的規則除了通常所謂的門當戶對，還有一個原則很重要，就是——男可以下娶，女不可下嫁。否則，家族的血統和門第會每況愈下。

是梟雄，也是名士

桓溫算不算一個名士？我以為是算的。不僅因為他早年就是王導清談盛宴中的青年才俊，還因為在他身上，有一股不達目的誓不甘休的果敢勇毅以及超越時間和空間的生命激情。有一個著名的典故千載之下，仍讓人唏噓動容：

> 桓公北征，經金城，見前為琅邪時種柳，皆已十圍，慨然曰：「木猶如此，人何以堪！」攀枝執條，泫然流淚。（《言語》五十五）

桓溫共有三次北征，此次當指太和四年（三六九）伐燕之事。咸康七年（三四一）桓溫曾作琅邪內史，治所在金城（今江蘇句容縣北）。當時桓溫曾在金城種有數株柳樹，近三十年過去，樹幹都已有十圍（一圍約合五寸）粗了，而且婆娑枯勁，已顯老態。桓溫見此情景，不由得悲從中來，大為感慨地說：「樹猶如此，人何以堪？」——柳樹的變化尚且如此，人怎麼耐得住歲月的流逝呢！這是一個進入暮年的英雄面對他不能主宰的時光和命運，發出的生命詠歎！它讓人想起孔子在川上說的那句千古名言：「逝者如斯夫！不舍晝夜！」這個典故因為把個人悲歡與時空喟嘆深沉自然地融為一體，故而打動了後世無數讀者的心。南宋劉辰翁說：「寫得沈至，正在後八字耳。若止於桓大口語，安得如此悽愴？」明人王世懋說：「大都是王敦擊唾壺意。」李贄亦云：「極感，極悲。」袁中道則說：「英雄分外多情。」（《世說新語會評》，頁六六）南北朝時的大詩人庾信在《枯樹賦》中化用此典唱道：

……建章三月火，黃河萬里槎（ㄔㄚˊ）；若非金谷滿園樹，即是河陽一縣花。桓大司馬聞而嘆曰：昔年種柳，依依漢南；今看搖落，悽愴江潭。樹猶如此，人何以堪！

南宋詞人辛棄疾亦有《水龍吟》詞云：

可惜流年，憂愁風雨，樹猶如此！倩何人，喚取紅巾翠袖，揾英雄淚！

說實話，僅憑這個典故，在我心裡，也早將桓大司馬當作風流名士了！遺憾的是，此次北征伐燕，本來勢如破竹，最後卻在枋頭（今河南汲縣東北）遭前燕騎兵伏擊，大敗而歸。

事實上，桓溫是否名士，在當時本不是問題。《品藻》三十六：

撫軍（司馬昱）問孫興公（綽）：「劉真長（惔）何如？」曰：「清蔚簡令。」「王仲祖（濛）何如？」曰：「溫潤恬和。」「桓溫何如？」曰：「高爽邁出。」「謝仁祖（尚）何如？」曰：「清易令達。」「阮思曠（裕）何如？」曰：「弘潤通長。」「袁羊（喬）何如？」曰：「洮洮清便。」「殷洪遠（融）何如？」曰：「遠有致思。」「卿自謂何如？」曰：「下官才能所經，悉不如諸賢；至於斟酌時宜，籠罩當世，亦多所不及。然以不才，時復托懷玄勝，遠詠老、莊，蕭條高寄，不與時務經懷，自謂此心無所與讓也。」

這條記載，幾乎可以看作東晉中期的風流名士排行榜，劉注引徐廣《晉紀》說：「凡稱風流者，皆舉王、劉為宗焉。」劉惔、王濛排名靠前是沒有爭議的，但緊接著第三位就是桓溫。說明至少在簡文帝司馬昱眼裡，桓溫是出類拔萃的名士，所以孫綽稱之為「高爽邁出」。再看另一則：

> 桓大司馬下都，問真長曰：「聞會稽王語奇進，爾邪？」劉曰：「極進，然故是第二流中人耳。」桓曰：「第一流復是誰？」劉曰：「正是我輩耳！」（《品藻》三十七）

會稽王即簡文帝司馬昱。通過桓、劉二人的對答可知，劉惔是認可桓溫的「風流水準」的，「我輩」之中包括了桓溫，卻將玄學水準頗高的簡文帝排除在外。這讓我們想起《世說新語》的另一條記載：

> 世論溫太真（嶠）是過江第二流之高者。時名輩共說人物，第一將盡之間，溫常失色。（《品藻》二十五）

溫嶠是桓、劉諸人的前輩，東晉開國名臣，但在「過江諸人」中，卻只能屈居「第二流之高者」，這讓他患得患失，終生遺憾！作為得到過溫嶠恩惠的桓溫，卻在已經掌握清談話語權的好友劉惔口中，獲得了「第一流」的美譽，足見其「高爽邁出」的氣度真有常人所不能及處！

說桓溫是名士，還有一個非常重要的原因，就是桓溫一生都愛士、好士、下士、養士，翻開《世說新語》，你會發現，東晉中後期許多大名鼎鼎的名士，都曾在桓溫的幕府任過職，和他保持著非常親密的關係。我們隨便舉幾個人做例子。

東晉大書法家王珣就是深受桓溫欣賞的幕僚。王珣（三四九—四〇〇），字元琳，幼時小字法護，為王導孫，王洽子，王羲之侄。大司馬桓溫辟其為主簿，從討袁真，封交趾望海縣東亭侯，故又稱王東亭。《世說新語》有一門類叫《寵禮》，即寵倖禮遇之意。其中有一條說：

王珣、郗超並有奇才，為大司馬所眷拔。珣為主簿，超為記室參軍。超為人多髯，珣行狀短小，于時荊州為之語曰：「髯參軍，短主簿，能令公喜，能令公怒。」（《寵禮》三）

此條劉注引《續晉陽秋》說：「超有才能，珣有器望，並為溫所昵。」「能令公喜，能令公怒」，可見桓溫對王、郗二人的愛重程度。

有一次，桓溫還和王珣開了個無傷大雅的玩笑。當時王珣剛到桓溫幕府，已經等候在官署大廳前，桓溫為了試探王珣的文才，便令人偷走了他的白事文本（即呈交上級的書面報告），王發現後，立即在前廳重新改作，結果沒有一個字和原來的白事文本重複！（《文學》九十五）

如果說這次試探是探其「才」，那麼，下面這次試探則是測其「量」。

王東亭為桓宣武主簿，既承藉有美譽，公甚欲其人地為一府之望。初，見謝失儀，而神色自若。坐上賓客即相貶笑，公曰：「不然。觀其情貌，必自不凡，吾當試之。」後因月朝閣下伏，公於內走馬直出突之，左右皆宕仆，而王不動。名價於是大重，咸云：「是公輔器也。」（《雅量》三十九）

兩次試探都由桓溫發起，一次請人偷走白事，一次自己親自騎馬衝撞，自有一種落拓不羈的名士風範。

桓溫手下還有一個文才蓋世的寫手，名叫袁宏。袁宏（三二八？—三七六？），字彥伯，小字虎，陳郡陽夏（今河南太康）人。曾作大司馬桓溫府記室，因文筆典雅，才思敏捷，深受桓溫器重。下面是兩條關於袁宏的故事：

桓宣武命袁彥伯作《北征賦》，既成，公與時賢共看，咸嗟嘆之。時王珣在坐，云：「恨少一句。得『寫』字足韻，當佳。」袁即於坐攬筆益云：「感不絕於余心，泝流風而獨寫。」公謂王曰：「當今不得不以此事推袁。」（《文學》九十二）

桓宣武北征，袁虎時從，被責免官。會須露布文，喚袁倚馬前令作。手不輟筆，俄得七紙，絕可觀。東亭在側，極嘆其才。袁虎云：「當令齒舌間得利。」（《文學》九十六）

看了這兩則故事，我們總算知道了什麼叫「文不加點」，什麼叫「倚馬可待」！

東晉大畫家顧愷之（三四八—四〇九）也做過桓溫的參軍，甚被親昵，桓溫死後，顧愷之如喪考妣：

顧長康拜桓宣武墓，作詩云：「山崩溟海竭，魚鳥將何依！」人問之曰：「卿憑重桓乃爾，哭之狀其可見乎？」顧曰：「鼻如廣莫長風，眼如懸河決溜。」或曰：「聲如震雷破山，淚如傾河注海。」（《言語》九十五）

這條記載雖然看似諧謔，但顧愷之對桓溫的感戴之情還是呼之欲出。

陶淵明的外祖父孟嘉（字萬年）也做過桓溫的參軍，史書上說：「溫甚重之。九月九日，溫燕龍山，僚佐畢集。時佐吏並著戎服，有風至，吹嘉帽墮落，嘉不之覺。溫使左右勿言，欲觀其舉止。嘉良久如廁，溫令取還之，命孫盛作文嘲嘉，著嘉坐處。嘉還見，即答之，其文甚美，四坐嗟嘆。」又說：「（孟）嘉好酣飲，愈多不亂。溫問嘉：『酒有何好？而卿嗜之？』嘉曰：『公未得酒中趣耳。』又問：『聽妓，絲不如竹，竹不如肉，何謂也？』嘉答曰：『漸近使之然。』一坐咨嗟。」（《晉書．孟嘉傳》）[4]

謝安也曾在桓溫幕府任職，幾乎可以說是桓溫最欣賞的人。請看下面一個故事：

謝太傅為桓公司馬。桓詣謝，值謝梳頭，遽取衣幘。桓公云：「何煩此？」因下共語至暝。既去，謂左右曰：「頗曾見如此人不？」（《賞譽》一〇一）

這是謝安剛任桓溫司馬的時候，兩人還不是很熟稔，當謝安要穿衣戴帽以示禮敬時，桓溫作為上級卻說：「何必這麼麻煩？」談過之後，又對身邊的人說：「可曾見過這樣的人嗎？」欣賞企羨之情，溢於言表。還有一次：

桓大司馬病。謝公往省病，從東門入。桓公遙望，嘆曰：「吾門中久不見如此人！」（《賞譽》一〇五）

桓溫當時坐鎮在姑孰，謝安已經不在幕府中，但他對謝安的欣賞仍未稍減，所以遠遠地看見謝安的身影，便感嘆不已。

多情應笑我

桓溫的名士風度還表現在他對政事及下屬的態度上。儘管桓溫的確有殺伐決斷的一面，但他絕不是一個像王敦那樣剛愎自用、殘忍狠毒之人，很多時候，他有著一種俠骨柔情，好似風暴中心，有時往往顯出一派水光瀲灩來。據劉注引《溫別傳》：「溫以永和元年自徐州遷荊州刺史，在州寬和，百姓安之。」《世說新語》中有個故事可以為證：

> 桓公在荊州，全欲以德被江、漢，恥以威刑肅物。令史受杖，正從朱衣上過。桓式年少，從外來，云：「向從閣下過，見令史受杖，上捎雲根，下拂地足。」意識不著。桓公云：「我猶患其重。」（《政事》十九）

桓式，即桓溫第三子桓歆的小字。他看到桓溫懲罰一個犯錯誤的令史，雖用杖刑，卻如蜻蜓點水，根本沒有打到身上，就出言譏諷。沒想到桓溫卻說：「即便如此，我仍擔心打得太重了。」故明人淩濛初評云：「每見桓公有仁厚之處，愈覺阿黑（指王敦）之狠。」（《世說新語會評》，頁一〇五）

再看《黜免》篇中的兩條：

> 桓公入蜀，至三峽中，部伍中有得猿子者。其母緣岸哀號，行百餘里不去，遂跳上船，至便即

絕。破視其腹中，腸皆寸寸斷。公聞之怒，命黜其人。（《黜免》二）

桓公坐有參軍椅蒸薤不時解；共食者又不助，而椅終不放。舉坐皆笑。桓公曰：「同盤尚不相助，況復危難乎？」敕令免官。（《黜免》四）

這兩個黜免故事除了可以用賞罰分明來概括，同時，也讓我們看到一代梟雄身上的俠骨柔情。還有兩個故事，可以看出桓溫對下屬的理解和包容。

劉簡作桓宣武別駕，後為東曹參軍，頗以剛直見疏。嘗聽訊，簡都無言。宣武問：「劉東曹何以不下意？」答曰：「會不能用。」宣武亦無怪色。（《方正》五十）

儘管劉簡最終「頗以剛直見疏」，但如故事中所寫的這種「衝突」，桓溫一般都能聽之任之，而非睚眥必報。再看下一條：

羅君章（含）為桓宣武從事，謝鎮西（尚）作江夏，往檢校之。羅既至，初不問郡事，徑就謝數日，飲酒而還。桓公問有何事？君章云：「不審公謂謝尚是何似人？」桓公曰：「仁祖是勝我許人。」君章云：「豈有勝公人而行非者，故一無所問。」桓公奇其意而不責也。（《規箴》十九）

羅君章也是個很有個性的人，有一次他到別人家裡做客，主人讓他與同來的客人說說話，認識一下，他卻說：「相識已多，不煩復爾。」（《方正》五十六）桓溫讓他去視察一下謝尚的工作，他卻和謝尚喝了幾天酒回來了。桓溫問他有事否，他卻反問：「您以為謝尚是個怎樣的人？」桓老老實實地說：「仁祖是勝過我的人。」羅君章馬上說：「難道有勝過您的人而行為不端的嗎？所以我什麼都沒問。」這話別有深意，看似恭維，其實隱含著微妙的諷刺。桓溫也不以為意。

還有個叫羅友的落拓名士，是個專門喜歡討飯吃的「美食家」（或者饕餮之徒），經常喜歡「蹭」別人家的飯吃而不以為恥。有一次桓溫就對他說：「你也太不像話了，想吃東西找我就是，何至於此？」羅友傲然不屑，答道：「就公乞食，今乃可得，明日已復無。」意思是找你要吃的，是吃了上頓沒下頓。桓溫一聽，哈哈大笑。（《任誕》四十一劉注引《晉陽秋》）

還是這個羅友，在一次桓溫召集的宴會上，大吃一頓後便告辭而去。桓溫問他：「卿向欲咨事，何以便去？」答曰：「友聞白羊肉美，一生未曾得吃，故冒求前耳，無事可咨。今已飽，不復須駐。」了無慚色。（《任誕》四十四）

還有一條更有意思：

有人問謝安石、王坦之優劣於桓公。桓公停欲言，中悔，曰：「卿喜傳人語，不能復語卿。」（《品藻》五十二）

王、謝當時齊名，未分優劣，對此一問題的回答就分外敏感。桓溫本來是個大嘴巴，此時竟也欲言又止，因為作為上級，對兩個優秀的下屬的評判事關重大，不能信口開河，影響人心向背。所以桓溫欲言又止，並且說了一句很家常、很調皮、很可愛的話：「你喜歡做小廣播，我不能告訴你。」真是憨態可掬，令人忍俊不禁。再看《任誕》二十九：

衛君長（永）為溫公長史，溫公甚善之。每率爾提酒脯就衛，箕踞相對彌日；衛往溫許亦爾。

衛君長就是衛永，也是一位放達名士。桓溫和他雖是上下級關係，但經常一起喝酒，「箕踞相對彌日」，就是岔開腿席地而坐，暢飲整天而不倦。你看，做桓溫的下屬雖不如做王導的下屬那麼幸福，至少也是沉著痛快的吧！

桓溫也可算是一個「禮玄雙修」的人，有個故事最能看出這一點：

劉尹與桓宣武共聽講《禮記》。桓云：「時有入心處，便覺咫尺玄門。」劉曰：「此未關至極，自是金華殿之語。」（《言語》六十四）

非常富有意味的是，在聽講儒家經典《禮記》時，桓溫居然說：「不時有入心合意的地方，便覺得玄門不過近在咫尺！」這和西晉名士樂廣的「名教中自有樂地」，何其相似乃爾！這表現出了桓溫與一般清談家不同的氣質，那就是，他覺得在儒家的入世思想中，同樣有超凡脫俗的地方。而他的好友劉惔便不這麼想，他是那種「居官無官官之事，處事無事事之心」（《晉書．劉惔傳》）的逍遙名士，當然覺得《禮記》的思想終究「未關至極」——未能涉及道家的形上哲學，不過是金華殿上的老生常談罷了。

大概桓溫也很想彌補自己在玄學義理上的缺陷，他甚至鄭重其事地召集過清談集會，研討《周易》，可惜因為「程式」太過小兒科，反被人嘲笑：

宣武集諸名勝講《易》，日說一卦。簡文欲聽，聞此便還，曰：「義自當有難易，其以一卦為限

邪？」（《文學》二十九）

《周易》乃六經之首，也是「三玄」（《老》《莊》《易》）之一，但《周易》的義理博大精深，氣脈貫通，而桓溫卻把這次學術研討會的排程成「日說一卦」，自然引起簡文帝司馬昱的輕蔑了。這說明，桓溫雖好清談，但清談的專業程度並不高。他後來走到清談名士的對立面，對西晉名士王衍的清談誤國進行「問責」，並非偶然：

> 桓公入洛，過淮、泗，踐北境，與諸僚屬登平乘樓，眺矚中原，慨然曰：「遂使神州陸沈，百年丘墟，王夷甫諸人，不得不任其責！」袁虎（宏）率爾對曰：「運自有廢興，豈必諸人之過？」桓公凜然作色，顧謂四坐曰：「諸君頗聞劉景升（表）不？有大牛重千斤，啖芻豆十倍於常牛，負重致遠，曾不若一羸牸。魏武入荊州，烹以饗士卒，于時莫不稱快。」意以況袁。四坐既駭，袁亦失色。（《輕詆》十一）

時在太和四年（三六九），桓溫已入暮年，壯志難酬之際，不免興發怨天尤人之嘆。和王敦的只想做皇帝不一樣，桓溫是個胸有復國大志的人，其一生抱負就在於恢復國土，建立不世的功勳。如果說他有不臣之心，也是事實，但桓溫似乎是想通過統一天下積累政治資本，從而可以問心無愧地成就帝業的，換言之，他是想通過「打江山」而「坐江山」，無論如何，這並不比那些不思進取、坐享其成的風流雅士們更值得詬病吧。桓溫看似批評死去的王衍等人，其實也含有對當朝王公名流的不滿。袁宏對清談名士素懷好感、甚至寫過《名士傳》為他們鼓吹，當他不知輕重地為清談名士們辯護時，自然引起桓溫的強烈反彈。余嘉錫先生說：「溫雖頗慕風流，而其人有雄姿大略，志在功名，故能矯王衍等之失。英雄識見，固自不同。」（《世說新語箋疏》）誠哉斯言也！

伴君如伴鼠

桓溫的故事實在太多，如果把《世說新語》中關於他的故事一一道來，不是本書的篇幅所能允許的。下面我們姑且就桓溫與簡文帝的關係，談談桓溫的結局。

東晉國運不過百餘年，但皇帝卻像走馬燈似的更換。三二五年，晉明帝司馬紹（三〇一—三二五）死，其子司馬衍（三二一—三四二）即位，是為晉成帝。三四二年，成帝死，其弟司馬岳（三二二—三四四）即位，是為晉康帝。在位兩年後，於三四四年駕崩，其子司馬聃（三四三—三六一）即位，年僅二歲，是為穆帝。穆帝在位一七年，三六一年病死，終年十九歲。成帝長子司馬丕（三四一—三六五）即位，是為哀帝。三六五年，哀帝死，成帝子司馬奕（三四二—三八六）即位，在位六年，三七一年十一月為桓溫所廢。

只要看看這樣一個名單，就知道東晉皇權是多麼孱弱不堪！到廢海西公的這一年，桓溫已經歷仕成帝、康帝、哀帝、廢帝共四朝，如果他輔佐的是英明的君主，那還可以「鞠躬盡瘁，死而後已」，可這幾個皇帝可以說是「一蟹不如一蟹」，連壽命都短得讓人可憐！這讓雄才大略的桓溫怎麼忍受得了？且看這位梟雄的感嘆：

桓公臥語曰：「作此寂寂，將為文、景所笑！」既而屈起坐曰：「既不能流芳後世，亦不足復遺臭萬載邪？」（《尤悔》十三）

劉注引《續晉陽秋》也說：「桓溫既以雄武專朝，任兼將相，其不臣之心，形於音跡。曾臥對親僚，撫枕而起曰：『為爾寂寂，為文、景所笑！』眾莫敢對。」文、景，即司馬昭、司馬師兄弟，為什麼怕被他們所笑？因為司馬師、司馬昭兩兄弟都幹過別人不敢幹、也幹不了的大事——司馬師廢掉曹芳，立高貴鄉公曹髦為帝；司馬昭做得更絕，他是殺了皇帝曹髦，立曹奐為帝，最終為取代曹魏掃除了障礙。桓溫言下之意，目前的司馬氏遠比當時的曹魏更脆弱，我代晉自立的條件更成熟，再這麼乾耗著，豈不要被九泉之下那如狼似虎的兩兄弟所恥笑？他接下來說的那句話更有震撼力：「既然不能流芳後世，難道也不值得遺臭萬年嗎？」

迂腐的書生可能要以此為口實，對桓溫進行口誅筆伐，但英雄終究是英雄，誰都不能否認，這番話充滿了一個強大生命的無窮熱力和蓬勃激情，足以使其人不朽於人間！史上的英雄豪傑，哪個沒有幾句驚世駭俗的豪言壯語？從陳勝的「王侯將相，寧有種乎？」到項羽的「彼可取而代也」；從劉邦的「大丈夫當如此也！」到曹操的「設使國家無有孤，不知當幾人稱帝，幾人稱王？」……桓溫的這番野心勃勃的話，一下子就使一具肉體凡胎，飛升到了「天人之際」！如果說「流芳後世」流露的是一種深沉的歷史感，那麼「遺臭萬載」則宣洩了一種「願賭服輸」的宿命思想和賭徒心態，千載之後讀之，猶感驚魂動魄！故明人王世貞評云：「至今為書生罵端，然直是大英雄語。」其弟王世懋也說：「曲盡奸雄語態，然自非常人語。」袁中道亦云：「英雄語，自當駭

世。」（《世說新語會評》，頁五一〇）

史書上說，桓溫曾經經過王敦的墓址，望之曰：「可人，可人！」（《晉書．桓溫傳》）我猜想，正是司馬氏的暗弱無能激發了桓溫的不臣之心，使他對前朝叛臣王敦產生惺惺相惜之感。試想，秦始皇如此文韜武略，劉邦、項羽看了尚且想取而代之，面對這麼一班不成器的小皇帝，雄才蓋世的桓溫憑什麼要俯首稱臣？陳勝、吳廣出身壟畝，尚且大聲疾呼：「王侯將相，寧有種乎？」手握重兵、重權的桓溫，為什麼就不能覬覦一下皇帝的寶座？桓溫歷來受到詬病，難道不是我們自覺不自覺地把自己當作司馬氏乃至一切皇帝老兒的臣民的緣故嗎？試問歷朝歷代，哪一個開國皇帝不是靠著不臣之心登上皇位的呢？如果桓溫一不做二不休，真的做了皇帝，歷史又該如何來評價他呢？根據「成王敗寇」的歷史決定論，至少，逆子貳臣的帽子他是可以免戴的。

但歷史不容假設。事實是，桓溫第三次北伐以失敗告終後，便廢司馬奕為海西公，立元帝后鄭阿春之子司馬昱為帝，這就是簡文帝。為什麼偏偏立司馬昱？這也說來話長。

簡文帝，名司馬昱（三二〇—三七二），字道萬，元帝少子，初封琅邪王，後封會稽王。永和元年（三四九），進位撫軍大將軍；二年（三五〇），專總萬機，宰輔朝政。太和元年（三六六），進位丞相。故《世說新語》中「撫軍」、「相王」、「會稽王」、「簡文」等異稱，皆指司馬昱。也就是說，司馬昱在穆帝、哀帝、廢帝三朝，一直居於宰輔之位，與掌握軍權的桓溫形成制衡關係。《世說新語》記錄了許多有關這位清談皇帝的故事，我們先說一件「醜事」：

簡文見田稻不識，問是何草？左右答是稻。簡文還，三日不出，云：「寧有賴其末，而不識其

本?」(《尤悔》十五)

大概因為這個醜聞,謝安對這位簡文帝很有些輕蔑,以為他是「惠帝之流,清談差勝耳」(《晉書·簡文帝紀》)。其實不認識田稻也不算什麼,更何況,司馬昱還是很有良心的,竟為這樣一個紕漏羞愧得「三日不出」!

簡文帝還是個很有玄學修養的人,對老莊之道與自然山水情有獨鍾。史書上說他「清虛寡欲,尤善玄言」(《晉書·簡文帝紀》)。有一次,他進入華林園遊玩,興之所致,便對身邊的人說:「會心處不必在遠,翳然林水,便自有濠、濮間想也,不覺鳥獸禽魚自來親人。」(《言語》六十一)一句「會心處不必在遠」,真把山水之趣和園林之美囊括殆盡了!

就是這樣一位風流儒雅的清談皇帝,卻和桓溫曲意周旋,鬥智鬥勇,支撐著東晉皇室的命脈數十年。宋明帝《文章志》說:庾翼臨死前,曾「表其子代任,朝廷畏憚之,議者欲以授桓溫。時簡文輔政,然之。劉惔曰:『溫去必能定西楚,然恐不能復制。願大王自鎮上流,惔請為從軍司馬。』簡文不許。溫後果如惔所算也。」(《識鑒》十九注引)也就是說,庾翼本要自己的兒子接替自己,而司馬昱卻提拔了桓溫。劉惔為了遏制桓溫,提出由司馬昱自鎮荊州的建議,但缺乏政治鬥爭經驗的司馬昱不聽。後來果然如劉惔所料,桓溫擔任荊州刺史後,如虎添翼,西征北伐,所向披靡。從此,繼琅邪王氏、潁川庾氏之後,譙國桓氏成了與東晉皇室分庭抗禮的門閥大族。

簡文作撫軍時,嘗與桓宣武俱入朝,更相讓在前,宣武不得已而先之,因曰:「伯也執殳,為王前驅。」簡文曰:「所謂『無小無大,從公於邁』。」(《言語》五十六)

由這個故事可以看出，至少在司馬昱做撫軍將軍時，他和桓溫還保持著比較友好的關係。而且，桓溫很快就發現，司馬昱是司馬氏家族的優秀人物：

> 宣武與簡文、太宰共載，密令人在輿前後鳴鼓大叫。鹵簿中驚擾，太宰惶怖，求下輿，顧看簡文，穆然清恬。宣武語人曰：「朝廷間故復有此賢。」（《雅量》二十五）

太宰即武陵王司馬晞。鹵簿，指古代帝王駕出時扈從的儀仗隊。這又是桓溫的一次惡作劇般的試探，結果他發現：司馬昱有一種處變不驚、臨危不亂的過人器量，讓他不得不佩服。

桓溫西征勝利後，勢頭強勁，多次請求北伐而未獲准。這時，皇族內部特別需要一個能夠和桓溫抗衡的人物。左挑右選，他們選擇了殷浩。殷浩（？—三五六），字淵源，陳郡長平人。我們在講王導和庾亮時，已對此人有所瞭解。殷浩是東晉著名的清談家，名氣大得嚇人。先做庾亮記室參軍，後為庾翼司馬。後隱居不仕近十年。當時人都把他和管仲、諸葛亮相比。以至有人竟然說：「淵源不起，當如蒼生何？」——殷浩要是不出來，天下百姓可怎麼辦呢？可以說是眾望所歸的人物。後來在司馬昱的多次邀請下，殷浩終於出山。這使桓溫與司馬昱的關係變得很微妙。《晉書·殷浩傳》：「時桓溫既滅蜀，威勢轉振，朝廷憚之。簡文以浩有盛名，朝野推伏，故引為心膂，以抗於溫，於是與溫頗相疑貳。」

永和五年（三四九年）四月，後趙主石虎死，北方再度混亂，桓溫多次請求北伐未果。永和六年（三五〇年），朝廷以殷浩為中軍將軍，揮師北伐，以此抗衡桓溫。結果殷浩出師不利，大敗而回。桓溫於是上疏，奏請廢殷浩為庶人，從此桓溫遂將大權控於掌中。關於殷浩被廢後的心境，

《世說新語》中也有兩條生動的記載：

殷中軍（浩）被廢，在信安，終日恆書空作字。揚州吏民尋義逐之，竊視，唯作「咄咄怪事」四字而已。（《黜免》三）

殷中軍廢後，恨簡文曰：「上人著百尺樓上，儋梯將去。」（《黜免》五）

殷浩的失敗被黜，使桓溫成為最大的贏家。當初，「桓公少與殷侯齊名，常有競心。桓問殷：『卿何如我？』殷云：『我與我周旋久，寧作我。』」（《品藻》三十五）殷浩的回答不卑不亢，遂成千古名對。但時勢造英雄，殷浩在清談方面可能遠勝桓溫，但在政治及軍事方面，實在相差太遠。桓溫對此有充分的自信：

殷侯既廢，桓公語諸人曰：「少時與淵源共騎竹馬，我棄去，己輒取之，故當出我下。」（《品藻》三十八）

這當然有調侃的成分，下面一條則道出了實情：

桓公語嘉賓（郗超）：「阿源（殷浩）有德有言，向使作令僕，足以儀刑百揆。朝廷用違其才耳。」（《賞譽》一一七）

可以說，殷浩在軍事上的失敗，也是以司馬昱為代表的皇族在政治上的挫敗。從此，在與門閥如桓溫的較量中，簡文帝司馬昱一直處於劣勢。

簡文為相，事動經年，然後得過。桓公甚患其遲，常加勸勉。太宗曰：「一日萬機，那得速！」（《政事》二十）

桓溫時常對簡文處理政事的效率表示不滿，司馬昱則說：「日理萬機，哪能那麼快呢？」但在皇室人物中，司馬昱的形象和號召力仍舊是最佳的：

海西時，諸公每朝，朝堂猶暗；唯會稽王來，軒軒如朝霞舉。（《容止》三十五）

這朝堂上一明一暗的光線變化，也是人心向背的心理變化的投影，從這個角度上說，桓溫廢掉海西公，立司馬昱，雖然懷有「以雪枋頭之恥」的私心，總體來說還是合乎民意的。但司馬昱的皇帝做得並不踏實，史載「溫既仗文武之任，屢建大功，加以廢立，威振內外。帝雖處尊位，拱默守道而已，常懼廢黜」（《晉書·簡文帝紀》）。而且，「怕神就偏有鬼」，緊接著發生的一件事幾乎讓司馬昱精神崩潰：

初，熒惑入太微，尋廢海西，簡文登祚，復入太微，帝惡之。時郗超為中書，在直。引超入曰：「天命脩短，故非所計。政當無復近日事否？」超曰：「大司馬方將外固封疆，內鎮社稷，必無若此之慮。臣為陛下以百口保之。」帝因誦庾仲初詩（庾闡《從征詩》）曰：「志士痛朝危，忠臣哀主辱。」聲甚淒厲。郗受假還東，帝曰：「致意尊公，家國之事，遂至於此。由是身不能以道匡衛，思患預防。愧嘆之深，言何能喻？」因泣下流襟。（《言語》五十九）

熒惑，即火星。太微，星座名，位於北斗之南，共有十星，是五帝星座，代表天子。古代星相學認為，火星侵入太微，對天子來說是不祥之兆。三七一年前後，火星兩入太微，一次海西公被廢，這第二次，當然讓剛剛做上皇帝的司馬昱忐忑不安，他對郗超說：「應該不會再發生不久前的事吧？」由此可知，司馬昱雖在龍椅上坐著，卻是噤若寒蟬。而郗超正是桓溫廢海西公的心腹主謀，為安定君心，當即拍著胸脯擔保桓溫絕不會再興廢立之事。接下來，司馬昱吟誦庾闡的詩、以及托郗超給他父親郗愔帶話，也是大有深意的，那就是向這位與桓溫不和的朝廷老臣表達內心的無奈、恐懼和痛楚。這時的司馬昱，內外交困，精神高度緊張而幾近崩潰，真是老鼠鑽進風箱裡——兩頭受氣了！《續晉陽秋》說：「帝外厭強臣，憂憤不得志，在位二年而崩。」其實，司馬昱當皇帝的時間滿打滿算，也不過八個多月！

然而，桓溫雖然玩皇帝於股掌之間，但皇帝畢竟是皇帝，他想做點什麼事也不能不按「程式」來，這就叫「投鼠忌器」。

> 桓宣武對簡文帝，不甚得語。廢海西後，宜自申敘，乃豫撰數百語，陳廢立之意。既見簡文，簡文便泣下數十行。宣武矜愧，不得一言。（《尤悔》十二）

「不甚得語」，其實是口頭上不能理直氣壯，於是只好把廢海西公的必要性寫成書面報告呈報，但是簡文帝一見面，就哭得稀里嘩啦，這無聲的淚水頓時把桓溫的心理防線沖到崩潰了！

> 桓宣武既廢太宰父子，仍上表曰：「應割近情，以存遠計。若除太宰父子，可無後憂。」簡文

手答表曰：「所不忍言，況過於言？」宣武又重表，辭轉苦切。簡文更答曰：「若晉室靈長，明公便宜奉行此詔；如大運去矣，請避賢路！」桓公讀詔，手戰流汗，於此乃止。太宰父子，遠徙新安。（《黜免》七）

司馬昱登基後，武陵王司馬晞發動叛亂，被桓溫鎮壓。按理殺掉司馬晞父子順理成章，可礙於司馬昱的「龍顏」，桓溫也只能作罷。你看司馬昱的話，和當初元帝司馬睿對王敦說的話，何其相似乃爾！幸好桓溫不是殺人不眨眼、不按牌理出牌的王敦，否則，歷史可能就在此處改寫了！

簡文在暗室中坐，召宣武，宣武至，問：「上何在？」簡文曰：「某在斯。」世人以為能。（《言語》六十）

這是登上寶座的司馬昱和桓溫相處的一個動人場景。「某在斯」是《論語》中孔子為盲人樂師冕「導盲」時所說的話，猶如「某人在這裡」，「某人在那裡」。簡文帝用這句話很有意味，意思是：「我在這裡。」那潛臺詞似乎是，無論你眼裡是否有我，我得告訴你我的存在。從修辭效果上看，也是非常絕妙的，所以人們以為司馬昱「能」——不僅能言，而且能幹。

其實，簡文帝根本談不上「能幹」，他只是「能忍」，「能拖」，也「能裝糊塗」。西元三七二年七月，司馬昱病危，他頂著極大的壓力，宣布立兒子司馬昌明為太子，並在一天一夜之內，連發四道詔書，請求以大司馬鎮姑孰（今安徽省當塗縣）的桓溫入京輔政。史書上說：「……帝崩，遺詔家國事一稟之於公，如諸葛武侯、王丞相故事。溫初望簡文臨終禪位於己，不爾便為周

公居攝。事既不副所望，故甚憤怨，與弟沖書曰：『遺詔使吾依武侯、王公故事耳。』」（《晉書·桓溫傳》）

而據《晉書·王坦之傳》：「簡文帝臨崩，詔大司馬溫依周公居攝故事。坦之自持詔入，於帝前毀之。帝曰：『天下，儻來之運，卿何所嫌！』坦之曰：『天下，宣、元之天下，陛下何得專之！』帝乃使坦之改詔焉。」可知簡文帝臨終前曾有意讓桓溫攝政，後經王坦之力諫面諍，才將遺詔改為後來的樣子。

一般人都以為，簡文帝名為皇帝，實為傀儡，一切都要聽命於桓溫。從實際的情形看，儘管桓溫立簡文是為了搞「和平演變」，讓簡文禪位於己，但簡文帝卻最終成了掣肘桓溫的最大力量，當初郭璞給簡文帝算卦，說：「興晉祚者，必此人也。」（《晉書·簡文帝紀》）不是沒有道理。可以說，正是司馬昱給了桓溫一種「疑似禪位」的假像，才穩住了桓溫，使他沒有鋌而走險，這樣一來，東晉的國運又延續了數十年。所以，桓溫的廢立之舉，反倒幫了司馬氏皇族一個大忙，使這個奄奄一息的政權又得以苟延殘喘。

西元三七二年七月，年僅十一歲的孝武帝司馬曜（三六一—三九六）登基，小皇帝雖對桓溫崇禮有加，但桓溫心有未甘，在入京祭拜山陵歸鎮姑孰後，遂一病不起。雖多次催促朝廷加己九錫之禮——這是禪位的前奏，但謝安、王坦之聞其病篤，暗中拖延其事，使得錫文未及成而桓溫已歿。

我們不能說桓溫是個只有野心而沒有歷史感的人。其實，他和當年的曹操一樣，內心裡尚且對天地鬼神及社稷之禮，懷有足夠的敬畏。但他的運氣沒有曹操那麼好，他的兒子桓玄（三六九—四〇四）雖然也像曹丕一樣篡了帝位，建立了桓楚帝國，但不到兩年，便以貳臣的名義被誅滅。從此，在中國古代的奸雄人物譜系中，便多了這對姓桓的父子。

俗話說：畫虎不成反類犬。看來到底是「流芳」？還是「遺臭」？還真是一個令人頭疼的問題。

註釋

1 方邵：也作方召。西周時助宣王中興之賢臣方叔與召虎的並稱。後借指國之重臣。

2 樗蒲（ㄔㄨ ㄆㄨˊ）：古代博戲。博戲中用於擲採的投子最初是用樗木製成，故稱樗蒲。又由於這種木制擲具係五枚一組，所以又叫五木之戲，或簡稱五木。類似於後代的擲色子。

3 此條劉注引《語林》說：「宣武征還，劉尹數十里迎之，桓都不語，直云：『垂長衣，談清言，竟是誰功？』劉答曰：『晉德靈長，功豈在爾？』」

4 按：據劉注引《孟嘉別傳》及陶潛《晉故征西大將軍長史孟府君傳》，「漸近使之然」，當作「漸近自然」。

謝安（上）——從隱士到賢相

謝安應該能使我們繃緊的神經放鬆一些。因為這個人心理素質太好，如果他活在今天，應該對日新月異的這個世界有所教益吧。宋代文學家蘇洵在《心術》一文中說：「為將之道，當先治心。泰山崩於前而色不變，麋鹿興於左而目不瞬，然後可以制利害，可以待敵。」謝安應該就是善治心的人，所以他最終成為能夠運籌帷幄之中、決勝千里之外的一代名相，而且還要冠以「風流」二字。

「新出門戶」

謝安（三二〇—三八五），字安石，號東山，陳郡陽夏（今河南省太康）人。在《世說新語》中，謝安有幾個異稱：謝太傅、謝安石、謝相、謝公。

陳郡謝氏也是永嘉年間避亂過江的北方喬姓士族，但在東晉初年尚不顯赫。當時謝氏家族最有盛名的就是謝鯤（二八〇—三二二）。謝鯤在西晉即知名，與王澄、胡毋輔之等人追慕竹林名士，縱酒任誕，號為「八達」。謝安對這位族叔也很欣賞，曾說：「豫章（謝鯤）若遇七賢，必自把臂入林。」（《賞譽》九十七）過江以後，先為王敦長史，後任豫章太守，與庾亮齊名。謝鯤與謝安的父親謝裒（二八二—三四六）為堂兄弟，他們屬於陳郡謝氏過江以後的第一代。

謝鯤的兒子謝尚也是江左風流名士。謝尚（三〇八—三五六），字仁祖，為謝安從兄。仕至鎮西將軍、豫州刺史，又稱謝鎮西。謝尚幼時聰慧異常，有個故事說：

謝仁祖年八歲，謝豫章將送客。爾時語已神悟，自參上流。諸人咸共嘆之，曰：「年少，一坐之顏回。」仁祖曰：「坐無尼父，焉別顏回？」（《言語》四十六）

可見謝尚是個夙慧早熟的人。不僅如此，謝尚還頗有才藝，善音樂，工舞蹈，他的舞蹈曾博得丞相王導的欣賞讚嘆：

王長史、謝仁祖同為王公掾。長史云：「謝掾能作異舞。」謝便起舞，神意甚暇。王公熟視，謂客曰：「使人思安豐（王戎）。」（《任誕》三十二）

謝尚跳的是什麼「異舞」呢？據劉注引《語林》：「謝鎮西酒後，於盤案間，為洛市肆上鴝鵒舞，甚佳。」鴝鵒，俗稱八哥兒。大概就是「鴝鵒舞」吧。謝尚繼承了其父謝鯤的放達之風，率性而為，即使居喪期間也照樣飲酒：

王（濛）、劉（惔）共在杭南，酣宴於桓子野（桓伊）家。謝鎮西往尚書（謝裒）墓還，葬後三日反哭。諸人欲要之，初遣一信，猶未許，然已停車；重要，便回駕。諸人門外迎之，把臂便下。裁得脫幘著帽。酣宴半坐，乃覺未脫衰（ㄘㄨㄟ）。（《任誕》三十三）

這是西元三四六年的事。當時謝尚的堂叔、謝安的父親謝裒新葬，而王濛、劉惔都到桓伊家喝酒，想起謝尚來，便邀他來暢飲。謝尚還在喪服之中，照禮不便飲酒，但經不起朋友的三邀四請，便掉轉車頭來赴宴了。喝酒前匆忙脫掉喪帽，喝到半途，才發現喪服還穿在身上！

謝尚還喜歡清談，有一次他去拜訪清談大師殷浩，卻被殷浩「動心駭聽」的談辯弄得「流汗交面」（《文學》二十八）。但是，謝尚彈琵琶的水準卻是當世一流，連桓溫都說：「仁祖企腳北窗下彈琵琶，故自有天際真人想。」（《容止》三十二）王敦的女伎宋褘跟了謝尚後，覺得王敦和風流才子謝尚比，簡直是「田舍」和「貴人」的差距了——「鎮西妖冶故也」（《品藻》二十一）！

說來也算家族門風，自謝鯤以來，似乎陳郡謝氏的子弟都頗有些粗憨無禮的秉性。比如，我們前面講過的桓溫的「狂司馬」、謝安的兄長謝奕，就幾乎是個「愣頭青」，連性格狷急的王藍田也讓他三分。有例為證：

謝無奕性粗強，以事不相得，自往數王藍田，肆言極罵。王正色面壁不敢動。半日謝去，良久，轉頭問左右小吏曰：「去未？」答云：「已去。」然後復坐。時人嘆其性急而能有所容。（《忿狷》五）

你看，王藍田碰到連桓溫都拿他沒轍的謝奕，惹不起，只好躲！

為什麼說陳郡謝氏是「新出門戶」呢？《簡傲》篇記載了一條有趣的故事：

> 謝萬在兄前，欲起索便器。于時阮思曠在坐，曰：「新出門戶，篤而無禮。」（《簡傲》九）

謝萬（三二一—三六一），字萬石，謝安的弟弟，又稱中郎。阮思曠即阮裕，阮籍族弟，曾被征為金紫光祿大夫，故又稱阮光祿。阮裕以德行著稱，《德行》篇有個「阮裕焚車」的故事：

> 阮光祿在剡，曾有好車，借者無不皆給。有人葬母，意欲借而不敢言。阮後聞之，嘆曰：「吾有車，而使人不敢借，何以車為？」遂焚之。（《德行》三十二）

其實，阮裕焚車的行為很有點做秀的味道，似乎被人誤解為不夠慷慨也算是一種恥辱，但那時的人就「吃」這一套，加上阮氏又是北方大族，阮裕的名氣就叫得很響。當他看到謝萬在他兄長（估計可能是謝安）跟前，旁若無人地起身索要小便用的尿壺，就忍不住罵開了：「新出的門戶，實在無禮！」

其實，謝萬顢頇無禮的事情絕不止這一件！

> 謝萬北征，常以嘯詠自高，未嘗撫慰眾士。謝公甚器愛萬，而審其必敗，乃俱行，從容謂萬曰：「汝為元帥，宜數喚諸將宴會，以悅眾心。」萬從之。因召集諸將，都無所說，直以如意指四坐云：「諸君皆是勁卒！」諸將甚憤恨之。謝公欲深著恩信，自隊主將帥以下，無不身造，厚

相遜謝。及萬事敗，軍中因欲除之。復云：「當為隱士。」故幸而得免。（《簡傲》十四）

時在升平二年，即西元三五九年，時任西中郎將，監司、豫、冀、並四州諸軍事，兼任豫州刺史的謝萬受命北征前燕。謝安非常喜歡這個弟弟，又知道以謝萬驕縱自大的性格，此戰必定失敗，就和他一起行軍，並且趁方便的時候對他說：「你是元帥，應該經常召集諸將宴會，從而使大家心悅誠服。」謝萬答應了。於是召集諸位將領，什麼話都沒說，只是用如意指著四座說：「諸位都是精銳的兵士啊！」眾將非常惱恨他。謝安只好暗中拉攏將士，軍中大小將帥，無不親自登門看望，誠懇地表示歉意。等到謝萬果然兵敗之後，軍中人士就想殺掉他，但想起謝安的謙恭下士，便說：「應當為隱士的面子饒了他。」謝萬這才倖免一死。《方正》篇：

桓公問桓子野：「謝安石料萬石必敗，何以不諫？」子野答曰：「故當出於難犯耳。」桓作色曰：「萬石撓弱凡才，有何嚴顏難犯！」（《方正》五十五）

桓溫對謝安、謝萬兄弟的看法是非常精準的，他早就看出謝安乃將相之才，而謝萬不過是撓弱平庸之輩罷了。所以，當桓溫的時代過去，繼之而起的便是「風流宰相」謝安的時代，這個「後出門戶」中的隱士一出山，便讓歷史的面貌為之一新，也讓陳郡謝氏從此在東晉的政治舞臺上呼風喚雨，顯赫一時。

後生可畏

早在謝安四歲的時候，桓溫的父親桓彝第一次見到他，便讚嘆說：「此兒風神秀徹，後當不減王東海。」王東海就是王藍田的父親王承（字安期），太原晉陽人，曾任東海郡守，為政寬厚，頗有美名，袁宏《名士傳》以王承為「中朝名士」。桓彝善於識鑒人物，他對謝安的評價後來果然得到印證。

除了桓彝，當時著名的清談家王濛對年輕時的謝安也很欣賞：

謝太傅未冠，始出西，詣王長史（王濛），清言良久。去後，苟子（王修）問曰：「向客何如尊？」長史曰：「向客亹亹，為來逼人。」（《賞譽》七十六）

苟子，是王濛的兒子王修的小名。他在父親和謝安清談之後，問了個很刁鑽的問題：「剛才來的客人和您相比怎麼樣？」從這話裡可以看出，不到二十歲的謝安和清談大家王濛在清談過程中談鋒剛健，當仁不讓。王濛回答說：「剛才這位客人娓娓而談，滔滔不絕，氣勢逼人啊！」不用說，王濛從年輕的謝安身上感到了「後生可畏」！加上王導也很器重謝安，所以謝安年少時即享有重名。

謝安七、八歲時，就顯露出了宅心仁厚、體察人情的一面，有個故事說：

謝奕作剡令，有一老翁犯法，謝以醇酒罰之，乃至過醉，而尤未已。太傅時年七八歲，著青布絝，在兄膝邊坐，諫曰：「阿兄，老翁可念，何可作此！」奕於是改容曰：「阿奴欲放去邪？」遂遣之。（《德行》三十三）

謝氏兄弟的不同性格在這則故事中顯露無遺。謝奕是個粗人，懲罰犯法的老翁，竟是逼人喝酒！小謝安的一句「老翁可念」真是非有大慈悲者莫能道，讀之讓人感佩不已。謝奕在這位小兄弟跟前，似乎也「良心發現」，於是便把那老翁放了。

可以說，謝安的出現，使陳郡謝氏血脈中那種放達不羈的性格基因得到很好的矯正，後來謝安能夠出將入相，指點江山，與他小時候的這份穎悟和慈悲是分不開的。

謝安後來的執政方針也是以寬簡綏靖為上，這和王導是一脈相承的，《政事》篇有個故事說：

> 謝公時，兵廝逋亡，多近竄南塘，下諸舫中。或欲求一時搜索，謝公不許，云：「若不容置此輩，何以為京都？」（《政事》二十三）

這條記載牽涉到對散布在京城的「盲流」的處理問題。劉注引《續晉陽秋》說：「自中原喪亂，民離本域，江左造創，豪族並兼，或客寓流離，名籍不立。太元中，外禦強氏，蒐（搜）簡民實，三吳頗加澄檢，正其里伍。其中時有山湖遁逸，往來都邑者。後將軍安方接客，時人有於坐言：宜糾舍藏之失者。安每以厚德化物，去其煩細。又以強寇入境，不宜加動人情。乃答之云：『卿所憂，在於客耳！然不爾，何以為京都？』言者有慚色。」我在拙著《世說新語會評》中，曾於此條後加一按語云：「謝安此言，可為今之藥石。收容制度，合當取締也。」如今的城市管理者，難道不應該從謝安這裡得到有益的啟示嗎？

東山高臥

謝安的前半生，過著閑雲野鶴般的隱居生活，「天子不得臣，諸侯不得友」，好不自在逍遙。謝安的隱居，並非尋求所謂「終南捷徑」，他是追求道家的清虛無為，山水的自然之趣，《續晉陽秋》說：「初，安家於會稽上虞縣，優遊山林，六七年間，徵召不至，雖彈奏相屬，繼以禁錮，而晏然不屑也。」《晉書．謝安傳》也有一段令人神往的描述：

初辟司徒府，除佐著作郎，並以疾辭。寓居會稽，與王羲之及高陽許詢、桑門支遁遊處，出則漁弋山水，入則言詠屬文，無處世意。揚州刺史庾冰以安有重名，必欲致之，累下郡縣敦逼，不得已赴召，月餘告歸。復除尚書郎、琅邪王友，並不起。吏部尚書范汪舉安為吏部郎，安以書距絕之。有司奏安被召，歷年不至，禁錮終身，遂棲遲東土。嘗往臨安山中，坐石室，臨浚谷，悠然嘆曰：「此去伯夷何遠！」

然而，謝安的隱居，於家於國都是莫大的損失，以致於當時流行著這麼一句話：「安石不出，將如蒼生何？」這話也曾用在殷浩身上，但殷浩出山後，人生急轉直下，爬得高摔得狠；謝安出山後，卻是扶搖直上，平步青雲，迎來了人生中的大輝煌。事實上，當時名流早已在策劃推舉謝安的大事：

王右軍語劉尹：「故當共推安石。」劉尹曰：「若安石東山志立，當與天下共推之。」（《賞譽》七十七）

王羲之對劉惔說：「我們應當一起推舉謝安。」劉惔回答說：「假若安石隱居東山的決心已定，應當與全國人一起推舉他。」可以說，謝安在桓溫當權的東晉中期，雖然無意仕進，卻是朝野人士心目中一個眾望所歸的人物。謝安對此也不是不知道：

初，謝安在東山居，布衣，時兄弟已有富貴者，集翕家門，傾動人物。劉夫人戲謂安曰：「大丈夫不當如此乎？」謝乃捉鼻曰：「但恐不免耳！」（《排調》二十七）

謝安的妻子劉夫人是晉陵太守、沛國劉耽之女，劉惔的妹妹。她看到謝氏其他兄弟如謝奕、謝萬等人，已經顯貴，家裡動輒門庭若市，未嘗沒有豔羡之意，於是便戲問丈夫：「大丈夫不應當如此嗎？」謝安大概患有鼻炎，就撫弄著鼻子，鼻音很重地說：「只怕將來免不了也要如此。」

史書上說：「安先居會稽，與支道林、王羲之、許詢共遊處。出則漁弋山水，入則談說屬文，未嘗有處世意也。」（劉注引《中興書》）這期間，發生了一件事，更顯示出謝安「足以鎮安朝野」的雅量來：

謝太傅盤桓東山時，與孫興公（孫綽）諸人泛海戲。風起浪湧，孫、王（羲之）諸人色並遽，便唱使還。太傅神情方王，吟嘯不言。舟人以公貌閑意說，猶去不止。既風轉急，浪猛，諸人皆喧動不坐。公徐云：「如此，將無歸！」眾人即承響而回。於是審其量，足以鎮安朝野。（《雅量》

二十八）

按說王羲之夠有雅量的吧？可在這次乘船遊海中，「風起浪湧」之時，他便和孫綽之流一般驚恐變色了，叫著要回去。相比之下，謝安反倒「神情方王（旺），吟嘯不言」。船夫見謝安「貌閑意說（悅）」，繼續向深海前進。後來風更急、浪更猛了，大家都驚恐喧叫、手舞足蹈，坐都坐不住了，這時，謝安才說了一句：「既然這樣，是不是就回去？」言下之意，要不是你們受不了，本來還可以再玩一會兒的。這是怎樣淵雅的風度和超拔的人格！故宗白華先生評此條說：「美之極，即雄強之極。……淝水的大捷植根於謝安這美的人格和風度中。謝靈運泛海詩『溟張無端倪，虛舟有超越』，可以借來體會謝公此時的境界和胸襟。」（《論〈世說新語〉與晉人的美》）

「遠志」與「小草」

謝安的隱居和出仕本是個人選擇，但漸漸地與家族和國家命運聯繫在一起。家族方面，是西元三五九年，謝萬北征的失敗被廢，陳郡謝氏也因此失去了苦心經營十四年的地盤——豫州。史書上說，「及萬黜廢，安始有仕進志，時年已四十餘矣」（《晉書．謝安傳》）。國家方面，是幼主孱弱，桓溫豪強，簡文帝司馬昱當時擔任丞相，十分希望朝廷中能有一個深孚眾望的人物以牽制桓溫。他看中了謝安，並且認為高臥東山的謝安一定會「東山再起」：

謝公在東山畜妓，簡文曰：「安石必出，既與人同樂，亦不得不與人同憂。」（《識鑒》二十一）

畜妓作樂是謝安的業餘愛好。宋明帝《文章志》說：「安縱心事外，疏略常節，每畜女妓，攜持游肆也。」正是根據這個愛好，簡文帝料定謝安一定會出山的，因為他尚未完全擺脫世俗的享樂，「既與人同樂，亦不得不與人同憂」。無獨有偶。當初輿論對於殷浩隱居一事，也有相同的情景和話語：

王仲祖、謝仁祖、劉真長俱至丹陽墓所省殷揚州，絕有確然之志。既反，王、謝相謂曰：「淵源不起，當如蒼生何？」深為憂嘆。劉曰：「卿諸人真憂淵源不起邪？」（《識鑒》十八）

南宋劉辰翁評此條云：「此語別見發微者也，與真長說殷浩同。」李贄也評說：「安石真率外見，故簡文見其真；淵源矯情為高，故真長識其假。」（《世說新語會評》，頁二三八）

後來謝安果然不負眾望，為家國命運毅然出山，卻又因為出山而遭人奚落：

謝公在東山，朝命屢降而不動。後出為桓宣武司馬，將發新亭，朝士咸出瞻送。高靈時為中丞，亦往相祖。先時，多少飲酒，因倚如醉，戲曰：「卿屢違朝旨，高臥東山，諸人每相與言：『安石不肯出，將如蒼生何！』今亦蒼生將如卿何？」謝笑而不答。（《排調》二十六）

高靈的意思是：以前大家都說：「安石不肯出，將把天下蒼生怎麼辦呢？」現在的情況是，天下的蒼生該把你這個出爾反爾的人怎麼辦哪！這當然是酒後調侃之言，並無惡意，謝安也就來個「笑而不答」。還有一個「遠志小草」的典故說：

謝公始有東山之志，後嚴命屢臻，勢不獲已，始就桓公司馬。于時人有餉桓公藥草，中有「遠志」。公取以問謝：「此藥又名『小草』，何一物而有二稱？」謝未即答。時郝隆在坐，應聲答曰：「此甚易解：處則為遠志，出則為小草。」謝甚有愧色。桓公目謝而笑曰：「郝參軍此過乃不惡，亦極有會。」（《排調》三十二）

大概相信「最危險的地方最安全」吧，謝安出山的第一任就是桓溫的司馬。迫於桓溫的威權，謝安其他人的面子可以不給，卻不能不給桓溫面子。桓溫對謝安十分欣賞，但當桓溫問謝安「遠志」這種藥草「何一物而有二稱？」的時候，未必就是真心求教，而是話裡有話的。根據《本草》，遠志，一名棘宛，其葉名「小草」，其根名「遠志」。桓溫的南蠻參軍郝隆是個很聰明、也很有幽默感的人，他曾在七月七日這天「出日中仰臥」，人問其故，答曰：「我曬書。」（《排調》三十一）這時，他不假思索地說：「處（隱居）則為遠志，出（出仕）則為小草。」正如余嘉錫先生所言：「郝隆之答，謂出與處異名，亦是分根與葉言之。根埋土中為處，葉生地上為出。既協物情，又因以譏謝公，語意雙關，故為妙對也。」謝安被人說中隱衷，不免羞愧難當，桓溫卻開始對郝隆大加表揚。明人袁中道評云：「謝公為一出，受許多苦。」（《世說新語會評》，頁四五四）正此意也。

不過，從後來陳郡謝氏的家族發展，以及東晉國勢弱而復強的情況來看，謝安受的這些風言風語的苦，還是值得的。

芝蘭玉樹

謝安其人，值得說道的東西太多。他不僅是清談家、政治家、書法家、音樂家，還是一個不折不扣的教育家。在中國古代教育史上，謝安是值得大書特書的人物，他對家族子女的教育理念和方式方法，至今仍具有現實意義和操作價值。《世說新語．德行》三十六：

謝公夫人教兒，問太傅：「那得初不見君教兒？」答曰：「我常自教兒。」

有一次，謝安的夫人劉氏大概感覺自己為教育孩子付出的太多了——這在今天也是家庭常態——就多少有些抱怨地問謝安：「怎麼從不見你教育孩子啊？」謝安的回答很巧妙：「我經常在教育孩子的。」常自，猶言常常，可連讀。亦可拆開來解，「我常自教兒」，猶言：「我經常以自身教育孩子」。由此可見，和劉夫人的「言傳」不同，謝安注重的是「身教」，他是用自己的言語行動來潛移默化地薰陶孩子、感染孩子的，「潤物細無聲」，所以不易被人察覺。《德行》篇三十四：

謝太傅絕重褚公，常稱「褚季野（褚裒）雖不言，而四時之氣亦備」。

謝安對褚季野的讚賞，也可以用來說明謝安本人的教育理念，也就是所謂「不言之教」。有時候，這種「不言之教」，反而能收到「言教」達不到的效果。而這種理念的形成，大概跟謝安是一個很有玄學修養的人有關。老子《道德經》有云：「聖人處無為之事，行不言之教，……」可知這種教育理念應是老莊思想影響下的產物。清談家雖然必須要用語言來闡發義理，但並不認為語言能夠窮盡義理，所以，像樂廣那樣「辭約而旨達」、「言約旨遠」的清談家，便很受推重。在謝安看來，「雖不言，而四時之氣亦備」，乃是一種很高妙的境界。就教育子女而言，「沉默是金」的言傳身教，遠比喋喋不休的嘮叨更讓人喜聞樂見，效果也堪稱事半功倍。

謝安對侄子謝玄的教育就是很好的例證。謝安經常和謝家子侄輩一同談論，舉凡儒道玄佛、詩賦文義、名流高下等，無所不包。如果說謝安是個傑出的家庭教師，那麼他的教育方式多採用「問答式」和「啟發式」，類似於孔子的「不憤不啟，不悱不發」。而謝玄常常是這類教育模式的最佳受益者。

謝玄（三四三—三八八），字幼度，小名謝遏，謝奕第三子，謝安侄，東晉名將，死後贈車騎將軍，又稱謝車騎。謝玄年少才高，富有應對之智，《世說新語》中關於他和謝安的對答往往十分精彩。例如：

> 晉武帝每餉山濤恒少，謝太傅（謝安）以問子弟，車騎（謝玄）答曰：「當由欲者不多，而使與者忘少。」（《言語》七十八）

晉武帝司馬炎每次賞賜給山濤的東西總是很少，這是前朝舊事，謝安也拿來問他的子弟，大有「事事留心皆學問」的家庭教育氛圍。謝玄應聲回答：「大概是因為山濤的要求不多，從而使得給予的人忘記了給的太少。」這一回答，既讚美了山濤的清廉，同時也揭示了人際關係的微妙之處和人性本身的複雜豐富，是非常雋永深刻的。

《世說新語．言語》篇有個典故，叫做「芝蘭玉樹」，用於對謝安家族文化教育成果的概括，真是恰如其分。這個典故也是謝玄「發明」的：

> 謝太傅問諸子侄：「子弟亦何預人事，而正欲使其佳？」諸人莫有言者，車騎（謝玄）答曰：「譬如芝蘭玉樹，欲使其生於階庭耳。」（《言語》九十二）

有一次，謝安問謝家子侄：「孩子們和自己又有什麼相干呢，為什麼做父母的卻總想讓他們出人頭地？」此問因與每人都有切身關係，故頗不易答，大家都不說話，只有謝玄回答說：「這就好比傳說中的芝蘭玉樹，人人都希望它們能生長在自己家的庭前階下，如此而已。」這回答實在是很妙，妙就妙在謝玄能夠在一剎那間將此問題的世俗性和功利性全部取消，而代之以審美性和形而上的比喻和玄想，到頭來，回答本身已不重要，反倒是它帶給人的精神品味和審美享受讓人產生「得意忘言」之感，為之流連不已。少年謝玄的才華於此可見一斑。還有一例：

> 謝公因子弟集聚，問：「《毛詩》何句最佳？」遏（謝玄）稱曰：「『昔我往矣，楊柳依依；今我來思，雨雪霏霏。』」公曰：「『訏謨定命，遠猶辰告。』」謂此句偏有雅人深致。（《文學》五十二）

應該說，謝玄以《詩經．小雅．采薇》中「昔我往矣，楊柳依依；今我來思，雨雪霏霏」的名句作答，從文學的表達效果來講是非常精準的。王夫之《薑齋詩話》評此句云：「以樂景寫哀，以哀景寫樂，一倍增其哀樂。」清人劉熙載《藝概》也說此句「雅人深致，正在借景言情」。但是，所謂「最佳」，既可以從文學角度言，也可以從社會角度言。當謝安看到謝玄對《毛詩》的理解，更多偏重在「小我」的風花雪月之時，他就有意將注意力轉向對國家大事的關注上來。「訏謨定命，遠猶辰告」是《詩經．大雅．抑》中的詩句，意思是：用大的謀劃來確定政令，以遠大計謀來確定詔誥。說的本是安邦定國的大計。故王夫之說：「謝太傅於《毛詩》取『訏謨定命，遠猶辰告』，以此八字如一串珠，將大臣經營國事之心曲，寫出次第；故與『昔我往矣，楊柳依依；今我來思，雨雪霏霏』同一達情之妙。」（《薑齋詩話》卷下）這是謝安的用心良苦處，但他不做過多的教條闡釋，而只說此句「偏有雅人深致」，點到為止，這又是謝安的細膩高明處。

寬鬆有效的教育環境不僅培養了孩子的學養，更增強了他們獨立思考的能力和判斷力。如《輕詆》二十三：

謝太傅謂子侄曰：「中郎始是獨有千載！」車騎曰：「中郎衿抱未虛，復那得獨有？」

中郎，即謝萬。出於對這個弟弟的偏愛，謝安在子侄跟前對其大加讚美：「中郎（謝萬）才是千百年來獨一無二的！」這時謝玄不樂意了，反駁說：「中郎襟懷傲慢，不能虛心待人，又怎麼能算是獨一無二？」這真是「當仁不讓於師」的真知灼見，謝安的人格教育已收到立竿見影之效了。

謝安對孩子的毛病和缺點又是如何對待的呢？一般情況下，他不直接指出，而是採用既不傷孩子自尊、又能讓對方接受的方式委婉規勸，例如：

謝遏年少時，好著紫羅香囊，垂覆手，太傅患之，而不欲傷其意。乃譎與賭，得即燒之。（《假紫羅香囊和覆手（一說是手巾之類）是當時貴族子弟喜歡佩戴的飾物，謝玄也喜歡趕這個時髦，謝安對這個侄子寄予厚望，所以很擔心，但又不願傷害其感情，就想了個辦法，假裝和謝玄玩賭博的遊戲，賭注就是這些東西，結果謝安贏了以後就把這些東西燒掉了。謝玄看了自然就明白叔父是怕自己玩物喪志，從此不再佩戴。宗白華評此條說：「這態度多麼慈祥，而用意又何其嚴格！謝玄為東晉立大功，救國家於垂危，足見這教育精神和方法的成績。」

還有一個關於「德教」的故事說：

謝虎子（謝據）嘗上屋熏鼠，胡兒（謝朗）既無由知父為此事。聞人道「癡人有作此者」，戲笑之。時道此非復一過。太傅既了己之不知，因其言次，語胡兒曰：「世人以此謗中郎，亦言我共作此。」胡兒懊熱，一月日閉齋不出。太傅虛托引己之過，以相開悟，可謂德教。（《紕漏》五）

謝虎子，是謝安的二哥謝據的小名，三十三歲就不幸死了。謝據年輕的時候曾經做過爬上房頂熏老鼠的傻事，他的兒子謝朗不知道，後來聽人說有個傻瓜做了這樣的事時，便也跟著一起取笑，當時人們拿此事取笑還不止一次。謝安知道謝朗並不知情，就找了機會看似不經意地對他說：「社會上的人都拿上房熏鼠這件事誹謗你父親中郎，還說是我和他一塊幹的呢！」古人講求孝道，謝朗明白真相後懊惱羞愧不已，一整月都閉門不出。謝安假托這事自己也有份，以此來開導啟發謝朗，使他「靈魂深處爆發革命」，知道自己在外面跟人家一起嘲笑父親是很難堪的，這真是難能可貴的

「德教」！

有時候，謝安還和孩子們開玩笑：

謝遏夏月嘗仰臥，謝公清晨卒（通猝）來，不暇著衣，跣出屋外，方躡履問訊。公曰：「汝可謂『前倨而後恭』。」（《排調》五十五）

夏天某日，謝玄正仰臥而睡，謝安一大早突然來到，謝玄來不及穿衣服，為了表示禮敬，他光著腳跑到屋外來，穿上鞋子後才施禮問候。這一幕本來就有些滑稽，謝安便引用《戰國策》裡蘇秦諷刺他那嫌貧愛富的嫂子說過的「前倨後恭」一語來調侃這位可愛的侄子。可見謝安和他的子侄們在一起既有長者的威嚴和寬厚，又有名士的瀟灑和幽默。謝玄對他這位叔父也是非常崇拜，《容止》三十六：

謝車騎（謝玄）道謝公：「遊肆復無乃高唱，但恭坐捻鼻顧睞，便自有寢處山澤間儀。」

謝安大概患有嚴重的鼻竇炎，說話語聲重濁，故善為洛陽書生詠，而且經常不經意地「捻鼻」又「捉鼻」，沒想到這竟成了他的招牌式動作，引得大家紛紛效仿。所以，在謝玄眼裡，謝安的舉手投足，俯仰顧盼，都給人一種超塵脫俗的瀟灑儀態和自然風神，令人嚮往不已。對謝玄這樣有個性的青年來說，這種由衷的敬仰顯然不屬於「盲目崇拜」，而是包含了一個學生對老師的那種精神上的仰視。

在謝安家族中，還出了一位大名鼎鼎的才女謝道蘊，這和謝安的悉心教導也分不開。著名的

「謝女詠絮」的典故說：

謝太傅寒雪日內集，與兒女講論文義，俄而雪驟，公欣然曰：「白雪紛紛何所似？」兄子胡兒曰：「撒鹽空中差可擬。」兄女曰：「未若柳絮因風起。」公大笑樂。即公大兄無奕女，左將軍王凝之妻也。（《言語》七十一）

這真是一幅引人入勝的「家庭詩教圖」。胡兒，即謝朗。《續晉陽秋》稱：「朗字長度，安次兄據之長子。安蚤知之。文義豔發，名亞於玄，仕至東陽太守。」可知謝朗也是謝安子侄輩中的佼佼者。但在這個謝安發起的「聯句詠雪」的高雅遊戲中，他還是要比謝道蘊稍遜一籌。有的學者考證說，那天大概下的不是鵝毛大雪，而是霰雪，俗稱「米雪」，[1]所以「撒鹽空中差可擬」也可能是「實況轉播」。但我以為，從謝安的「白雪紛紛何所似」一句來看，那天下的即使不是鵝毛大雪，也不會是霰雪，至少應是飄飄揚揚的中雪，所以謝朗說完，謝道蘊才會說「未若柳絮因風起」，而聽完這個侄女的比喻，謝安才會「大笑樂」。故劉辰翁評云：「有女子風致，愈覺撒鹽之俗。」陳夢槐則云：「太傅閑懷遠韻，晉人中第一品流。當其燕居，問子弟欲佳，車騎答甚雅雋。問白雪何似，道蘊對更娟美。士女風流作家庭笑樂，千載豔人也。」余嘉錫也說：「二句雖各有謂，而風調自以道韞為優。」（《世說新語會評》，頁七五）

這個故事除了說明謝道蘊的才華，也讓我們感受到謝安在家庭教育中的男女平等。有例為證：

王江州夫人（謝道蘊）語謝遏（謝玄）曰：「汝何以都不復進？為是塵務經心，天分有限？」

（《賢媛》二十八）

王江州即王凝之，他的夫人就是謝道蘊。她對弟弟謝玄的批評甚至比謝安還要嚴厲，而謝玄對這個姐姐也是非常敬重：

> 謝遏絕重其姊，張玄常稱其妹，欲以敵之。有濟尼者，並遊張、謝二家，人問其優劣，答曰：「王夫人神情散朗，故有林下風氣；顧家婦清心玉映，自是閨房之秀。」（《賢媛》三十）

謝道蘊嫁給了王羲之的兒子王凝之，故稱王夫人；張玄（即張玄之，字祖希，與謝玄齊名）的妹妹嫁給了顧氏，故稱顧家婦。關於這一條，余嘉錫先生解釋說：「林下，謂竹林名士也。《賞譽篇》曰：『林下諸賢，各有俊才子』是其證。此言王夫人雖巾幗，而有名士之風，言顧不如王。……道韞以一女子而有林下風氣，足見其為女中名士。至稱顧家婦為閨房之秀，不過婦人中之秀出者而已。不言其優劣，而高下自見，此晉人措詞妙處。」（《世說新語箋疏》）

試想，如果謝安不是本著「有教無類」的原則，而是重男輕女，怎麼可能培養出這樣一個才女來呢？甚至這位才女的婚姻大事很可能也是叔父謝安操辦的，所以才有下面這個「天壤王郎」的著名典故：

> 王凝之謝夫人既往王氏，大薄凝之。既還謝家，意大不悅。太傅慰釋之曰：「王郎，逸少之子，人身亦不惡，汝何以恨乃爾？」答曰：「一門叔父，則有阿大、中郎；群從兄弟，則有封、胡、遏、末。不意天壤之中，乃有王郎！」（《賢媛》二十六）

我們在講到王羲之「東床坦腹」的典故時已經說過，當時王、謝二家，謝家正處於上升勢頭，王羲之家對謝氏非常重視，謝家來人，總是「傾筐倒庋」，而對郗家卻不怎麼待見（《賢媛》二十五）。因為就王羲之和謝安來講，還算旗鼓相當，而到了晚輩那裡，王氏已有危機感。你看，連謝家嫁過來的兒媳婦謝道蘊都那麼優秀，竟然可以「大薄」自己的老公了！

王凝之（？—三九九），字叔平，王羲之次子，歷任江州刺史、左將軍、會稽內史。劉注引《晉安帝紀》說：「凝之事五斗米道。孫恩之攻會稽，凝之謂民吏曰：『不須備防，吾已請大道，許遣鬼兵相助，賊自破矣。』既不設備，遂為恩所害。」據此可知，王凝之是個迂闊偏執的公子哥兒，沒有什麼實際的才幹。謝道蘊一嫁給他，便覺「所嫁非人」，回到娘家大發牢騷。謝安大概是這門婚事的決策者，便對侄女好言安慰，說：「王郎是王羲之的兒子，人才也不差，你怎麼怨恨到這種程度呢？」道蘊說：「我們謝家，叔父輩的有阿大（謝尚）、中郎（謝據或謝萬）；眾多的堂兄弟中，則有封（謝韶）、胡（謝朗）、遏（謝玄）、末（謝淵）這等人物。誰曾想天地之間，竟有王郎這樣不成器的人呢！」

謝道蘊這樣的才女，也真是目空一切，在家教訓弟弟謝玄，出嫁看不起丈夫，難怪袁中道評云：「眼空兩家之婦，太難相。」李贄云：「此婦嫌夫，真非偶也。」劉應登則說：「此二則皆婦人薄忿夫家之事，不當並列《賢媛》中。」凌濛初也說：「『忿狷』為是。」（《世說新語會評》，頁三九八）意思是應該以此條入《忿狷》。但《世說新語》偏把此條放在《賢媛》篇裡予以表彰，劉義慶的「超前」目光，與後世男性批評家們擺出的「衛道」面孔相比，真也有「天壤」之別了！

如果沒有謝安的這種高雅、寬鬆、溫和、慈愛、智慧的家庭教育理念和方式，謝家子弟又怎能成為「芝蘭玉樹」？

註釋

1 如陳善《捫蝨新話》卷三云：「撒鹽空中，此米雪也。柳絮因風起，此鵝毛雪也。然當時但以道韞之語為工。予謂詩云：『相彼雨雪，先集維霰。』霰即今所謂米雪耳。乃知謝氏二句，當各有謂，固未可優劣論也。」

謝安（下）——是真名士自風流

鎮安朝野

謝安的前半生是隱居東山，「東山再起」的後半生又可以桓溫生前、死後而分為兩段。前一段是與桓溫周旋，才華未能盡展；後一段則宰輔天下，終成風流宗主，雅量高標，宰相楷模，人倫懿範。和王導一樣，謝安也是《世說新語》的作者劉義慶極其愛賞的人物。根據余嘉錫《世說新語箋疏》附錄《世說新語人名索引》的資料統計，魏晉名士在《世說新語》正文及劉注中出現的頻率依次如下：

謝安一百二十五次、桓溫一百一十三次、王導九十九次、庾亮七十二次、劉惔七十九次、司馬昱六十九次、王敦五十九次、王濛五十七次、殷浩五十五次、支遁五十三次、王羲之五十二次、王衍四十八次、王戎四十四次、桓玄四十一次、司馬炎四十次、孫綽三十九次、王恭三十六次、周伯仁三十五次、司馬昭三十二次、嵇康三十一次、王坦之三十一次、曹操三十次、司馬睿三十次、謝尚三十次、謝玄二十九次、王獻之二十九次、阮籍二十八次、郗超二十八次，王珣二十六次、殷仲堪二十六次、溫嶠二十四次、裴楷二十三次、山濤二十二次、謝萬二十二次、樂廣二十一次、許詢二十一次、顧愷之二十次、袁宏二十次，王胡之十九次、王子猷十九次、王濟十九次、庾敳十八次……。

只要看看這個「排行榜」，就知道謝安在《世說新語》和「魏晉風度」中的地位和分量！如果把《世說新語》比作一場「亂紛紛你方唱罷我登場」的大戲，謝安無疑是當之無愧的「男一號」！這樣的人物，甚至連他的政敵都喜歡，《晉書．謝安傳》寫謝安出任桓溫司馬時說：

既到，溫甚喜，言生平，歡笑竟日。既出，溫問左右：「頗嘗見我有如此客不？」溫後詣安，值其理髮。安性遲緩，久而方罷，使取幘。溫見，留之曰：「令司馬著帽進。」其見重如此。溫當北征，會萬病卒，安投箋求歸。尋除吳興太守。在官無當時譽，去後為人所思。頃之征拜侍中，遷吏部尚書、中護軍。

謝萬是三六一年病卒的，如果說謝安四十歲（三六〇）出任桓溫司馬，到他離開桓溫幕府，其實也不過兩年時間。但這兩年對謝安實在很重要，一方面讓天下人（特別是桓溫本人）感到自己是桓溫的人，得到一個「安全保險」；另一方面又很快結束自己的幕僚身份，「全身而退」，從此正式走上政壇。

說到謝安和桓溫的關係，不能不提另外一個人物——郗超。郗超（三三六—三七八），字景興，一字嘉賓，高平金鄉（今山東）人，郗鑒孫，郗愔長子。此人自幼「卓犖不羈，有曠世之度，交遊士林，每存勝拔，善談論，義理精微」（《晉書》本傳），是個很有才華的人物。年輕時與王坦之齊名，諺曰：「揚州獨步王文度，後來出人郗嘉賓。」[1]（《賞譽》一二六）謝安對他就非常欣賞，有個故事說：

> 謝公云：「賢聖去人，其間亦邇。」子侄未之許，公嘆曰：「若郗超聞此語，必不至河漢。」（《言語》七十五）

謝安有一次說：「聖賢和一般人，距離也不是那麼遠。」這跟謝安以儒家之道教育子女，自己卻暗懷道家遠志有關。但子侄都不同意。謝安知道郗超是深通義理的，所以感嘆說：「如果郗超聽到我這話，一定不至於認為這話不著邊際的。」可見在謝安心目中，似乎自己的子侄輩沒有人在學術義理上超過郗超的。

謝安離開桓溫幕府後，興寧元年（三六三），桓溫為大司馬，郗超也被升為大司馬參軍，與王珣深受桓溫器重，有「髯參軍，短主簿，能令公喜，能令公怒」之說（《寵禮》三）。但郗超的父親、鎮守京口（今江蘇鎮江）的北府都將郗愔（三一三—三八四）卻是桓溫的對立面，桓溫對郗愔手握北府重兵也頗為忌憚，一個堪稱「驚險」的故事說：

> 郗司空（郗愔）在北府，桓宣武惡其居兵權。郗於事機素暗，遣箋詣桓：「方欲共獎王室，修復園陵。」世子嘉賓（郗超）出行，於道上聞信至，急取箋，視竟，寸寸毀裂，便回。還更作

箋，自陳老病，不堪人間，欲乞閑地自養。宣武得箋大喜，即詔轉公督五郡，會稽太守。（《捷悟》六）

這事大概發生在簡文登基（三七一年）後。郗超是桓溫的死黨，為其謀主，廢海西公、立簡文帝的主意便是郗超策劃的，他對桓溫的野心自然心知肚明，看到父親郗愔給桓溫的信中，竟然說什麼「共獎王室，修復園陵」的話，正犯桓溫大忌，如何不著急？他馬上將父親原信撕毀，又以郗愔的口氣重寫一封，「自陳老病，不堪人間」，想找個地方安度晚年。這才打消了桓溫的疑忌，郗愔最後能活到七十二歲，壽終正寢，全賴他有一個郗超這樣足智多謀、善於應變的兒子！

還有一個「入幕賓」的故事說：

桓宣武與郗超議芟（ㄕㄢ）夷朝臣，條牒既定，其夜同宿。明晨起，呼謝安、王坦之入，擲疏示之。郗猶在帳內。謝都無言，王直擲還，云：「多！」宣武取筆欲除，郗不覺竊從帳中與宣武言。謝含笑曰：「郗生可謂入幕賓也。」（《雅量》二十七）

史書上說：「簡文帝疾篤，溫上疏薦安宜受顧命。」（《晉書．謝安傳》）大概此事發生在簡文帝病重之時，桓溫和郗超商量該除掉哪些大臣，甚至列了一份「黑名單」。討論到深夜，兩人就同帳而眠。第二天早上，桓溫召見謝安、王坦之，把「黑名單」扔給他們看，這時郗超還在帳中呢。謝安看了沒吱聲，王坦之看了直接扔回去，說：「多了。」桓溫也很老實，拿起筆來就要刪除，郗超大概不同意，就從帳子裡偷偷和桓溫說話。這時就顯出謝安的風度來了，在這萬分緊張的時刻，他竟然笑著調侃說：「郗生真可以說是入幕賓了。」「入幕賓」三字，既是諷刺郗超作為幕僚，竟然受寵到直接進入主子的床帳帷幕中去了，同時又照應郗超的小字嘉賓，含沙射影，一語雙關，真是妙到毫顛！郗超如果還有些良知，一定要羞得無地自容了！

謝安的鬥爭方式往往是不卑不亢的，有時甚至搞些諷刺幽默的把戲讓政敵難堪：

> 桓公既廢海西，立簡文。侍中謝公見桓公，拜，桓驚笑曰：「安石，卿何事至爾？」謝曰：「未有君拜於前，臣立於後！」（《排調》三十八）

但在你死我活的政治鬥爭中，謝安的頭腦還是清醒的，有時甚至還能忍氣吞聲：

> 謝太傅與王文度共詣郗超，日旰未得前。王便欲去，謝曰：「不能為性命忍俄頃？」（《雅量》三十）

王坦之是個很有氣節的人，不能忍受郗超的慢待，謝安則說：「難道不能為性命忍耐片刻嗎？」看起來似乎謝安要比王坦之更圓滑，更軟弱，其實不然，在下面這個故事中，謝安的超人膽識和雅量便呼之欲出：

> 桓公伏甲設饌，廣延朝士，因此欲誅謝安、王坦之。王甚遽，問謝曰：「當作何計？」謝神意不變，謂文度曰：「晉阼存亡，在此一行。」相與俱前。王之恐狀，轉見於色。謝之寬容，愈表於貌。望階趨席，方作洛生詠，諷「浩浩洪流」。桓憚其曠遠，乃趣解兵。王、謝舊齊名，於此

始判優劣。（《雅量》二十九）

故事發生在三七二年簡文帝司馬昱駕崩之後。當時司馬昱遺詔桓溫，依諸葛亮、王導故事輔佐幼主，桓溫大怒，以為這是要廢黜其權，懷疑是當時朝廷重臣謝安、王坦之的主意。於是帶兵進京，以拜赴山陵的名義，駐紮於新亭，大擺筵席，而又暗中埋伏武裝兵士，文武百官也都被請來，大家拜伏在路旁，誠惶誠恐。有人傳出話來，說這是要誅殺謝安和王坦之的一場鴻門宴。所以當桓溫召王、謝二人入見的時候，氣氛分外緊張恐怖，可以說是死生俄頃，危在旦夕。關鍵時刻，王坦之終於招架不住，舉動失措，「倒執手版，汗流沾衣」（劉注引宋明帝《文章志》），問謝安：「應該怎麼辦哪？」謝安則表現出不可思議的冷靜，神色不變，對王說：「東晉存亡，在此一行。」然後一起前往。王坦之這時越發害怕，臉上驚恐萬狀。再看謝安，則如有神助，舉手投足間更顯從容鎮定。只見他拾級而上，快步入席，還仿效洛陽書生重濁的聲調，[2]吟誦嵇康那首著名的四言詩「浩浩洪流」。[3]

桓溫被他那曠達高邁的氣度所震懾，於是連忙撤走了伏兵。宋明帝《文章志》記載得更詳盡，說謝安「舉目徧歷溫左右衛士，謂溫曰：『安聞諸侯有道，守在四鄰。明公何有壁間著阿堵輩？』溫笑曰：『正自不能不爾。』於是矜莊之心頓盡。命卻左右，促燕行觴，笑語移日。」這真是「談笑間，檣櫓灰飛煙滅」！《世說新語》特意於此補敘一筆，說王坦之、謝安一向齊名，於此方才分出高下優劣。明人李贄評此條云：「謝固曠遠，桓亦惜才。」（《世說新語會評》，頁二二〇）是啊，要我看，也不是桓溫不敢殺謝安，而是桓溫「英雄惜英雄」，實在捨不得加害這曠古少有的風流人物！桓溫的確愛謝安之才，因為就在這次鴻門宴差不多的時候，桓溫看見謝安石所寫的《簡文諡議》，還「擲與坐上諸客曰：『此是安石碎金。』」（《文學》八十七）人要真是欣賞另一個人，有時真是不可理喻的，如果這次「鴻門宴」桓溫不感情用事，把王謝二人咬牙殺掉，那麼後來他要加九錫之禮，甚至孤注一擲篡奪皇位，也就沒人有膽識來拖延其事，致使桓溫功虧一簣了。[4]從這個角度上說，歷史——不管是文字的還是實際的歷史——還真都是人寫的！

清談宗主

桓溫於西元三七三年死後，謝安任尚書僕射（相當於宰相），領吏部，加後將軍，成了朝廷的股肱之臣。東晉門閥政治經過琅邪王氏、潁川庾氏、譙國桓氏三個階段之後，接力棒傳到了陳郡謝氏手上。從此，歷史進入到了將近二十年的謝安時代。《晉書·謝安傳》對這個時代的描述如下：

（謝）安義存輔導，雖會稽王道子亦賴弼諧之益。時強敵寇境，邊書續至，梁益不守，樊鄧陷沒，安每鎮以和靖，禦以長算。德政既行，文武用命，不存小察，弘以大綱，威懷外著，人皆比之王導，謂文雅過之。

這段不足百字的文字，表達的應該是這樣一個「史實」，即王導和謝安這一對本就一脈相承的清談政治家，隔著三十年的時空，在國家政治的核心部分，實現了值得慶幸的呼應、遇合與傳承。

數百年後，南宋思想家陳亮（一一四三—一一九四）也將王導、謝安並提，指出：「導、安相望於數十年間，其端靜寬簡，彌縫輔贊，如出一人，江左百年之業實賴焉。」

史書上說，比之王導，謝安「文雅過之」，絕非空穴來風。作為清談政治家，謝安以他無與倫比的人格魅力和雅量高邁的淑世情懷，引領著一個時代的思想、政治和文化潮流。他對清談的態度在下面這個故事中坦露無遺：

> 王右軍與謝太傅共登冶城，謝悠然遠想，有高世之志。王謂謝曰：「夏禹勤王，手足胼胝；文王旰食，日不暇給。今四郊多壘，宜人人自效；而虛談廢務，浮文妨要，恐非當今所宜。」謝答曰：「秦任商鞅，二世而亡，豈清言致患邪？」（《言語》七十）

故事說：王羲之與謝安一起登上冶城，謝悠然遐想，大有超脫世俗之志。王羲之對謝安說：「夏禹勤勉國事，手腳長滿老繭；周文王政務繁忙，很難按時吃飯，時間總不夠用。如今國家處於內憂外患之中，每個人都應該為國效力。而不切實際的清談會廢弛政務，華而不實的文章會妨害大事，這在當前恐怕是不適宜的。」謝安回答說：「秦國任用商鞅，僅兩代國家就滅亡了，難道也是清談導致的禍患嗎？」

這是關於「清談誤國」的一次重要論辯。和桓溫對王衍的「問責」不一樣，王羲之作為王衍、王導等清談家的後人，能夠對祖輩崇尚的清談進行批判，這種自省精神和批判意識還是難能可貴的，其目的在於匡救時弊，經世致用。但是，謝安的回答從邏輯上更是無懈可擊，「秦任商鞅，二世而亡，豈清言致患邪？」這句反詰，有力地批駁了「清談誤國」論的簡單化傾向，把對亡國原因的探究進一步推向深入。也就是說，清談絕不是亡國的充分必要條件，不能把學術思潮問題作為政治腐敗、國家淪陷的替罪羊。事實證明，謝安的思考堪稱高瞻遠矚，振聾發聵。故李贄評此條云：「東山片言折獄。」袁中道也說：「二公俱有經濟，但大、小乘耳，謝大王小。」（《世說新語會評》，頁七四。）

一千六百年後，近代兩位大學者劉師培和章太炎分別為魏晉六朝的學風正名，前者說：「以高隱為貴，則躁進之風衰；以相忘為高，則猜忌之心泯；以清言相尚，則塵俗之念不生；以遊覽歌詠相矜，則貪殘之風自革。故托身雖鄙，立志則高。被以一言，則魏晉六朝之學，不域於卑近者也，魏晉六朝之臣，不染於污時者也。」（《論古今學風變遷與政俗之關係》）後者則說：「五朝所以不竟，由任世貴，又以言貌舉人，不在玄學。」（《五朝學》）

可以說，身臨其境的謝安，其思想的深邃，目光的高遠，言論的平允，早已超越整個時代之上。或者說，能夠理直氣壯地為清談辯護而不授人以柄的，也就只有一個謝安！因為恰恰是這樣一個雅好清談的風流宰相，成為朝廷的中流砥柱，外禦強敵，內振朝綱，使風雨飄搖的東晉王朝出現了短暫的「中興」氣象。

那麼，作為清談宗主的謝安都有那些表現呢？首先，是和王導一樣，組織、參加清談的聚會。如《文學》五十五：

支道林（支遁）、許（許詢）、謝（謝安）盛德，共集王（王濛）家，謝顧諸人曰：「今日可謂彥會，時既不可留，此集固亦難常，當共言詠，以寫其懷。」許便問主人：「有《莊子》不？」

> 正得《漁父》一篇。謝看題，便各使四坐通。支道林先通，作七百許語，敘致精麗，才藻奇拔，眾咸稱善。於是四坐各言懷畢。謝問曰：「卿等盡不？」皆曰：「今日之言，少不自竭。」謝後粗難，因自敘其意，作萬餘語，才峰秀逸。既自難干，加意氣擬托，蕭然自得，四坐莫不厭心。支謂謝曰：「君一往奔詣，故復自佳耳。」

支遁（三一四—三六六），東晉名僧，號道林，俗姓關，陳留人，相貌怪異而擅長清談，[5]是當時僧人清談家的代表，曾讓本來瞧不起他的王羲之「披襟解帶，流連不能已」。[6]許詢，字玄度，高陽人，有才藻，善屬文，與孫綽並稱為一時文宗。簡文稱許掾云：「玄度五言詩，可謂妙絕時人。」（《文學》八十五）謝安和他們一起相聚於清談大師王濛家裡，率先提議「當共言詠，以寫其懷」。他的理由是「時間既然不可挽留」，「這樣的集會也難得經常」，何不通過一起暢談「來宣洩抒發各自的情懷」呢？這就把清談與人生的短暫、時空的無常等生命感喟聯繫起來，從而將清談很可能帶有的造作和功利因素滌除淨盡。這是謝安的清談功能論和目的論。他們找到《莊子》中的《漁父》一篇，支遁先談，接著其他人再談，最後謝安總結說：「今天的談論，無不傾盡胸懷。」然後他對各人的論點稍加點評駁難，並因此進一步闡述自己的見解，做了一萬餘言的即興演講，他的觀點已經讓人難以企及，加上他舉手投足，風度瀟灑自得，四座無不心悅誠服。末了，連剛才發揮最好的支道林都說：「您的言談徑直奔向高妙深遠之境，確實妙不可言啊！」

受清談風氣的影響，當時朝野上下無不研習經典，公府私庭皆有不定期的學術研討會。甚至連十幾歲的孝武帝司馬曜都曾在寧康三年（三七五）九月九日，公開講論《孝經》：

> 孝武將講《孝經》，謝公兄弟與諸人私庭講習。車武子（車胤），難苦問謝，謂袁羊曰：「不問則德音有遺，多問則重勞二謝。」袁曰：「必無此嫌。」車曰：「何以知爾？」袁曰：「何嘗見明鏡疲於屢照，清流憚於惠風？」（《言語》九十）

這裡，袁羊（即袁喬）把謝安兄弟比作「明鏡」和「清流」，讚美他們在講論經典文義方面孜孜不倦，從不懈怠，這也可以從一個側面看出謝安的「文雅」確實非同凡響。

謝安對文學也有精深理解，每一發言，總能切中要害，並對文壇產生不可低估的影響。

> 庾仲初（庾闡）作《揚都賦》成，以呈庾亮。亮以親族之懷，大為其名價云：「可三《二京》、四《三都》。」於此人人競寫，都下紙為之貴。謝太傅云：「不得爾，此是屋下架屋耳，事事擬學，而不免儉狹。」（《文學》七十九）

「屋下架屋」本是古人對揚雄模仿周易所著《太玄經》的評價，[7]但經謝安引用後便成為一個成語，「事事擬學，而不免儉狹」，正是對於魏晉以來模擬之風的批評，非常具有現實針對性。故凌濛初評此條云：「太傅陽秋，紙當減價。」再看下面一個故事：

> 袁彥伯（宏）作《名士傳》成，宏以夏侯太初、何平叔、王輔嗣為正始名士，阮嗣宗、嵇叔夜、山巨源、向子期、劉伯倫、阮仲容、王濬沖為竹林名士，裴叔則、樂彥輔、王夷甫、庾子嵩、王安期、阮千里、衛叔寶、謝幼輿為中朝名士。見謝公，公笑曰：「我嘗與諸人道江北事，特作狡獪耳，彥伯遂以著書。」（《文學》九十四）

袁宏的《名士傳》三卷是研究魏晉名士的一部非常重要的文獻，諸如至今學術界仍在使用的「正始名士」、「竹林名士」和「中朝名士」等概念，都是從此書肇端的。「狡獪」（ㄐㄧㄠˇ ㄎㄨㄞˋ）一詞，周一良先生解釋說：「狡獪，猶今玩皮、搗亂、開玩笑之類，為六代習語。」（《世說新語札記》）謝安的話很值得注意。他說：「我曾經和眾人談論江北名士們的風流往事，特意用來開玩笑助談興的，沒想到彥伯你竟把這些東西寫成了書！」這話不僅諷刺了當時的文學奇才袁宏著書不過道聽塗說，拾人牙慧，而且透露了一個信息，即袁宏《名士傳》裡所採用的名士分類法，極有可能是謝安的「發明」！而這一發明，對研究魏晉玄學及清談，真是功莫大焉！凌濛初評此條云：「作《世說》亦然。」意思是：劉義慶作《世說新語》，正與袁宏作《名士傳》，有異曲同工之妙！如果說劉義慶著《世說新語》是紙上事業，那麼，「特作狡獪」的謝安，豈不就是口頭表達的劉義慶？

再看謝安指導侄子謝朗寫《王堪傳》的情景：

謝胡兒（謝朗）作著作郎，嘗作《王堪傳》。不諳堪是何似人，咨謝公。謝公答曰：「世胄（王堪字）亦被遇。堪，烈之子。阮千里（阮瞻）姨兄弟，潘安仁（潘岳）中外。安仁詩所謂『子親伊姑，我父唯舅』。是許允婿。」（《賞譽》一三九）

讀了這條故事，我們終於明白，謝安所謂的「特作狡獪」，也許不過是一種自謙之詞，你看，他對當時名流的出身履歷、姻親關係，簡直達到了有問必答、如數家珍的程度！

謝安對裴啟《語林》的評價也是一樁著名的「公案」：

庾道季（庾龢）詫謝公曰：「裴郎（裴啟）云：『謝安謂裴郎乃可不惡，何得為復飲酒？』裴郎又云：『謝安目支道林如九方皋之相馬，略其玄黃，取其俊逸。』」謝公云：「都無此二語，裴自為此辭耳！」庾意甚不以為好，因陳東亭（王珣）《經酒壚下賦》。讀畢，都不下賞裁，直云：「君乃復作裴氏學！」於此《語林》遂廢。今時有者，皆是先寫，無復謝語。（《輕詆》二十四）

庾龢字道季，是庾亮的兒子。故事說：有一次，庾龢詫異地對謝公（謝安）說：「裴郎（裴啟）《語林》一書裡寫道：『謝安說裴郎確實不錯，怎麼又喝起酒了呢？』裴郎還寫道：『謝安評價支道林就像九方皋相馬，忽略馬的顏色，注重它的神態。』」謝公說：「這兩句話都不是我說的，是裴啟他自己說的。」庾道季心裡很不高興，就說起王東亭（王珣）的《經酒壚下賦》。讀完後，謝公不作任何評價，只是說：「你也作起裴氏的學問了！」從此《語林》就不流傳了。現在看到的，都是以前抄寫的，沒有謝安的話。

此條劉注引《續晉陽秋》說：「晉隆和（三六二—三六三）中，河東裴啟撰漢、魏以來迄於今時，言語應對之可稱者，謂之《語林》。時人多好其事，文遂流行。後說太傅事不實，而有人於謝坐敘其黃公酒壚，司徒王珣為之賦，謝公加以與王不平，乃云：『君遂復作裴郎學。』自是眾咸鄙其事矣。」

由此可知，謝安不喜歡《語林》的原因是因為它的記載「不實」，但這與謝安自己「特作狡獪」的性格是不符合的。我的理解，大概因為謝安不喜歡裴啟的為人，不願意被其利用以裝潢門面，此其一。其二，庾龢提到王珣，也是「哪壺不開提哪壺」，王珣本來是謝萬的女婿，後來與謝家離了婚，謝安雖然對王珣也還是欣賞的，但這事不可能不影響到他的心情，所以，他對王珣的什麼賦當然也沒好氣。其三，謝安對庾龢也有不滿，因為他老是拿著別人的東西來說事，人云亦云，搬弄是非，所以謝安諷刺他也做起無中生有的「裴氏學」了！有這三個原因，謝安便留給後人一個把柄，即他以「不實」廢《語林》，使這部《世說新語》多有借鑒的志人小說長期以來湮沒無聞！《續晉陽秋》的作者檀道鸞接著又講了一個故事證明謝安在當時的巨大影響力：

（謝）安鄉人有罷中宿縣詣安者，安問其歸資。答曰：「嶺南凋弊，唯有五萬蒲葵扇，又以非時為滯貨。」安乃取其中者捉之，於是京師士庶競慕而服焉。價增數倍，旬月無賣。

可以說，謝安就是當時人們心目中的「偶像級明星」，他的一舉一動、一言一行，都會引起天下「粉絲」爭相模仿，趨之若鶩！史載「安本能為洛下書生詠，有鼻疾，故其音濁，名流愛其詠而弗能及，或手掩鼻以斆之」（《晉書．謝安傳》）。但是且慢，檀道鸞緊接著語重心長地發表了自己對於「名人效應」的深沉憂慮：

夫所好生羽毛，所惡成瘡痏（ㄨㄟˇ）。謝相一言，挫成美於千載；及其所與，崇虛價於百金。上之愛憎與奪，可不慎哉！

應該說，檀道鸞對謝安的批評還是有道理的。但孔子也曾說過：「唯仁者能好人，能惡人。」我們不能因為謝安的一句話導致了《語林》的被「封殺」，就認為謝安不應該對人對事有個人的喜怒和愛憎。人類社會的一個現象是：精神品味越高的人，其眼光可能也就越高，眼光一高，難免流於簡傲、苛刻甚至刻薄。當初，年少的謝安曾向名士阮裕請教：

> 謝安年少時，請阮光祿道《白馬論》，為論以示謝。于時謝不即解阮語，重相咨盡。阮乃嘆曰：「非但能言人不可得，正索解人亦不可得！」（《文學》二十四）

阮裕字思曠，阮籍族弟，精於論難，以德業著名，前面已說過「阮裕焚車」的故事。《品藻》三十：「時人道阮思曠：『骨氣不及右軍，簡秀不如真長，韶潤不如仲祖，思致不如淵源，而兼有諸人之美。』」謝安年輕時向他求教《白馬論》，孜孜不倦，態度非常勤勉謙恭，讓阮裕大為感嘆。但是時過境遷，又發生了下面的故事：

> 王右軍與謝公詣阮公，至門，語謝：「故當共推主人。」謝曰：「推人正自難。」（《方正》六十一）

「推」，即推尊、推重之意。這時謝安應該學有所成，王羲之和他一起拜訪前輩阮裕時，到了門口，王對謝說：「見了面，咱們一定要共同推尊主人。」這是晚輩拜訪前輩時常有的心理。沒想到謝安卻說：「對我來說，推尊別人恰恰是很難的！」明人王世懋評此條云：「意未肯降。」近人程炎震也說：「王長於謝十七歲。阮以年少呼右軍，亦當長十餘歲，視謝更為宿齒矣。而謝不相推，豈亦如根矩之於康成耶？」（《世說新語會評》，頁二〇三）說明這時的謝安通過「轉益多師」，不斷鑽研，早已在學問見識上青出於藍，因而有了充分的自信。

好在，謝安眼光雖高，卻並不刻薄，不僅不刻薄，他甚至十分懂得欣賞別人的長處，有一雙「發現美的眼睛」。比如下面這個故事：

林道人（支遁）詣謝公，東陽（謝朗）時始總角，新病起，體未堪勞。與林公講論，遂至相苦。母王夫人在壁後聽之，再遣信令還，而太傅留之。王夫人因自出，云：「新婦少遭家難，一生所寄，唯在此兒。」因流涕抱兒以歸。謝公語同坐曰：「家嫂辭情慷慨，致可傳述，恨不使朝士見！」（《文學》三十九）

謝安讓大病初癒的侄兒謝朗參加大人的清談，並且被支道林逼得理屈詞窮，謝朗的母親、謝安的嫂子、謝據的妻子、寡居的王夫人很擔心兒子的身體，就讓人傳話要兒子回去，謝安正在興頭上，便不讓謝朗走。這時王夫人自己從內室走出來，說：「新婦年紀輕輕就遭逢不幸，一生的寄托，就在這孩子身上！」說著流著淚把兒子抱走了。謝安不僅沒有生氣，而且大為感嘆，對客人說：「家嫂言辭慷慨，情緒激昂，很值得傳揚，遺憾的是，不能讓當朝文士見到這一幕！」

還有一個「雅量」故事說，有個叫謝奉（字安南）的名士被免官返鄉，謝安當時剛好要出山去做桓溫的司馬，一個被貶東歸，一個西出高就，兩人相遇於破岡瀆口。因為就要闊別，於是兩人就在此盤桓了三天，說說心裡話。謝安一直想安慰一下失官的謝奉，可謝奉總是「顧左右而言他」。直到兩人分手，竟然沒有談到這件事。謝安深為自己的心意沒有表達出來而遺憾，但他對謝奉的雅量由衷感佩，對同船的人說：「謝奉故是奇士！」（《雅量》三十三）

因為謝安無與倫比的人格魅力及政治學術上的卓越地位，他在當時就成了一言九鼎的人物，享受著充分的「話語權」。《世說新語》中條目最多的是《賞譽》篇，共一百五十六條，其中關於謝安評價當時人物的條目差不多占了十分之一，現擇要抄錄如下（限於篇幅，不再做解讀）：

謝公稱藍田（王述）：「掇皮皆真。」（《賞譽》七十八）

謝公道豫章（謝鯤）：「若遇七賢，必自把臂入林。」（《賞譽》九十七）

謝公云：「劉尹語審細。」（《賞譽》一一六）

謝太傅稱王修齡（王胡之）曰：「司州可與林澤遊。」（《賞譽》一二五）

謝太傅道安北（王坦之）：「見之乃不使人厭，然出戶去，不復使人思。」（《賞譽》一二八）

謝公云：「司州造勝遍決。」（《賞譽》一二九）

謝太傅語真長：「阿齡（王胡之）於此事故欲太厲。」劉曰：「亦名士之高操者。」（《賞譽》一三二）

謝公云：「長史（王濛）語甚不多，可謂有令音。」（《賞譽》一三三）

謝太傅重鄧僕射（鄧攸），常言：「天地無知，使伯道無兒。」（《賞譽》一四〇）

謝公與王右軍書曰：「敬和（王洽）棲托好佳。」（《賞譽》一四一）

謝公語王孝伯（王恭）：「君家藍田（王述），舉體無常人事。」（《賞譽》一四三）

謝車騎問謝公：「真長至峭，何足乃重？」答曰：「是不見耳！阿見子敬，尚使人不能已。」（《賞譽》一四六）

王子敬語謝公：「公故蕭灑。」謝曰：「身不蕭灑，君道身最得，身正自調暢。」（《賞譽》一四八）……

《品藻》篇是品評比較人物異同的，全篇共八十八條，謝安所占比重更大，例如：

謝公與時賢共賞說，遏（謝玄）、胡兒（謝朗）並在坐，公問李弘度曰：「卿家平陽（李重）何如樂令（樂廣）？」於是李潸然流涕曰：「趙王（司馬倫）篡逆，樂令親授璽綬。亡伯雅正，恥處亂朝，遂至仰藥，恐難以相比！此自顯於事實，非私親之言。」謝公語胡兒曰：「有識者果不異人意。」（《品藻》四十六）

謝公云：「金谷中蘇紹最勝。」紹是石崇姊夫，蘇則孫，愉子也。（《品藻》五十七）

或問林公：「司州（王胡之）何如二謝（謝安、謝萬）？」林公曰：「故當攀安提萬。」（《品藻》六十）

郗嘉賓（郗超）道謝公：「造膝雖不深徹，而纏綿綸至。」又曰：「右軍（王羲之）詣嘉賓。」嘉賓聞之云：「不得稱詣，政得謂之朋耳。」謝公以嘉賓言為得。（《品藻》六十二）

郗嘉賓問謝太傅曰：「林公談何如嵇公？」謝云：「嵇公勤著腳，裁可得去耳。」又問：「殷何如支？」謝曰：「正爾有超拔，支乃過殷；然亹亹論辯，恐口欲制支。」（《品藻》六十七）

衛君長（衛永）是蕭祖周婦兄，謝公問孫僧奴（孫騰）：「君家道衛君長云何？」孫曰：「雲是世業人。」謝哀嘆：「殊不爾，衛自是理義人。」于時以比殷洪遠。（《品藻》六十九）

謝遏（謝玄）諸人共道「竹林」優劣，謝公曰：「先輩初不臧貶『七賢』。」（《品藻》七十一）

謝太傅謂王孝伯：「劉尹（劉惔）亦奇自知，然不言勝長史（王濛）。」（《品藻》七十三）

王黃門兄弟三人（王徽之、操之、獻之）俱詣謝公，子猷、子重多說俗事，子敬寒溫而已。既出，坐客問謝公：「向三賢孰愈？」謝公曰：「小者（獻之）最勝。」客曰：「何以知之？」謝公曰：「吉人之辭寡，躁人之辭多。推此知之。」（《品藻》七十四）

謝公問子敬（王獻之）：「君書何如君家尊（王羲之）？」答曰：「固當不同。」公曰：「外人論殊不爾。」王曰：「外人那得知！」（《品藻》七十五）

王孝伯（王恭）問謝太傅：「林公（支道林）何如長史（王濛）？」太傅曰：「長史韶興。」問：「何如劉尹？」謝曰：「噫！劉尹秀。」王曰：「若如公言，並不如此二人邪？」謝云：「身意正爾也。」（《品藻》七十六）

人有問太傅：「子敬可是先輩誰比？」謝曰：「阿敬近撮王（濛）、劉（惔）之標。」（《品藻》七十七）

謝公語孝伯：「君祖（王濛）比劉尹（劉惔），故為得逮。」孝伯云：「劉尹非不能逮，直不逮。」（《品藻》七十八）……

你看，如果我們用「咳唾珠璣」來形容謝安在清談生活中表現出的精致和高雅，真率和瀟灑，應該不算過分吧！

「小兒輩大破賊」

歷史終於走到了西元三八三年，這是東晉王朝在死亡線上起死回生的一年，也是「風流宰相」謝安人生中一個輝煌的頂點。他用自已超人的智慧和雅量，運籌帷幄，決勝千里，舉重若輕，指揮若定，終於贏得了淝水之戰的勝利。從某種意義上說，這場戰爭是謝安一個人的戰爭；這次勝利，既是弱對強的勝利，柔對剛的勝利，也是輕對重的勝利，文對武的勝利，也可以說是一次真正的「精神的勝利」。千百年彈指一揮，戰場上的刀光劍影早已灰飛煙滅，但那橫亙古今的風流卻並未被「雨打風吹去」，謝安的形象，早已凝固成了一座人格精神的豐碑，矗立在中國文化的高處，而他指揮的這場戰役，也給民族的辭典貢獻了這麼幾個成語：「投鞭斷流」、「草木皆兵」、「風聲鶴唳」、「圍棋賭墅」、「兒輩破賊」、「折屐齒」！

當前秦皇帝苻堅（三三八—三八五）親率九十萬大軍從長安南下時，東晉朝臣無不震驚失色，謝安此時臨危受命，任征討大都督，相當於三軍總司令。大敵當前，謝安從容鎮定，胸有成竹，《雅量》三十七：

> 苻堅遊魂近境，謝太傅謂子敬曰：「可將當軸，了其此處。」

當時，敵寇不斷侵擾東晉邊境，謝安對王獻之說：「可以先擒住他們的當權人物，了結此處的憂患。」[8]這話與「射人先射馬，擒賊先擒王」意思差不多，而後來戰況的發展，的確也是趁秦軍尚未完成集結，便誘敵退後，然後東晉軍隊在謝玄率領下強渡淝水，乘勝追擊，先結果了前鋒統帥苻融，又射傷了苻堅，致使秦軍土崩瓦解，一敗塗地。與謝安的預期基本吻合。著名的「圍棋賭墅」的故事說：

> 玄入問計，安夷然無懼色，答曰：「已別有旨。」既而寂然。玄不敢復言，乃令張玄重請。安遂命駕出山墅，親朋畢集，方與玄圍棋賭別墅。安常棋劣於玄，是日玄懼，便為敵手而又不勝。

安顧謂其甥羊曇曰：「以墅乞汝。」（《晉書．謝安傳》）

如果說，「圍棋賭墅」只是謝安顯示鎮定、安撫眾心的表演的話，那麼，在最能看出心理素質的棋盤上，謝安居然戰勝了平常下不過的謝玄，這就不是做秀了，而是真刀真槍、如假包換的謝安標誌性的雅量和定力的顯現！史書緊接著寫道：

安遂遊涉，至夜乃還，指授將帥，各當其任。

這裡的「指授將帥，各當其任」，是指謝安力排眾議，「舉賢不避親」，大膽起用弟弟謝石、侄兒謝玄為前敵總指揮和先鋒，這在當時實在需要超人的膽識和魄力。因為朝野對這一決策存在極大爭議。這時，和謝玄關係不好的郗超反而投了贊成票：

郗超與謝玄不善。苻堅將問晉鼎，既已狼噬梁、岐，又虎視淮陰矣。于時朝議遣玄北討，人間頗有異同之論。唯超曰：「是必濟事。吾昔嘗與共在桓宣武府，見使才皆盡，雖履屐之間，亦得其任。以此推之，容必能立勳。」元功既舉，時人咸嘆超之先覺，又重其不以愛憎匿善。（《識鑒》二十二）

劉注引《中興書》稱：「于時氐賊強盛，朝議求文武良將可鎮靖北方者。衛大將軍安曰：『唯兄子玄可任此事。』中書郎郗超聞而嘆曰：『安違眾舉親，明也。玄必不負其舉。』」從郗超說謝安「違眾舉親」可知，謝安當時面臨著多麼大的阻力和危機。但郗超在關鍵時刻能夠盡棄前嫌，公開支持謝玄，也可看出此人果有見識才幹，而不是浪得虛名。故李贄評云：「知人。」又贊道：「安、玄、超俱妙。」

無獨有偶。當時的名士韓康伯雖然和謝玄關係一般，也對謝玄出征一事表示看好：

韓康伯與謝玄亦無深好。玄北征後，巷議疑其不振。康伯曰：「此人好名，必能戰。」玄聞之甚忿，常於眾中厲色曰：「丈夫提千兵入死地，以事君親，故發，不得復云為名！」（《識鑒》二十三）

這個韓康伯，眼力雖然不錯，但話說的實在難聽，難怪謝玄要惱羞成怒了。

接下來我們就要講到最具「看點」的故事了。《世說新語》的妙處在下面這條著名的故事中展現無遺：

謝公與人圍棋，俄而謝玄淮上信至，看書竟，默然無言，徐向局。客問淮上利害，答曰：「小兒輩大破賊。」意色舉止，不異於常。（《雅量》三十五）

這又是一則以少勝多的文字！又是最能代表《世說》精神的一個傳說！順便說一句，在物質文化的進步上，我們東方可能不如西方，但在精神文化的精緻、優雅、高妙上，在人格品味的追求和研尋的境界上，我們真的可以當仁不讓！和「叔度汪汪」、「管寧割席」、「廣陵散絕」、「東床坦腹」、「雪夜訪戴」等典故一樣，這個只有四十六字的短小故事蘊含的東西，勝過千言萬語！

戰爭，可能是人類自我生產的最恐怖的東西了，但正所謂無限風光在險峰，越是在極端危險、極端恐怖的戰爭中，人類越是能迸發出極其高貴、極其美麗的人性光輝來。《世說新語》正是重視並捕捉這種轉瞬即逝的人性光輝的一部書，就這則故事而言，作者的偉大之處在於，他把我們的目光從嗜血的冷兵器、從血與火的古戰場上引開，轉而投射到戰場之外的那一塊棋枰之間！戰場，是殺人的死亡之地，而棋盤，卻是展現人的靈性和活力的生命舞臺！琴棋書畫從來是中國雅文化的代表，可是，把冷酷恐怖的戰場和黑白分明的棋局聯繫在一起，並且展示出棋局對於戰場的優越，人性對於動物性的優越，文化對於武力的優越，雅量對於恐怖的優越，而且展現得如此波瀾不驚，如此言近旨遠，古今中外，還能找到與此相似的例子嗎？！

所以我要說，劉義慶的眼光，不是歷史家的眼光，而是詩人和哲人的眼光！

當然，謝安畢竟還是一個人，人的局限他也不能完全超脫，他可以輕描淡寫地處理遠方的捷報，卻無法完全抑制內心的狂喜。史書上對這一事件還有另外一種說法：

玄等既破堅，有驛書至，安方對客圍棋，看書既竟，便攝放床上，了無喜色，棋如故。客問之，徐答云：「小兒輩遂已破賊。」既罷，還內，過戶限，心喜甚，不覺屐齒之折，其矯情鎮物如此。（《晉書．謝安傳》）

《晉書》的作者不知從哪裡獲得這一「獨家新聞」的，竟「報料」說謝安在下完棋回家，經過門檻時，因為狂喜，屐齒折斷了而渾然不覺！唐代史家說「矯情鎮物」，似乎諷刺謝安是一個天生的演員。但在我看來，「折屐齒」的故事如果是真的，也絲毫不損謝安的雅量，謝安畢竟是人，不是神，如果他在折斷屐齒後一個趔趄險些栽倒，豈不更有人情味和親和力？魏晉名士的確有表演的欲望和天分，但他們不是表演給觀眾看的，而是表演給上帝看的，似乎代表人類向神證明：人，雖然卑微，但卻有飛翔的欲望和可能！

遺憾的是，當人類的科技不斷發展，終於可以乘坐各種飛行器遨遊碧空、甚至神遊天外的今天，我們的精神領空反而日趨狹小逼仄，我們的靈魂再也飛不起來了！

相比之下，桓溫的弟弟、時任荊州刺史的桓沖（三二八—三八四）就顯得太過迂執。

> 桓車騎（桓沖）在上明畋獵。東信至，傳淮上大捷。語左右云：「群謝年少，大破賊。」因發病薨。談者以為此死，賢於讓揚之荊。（《尤悔》十六）

桓沖為什麼會發病？因為羞愧而想不開。劉注引《續晉陽秋》說：「桓沖本以將相異宜，才用不同，忖己德量，不及謝安，故解揚州以讓安。自謂少經軍鎮，及為荊州，聞苻堅自出淮、肥，深以根本為慮，遣其隨身精兵三千人赴京師。時安已遣諸軍，且欲外示閑暇，因令沖軍還。沖大驚曰：『謝安乃有廟堂之量，不閑將略。吾量賊必破襄陽，而並力淮、肥。今大敵果至，方游談示暇，遣諸不經事年少，而實寡弱，天下誰知？吾其左衽矣！』俄聞大勳克舉，慚慨而薨。」作為一代名將，桓沖竟因「尤悔」而死，實在令人遺憾。

說到謝安的「雅量」，當時人甚至有一種誤會，以為其人「常無嗔喜」，如《尤悔》十四：

> 謝太傅於東船行，小人引船，或遲或速，或停或待，又放船從橫，撞人觸岸。公初不呵譴。人謂公常無嗔喜。曾送兄征西（謝奕）葬還，日暮雨駛，小人皆醉，不可處分。公乃於車中，手取

車柱撞馭人，聲色甚厲。夫以水性沉柔，入隘奔激。方之人情，固知迫隘之地，無得保其夷粹。

故事說：謝安在會稽乘船而行，奴僕駕船，時慢時快，時停時待，甚至任其縱橫穿梭，一會兒撞到人，一會兒又觸到岸，謝安一點都不呵罵譴責。人們都以為謝安經常無嗔無喜。但是那次謝安為哥哥謝奕送葬回來，太陽落山時下起大雨，駕車的僕人都喝醉了，無法駕馭車馬，謝安這時竟拿起車柱撞那個喝醉的車夫，聲色俱厲。接下來，作者特為謝安發了一通《世說新語》中極少見的議論，說：「水的性質是沉靜柔和的，進入狹隘的地段便奔流激蕩，不可遏止，拿人的性情來比方也就知道，處於窘迫急難的境地時，人是很難保持通常那種平和純粹的心境的。」這個故事被放在《尤悔》篇中，大概作者認為，一向鎮定從容、不喜不懼的謝安，也有這麼一次發脾氣的過失吧。但我還是覺得，就像王導罵蔡謨一樣，謝安的責罵車夫，發起雷霆之怒，都是真性情的流露。

說到謝安的性情，不得不提他的一大愛好，那就是喜歡聽伎。《晉書》本傳說：「（安）性好音樂，自弟（謝）萬喪，十年不聽音樂。及登臺輔，期喪不廢樂。王坦之書喻之，不從，衣冠效之，遂以成俗。又於土山營墅，樓館林竹甚盛，每攜中外子姪往來游集，肴饌亦屢費百金，世頗以此譏焉，而安殊不以屑意。」謝萬去世，十年不聽音樂，這是性情；後來位極人臣，而不拘禮俗，喪葬期間不廢音樂，這同樣也是性情。王坦之對他這種名士作風看不慣，曾經多次勸諫，謝安不聽。大概因為這個緣故，謝安對王坦之頗有微詞，說：「見之乃不使人厭，然出戶去，不復使人思。」（《賞譽》一二八）

下面這個故事更有趣：

謝公夫人幃諸婢，使在前作伎，使太傅暫見，便下幃。太傅索更開，夫人云：「恐傷盛德。」（《賢媛》二十三）

謝安的夫人劉氏把眾婢女圍在帷帳之中，叫她們在帳前歌舞，讓謝安看了一會就把帷帳放下了。謝安很不高興，要求再把帷帳打開，沒想到劉夫人卻說：「恐怕會損害您的大德。」可見謝安喜歡聽伎，已經到了讓夫人「時刻警惕著」的地步。明人王世懋大概很同情謝安的遭遇吧，打抱不平說：「此直妒耳，何足稱賢？」——這劉夫人分明是醋罈子嘛，哪裡能稱得上「賢媛」？

總之，謝安不是那種大義凜然的道德先生，但他比道德先生更可親，也更可愛。

長歌當哭

謝安忠耿一生，安邦定國，功莫大焉。但其晚年並不得志。據《晉書·謝安傳》載：「時會稽王道子專權，而奸諂頗相扇構，安出鎮廣陵之步丘，築壘曰新城以避之。……安雖受朝寄，然東山之志始末不渝，每形於言色。及鎮新城，盡室而行，造泛海之裝，欲須經略粗定，自江道還東。雅志未就，遂遇疾篤。」會稽王司馬道子（三六四—四〇二），是簡文帝的兒子，孝武帝的弟弟，此人少年得志，然心術不正，他和王坦之的兒子、謝安的女婿王國寶（？—三九七）沆瀣一氣，狼狽為奸，在孝武帝和謝安之間，大構讒言，使謝安失去皇帝的信任。大概正是權奸當道，有志難伸，才讓謝安再起「東山之志」的吧。

曾在淝水之戰中立過軍功的名將、著名音樂家桓伊對謝安的處境頗為同情，在一次孝武帝召集的宴會上，桓伊借表演節目的機會，撫箏而歌曹植的《怨詩》曰：「為君既不易，為臣良獨難。忠信事不顯，乃有見疑患。周旦佐文武，《金縢》功不刊。推心輔王政，二叔反流言。」聲節慷慨，俯仰可觀。謝安聽罷，「泣下沾衿，乃越席而就之，捋其鬚曰：『使君於此不凡！』帝甚有愧色。」（《晉書·桓伊傳》）我們從謝安的「泣下沾衿」可以看出，這位功臣良相在流言蜚語中，忍受著怎樣的屈辱和孤獨！

西元三八六年，一代名相謝安鬱鬱而終，享年六十六歲。

在謝安的葬禮上，發生了一個感人的故事，因為離婚而成仇隙的王珣竟然不計前嫌，「欲哭謝公」：

王東亭（王珣）與謝公交惡。王在東聞謝喪，便出都詣子敬道：「欲哭謝公。」子敬始臥，聞其言，便驚起曰：「所望於法護（王珣小字）。」王於是往哭。督帥刁約不聽前，曰：「官平生在時，不見此客。」王亦不與語，直前哭，甚慟，不執末婢（謝琰）手而退。（《傷逝》十五）

王謝家族的離婚事件在當時很轟動。《中興書》說：「珣兄弟（王珣、王瑉）皆婿謝氏，以猜嫌離婚。太傅既與珣絕婚，又離（瑉）妻，由是二族遂成仇釁。」儘管如此，謝安仍然對王珣欣賞有加。《賞譽》篇第一四七條：「謝公領中書監，王東亭有事應同上省。王後至，坐促，王、謝雖不通，太傅猶斂膝容之。王神意閑暢，謝公傾目。還謂劉夫人曰：『向見阿瓜（王珣另一小字），故自未易有。雖不相關，正自使人不能已已。』」這是在兩家斷親之後，謝安看到「神意閑暢」的王珣，仍然不由自主地「傾目」注視，回來後對劉夫人說：「剛才看到阿瓜，的確是不易多得的人物，儘管現在與他沒有關係了，但真是讓人難以割捨啊！」

不知謝安的感嘆王珣是否知道，總之，當他聽到謝安的死訊，竟然悲從中來，先到王子敬的家裡說：「我要去哭謝公。」子敬當時正躺著，一聽此言，便驚起道：「這正是我對你的希望。」王珣於是前往哭吊，卻被謝家總管刁約攔住，說：「我家大人生前，可沒見過你這位客人！」王珣也不理他，徑直向前弔喪，哭聲甚為悲慟，哭完，也沒按禮節握孝子謝琰的手，就退了出來。

長歌當哭，痛何如之！王珣一代名士，哪裡在乎什麼繁文縟節呢？刁約乃一凡夫俗子，豈能理解「人琴俱亡」、「哲人其萎」帶給知音者的巨大哀痛？！

這就是謝安的魅力，能讓他的政敵也敬仰，仇家也愛慕，當這位以高蹈超邁的雅量在天地之間寫下一個大寫的「人」字的風流宰相離開世界之日，魏晉名士上演的這齣風流大戲，差不多也就到了曲終人散的時候。

註釋

1 按：此諺語出自《晉書．王坦之傳》：「盛德絕倫郗嘉賓，江東獨步王文度。」

2 按：《世說新語．輕詆》二十六：「人問顧長康：『何以不作洛生詠？』答曰：『何至作老婢聲！』」劉注稱：「洛下書生詠，音重濁，故云老婢聲。」

3 按，此詩為嵇康《四言贈秀才入軍十八首》其十三，全詩為：「浩浩洪流，帶我邦畿。萋萋綠林，奮榮揚暉。魚龍瀺灂，山鳥群飛。駕言出遊，日夕忘歸。思我良朋，如渴如饑。願言不獲，愴矣其悲。」

4 《晉書．謝安傳》：「及（桓）溫病篤，諷朝廷加九錫，使袁宏具草。（謝）安見，輒改之，由是歷旬不就。會溫薨，錫命遂寢。」

5 《世說新語．容止》三十一：「王長史嘗病，親疏不通。林公來，守門人遽啟之曰：『一異人在門，不敢不啟。』王笑曰：『此必林公。』」劉孝標注稱：「按《語林》曰：諸人嘗要阮光祿共詣林公。阮曰：『欲聞其言，惡見其面。』此則林公之形，信當醜異。」同篇三十七：「謝公云：『見林公雙眼黯黯明黑。』孫興公云：『見林公稜稜露其爽。』」

6 《世說新語．文學》三十六：「王逸少作會稽，初至，支道林在焉。孫興公謂王曰：『支道林拔新領異，胸懷所及乃自佳，卿欣見不？』王本自有一往雋氣，殊自輕之。後孫與支共往王許，王都領域，不與交言。須臾支退。後正值王當行，車已在門，支語王曰：『君未可去，貧道與君小語。』因論《莊子．逍遙遊》。支作數千言，才藻新奇，花爛映發。王遂披襟解帶，流連不能已。」

7 此條劉注云：「王隱論揚雄《太玄經》曰：玄經雖妙，非益也。是以古人謂其屋下架屋。」

8 按：對謝安此話的理解，多有爭議。劉辰翁以為：「謂我在位時攻之。自任吞虜。」朱鑄禹則以為：「如劉（辰翁）所釋，仍不甚晰，似謂可擇有力者（當軸）為將，於近處消滅之。姑記此，以待宏博審釋之。」我採用的是張萬起、劉尚慈的《世說新語譯注》的譯文。

卷二 典故篇

《世說新語》是中國古代語言的寶庫，也是數以百計的成語、典故以及許多膾炙人口的人文故事與傳說的淵藪，無論何時何地，只要你打開這部書，便彷彿走進了一座由人、事、物、語組成的流光溢彩的典雅園林，移步換景，美不勝收。以成語、典故和熟語為例，出自《世說新語》而廣為流傳的就有如下諸例：

三字例：七步詩、登龍門、三語掾、做生意、唾壺缺、詠絮才、洛生詠、阿堵物等等。

四字例：登車攬轡、席不暇暖、鄙吝復生、叔度汪汪、深不可測、割席斷交、難兄難弟、高自標置、別無長物、咄咄逼人、契若金蘭、咄咄怪事、鶴立雞群、擲果潘安、傅粉何郎、望梅止渴、漸入佳境、劉伶病酒、一往情深、卿卿我我、拾人牙慧、期期艾艾、吳牛喘月、胸中塊壘、林下風氣、頰上三毛、看殺衛玠、剪髮待賓、黃娟幼婦、絕妙好辭、空洞無物、床頭捉刀、目不暇接、管中窺豹、坦腹東床、芝蘭玉樹、自慚形穢、汗不敢出、千里一曲、傳神阿堵、天壤王郎、雅人深致、人琴俱亡、擊楫中流、雪夜訪戴、興盡而返、不能免俗、阮囊羞澀、玉山傾倒、布帆無恙、東山再起、東山高臥、新亭對泣、楚囚相對、百感交集、流芳百世、遺臭萬年、粗服亂頭、我見猶憐、枕石漱流、普天同慶、千岩萬壑、拂袖而去、一木難支、倚馬可待、胸無宿物、略見一斑、金印斗大、韓壽偷香、老生常談、西風鱸魚、棟梁之才、標新立異、登峰造極、引人入勝、固若金湯、壁立千仞、口若懸河、濟河焚舟、廣陵散絕、殺美勸酒、謝安圍棋、周處斬蛟、雲蒸霞蔚、蘭摧玉折、後起之秀、名士風流、青州從事、龍躍鳳鳴、牖中窺日、應接不暇、擲地有聲、華亭鶴唳、日理萬機等等。

七字例：何可一日無此君、酒正使人人自遠、名教中自有樂地、不能言而能不言、會心處不必在遠等等。

八字例：澄之不清，擾之不濁；小時了了，大未必佳；樹猶如此，人何以堪；情之所鍾，正在我輩；舉目見日，不見長安；沉者自沉，浮者自浮；能令公喜，能令公怒；飄如遊雲，矯若驚龍；清風明月，輒思玄度；清露晨流，新桐初引；林無靜樹，川無停流；鳥獸蟲魚，自來親人；情生於文，文生於情；排沙簡金，往往見寶；使君輩存，令此人死；窮猿奔林，豈暇擇木；覆巢之下，安有完卵；卿用卿法，我用我法等等。

九字例：我與我周旋久，寧作我等等。

十字例：盲人騎瞎馬，夜半臨深池；聞所聞而來，見所見而去；處則為遠志，出則為小草；今之視古，亦猶後之視今；以小人之慮，度君子之心（以小人之心，度君子之腹）等等。

十一字例：我不殺伯仁，伯仁因我而死等等

十二字例：寧為蘭摧玉折，不作蕭敷艾榮；人言我憒憒，後人當思此憒憒等等。……

以上還只是我的不完全統計，相信已經令人有眼花繚亂、應接不暇之感！

那麼，創造了這些佳言雋語、名通妙典的人物，又該有著怎樣超塵拔俗的風采？穿越這葳蕤茂密的語詞叢林，我們能夠走進魏晉名士豐富多彩的心靈世界，觸摸到他們的心跳，聽聞到他們的呼吸嗎？

讓我們帶著這個疑問，從十二則最具特色的典故出發，開始新的閱讀之旅。

雪夜訪戴——一個人的烏托邦

1

「雪夜訪戴」典出《世說新語．任誕》篇。「任誕」，顧名思義，即任達放誕之意。這一篇記載了許多魏晉名士的出格行為和奇談怪論，是全書最具「看點」的一個門類；而「雪夜訪戴」又是這一系列琳琅珠玉般的典故中最耀眼的明珠。

這典故的主人公，就是在中國文化史上大名鼎鼎的王子猷。

王子猷（三三八？—三八六），字徽之，琅邪臨沂（今屬山東）人。東晉大書法家王羲之第五子。此人既無絕世之才，亦無豐功偉績，在品德方面更是乏善可陳，古人所追求的「三不朽」——立德、立功、立言——他一個都談不上。但他也有他的強項，那就是出身名門，血統高貴。唐代詩人劉禹錫的《烏衣巷》詩云：

朱雀橋邊野草花，烏衣巷口夕陽斜。舊時王謝堂前燕，飛入尋常百姓家。

這裡的「王謝」，指的就是在東晉顯赫無比的王導、謝安家族，而相比之下，河南陳郡的謝氏還是「新出門戶」，[1]遠不如山東琅邪王氏根深葉茂。

東晉政治是典型的門閥政治，豪門大族輪流把持朝政，皇帝常常淪為傀儡。[2]所以當時流傳有「王與馬，共天下」（《晉書．王敦傳》）的謠諺，意思是，以王導、王敦為首的山東琅邪王氏，能和司馬氏皇族分庭抗禮，共同掌管天下。王子猷是丞相王導的侄孫，在「上品無寒門，下品無勢族」（《晉書．劉毅傳》）、「世胄躡高位，英俊沉下僚」（左思《詠史其二》）的東晉，出身東晉第一豪門的他，真可謂要風得風，要雨得雨，無論物質生活還是文化生活，甚至仕途經濟，都享受著常人享受不到的特權和優遇。

這樣的貴族子弟，如果不學好，整天無所事事，不務正業，就會成為所謂「紈絝子弟」。《論語．子張》篇記載孔子的弟子子張說的一句話：「執德不弘，信道不篤，焉能為有？焉能為無？」意思是：擁有仁德而不發揚，信仰道義而不忠誠，這樣的人，有他、沒他一個樣。這很像是西方文學中「多餘人」[3]的形象。像王子猷這種出身名門、卻又胸無大志的人，不正是他那個時代的一個「多餘人」嗎？

但是且慢，正是這個王子猷，卻用他不同凡響的行為方式和生活方式，書寫了一個人間神話。他的神話不屬於道德，而關乎審美；無涉於政治，而與藝術相聯。我們甚至可以說，王子猷是一個靠特立獨行而爆得大名的「行為藝術家」。

2

用今天的眼光看來，王子猷是個徹頭徹尾的怪人，他的許多行為都讓人哭笑不得。比如有一次，他偶然到別人的空宅院裡暫住一段時間，人剛到宅子，便令家人種竹。有人不解地問：「暫住，何煩耳？」——只是暫時住住，何必這麼麻煩呢？王子猷打著口哨歌吟了好久，才指著竹子說：「何可一日無此君！」（《任誕》四十六）可見，在王子猷眼裡，竹子已經高度「人格化」了，成了生活中須臾不可或離的有道君子。後來的文人大多有種竹的雅好，應該就是拜王子猷所賜，可以說，王子猷是竹子的古今第一「形象代言人」。北宋大學家司馬光有首《種竹齋》詩，前四句云：

> 吾愛王子猷，借齋也種竹。一日不可無，瀟灑常在目。

東坡居士也有一首《於潛僧綠筠軒》詩云：

> 寧可食無肉，不可居無竹。無肉令人瘦，無竹令人俗。人瘦尚可肥，士俗不可醫。

關於竹子，王子猷還有件事也很「另類」。《世說新語》有一門名為《簡傲》，即「簡慢高傲」之意。其中一條記載說，王子猷某日出行經過吳中（今江蘇吳縣一帶），看到一戶士大夫人家庭院中種有好竹，便逕自闖了進去，旁若無人地欣賞起來。主人素知王子猷愛竹，早已灑掃廳堂預備款待，不曾想子猷賞竹完畢，竟招呼也不打就要揚長而去。主人也不含糊，當即命家人關好院門，執意留客。本就落拓不羈的王子猷對主人的這一招很是欣賞，於是「乃留坐，盡歡而去」（《簡傲》十六）。

故事看似好笑，其實大有深意。說明在王子猷眼裡，對於自然物如修竹的純粹的審美，其重要性遠在世俗的人際關係之上。由此可見，王子猷愛竹，絕不是附庸風雅，而是愛到近乎癡迷的程度了。後來，唐代大詩人王維在一首詩中，化用此典說：「到門不敢題凡鳥，看竹何須問主人。」[4]好一個「看竹何須問主人」！這是一種只有晉人才有的超然物外的自由精神！試想，竹子之為物，生於天地之間，本屬於自然和造化，假如主人不懂得欣賞，竹子種得再多也形同虛設；反過來，如果路人懂得欣賞，那路人豈不就是主人？

還有一次，王子猷應召赴都城建康（今江蘇南京），所乘之船停泊在青溪碼頭，恰巧有位名士從岸上過，王與之並不相識，船上一位客人道：「此人就是桓野王。」

桓野王，即東晉名士桓伊，字叔夏，小字子野，一字野王，譙國銍縣（今安徽濉溪縣）人，桓景之子。淝水之戰中，桓伊與謝玄、謝石帶領北府兵迎戰，大敗前秦軍隊。桓伊以軍功封為永修縣侯（今屬江西），進號右軍將軍。桓伊不僅會打仗，還是當時首屈一指的音樂家，尤其擅長吹笛。《世說新語．任誕》四十二：「桓子野每聞清歌，輒喚：『奈何！』謝公聞之，曰：『子野可謂一往有深情。』」清歌，就是聲調悲婉淒美的輓歌。桓伊每次聽到清歌就大叫「怎麼辦啊」，陶醉到了極點，說明他不僅對音樂有著極高的領悟力，而且十分重情，所以謝安說他「一往有深情」。成語「一往情深」蓋由此而來。

且說王子猷聽說岸上之人竟是桓伊，便命人到岸上對桓說：「聞君善吹笛，試為我一奏。」桓伊此時已是高官顯宦，但他素知子猷之名，對如此唐突的邀請也不在意，當即下車登船，坐在胡床上，拿出笛子就吹，笛聲清越，高妙絕倫。據說他吹的曲子就是著名的「梅花三弄」。吹奏完畢，桓伊立即上車走人。整個過程，「客主未交一言」（《任誕》四十九）。用今天的話說，這兩人的做派，簡直「酷斃」了！他們不以世俗的繁文縟節為意，整個身心都沉浸在悠揚的笛聲之中，這樣的審美人生，怕也只有晉人才純然獨具！晚唐詩人杜牧《潤州二首・其一》追緬此事云：

大抵南朝皆曠達，可憐東晉最風流。月明更想桓伊在，一笛聞吹出塞愁。

還是在《簡傲》篇，另有兩條記載了王子猷的從政經歷。其中一條說，王子猷曾在車騎將軍桓沖（三二八─三八四）的幕府中擔任騎兵參軍一職。這個官主要是管理馬匹的餵養、供給之事，有點像孫悟空曾做過的「弼馬溫」。但王子猷的官實在做得瀟灑，整天蓬首散帶，遊手好閒，不問正事。有一次，桓沖問他：「卿何署？」──你在哪個部門任職啊？

王回答：「不知何署。不過，時常看見有人牽馬來，大概是馬曹吧。」

桓沖又問：「那官府裡有多少匹馬呢？」

王子猷應聲回答：「『不問馬』，何由知其數？」「不問馬」三字是有出處的。《論語・鄉黨》篇：「廄焚，子退朝曰：『傷人乎？』不問馬。」說馬廄失火，孔子趕回來問：「可有人受傷？」卻不問馬的死傷情況。這裡，王子猷十分機智地引用這個典故，意思是：我和夫子一樣，是『不問馬』的，怎麼知道馬有多少呢？

桓沖也真不識趣，又問：「馬近來死了多少？」

這一回，王子猷回答得更妙：「『未知生，焉知死？』」（《簡傲》十一）

這話出自《論語．先進》篇。有一次，子路問孔子，什麼是「死」，而一向關注現實、從不語「怪力亂神」的孔子卻說：「未知生，焉知死？」意思是：對生存的意義尚且不知，又怎麼知道死亡呢？王子猷引用得恰到好處，不過意思發生了改變，變成：「活馬有多少我尚且不知，又怎麼知道死馬的數目呢？」真是令人絕倒！

桓沖對他這種「在其位而不謀其政」的態度很不滿，又找了個機會提醒他說：「你在我的幕府很久了，近來也該為我料理事情了。」可王子猷卻充耳不聞，若無其事，只看著高高的遠山，用手板拄著臉頰說：「西山朝來，致有爽氣。」——西山的早晨，空氣真是清爽啊！（《簡傲》十三）這真是標準的「王顧左右而言他」了！

3

這就是王子猷。用尸位素餐、玩世不恭、目中無人來形容他，真是再合適不過了。儘管如此，王子猷還是做到了黃門侍郎，但他很快就辭官歸隱了。「雪夜訪戴」的故事可能就發生在他隱居山陰的時候。山陰，即今天浙江紹興。《世說新語．任誕》四十七：

王子猷居山陰，夜大雪，眠覺，開室，命酌酒，四望皎然。

我們可以設想這樣一幅畫面：午夜的山陰，大雪紛飛，萬籟俱寂，遠山也好，近水也罷，一派銀妝素裹，景色真是美極了！那個叫王子猷的公子哥兒夜半醒來，再也無法入睡，百無聊賴之間，緩步踱到前庭，打開房門，一股寒風隨即撲了進來。王子猷打了個激靈，信步穿過迴廊，來到室外。站在雪地裡，四望皎然，不禁意蕩神搖。——書上寫的是「開室，命酌酒，四望皎然」，但我以為，事實上應該倒過來——「開室」之後，「四望皎然」，心中一動，有了興致，這才「命酌酒」。我們彷彿可以看到，王子猷深呼了一口夜氣，朗聲說道：「拿酒來！」

「命酌酒」三個字，其實不簡單。它一上來就把「魏晉風度」和我們凡夫俗子的日常生活拉開了距離。什麼是名士？根據晉人王孝伯（王恭）的說法：

名士不必須奇才，但使常得無事，痛飲酒，熟讀《離騷》，便可稱名士。（《任誕》五十三）

換句話說，名士必須滿足以下三個條件：有閒暇，有性情，還要有文化。如果這是個選擇題，答案是全選，三選一或三選二，都算錯。所以，後人羨慕晉人的風度，爭相效法，卻不免東施效顰之弊。為什麼？就是不能同時滿足這三個條件！

然而那是東晉，而且是在王子猷的家。我們今天做夢也不敢想的事，王子猷早已安之若素。不一會兒，上好的家釀——溫得恰到好處——已經端上備好的小酒桌，小菜和點心想必也都錯落有致地擺放完畢。佣人們打著呵欠下去了，蒼穹之下，雪色之中，只剩下一個叫做王子猷的人。再看接下來的一段：

因起彷徨，詠左思《招隱詩》。忽憶戴安道。時戴在剡，即便夜乘小舟就之。

我們繼續想像：王子猷就著雪景，自斟自飲了幾杯酒，越發覺得意興飛揚，不可遏止。此情此景，宇宙恒有而人多不知，怎不令人發思古之幽情？望著山影之中那片空濛的水域，王子猷不由得站起身來，一邊彷徨庭院，一邊朗聲吟誦起前朝詩人左思的《招隱詩》來。

左思（二五〇—三〇五），字太沖，臨淄（今山東淄博）人，西晉著名詩人，「洛陽紙貴」[5]的典故就與他有關。「招隱」這個主題最早見於《楚辭》中淮南小山的《招隱士》，主旨是山林險惡，希望隱居山谷的高士早點回到現實中來。但後來招隱詩的主旨卻恰恰相反，變成了對山水自然的無限仰慕，表達的是一種遠離仕宦、棄官歸隱的情緒。左思的《招隱詩》正是後一種主旨的代表之作[6]。

王子猷吟罷，不勝流連。突然，他想起一個人。一想起這個人，便再也坐不住了，連忙讓人準備船隻，他要連夜起程，前往會稽剡縣（今浙江嵊縣）去拜訪這位隱士。此人不是別個，就是當時著名的隱士、畫家、古琴演奏家戴逵。

戴逵（三二六？—三九六），字安道，譙郡（今安徽亳州）人，與曹操和嵇康同鄉。他仰慕竹林名士的風流，著有《竹林七賢論》。《晉書》本傳稱戴逵「少博學，好談論，善屬文，能鼓琴，工書畫，其餘巧藝靡不畢綜」。戴逵為人頗有氣節，著名的「戴逵破琴」的故事說，武陵王司馬晞聽說戴逵擅長鼓琴，就派人請他到王府演奏，戴逵很生氣，當著使者的面把琴摔碎，說：「戴安道不為王門伶人！」遂隱居會稽剡縣，屢征不仕（《晉書·隱逸傳》）。不僅有氣節，而且有雅量。《世說新語・雅量》三十四：「戴公（逵）從東出，謝太傅（安）往看之。謝本輕戴，見，但與論琴書，戴既無吝色，而談琴書愈妙。謝悠然知其量。」一次晤談，就改變了謝安對他的偏見，戴逵的人格魅力可以想見。這麼一個富有傳奇色彩的人物，難怪王子猷會對他悠然神往。

想念一個著名的隱士或朋友，當然不算奇怪，奇怪的是，在那樣一個風雪載途的深夜，而且說走就走，毫不含糊。王子猷又一次讓我們現代人大跌眼鏡！然而，更匪夷所思的還在後面——

經宿方至，造門不前而返。人問其故，王曰：「吾本乘興而行，興盡而返，何必見戴？」

由於崇尚「簡約玄澹」，《世說新語》的敘事速度極快，跳躍性極強，絕不拖遝枝蔓，而是一語中的，一劍封喉！事先毫無任何徵兆，大張旗鼓地開始尋隱訪友之旅的王子猷，突然間就在那樣一個江南雪夜，來了一個令我們驚詫無比的「華麗轉身」！

每次讀到這裡，我都會愣住，良久無語，彷彿有人按了「靜音」鍵，整個世界一片沉寂！你能想像一個馬拉松運動員，在他氣喘吁吁地跑到夢寐以求的終點時，竟然放棄了用身體去撞擊那根紅線——這是勝利和榮譽的標誌——而在萬眾因驚愕而瞪大的目光下，微笑著退出了比賽嗎？……不用說，在現代的競技場上，這樣的馬拉松運動員一定是子虛烏有，而東晉的名士王子猷，卻著實對著芸芸眾生「幽了一默」。

有人問他，他擲地有聲地說出了一番驚世駭俗的話：「乘興而行，興盡而返，何必見戴？」這十二個字脫口而出，卻成千古不刊之論，句句都成了膾炙人口的成語。一個「興」字背後，凸顯的正是一個大寫的「我」字。「萬物皆備於我」，「除我之外皆非我」，「我與我周旋久，寧作我」。——瘋瘋癲癲的王子猷在這一刻，用他那平凡的肉身超越了塵世的禁錮，飛升到了莊子所說的「無待」、「無功」、「無我」的逍遙境界！他憑藉自己多年來養成的超越性人格，從「必然王國」躍升到了「自由王國」！

這個看似荒誕，實則大有深意的故事傾倒了後世無數文人，讓他們心向神往，情有獨鍾。詩仙李白在詩文中對「雪夜訪戴」的故事念念不忘，反復徵引，恨不得與子猷同行。明人王世懋評點說：「大是佳境。」凌濛初也說：「讀此飄飄欲飛。」[7]

也許有人會說，王子猷這不過是「做秀」罷了，可是，在尚不知「行為藝術」為何物的時代，這樣一齣「成本巨大」的「真人秀」凡夫俗子豈可夢見？我以為，王子猷在那一刻，心裡只有一個無限放大的自我，而觀眾則只有一個——無所不在的上帝！

4

好的故事往往在高潮處奏響尾聲。王子猷有沒有敲響那扇隱士的柴扉，其實並不重要，重要的是，他在一個事件的結果處停住了腳步，從而賦予過程以一種非凡的價值和意義。這個故事之所以迷人，就在於它沒有把我們的目光引向一種功利的圓滿——所謂「相見盡歡」，也沒有把一種外在的客觀環境的缺憾——如「尋隱者不遇」——作為美感的誘因，而是，通過人物主動的選擇揭示和展現了自我心靈的無限豐富。

因為那「缺憾」是主觀選擇的結果，所以它就不再是一種「缺憾」，而成了與世俗的功利價值觀相對的一種超功利的「圓滿」，甚至成了對人為設置的一切目的和結果的微妙反諷！打個比方，假如你想請一個名人或偶像為你簽名，當你穿過人群，好不容易擠到最前面，馬上就可得償心願的時候，突然間覺得整個事情很無聊，很沒勁——難道名人真會把你當回事嗎？反過來，難道自己真會把名人的簽名當回事嗎？答案恐怕是否定的。於是你決定中止這一行為，然後擠出人群，打道回府。也許只有在這一刻，當你在嘈雜的人群中終於決定和自己相處的這一刻，你才能真正理解王子猷！

——雪夜訪戴，是王子猷一個人的烏托邦，可遠觀而不可褻玩也。

當然，王子猷也有不夠瀟灑的時候，和他的七弟王獻之（字子敬）相比，他又似乎有所不如。《世說新語．雅量》篇：

王子猷、子敬曾俱坐一室，上忽發火，子猷遽走避，不惶取屐；子敬神色恬然，徐喚左右，扶憑而出，不異平常。世以此定二王神宇。（《雅量》三十六）

「雅量」，是晉人非常推崇的一種人格氣度，特別是在危急關頭，一個人能夠鎮定從容，不改平常，最是難能可貴。王子猷、王子敬兄弟年紀相當，都有高名，人們很難評定二人優劣。有一次，兩人共處一室，突然發生「火警」，王子猷趕快逃命，情急之下，竟忘了穿上自己的木屐；子敬則不慌不忙，慢慢叫著自己的隨從，在他們的攙扶保護下從容走出房子，神色和平常沒有什麼兩樣。就是這麼一起突發事件，兩兄弟截然不同的表現，總算給世人提供了一個判別二人器量高下的重要依據。

不過在我看來，王子猷「死裡逃生」的惶急表現也算不上多麼「丟份兒」，那恰恰是他內心世界的真實袒露，雅量雖不足，真率頗有餘，只要有這一份「真」，我們誰都無權嘲笑他。

王子猷兄弟感情深厚，雖不同年同月同日生，死亡時間卻是相差無幾，而且，這兩兄弟即使在死亡前夕，也沒忘了給中國文化「做貢獻」，用他們的兄弟真情和藝術癡情演繹了一段淒美的悼亡傳奇。《世說新語．傷逝》篇：

王子猷、子敬俱病篤，而子敬先亡。子猷問左右：「何以都不聞消息？此已喪矣！」語時了不悲。便索輿來奔喪，都不哭。子敬素好琴，便徑入坐靈床上，取子敬琴彈，弦既不調，擲地云：「子敬，子敬，人琴俱亡！」因慟絕良久。月餘亦卒。（《傷逝》十六）

這讓我們想起伯牙和子期那段「高山流水」的「知音」故事。魏晉人悼亡最重「情」的宣洩，而無視儒家喪葬禮俗。子敬生前喜歡彈琴，子猷便不顧禮節取琴而彈，由於心情太過悲痛，竟然彈不成曲調，於是悲從中來，把琴摔在地上，說：「子敬啊子敬，你這一去，連你的琴也與你一同亡故了！」從此，「人琴俱亡」就成了一則表達對親友亡故悲悼之情的著名典故，與「黍離之悲」的國破家亡之痛恰成映照。

子敬辭世一個月後，王子猷也在病痛中離開人世。一代風流名士就此音消響絕，留給後世一個大大的驚嘆號！

明朝文人張岱有云：「人無癖不可與交，以其無深情也；人無疵不可與交，以其無真氣也。」（《陶庵夢憶》卷四）和許多魏晉名士一樣，王子猷身上到處都是缺點，但我們不得不承認，他真實地活出了自我。在一些所謂的道德楷模身上，也許就很難找到如此讓人心靈悸動的地方，說到底，不真實的生命又怎麼能夠產生美感呢？

一個問題隨之而來：為什麼在東晉會出現王子猷這樣的人物？從漢末到魏晉，中國的政治、社會、文化到底發生了什麼重大變故，竟使以天下為己任的士大夫變得如此超然和灑脫，或者說如此不負責任和無所作為呢？這裡面埋藏著怎樣的玄關金鑰？這也是我們試圖和讀者分享的話題。下一講，我們將把目光從王子猷身上拉開，上溯二〇〇年的光陰，回到《世說新語》的開篇，講一講漢末名臣陳蕃的典故——「仲舉禮賢」。

註釋

1 《世說新語．簡傲》九：「謝萬在兄前，欲起索便器。于時阮思曠（裕）在坐，曰：『新出門戶，篤而無禮。』」可見陳郡謝氏在東晉初年尚未顯赫。

2 關於東晉門閥政治的歷史流程和細節，可參看田余慶先生的《東晉門閥政治》，北京大學出版社，一九八九年版。該書以豐富的史料和周密的考證，對中國中古歷史中的門閥政治問題作了進一步分析和探索，認為中外學者習稱的魏晉南北朝門閥政治，實際上只存在於東晉一朝。門閥政治是皇權政治在特定歷史條件下出現的變態，具有暫時性與過渡性，其存在形式是門閥士族與皇權的共治。

3 「多餘人」的概念最早由俄國哲學家赫爾岑（一八一二—一八七〇）在《往事與隨想》中提出。指代的是十九世紀俄國文學中所描繪的貴族知識分子的一種典型。他們出身貴族，生活優裕，受過良好的教育，不滿現實但又無所作為，很具文學的典型價值。多餘人的形象包括普希金筆下的葉甫蓋尼．奧涅金、萊蒙托夫筆下的畢巧林、屠格涅夫筆下的羅亭、赫爾岑筆下的別爾托夫、岡察洛夫筆下的奧勃洛摩夫等。

4 此詩題為《春日與裴迪過新昌裡訪呂逸人不遇》，全詩云：「桃源一向絕風塵，柳市南頭訪隱淪。到門不敢題凡鳥，看竹何須問主人。城上青山如屋裡，東家流水入西鄰。閉戶著書多歲月，種松皆老作龍鱗。」

5 《晉書．左思傳》：「欲賦三都，移家京師，詣著作郎張，訪岷邛之事。構思十年，賦成。皇甫謐為賦序，張為注魏都，劉逵注吳、蜀而序之。張華見而嘆曰：『班（固）、張（衡）之流也。』於是豪貴之家競相傳寫，洛陽為之紙貴。」

6 王子猷吟誦的很可能是左思的《招隱詩二首．其一》：「杖策招隱士，荒塗橫古今。岩穴無結構，丘中有鳴琴。白雲停陰岡，丹葩曜陽林。石泉漱瓊瑤，纖鱗或浮沉。非必絲與竹，山水有清音。何事待嘯歌？灌木自悲吟。秋菊兼餱糧，幽蘭間重襟。躊躇足力煩，聊欲投吾簪。」

7 參見拙著《世說新語會評》，鳳凰出版社，二〇〇七年版，頁四三一。

仲舉禮賢——秋波頻傳儒道間

1

如果把《世說新語》比作一齣「亂紛紛你方唱罷我登場」的多幕劇，那麼第一個出場的人物無疑很關鍵，這個人物是誰呢？就是漢末大名鼎鼎的清議名士——陳仲舉。

陳仲舉（九五？—一六八），名蕃，汝南平輿（今河南平輿縣）人。仲舉年輕時就胸有大志，聞名鄉里。《後漢書》本傳載，陳仲舉十五歲時，曾獨居一室，但不怎麼喜歡搞衛生工作，院子裡房間裡有點「髒亂差」。有一次，他父親的一位名叫薛勤的朋友來做客，看到這情景，就對他說：「小朋友為何不灑掃房間以待賓客呢？」沒想到陳仲舉振振有詞地說：「大丈夫處世，應當掃除天下，怎麼能只幹打掃房間這樣的小事呢？」薛勤這才知道，這孩子不同凡響。不過，有的「勵志」型版本卻說，薛勤聽了陳仲舉這話，馬上反駁說：「一屋不掃，何以掃天下？」[1]

這個典故很有名，現在學校裡的老師，動員學生大掃除的時候，經常會用這句話：「一屋不掃，何以掃天下？」其實，誰打掃衛生的時候心裡想著掃除天下呢？我們中國人，特別喜歡那些說得好聽、卻完全不合邏輯的漂亮話。就事論事地說，我以為，陳仲舉說的其實沒錯，一個人如果拘泥小節，是很難幹成大事的。屋子掃得再乾淨，也未必就能掃清天下；反過來，從不打掃屋子的人，也未必就不能掃清天下！

這個故事說明，陳蕃少年時就有澄清天下之志，雞毛蒜皮的瑣屑小事他一概看不上。後來陳蕃成為東漢末年舉足輕重的大政治家，清議名士的領軍人物，絕非偶然。

2

因為上述緣故，「仲舉禮賢」這個故事開篇就說：

陳仲舉言為士則，行為世範，登車攬轡，有澄清天下之志。

大意是：陳仲舉的言論是讀書人（士）的準則，行為是當世的模範。他剛剛踏上仕途，登車攬轡，就有志於澄清天下政治。這裡的「言為士則，行為世範」，真不是瞎說的。結合陳仲舉的政治履歷可知，這句話用在他身上，可說是恰如其分。「登車攬轡」是個成語，登車，是坐上車子；攬轡，拿起轠繩；比喻踏上仕途，躊躇滿志。

那麼，是不是陳仲舉剛剛踏上仕途的第一任，就是做豫章太守呢？也不是。事實是，在做豫章太守之前，陳仲舉曾舉過孝廉，做過郎中，還曾做過至少和豫章太守差不多大的樂安（今山東高青縣）太守，後來甚至官拜尚書，可謂官運亨通，仕途坦蕩。而他到豫章（今江西南昌）任太守，並非升遷，而是因為觸怒權貴被貶了官。劉孝標注引《海內先賢傳》稱：「蕃為尚書，以中正忤貴戚，不得在臺，遷豫章太守。」

所以，「言為士則，行為世範，登車攬轡，有澄清天下之志」這幾句，既可以理解為《世說新語》的作者對陳仲舉這個人的總體評價，也可以理解為，在貶到豫章做太守之前，陳仲舉在政治上已經達到了這樣的一種境界，獲得了當世的廣泛認同。

陳仲舉在樂安太守任上，有兩件事值得一提。

第一件，可看出其為人。陳仲舉做樂安太守時，另一位清議領袖李膺（字元禮，一一〇—一六九）正好來做青州刺史（樂安屬青州管轄），刺史是朝廷派到各州監督官吏的官職，權力很大，因為李膺秉公執法，素有威名，那些心虛的下屬官吏，都聞風而逃，只有陳仲舉因為清正廉潔坦然留任。陳、李二人後來惺惺相惜，結成政治上的攻守同盟，傳為佳話。

第二件，牽涉到對一起民事案件的處理。有個叫趙宣的人，父母親死了，他安葬完後，卻不封住墓道，竟然穿著孝服住在墓道裡，長達二十年！一時孝子之名遠播。有人把他推薦給陳仲舉，陳就召見他，沒想到，問到他的妻兒老小的情況時，竟然發現一個「驚天醜聞」：原來趙宣的五個孩子都是在他服孝的這二十年裡所生！按照當時的喪禮，父母去世要守孝三年（實際上是二十五個月左右），服喪期間，孝子不能飲酒食肉，不能吹拉彈唱搞娛樂活動，甚至不能穿綾羅綢緞，錦衣秀裳，當然也不能近女色。這個所謂的孝子，如果按照一般喪俗守孝三年，也就罷了，偏偏要假惺惺地住在墓道中二十年，給人一種不食人間煙火的假象，其實呢，卻該幹啥幹啥，孩子生了一大堆。陳仲舉一聽，大怒，罵其「誑時惑眾，誣污鬼神」，下令將其逮捕法辦，以正視聽。史書上說，陳仲舉「性方峻」，即方正峻烈之意，由這兩件事可見一斑。

陳仲舉所處的時代，正是東漢末年最黑暗、最腐敗、外戚宦官先後專權亂政、史上臭名昭著的「桓、靈之世」。讀陳仲舉的傳記，你會發現，他的一生幾乎都在批評政治，鞭撻腐敗，多次因言獲罪，又因為名節高尚而多次東山再起，官越做越大，但嫉惡如仇的秉性，卻是老而彌堅。陳仲舉真正做到了孟子所說的「富貴不能淫，威武不能屈，貧賤不能移」，是一個真正的大丈夫！他的立身行事在當時具有極大的影響力，當時的人物品評中，他被尊為「三君」之一。什麼是「君」呢？《後漢書．黨錮列傳》的解釋是：「君者，言一世之所宗也。」正是「言為士則，行為世範」的意思。

這說明，搞不好個人衛生的人，未必就搞不好公共衛生。所以，《世說新語》才把陳仲舉的故事放在開篇第一條，給予非常高的評價。

3

我們繼續往下看：

為豫章太守，至，便問徐孺子所在，欲先看之。主簿白：「群情欲府君先入廨。」陳曰：「武王式商容之閭，席不暇暖。吾之禮賢，有何不可！」

故事說，陳仲舉出任豫章太守時（約在西元一四七年前後），一到郡，便打聽徐孺子的住處，想先去拜訪他。主簿（主管文書簿籍的官，相當於今天的秘書）稟報說：「大家的意思，是希望府君先進官署（廨）料理政務。」陳仲舉則說：「從前，周武王剛戰勝殷，席子還沒來得及暖熱，就乘車去到賢人商容的家門口探望，見到商容，俯身憑式（車上橫木叫式）而立，以示尊敬。人家武王敬賢禮士，連休息都顧不上。我禮敬賢人，不先進官署，又有什麼不可以呢？」

故事寫到這裡戛然而止。讀完這個故事，我們難免會生出一個疑問，陳仲舉要拜訪的這個徐孺子到底是何方神聖，竟然讓陳仲舉如此傾心仰慕，還搬出周武王禮敬商容的典故為自己辯解呢？

徐孺子，就是當時著名的隱士徐稚（九七—一六八），他的字很怪，就叫孺子，孺子，就是小孩子，加上他的名，合起來就是「幼稚的小孩子」。這樣古怪的名字大概寄寓了父輩的某種寄託，因為世道險惡，想要苟全性命於亂世，唯有「絕聖棄智」，最好是永遠長不大，永遠處於幼稚懵懂的孩童狀態。

徐孺子正是陳蕃要去做官的豫章地方的人，兒時便有高名。《世說新語．言語》篇：

> 徐孺子年九歲，嘗月下戲，人語之曰：「若令月中無物，當極明邪？」徐曰：「不然。譬如人眼中有瞳子，無此必不明。」（《言語》二）

徐孺子九歲時，有一天晚上，在月光下遊戲，有人指著月亮對他說：「如果月亮裡面什麼都沒有，應該比現在更明亮吧？」這話問得很有些天文學價值，說明至少在那時候，古人已經注意到了月球上的天文現象，比如那些我們叫做環形山的東西，正是它們讓月亮看起來有些斑斑駁駁，而不是光潔如鏡的。這樣一個很像「腦筋急轉彎」的問題，徐孺子回答得很妙，他說：「你說的不對，空洞無物未必就更明亮。」說到這裡，還怕對方聽不明白，又打了個比方說：「好比人的眼睛裡有黑色的瞳仁，沒有瞳仁，眼睛一定不明亮！」[2]這麼小的孩子，就能用「相對主義」的眼光看問題，真是了不起！

就是這個徐孺子，長大後卻成了很有名的隱士。他做隱士不是因為做不上官，而是不想做。史書記載，公府官家多次徵召他出來做官，可他就是不出來，愣是要「將隱居進行到底」！這種隱居不仕的思想可以追溯到孔子。孔子說過：「邦有道則仕，邦無道則可卷而懷之。」（《論語．衛靈公》）這話是誇獎一個叫蘧伯玉的賢人的，孔子稱讚他是君子，國家有道的時候就出來做官，國家無道的時候，又能把自己的才能收而藏之，以達到全身避禍的目的。徐孺子不願做官，大概正是看透了當時政治的黑暗無道，所以不願意蹚那道渾水吧。

儘管不願做官，徐孺子卻並非不近人情，對於賞識自己的伯樂，他一向知恩圖報。有個「隻雞絮酒」的典故就與徐孺子有關。《後漢書．徐稺傳》記載，太尉黃瓊（八六—一六四）曾經征辟徐孺子出來做官，徐不就。等到黃瓊去世，歸鄉安葬時，徐孺子非常傷心，一個人背著乾糧，徒步趕到江夏（今屬湖北武漢）去為黃瓊送葬。因為家貧，沒有什麼貴重的禮物，就設「隻雞絮酒」，哭泣祭奠一番就走人了，連姓名也不告訴人家。

何謂「隻雞絮酒」？根據謝承《後漢書》的描述，就是事先在家裡把一隻雞燒烤加工好，再把一兩綿絮浸漬在酒中，曬乾以後，用來包裹那隻熟雞，這樣便於長途攜帶。到了死者的墓地，再用水把那曬乾的綿絮浸泡一下，瀝出酒水來，再加上那隻雞，這樣有酒有雞，就算是祭品了。後來人們就以「隻雞絮酒」，代指以菲薄的祭品悼念亡友。

徐孺子因此獲得美名，所以陳仲舉到豫章作太守，走馬上任，下車伊始，要做的第一件事，就是馬不停蹄地去拜訪這位無職無權的隱士。仔細想想，這是不是做「政治秀」呢？依我看，不是。要做政治秀，完全不必這麼著急，新官上任，先到官衙裡報個到，發表一通就職演說，和各大部門的下屬官吏見個面，放在今天還要和媒體記者開個記者會什麼的，聲勢造大之後，再去拜訪某個社會賢達，這樣效果豈不是更好？可陳仲舉完全不搞這些俗套，一到郡，還沒去官衙，就要先去拜訪徐孺子，這樣一份「求賢若渴」的樣子是裝不出來、也「秀」不到位的。而且，他引「武王式商容之閭」的典故，也是大有深意。周武王是完成伐紂大業的聖王，商容則是個不問政事的隱士，聖王禮敬隱士，是很有象徵意義的，體現的是一種海納百川、有容乃大的氣度和雅量。這說明陳仲舉心裡念念不忘的，還是復興先王之道，掃除當時的政治陰霾，使天下太平，四海清一。

說完這句話，陳仲舉是不是就去見徐孺子了呢？《世說新語》沒有說，留給我們一個很大的懸念。根據《後漢書．徐稚傳》的記載，陳仲舉肯定去了徐孺子的家，而且還盛情邀請他出來做官，礙於面子，徐孺子到官署報了個到，就打道回府了，還是做他的隱士。但從此，兩人成了好朋友。

據袁宏《漢紀》記載，陳仲舉為官清正，在豫章太守任上，從不接待賓客，唯獨對徐孺子禮敬有加，特意在家為他設計了一張放在現在也很「時髦」的床榻，徐哪天來就哪天打開給他睡，人一走便把床榻懸掛於壁上，完全專床專用。這個發明放在今天，簡直可以申請專利了！「陳蕃懸榻」、「徐孺榻」因此成為一則風雅典故，被後世文人傳唱不衰。徐孺子的老家，今江西南昌徐家坊的古地名，就叫「懸榻裡」。其實，徐孺子並不是第一個享受「懸榻」待遇的人，早在樂安太守任上，陳仲舉就對一個名叫周璆的高潔之士禮敬有加，這種特製的「懸榻」就是那時專為周璆發明的。

4

西元六六三年（一說六七五年）九月初九重陽節，「初唐四傑」之一的王勃意氣風發地寫下了流芳千古的《滕王閣序》，其中兩句：「物華天寶，龍光射牛斗之墟。人傑地靈，徐孺下陳蕃之榻。」就引用了「陳蕃懸榻」的典故。而「徐孺下陳蕃之榻」一句，又衍生了「下榻」這一熟語。現在我們稱貴賓到哪裡住賓館，也叫「下榻」。不過，走遍全世界的賓館，恐怕也找不到一張床榻是懸掛起來的吧。

總之，陳仲舉對中國文化的貢獻還真不小。陳仲舉這個人，就像一隻不斷叮咬東漢王朝腐敗軀體的牛虻，又像一個不遺餘力要為天下清除蕪穢的政治清道夫，他有一種唐吉訶德大戰風車的精神，用古語說，就是「知其不可而為之」。可以說，東漢末的政權在那樣一種風雨飄搖之中能夠苟延殘喘近百年，正是有陳蕃這樣的國家棟梁柱石之臣「鐵肩擔道義」的結果。陳蕃的死亡也是可歌可泣的。史書上說，七十多歲的他，實在不忍看到大漢政權被奸佞小人篡奪，就與大將軍竇武謀劃誅殺宦官曹節、王甫等人，不料事情很快洩露，這位白髮蒼蒼的老翁，竟拔出寶劍作拚死反抗，最後下獄被害。

回到開頭的那個話題。《世說新語》為什麼要把「仲舉禮賢」的故事放在開篇第一條呢？[3]在我看來，這是一個不便明說的信號，這樣一個故事，隱含的是士人對進與退、仕與隱、出與處選擇的一個考問。作為傳統儒家士大夫的優秀代表，陳仲舉當然知道「邦有道則仕，邦無道則隱」這句話，在漢末的亂世，他的內心一定是很矛盾的。一方面，他要建功立業，另一方面，他也羨慕那些世外高人。這和孔子當年的心態很相似。孔子曾說過：「賢者辟（避）世，其次辟地，其次辟色，其次辟言。」（《論語．憲問》）他何嘗不想徹底地擺脫對天下的牽掛，安貧樂道地度過一生呢？從他贊同曾點的「詠而歸」（《論語．先進》），我們就知道，夫子心裡也有歸隱之志，只不過他宅心仁厚，無法放下天下蒼生罷了。所以，就像當初孔子拜訪老子，向他問禮，陳仲舉對徐孺子的禮敬，也完全可以理解為儒家向道家的一次靠近，一次回眸，一種親和。打開漢末的歷史，你會發現，這種儒家向道家「暗送秋波」的傾向是越來越明顯了。這，恐怕也是一種不以人的意志為轉移的時代大勢和社會潮流吧。

追本溯源，儒和道在最初的時候，並不是截然分開的，我們甚至可以說，就像一個硬幣的兩面，每個人的心裡，都是既有儒，也有道。把這樣一個故事放在「頭版頭條」，足以說明《世說新語》在文化趣味和價值取向上的多元性和包容性。如果沒有這種多元性和包容性，《世說新語》能否成為一部人見人愛的傳世經典，怕是要打一個問號的。

註釋

1 按：《後漢書．陳蕃傳》記此事云：「父友同郡薛勤來候之，謂蕃曰：『孺子何不灑掃以待賓客？』蕃曰：『大丈夫處世，當掃除天下，安事一室乎！』勤知其有清世志，甚奇之。」並無薛勤反駁之語，蓋好事者為之矣。

2 事見《世說新語．言語》二：「徐孺子年九歲，嘗月下戲，人語之曰：『若令月中無物，當極明邪？』徐曰：『不然。譬如人眼中有瞳子，無此必不明。』」

3 關於這個問題，前輩學者多有論述。如陳寅恪先生說：「《世說新語》，記錄魏晉清談之書也。其書上及漢代者，不過追述緣起，以期完備之意。惟其下迄東晉之末劉宋之初迄於謝靈運，故由其書作者只能述至其所生時代之大名士而止，然在吾國中古思想史，則殊有重大意義。蓋起自漢末之清談適至此時代而消滅，是臨川康王不自覺中卻於此建立一劃分時代之界石及編完一部清談之全集也。」（《金明館叢稿初編．陶淵明之思想與清談之關係》）余英時先生認為：「《世說新語》為記魏晉士大夫生活方式之專書，而此一新生活方式實肇端於黨錮之禍之前後，亦即士大夫自覺逐漸具體化、明朗化之時代……《世語》所收之士大夫之言始於陳仲舉、李元禮諸人者，殆以其為源流所自出，故其書時代之上限在吾國中古社會史與思想史上之意義或大於其下限也。」（《士與中國文化》）

叔度汪汪——神龍見首不見尾

1

這一講，我們要講一個很神秘的人物——黃叔度，圍繞他的典故就是「叔度汪汪」。《世說新語》這部書，看似零散無章，從哪裡看都差不多，其實它卻有一個非常完整的網狀結構，每個門類主題相對集中，人物和故事環環相扣，可謂「形散而神不散」。譬如《德行》篇第一條是關於「仲舉禮賢」的故事，緊接著，另一個人物出場了：

周子居常云：「吾時月不見黃叔度，則鄙吝之心已復生矣。」（《德行》二）

有個叫周子居的人經常說：「我一段時間不見黃叔度，那種鄙陋貪吝的心思就又會萌生出來。」這裡的「時月」，是指一段時間。在《論語・雍也》篇裡，孔子誇獎顏回，曾說過：「回也，其心三月不違仁，其餘則日月至焉而已矣。」意思是，學生裡面，只有顏回能夠做到長時間不違背仁德，其他學生麼，只是短時間想到仁德罷了。孔子說的「日月」，和這裡的「時月」，意思是一樣的，都是指短時間。

讀者看到這一條，發現陳仲舉突然不見了，換了個人說了一句話，引出了黃叔度。其實，熟悉這段歷史和人物關係之後，就會明白，陳仲舉並沒有完全退場，這些人物跟他都有關係，不僅是同郡老鄉，還是知交好友。我們姑且把這種編寫方法，叫做「藕斷絲連法」。

這個周子居，名叫周乘，字子居，汝南安城（今河南平輿西南）人。在《世說新語・賞譽》篇中，第一條就是陳仲舉對周子居的稱賞和讚譽：

> 陳仲舉嘗嘆曰：「若周子居者，真治國之器。譬諸寶劍，則世之干將。」（《賞譽》一）

陳仲舉曾感嘆地說：「像周子居這樣的人，真是治國安邦的寶器。拿寶劍來比方吧，他就好比寶劍中的干將！」眾所周知，干將莫邪是寶劍中的極品，所以這個評價是非常高的。後來周子居果然官拜泰山太守，為官清正，體恤民情，很有聲譽。周是個很清高的人，《汝南先賢傳》裡說他「高峙嶽立，非陳仲舉、黃叔度之儔則不交也」。也就是說，他自視甚高，陳、黃之類的人他才會交往，一般人是入不了他「法眼」的。用今天的話說，這個人很「牛」，也很「酷」！

然而，這樣一個又「牛」又「酷」的人，卻說他一段時間不見黃叔度，就會又變得俗不可耐，那黃叔度該是個怎樣的人物？而且，據《後漢書・黃憲傳》記載，陳仲舉對同鄉的周舉（可能是周乘之誤）也說過的類似的話。後來陳仲舉位至三公（東漢時以太尉、司徒、司空合稱三公）時，還曾臨朝而嘆：「叔度若在，吾不敢先佩印綬矣！」能讓陳仲舉如此自慚形穢，黃叔度無與倫比的人格魅力可見一斑。說到底，周子居不過是個線索人物，他出場的作用，就是拋磚引玉——隆重推出神秘人物黃叔度！這真是強中更有強中手，一山更比一山高，而《世說新語》的妙處正在這裡。

2

黃叔度何許人也？現代人恐怕不甚了了。但他在漢代末年，卻是個「重量級」的道德先生，當時及後世的讀書人，無不仰慕他的大名，嚮往不已，以至竟有「叔度遺風」之說。

黃叔度名憲，以字行，汝南慎陽（今河南正陽）人。說起來，黃叔度還是我的正宗老鄉，我就出生於河南正陽。我們那兒是個小地方，沒出過什麼大人物，數來數去，也就只有這個黃叔度。至今黃叔度的墓址還在正陽縣教育局的院內，屬於「省級重點保護文物」。

我的這位「古書裡的老鄉」，出身很貧賤，他的父親是個牛醫，即通常所謂獸醫。但就是這位牛醫的兒子，卻創造了漢末亂世的一個道德神話。這不能不說是個奇蹟。參與黃叔度「道德神話」塑造的有三個重要人物，分別是荀淑、戴良和郭泰。

先說荀淑。荀淑（八三—一四九），字季和，潁川潁陰（今河南許昌）人，據說他是荀況的第十一代孫，三國時曹操帳下謀士荀彧的祖父。荀淑少有高行，大名士李膺對他非常崇敬，稱他是「清識難尚」（《德行》五），即見識高明，很難企及之意。得到李膺這麼高的評價，可見荀淑的德行和聲望之高。

《後漢書．黃憲傳》記載，荀淑有一次到慎陽，在一家旅店裡碰上黃叔度，當時叔度只有十四歲，卻已然文采斐然，見識超凡，言談之間，竟然讓荀淑驚喜得挪不動步子。末了，荀淑心服口服地說：「子，吾之師表也。」荀淑接著又去拜訪慎陽的另一位名士袁閬（字奉高），一到袁的住所，就問：「你這地方有個當世顏回，你可知道？」袁閬馬上說：「你一定是見過我們的叔度了吧？」袁閬這話說明，十四歲的黃叔度在鄉里早有當世顏回的名聲。

顏回是孔子最得意的門生，也是孔門弟子中最具道德偶像色彩的人物。除了因為「一簞食，一瓢飲，在陋巷」弄得嚴重營養不良以外，顏回幾乎是孔子心目中最完美的弟子。一出場孔子就誇他：「吾與回言終日，不違如愚。退而省其私，亦足以發。回也，不愚。」（《論語．為政》）後來孔子讓他和子路「各言其志」，子路說：「願車馬衣裘與朋友共，敝之而無憾！」顏回則很低調，說：「願無伐善，無施勞。」（《論語．公冶長》）就是希望自己能做到不誇耀自己的長處，不表白自己的功勞。有人問孔子：「哪個弟子最好學？」孔子還是首推顏回：「有顏回者好學，不遷怒，不貳過，不幸短命死矣，今也則亡，未聞好學者也。」（《論語．雍也》）這個「不遷怒，不貳過」，真是一般人終生難以修為的品德。連他的同學曾參都誇他，說他能做到「以能問於不能，以多問於寡；有若無，實若虛，犯而不校。」（《論語．泰伯》）這個顏回，真是勤勉好學、安貧樂道的道德楷模，難怪他英年早逝之後，孔子要悲痛欲絕地說：「天喪予！天喪予！」（《論語．先進》）

但是，我們說顏回是個道德神話是有「潛臺詞」的，但凡「神話」，其最突出的特徵就是不可思議、難以求證。比如說顏回，除了孔子在《論語》裡對他的表揚和讚美之外，我們幾乎找不到他有什麼實在的才幹，除了道德，還是道德！所以子路對這個小師弟是很不服氣的，有一次孔子又表揚顏回，說：「用之則行，舍之則藏，唯我與爾有是夫！」意思是：「被任用就施展抱負，不被任用又能巧妙地掩藏才能，能做到這一點的，大概只有我和你吧？」子路當時在場，馬上說：「老師，如果你帶兵打仗，會和誰一道呢？」言下之意，顏回這小白臉兒又有什麼真本事！[1]其實，連孔子也認識到顏回的局限，他曾說：「回也非助我者也，於吾言無所不說（悅）。」（《論語．先進》）說來說去，就是顏回太聽話了，不能對老師有所啟發，真正實現「教學相長」。但世上的事偏就這麼奇怪：越是有這些事功上的局限，就越是能夠成就顏回的道德塑造，在「立言」、「立功」方面他交了白卷，人們就會在「立德」方面給他加分，特別是他因為嚴重營養不良和學習太過賣力而不幸早夭後，關於顏回的道德神話就更有感染力了。

為什麼要介紹顏回？因為黃叔度和顏回太像了。和顏回一樣，黃叔度也是這樣一個沒有事功而又讓人膜拜的道德偶像。他和顏回的確很相似：首先是家境貧寒，出身低賤；其次是德行高尚，又能安貧樂道；第三就是淡泊名利，虛心好學，做到了孔子所說的「隱居以求其志」（《論語．季氏》）。當大名士荀淑說他是「顏子復生」的時候，黃叔度的「道德神話」已經初具規模了。

3

再說戴良。戴良字叔鸞，汝南慎陽人（也是我的老鄉），《後漢書．逸民列傳》有其傳。說到戴良，順便介紹一下他對中國文化和魏晉風度的一個貢獻。史書上說，戴良年輕時任誕無節，卻對母親十分孝敬，他母親喜歡聽驢鳴，他就經常學驢叫逗母親開心。這「驢鳴娛親」，和傳說中的

「老萊娛親」真有異曲同工之妙。實事求是地說，驢鳴並不是很好聽的聲音，但驢鳴高亢，嘹亮，不鳴則已，一鳴驚人，自有一種不管不顧的豁達韻味。更為重要的是，驢鳴的神態和音效很具視聽感染力，有著讓人忍俊不禁的喜劇色彩。

沒想到，戴良發明的這種特殊的盡孝方式，後來竟開魏晉名士愛好驢鳴之風氣，《世說新語．傷逝》篇就記載了兩條關於驢鳴的故事：

王仲宣好驢鳴，既葬，文帝臨其喪，顧語同遊曰：「王好驢鳴，可各作一聲以送之。」赴客皆一作驢鳴。（《傷逝》一）

一則說，「建安七子」之一的王粲死後（時在西元二一七年），在他的追悼會上，名流咸集，曹丕當時雖然未作皇帝，但已經任五官中郎將，副丞相，地位極其尊貴。在這樣莊嚴的場合，曹丕竟然對大家說：「王粲生前最喜歡聽驢鳴，我們不如每人學一聲驢鳴，為這位好朋友送行吧？」說完，自己帶頭學了一聲驢叫。大家也都各學了一聲驢叫表示哀悼。曹丕雖然在歷史上形象不佳，但他的通脫放達的個性對於魏晉士風的影響不容小視。別的不說，在追悼會上學驢叫，今天的官員恐怕想也不敢想，夢都夢不到！

另一則也是發生在追悼會上的故事：

孫子荊以有才，少所推服，唯雅敬王武子。武子喪時，名士無不至者。子荊後來，臨屍慟哭，賓客莫不垂涕。哭畢，向靈床曰：「卿常好我作驢鳴，今我為卿作。」體似真聲，賓客皆笑。孫舉頭曰：「使君輩存，令此人死！」

西晉時，名士孫楚（字子荊）和王濟（字武子）是一對好朋友，孫才高氣傲，很少佩服誰，唯獨敬重王濟。後來王濟死了，辦喪事的時候，天下名士都來弔喪。孫楚來得很晚，對著王濟的屍體放聲慟哭，眾賓客見了也都陪著流淚。孫楚哭完，對著靈床說：「你生前常喜歡聽我學驢叫，現在我再為你學一聲。」說完就學了一聲驢鳴，聲震屋宇，惟妙惟肖，眾賓客都被他逗笑了，追悼會的莊嚴氣氛也一掃而空。沒想到孫楚卻很生氣，抬起頭對眾人說：老天真是不公，竟讓你們這幫傢伙活著，卻令這個人死掉了！看來孫楚學驢叫並不是為了搞笑，而是痛悼好友的真情流露。

魏晉名士喜歡驢鳴，就像喜歡長嘯一樣，都是個性張揚、放達不羈的表現，已經和戴良「驢鳴娛母」的孝子行為關係不大，但追溯起來，這種風氣戴良還是始作俑者，「智慧財產權」應該在他這裡。所以余嘉錫先生說：「此可見一代風氣，有開必先。雖一驢鳴之微，而魏、晉名士之嗜好，亦襲自後漢也。況名教禮法，大於此者乎？」（《世說新語箋疏》）

《後漢書》本傳上說，戴良「才高倨傲」，目空一切，曾自比仲尼、大禹，發出「獨步天下，誰與為偶」的豪言。你看他把自己比作孔子和大禹，似乎比人稱顏回的黃叔度要高明許多，但所有的自賣自誇都是不作數的，比不上眾人的口碑。史載戴良每次見到黃叔度，「未嘗不正容」，沒有一次不是規規矩矩，肅然起敬的。回到家裡常常惘然若有所失。有一次他垂頭喪氣地回來，母親劈頭就問他：「你又到牛醫兒那裡了吧？」真是哪壺不開提哪壺！戴良倒也老實，回答說：「我不見叔度，並不覺得自己不如他；等到見了他的人，就覺得他『瞻之在前，忽焉在後』，真是深不可測啊！」

戴良引用的這句「瞻之在前，忽焉在後」，恰好是顏回讚美孔子的話：「仰之彌高，鑽之彌堅，瞻之在前，忽焉在後。」（《論語．子罕》）請注意，戴良本來是以孔子自比的，可他一見到黃叔度，就自動退居到孔子學生顏回的位置上去了。黃叔度這個人，似乎真具有無與倫比的魔力！

4

黃叔度道德神話的第三個接力者是我們前面說過的郭泰。郭泰（一二八—一六九），字林宗，漢末太學生領袖，是和汝南許劭齊名的人物品評大師。「叔度汪汪」的典故，就是被他創造出來的。《世說新語．德行》篇第三條說：

郭林宗至汝南，造袁奉高，車不停軌，鑾不輟軛；詣黃叔度，乃彌日信宿。人問其故，林宗曰：「叔度汪汪如萬頃之陂，澄之不清，擾之不濁，其器深廣，難測量也。」

郭林宗到了汝南郡，先去拜訪袁奉高（袁閬），見面一會兒就走了，「車不停軌，鑾不輟軛」。去拜訪黃叔度卻連日整宿，流連忘返。別人問他原因，他說：「黃叔度好比萬頃的湖泊那樣寬闊深邃，澄之不可能使其更清，攪之也不可能使其更濁，他的器量淵深廣大，很難測量啊！」

關於郭林宗，我們在《人物篇》中會專門介紹，此人後來成了太學生的領袖，善於人倫識鑒，在漢末是個一言九鼎的人物。這大概是他年輕時第一次和黃叔度見面，一見之下，便為之傾倒不已，嘆為觀止，你說這黃叔度是不是神仙中人？從此，中國人的字典裡，就有了「叔度汪汪」、「叔度陂湖」這個典故。

關於黃叔度的這兩個條目我們講完了。讀者一定會產生一個疑問：這個黃叔度到底怎麼樣，我們還是不知道啊？其實，有這個感覺就對了，要不怎麼叫「其器深廣，難測量也」呢？當年孔子見了老子後，回去就對弟子說：「鳥，吾知其能飛；魚，吾知其能游；獸，吾知其能走。走者可以為罔，游者可以為綸，飛者可以為矰。至於龍，吾不能知，其乘風雲而上天。吾今日見老子，其猶龍邪！」（《史記．老子韓非列傳》）——深不可測，妙不可言，神龍見首不見尾，藏而不露，這就是我們的黃叔度了！

順便說一句，漢語言文學有一個十分重要的描寫方法，叫做側面描寫。我們講的這些故事，沒有一個是正面描寫黃叔度長得什麼樣，說過什麼話，做過哪些事的，而是通過別人的印象反襯他的風神、氣度和「磁場」般的人格魅力。儘管如此，叔度的優雅風度，深廣器量，卻是呼之欲出，讓人心向神往。這種「窺斑測豹法」，早在《論語》中已開端倪，到了《世說新語》又被發揚光大。這跟中國人對語言的有限性的理解是有關係的，在先秦道家哲學中，有個命題叫做「言意之辨」，具體說就是認為「言不盡意」，語言不能窮盡所要表達的意旨，所以古人追求「言約意豐」、「言近旨遠」、「以少勝多」等等。這種「只可意會，不可言傳」的手法，跟中國書畫中的「留白」和「飛白」一樣，給人留下了無窮的想像空間。

史書上說，黃叔度直性高邁，屢征不仕，多次拒絕做官機會，所以他四十八歲去世時，天下號為「征君」。征君者，屢征不仕之君子也。被褐懷玉，甘居貧賤，這讓許多利祿之輩自慚形穢，叔度在時人心目中品位極高，分量極重，原因正在於此。

對於黃叔度這樣沒有「立功」、「立言」而只是「立德」的人，現代人可能很難理解。正如錢穆先生所說：「今天我們只看重得志成功和有表現的人，卻忽略了那些不得志失敗和無表現的人。……但歷史的大命脈正在此等人身上。中國歷史之偉大，正在其由大批若和歷史不相干的人來負荷此歷史。」又說：「當知各人的成敗，全視其『志』『業』。但業是外在的，在我之身外，我們自難有把握要業必成。志則是內在的，只在我心，用我自己的心力便可掌握住。故對每一人，且莫問其事業，當先看其意志。」（《中國歷史研究法》第六講《如何研究歷史人物》）黃叔度之所以令人敬仰，正在於他在那樣一個污濁的世道，堅守住了自己的靈魂底線，張揚了自己的個人意志，活出了與眾不同的自我！

十多年前我回老家，曾專程和朋友拜謁黃叔度墓。沒想到，未能挹其清芬不說，迎面撲來的卻是一股人糞的濁臭。原來，這處當時的「縣級重點保護文物」竟成了一間公共廁所的芳鄰，廁所邊，還有一塊因地制宜的菜地，而唐代大書法家顏真卿所題寫的「漢黃叔度墓」五字碑文，早被齊腰深的荒草淹沒！我常想，不知道「澄之不清，擾之不濁」的黃叔度活在今天，會是怎樣一番光景。但有一點可以肯定，這樣一位不願做官的隱士，在一個「官本位」的時代，無論如何也不會成為大眾偶像。

在我看來，不管科技如何發展，社會如何進步，不懂得欣賞那些不得勢、不成功、「無表現」卻又有操守、有意志、有個性的邊緣人物，恰恰是我們「今不如昔」的地方。

註釋

11 事見《論語．述而》：「子謂顏淵曰：『用之則行，舍之則藏，惟我與爾有是夫！』子路曰：『子行三軍，則誰與？』子曰：『暴虎馮河，死而無悔者，吾不與也。必也臨事而懼，好謀而成者也。』」

難兄難弟——有其父必有其子

1

中國人非常重視血緣關係和兄弟情意，即使沒有血緣關係的人，如果關係好，也常常稱兄道弟。有一句格言說得好：「兄弟不一定是朋友，但朋友一定是兄弟。」特別是那些共過患難、或都處於同樣困境的人，往往被稱作「難兄難弟」（ㄋㄢˋ ㄒㄩㄥ ㄋㄢˋ ㄉㄧˋ）。其實，這個成語的最早出處不是其他文獻，而是《世說新語》。而且，這個成語最早的讀音應該是「ㄋㄢˊ ㄒㄩㄥ ㄋㄢˊ ㄉㄧˋ」。

我們來看《世說新語．德行》篇第八條：

陳元方子長文，有英才，與季方子孝先，各論其父功德，爭之不能決。咨於太丘，太丘曰：

「元方難為兄，季方難為弟。」

這個故事很有趣，說兩個小孩子，一對堂兄弟，在玩一種我們小時候都玩的遊戲，就是「比父親」。兩人爭執不下，就跑到爺爺那裡請求裁決。爺爺也很為難，手心手背都是肉嘛，而且兩個兒子的確都很優秀，最後只好和稀泥地說：「兄長難為兄，弟弟難為弟。」意思是說，兩兄弟都好，難分伯仲。這就是「難兄難弟」這個典故的由來。

故事的「內核」就是如此。但要理解深入一點，就必須對號入座，分別瞭解這個爺爺是誰，怎麼養了這麼厲害的兩個兒子？這兩兄弟又是誰，到底有什麼了不起？

這個爺爺，名叫陳寔（一〇四－一八七），字仲弓，潁川許（今河南許昌東）人。古代常以官名稱人，陳寔曾任太丘這個地方的行政長官太丘長，所以又稱他陳太丘。陳寔在太丘長任上時，有兩件事值得一提，都記錄在《世說新語．政事》篇裡：

陳仲弓為太丘長，時吏有詐稱母病求假。事覺，收之，令吏殺焉。主簿請付獄考眾奸，仲弓曰：「欺君不忠，病母不孝，不忠不孝，其罪莫大。考求眾奸，豈復過此？」（《政事》一）

陳仲弓為太丘長，有劫賊殺財主，主者捕之。未至發所，道聞民有在草不起子者，回車往治之。主簿曰：「賊大，宜先按討。」仲弓曰：「盜殺財主，何如骨肉相殘？」（《政事》二）

第一件說，陳寔做太丘長時，下面有個官吏請假，謊稱自己母親病了。後來被發覺，陳寔就逮捕了那人，並下令殺掉他。主簿覺得這個處罰有點重，就請求交付獄吏，考問他還有沒有其他罪行。言下之意，僅憑這一條就置他的死罪，理由顯然不夠充分。陳寔卻說：「欺君不忠，病母不孝，不忠不孝，其罪莫大。你審查世上的其他罪行，難道還有比這更嚴重的嗎？」

第二件說，當時有個地方發生了一個搶劫殺人案，被殺的是一位財主，罪犯已被抓捕歸案。於是陳寔親自帶人去審理此案。縣長親自出馬到案發地點審問兇手，可見陳寔對這個案子的重視程度。但是，緊接著發生了一件事，竟然使陳寔改變了這次行動的方向。在還沒到達案發現場的時候，突然接到另外一個報告，說有戶人家竟然把剛生下的嬰兒給溺死了！陳寔一聽，馬上命令掉轉車頭，先去審理這起殺嬰案。大概還是那個主簿，再一次建議說：「盜賊事大，情節更嚴重，應該先去審理。」沒想到陳寔卻說：「強盜殺了財主，怎麼比得上殘殺自己的親生骨肉更嚴重呢？」言下之意，財主被殺，還有為富不仁、遭人仇恨的可能，可一個剛出生的嬰兒，有什麼罪過，竟被親生父母所殺？俗話說「虎毒不食子」，這種行為可以說是禽獸不如！

這兩個故事都沒有交代最後結果，到底罪犯是否被處死，我們不得而知。這不是《世說新語》的作者賣關子，故意吊人胃口，而是，《世說新語》本就偏重記言，它總是試圖讓讀者把注意力投注到主人公說的那些話上面，至於故事的結果，在作者看來，並不是最重要的。我們從這兩個案子的處理可以看出，陳太丘和陳仲舉一樣，也是個眼裡揉不進沙子的人，可以說是嫉惡如仇，尤其不能容忍的就是為子不孝、為「父」不仁這樣的敗壞儒家倫理綱常秩序的行為。故袁宏《漢紀》稱：「寔為太丘，其政不嚴而治，百姓敬之。」《後漢書》本傳也說：陳寔在鄉里，用心平正，為人表率。大家有什麼爭端，都來請陳寔裁決，經他判斷的是非曲直，大家都心服口服。以致於流行著這樣一句話：「寧為刑罰所加，不為陳君所短。」

著名的「梁上君子」的典故也與陳寔有關。有一年鬧饑荒，百姓生計艱難。一天晚上，一個強盜潛入陳家，爬到房屋的大梁上。陳寔看見了裝作不知，而且起身穿戴整齊，把家裡的孩子都召集過來，正色說：「做人不能不好自勤勉。不善之人未必本來就是惡的，只不過是習慣成自然，養成了不善的脾性，比如這位梁上的君子就是！」強盜一聽，大驚失色，連忙從梁上跳下來，叩頭認罪。陳寔開導他說：「看你狀貌，不似惡人，你這樣做應該是由於貧困所致。」於是贈送給他二匹絹。從此全縣再無盜賊出沒。

2

不過，陳太丘給人印象最深的，還是教子有方。他共養了六個兒子，個個都有出息，其中最富美名的就是那對「難兄難弟」——長子陳元方和少子陳季方。

說起老大陳元方，最著名的就是「元方逐客」的故事：

> 陳太丘與友期行，期日中。過中不至，太丘舍去，去後乃至。元方時年七歲，門外戲。客問元方：「尊君在不？」答曰：「待君久不至，已去。」友人便怒曰：「非人哉！與人期行，相委而去。」元方曰：「君與家君期日中，日中不至，則是無信；對子罵父，則是無禮。」友人慚，下車引之。元方入門不顧。（《方正》一）

有一次，陳太丘和朋友約好在中午碰頭，一起出行。可是那位朋友不太守時，過了中午還沒到。陳太丘很生氣，就撇下這朋友一個人先走了。他走後不久，朋友就來了。當時，陳元方只有七歲，正在家門外玩耍嬉戲。這個朋友就問他：「你父親在家否？」陳元方知道這件事，就回答說：「我父親等你好久，你還不來，已經先走了。」朋友便很惱火，罵罵咧咧地說：「這個老陳，真不是人！明明和人約好一塊走，自己卻拋下人家先走了！」元方一聽，不滿意了，說：「您和我父親約好在中午碰面，可你卻姍姍來遲，這是不守信用；當著兒子的面，罵他的父親，這是沒有禮貌。」朋友很慚愧，就下車過來拉他，表示友好。陳元方呢，倒是人小志氣大，壓根不睬他，一個人跑到家裡去了。

我們看這個故事，就知道古代的家庭教育帶給孩子的不僅是文化修養，還有一種價值判斷。孔子說：「父在，觀其志；父沒，觀其行。三年無改於父之道，可謂孝矣。」（《論語．學而》）我們從陳元方身上，看到了他父親陳太丘的影子。

還有一個故事記載在《夙慧》篇：

> 賓客詣陳太丘宿，太丘使元方、季方炊。客與太丘論議，二人進火，俱委而竊聽。炊忘著箄，飯落釜中。太丘問：「炊何不餾？」元方、季方長跪曰：「大人與客語，乃俱竊聽，炊忘著箄（竹頭），飯今成糜。」太丘曰：「爾頗有所識不？」對曰：「彷彿志之。」二子俱說，更相易奪，言無遺失。太丘曰：「如此，但糜自可，何必飯也？」（《夙慧》一）

故事說：有一天陳家來了客人，並且要留宿在家，陳太丘就讓兩個兒子陳元方和陳季方燒飯款待客人。兩個孩子領命去廚房幹活，陳太丘自己便和客人一起高談闊論。談論的內容我們不是很清楚，可能是比較高深的道理。元方、季方兩兄弟有一搭沒一搭地燒火，不時一起跑過去竊聽，聽得津津有味。結果呢？本來是要蒸飯的，兩個小傢伙卻忘記放蒸飯的竹箄子，把飯煮成了一鍋粥。開飯的時候，陳太丘發現了這個問題，就問哥倆怎麼把飯做成粥了？元方、季方馬上跪下來承認錯誤，說剛才您和客人談話，我們忙著偷聽，忘了放箄子，所以把飯做成粥了。太丘一聽，也沒發火，就問：「你們是否記得住剛才我們說的內容呢？」兩人說：「好像記著不少。」於是兩個人你一言、我一語，把談話複述出來，居然原原本本，一字不差！陳太丘十分高興，就說：「既然如此，吃粥就吃粥吧，何必吃飯呢？」

《夙慧》篇主要記錄神童早慧的故事。看了這一條，不僅對元方、季方兄弟的聰明伶俐印象深刻，更值得注意的是陳太丘對兒子的態度。首先是讓孩子幹家務，絕不嬌生慣養；其次，孩子煮飯不成，熬成了粥，照理是要批評的，但聽到孩子們居然對自己和客人的談話感興趣，而且能夠一字不漏地複述出來，便發自內心地高興，贊許有加。

說到幹家務，有一個更好的例子：

> 陳太丘詣荀朗陵，貧儉無僕役，乃使元方將車，季方持杖從後，長文尚小，載著車中。既至，荀使叔慈應門，慈明行酒，余六龍下食，文若亦小，坐著膝前。於時太史奏：「真人東行。」（《德行》六）

有一次，陳太丘去拜訪朗陵侯相荀淑（就是誇獎黃叔度的那位），因為「貧儉無僕役」——家貧而儉樸，沒有僕役侍候，就讓長子元方駕車送他，小兒季方拿著手杖跟在車後。孫子陳長文（元方之子陳群）年紀還小，就坐在車上。一家祖孫三代就這樣來到了荀家。到了荀家，荀淑讓兒子叔慈迎接客人，讓慈明勸酒，其餘六個兒子負責上菜。孫子荀文若（就是後來成為曹操謀士的荀彧）也還小，荀淑就把他抱坐在膝上。

這個故事的意味在哪裡呢？我以為關鍵在於「貧儉」二字。對「貧儉」的態度，是這個故事被放在《德行》篇的重要原因。陳太丘顯然是故事的主角。「貧儉」我以為是個偏義副詞，偏在「儉」上。陳的家境可能真的貧窮，也可能未必，就是說，即使他家並不窮，他也可能是儉的，至少不會擺闊炫富。現在有的父母對孩子，採取的是一種「窮家富養」的態度，經濟上再拮据，也要讓孩子感到要什麼有什麼，這是一種虛榮心在作怪。結果孩子長大後，不知體諒父母，不知為家庭分憂。有的人則相反，「富家窮養」，很多大富豪十分節儉，對孩子儘量採取平民教育，讓他受苦受累，學得一技之長。孔子說：「愛之，能勿勞乎？」（《論語．憲問》）說的正是此意。

陳太丘去看荀朗陵，純屬私人交往，「貧儉無僕役」，說明他並不是沒有僕役，養不起僕役，而是不願在這麼一次私人性質的拜訪中假公濟私，虛張聲勢。陳太丘顯然不是那種在乎別人眼光的俗人，輕車簡從，自然隨意，傳達的是一種內在的自信。他讓我們想起子路。在孔子眼裡，子路是那種「衣敝縕袍，與衣狐貉者立，而不恥」（《論語．子罕》）的人。穿著破棉袍，和穿著狐皮大衣的人站在一起，而毫不覺得羞恥，這是一種難得的修為和境界！夫子還說過，「士志於道而恥惡衣惡食者，未足與議也」（《論語．里仁》）。對物質條件的過分看重，會使人喪失對道義的執著。陳太丘這個人的高明之處在於：第一，他貧儉但不以貧儉為恥，不搞排場，不慕虛榮，雖然做官，但絕不搞「公車私用」。第二，教子有方，兒子們駕車的駕車，殿後的殿後，不讓他們有任何優越感，這正是所謂行「不言之教」，也就是「身教」。

有道是「物以類聚，人以群分」。我們只要看看荀淑的待客之道，就可以得出結論：他完全配得上做陳太丘的朋友。人通常是客隨主便，荀淑來了個主隨客變，你們父子不拘小節，我們作主人的，更應該從善如流。他把八個兒子全部調動起來，參與到對客人的迎接和招待事宜中。一個是輕車簡從，心懷坦蕩；一個是投桃報李，真心誠意，這才是真正的君子之交淡如水。可想而知，那樣的聚會一定是其樂融融，如沐春風！

3

俗話說：有其父必有其子。就是這麼一家人，祖孫三代都有美名。《德行》篇第七條說：

客有問陳季方：「足下家君太丘，有何功德，而荷天下重名？」季方曰：「吾（於）家君，譬如桂樹生泰山之阿，上有萬仞之高，下有不測之深；上為甘露所沾，下為淵泉所潤。當斯之時，桂樹焉知泰山之高，淵泉之深？不知有功德與無也。」（《德行》七）

有位客人問陳季方：「令尊大人太丘長到底有什麼功德，而在天下享有崇高的名聲呢？」這話是很有挑戰性的，說明看重事功而不重德行的人自古就有。季方何等聰明，他避實就虛地說：「我相對於我的父親，就好比一棵桂樹生長於泰山的半山腰；望上看，是萬丈高峰，往下看，是難測深谷；在上，我享受著雨露澆灌，在下，我又得深泉滋潤。這種情況下，桂樹怎麼知道泰山有多高，深泉有多深呢？我不知道父親有沒有功德啊！」

陳季方說，父親是泰山，而我就是泰山上的一株桂樹，父親在我眼裡，高不可攀，深不可測。看起來是說他不知道父親有沒有功德，其實卻把父親誇成了一朵花兒！我懷疑陳季方的誇父術，是「盜版」了子貢的誇師之道。子貢誇孔子，更是無所不用其極，有人說他比孔子要強，他不僅沒有沾沾自喜，反而為老師據理力爭，大作廣告，他說：「譬之宮牆，賜（子貢名端木賜）之牆也及肩，窺見室家之好。夫子之牆數仞，不得其門而入，不見宗廟之美、百官之富。得其門者或寡矣。」（《論語．子張》）他拿宮牆打比方，說自己的牆才剛到肩膀，站在牆外一看，就知道裡面富麗堂皇，好處多多。可孔子的牆卻有幾十尺高，一般人找不到入口，所以看不到裡面的「宗廟之美，百官之富」。有人背後詆毀孔子，子貢挺身而出，捍衛自己的老師，他說：「仲尼是不可詆毀的。別人的賢德，就好比丘陵，尚且可以逾越；而仲尼的賢德，就像天上的日月，是無法逾越的。」他還說：「夫子之不可及也，猶天之不可階而升也。」（《論語．子張》）一句話，詆毀仲尼的人，都是自不量力，搬起石頭砸自己的腳，得不償失！

比較一下，陳季方把父親太丘比作泰山，把自己比作泰山上的一棵桂樹，真是很生動。他不知道父親的功德不是因為父親沒有功德，而是「不識廬山真面目，只緣身在此山中」！

這是兒子評價老子。我們再看老子如何評價兒子。

回到開頭的那個故事。在我們把具體人物落實之後，故事就更清楚了：陳元方的兒子陳長文，也就是陳群，有傑出的才能，有一次，他和陳季方的兒子陳孝先，各自論述自己父親的事功和品德，兩人爭執不下，便去問祖父太丘長陳寔。作祖父的說：「你們兩個的父親啊，旗鼓相當：元方很難當哥哥，季方也很難當弟弟啊。」

陳太丘這話可以從兩個方面理解。其一，元方、季方兄弟倆，半斤八兩，難分伯仲。其二，作為爺爺，面對兩個如此崇拜父親的孫子，——他們的父親又是自己的兒子——陳寔也的確不太好評價，於是只好說：兄難為兄，弟難為弟。一個父親這麼誇獎兒子，頗有些遺傳學方面沾沾自喜的味道，好像在說：看！我的遺傳基因多好！

撇開這些微妙的人物關係不談，單從語言的表達上看，這話說得實在很妙！我們知道，儒家講求父慈子孝、兄友弟恭，父子、兄弟之間的倫理規定是相當分明的，一個父親說出這樣的話，事實上包含了某種試圖超越倫理限制，轉而單純客觀地評價一個人的意思，沒準兒，老頭子愣了一個神兒，客觀比較了一下，繼而突然想起問話者、回答者、以及比較的對象之間，這種「剪不斷，理不亂」的血親關係，所以才說了這麼一句充滿意味的話。言下之意，這兩個人作兄弟實在有些「兩難」，如果只作朋友，一定是不相上下，難分軒輊！

「難兄難弟」的成語就由此而來。這兩則放在《德行》篇裡，是為了表彰陳氏父子的德業，和黃叔度的那兩則一樣，也是側面烘托，對人物的具體事功則不置一詞。這就是漢語系統的突出特點，我們中國人對語言本身的暗示性和想像空間的迷戀，常常超過了對語言所指對象的探尋。《世說新語》接續了《論語》的記言傳統，一段看似故事的記載，最終總要以一句雋言妙語作結，造成「言有盡而意無窮」的觀賞效果。

在這方面，還有一個故事堪稱極品，那就是我們下一講要講的——「管寧割席」。

管寧割席——陽關道與獨木橋

1

「管寧割席」是中國第一流的筆記小說，也是最見風骨的絕交故事。中國人十分看重友誼。在君臣、父子、夫婦、長幼（兄弟）和朋友這「五倫」關係中，朋友是十分重要的一倫。父子有親、君臣有義、夫婦有別、長幼有序、朋友有信，這是五倫關係的基本原則。古語云：「同門曰朋，同志曰友」。因為沒有血緣關係作為紐帶，維繫友誼的只有相同的志向和相互間的誠信。《易傳》中說：「二人同心，其利斷金；同心之言，其臭如蘭。」意思是朋友之間同心協力，他們的力量就像鋒利的刀刃足以把堅硬的金屬砍斷；而同心同德的人發表一致的意見，說服力更強，感覺就像嗅到芬芳的蘭花香味，讓人容易接受。所以，形容朋友之間交情深厚，常常說是「契若金蘭」。

友誼既然這麼重要，人們對朋友的要求就難免嚴格甚至苛刻。相比之下，古人比今人更加耿直，所以絕交故事時有發生，有的讓我們看來有些匪夷所思，比如，「管寧割席」這個故事，乍一看就有些不近情理。

這個典故的主人公有兩個：管寧和華歆。管寧在《世說新語》中就出現這麼一次，卻以少勝多，成為流芳千古的人物，不能不說是一個奇蹟。

管寧（一五八—二四一），字幼安，北海朱虛（今山東臨朐）人。據說是齊相管仲之後。《後漢書》本傳說他身長八尺，「美鬚眉」，長得很瀟灑。年輕時他與平原人華歆、同縣邴原相友，一同四處遊學，而且三個人都很敬佩陳仲弓——就是我們前面講過的陳太丘。根據劉孝標注引的《魏略》一書，當時人們稱他們三人為一條龍：華歆是龍頭，管寧是龍腹，邴原是龍尾。

管寧和邴原關係可能更好些，當時天下大亂，二人就一起跑到遼東避亂。遼東一帶在公孫度（一五〇—二〇四）統治之下，相對比較安定，公孫度對二人更是虛席以待，禮敬有加。邴原，字根矩，也不是凡俗之輩。在《世說新語．賞譽》篇中，有一條記載說：

公孫度目邴原：「所謂雲中白鶴，非燕雀之網所能羅也。」（《賞譽》四）

「目」，在這裡做動詞用，即品評之意，相當於「謂」。公孫度評價邴原說：「他就像傳說中的雲中高飛的白鶴，不是捕捉燕子麻雀的網子所能網羅的。」後來，邴原果然不願意終生隱居，而去做了官。有個記載說，魏王太子曹丕舉辦宴會，請來了一百幾十位賓客，席間，曹丕出了個題目問大家：「如果君主和父親都得了重病，而只有一個藥丸，可救一人，應當救君主呢，還是父親？」大家有說先救君的，也有說先救父的，眾說紛紜。當時邴原也在坐，他沒有參與這個討論。曹丕就問他先救誰。沒想到邴原一臉怒容，說：「當然先救父親！」曹丕還算有雅量，對這個明顯帶有不恭色彩的回答也沒有生氣。

這個故事說明，邴原的確是個挺有個性的人，給他機會拍馬屁都不屑！但就是這樣一個高人，在管寧、華歆的圈子裡，也還只是「龍尾」。而《三國志・華歆傳》裴松之注引的《魏略》，卻與劉孝標的注有點不同，說華歆為龍頭，邴原為龍腹，管寧為龍尾。兩個注家所引的乃是同一本書，略有出入，但華歆的「龍頭老大」之位則是牢固的。這條龍的位置排列，裴松之很不滿意，他說管寧德行這麼好，邴原也不比華歆差，都不應該是龍尾。明代的何良俊一不做二不休，乾脆說：「篤而論之，當以管為龍頭，邴為龍腹，華為龍尾。」[1]我也同意這個安排，說穿了，大家對華歆的印象都不大好，有意見。為什麼呢？我們先來介紹一下華歆這個人。

2

華歆（一五八—二三二），字子魚，平原高唐（今屬山東）人，漢末時為尚書令，又曾投靠孫權，入魏後官至太尉。華歆是個很有爭議的人物，可以說毀譽參半。對他比較正面的評價主要在《三國志》裡。陳壽寫《三國志》，十分簡明扼要，對歷史材料的取捨很嚴格，而且他是晉人，晉是從曹魏的手裡得天下的，他自然要以魏為正統，華歆畢竟是曹魏政權的三朝元老，難免對他手下留情，所以本傳中的華歆，基本上是個德才兼備的人。

但到了《世說新語》裡，華歆的形象就不那麼漂亮了，可以說是瑕瑜互見。有說他好的，比如《德行》篇有一條把他和陳元方、陳季方兄弟相比較：

華歆遇子弟甚整，雖閑室之內，儼若朝典。陳元方兄弟恣柔愛之道，而二門之裡，兩不失雍熙之軌焉。（《德行》十）

說華歆對待子弟很嚴整，即使是在家裡，禮儀也像在朝廷上那樣莊敬嚴肅。而陳元方兄弟呢，卻是儘量實行溫和慈愛之道。不過這兩種風格截然不同的家庭內部，都沒有失掉和睦安樂的祥和氛圍。也就是說，這一嚴一寬，兩種不同的門風，都達到了儒家追求的「齊家」的境界。

另有兩條，把華歆和王朗進行比較，可以稱作「華王優劣辨」，華歆也告勝出。王朗（？—二二八），字景興，東海郯（今山東郯城）人，是經學家王肅的父親。漢末為會稽太守，入魏後官至司徒。善於治獄，因反對恢復肉刑，頗得美譽。但在《世說新語》中，王朗只是華歆的一個陪襯。如《德行》篇第十二條：

王朗每以識度推華歆。歆蠟日，嘗集子侄燕飲，王亦學之。有人向張華說此事，張曰：「王之學華，皆是形骸之外，去之所以更遠。」

王朗常常在識見和氣度方面推崇華歆。華歆每逢蠟祭[2]那天，就把子侄聚到一起宴飲，王朗也學他的做法。西晉的時候，有人向當時的士林領袖張華（二三二—三〇〇）說到這事，張華說：「王朗學華歆，都是學些表面的東西，因此距離華歆反而越來越遠。」這讓我們想起兩個典故：邯鄲學步和東施效顰。說明至少在西晉的時候，人們對華歆的評價還是很高的。

緊接著的一條還是拿王朗烘托華歆：

華歆、王朗俱乘船避難，有一人欲依附，歆輒難之。朗曰：「幸尚寬，何為不可？」後賊追至，王欲捨所攜人。歆曰：「本所以疑，正為此耳。既已納其自託，寧可以急相棄邪？」遂攜拯如初。世以此定華、王之優劣。（《德行》十三）

這個很著名的故事說，華歆、王朗一同乘船避難，有個人想搭他們的船，華歆開始不同意。王朗說：「好在船還寬，怎麼不行呢？」於是就收留了他。後來強盜追來了，王朗態度陡變，想甩掉那個搭船人。華歆卻說：「我當初猶豫，就是怕碰到這樣的情況呀。既然已經答應了他的請求，怎麼可以因為情況緊迫就拋棄他呢？」便仍舊帶著他逃命。世人就以此來判定華歆和王朗的優劣。章太炎先生以為這故事很可能是華歆後人的塗脂抹粉，因為這個故事最早記錄在華嶠的《譜敘》裡，而華嶠是華歆的後代。（《葑漢昌言》五）

不過，撇開歷史是非不論，這則故事中的華歆，前後表現的反差，的確給人以很好的觀感，就事論事，前面的拒絕是審慎的表現，後來的不棄又是負責的表現。相比之下，王朗的始納終棄，「閑時愛買好，急則不顧」（李贄評語），就有些讓人齒冷了。所以明人鐘惺評論說：「華歆一世虛名，惟此舉差強人意。」（《世說新語會評》，頁一一）

3

如果說王朗這人挺倒楣，似乎活著就是為了襯托華歆的美德的話，那麼，華歆的運氣也不是一直就那麼好。在「管寧割席」這則故事中，華歆也沒有逃過充當管寧陪襯的命運：

管寧、華歆共園中鋤菜，見地有片金，管揮鋤與瓦石不異，華捉而擲去之。又嘗同席讀書，有乘軒冕過門者，寧讀如故，歆廢書出看，寧割席分坐，曰：「子非吾友也！」（《德行》十一）

這一則寫了兩個片段性的小故事，全用白描，沒有一句多餘的廢話，卻瑕瑜立現，褒貶自出，敘事上達到了很高的藝術境界，讀來如同嚼著一枚橄欖，韻味悠長，勝過千言萬語。

故事一開始寫管寧和華歆一同在菜園裡鋤地種菜，用了「鋤」、「見」、「揮」、「捉」、「擲」一連串動詞，歷歷在目。兩人同時看見地上有一小片金子，表現則不同：管寧不理會，舉鋤鋤去，跟鋤掉瓦塊石頭一樣；華歆卻把金子撿起來，再扔出去。故事到這裡就中止了，彷彿音樂中出現了一個休止符，畫面中出現了一段空白。這個空白非常重要，它給讀者預留了一個思考的空間。

緊接著又轉入對另一事件的敘述：又有一次，兩人同坐在一張席子上讀書，有達官貴人乘坐的豪華車輦從門口經過，估計是吹吹打打，十分張揚。管寧兩耳不聞窗外事，照舊讀書；華歆卻經不住誘惑，放下書本跑出去看熱鬧了。到了這裡，兩件事基本交代完畢，最後交代的是這兩件事導致的富有戲劇性的結果——管寧竟把席子割開了，和華歆分開坐，並且衝著後者說：「你不是我的朋友！」

這麼一個絕交的故事，你靜靜讀完，自然會把兩件事做一個聯繫。你會用自己的思考，去填補作者留出的那個空白。你會發現，作者除了採用白描的手法，還用了對比的手法，正是鮮明的對比，將那些未寫出的東西告訴我們了。

第一個片段中，管寧並非沒看見金子，也並非不認得金子，只是在他的心裡，壓根沒有金子之類的俗物而已。華歆雖然自作聰明地扔掉了那片金子，頗有些「拾金不昧」的意思，可是這樣的一「捉」、一「擲」，其實充滿了作秀的成分，彷彿在說：我是看不上這勞什子的！然而，正是在這樣的動作中，華歆一不小心暴露了自己並沒有真正將金子「放下」，因為心中有金，所以要用那樣一個很矯情的動作「撇清自己」，境界上就比管寧差了一大截！

這讓我想起兩和尚背女子過河的典故。有一大一小兩個和尚出行，遇到了一條河，河上的橋被大雨沖走了，但河水已退，可以涉水而過。這時，一位漂亮的婦人正好走到河邊。她說有急事必須過河，但她怕被河水沖走。於是，大和尚立刻背起婦人，涉水過河，把她安全送到對岸。小和尚接著也順利渡河。接下來的事情就好玩了：兩個和尚默不作聲地走了好幾里路。小和尚突然對大和尚說：「我們和尚是絕對不能近女色的，剛才你為何犯戒背那婦人過河呢？」大和尚淡淡地回答：「阿彌陀佛！我一過完河就把她放下來了，可是我看你到現在還背著她呢！」

禪宗還有條著名的偈語說：不是風動，不是幡動，仁者心動。從這個角度上說，華歆的動手「捉而擲去之」，正是因為他曾經「心動」。是先動了心，接下來才動了手。這兩件事都被羅貫中寫入《三國演義》裡，為《三國》作評點的毛宗崗評華歆說：「手雖擲下，心上好生捨不得。若非管寧看見，必然袖而藏之矣。」凌濛初也說：「既捉而擲之，便是華歆一生小樣子。」

當然，也有為華歆鳴不平的，南宋劉辰翁就說：「捉、擲未害其真，強生優劣，其優劣不在此。」明人李贄也說：「揮鋤不必，捉擲亦詐，果內志於懷，故無所不可。吾未見其孰優孰劣也。」（均見拙著《世說新語會評》）一個想為華歆翻案，一個想對二人的行為來個「模糊處理」。其實，這都是「此地無銀三百兩」，作者何嘗說過孰優孰劣呢？產生優劣判斷的還不是讀者（包括翻案者）自己？這則故事之所以耐讀，就在於作者把判斷權交給了讀者，自己則隱藏在幕後作壁上觀！

這真是「不著一字，盡得風流」！中國小說、乃至一切中國藝術的美學意味，幾乎全濃縮在這短短的六十一個漢字裡了！中國敘事學裡的這種「以少勝多」、「以言動寫心理」、「計白當黑」的手法是非常高明的，可以說是一種「零度敘事」，這種技法，西方要到現代主義興起以後才學會，只不過，人家一學會就開始在理論上總結了，美其名曰——「冰山理論」。意思是，作者寫出來的只是冰山一角，而讀者可以展開聯想的卻在海平面之下，那才是更大的冰山主體，至少也有八分之七！

《世說新語》的高明之處有很多，但巧用人物性格的組合和對比，也是非常高明的一種敘事技巧。而且，作者猶如攝像師的鏡頭，只記錄不評判，任後人紛紛擾擾，爭論不休。每次讀到這裡，我都佩服得不行，什麼叫「大音希聲」？這就是了。

4

在這個驚心動魄的絕交故事裡，還有一個沒有被提及但絕對不可或缺的道具被我們忽略了。不是別的，就是那把用來割席的刀子或剪刀。正是這把刀具，在時間的暗處發著刺眼的光芒，晃得我們這些活得糊里糊塗的現代人睜不開眼。你一定會說：這個管寧也太小題大做了，有句名言不是說麼，「如果你想要沒有缺點的朋友，那你就永遠沒有朋友」。對朋友何必這麼苛刻呢？

但是，話又說回來，一個對朋友苛刻的人，很可能對自己更苛刻。據說管寧避居遼東的時候，常戴白帽，坐臥一樓，足不履地，幾十年如一日，終身不肯仕魏。當年伯夷、叔齊是「不食周粟」，管寧卻來個「不踐魏土」。所以，我要為管寧說句公道話：我們不是管寧，怎知管寧的節操心理？我們又何必對管寧這麼苛刻？他和華歆絕交，也許自有他的道理。你可以想像管寧在用利器「割席」的聲音，以及他「割席」時心中所想，不是極端的忍無可忍的鄙棄，一個人是不會做出這種決絕的動作的。作者沒有說過華歆一句壞話，可是，我們從這短短幾十個字裡，看到了勝過千言萬語的口誅筆伐！這個絕交的故事，真是充滿了無盡的詩意！

要說管寧對華歆，還真沒有看錯。歷史上的華歆，先仕漢，又事孫權，後來又投靠曹魏，歷經曹操、曹丕、曹叡三代，其實是個看風使舵、首鼠兩端的人物。《三國演義》第六十六回《關雲長單刀赴會 伏皇后為國捐生》，對華歆搜捕漢獻帝伏皇后一事有入木三分的描寫。當時伏皇后躲在牆壁裡，華歆命人打破牆壁，居然身先士卒，上去一把揪住伏皇后的髮髻，愣把這個「第一夫人」

生生揪了出來！這個大逆不道的行為給後人留下惡劣的印象。有詩云：

華歆當日逞兇謀，破壁生將母后收。助虐一朝添虎翼，罵名千載笑龍頭！

說也奇怪，管寧這麼早就與華歆割席絕交，可華歆卻一直把他當朋友對待，《三國志・華歆傳》記載，魏文帝曹丕黃初年間（二二〇—二二六），政府下詔令，讓公卿舉薦獨行君子，華歆就舉薦了管寧。到明帝曹叡即位時，華歆官拜太尉，後來年事漸高，稱病請求退休時，又要把自己的位置讓給管寧。但管寧卻毫不領情，一概不受，照舊在鄉間讀書種地，不改其樂。

這些事很容易給人一種印象，就是華歆還是很夠朋友的，一有好處就想到管寧。可是在我看來，華歆也許一直都對管寧耿耿於懷，因為在堅持操守、安貧樂道方面，自己永遠被管寧比下去了。所以，他用官位拉管寧下水，未嘗沒有污人清白的意思，大概在他心裡，老覺得管寧不是真的淡泊名利，而是像他對那片金子「捉而擲去之」一樣，是搞曠時持久的「真人秀」，一有機會還是會出來做官的。而管寧只要一做官，也就和自己沒什麼兩樣了，他那個「割席斷交」的舉動也就會成為千古笑柄。從這個角度看，華歆真的不配做管寧的朋友。兩人對人生或者成功的理解，真的不在一個層面和檔次上！《幼學瓊林》有這麼一條說得好：

伯牙絕弦失子期，更無知音之輩；管寧割席拒華歆，調非同志之人。

只可惜，現在像管寧那樣有定力的人太少了。這可能和「官本位」的社會文化生態大有關係。管寧的時代，仕與隱雖然不是同一條路，但在人們心目中都是正面價值。所以，像徐孺子、黃叔度、管寧這樣的人，給官不做，「將隱居進行到底」，沒有人罵他們傻瓜、弱智，相反，那些做了官的人還要對他們禮敬有加，民間還會把他們奉為楷模，可以說，他們是「不成功，便成仁」，在世人眼裡，他們也是「成功人士」。不像如今，似乎只有那些有權而多金的利祿之徒，才是「成功人士」，「人」這個概念已經完全被金錢、權力等身外之物「擠兌」得乾癟而又猥瑣了。比起古代，我們的價值追求未必真的就像有些人所說的，實現了所謂「多元」，當我們為掙錢太少、職位太低、房子太小而惶惶不可終日的時候，我們能說我們比古人生活得更有品質，我們的社會比古代社會更和諧嗎？

註釋

1 參見拙著《世說新語會評》，鳳凰出版社，二〇〇七年版，頁八。

2 蠟祭：年終合祭百神。《禮記·郊特牲》：「蠟之祭也，主先嗇而祭司嗇也，祭百種，以報嗇也。」

小時了了——焉知來者不如今？

1

「小時了了」典出《世說新語．言語》篇。這個故事的主人公我們比較熟悉，就是漢末的大名士、「建安七子」之首的孔融。

孔融（一五三—二〇八），字文舉，魯國（今山東曲阜）人，據說是孔子的第二十代孫。他的這個出身在「獨尊儒術」的漢代，可說是非常尊貴了。不用說，他小時候受到的也是儒家傳統教育，比如仁義禮智信、溫良恭儉讓之類。我們都知道「孔融讓梨」的典故，《三字經》裡就有「融四歲，能讓梨，弟於長，宜先知」的句子。這個事應該是真實的，根據《孔融家傳》記載，孔融兄弟七人，孔融排行第六，他四歲的時候，每次和兄長們一起吃梨子，孔融總是拿小的吃。人問其故，他說：「我年紀最小，理當吃小的嘛！」因此家裡人都覺得這孩子是個人才。

關於孔融與兄長的良好關係，除了「讓梨」之外，還有一個故事可以作為證據。

孔融十六歲的時候，發生了一件事。當時有個宦官叫侯覽，深受皇帝漢靈帝的寵信，狗仗人勢，作惡多端。有一個名叫張儉（一一五—一九八）的名士很不滿，就上書彈劾侯覽，請求皇帝誅殺他。漢靈帝是個昏君，彈劾無效不說，還被侯覽倒打一耙，誣陷張儉結黨謀反，發出通緝令追捕，張儉得到消息，被迫逃亡。當時的人，都敬佩張儉的為人。張儉在逃亡途中，看見人家就前往投宿，從不會吃「閉門羹」，大家都冒著滅門的危險收留他，因為收留他而被追究殺害的，前後有數十家之多。留下了一個「望門投止」的典故。「戊戌六君子」之一的譚嗣同在獄中寫過一首絕命詩：「望門投止思張儉，忍死須臾待杜根。我自橫刀向天笑，去留肝膽兩昆侖。」頭一句寫的就是張儉的事。

且說張儉在逃亡途中，走投無路，來到孔融家裡，找他哥哥孔褒。事不湊巧，那天孔褒不在家，家裡只有孔融一個十幾歲的孩子。張儉看他太小，就沒告訴真相，想要立馬走人。孔融看見張儉神色憂懼，就說：「我哥哥雖然不在家，難道我就不能作主嗎？」於是把張儉留宿在家裡，暫時躲過了一劫。後來這件事被官府知道，孔褒、孔融兄弟就被抓捕歸案。接下來的事情十分感人：兩兄弟都爭著承擔責任。孔融說，留宿張儉的是我，理當我來頂罪。孔褒則說，他來求的是我，與你無關，該我受死。前來抓捕的官吏沒辦法，就問他們的母親，沒想到母親說：「家事應由長輩負責，應該被抓的是我。」郡縣官吏都不能決斷，只好呈報朝廷，請求定案，後來皇帝親自下詔，給孔褒定了罪。這種「一門爭死」的義舉，真可謂驚天地、泣鬼神！孔融從此名揚天下。

梨能讓，死可爭，孔融一家的烈烈國士之風，於此可見一斑。

2

「小時了了」的故事發生在孔融十歲的時候。《世說新語．言語》篇：

孔文舉年十歲，隨父到洛。時李元禮有盛名，為司隸校尉。詣門者，皆俊才清稱及中表親戚乃通。文舉至門，謂吏曰：「我是李府君親。」既通，前坐。元禮問曰：「君與僕有何親？」對曰：「昔先君仲尼與君先人伯陽有師資之尊，是僕與君奕世為通好也。」元禮及賓客莫不奇之。太中大夫陳韙後至，人以其語語之，韙曰：「小時了了，大未必佳。」文舉曰：「想君小時，必當了了。」韙大踧踖。（《言語》三）

這一年，應該是西元一六三年，孔融隨他的父親孔宙到京都洛陽。具體幹什麼我們不得而知，可能是父親去出公差，順便帶兒子見見世面。沒想到，這一次，十歲的小男孩，竟背著他老爸，製造了一個轟動京城的事件！

種種跡象表明，孔融是離開父親單獨行動的。他竟跑到李膺家裡請求接見。李膺就是我們前面提到的李元禮，他是東漢末年非常著名的清議領袖，和陳蕃陳仲舉齊名，被譽為「天下楷模」。《世說新語．德行》篇先講陳仲舉、黃叔度，再接下來就是李膺：

李元禮風格秀整，高自標持，欲以天下名教是非為己任。後進之士，有升其堂者，皆以為「登

龍門」。（《德行》四）

李元禮其人風采出眾，品格端正，而且自視甚高，他把自己當作天下的尺度，還把樹立儒家的綱常禮教，建立正確的道德是非標準，作為自己的責任和使命。這說明，他和陳蕃一樣，都有「澄清天下之志」。李膺的聲望和官位都很高，所以後生小子，如果有機會到他門下接受教誨，或者交上朋友，都會特別榮幸，以為自己是登了「龍門」。

孔融十歲時，李膺已經五十多歲，任司隸校尉，司隸校尉是掌管監察京師和所屬各郡百官的監察官吏，位高權重。這樣一個京城高官，自然是深孚眾望，門庭若市。但是，李膺的門檻太高，能夠到他家升堂入室的，要麼是當世的才子名流，要麼是中表親戚，必須滿足兩個條件中的一個，否則門衛根本不會通報。小孔融瞭解到這個情況，就對掌門官說：「我是李府君的親戚，請趕快給我通報吧。」

掌門官也搞不清真假，只好通報。李元禮一聽，直納悶：我哪有這麼個小親戚啊？於是請進。孔融大搖大擺地走進客廳，大大咧咧地落了坐。李膺就問他：「請問尊姓大名。」「我是魯國孔融孔文舉，乃孔子第二十代孫也。」李膺一聽，倒也不敢怠慢，又問：「那麼，你和我有什麼親戚關係呢？」小孔融脆生生地回答道：「我的祖先是仲尼，曾經拜過您的祖先李伯陽（即老子）為師，如此這般，我和您當然就是老世交了。」這種套近乎的話從一個孩子嘴裡說出來，是很有喜劇效果的，孔融是孔子二十代孫，史有明文，但李膺是否老子李耳的後代卻沒有任何證據。孔融這麼一說，等於無形中提高了李膺的血統地位，李元禮和賓客們無不讚賞小孔融的聰明過人。

更好玩的還在後頭。當時有個太中大夫陳韙也是李膺的座上客，這天他來得晚一些，進來後發現賓客中多了一位陌生的小朋友，很奇怪，別人就把剛才孔融和李膺的應對告訴了他。陳韙聽了，有些不以為然地說：「小時了了，大未必佳。」——小時候聰明伶俐，長大了未必就能出類拔萃。孔融聽見了，馬上應聲說：「想君小時，必當了了。」——想來您小時候，一定很聰明！言下之意，您現在可是不怎麼樣！把個陳韙鬧了個大紅臉，尷尬不已。

這個故事不僅突出了孔融的能言善辯，聰明伶俐，也附帶說明，在語言的交鋒中，甚至一切對抗中，看似不對等的雙方很容易在瞬間發生攻守轉換。孔子早就說過：「後生可畏，焉知來者之不如今也。」（《論語．子罕》）地位高的或者年長的，如果太過輕視地位低的或者年幼的，硬要跟他較真，很可能是搬著石頭砸自家的腳，得不償失。陳韙是個很平庸的官吏，因為這個故事，他倒是在歷史上留下了一筆。

3

其實，陳韙那句話，從邏輯上來看是站得住腳的。孔子早就說過：「苗而不秀者有矣夫，秀而不實者有矣夫！」（《論語．子罕》）意思是，禾苗成長後而不能吐穗開花的情況是有的啊，只吐穗開花而不結果實的情況也是有的啊！「小時了了」作為一個條件，不一定推出「大一定佳」的結果。就孔融而言，我們也完全可以問：「小時了了」的他是否「大一定佳」呢？

但這問題對孔融而言，又不成其為問題了。歷史上的孔融不僅成名早，而且並沒有為名所累，發奮讀書，文才蓋世，加上他特殊的家世，使他很快就成為士大夫的領軍人物，也就是李膺誇他所說的「偉器」（《後漢書．孔融傳》）。有例為證。孔融任北海相的時候，一次被黃巾軍圍困，情急之下，他派太史慈向劉備求救，劉備竟然說：「孔北海乃復知天下有劉備邪？」當即遣兵三千救之。就是說，當劉備聽說大名鼎鼎的孔融居然知道自己，竟有點受寵若驚！大家知道，劉備是自稱皇叔的，如果沒有這個身份，他能不能召集一班人馬打天下實在很難說，但在這一剎那，劉備說漏了嘴。這也從一個側面說明，孔融在當時士林中的崇高地位。《後漢書．孔融傳》有一段說：

融聞人之善，若出諸己，言有可采，必演而成之，面告其短，而退稱所長，薦達賢士，多所獎進，知而未言，以為己過，故海內英俊皆信服之。

孔融是個特別豪爽的人，他有一句名言說：「坐上客常滿，樽中酒不空，吾無憂矣。」這一點，和他祖先、號稱「不為酒困」的孔子不一樣。事實上，在孔融身上，保留著漢末清議名士的錚錚鐵骨，這恐怕和他十歲就受到李膺的接見和賞識大有關係。但是，這種性格注定了他不能見容於當世，特別是他多次忤逆「寧我負人，勿人負我」的曹操，懸在頭頂的那把暴政之劍，終於落在了他的脖頸。

導致孔融死亡的原因無外乎恃才傲物，輕視曹操，且以漢臣自居。他與「傀儡皇帝」漢獻帝來往過於親密，甚至經常越過曹操上疏，完全不把出身宦官之家的曹操放在眼裡。

還有幾件事，也讓曹操很鬱悶。當初，曹操打敗袁紹進入鄴城後，他兒子曹丕捷足先登，闖入袁府，見袁紹的二兒媳婦甄氏美貌絕倫，就納之為妻。《世說新語．惑溺》篇第一條記此事云：

> 魏甄後惠而有色，先為袁熙妻，甚獲寵。曹公之屠鄴也，令疾召甄，左右白：「五官中郎已將去。」公曰：「今年破賊，正為奴！」

就是說，曹操打袁紹，正是為了這個甄氏美女，沒想到卻被兒子先下手了，曹操再牛，也只能認栽。這本是人家曹操的家務事，可孔融卻給曹操寫了一封信，裡面杜撰了一個「武王伐紂，以妲己賜周公」的假典故，曹操也是讀過不少書的人，從沒聽說過周武王打敗商紂後，把紂王的愛妃妲己賜給了弟弟周公。但他知道孔融學識淵博，沒準兒還真有其事，就問他出自什麼經典。孔融千不該萬不該，不該在這個時候耍小聰明，竟然說：「以今度之，想當然耳。」這是諷刺曹操把自己喜歡的甄氏讓給兒子曹丕，你說曹操氣不氣？

建安十二年（二〇七），因為鬧饑荒，又要興兵打仗，曹操就頒布了《禁酒令》，孔融不買帳，竟寫了兩篇《難曹公表制酒禁書》加以反對。他說：「堯非千鐘，無以建太平；孔非百觚，無以堪上聖。」又說：「酒以成禮，不宜禁。」說酒是重要的禮樂工具，禁酒豈不就是禁禮？還說，「夏商亦以婦人而失天下，今令不斷婚姻」，魯迅解釋這句話，「說也有女人亡國的，何以不禁婚姻？」（《魏晉風度及文章與藥及酒之關係》）總之是事事都要和曹操對著幹！

礙於孔融的盛名高位，曹操一直隱忍不發。到了建安十三年（二〇八），曹操統一了北方，大權在握，便容不下孔融這麼一個「眼中釘、肉中刺」了。曹操手下有個叫郗慮的，是個小人，善於揣摩長官意志，他羅織孔融的罪名若干條，最後由另一小人路粹執筆上告。在這篇不滿二百字的告狀奏疏中，捏造的兩大罪狀是十分厲害的：

第一，是說孔融在任北海相時，「招合徒眾，欲規不軌」，還揚言說：「我大聖之後，而見滅於宋，有天下者，何必卯金刀？」卯金刀就是「劉」字，這無疑是直接對劉家大漢王朝的合法性提出質疑。

第二，說孔融和那個「擊鼓罵曹」的狂生禰衡過從甚密，二人「跌蕩放言」，說什麼「父之於子，當有何親？論其本意，實為情欲發耳。子之於母，亦復奚為？譬如寄物缶中，出則離矣」。說父親對於孩子有什麼親情呢？當初也不過是情欲衝動罷了。孩子之於母親，又有什麼關係呢？就像曾經寄存在罈子裡的東西，出了娘胎也就永遠離開了。這樣的言論在「以孝治天下」的漢代，真是大逆不道，罪該萬死的。

曹操殺孔融的時候，完全忘記了自己在「唯才是舉」的求賢令裡曾說過，「負污辱之名，見笑之行，或不仁不孝而有治國用兵之術，其各舉所知，勿有所遺」的話了。真是「此一時也，彼一時也」！

4

孔融被殺時年僅五十六歲，妻子兒女也都被株連殺害。《世說新語．言語》篇記完「小時了了」的典故，緊接著就是他和兩個孩子收捕被殺的情景，讀來真如「冰火兩重天」：

孔融被收，中外惶怖。時融兒大者九歲，小者八歲，二兒故琢釘戲，了無遽容。融謂使者曰：

「冀罪止於身，二兒可得全不？」兒徐進曰：「大人豈見覆巢之下，復有完卵乎？」尋亦收至。

（《言語》五）

故事說，孔融被抓時，朝廷內外（「中外」），也可理解為中表親戚）都很惶恐不安。他的兩個兒子正在家門外玩「琢釘」的遊戲，臉上卻沒有一絲懼容。孔融對使者說：「希望只加罪於我，能否讓我的兩個兒子保全性命？」沒想到，兩個兒子也頗有豪俠之氣，竟然說：「您見過傾覆的鳥巢下面，還會有完整的鳥蛋嗎？」言下之意，求他們幹什麼？早晚是死，不如父子一同赴死，黃泉路上也好做個伴兒！

孔融的死亡，給漢末的清議運動劃上了一個令人悲哀的休止符，此後的魏晉士人，很難再有這樣的錚錚鐵骨了，他們也不是沒有脊樑骨，但總的來說，在政治高壓下出現了「病變」，要麼是嚴重「缺鈣」，要麼是「骨質疏鬆」，有的甚至淪為「軟骨症患者」。當然，這是後話了。

床頭捉刀——假作真時真亦假

1

上一講我們講的是孔融，這一講我們講下令殺孔融的人——曹操。關於曹操，有許多膾炙人口的故事，我們打算圍繞一個著名的典故展開，順便談一談《世說新語》對曹操形象的塑造。這個典故就是——床頭捉刀。

曹操是大家比較熟悉的歷史人物，其「個人簡歷」如下：曹操（一五五—二二〇），字孟德，小名阿瞞、吉利，沛國譙縣（今安徽亳州）人。東漢末年傑出的政治家、軍事家、文學家。

這個「簡歷」應該沒有什麼爭議，因為它四平八穩，是典型的「辭典體」敘述。但它遠遠沒有把曹操這個人的豐富、複雜的人格及形象全方位、多角度、立體式地展現出來。沒有爭議是因為不值得爭議，因為這種「蓋棺論定」早已沒有任何鮮活的信息，毫無個性可言，它甚至還不如小說、戲曲中的那個曹操，給人的印象更鮮明而深刻，所以——說了等於白說。

歷史上的曹操到底如何呢？我以為，在這個問題上，沒有誰是當然的權威。喜歡他的人把他捧上天，說他是不可一世的「英雄」。討厭他的人又把他踩下地，說他是個心狠手辣、毫無仁德與操守的「奸雄」。折衷一點的說法，認為他是「一代梟雄」，梟雄，是介於「英雄」和「奸雄」之間的一個稱謂。總之是見仁見智，各取所需。

曹操出身於宦官家庭。父親曹嵩是得寵宦官曹騰的養子，官至太尉。二十歲時，曹操憑藉家庭的勢力步入仕途，舉孝廉為郎，任洛陽北部尉。他先是在漢末的大動亂中屯聚兵馬，建立自己的軍事力量。後因鎮壓黃巾起義有功，升任濟南相。建安元年（一九六），曹操率兵迎漢獻帝於洛陽，遷都於許，「挾天子以令諸侯」，從此政權實際上歸於曹氏。

生活中的曹操通脫簡易，率性疏放，對於他欣賞的人和事，甚至還有一份恩深義重，俠骨柔情（比如對關羽）。特別是曹操落拓不羈、不拘小節的性格以及「唯才是舉」的政治舉措，上行下效，遂使當時的世風和士風均為之一變。可以說，如果沒有曹操，所謂「建安風骨」、「魏晉風度」是很難想像的。

2

那麼，《世說新語》對曹操是怎樣評價的呢？我們通過一些故事，可以有一個基本的瞭解。應該說，《世說新語》對曹操是非常重視的，正面記載他的故事有二十則，其中，如《識鑒》、《假譎》、《捷悟》、《忿狷》等篇，開篇第一條就是關於曹操的。但是，《世說新語》的作者顯然對曹操持一種貶斥的態度，如果說，在「英雄」、「奸雄」、「梟雄」之間做一個選擇，《世說新語》顯然更傾向於「奸雄」一說。我們先來看《識鑒》篇的第一則：

> 曹公少時見喬玄，玄謂曰：「天下方亂，群雄虎爭，撥而理之，非君乎？然君實是亂世之英雄，治世之奸賊。恨吾老矣，不見君富貴，當以子孫相累。」

喬玄，一說就是江東美女大喬、小喬的父親，孫策、周瑜的岳父，也是漢末有名的名士。曹操年輕時拜見喬玄，喬玄對他說：「現在天下正亂，群雄虎爭狼鬥，能夠治理亂世的，恐怕就是你了。不過你是亂世的英雄，治世的奸賊。遺憾的是我老了，不能見到你榮華富貴那一天，我就把子孫託付給你了。」史書上說，喬玄「長於知人」（《續漢書》），也即擅長鑒別人才。他對曹操的評價是「亂世之英雄，治世之奸賊」。一般都以為這個喬玄對曹操的評價比較正面，理由是他都打算把子孫託付給曹操了，顯然是把曹操當作自己人看待。其實，把這個評價折衷一下，就會發現，喬玄對曹操是有保留的——「英雄」和「奸賊」，合起來不正好就是「奸雄」嗎？

還有一個版本這樣說：當年曹操請喬玄為自己做品題（也就是品評）的時候，喬玄並沒有正面回答，而是告訴他，說你現在尚未成名，可以找找汝南的許子將。許子將就是當時的人物品評大師許劭。於是曹操就去找到許劭，問他：「你看我這個人怎麼樣？」許劭開始不想理他，後來被他纏不過，就說了：「治世之能臣，亂世之奸雄。」曹操一聽，「大說而去」（劉孝標注引孫盛《雜語》）。[1]不管這兩種版本哪個更真實，至少都說明，在當時人的心目中，曹操就是一個「奸雄」，而曹操本人對這個評價，不僅不以為忤，反而很高興，這，也正是所謂「奸雄本色」吧。

《世說新語》有一個門類叫做《假譎》，假譎，就是「虛偽欺詐」之意，這一篇的開頭五則全是記載曹操的軼事：

魏武少時，嘗與袁紹好為遊俠。觀人新婚，因潛入主人園中，夜叫呼云：「有偷兒賊！」青廬中人皆出觀，魏武乃入，抽刃劫新婦，與紹還出。失道，墜枳棘中，紹不能得動。復大叫云：「偷兒在此！」紹遑迫自擲出，遂以俱免。（《假譎》一）

故事說，曹操年輕時，和袁紹是好朋友，兩人喜歡遊俠任氣，飛鷹走狗，無所不為，屬於俗話說的那種「三天不打，上房揭瓦」的小混混。有一次兩人去看人家結婚，乘機偷偷進入主人的園子裡，到半夜婚禮進行得正熱鬧的時候，兩人突然大喊大叫：「有小偷！」青廬（也就是當時的洞房）裡面的人，都跑出來察看，只留下新娘一人，曹操便闖進去，拔出刀把新娘子劫持出來。接著和袁紹迅速跑出去，不想半路上迷了路，袁紹陷入了荊棘叢中，動彈不得。這時候，曹操急中生智，居然大喊一聲：「小偷在這裡！」袁紹惶急之下，一躍而起，跳了出來，兩人終於僥倖逃脫。曹操這個人，就是救人也要使「陰招」！

還有個「望梅止渴」的故事。

魏武行役，失汲道，軍皆渴，乃令曰：「前有大梅林，饒子，甘酸可以解渴。」士卒聞之，口皆出水，乘此得及前源。（《假譎》二）

說曹操一次率領部隊行軍，一時找不到取水的路，全軍將士都很口渴。曹操便傳令說：「前面有大片的梅樹林子，梅子很多，味道又甜又酸，可以解渴。」士兵聽了這番話，口水都流出來了。就是趁著這個機會，軍隊才得以趕到前面有水源的地方。你看，曹操這人多麼會利用人的想像力和「條件反射」來達到自己的目的啊！後來，「望梅止渴」就成了和「畫餅充饑」一樣的成語，用以表達目的無法實現，只好用空想安慰自己的心理現象。這兩個故事還挺有喜劇色彩，下面三條都跟殺人有關，就有些恐怖了：

魏武常言：「人欲危己，己輒心動。」因語所親小人曰：「汝懷刃密來我側，我必說心動，執汝使行刑。汝但勿言其使，無他，當厚相報。」執者信焉，不以為懼，遂斬之。此人至死不知也。左右以為實，謀逆者挫氣矣。（《假譎》三）

第一個故事可以叫做「心動殺人」。曹操經常對人說，他有個「特異功能」——「如果有人要害我，我立刻就會心跳。」他怕別人不信，就告訴他身邊親近的侍從說：「你揣著刀偷偷地來到我的身邊，我一定說『心跳』。我就叫人逮捕你去行刑，你千萬別說是我指使你幹的，放心，我到時一定重重賞賜你！」那侍從相信了他的話，因為他說要賞自己嘛，總不能是動真格的，所以不覺得害怕。結果這出「雙簧戲」演到最後，侍從真被拉出去殺了。這個人到死也不明白自己被曹操騙了。手下的人都信以為真，從此以後，即使真有心謀反的人也都喪氣了。

還有一個故事叫「夢中殺人」。

魏武常云：「我眠中不可妄近，近便斫人，亦不自覺。左右宜深慎此！」後陽眠，所幸一人，竊以被覆之，因便斫殺。自爾每眠，左右莫敢近者。（《假譎》四）

曹操經常揚言：「我睡覺的時候，你們千萬不要冒冒失失靠近我，一旦靠近我，我便會夢中砍人，其實我自己並不知道。」後來，有一次他假裝睡著了，他身邊的一個很受寵幸的親信，偷偷走過來為他蓋被子，說時遲，那時快，曹操爬起來便把這人給砍死了，砍完以後，又假裝睡覺。從此，他睡覺的時候，身邊的人再也不敢靠近。就這樣，曹操用一個親信的性命，為自己買了一份「人身保險」。

袁紹年少時，曾遣人夜以劍擲魏武，少下，不著。魏武揆之，其後來必高。因帖臥床上，劍至果高。（《假譎》五）

第三個故事還是關於袁紹和曹操的。竟說袁紹年少時，曾派人到曹操睡覺的地方，用劍擲曹操，第一下，劍投低了，沒擲中。曹操其實沒睡著，推測他第二下肯定會擲高，就緊貼著床榻臥著，第二劍果然高了。不管這事是真是假，至少說明，在魏晉之時，曹操的機智詭詐、膽大心細是出了名的。

《世說新語．忿狷》篇第一條也是曹操的故事：

魏武有一妓，聲最清高，而情性酷惡。欲殺則愛才，欲置則不堪。於是選百人，一時俱教。少時，果有一人聲及之，便殺惡性者。

你看，曹操即便討厭一個人，要殺他（她），也要把他的全部能量榨乾之後，或者找到足以取而代之的人才動手。這是曹操的「殺人經濟學」。

3

言歸正傳。「床頭捉刀」這個故事大概發生在曹操打敗袁紹父子，統一北方之後，這時他「挾天子以令諸侯」，位高權重，不可一世。北方少數民族的政權紛紛前來示好，都想和曹操建立「戰略夥伴關係」。《世說新語．容止》篇：

魏武將見匈奴使，自以形陋，不足雄遠國，使崔季珪代，帝自捉刀立床頭。既畢，令間諜問曰：「魏王何如？」匈奴使答曰：「魏王雅望非常；然床頭捉刀人，此乃英雄也！」魏武聞之，追殺此使。（《容止》一）

有一次，曹操要接見匈奴使者，但他認為自己形貌醜陋，沒有足夠的威儀震懾匈奴來使，就讓手下的崔季珪代替他接見，他自己則握刀站在坐榻旁邊，扮作侍衛的樣子。等到接見完了，他不放心，就派間諜去問匈奴使者：「魏王這人怎麼樣？」這裡的這個「魏王」指的當然不是曹操本人，而是他的「替身」崔季珪。匈奴使者回答說：「魏王的風度儀表，高雅穩重，不同尋常；但是魏王坐榻邊上那個拿刀的人，才是真正的英雄啊！」[2]曹操一聽，居然被人家看出來了——這可是「國家機密」啊——就派殺手火速追趕，殺掉了這個使者。

「床頭捉刀」的典故非常有名，後來它的意思發生了變化，通常把代替別人寫文章或頂替別人做事叫做「捉刀」。其實在這個故事中，替人做事的恰恰並不是「床頭捉刀人」，而是坐在那裡的大帥哥崔季珪。漢語言的演變是很有意思的，一個詞語在傳播過程中既有「遺傳」，也有「變異」，比如，我們上次講過的「難兄難弟」（ㄋㄢˊ ㄒㄩㄥ ㄋㄢˊ ㄉㄧˋ），現在一般就變成「難兄難弟」（ㄋㄢˋ ㄒㄩㄥ ㄋㄢˋ ㄉㄧˋ）了。「捉刀」一詞也是如此。

曹操為什麼要請崔季珪來代替自己呢？故事中沒有交代，我來補充一下。

崔季珪，名琰（一六三—二一六），清河東武城（今河北清河縣東北，一說山東武城縣西）人。他雖然只在《世說新語》出現過一次，但在東漢卻是個很有才幹和美名的人物。史載此人「聲姿高暢，眉目疏朗，鬚長四尺，甚有威重」（《三國志．崔琰傳》），和關羽一樣，也是一位「美髯公」。不僅人長得漂亮，而且文武全才。文的方面，是他曾經拜漢末經學大家鄭玄為師；武的方面，是他「少好擊劍，尚武事」。而且他很有識鑒人才的能力，曾經在司馬懿年輕時，就預言說他以後必成大器。

後來，袁紹聽說崔琰的名聲，就征辟他來做官。歷史上著名的官渡之戰爆發前夕，也就是袁紹出兵黎陽要襲擊許都的時候，崔琰憑藉自己的軍事敏感力，覺得此戰必敗，就加以諫阻，可是袁紹剛愎自用，不聽。後來果然兵敗於官渡，時在西元二〇〇年。袁紹死後，他的兩個兒子袁譚、袁尚「窩裡鬥」，都把崔琰當作寶貝，你爭我奪。崔琰為避是非，只好稱病推辭，竟因此被治罪。

曹操打敗袁氏兄弟之後，就提拔崔琰做了別駕從事，出征並州時，又留崔琰在鄴城（今河北省臨漳縣西），擔任曹丕的老師。崔琰是個很正直的人，當時曹丕喜歡出去打獵，崔琰就直言勸諫。

建安十五年（二一一），崔琰官拜尚書，進入曹魏集團的中高層。這一年，正好發生了曹丕與曹植爭奪太子位的事件，雖然曹植是崔琰的侄女婿，可他還是秉承「立長不立幼」的古制，堅持原則，投了曹丕的贊成票。從此曹操更對他刮目相看，封他做了中尉一職，相當於京城的衛戍司令。

4

「床頭捉刀」的這個故事如果真的發生過，大概就在建安十五年（二一一）至二十一年（二一六）之間。因為這幾年，正好是崔琰擔任「中尉」也就是京城衛戍司令的時候，曹操找他來頂替自己，原因有三：一是因為他長得帥，風度好；二是他的年齡與自己相仿，不至於露餡；三是崔琰負責京城的治安守衛工作，是自己信得過的人。曹操「床頭捉刀」，扮演的很可能不是一般的武士，而是崔琰擔任的中尉一職。

當然，這是我個人的推測。唐代的大史學家劉知幾（六六一—七二一）甚至懷疑「床頭捉刀」這件事的真實性。他的理由有二：第一，認為曹操當時君臨天下，接受外國使者，不可能幹出「臣居君坐，君處臣位」這麼不莊重的事。第二，當年漢代對匈奴一向不敢得罪，曹操如果輕易地殺掉匈奴使者，而沒有任何罪名，豈不要引起「國際爭端」？[3]

那麼，到底此事有無可能發生呢？余嘉錫先生認為，此事雖然像是「兒戲」之言，不可盡信，但劉知幾的懷疑也站不住腳。因為東漢時匈奴已經俯首稱臣，「事漢惟謹」，而且有兩次單于被漢將所殺的紀錄，曹操殺區區一個使者，又何足掛齒？[4]這是從歷史角度的反駁，還有從小說藝術手法上分析的，如南宋的劉辰翁就說：「謂追殺此使，乃小說常情。」（《世說新語會評》，頁三五二）可見，他是把《世說新語》的這條記載當作「小說」來看的。小說嘛，當然要以情節離奇、引人入勝為上。

我以為，此事可能發生過，但這條記載虛虛實實，真假參半。說它「虛」，是因為「魏王何如」這句話。須知曹操是在建安二十一年（二一六）加封魏王的，而這一年，恰恰是崔琰的卒年。而且，崔琰正是因為反對曹操做魏王而被曹操下令賜死的。[5]即使崔琰為曹操演過這麼一出「真人秀」，也應該是在曹操做丞相的時候。這個破綻足以說明，和《世說新語》中其他關於曹操的故事一樣，這個故事也是不可盡信的「小說家言」。

說它「實」，是因為前面說過的讓崔琰做「替身」的理由非常充分，而且，值得注意的是，曹操為什麼要追殺匈奴使者呢？難道是因為「穿幫」了嗎？事實上，匈奴來使並不知道魏王是崔琰假扮的呀？我以為，讓曹操起殺心的原因無他，而在於那個使者看出了「床頭捉刀人」也就是自己，是一個真正的「英雄」！

這個識破，遠比識破「雙簧戲」更讓他震驚！似乎無意之中，被人窺破了自己本以為掩藏得很好的真面真心。這是「一語道破心機」，堪稱石破天驚！

《三國演義》中有一個非常精彩的故事——「青梅煮酒論英雄」。當時，劉備寄人籬下，羽翼未豐，不得不仰曹操之鼻息，所以，當曹操問他當今天下，誰是英雄時，他只好裝聾作啞，先是說自己肉眼凡胎，看不出誰是英雄，後來被問得架不住，只好抬出袁紹、袁術、孫權、劉表等人來搪塞，沒想到曹操都大搖其頭，嗤之以鼻。劉備只好又裝傻，這時曹操興致很高，意氣風發地給「英雄」下了一個定義：

「夫英雄者，胸懷大志，腹有良謀，有包藏宇宙之機，吞吐天地之志者也。」

劉備就問道：「既然如此，那麼誰能當之？」曹操以手指指劉備，又指指自己，說：「今天下英雄，惟使君與操耳！」劉備聞言，吃了一驚，手中的筷子，一下子掉落在地。這時正值暴雨將至，雷聲大作。劉備十分鎮定從容俯首拾起筷子說：「一震之威，乃至於此。」曹操笑道：「丈夫也怕打雷嗎？」劉備說：「聖人迅雷風烈必變，安得不畏？」

我們可以想像，當曹操聽說匈奴使節看出自己是英雄的那一剎那，和劉備聽到曹操說自己是英雄的那一剎那，心情何其相似乃爾！聯繫到曹操這時已經大權獨攬，位極人臣，可能正矛盾著要不要把傀儡皇帝漢獻帝從龍床上趕下來的事實，他豈不就是漢獻帝龍床旁邊的「捉刀人」嗎？也許，在曹操扮演捉刀人的時候，角色和自身一下子奇妙而又可怕地「重疊」了！床榻上的崔琰在恍兮惚兮之間，多像是毫無實權、任人擺布的漢獻帝啊！我們這樣「精神分析」一下，就會明白，這件事的真實性要大於它的虛擬性，說不定曹操聽說匈奴使者看出自己是「英雄」，也像劉備一樣如聞驚雷，大驚失色。所以，我以為，曹操不顧一切地去追殺匈奴使者，完全是有可能的，它符合曹操的猜忌殘忍的個性。劉知幾的懷疑恰恰說明，舞文弄墨的文人根本無法理解舞刀弄槍的「奸雄」真正的內心世界！

結合《三國演義》對曹操的形象塑造，可以發現，羅貫中深受《世說新語》的影響，《世說新語》中的一些條目，如我們來不及多談的「楊修之死」，《捷悟》篇中共四條，幾乎都被他所採用，而這些條目，都為塑造曹操的「奸雄」形象做出了貢獻。

自古以來，對「英雄」的理解就有分歧。[6]魏晉時代是個人材輩出、英雄輩出的時代，對人材的內在規律的研究也方興未艾。三國時魏國的學者劉邵，專門寫了一部專著《人物志》，論述人材的方方面面，其中就提到「英雄」和「梟雄」的區別：

「聰明秀出，謂之英；膽力過人，謂之雄。」（《人物志．英雄》）

這是英雄的定義。再看「梟雄」：

「膽力絕眾，才略過人，是謂驍雄，白起、韓信是也。」「驍雄之材，將帥之任也。」（《人物志．體別》）

這裡的「驍雄」，也就是通常所說的「梟雄」。「梟」是一種兇猛的鳥，引申為勇猛難制服。梟雄，一般的理解是驍悍雄傑之人，多指強橫而有野心之人。依我看，對曹操而言，哪一種「雄」都不能概括他的全部，不如來個三合一：英雄、奸雄、梟雄，兼而有之。曹操其人，不僅對於魏晉士風的形成影響甚巨，而且也豐富了我們對於「英雄」這一稱謂的理解。而這樣的人物，可能幾百年才會出一個。

註釋

1 按：《後漢書・許劭傳》：「曹操微時，常卑辭厚禮，求為己目。劭鄙其人而不肯對，操乃伺隙脅劭，劭不得已，曰：『君清平之奸賊，亂世之英雄。』操大悅而去。」與孫盛《雜語》小異，當屬傳聞異辭。

2 《世說新語》劉孝標注引《魏氏春秋》云：「操雖姿貌短小，而神明英姿。」

3 劉知幾《史通・暗惑篇》：「昔孟陽臥床，詐稱齊後；紀信乘纛，矯號漢王。或主遭屯蒙，或朝罹兵革，故權以取濟，事非獲已。如崔琰本無此急，何得以臣代君？況魏武經綸霸業，南面受朝，而使臣居君坐，君處臣位，將何以使萬國具瞻，百寮僉矚也？又漢代之於匈奴，雖復賂以金帛，結以姻親，猶恐虺毒不悛，狼心易擾。如輒殺其使者，不顯罪名，何以懷四夷於外蕃，建五利於中國？」

4 余嘉錫指出：「此事近於兒戲，頗類委巷之言，不可盡信。然劉子玄之持論，亦復過當。考《後漢書・南匈奴傳》：自光武建武二十五年以後，南單于奉藩稱臣，入居西河，已夷為屬國，事漢甚謹。順帝時，中郎將陳龜迫單于休利自殺。靈帝時，中郎將張修遂擅斬單于呼征。其君長且俯首受屠割，縱殺一使者，曾何足言？且終東漢之世，未嘗與匈奴結姻，北單于亦屢求和親。雖復時有侵軼，輒為漢所擊破。子玄張大其詞，漫持西京之已事，例之建安之朝，不亦傎乎？」參見《世說新語箋疏》，上海古籍出版社，一九九三年修訂本，頁六〇六。

5 陳壽《三國志・崔琰傳》：「太祖性忌，有所不堪者，魯國孔融，南陽許攸、婁圭，皆以恃舊不虔見誅。而琰最為世所痛惜，至今冤之。」

6 「英雄」之名，最早見於《韓詩外傳》卷五：「夫鳥獸魚猶知相假，而況萬乘之主乎？而獨不知假此天下英雄俊士與之為伍，則豈不病哉？」《淮南子・泰族訓》：「智過萬人者謂之英，千人者謂之俊，百人者謂之豪，十人者謂之傑。」是為「英俊豪傑」。

契若金蘭——向死而生的友誼

1

這是一個關於友誼的典故。「契若金蘭」，指朋友之間志同道合，交情深厚。這個成語出自於《世說新語．賢媛》篇，主人公則是「竹林七賢」中的山濤及其夫人韓氏。我們就從山濤說起吧。

山濤（二〇五—二八三），字巨源，河內懷縣（今河南武陟西）人，是「竹林七賢」中最年長的一位。史書上說，山濤自幼家境貧寒，但為人器量超群，成熟穩重，從善如流而又頗有大志。山濤還是個很有先見之明的人，政治敏感性很高。有件事特別能夠看出他把握政治風向的能力。而要把這件事講清楚，從而瞭解山濤在政治上的態度和作為，就必須從頭說起，把曹操以後的政局做一個簡要交代。

我們知道，曹操雖然「挾天子以令諸侯」，但他終其一生，未敢推翻漢獻帝，南面稱孤。他晚年在《讓縣自明本志令》中說：「設使國家無有孤，不知當幾人稱帝，幾人稱王。」這話在他死後很快得到驗證。建安二十五年（二二〇）曹操剛死，他的兒子曹丕就代漢自立，做了皇帝，史稱魏文帝。曹丕在位七年，只用了一個年號——黃初，黃初七年（二二六）五月，曹丕病死。曹丕死後，他和甄氏所生的曹叡（二〇五—二三九）即位，是為魏明帝。曹叡在位十四年，西元二三九年病死。當時他的養子曹芳只有八歲，只好臨終托孤，讓司馬懿和曹爽「夾輔」幼帝。曹芳的年號是正始。而正始年間（二四〇—二四九）直到西元二六五年西晉建立，可以說是中國歷史上最恐怖的一段時期。

事實證明，曹叡走了一步臭棋，他不僅所托非人，而且採用的是最易引起政局動盪的「夾輔」體制，最終把曹魏政權幾十年的基業毀於一旦。司馬懿（一七九—二五一）是三國時智謀僅次於諸葛亮的人物，我們上次講到，崔琰第一次見到司馬懿，就對他的兄長司馬朗說：「君弟聰亮明允，剛斷英特，非子所及也。」（《晉書．宣帝紀》）他在曹操、曹丕、曹叡手下，屢建戰功，深受器重，積累了豐厚的政治資本，但此人素有狼子野心，史書上說他「有狼顧之相」（如狼之視物，形容兇狠而貪婪地企圖攫取）、「猜忌多權變」。曹操晚年曾夢見「三馬食槽（曹）」的景象，就對曹丕說：「司馬懿非人臣也，必預汝家事。」這樣一個人物，把幼主交到他手裡，無異於羊入虎口。曹爽（？—二四九）是曹操的侄孫，此人才能平庸，雖在曹魏集團中步步高升，但並無實際才幹，曹叡臨終居然封其為大將軍，讓他掌管軍權，實在是任人唯親。果然等到曹芳即位，曹爽位極人臣，便露出小人得志的嘴臉，不僅把持朝政，任用何晏、鄧颺、李勝、丁謐等親信黨羽，委以高官，而且廣置田產，花天酒地，一副暴發戶和敗家子的雙重嘴臉！

讓這兩人輔佐小皇帝，不啻在權力中樞埋放了一枚定時炸彈，隨時可能轟然引爆，炸一個灰飛煙滅！所以，正始這九年，在人們心目中似乎特別漫長，一方面，最高當軸爾虞我詐，黨同伐異；另一方面，天下士人東倒西歪，不知所向。在曹爽和司馬懿的權力爭奪中，表面上看來，曹爽節節勝利，先是架空司馬懿，讓他做沒有實權的太傅，接著又把自己的兄弟和黨羽全部委以重任，幾乎壟斷了朝中大權。但豺狼焉可敵猛虎？後來的較量可以說是黑雲壓城城欲摧，形勢急轉直下！

正始八年（二四七），曹爽集團與司馬懿矛盾激化。是年五月，司馬懿突然托病在家，不再過問朝政。曹爽開始不信，就派心腹、時任河南尹[1]的李勝前去打探，司馬懿假裝病重，讓兩個侍婢扶持自己，要拿衣服，拿不穩，掉在地上，還指著嘴說口渴。侍婢獻上粥來，他用口去接，湯流滿襟。李勝說自己要回老家（本州）荊州任職了，特來辭行，司馬懿又假裝耳聾，故意打岔，再三把「本州」說成「並州」，一副「老年癡呆」的樣子（《晉書・宣帝紀》）。司馬懿高超的演技騙過了李勝，後者信以為真，回去高興地報告曹爽，說司馬懿已經離死不遠了，不足為慮。於是曹爽集團自以為高枕無憂，放鬆了警惕。

然而，這不過是司馬懿欲擒故縱的麻痹戰術罷了。嗣後，司馬家便在暗中布置，並到處散布「何（晏）、鄧（颺）、丁（謐），亂京城」的謠言，蠱惑人心。一霎時，朝野上下，烏雲密布，殺機四伏。

嘉平元年（二四九）正月，少帝曹芳出洛陽城，要去祭掃魏明帝曹叡的陵墓高平陵，曹爽兄弟及主要黨羽都浩浩蕩蕩地隨行。司馬懿見時機成熟，親率兵馬，以迅雷不及掩耳之勢，關閉各城門發動政變。然後上疏永寧太后，羅列曹爽種種亂法不臣罪狀，又假托太后的懿旨，免去曹爽兄弟及全部黨羽的官職。曹爽等人手中無兵，自覺不是老奸巨猾的司馬懿的對手，只好歸罪請死。事情的結果，是曹爽兄弟及黨羽全被處決，夷滅三族，也就是把父族、母族、妻族的人無論男女老幼，全部殺光！這就是駭人聽聞的「高平陵之變」。從此，曹魏的軍政大權完全落入司馬懿的手中，為司馬氏取代曹魏奠定了基礎，曹魏政權進入了廢立與殺戮輪流上演的「倒計時」。

2

把這樣一個「天下大勢」交代清楚，有助於我們瞭解山濤其人。山濤這個人，少年時也喜讀《老》《莊》，他有感於時局的黑暗，曾長期「隱身自晦」。但他對自己的政治才幹始終很自信。有個故事說，山濤布衣時，家裡很窮，他曾半開玩笑地對妻子說：「暫且忍耐一下饑寒貧苦的日子吧，我以後一定能做上三公的大官，只是不知夫人你是否配做三公夫人呢？」這句話，除了說明山濤頗有些幽默細胞，和妻子感情不錯以外，還表明山濤不甘布衣終生，有著遠大而強烈的政治抱負！

山濤生於二〇五年，和魏明帝曹叡同年生，卒於二八三年，即西晉統一天下三年之後，經歷了魏晉交替的全過程。他的政治選擇和進退出處，在當時士大夫中具有相當的代表性。山濤對政治是個什麼態度呢？說好聽點是「與時俯仰」，即能夠順應時勢，和光同塵；說難聽點叫看風使舵，首鼠兩端。正始初期，曹爽集團在與司馬氏的權利鬥爭中占據優勢。山濤於是應時順勢，出來做官。史書上說他四十歲時，也就是正始六年（二四五）出仕，歷任郡主簿、功曹、上計掾等職。正始八年（二四七）前後，因為得舉孝廉，已升任「部河南從事」一職。部河南從事[2]是司隸校尉部派往河南郡辦公的官吏，正是司隸校尉畢軌和河南尹李勝的下屬。而這一年，正好是司馬懿裝病在家的那一年。

那麼，下面這個故事就有意思了。我們借此可以判斷，在對待司馬懿托病在家這件事上，山濤和他的頂頭上司李勝，哪個更高明。

據史料記載，這年（二四七）五月底，也就是司馬懿臥病在家之後，山濤和一位叫石鑒的朋友在倒換公文的驛站傳舍（相當於今天的政府招待所）同榻而眠。睡到半夜，山濤竟一骨碌爬起來，伸腿蹬了蹬石鑒，十分緊張地說：「都什麼時候了，你我還在睡著大頭覺！你可知道，太傅如今稱病不朝，到底居心何在？」

石鑒很納悶，就說：「宰相三天不上朝，大不了給他一張詔令回家養老，你有什麼好擔心的？」山濤聽罷，長嘆一聲，道：「石鑒啊石鑒，你想得實在太簡單了！我們可不要在馬蹄之下討生活啊！」第二天，山濤便「投傳而去」，就是把自己做官的符信憑證上交，相當於遞交了辭呈，棄官回鄉去了。過了一年多，司馬懿果然大肆反撲，悍然發動「高平陵之變」，天下名士，留不過半，李勝作為曹爽的黨羽當然也被滅門。山濤以超人的見識得以全身遠禍，於是就暫息功利之心，和林下諸賢把酒談玄，揮灑人生去了。

順便說一句，山濤的酒量估計是「七賢」中最大的一位，《晉書》本傳上說他「飲酒至八斗方醉」，而且十分有定力，有一次，晉武帝司馬炎想要試探他到底能喝多少，就先拿出八斗酒讓山濤喝，然後讓人再偷偷地加酒，山濤雖然未必知道，但他喝滿八斗之後，心裡有數，再勸他就死活不喝了。

3

回到「契若金蘭」的故事。這是個關於「偷窺」的典故，而且，不是男人偷看女人，而是女人偷看男人。一位荷蘭籍漢學家甚至就此一典故推測，被山濤妻子韓氏偷窺的嵇康和阮籍有著某種「曖昧關係」！對這位漢學家的駁斥，我已有專文發表，這裡不贅。[3]我們還是先來看看這個典故的原文：

山公與嵇、阮一面，契若金蘭。山妻韓氏，覺公與二人異於常交，問公，公曰：「我當年可以為友者，唯此二生耳。」妻曰：「負羈之妻亦親觀狐、趙，意欲窺之，可乎？」他日，二人來，妻勸公止之宿，具酒肉。夜穿墉以視之，達旦忘反。公入曰：「二人何如？」妻曰：「君才殊不如，正當以識度相友耳。」公曰：「伊輩亦常以我度為勝。」（《賢媛》十一）

故事說，山濤和「竹林七賢」的領袖嵇康（二二四—二六三）、阮籍（二一〇—二六三）見過一面以後，便成了莫逆之交，「契若金蘭」。山濤的妻子韓氏，史書上說她是很有「才識」的，覺得丈夫和兩人的關係非同一般，就問丈夫怎麼回事。估計山濤把阮籍和嵇康大肆宣揚了一番，然後說：「我現在可以交朋友的，只有這兩個人了！」

韓氏一聽，自然大為驚詫：世上竟有這等人物！那我倒要見識見識。便說：「妾身雖然不才，但知道春秋時曹國大夫僖負羈，他的妻子就曾見過晉國公子重耳的兩個隨從狐偃、趙衰。[4]聽了您的話，我很想私下裡看看您的這兩位朋友，不知夫君您同不同意啊？」山濤見妻子言辭委婉，態度懇切，就答應了這個多少有些非分的請求。

不久，嵇康、阮籍二人果然應邀前來。韓氏早在私下裡勸丈夫留他們在家住一宿，以便趁機一窺廬山真面。山濤依言行事。嵇康和阮籍本是性情中人，也不推辭，當晚便留下來飲酒食肉，縱談古今。他們哪裡知道，牆外正有一雙眼睛在盯著他們看呢！「穿墉視之」，就是在土牆上鑿個洞偷看。一般是「隔牆有耳」，韓氏來個「隔牆有目」。她看的效果也是驚人的，「達旦忘反」四字真把所有的驚嘆和讚美都包容殆盡了！

事後，山濤問韓氏：「我這兩位朋友怎麼樣啊？」韓氏回想昨夜二人的風貌談吐，感嘆地說：「以妾身愚見，夫君您在才情風致上，比他倆差了好多，不過，您在識鑒器度方面，卻是有過之而無不及，所以您與他們為友，絲毫也不顯得遜色！」山濤微微一笑，說：「他們倆也認為我審時度勢的才能是一流的。」

這個故事雖然叫「契若金蘭」，但故事的主人公與其說是山濤和阮籍、嵇康，還不如說是山濤的妻子韓氏。故事記載在《世說新語》的《賢媛》篇裡。「賢媛」，也就是賢德有才的女子之謂，用以表彰魏晉時期那些特別有才智見識的女性。當然，從這個「偷窺」的故事裡，我們也可以想見嵇康和阮籍的風度及其無與倫比的人格魅力。

山濤對時局的判斷和對自己的期望，最終都一一應驗。特別是，山濤有一個非常重要的「裙帶關係」，那就是司馬懿的宣穆皇后張春華，正是山濤的從祖姑山氏的女兒。這樣一來，山濤就成了司馬懿的表侄，而張春華，正好又是司馬師（二〇八—二五五）、司馬昭（二一一—二六五）的生母，山濤和他們還是表兄弟，後來司馬昭的兒子司馬炎做了皇帝，山濤就成了皇叔了。憑藉這樣的關係，山濤在那樣一個多事之秋，自然能在政治漩渦裡摸爬滾打，如魚得水，最終，他兌現了他在韓氏跟前的承諾，不僅多年擔任吏部尚書，而且晚年拜為司徒，真的做上了「三公」！

後人對山濤的評價，多有微詞。因為他所服務的司馬氏，在歷史上實在是臭名昭著。但，實事求是地講，山濤不是個壞人，他善於自保，但並不害人。而且他為官清廉，從不貪贓枉法。有個故事也值得一提。陳郡有個叫袁毅的官吏，貪污腐化，喜歡行賄，在朝的高官幾乎都被他賄賂過。他曾送給山濤一百斤好絲，山濤雖不想要，但又不想「異於時」——大家都拿了自己不拿等於違反了官場「潛規則」——只好收下，藏在閣樓上。後來袁毅醜事敗露，押送司法部門法辦，凡他賄賂的人都被牽連追查。輪到山濤，他就把那一百斤絲取出來，只見上面堆滿了多年的灰塵，封印都完好如初。所以，山濤做官三十多年，名聲和政績都很好。他做吏部尚書多年，選拔的官吏一般都能勝任其職，他為人才寫的「人事鑒定」非常有名，叫做《山公啟事》。

「竹林七賢」中的另一個人物王戎稱讚山濤「如璞玉渾金，人皆欽其寶，莫知名其器」（《賞譽》十）。說山濤天然美質，不加修飾，人們都羨慕他的美德，但不知道該怎麼形容他。可以說，山濤是個傑出的政治家，與其讓那些心術不正的人做官，還不如讓厚道持重的山濤來做，帶來的禍害總要小得多。

遺憾的是，山濤和嵇康的友誼卻因為政治立場和處世原則的分歧而中斷。當時，山濤要升官離任，便向司馬氏舉薦嵇康接替自己的位置，其實也是為調和嵇康和司馬氏集團的矛盾所做的一個嘗試。但是，山濤實在太不瞭解嵇康了，嵇康是個嫉惡如仇的人，可以說是中國古代有自由精神和獨立人格的知識分子的傑出代表，他怎麼願意做司馬氏的官呢？於是嵇康寫了一封《與山巨源絕交書》嚴詞拒絕，表示了與司馬氏絕不妥協的政治立場。白紙黑字，天下流傳，一對「契若金蘭」的好朋友就此分道揚鑣。

然而，讓人大跌眼鏡的是，嵇康臨刑前，竟然把十歲的兒子嵇紹托付給了山濤，並且對兒子說：「巨源在，汝不孤矣！」（《晉書．山濤傳》）每次讀到這裡，總令我唏噓不已。嵇康在生命的盡頭，還是把山濤當作可以「托六尺之孤」的好朋友。這臨終托孤的潛臺詞彷彿是：人生啊，不過就是一個舞臺、一齣戲，你演你的角色，我演我的角色，忠奸善惡一時明，是非成敗轉頭空，天地之間，唯有人與人之間的情誼最值得回味，最值得紀念，最值得珍惜！

「絕交」，不過是這齣人生大戲的一個必須的情節，它成就了嵇康的偉岸形象和自由人格，卻也讓他的好朋友山濤背上了道義的「黑鍋」——這並不是嵇康的本意。「托孤」，正是用行動為這段「契若金蘭」的友誼正名和「招魂」，嵇康似乎在對山濤說：人生太過險惡，我生之時，不得不與你絕交；我死之日，乃你我友誼復生之時！

所以，對於嵇康和山濤來說，「契若金蘭」真不是泛泛之交，而是一種「向死而生」的偉大友誼！

註釋

1 河南尹：東漢建都於河南郡洛陽縣，為提高河南郡的地位，其長官不稱太守而稱尹，掌管洛陽附近的二十一縣。

2 從事：官名。漢以後三公及州郡長官皆自辟僚屬，多以從事為稱，如從事史、從事中郎、別駕從事、治從事之類。《晉書》本傳作「部河南從事」，劉孝標注引虞預《晉書》則作「河內從事」，曰：「（濤）好莊、老，與嵇康善。為河內從事，與石鑒共傳宿，濤夜起蹋鑒曰：『今何等時而眠也！知太傅臥何意？』鑒曰：『宰相三日不朝，與尺一令歸第，君何慮焉？』濤曰：『咄！石生，無事馬蹄間也。』投傳而去，果有曹爽事，遂隱身不交世務。」

3 參見拙文《高羅佩的旖思旎想》，原《社會學家茶座》第十七輯，收入個人隨筆雜文集《有刺的書囊》，中國青年出版社，二〇一〇年一月出版。

4 《左傳．僖公二十三年》記載，晉公子重耳遭驪姬之讒，流亡在外：「（重耳）及曹，曹共公聞其駢脅，欲觀其裸。浴，薄而觀之。僖負羈之妻曰：『吾觀晉公子之從者，皆足以相國。若以相，夫子必反其國。反其國，必得志於諸侯。得志於諸侯，而誅無禮，曹其首也。子盍蚤自貳焉！』乃饋盤飧、寘璧焉。公子受飧反璧。」這裡的「晉公子之從者」，即指晉國大夫狐偃和趙衰，二人盡心輔佐重耳成就霸業。山濤妻子韓氏借此故事是想說明，作為妻子，看看丈夫的朋友不算過分，希望得到丈夫的許可。

劉伶病酒——醉翁之意不在酒

1

這一講我們要講的典故是——劉伶病酒。

劉伶，字伯倫，西晉沛郡（今安徽宿州）人。作為「竹林七賢」之一，劉伶在中國文化史上，是個家喻戶曉的人物。在民間，他甚至擁有比「竹林七賢」的領袖人物阮籍、嵇康更高的知名度。原因何在？我想，應該與酒有關。民間有個傳說，叫做「杜康賣酒劉伶醉」。說劉伶喝了杜康釀的酒，竟然一醉三年，連酒錢都沒付。這當然不可信，但至少說明在人們心目中有兩個認識：一是杜康釀的酒好；二是劉伶能喝酒，是酒的形象代言人。

在中國歷史上，像劉伶這樣幾乎是靠喝酒爆得大名的人物，實在絕無僅有。阮籍、陶淵明、李白、蘇東坡等雖然也都是酒中豪士，可他們的出名更多的還是寫出了流芳千古的好詩，他們過的是

「詩酒人生」，詩是第一位的，酒倒在其次。幾乎沒有人像劉伶，僅靠喝酒就喝出了文化精神，喝出了人格魅力！可以說，劉伶是中國酒文化中不可或缺的重鎮，沒有了他，中國酒文化將會黯然失色。所以，現在有種酒的名字就叫「劉伶醉」（河北徐水縣酒廠出品），還有一種酒叫「醉三秋」（安徽阜陽市酒廠出品）。這些酒都是附會劉伶的故事打出的「品牌」，而且賣得挺好，把河南的杜康酒都比下去了。

關於劉伶，有一些好玩的故事不得不說。先看他的外貌：

劉伶身長六尺，貌甚醜悴，而悠悠忽忽，土木形骸。（《容止》十三）

身高六尺，換算一下，不會超過今天的一米五。《論語·泰伯》裡曾子說過一句話：「可以托六尺之孤，可以寄百里之命，臨大節而不可奪也：君子人與？君子人也。」也就是，六尺的身高，大概和十來歲的小孩子差不多。長得矮小倒也罷了，偏偏容貌既醜陋又憔悴，這就有些禍不單行的意味了。而且，估計劉伶也是很瘦的，據史書記載，有一次，劉伶喝醉了，和一個「俗人」發生了衝突，對方脾氣很火爆，捋起袖子，揮起拳頭就要來真格的，劉伶醉醺醺、慢悠悠地說：「還是別打的好，我這雞肋可擋不住您那大拳頭。」[1]「雞肋」，就是雞的肋骨，可見劉伶又矮又瘦，一副形銷骨立的樣子。

不過，這些生理上的「先天不足」，反倒讓劉伶徹底地超越了常人對於形體外貌的重視和修飾，從而獲得了某種「得天獨厚」的對世界和人生的獨特領悟。他每天「悠悠忽忽」，東遊西蕩，猶如閑雲野鶴一般，自得其樂。「土木形骸」是個成語，也就是視形骸為土木，亂頭粗服，不加修飾。用今天的話說，就是不修邊幅，順其自然。

2

別看劉伶其貌不揚，形體矮小，他的內心世界和精神自我卻是極其張揚的，可以說，他是一個精神上的「巨人」，有著超凡脫俗的自我意識。史書上說，劉伶「自得一時，常以宇宙為狹」（梁祚《魏國統》）。又說他「放情肆志，常以細宇宙、齊萬物為心」（《晉書．劉伶傳》）。也就是說，在劉伶眼裡，宇宙太狹小了，狹小到根本容不下他那無限擴張的「精神自我」。

有兩件事可以證明劉伶的「宇宙觀」與眾不同。第一件見於《世說新語．任誕》篇：

> 劉伶嘗縱酒放達，或脫衣裸形在屋中。人見譏之，伶曰：「我以天地為棟宇，屋室為褌衣，諸君何為入我褌中！」（《任誕》六）[2]

這個劉伶，常常不加節制地喝酒，任性放縱，有時甚至在家裡赤身露體，用今天的話說就是「裸奔」。有人撞見了，就責備他，大概是有傷風化之類的話。沒想到劉伶竟然振振有詞地說：「我把天地當作房子，把屋子當作衣褲，我倒要問問，你們怎麼跑進我的褲襠裡來了！」

還有一個證明，在劉伶所著的唯一一篇傳世之作《酒德頌》裡。這是一篇絕代奇文，我們且看第一段：

有大人先生者，以天地為一朝，萬期為須臾，日月為扃牖，八荒為庭衢。行無轍跡，居無室廬，幕天席地，縱意所如。行則操卮執觚，動則挈榼提壺，唯酒是務，焉知其餘？[3]

劉伶塑造了一個「大人先生」，其實也就是他自己的寫照，他寫道：有一個大人先生，把天長地久當作一天，把萬年當作片刻——這是對時間的極端藐視；又把太陽當作門，月亮當作窗，把天地八方作為庭院中的通道——這是對空間的極度縮微。他出外行走沒有一定軌跡，居住也沒有像樣的房屋——完全不按牌理出牌。又說他把天當作帳幕，把地當作席子，從心所欲，隨遇而安——「幕天席地」後來成了一個成語。這個大人先生無論到哪裡，都隨身攜帶著飲酒的器具，酒壺酒杯，一應俱全。「唯酒是務，焉知其餘」，是說他只是沉湎於杯酒，把喝酒當作正事，不知道除了酒，還有什麼是值得追求的東西！

我們可以說，這個「大人先生」不過就是個酒鬼嘛！說不定他覺得宇宙狹小、幕天席地，正是喝醉了以後的真實體會呢？如果這樣想，就把劉伶「宇宙觀」的深刻性給消解了。「宇宙」，按照古人的理解，「上下四方曰宇，往古來今曰宙」（《尸子》），也就是我們身處的這個由空間和時間構成的現實世界。置身於這樣一個「無始無終」的所在，劉伶竟然覺得狹小，可見他的「宇宙」不是「物理」的時空，而是「心理」的時空。

法國大文豪雨果有句名言：「世界上最寬廣的是大海，比大海寬更廣的是天空，比天空更寬廣的是人的心胸。」一般人仰望星空，觀察天地，時常會感到個人的渺小，可是劉伶不，他反而感到了自我的博大、豐富，大到天地不能承載，宇宙不能限制。《尚書》中有個成語，「無遠弗屆」，就是不管多遠的地方，沒有達不到的。劉伶的自我就是「無遠弗屆」的，那該是何等的博大和寬廣！千年之後，想到曾經有這麼一個劉伶先生，難道不能激發起我們作為人類的自豪感嗎？

什麼是人？什麼是我？什麼是天地、宇宙？這些我們現在都不願意思考的問題，卻被劉伶想得很深，看得很透。沒有這種「獨與天地精神往來」、「萬物皆備於我」的精神，讓人心向神往的「魏晉風度」恐怕要大打折扣！

3

回到「劉伶病酒」的典故。這個「病」在這裡作動詞，其實也就古語所謂的「酲」。根據《說文解字》的解釋：「酲，病酒也。」「病酒」也就是因飲酒過量而沉醉，甚至生病，比一般的「醉酒」程度更嚴重，相當於現在所謂的「酒精中毒」。這個故事同樣記載在《世說新語·任誕》篇：

劉伶病酒，渴甚，從婦求酒。婦捐酒毀器，涕泣諫曰：「君飲太過，非攝生之道，必宜斷之！」伶曰：「甚善。我不能自禁，唯當祝鬼神自誓斷之耳！便可具酒肉。」婦曰：「敬聞命。」供酒肉於神前，請伶祝誓。伶跪而祝曰：「天生劉伶，以酒為名，一飲一斛，五斗解酲。婦人之言，慎不可聽！」便引酒進肉，隗然已醉矣。（《任誕》三）

故事一開始就十分奇怪：劉伶因為喝醉了，口乾舌燥，焦渴難耐，他不僅不去喝水，反而要向老婆討酒喝。這是何故？原來古代有種說法，最好的解酒方法還是喝酒，[4]「酒病還須酒來醫」，所以劉伶的這個行為還是有「理論根據」的。

但他的老婆可不管這套，「捐酒毀器」，就是把酒都倒掉，酒壺酒杯全摔碎，來個釜底抽薪！大概他老婆實在對這個酒鬼忍無可忍，所以才會這麼發飆。但歷史上沒有任何記載說劉伶夫婦感情不好。她畢竟還是心疼劉伶的，接著她一邊哭，一邊勸諫說：「您喝酒喝得太過分了，這恐怕不是養生之道啊，一定要把酒戒掉！」照理說，劉伶這樣一個嗜酒如命的酒徒本不該娶妻生子。他最好的配偶不是女人，而是酒。反過來說，嫁給劉伶對任何女人來說都是一場災難，至於身後會不會留名，哪個女人會真正在乎呢？

劉伶一看妻子鬧得比平常更厲害，就說：「那好吧。要我戒酒可以，但是靠我的自覺是不可能的，必須當著鬼神的面發誓才行。而拜神祭祖必須要有酒肉，所以，老婆你還是去準備好酒好肉吧。」不知劉伶的老婆有沒有讀過《論語》，她想必知道孔子說過「祭神如神在」的話（這裡的「鬼神」可以指天地神靈，也可以指列祖列宗）。拿鬼神來說事，甚至來賭咒發誓，自然不可等閒視之。看劉伶一本正經的樣子，老婆也就信以為真，很有禮貌地說了三個字：「敬聞命。」很快就準備了豐盛的酒肉，不是放在餐桌上，而是放在了神龕前的供桌上。

在老婆的邀請下，醉醺醺的劉伶跪在祖宗的牌位前，嘴裡念念有詞地說：「天生劉伶，以酒為名。一飲一斛，[5]五斗解酲。婦人之言，慎不可聽！」把這段祝詞改成五言詩就是：「天生我劉伶，以酒自命名。一次飲一斛，五斗方解酲。婦人所與言，千萬不可聽！」說完，劉伶又大塊吃肉，大碗喝酒，直到爛醉如泥，癱倒在地！

劉伶在前人「通過喝酒以解酒」的理論基礎上，又有了新的開拓和「發明」，那就是發明了戒酒的兩種新方法：一是通過向鬼神祈禱來戒酒——當然這是一個幌子；二是「通過喝酒以戒酒」——這倒是可以申請專利的！當然，這是玩笑。最後的結果是，老婆被他忽悠了，劉伶的酒癮不僅沒戒掉，反而愈演愈烈！

劉伶好酒，的確到了登峰造極的地步。酒，成了他的一張名片，無論到哪裡，只要有劉伶在，一定有酒，真是「酒即是我，我即是酒」。還有一件奇事也值得一提。據袁宏《名士傳》記載，劉伶經常坐著一輛鹿車（古代一種簡易小車），「攜一壺酒，使人荷鍤隨之」，並且說：「死便掘地以埋。」——如果我死了，你就隨便挖個坑，把我埋掉拉倒！這說明，把宇宙看得很小的劉伶，把生死也看得很淡，已經達到了莊子「齊生死」的境界，什麼名利啊，家產啊，禮法啊，統統不在話下！

根據《文士傳》的記載，劉伶經常和好朋友阮籍喝酒，有一次，阮籍聽說「步兵廚中有酒三百石」，便向司馬昭請求做步兵校尉，一進官府的宿舍，便和劉伶酣飲。別人是朋友做官，自己來「幫忙」或者「幫閑」，劉伶倒好，他是「幫著喝酒」。有的史料甚至說，兩個人都是在步兵校尉的廚房裡喝酒喝死的（戴逵《竹林七賢論》）。這當然不可信，因為阮籍死於景元四年（二六三），而劉伶倒是挺能活，直到晉武帝泰始年間（二六五—二七四）還健在。

4

那麼，劉伶是不是一直沒有做過官呢？也不是。史書記載，大概在西晉時，他曾做過建威參軍這樣的小官，沒有什麼具體的政績。等到泰始初年，司馬炎曾招天下名士入朝對策，也就是回答皇帝所問關於治國的策略。劉伶也參加了這個「公務員考試」，但他大談「無為之化」，就是老莊「無為而治」的道理。結果不少名士都通過考試，做上了高官，只有劉伶因為「無用」而沒有通過。

其實，「無用」就對了。莊子在《人間世》中塑造了一個百無一用的又醜又老的樹，叫「散木」，結果，好多樹被砍伐之後，這棵「散木」卻因為「無用」而得以在天地之間獨存。最後莊子說：「人皆知有用之用，而莫知無用之用也。」也就是說，有時候，「無用之用，是為大用」。劉伶的結局倒是和莊子所塑造的「散木」一樣，最終因為「無用」而得以頤養天年，壽終正寢。他對當時的社會其實沒有任何實質性的貢獻，一個整天喝酒的人能創造出多少GDP呢？但是，劉伶卻用他獨特的行為方式和思維方式，在人類的精神史和心靈史寫下了濃重的一筆，在中國文化史上留下了自己的名字。他的喝酒的「心得」《酒德頌》，一不小心還成了傳世之作，讓後世文人稱嘆不已。[6]這就是所謂「無用之用」吧。

《晉書》本傳說劉伶「澹默少言，不妄交遊，與阮籍、嵇康相遇，欣然神解，攜手入林」。這裡的「欣然神解，攜手入林」，真是令人神往！也就是說，一向心比天高、不亂交朋友的劉伶，一見到阮籍、嵇康這樣的英才俊彥，馬上一見如故，攜手走進竹林，開始了中國文化史上群星璀璨、輝映後世的「竹林之遊」。

魯迅先生說：「真的『隱君子』（指隱士）是沒法看到的。古今著作，足以汗牛充棟，但我們可能找出樵夫漁父的著作來？他們的著作是砍柴和打魚。」（《且介亭雜文二集．隱士》）從這個意義上說，劉伶也是一位真正遺落世事的「隱士」——他的主要著作是喝酒。

註釋

1 《晉書．劉伶傳》：「（伶）嘗醉與俗人相忤，其人攘袂奮拳而往。伶徐曰：『雞肋不足以安尊拳。』其人笑而止。」又劉孝標注引戴逵《竹林七賢論》曰：「伶處天地間，悠悠蕩蕩，無所用心。嘗與俗士相迕，其人攘袂而起，欲必築之。伶和其色曰：『雞肋豈足以當尊拳！』其人不覺廢然而返。」

2 劉孝標注引鄧粲《晉紀》曰：「客有詣伶，值其裸袒，伶笑曰：『吾以天地為宅舍，以屋宇為褌衣，諸君自不當入我褌中，又何惡乎？』其自任若是。」傳聞異辭，可以參看。

3 《酒德頌》餘下的內容如下：「……有貴介公子，縉紳處士，聞吾風聲，議其所以。乃奮袂攘襟，怒目切齒，陳說禮法，是非鋒起。先生於是方捧甖承槽，銜杯漱醪。奮髯箕踞，枕麴藉糟，無思無慮，其樂陶陶。兀然而醉，豁爾而醒。靜聽不聞雷霆之聲，熟視不睹泰山之形，不覺寒暑之切肌，利欲之感情。俯觀萬物，擾擾焉如江漢之載浮萍；二豪侍側焉，如蜾蠃之與螟蛉。」

4 如東漢的第五倫《上疏論竇憲》中就有「猶解酲當以酒也」之句，錢鍾書先生引《世說新語》「劉伶病酒」解之云：「初意醉酒而復飲酒以醒酒，或由劉伶貪杯，藉口自文，觀此疏乃知其自用古法。西俗亦常以酒解酒惡，廋詞曰：『為狗所齧，即取此狗之毛燒灰療創。』」參拙著《世說新語會評》，頁四一二-四一三。

5 斛，古代量器名，亦是容量單位，一斛本為十斗，後來改為五斗。

6 如南朝宋代詩人顏延之《五君詠．劉參軍》：「劉伶善閉關，懷清滅聞見。鼓鐘不足歡，容色豈能眩？韜精日沉飲，誰知非荒宴。頌酒雖短章，深衷自此見。」明曾棨《過劉伶宅》詩：「舊宅無人住，荒墟有路歧。一生渾是醉，萬古復何悲。白首銜杯處，青山荷鍤時。最憐獨醒者，高塚亦累累。」

情鍾我輩——龍種跳蚤集一身

1

「竹林七賢」的人物我們已經講了兩位，接著我們再講一位比山濤還要有爭議的人物——王戎。如果說，「竹林七賢」的其他人物，都有一種脫俗的氣質的話，王戎卻是個例外，可以說他是個「俗人」的代表，卻陰差陽錯地混進了竹林的雅人圈子，一下子就青史留名了——且不管是雅名還是俗名。

王戎這個人，不僅能夠充分體現出人的複雜性，豐富性，同時，通過對王戎這個人物的看似前後矛盾的描寫和記錄，也特別能夠看出《世說新語》這部書在敘事藝術上的傑出成就。我們知道，《紅樓夢》裡的人物，都是十分真實生動的。所以魯迅說，《紅樓夢》「其要點在敢於如實描寫，並無諱飾，和從前的小說敘好人完全是好，壞人完全是壞的，大不相同，所以其中所敘的人物，都

是真的人物。總之自有《紅樓夢》出來以後，傳統的思想和寫法都打破了。」—[1]

這個說法應該說很有道理，但我要補充一點：事實上，《世說新語》早就達到了「敘好人未必全好，寫壞人未必全壞」的境界，因為它是分門別類地寫人記事，而各個門類正好是對人的由正面到負面的各種特點的多元化的寫照，所以，一個人物可以被編在正面的門類裡予以表彰，也可能因為他有這樣那樣的缺點和錯誤，而被編在負面的門類裡予以批評，總之，就像一面多稜鏡，可以折射出一個人物的整體的形象來。我把《世說新語》這種全方位、多角度、立體式的寫人記事的方法，稱作「立體志人法」。志人，也就是記人寫人，這個概念是魯迅先生提出來的，他把《世說新語》一類的專門記載歷史人物言行軼事的筆記小說，叫做「志人小說」。

這方面，最突出的例子莫過於王戎。

2

王戎（二三三—三〇五），字濬沖，琅邪臨沂（今屬山東）人。官拜司徒、封安豐縣侯，所以又稱王安豐。他是「竹林七賢」中年齡最小的一位，也是最晚離世的一位。在《世說新語》中，王戎是形象反差最大的人物，可以說是瑕瑜互見、雅俗兼有，一會兒他是讓人肅然起敬的「龍種」，一會兒他又成了令人鄙夷的「跳蚤」。

王戎出身名門望族，其父王渾，也是個頗有名氣的名士，作過涼州刺史，封貞陵亭侯。王戎自幼聰慧，據說他有個「特異功能」——「視日不眩」，也就是能夠直接看著太陽而不覺得頭暈眼花。後來，一位年紀和他相仿的名士裴楷（二三七—二九一）見到王戎，就說：「眼爛爛，如岩下電。」（《容止》六）就是說，王戎的眼睛很有神，精光四射，猶如山岩之下的閃電！

有個「道邊苦李」的著名典故，說王戎七歲時，曾和一群孩子在路邊玩耍，看見路邊有一棵李樹，結滿了果實。於是大家一哄而上，爭先恐後地上去採摘，只有王戎視而不見，置若罔聞。有人問他怎麼不去，他說：「這棵李樹長在路邊，卻還有這麼多果子，不用說，那李子一定是苦的。」大家拿來李子一嘗，果然如此（《雅量》四）。從此，王戎就有了神童的美譽。

這個故事記載在《世說新語·雅量》篇裡，其實也是一個著名的神童「早慧」的故事。[2]「雅量」，是魏晉時評價人物的一個關鍵字，指人的胸懷博大，氣量寬宏，不以外在環境的變故，改變內在人格的穩定性。《雅量》篇裡還有兩條關於王戎的故事。

一則說，魏明帝曹叡曾在洛陽城裡的宣武場上搞過一個「國家級」的動物觀摩會。他命人把一隻兇猛的老虎砍斷牙齒和爪子，放在籠子裡，讓百姓前去觀看。可想而知，當時看熱鬧的人挺多，大家圍在護欄外指指點點，十分興奮。「老虎不發威」，大家都把牠當「病貓」了！王戎當時只有七歲，也跑去看熱鬧。沒想到，大概是老虎被這樣的人山人海的樣子給惹毛了——老虎畢竟不是「專業演員」——牠那「獸中之王」的自尊心終於演變成一聲聲震天地的咆哮，不僅咆哮，而且攀著護欄，做出餓虎撲食的樣子。這些看熱鬧的人無不苦爹叫娘，四散奔逃，摔倒的，踩壞的，不計其數。只有七歲的王戎，不慌不忙的站在原地，臉上沒有一點恐懼之色（《雅量》五）。明帝在不遠處的閣樓上望見這一幕，很驚奇，就派人問王戎的姓名由來，小王戎於是一舉成名。其實，要我看，這些記載或有其事，但也可能有添油加醋的成分，比如說，小孩子不怕老虎完全可能是由於心智尚未健全，所謂「無知者無畏」，跟「雅量」實在沒有多大關係。要知道，王戎後來位至三公，擁躉甚多，寫點傳奇故事裝點其門面也不是沒有可能。

王戎十五歲的時候，結識了比他年長二十三歲的阮籍。阮籍曾作過一段時間的尚書郎，與王戎的父親王渾（也是尚書郎）有過交往。當時王戎正好十五歲，有一次，他隨父親去官舍上班，便認識了阮籍。兩人一見之下，大為投緣。阮籍很愛王戎之才，每次到王渾家，與王渾說不了幾句話，便走出來去找王戎，兩人總是談論好久才散去。阮籍為此還對王渾說：「你兒子清拔俊賞，不是你這種人可比的。和你說話，還不如和阿戎說話有意思。」能得到阮籍這麼高的評價，少年王戎的才華見識之高，自是不難想見。他後來在仕途上能夠平步青雲，也絕不是偶然的。

另一條「雅量」的故事說，王戎做上侍中（因侍從皇帝左右，出入宮廷，與聞朝政，逐漸變為親信貴重之職。晉以後，曾相當於宰相）的高官之後，南郡太守劉肇曾向他行賄，送他一種名貴的筒中細布五端（古代布帛二端相向卷，合為一匹，一端為半匹，其長度相當於二丈），王戎還算有定力，沒有接受，但是他卻寫了封言辭懇切的信，表示感謝。（《雅量》六）當時對行賄受賄查得很緊，這事很快被發現，司法機關看了王戎的信，都覺得王戎太矯情，但在《世說新語》的編者看來，王戎對行賄者的這種態度，倒是既「廉潔」，又有「雅量」的。

在《世說新語·德行》篇中，也有幾條關於王戎的故事。其中一則說，王戎的父親王渾，很有美名，官至涼州刺史。王渾去世以後，他以前所管轄地區的故舊親友，都懷念他的恩惠，紛紛爭著捐獻財物辦喪事，累計竟有數百萬錢之多，但王戎一概不受（《德行》二十一）。王戎的名聲因此更顯著了。

3

無論是不受賄賂，還是不受捐獻，都說明王戎的德行還是不錯的，可是，誰能想到，這樣一個廉政官員，竟會成為中國古代最有名的吝嗇鬼和守財奴呢？特別是他的貪婪吝嗇，幾乎到了病態的地步，這就不能不讓人感嘆人生無常，世事難料。《世說新語》有個門類叫《儉嗇》，專記守財奴、吝嗇鬼的事蹟，共有九條，王戎一人就占了四條！

王戎儉吝，其從子婚，與一單衣，後更責之。（《儉嗇》二）

王戎女適裴頠，貸錢數萬。女歸，戎色不說，女遽還錢，乃釋然。（《儉嗇》五）

王戎有好李，常賣之，恐人得其種，恒鑽其核。（《儉嗇》四）

司徒王戎既貴且富，區宅、僮牧，膏田水碓之屬，洛下無比。契疏鞅掌，每與夫人燭下散籌算計。（《儉嗇》三）

第一條說，王戎為人非常節儉吝嗇，他的一個侄子要結婚，他只送給人家一件單衣作為禮物，這倒也罷了，禮輕情義重嘛，可就連這點東西王戎也捨不得，後來竟又找個機會要了回來！

這是對侄子，捨不得也還可以理解，對女兒怎樣呢？胳膊肘總該「往裡拐」吧？可是也不。王戎的女兒要出嫁了，嫁給了當時很有名的名士裴頠（二六七—三〇〇），臨行時曾向一毛不拔的老爹借了一筆錢；後來女兒回娘家，沒有及時還錢，王戎便鼻子不是鼻子、臉不是臉的。直到女兒還了錢，王戎的臉上才多雲轉晴，有了笑容。

對親生女兒和侄子尚且如此，遑論別人？著名的「鑽核賣李」的故事也是關於王戎的，王戎家種了好多李樹，結的李子很好吃。照理，自家人享用不是很好嗎？可他偏要拿去賣錢！賣就賣吧，還惟恐人家得到完好的果核也去栽種，硬是在賣出之前，把每顆李子的核都用錐子鑽破！這種「好李不讓外人種」的法子，真是最有效的「智慧財產權保護」了，在「商戰」中也許會無往而不利，可是，如此處心積慮地破壞「良種」，實在不利於生產力的發展，只能授人以柄，貽譏後世。

王戎後來被封為安豐侯，良田千頃，食邑萬戶，可謂富甲一方，但他總不厭足，最大的愛好，便是晚上在燭光下，把家裡的債券、契約，類似我們今天的存摺、信用卡之類的東西全都攤出來，和老伴兒一起用象牙籌「盤點」家資。

總之，王戎後來的做派，和他年輕時實在判若兩人，更與超然物外的竹林精神有天壤之別，讓人提不起半點兒對他的景仰之心了。

其實，阮籍很早就說過王戎是個「俗物」。王戎被阮籍引薦後也加入竹林名士的聚會，相處了一段日子後，彼此都有瞭解，有一次王戎來晚了，阮籍就說：「這個俗物又來敗壞咱們的興致了。」王戎也很機智地笑著說：「這麼說，你們這些人的興致也是可以敗壞的嗎？」（《排調》四）可見，早在剛加入竹林沙龍的時候，王戎已經表現出和其他名士不太相同的氣質來，就是鄙俗貪吝之氣，這個氣質在他晚年終於大爆發，而且一發不可收拾，一俗就俗到家了，說句不好聽的話，竹林名士的臉差不多都給他丟盡了！

4

然而，任何一個人都不是平面的，如果說貪婪吝嗇，聚斂無度，好財逐利是王戎的人格劣根的話，那麼，王戎也有他的人格優點，那就是「鍾情」，尤其是看重親情和友情。王戎對情感的重視，在魏晉名士中具有典型的意義，因此特別能夠代表魏晉風度中「主情」、「重情」、「有情」的時代風氣。「情鍾我輩」的典故就與此有關。

《世說新語．德行》篇載有一則關於「生孝死孝」的故事：

> 王戎、和嶠同時遭大喪，俱以孝稱。王雞骨支床，和哭泣備禮。武帝謂劉仲雄（劉毅）曰：「卿數省王、和不？聞和哀苦過禮，使人憂之。」仲雄曰：「和嶠雖備禮，神氣不損；王戎雖不備禮，而哀毀骨立。臣以和嶠生孝，王戎死孝。陛下不應憂嶠，而應憂戎。」（《德行》十七）

王戎作豫州刺史的時候，母親去世了，幾乎同時，另一位名士和嶠的父親也去世了。兩人都是著名的孝子，但在服喪期間的表現卻很不一樣：王戎是身體衰弱，瘦得像雞骨頭，動靜都要支著床，甚至要拄著拐杖才能起身。[3]和嶠呢？雖然也哭哭啼啼，但一招一式都能遵循喪禮。晉武帝司馬炎聽說此事就對大臣劉毅說：「你經常去看王戎、和嶠二人嗎？聽說和嶠悲痛的程度超出了禮數，讓人擔心哪！」劉毅卻說：「和嶠按照禮數痛苦，但元氣未損；王戎雖然不拘禮法，飲酒食肉，但他卻痛苦得過了頭，瘦得只剩下皮包骨頭了。陛下不應該擔心和嶠，而應該為王戎擔心啊！」據說王戎本來就有嘔吐的毛病，居喪期間更嚴重了。司馬炎就派御醫親自為他治病（《晉書‧王戎傳》）。

劉毅的觀點並不是孤例，當時裴楷前去弔孝，見王戎這樣子，也感嘆地說：「若使一慟果能傷人，濬沖必不免滅性之譏。」（《德行》二十）意思是，如果喪親的悲痛真能傷人性命的話，這個王戎肯定免不了要受到以孝傷生的批評！因為按照儒家的喪葬之禮，不允許孝子因為悲痛而傷害身體。如《孝經》有云：「身體髮膚，受之父母，不敢毀傷。」還說：「毀不滅性。」就是哀毀之情要有節制，不能危及自己的性命。如果一個人因為表達喪親的悲痛，以致於把身體搞壞了，甚至把自己「從肉體上消滅」了，那才是真正的不孝，因為「不孝有三，無後為大」！像王戎這樣，因為痛苦而忘記了應有的禮節，說明母親的死對他的打擊實在太大，以致於讓他痛不欲生。

你看，王戎儘管不是慷慨豪爽的人，但至少是個有血有肉、極重感情的人。這就引出了我們這一講的典故——「情鍾我輩」。這個典故出自《世說新語‧傷逝》篇，「傷逝」，就是傷悼逝去的人。魯迅有一篇題為《傷逝》的小說，也許正是從《世說新語》的這個門類獲得的靈感。《傷逝》篇裡的許多故事都體現了魏晉名士對於情感的重視。其中，王戎喪子的故事又為這一時代主題，做了一個最圓滿的詮釋：

> 王戎喪兒萬子，山簡往省之，王悲不自勝。簡曰：「孩抱中物，何至於此！」王曰：「聖人忘情，最下不及情；情之所鍾，正在我輩。」簡服其言，更為之慟。（《傷逝》四）

王戎的兒子王綏（字萬子）死了，為什麼死呢？我估計是因為肥胖症。史載王綏很肥胖，王戎沒辦法，只好讓他吃糠，沒想到不僅沒瘦身，反而更胖了。他死的時候只有十九歲，算是早夭。王戎特別喜歡這個兒子，「白髮人送黑髮人」，當然是悲不自勝。山濤的第五個兒子山簡（二五三—三一二）前來探望他，看王戎悲傷得快要撐不住了，就說：「為了一個懷抱中的東西，至於悲痛到這個地步嗎？」沒想到王戎卻說：「修煉到極高境界的聖人，也許可以忘掉世俗之情；最下等的人，談不上懂得什麼感情；對感情最投入、最專注的，恰恰是我們這類人啊！」山簡很敬佩他的話，也轉而為他感到悲痛了。

魏晉玄學有一個重要的命題——「聖人有情無情論」。正始名士何晏主張「聖人無情」，天才玄學家王弼則宣導「聖人有情」。王弼說：「聖人茂於人者，神明也；同於人者，五情也。神明茂，故能體沖和以通無；五情同，應物而無累於物者也。今以其無累，便謂不復應物，失之多矣。」就是說，聖人和常人都是有著情感的，只不過聖人可以超越世俗之情，不受其羈絆，不能因為不受情感的羈絆，就認為他們沒有情感。最終，王弼的「聖人有情」說占據了優勢。後來，魏晉名士無不以「有情」「鍾情」「才情」「多情」自詡，王戎的「情之所鍾，正在我輩」，無意之中，為一代士風做了一個精彩注腳。

對親情如此，對友情亦然。《傷逝》篇還有一條也是記王戎的：

王濬沖為尚書令，箸公服，乘軺（ㄧㄠˊ）車，經黃公酒壚下過。顧謂後車客：「吾昔與嵇叔夜、阮嗣宗共酣飲於此壚。竹林之遊，亦預其末。自嵇生夭、阮公亡以來，便為時所羈紲。今日視此雖近，邈若山河！」（《傷逝》二）

故事說，王戎後來做了尚書令，曾穿著公服，乘坐輕便的小馬車，經過郊外的黃公酒壚，觸景傷情，對身後車上的客人說：「我從前曾和嵇叔夜（康）、阮嗣宗（籍）一起在這家酒店暢飲。竹林之遊，我也曾忝列末位。可是自從嵇、阮二位亡故以來，我便被時務所羈絆。今天看到這家酒店，雖近在咫尺，卻又物是人非，好像隔著千山萬水一般！」大概意識到自己的一生是一個由大雅而大俗的尷尬的「滑坡」過程，晚年的王戎才特別留戀在竹林中度過的那些日子。可見，那片竹林實在具有一種神奇的魔力，使人一旦走入，便永遠也揮之不去。據說王戎在做上司徒的高位時，經常在公務之餘，身著便服，騎一匹小馬，從府邸的便門悄悄遛出去，四處閑遊；路人看見他，皆以為是尋常小老頭一個，殊不知他已位至三公！王戎的這種微服出遊的舉動，恐怕正是當初竹林生活的折射吧。這說明，他對當年竹林名士的友誼一直銘刻在心，難以忘懷！

王戎的夫妻感情也是融洽的，他的老婆經常用「卿」來稱呼他，這個「卿」字，一般用於君對臣、上級對下級、或者平輩中關係很要好的人之間，妻子對丈夫一般應稱「君」，所以王戎委婉地提醒老婆說：「老婆用『卿』稱呼丈夫，就禮節而言是不敬的，以後不要這樣了。」王戎的老婆大概是個古代的「女權主義者」，她的理由很充分：「親卿愛卿，是以卿卿；我不卿卿，誰當卿卿？」十六個字，連用了八個「卿」字，不僅過足了嘴癮，而且也表達了自己對老公的親愛之情。王戎沒法可想，也就只好聽之任之（《惑溺》六）。「卿卿我我」這個成語即由此而來。大概從王戎以後，老婆對老公的稱呼就親切隨便了，現在是直接可以呼來喝去，老公還甘之如飴。大概時代真的在進步？

總之，王戎這個人很好地體現了人的複雜性、矛盾性和多變性，人在順應環境的能力上，可能並不比蜥蜴更遲鈍，但是有一點，人之所以為人，恰恰因為人有著一般生物沒有的「情」。如果王戎一俗到底，「窮的只剩下錢」了，而沒有對於親情、友情的重視，那他也就不值得我們評說了。一個人可以一無所有，但不能失掉人之為人的性情，有了性情，我們仍然可以說自己是富有的。

註釋

1 參見《中國小說的歷史的變遷·清小說之四派及末流》，《魯迅全集》人民文學出版社，一九八一年版，第九卷，頁三三八。

2 南宋劉辰翁評此條云：「當入《夙惠》。」明人王世懋亦云：「此自是『夙惠』，何關『雅量』？」參拙著《世說新語會評》，頁二〇八。

3 劉孝標注引《晉陽秋》曰：「戎為遭母憂，性至孝，不拘禮制，飲酒食肉，或觀棋弈，而容皃（貌）毀悴，杖而後起。時汝南和嶠，亦名士也，以禮法自持。處大憂，量米而食，然憔悴哀毀，不逮戎也。」

看殺衛玠——史上最美死亡事件

1

是人總歸要死的，但死的方式有不同：有病死的，有老死的，這還屬於正常死亡；也有被殺的，自殺的，遭遇不測而死的，這就屬於「非正常死亡」了。有道是大千世界，無奇不有，《世說新語》中偏就記載了一個被「看殺」的！這個被人「看殺」的名士，名叫衛玠。為什麼會被「看殺」？因為他長得太漂亮了！世上的事就是這樣，你太對得起觀眾，觀眾就只好對不起你了。

說起衛玠，不能不提一個人——他的祖父衛瓘。因為衛玠從他的祖父那裡，繼承了許多「遺傳基因」。

衛瓘（二二〇—二九一），字伯玉，河東安邑（今山西夏縣北）人。三國魏時曾任鎮東將軍，西晉時任司空、太保等職，惠帝即位後被賈后所殺。說起衛瓘，也有一個非常著名的典故——「此坐可惜」。《世說新語》有一個門類專記規勸諷諫之事，叫做《規箴》。其中就記載了衛瓘勸諫晉武帝司馬炎廢立太子的故事：

晉武帝既不悟太子之愚，必有傳後意，諸名臣亦多獻直言。帝嘗在陵雲臺上坐，衛瓘在側，欲申其懷，因如醉跪帝前，以手撫床曰：「此坐可惜！」帝雖悟，因笑曰：「公醉邪？」（《規箴》七）

故事雖短，背後的潛臺詞卻很複雜。西元二六五年，司馬昭病死，他的兒子司馬炎（二三六—二九〇）模仿曹丕代漢的方式，逼迫魏元帝曹奐禪讓，篡奪了曹魏的政權，建立西晉，他做了皇帝，史稱晉武帝。泰始三年（二六七），司馬炎立次子司馬衷（二五九—三〇六）為太子，這一年，司馬衷只有八歲。但這個當朝太子，卻是個不折不扣的傻瓜！他即位後，有一年，天下發生大饑荒，好多人都被餓死。司馬衷聽說後，大為詫異，一本正經地問身邊的大臣：「他們沒飯吃，為什麼不吃肉糜呢？」肉糜就是肉粥。問出這樣的話來足見其多麼弱智。

還有一回，司馬衷出外遊玩，聽到田間地頭蛙鼓聲聲，很是好奇，便說：「這些呱呱叫的東西，是官家的呢？還是私人的？」隨從人員就順著他的話說：「在官家地裡叫的，就是官家的；若在私家地裡叫的，就是私人的。」

這樣一個弱智太子偏偏早婚，泰始八年（二七二），司馬衷不過十三歲就結了婚，他的太子妃不是別人，正是權臣賈充（二一七—二八二）的女兒賈南風（二五六—三〇〇）。第二年，賈充就升任司空，權傾朝野。有這樣一個婚姻的背景，司馬衷就是想不做皇帝也由不得他了。

對於太子的蠢笨，司馬炎也不是毫無覺察。他曾派大臣和嶠做司馬衷的老師，和嶠深知太子是個什麼貨色，多次委婉地對司馬炎說：「現在世事爾虞我詐，而太子太過樸實輕信，實在不適合做四海之主。」司馬炎不信，過了一段時間，又派另一位大臣荀勖跟和嶠一起去考察太子是否有進步。荀勖是個馬屁精，回來自然把太子誇讚一番，和嶠卻正色說道：「太子和以前沒有什麼兩樣，不過這是陛下自家的事，臣不便多言。」

衛瓘是個正直的老臣，覺得國家大統交給這麼一個「沒有行為責任能力」的人實在太可怕，就利用一次司馬炎在陵雲台設宴款待大臣的機會，想要把話挑明。但是，他畢竟投鼠忌器，有所顧慮，只好假裝喝醉，走到司馬炎旁邊，撫摩著御座的邊緣，像打啞謎一樣地說了四個字：「此坐可惜！」此言一出，舉座皆驚。誰也想不到衛瓘竟然以這種方式向皇帝進諫，震驚之餘，都為他捏著一把汗。與此同時，大家也都覺得，這句「四兩撥千斤」的話說出了他們的心聲。司馬炎雖然明白他說的意思，但當著眾人的面，不便表態，當即打了個哈哈，笑著說：「衛公，你喝醉了吧？」

事情就這樣過去了。過了幾天，司馬炎派人拿了一份尚書府的文書，讓太子司馬衷去斟酌處理，想藉此看看他的辦事能力。太子根本不知如何應對。還是賈妃找人代筆才算蒙混過關。司馬炎叫來衛瓘，將太子的書呈交給他看，意思是說，看看，我兒子也不像你說的那麼笨吧。衛瓘明知有人捉刀，卻也無可奈何了。[1]

此事大約發生在西元二八二年之前，八年後的二九〇年，司馬炎死了，司馬衷果然做了皇帝，是為晉惠帝。就是在這個白癡皇帝統治下，先是賈后亂政，接著是八王之亂，最後是五胡亂華，西晉王朝在風雨飄搖中一步步走向亡國之路。

衛瓘雖然只說了「此坐可惜」四個字，但卻為此付出了生命的代價。史書上說，此事傳到賈充耳朵裡，他毫不掩飾地對女兒賈南風說：「衛瓘這個老奴才，幾乎壞了你家的大事！」這個大事，當然是白癡丈夫做皇帝、貪殘妻子做皇后、賈氏家族雞犬升天的大事。仇恨的種子就此埋下。太熙元年（二九〇）司馬衷即位。賈南風一坐上皇后寶座，便對政敵大肆報復，衛瓘自然也逃脫不了她的毒手，第二年就被殺害了。當時一同被害的還有衛瓘的三個兒子及孫子共九人，長子衛恒的兩個兒子衛璪和衛玠，因為在醫生家裡治病得以僥倖逃脫。

2

現在，我們終於說到這一講的主角衛玠了。

衛玠（二八六—三一二），字叔寶。他是魏晉之際繼何晏、王弼之後最著名的玄學家和清談名士。史書上說，衛玠五歲時，就出落得粉雕玉琢，風神秀異。祖父衛瓘說他：「這個孩子與眾不同，可惜我年紀老了，看不見他長大成人的那一天了！」沒想到，這話竟被他不幸言中，正是這一年，衛瓘慘遭殺害。不過衛瓘很快又得以平反昭雪，衛玠兄弟這才保住了性命。

衛玠從他的祖父衛瓘那裡繼承了三樣東西：第一是美貌。衛瓘是否是個美男子，史書沒有具體記載，但從晉武帝司馬炎的一句話裡可以約略推知一個大概。《晉書．賈后傳》：「初，武帝欲為太子取衛瓘女，元後納賈郭親黨之說，欲婚賈氏。帝曰：『衛公女有五可，賈公女有五不可。衛家種賢而多子，美而長白；賈家種妒而少子，醜而短黑。』」從「衛家種賢而多子，美而長白」可以推知，衛瓘的容貌風度應該是很好的，他的遺傳基因（「種」）當然也很優秀，孫子衛玠的美貌絕非「無源之水，無本之木」。

衛玠美到什麼程度呢？史書記載，衛玠小時候，就曾因為長得俊美而造成交通堵塞。一次，他乘坐一輛羊車來到洛陽城中的鬧市區，看見他的人都認為自己碰見了「玉人」，也有一種說法是「璧人」，[2]於是一傳十，十傳百，幾乎全都城的都跑來圍觀。這個典故叫做「羊車入市」。

衛玠的舅舅驃騎將軍王濟（字武子），俊爽有風姿，也是個有名的美男，可是他每次見到衛玠，就感嘆地說：「珠玉在側，覺我形穢。」（《容止》十四）成語「自慚形穢」就由此而來。王濟還對人說：「與衛玠一起遊玩，感覺就像有顆明珠在身邊一樣，朗然照人。」可見衛玠的美，不是一般的美，那是極具轟動效應和殺傷力的美，他是真正的「陽光男孩」，讓人不敢正視。

衛玠出身於書香門第，他長大後，好談玄理，這大概也是受到衛瓘的影響。[3]衛瓘早年曾經和正始時期的玄學家何晏、鄧颺等共同談論過玄學的理論問題。後來，他見到西晉的清談家樂廣（？—三〇四）時，讚嘆不已，以為自己又聽到了當年的「微言大義」，並且讓自己的子弟都去拜訪樂廣，說：「樂廣這個人，就像人中的水鏡一樣光可照人，看到他，就像撥開雲霧看見了藍天！」（《賞譽》二十三）說明衛瓘對於玄學是十分精通的，對樂廣這樣的清談家也是十分欣賞的。

衛玠大概記住了爺爺衛瓘的教導，果然去拜訪過樂廣。《世說新語．文學》篇記載了衛玠小時候向樂廣求教的故事，我稱之為「夢的解析」：

> 衛玠總角時，問樂令「夢」，樂云「是想」。衛曰：「形神所不接而夢，豈是想邪？」樂云：

「因也。未嘗夢乘車入鼠穴、擣齏啖鐵杵，皆無想無因故也。」衛思「因」，經日不得，遂成病。樂聞，故命駕為剖析之，衛即小差。樂嘆曰：「此兒胸中當必無膏肓之疾！」（《文學》十四）

衛玠小時，曾問樂廣一個很抽象的問題：「人為什麼會做夢？」樂廣說：「是因為心有所想。」衛玠說：「身體和精神都不接觸的事卻能夢見，難道也是心有所想嗎？」樂廣說：「夢總是有因由的（與你經歷過的事有關）。人們總不會夢見自己坐車鑽進老鼠洞，或者擣碎薑蒜去餵一根鐵杵吧，這都是因為沒有想過，也沒有因由經歷的緣故。」衛玠便思索夢與因由的關係問題，成天思索也得不出答案，竟然因此生了病。樂廣聽說後，特意命人駕車前去給他分析這個問題，衛玠的病情隨即就有了好轉。樂廣感慨地說：「這孩子心裡澄靜，一定不會患上什麼不治之症！」大概因為實在太喜歡這個孩子，樂廣後來就把女兒嫁給了他。[4]

在家學的影響之下，衛玠成了西晉首屈一指的清談家。當時山東琅邪王氏也是英才輩出，其中王澄（字平子）也是大名鼎鼎，很少有他看得起的人，但他每次聽衛玠談論，都會嘆息絕倒。所以當時人都說：「衛玠談道，平子絕倒。」「絕倒」，有的注釋說是「前仰後合地大笑」，我以為不妥，這個詞更多的含有醍醐灌頂，讓人佩服得五體投地之意。否則，那衛玠就不是清談家而是相聲小品演員了。當時王家的子弟如王澄、王玄、還有王濟都有盛名，但都排在衛玠之後，因而又流傳著這麼一句謠諺：「王家三子，不如衛家一兒。」

3

《紅樓夢》第二十三回裡，賈寶玉和林黛玉開玩笑，說過一句話：「我就是個『多愁多病身』，你就是那『傾國傾城貌』。」這兩句話用在衛玠身上，剛好合適。他是既有多愁多病身，又有傾國傾城貌。如果說，林黛玉是個病美女，那麼衛玠就是個病美男。前面說過，他的爺爺及父親被殺的那一天，他和哥哥正好在外就醫，所以逃過一劫，可知他小時候固然是個「玉人」，但同時也是個「病人」，三天兩頭要求醫問藥。《晉書》本傳說他「多病體羸，母恒禁其語」。據我考證，衛玠的「多病體羸」當是家族遺傳。史料記載，衛玠的祖父衛瓘便有羸病，在出征西蜀時，正是靠著這一特點騙過了意欲謀反的鍾會的那雙賊眼。[5]他的父親衛恒身體狀況如何，沒有留下具體的材料，即使他父親身體健壯，仍不能排除「隔代遺傳」的可能。

關於這位美男的身體狀況，《世說新語・容止》篇記載得很清楚：

> 王丞相見衛洗馬，曰：「居然有羸形，雖復終日調暢，若不堪羅綺。」（《容止》十六）

因為衛玠曾做過太子洗馬，[6]故又稱衛洗馬。丞相王導第一次看到衛玠，就說：「他的身體實在太羸弱了，儘管每天精神舒暢，還是一副體不勝衣的樣子。」這副病懨懨的樣子，讓人想起曹雪芹對林黛玉的描寫：「兩彎似蹙非蹙罥煙眉，一雙似喜非喜含情目。態生兩靨之愁，嬌襲一身之病……嫻靜時如姣花照水，行動處似弱柳扶風。」這是一種惹人憐愛的「病態美」，在魏晉名士之中，有許多帥哥美男，有這種病態美的一個是何晏，一個就是衛玠。

貌美而多病，本已美中不足，可他偏又是個特別喜歡研究抽象問題、言論起來特別投入的清談家，而清談不僅對智力和口才要求極高，還需要充沛的精力和強健的體力，這樣一來，我們這位美男便陷入了一個悖論和怪圈。他母親很心疼他，總是禁止他清談，只有在親朋好友聚會的喜慶日子裡，才允許他露一下臉，談論幾句，而只要他一開口，聽眾無不唏噓感嘆，心悅誠服，認為他的觀點達到了精微玄妙的境界。這種盛況，現在的「脫口秀」節目主持人簡直望塵莫及！

但這樣的好日子其實很短暫。衛玠生活的時代，正好是西晉由盛轉衰的惠帝（司馬衷）、懷帝（司馬熾二八四—三一三）時期。惠帝的昏庸無能、賈后的亂政，最終導致了八王之亂。到了晉懷帝永嘉年間（三〇七—三一二），少數民族先後入侵，兵荒馬亂，民不聊生，歷史上叫做「五胡亂華」。三一二年，洛陽被匈奴人劉曜等攻陷，懷帝被俘。三一七年，在長安被賈疋等擁立即位的晉湣帝司馬鄴（二七〇—三一七）也被俘，西晉就此滅亡。由於戰亂，北方的名門士族紛紛南遷，為保存門戶，永嘉四年（三一〇），衛玠攜母親舉家南行，先到了江夏（今湖北武昌）。《世說新語》記載了衛玠當初渡江時的情景：

衛洗馬初欲渡江，形神慘悴，語左右云：「見此芒芒，不覺百端交集。苟未免有情，亦復誰能遣此！」（《言語》三十二）

國破家亡，顛沛流離，形體孱弱，容顏憔悴的美男衛玠，看著浩浩江水，不禁百感交集，他說了一句催人淚下的話：「假使人不免要有感情，又有誰真能排遣這痛失家國的憂患！」

俗話說，「是金子，到哪兒都會發光」。渡江之後，衛玠投奔當時任青州刺史的王敦（二六六—三二四），發生了下面一幕：

> 王敦為大將軍，[7]鎮豫章，衛玠避亂，從洛投敦，相見欣然，談話彌日。于時謝鯤為長史，敦謂鯤曰：「不意永嘉之中，復聞正始之音。阿平若在，當復絕倒。」[8]（《賞譽》五十一）

王敦其人不僅有「豪爽」之目，而且也喜歡清談，他一見到風流倜儻的花樣美男衛玠，當然十分高興，整日清談也不覺得疲倦。然後王敦對另一位名士謝鯤（字幼輿）說：「想不到在永嘉這樣一個亂世，竟然又能聽到正始之音，阿平如果在這兒，一定又會絕倒了！」阿平，就是王澄，看來王敦早知道「衛玠談道，平子絕倒」的俗話，言下之意，我要是王澄啊，恐怕也要嘆息絕倒了！

衛玠長途跋涉、千里迢迢投奔王敦，自然也很給他面子，估計和他談論玄理的機會很多。有一個記載甚至說，衛玠竟是因為清談談得太勞累而一命嗚呼的：

> 衛玠始度江，見王大將軍。因夜坐，大將軍命謝幼輿。玠見謝，甚說之，都不復顧王，遂達旦微言，王永夕不得豫。玠體素羸，恒為母所禁。爾昔忽極，於此病篤，遂不起。（《文學》二十）

這個故事和前一個內容差不多，也提到了王敦把謝鯤叫來，而謝鯤在清談和風度上高於王敦，衛玠和他相見恨晚，兩個人談得熱火朝天，完全無視王敦的存在，其熱烈的程度是空前的，那就是王敦一整夜都插不上嘴（「不得豫」），只能充當熱心聽眾。衛玠雅好清談，這次碰到對手，也就不顧母親的禁令，放開談了一晚。這一次清談，竟然通宵達旦。沒想到，這晚過後，這位本來就羸弱不堪的美男竟然病情加重，一病不起。「不起」，一般而言就是死亡。如果此事屬實，那麼，這是關於衛玠死因的另一個說法，可以稱之為——「談殺衛玠」！

順便說一句，《世說新語》的記載往往是有些傳奇色彩的，這頗能夠「吸引眼球」。一個好端端的人，竟然因為一次通宵達旦的清談辯論，體力嚴重透支，最後導致死亡，這是個放在現在也可以登上報紙娛樂版頭條的「爆炸性新聞」。難怪有人會把《世說新語》當作「新聞體筆記小說」，也難怪《世說新語》會這麼引人入勝，用現在的話說，書中記載的很多都是「名人名言」、「名人行蹤」和「名人死因」之類的內容，有些甚至很「搞笑」、很「八卦」，不由得你不愛看！

但我以為，一個人再虛弱，也不會死得這麼快。根據史料記載，衛玠是三一〇年渡江到武昌的，三一二年六月二十日才死去。死亡地點有兩種說法，一說是在豫章（南昌），一說是在下都（指建業，今南京），無論如何，這中間都有一年多的時間，足夠一個病入膏肓的人纏綿病榻。

而且，《晉書・衛玠傳》還記載了一件事，說在這樣居無定所的流亡生活中，衛玠的妻子（樂廣之女）先他而去。這時，擔任征南將軍的山濤之子山簡——也就是前面所講看望王戎的那位——結識了衛玠，非常欣賞他，就把自己的女兒嫁給了衛玠。不久，也就是永嘉六年（三一二），衛玠又舉家遷往豫章（今江西南昌）。

為什麼要遷往豫章呢？原因大概有兩個：一是衛玠發現了王敦的篡逆野心，以為這是是非之人、是非之地，不可久留。這一點《晉書》本傳說的很清楚，「以王敦豪爽不群，而好居物上，恐非國之忠臣，求向建業」。第二個原因，估計跟上述清談的結果有關，母親看到兒子談得這麼玩命，當然不答應，加上又是新婚，山簡的女兒也不可能讓虛弱的丈夫這麼勞累，必定加以規勸，這才有了第二次舉家遷徙。目的地不是豫章，而是建業，豫章只是一個中轉站。所以，「語不驚人死不休」的《世說新語》又報導出一個更具「爆炸性」的「衛玠死因調查」：

> 衛玠從豫章至下都，人聞其名，觀者如堵牆。玠先有羸疾，體不堪勞，遂成病而死，時人謂「看殺衛玠」。（《容止》十九）

故事說：衛玠從豫章郡到京都建業[9]時，人們早已聽到他的名聲，前來看他的人圍得像一堵牆，可以說風雨不透，水泄不通。衛玠本來就有虛弱的病，身體受不了這種勞累，終於形成重病而死。當時的人說是「看殺衛玠」。

每次讀這個驚心動魄的故事，我都會陷入真相與審美的矛盾之中：一方面明知這有可能是個「假新聞」，不可盡信；另一方面，又覺得這個記載背後傳達的東西真是美極了！我們常說：「愛美之心，人皆有之」。可是，古今中外，有哪一部寫美人的名著如此深刻地揭示出了「美的危險性」與「看的殺傷力」？我們的古人真是太有想像力了！就像中國的悲劇總有一個「大團圓」式結尾一樣，如梁祝化蝶、鵲橋相會等等，在衛玠的死亡問題上，愛美的古人也來了個「曲終奏雅」，從而使一個死亡故事充滿了詩意！這時候，我們且不要去管什麼「真相」到底如何了，只去領略那種無言的淒美就已足夠。每當看到有人用史學家的犀利眼光揭穿這一故事的虛構性[10]，我就覺得著急，何苦要去暴殄天物呢？須知這是一個「不必求其真，但須賞其美」的傳說，我們不能因為其不夠「真」，就說它看上去不夠「美」，「真善美」在道德領域可能是「三位一體」的，可在審美領域，卻可以各自分離而不損其價值。有考據癖的專家學者啊，何必要跟自己的心靈過不去呢？

我在處理「衛玠之死」這樣一個問題時，經常採取輕鬆一點的方式加以推理：估計衛玠先是通宵達旦地清談，病情加重，很快又在鬧市中被瘋狂的追星族和粉絲們一通「猛看」——別以為被人這麼「看」就不是重體力勞動——終於一病不起，香消玉殞！也就是說，在這個問題上，「病死」、「談殺」和「看殺」是三位一體、牽一髮動全身的。就像英國的戴安娜王妃，你說她是被車禍殺死的，還是被「狗仔隊」的閃光燈給「閃死」的呢？

據說，聽到衛玠死去的消息後，在武昌的謝鯤哭得死去活來，路人都被他感動了，有人問他為何這麼傷心，他說：「棟梁折矣，何得不哀？」（《傷逝》六注引《永嘉流人名》）後人對衛玠也是非常景仰，唐代詩人孫元晏在詩歌裡寫道：

> 叔寶羊車海內稀，山家女婿好風姿。江東士女無端甚，看殺玉人渾不知。

衛玠死的時候，年僅二十七歲。有時候想想，老天也真夠殘忍，他創造了那些美好的人和物，然後很快就後悔了，又把他們從我們身邊奪走——這世上，天才早夭的悲劇大多如此！

註釋

1 《晉書．賈后傳》：「帝常疑太子不慧，且朝臣和嶠等多以為言，故欲試之。盡召東宮大小官屬，為設宴會，而密封疑事，使太子決之，停信待反。妃大懼，倩外人作答。答者多引古義。給使張泓曰：『太子不學，而答詔引義，必責作草主，更益譴負。不如直以意對。』妃大喜，語泓：『便為我好答，富貴與汝共之。』泓素有小才，具草，令太子自寫。帝省之，甚悅。先示太子少傅衛瓘，瓘大踧，眾人乃知瓘先有毀言，殿上皆稱萬歲。充密遣語妃云：『衛瓘老奴，幾破汝家。』」

2 劉孝標注引《玠別傳》曰：「玠在群伍之中，寔有異人之望。齠齔時，乘白羊車於洛陽市上，咸曰：『誰家璧人？』於是家門州黨號為『璧人』。」

3 王隱《晉書》：「衛瓘有名理，及與何晏、鄧颺等數共談講，見（樂）廣奇之曰：『每見此人，則瑩然猶廓雲霧而睹青天。』」

4 劉孝標注引《玠別傳》云：「玠穎識通達，天韻標令，陳郡謝幼輿敬以亞父之禮。論者以為出王眉子、平子、武子之右。世咸謂『諸王三子，不如衛家一兒』。娶樂廣女。裴叔道曰：『妻父有冰清之姿，婿有璧潤之望，所謂秦晉之匹也。』為太子洗馬。永嘉四年（三一〇），南至江夏（今湖北武昌），與兄別於梁裡澗，語曰：『在三之義，人之所重，今日忠臣致身之道，可不勉乎？』行至豫章，乃卒。」

5 據《晉書．衛瓘傳》記載：鍾會讓衛瓘出去勞軍，「瓘便下殿。會悔遣之，使呼瓘。瓘辭眩疾動，詐僕地。比出閤，數十信追之。瓘至外解，服鹽湯，大吐。瓘素羸，便似困篤。會遣所親人及醫視之，皆言不起，會由是無所憚。」後來衛瓘宣告諸軍，遂將鍾會一網打盡。

6 洗馬：官名。本作「先馬」。漢沿秦置，為東宮官屬，職如謁者，太子出則為前導。晉時改掌圖籍。

7 按：此處稱「王敦為大將軍」有誤。王敦做大將軍是東晉建立也即三一七年以後，衛玠渡江在三一〇年，西晉尚未亡國，王敦此時可能是在青州刺史任上，而豫章正好屬於青州轄區。

8 按：此則劉孝標注引《玠別傳》云：「玠至武昌見王敦，敦與之談論，彌日信宿。敦顧謂僚屬曰：『昔王輔嗣吐金聲於中朝，此子今復玉振於江表，微言之緒，絕而復續。不悟永嘉之中，復聞正始之音。阿平若在，當復絕倒。』」《文學》二十注引《玠別傳》云：「玠少有名理，善易、老，自抱羸疾，初不於外擅相酬對。時友嘆曰：『衛君不言，言必入真』。武昌見大將軍王敦，敦與談論，咨嗟不能自已。」又，《傷逝》六注引《永嘉流人名》曰：「玠以六年六月二十日亡，葬南昌城許征墓東。玠之薨，謝幼輿發哀於武昌，感慟不自勝。人問：『子何恤而致哀如是？』答曰：『棟梁折矣，何得不哀？』」可知，衛玠見王敦與謝鯤，當在武昌。

9 即今江蘇南京。建興元年（三一三年），因避滑帝司馬鄴諱，改稱建康。

10 如劉孝標就於此條後考證說：「按《永嘉流人名》曰：『玠以永嘉六年五月六日至豫章，其年六月二十日卒。』此則玠之南度豫章四十五日，豈暇至下都而亡乎？且諸書皆云玠亡在豫章，而不云在下都也。」也許他的考證是正確的，但是，這麼一篇美麗的故事也就被他顛覆了。

東床坦腹——婚姻的傲慢與偏見

1

上一講我們講了「看殺衛玠」的典故，這裡補充一點大家可能不太瞭解的信息，就是衛氏家族是一個著名的文化家族，不僅擅長清談，還是一個書法世家。衛瓘的父親衛覬就是三國時著名的書法家。衛瓘本人擅長隸書、章草，繼承了東漢大書法家、有「草聖」之稱的張芝的書法傳統，自稱得張芝之「筋」。衛瓘與另一位著名書法家索靖同在尚書台任職，時稱「一台二妙」。[1]衛瓘的兒子衛恒，就是衛玠的父親，也是一位著名的書法家，他的論文《四體書勢》在中國書法理論史上有著重要地位。

可能很少有人知道，衛氏家族還出了一位女書法家，衛瓘的一個堂侄女、衛恒的堂妹、衛玠的堂姑，就是書法史上大名鼎鼎的衛夫人（衛鑠，二七二—三四九）！而這位著名的女書法家正是我們今天要講的東晉大書法家王羲之的老師！

雪夜訪戴的主人公王子猷，就是王羲之的第五子。到這一講為止，《典故篇》正好兜了一個圈子，畫了一個圓，首尾呼應起來了。王子猷之所以上演了一齣「雪夜訪戴」的好戲，為「魏晉風度」做了一個生動的詮釋，跟他的父親王羲之不無關係，因為早在王羲之二十歲的時候，他就把魏晉風度推向了一個很高的境界，「東床坦腹」的典故，就是最有力的說明。

王羲之（三〇三—三六一），字逸少，琅邪臨沂（今屬山東）人，東晉名相王導（二七六—三三九）的侄子，因為曾任右軍將軍，人稱「王右軍」。王羲之是東晉著名的書法家，被唐太宗尊為「書聖」，他的兒子王獻之書法也很好，二人合稱「二王」。王羲之的書法作品很多，其中最著名的就是行書《蘭亭序》，有「天下第一行書」之譽。史載羲之的隸書造詣也極高，被譽為古今之冠，論者稱其筆勢，「飄若游雲，矯若驚龍」，[2]是書法中的神品，也是「魏晉風度」在書法藝術上的最高體現。

王羲之出身名門，他的兩個伯伯王導、王敦都是朝廷重臣，把持著當時東晉的軍政大權，王羲之自然是養尊處優，得天獨厚。據說他小時候不善言辭，人們沒發現他有什麼特別之處。等到長大成人，就變得能言善辯，滔滔不絕。不僅口才好，而且很機智，善於隨機應變。《世說新語·假譎》篇記載了王羲之十歲時的一個「虎口脫險」的經歷：

王右軍年減十歲時，大將軍甚愛之，恒置帳中眠。大將軍嘗先出，右軍猶未起，須臾錢鳳入，屏人論事，都忘右軍在帳中，便言逆節之謀。右軍覺，既聞所論，知無活理，乃剔吐污頭面被褥，詐孰眠。敦論事造半，方憶右軍未起，相與大驚曰：「不得不除之！」及開帳，乃見吐唾縱橫，信其實孰眠，於是得全。于時稱其有智。（《假譎》七）

王羲之還不到十歲的時候，他的伯父、大將軍王敦非常喜歡他，經常讓他在自己的床帳中睡覺。一次王敦先起床，出了帳，王羲之還沒起來。不一會兒，王敦手下一個叫錢鳳的參軍進來，兩人就一起商量謀反之事。王羲之這時已經醒了，聽到他們的密謀，心想這下完了，自己肯定活不成了，情急之下，只好假裝睡得很死的樣子，把口水弄得臉上被子上都是。王敦、錢鳳商量到一半，突然想起床上還有個孩子，大驚失色，面面相覷了一會說：「看來不得不除掉他了。」等到打開床帳，看見小王羲之哈喇子縱橫交錯，一塌糊塗，就相信他的確睡得很死，這才沒有加害於他。我估計，王敦實在也捨不得殺這個聰明伶俐的小侄子。總之，王羲之是逃過了一劫，並由此獲得了機智的美名。[3]

2

和其他魏晉名士一樣，王羲之也有特別的嗜好。比如何晏喜歡喝藥，嵇康喜歡打鐵，阮遙集好屐，支道林好馬，祖士少好財，杜預好《左傳》，自稱有「左傳癖」，不一而足。王羲之呢？除了好書法，還有一個嗜好，就是好鵝。有兩件事可見一斑。

一次，王羲之聽說會稽（今浙江紹興）有一個孤寡獨居的老太太養有一鵝，叫聲特別好聽，王羲之就派人求購，老太太身無長物，自然不答應。於是王羲之帶著一幫朋友，駕著車子去拜訪老太太，想親眼看看她的鵝。沒想到，老太太聽說大名士王羲之要來做客，非常高興，為了款待王羲之，她竟然把自己這隻心愛的鵝給殺掉了，做成了一鍋「烤鵝仔」！王羲之知道後，傷心嘆惜了好多天。

又有一次，王羲之聽說山陰有一個道士，養有幾隻好鵝，就興沖沖地趕去觀看，一見之下，非常喜歡，就強烈要求買下這些鵝。這道士大概很領行情，知道王羲之的字比鵝更值錢，就說：「你幫我寫一篇《道德經》，我就把這一群鵝全部奉送。」要知道，《道德經》共五千字，整個抄一遍工作量可不小，但王羲之欣然應允，並且一氣呵成，寫完字，就用籠子裝了這些鵝，滿載而歸，樂不可支。

王羲之為什麼這麼喜歡鵝？原因大概有三：

其一，因為鵝這種動物脖頸頎長，轉動伸展之時姿態多變，深合書法之道。[4]

其二，鵝的毛色潔白，性情嫻靜，姿態雍容，鳴聲悅耳，讓人想起高飛天外的天鵝，能夠陶冶人的性情。

第三，大概與王羲之信奉「天師道」，有服食煉丹的習慣有關。這個推斷是陳寅恪先生經過多重考證得出的，他以為王羲之養鵝，是因為鵝有解五臟丹毒的作用，「與服丹石人相宜」而已。[5]陳先生向以考證嚴密，發前人未發之覆著稱，如此說可信，那麼，王羲之好鵝，怕也雅不到哪裡去，不過把鵝當做盤中美味、解毒良藥罷了。

史書上說，王羲之很有個性，「以骨鯁稱」（《晉書．王羲之傳》）。「骨鯁」，猶言耿直，像魚骨頭卡在那兒一樣，也就是說，脾氣倔強，輕易不會買別人的帳，即使是反目成仇也絕不後悔。他和王藍田（王述曾做過藍田侯，故稱王藍田）的故事就是典型的例子。

王藍田這個人性情非常急躁。有一次吃雞蛋，他用筷子去戳雞蛋，沒有戳進去，就大發脾氣，拿起雞蛋扔到了地上。雞蛋在地上轉個不停，他就下地用木屐齒去踩，又沒有踩破。他氣極了，從地上撿起來放進口裡，咬破了，又吐出來。簡直拿雞蛋當仇敵了。王羲之本來就瞧不起王藍田，聽說此事，大笑起來，把王藍田好好奚落了一番。（《忿狷》二）

王羲之為什麼看不起王藍田呢？我想首先跟門第有關，王述是山西太原晉陽（今山西太原）人，太原王氏儘管也是大族，但南渡之後，不如山東琅邪王氏那麼顯赫。其次，王述這個人起初家境貧寒，後來變得貪得無厭，他做宛陵令的時候，受賄多達一千多起。丞相王導勸告他，說這樣做不值得。王述卻大言不慚地說：「足，自當止。」——等我撈夠了，自然也就會停止的。王羲之是王導的侄子，這些事不會不知，他瞧不起王藍田，理由似乎很充分。

但就是這個王藍田，卻是和王羲之齊名的，而且，王藍田越到晚年名聲越好，官也越做越大，王羲之心裡當然越來越不平衡，以至發展到勢不兩立，不共戴天的地步：

藍田於會稽丁艱，停山陰治喪。右軍代為郡，屢言出吊，連日不果。後詣門自通，主人既哭，不前而去，以陵辱之。於是彼此嫌隙大構。後藍田臨揚州，右軍尚在郡。初得消息，遣一參軍詣朝廷，求分會稽為越州。使人受意失旨，大為時賢所笑。藍田密令從事數其郡諸不法，以先有隙，令自為其宜。右軍遂稱疾去郡，以憤慨致終。（《仇隙》五）

有一次王藍田在會稽辦喪事，王羲之多次說會來弔孝，可就是一拖再拖，後來終於大駕光臨了，按照當時喪禮，主人哭過幾聲之後，前來弔孝的客人也要哭幾聲還禮，沒想到王藍田及家人哭過之後，王羲之竟然扭身揚長而去，以此來羞辱王藍田。有道是不是冤家不聚頭，後來藍田到揚州任職，王羲之所轄的會稽正好在王藍田的轄區之內，成了他的頂頭上司。王羲之聽到這個消息，氣都不打一處來，竟然派人上報朝廷，希望把會稽單獨劃出來，成立越州！這事當然不可能成功，反而引起當時賢達名士的恥笑。王藍田又趁機派人察看王羲之郡中的不法行為，整他的「黑材料」，並且告訴他：你自己看著辦吧。王羲之於是稱病辭去郡守一職，發誓再也不做官了，朝廷因為他發的誓太重，也就不再起用他。最後，王羲之就在憤慨中抑鬱而死。

王羲之的這種唯我獨尊的性格，當時的另一位名士殷浩看得最清楚，他說：「王逸少是那種清高而又尊貴的人，我對待他非常誠懇周到，時時處處以他為先，從來不敢怠慢。」（《賞譽》八十）[6]殷浩就是那位對桓溫說過「我與我周旋久，寧作我」的清談名士，連他都對王羲之如此恭敬，唯恐有所得罪，可見王羲之的性格簡直是鋒芒畢露猶如刺蝟了。

3

不過，話又說回來，也只有王羲之這樣的個性，才會演出「東床坦腹」的好戲來。「東床坦腹」的主人公是王羲之，但行文卻從郗太傅開始，遙遙寫來，顧盼生姿，漸入佳境：

郗太傅在京口，遣門生與王丞相書，求女婿。丞相語郗信：「君往東廂，任意選之。」門生歸，白郗曰：「王家諸郎亦皆可嘉，聞來覓婿，咸自矜持，唯有一郎在東床上坦腹臥，如不聞。」郗公云：「正此好！」訪之，乃是逸少，因嫁女與焉。（《雅量》十九）

郗太傅就是郗鑒（二六九—三三九），字道徽，高平金鄉（今屬山東）人。郗鑒當時鎮守在京口（今江蘇鎮江），派門生送信給丞相王導，想在他家挑個女婿。本來以郗鑒的門第，想跟王導攀親並不容易，但因為王敦起兵造反，王導險些連坐被黜免，後來因為平叛有功才從司徒進位為太保，正處於政治上的低谷期。而郗鑒因為在平定王敦的叛亂中有功，所以深受朝廷器重，讓他鎮守京口這一軍事重鎮，政治上處於上升期。所以，王導對郗鑒的求婚當然也就慨然應允。因為在東晉門閥政治格局下，婚姻常常成為政治上結盟的一種途徑。事實證明，王導的選擇沒錯，後來郗鑒果然平步青雲，位至三公，做上了司空，而且在他與政敵庾亮的鬥爭中，這個親家公曾多次伸以援手。

且說王導告訴郗鑒的信使說：「您到東廂房，隨意挑選吧。」門生挑選的過程，書上沒有交代，緊接著，就寫門生回去稟告郗鑒說：「王家的那些公子個個都是芝蘭玉樹，望去琳琅滿目，令人讚嘆，不過聽說來挑女婿，就都拘謹起來，只有一位公子在東邊床上袒胸露腹地躺著，好像沒有聽見一樣。」《晉書》的記載甚至說，王羲之不僅坦腹而臥，而且還在那兒旁若無人地吃東西。沒想到郗鑒說：「正是這個好！」一查訪，原來是王逸少，於是便把女兒嫁給了他。

這個故事妙就妙在，王羲之具體如何表現，並沒有正面描寫，我們只能從門生的描述中瞭解一個大概。可以想像，王家的公子們一聽說此事，一定都故作矜持，希望自己被選中，獨有王羲之「如不聞」，完全不把此事放在心上，袒胸露腹地躺在床上，表現出一種寵辱不驚的「雅量」。結果呢，「有心栽花花不開，無心插柳柳成蔭」，最不當回事的王羲之，卻成了郗鑒的「東床快婿」！這個故事不僅反映了晉人風度的一個側面，也順帶說明了一個道理：有時候，不做姿態反而是一種最好的姿態。只可惜，這個簡單的道理很多人都不明白。南宋劉辰翁評此條說：「晉人風致，著此故為第一，在古人中真不可無。」（《世說新語會評》，頁二一六）

但是，這個故事的「弦外之音」往往被忽略了。此事雖然記載在《雅量》篇裡，但我以為，也可以放在《簡傲》篇，因為，「東床坦腹」這件事除了能顯示出王羲之的「雅量」，更能看出他骨子裡對門第低於王氏的郗家的一種「傲慢與偏見」。事實證明，這種「傲慢與偏見」後來也遺傳給了他的兒子們。

根據文獻記載，王羲之所娶的郗鑒之女，名叫郗璿，字子房。[8] 郗子房雖然名不見經傳，但她對王羲之家族乃至中國文化，都有間接貢獻。因為她和王羲之共生有八子一女，[9] 其中王徽之（王子猷，三三八？—三八六）、王獻之（王子敬，三四四—三八六），都是文化史上的著名人物。郗子房是個典型的賢妻良母，而且很有見識。有例為證：

> 王右軍郗夫人謂二弟司空、中郎曰：「王家見二謝，傾筐倒庋；見汝輩來，平平爾。汝可無煩復往。」（《賢媛》二十五）

有一次，王羲之的夫人郗子房對她的兩個弟弟郗愔和郗曇說：「王家看見謝氏的謝安和謝萬，傾筐倒庋——把家裡的東西都拿出來，熱情周到，毫無保留——可是看見你們來，平平淡淡，一副無所謂的樣子。你們以後可以不必再來了。」這故事除了說明郗子房善於察言觀色，有著強烈的自尊心之外，還洩漏了一個政治家族的秘密：即相比郗家，王羲之更重視跟謝氏的關係，因為謝氏家族當時蒸蒸日上，人才輩出，風流儒雅，冠絕一時。後來，王羲之的第三子王凝之娶了謝安的侄女謝道蘊，甚至讓謝家的這位才女感到所嫁非人（《賢媛》二十六）。可見，在文化上，謝家此時已經超過王家，後來居上了！所以，像郗愔和郗曇這樣才智平平的人，自然就受到怠慢了。這讓郗子房很沒面子，很傷自尊，於是就叫兩個弟弟不要再來丟人現眼。

更不幸的是，兒子們長大成人後，也繼承了「乃父之風」，對母親娘家人懷著比父輩有過之而無不及的「傲慢與偏見」。

4

在繼承王羲之的高傲方面，王子猷堪稱「得其真傳」。當年他的舅舅郗愔官拜北府都將，王子猷到郗家去拜賀，說了一句：「應變將略，非其所長。」這句話是要加引號的，因為他引用的是《三國志》的作者陳壽評價諸葛亮的一句話，意思是，帶兵打仗，隨機應變，不是他的長處。王子猷說了一遍不過癮，還不斷地重複這句話。郗愔的二兒子郗倉聽見了，對他的哥哥郗超說：「父親今日拜官，子猷竟如此出言不遜，實在忍無可忍！」郗超是郗家子弟中最有曠達之風的名士，他心態很平和地說：「這句話是陳壽對諸葛亮的評語，人家把父親比作諸葛亮，咱們還有什麼可說的！」（《排調》四十四）言下之意，這是抬舉咱老爸啦！

《世說新語．簡傲》篇共有十七條故事，其中關於王子猷、王子敬兄弟的就有五條，可見王氏家族的傲慢在東晉名士中很有代表性。而且，不是對外人傲慢，是對老舅傲慢。且看下面這個故事：

> 王子敬兄弟見郗公，躡履問訊，甚修外生禮。及嘉賓死，皆著高屐，儀容輕慢。命坐，皆云：「有事，不暇坐。」既去，郗公慨然曰：「使嘉賓不死，鼠輩敢爾！」（《簡傲》十五）

王獻之兄弟平時去見他們的舅舅郗愔，都穿著鞋子問寒問暖，比較恭敬，很注重做外甥的禮節。其實都是因為郗愔的兒子，也就是他們的表兄弟郗超當時很顯貴，深得桓溫寵信，等到郗超死後，王氏兄弟再去拜訪老舅，就只穿著木屐，相當於現在的拖鞋——按照當時禮節，見長輩是不能如此隨便的——而且儀態舉止很是傲慢。郗愔讓他們坐，他們都說：「忙著呢，哪有功夫坐！」等到他們走後，郗愔十分憤慨地說：「假使嘉賓（郗超字）不死的話，這幫鼠輩小子哪敢這樣無禮？」

江南民間有句俗話：「天上老鷹大，地上娘舅大。」說明在南方的家庭關係中，母親的娘家地位是很高的。「搖啊搖，搖到外婆橋」，外婆常常是孩子成長的搖籃，而舅舅也常常成為孩子生活中的靠山。但在北方，這一點就要淡些。王羲之的家族畢竟是北方南遷的，故而對舅氏不夠重視。加上郗家門第不高，文化上又屬於儒學世家，子弟也不夠風流倜儻，和當時揮麈談玄的王謝家族「道不同不相為謀」，對他們帶有某種程度的「傲慢與偏見」也就不難理解了。所以說，這個「東床快婿」自己可能是「快樂」的，對於老丈人和大舅子小舅子們來說，卻著實構成了山一般沉重的壓力。

大概正是為了平衡這種不平衡的關係，郗鑒的另一個兒子郗曇（郗愔之弟），也就是王氏兄弟的另一個舅舅，把自己的女兒郗道茂嫁給了王羲之最小的兒子，也就是「二王」之一的王子敬（獻之）。沒想到，兩人最後還是離婚了，王子敬成了簡文帝司馬昱（三二〇—三七二）之女余姚公主的駙馬。[10]下面這條故事讀來就讓人難以平靜：

> 王子敬病篤，道家上章應首過，問子敬：「由來有何異同得失？」子敬云：「不覺有餘事，惟憶與郗家離婚。」（《德行》三十九）

王子敬後來病重將死（三八六年），王家都是道教徒，按照道家治病消災的「上章」之法，要「首過」，就是「自首其過」，道士問他：「有沒有什麼過失？」子敬說：「回想起來，這輩子沒有其它過錯，只是想起和郗家離婚這件事。」人之將死，其言也善。說明在彌留之際，王子敬還是為他攀附皇室、與郗道茂離婚的事，感到深深的內疚和遺憾。

不禁想起珍·奧斯汀的那部驚世駭俗的小說來。世俗婚姻本就充滿了「傲慢與偏見」，更何況是政治婚姻？而且是門閥時期的政治婚姻？王羲之、王獻之父子，結婚是為了政治，離婚也是為了政治，看來這「東床快婿」並非我們想像得那麼瀟灑風流。大概正是意識到了其中的荒誕性，年少風流的王羲之才會在「相親」的那一刻，用他袒露的肚皮，痛快淋漓地宣洩他的驕傲和灑脫吧！

王羲之用他的行動告訴我們：越是在眾目睽睽之下，越是要和自我友好相處，不受任何人的擺布，只聽憑內心的召喚，獨來獨往，我行我素，哪怕只有那麼短暫的一刻，你也是最美的！

註釋

1 《晉書．衛瓘傳》稱：「漢末張芝善草書，論者謂：瓘得伯英（張芝）筋，靖得伯英肉。」衛瓘自稱：「我得伯英之筋，恒（其子衛恒）得其骨，靖得其肉。」

2 按：此出《世說新語．容止》篇，而《晉書．王羲之傳》作時人論其筆勢語，今從之。

3 按：此事或以為是王允之，未知孰是，姑從《世說新語》所記載。

4 按：此說古已有之，如宋代畫家郭熙《畫訣》就說：「故說者謂王右軍喜鵝，意在取其轉項，如人之執筆轉腕以結字。」北宋陳師道《後山談叢》亦云：「蘇、黃兩公皆喜書，不能懸手。逸少非好鵝，效其腕頸耳。正謂懸手轉腕。而蘇公論書，以手抵案，使腕不動為法，此其異也。」清人包世臣《藝舟雙楫》說：「其要在執筆，食指須高鉤，大指加食指中指之間，使食指如鵝頭昂曲者。中指內鉤，小指貼無名指外距，如鵝之兩掌撥水者。故右軍愛鵝，玩其兩掌行水之勢也。」

5 陳寅恪先生說：「醫家與道家古代原不可分。故山陰道士之養鵝，與右軍之好鵝，其旨趣實相契合，非右軍高逸，而道士鄙俗也。道士之請右軍書道經，及右軍之為之寫者，亦非道士僅為愛好書法，及右軍喜此鶃鶃之群有合於執筆之姿勢也。實以道經非請能書者寫之不可。寫經又為宗教上之功德，故以此段故事適足表示道士與右軍二人之行事皆有天師道信仰之關係存乎其間也。」參見陳寅恪《天師道與海濱地域之關係》，《金明館叢稿初編》，上海古籍出版社，一九八〇年版，頁三八。

6 按：此條劉孝標注引《文章志》曰：「羲之高爽有風氣，不類常流也。」

7 《晉書．王羲之傳》：「門生歸，謂鑒曰：『王氏諸少並佳，然聞信至，咸自矜持。唯一人在東床坦腹食，獨若不聞。』鑒曰：『正此佳婿邪！』記之，乃羲之也，遂以女妻之。」

8 劉孝標注引《王氏譜》曰：「羲之妻，太傅郗鑒女，名璿，字子房也。」

9 一般史料都記王羲之共有七子一女，依次是：玄之、凝之、渙之、肅之、徽之、操之、獻之。但據二〇〇六年發現的王羲之之妻郗璿的墓碑及墓誌（約四百字）稱，還有一位「長子」因為早夭而沒有留下姓名履歷，玄之乃寫作「次子」。見二〇〇六年二月九日《浙江日報》。

10 按：此事應在西元三七一年十一月至三七二年七月之間，時桓溫擁立司馬昱即位，八個月後，司馬昱病死。

卷三 風俗篇

作為「中古時代的百科全書」，《世說新語》包羅萬象，涉筆成趣，語言簡約玄澹、人物風流灑脫自不必說，而風俗之奇，名物之美，更讓人喜聞樂見，嘆為觀止。「風俗篇」著重介紹的，正是流行於魏晉時期的奇風異俗。

中國文字中的「風」大有講究，什麼東西一旦成了「風」，自不可等閒視之。孔子曾說過：「君子之德，風。小人之德，草。草上之風，必偃。」（《論語．顏淵》）這話用成語來表達，就是上有所好，下必甚焉，所謂上行下效。「風德」二字從此成為一個可以互稱的詞。但事實上，兩者還是大有區別的。范仲淹寫《嚴子陵先生祠堂記》時，以「先生之德，山高水長」結尾。有人就說，不如將「德」字改成「風」，范仲淹欣然從之。為什麼呢？根據錢穆先生的說法，因為「德指其人之操守與人格，但此只屬於私人的。風則可以影響他人，擴而至於歷史後代，並可發生莫大影響與作用」（《中國歷史研究法．如何研究中國歷史人物》）。也就是說，「德」是靜止的，而由「德」形成的「風」，則是動態的。

有意味的是，在魏晉之際，很多風氣的形成，似乎是和「德」扯不上關係的，有時候，他們只是人類的才情與智慧、欲望與享樂、痛苦與超越的產物，在我看來，這就更值得我們用好奇和探尋的目光去打量了。或許，透過「現象界」這些林林總總的「存在」，我們可以窺探到某種「人的本質」。

美容之風——「神超形越」的夢

1

「美容之風」也可叫做「容止之風」。《世說新語》有一個門類，叫《容止》。容止，就是容貌舉止。這個詞我們現在很少用，但在古代卻是個使用頻率很高的詞。史書中介紹傳主的外貌時，總是會說「美容止」，或「善容止」，不用說，這人一定是美男。《容止》一篇記載了好多帥哥美男的故事，我們要講的「美容之風」也就圍繞他們展開。

俗話說：愛美之心，人皆有之。奇怪的是，早期的文獻對於女性美的記載比較多，而在魏晉時期，對男性美的發現和欣賞彷彿一下子被喚醒了，男士愛美，成了這個時代的重大精神事件。其實，根據一些學者的說法，這種風氣自漢代就已肇始，魏晉時終於流衍而成一種朝野相扇的風氣了。

和我們今天男士也用護膚品一樣，漢末以來，在上層貴族和名士圈裡，就有了「傅粉」的風習。傅粉，俗稱擦粉。余嘉錫先生考證說：

古之男子，固有傅粉者。《漢書·佞幸傳》云：「孝惠時，郎侍中皆傅脂粉。」《後漢書·李固傳》曰：「梁冀猜專，每相忌疾。初，順帝時，諸所除官，多不以次，固奏免百餘人。此等既怨，又希望冀旨，遂共作飛章，虛誣固罪曰：『大行在殯，路人掩涕。固獨胡粉飾貌，搔頭弄姿』」云云。此雖誣善之詞，然必當時有此風俗矣。《魏志·王粲傳》附邯鄲淳注引《魏略》曰：「臨淄侯（曹）植得（邯鄲）淳甚喜，延入坐。時天暑熱，植因呼常從取水，自澡訖，傅粉，遂科頭拍袒胡舞」云云。何晏之粉白不去手，蓋漢末貴公子習氣如此，不足怪也。（《世說新語箋疏》）

《世說新語·容止》篇中，第一條是曹操「床頭捉刀」的故事，緊接著就是著名的「傅粉何郎」的典故：

何平叔美姿儀，面至白。魏明帝（一說魏文帝）疑其傅粉，正夏月，與熱湯餅。既啖，大汗出，以朱衣自拭，色轉皎然。（《容止》二）

何晏（一九三？—二四九）字平叔，南陽宛（今河南南陽）人，漢大將軍何進之孫，曹操為司空時收納其母尹氏，何晏也就「拖油瓶兒」地成了曹操的養子。《夙慧》篇的一個故事說：

何晏七歲，明慧若神，魏武奇愛之，因晏在宮內，欲以為子。晏乃畫地令方，自處其中。人問其故，答曰：「何氏之盧也。」魏武知之，即遣還。（《夙慧》二）

七歲的小男孩居然「劃地為廬」，不願意「認賊作父」，真也不易。何滿子先生以為何晏有「伊底帕斯情結」，也可聊備一說。[1]史書上說，曹丕對何晏很不待見，不呼其名字，動輒稱其為「假子」。[2]「假子」本有「養子」、「配偶的前妻或前夫之子」二義，但在曹丕嘴裡，怎麼聽怎麼像是「假兒子」！我猜想，這裡面未嘗沒有遺傳學方面的妒忌，因為曹操形貌矮醜，曹丕大概也不會帥到哪兒去，而何晏卻是當時數一數二的美男！

美貌的人往往極端自戀，何晏就是好例。劉注引《魏略》說：「晏性自喜，動靜粉帛不去手，行步顧影。」劉孝標注稱：「按此言，則晏之妖麗，本資外飾。且晏養自宮中，與帝相長，豈復疑其形姿，待驗而明也。」如果說「美姿儀，面至白」是何晏的「天生麗質」，那麼，「動靜粉帛不去手，行步顧影」就是他的「外飾」，魏明帝曹叡（一說魏文帝曹丕）懷疑他的「面至白」乃「傅粉」所致，也就順理成章了。於是給他熱湯麵吃，何晏吃完以後，大汗淋漓，就用「朱衣」[3]的衣袖擦了擦臉，沒想到，面色居然變得更加皎潔明亮了！這和《魏略》的記載頗矛盾，似乎「傅粉何郎」完全是個冤假錯案，故學者多以為此則故事不可盡信。其實，《世說新語》從來不在乎可信不可信，關鍵是好玩不好玩。要我說，面至白而好塗脂抹粉的大有人在，因為自古迄今，黃皮膚的中國人原本就有一個千古不易的美的標準，那就是——白！

何晏這個人，因為在齊王曹芳正始時期依附曹爽，後被司馬懿所殺，所以在隨後的歷史書寫中被嚴重「污名化」了。用我們現在的眼光看，何晏應該是曹魏時期不可多得的第一流人物，在他和天才玄學家王弼的共同努力下，開啟了令後世嚮往不已的「正始之音」，其玄學造詣和清談水準之高，可以想見。而且，由於出身和門第的關係，加上不可思議的美貌，使何晏成了當時貴族士大夫階層的「時尚先鋒」和「大眾偶像」。這個我們後面還會再談。

2

美的標準除了「白」，還有「高」。

和今天一樣，「形貌短小」者簡直就是「二等殘廢」，像劉伶那樣「不滿六尺」、「貌甚醜悴」的就只好「土木形骸」。自漢代以來，史書中描寫人物，身高就是重要的一項。如《史記．孔子世家》：「孔子長九尺有六寸，人皆謂之『長人』而異之。」《後漢書．郭泰傳》：「身長八尺，容貌魁偉。」《後漢書．趙壹傳》：「體貌魁梧，身長九尺，美鬚豪眉，望之甚偉。」等等，不勝枚舉。

到了魏晉，對身高的描寫開始和優美的自然物結合在一起，形成了許多美麗的詞彙。在《世說新語．容止》篇中，就有不少玉樹臨風的「偉丈夫」：

魏明帝使後弟毛曾與夏侯玄共坐，時人謂「蒹葭倚玉樹」。（《容止》三）

《世說新語》中到處是「人比人，氣死人」的故事，魏明帝曹叡的這個小舅子毛曾真是沒頭腦，你長得歪瓜劣棗不要緊，可幹嘛非要湊到大帥哥夏侯玄身邊去呢？結果給人「抓拍」到了這樣一個比例嚴重失調的「快照」，且美其名曰：「蒹葭倚玉樹」。你看，古書中的「時人」或「好事者」，有時真比現在到處挖人隱私、報人糗事的「狗仔隊」還可惡幾分哩！

夏侯玄被稱為「玉樹」，因其幾乎把帥哥的兩大標準都占了——白，而且高。緊接著的一條說：

時人目夏侯太初「朗朗如日月之入懷」，李安國「頹唐如玉山之將崩」。（《容止》四）

夏侯玄被比作「日月」而且「朗朗」，足證其白；而把李豐比作「玉山」，則是白且高的另一個比喻。可惜的是，這樣一對美男竟一同慘死在司馬氏的屠刀之下！

至於陽剛美男的代表嵇康，更有一則經典的描寫：

嵇康身長七尺八寸，風姿特秀。見者嘆曰：「蕭蕭肅肅，爽朗清舉。」或云：「肅肅如松下風，高而徐引。」山公曰：「嵇叔夜之為人也，岩岩若孤松之獨立；其醉也，傀俄若玉山之將崩。」（《容止》五）

對這段描寫的解說參見《人物篇》嵇康部分，這裡不贅。還有一個名士叫裴楷的，也是個著名的帥哥。《容止》篇第十二則說：

裴令公有俊容儀，脫冠冕，粗服亂頭皆好，時人以為「玉人」。見者曰：「見裴叔則，如玉山上行，光映照人。」

裴楷和「土木形骸」而「龍章風姿」的嵇康一樣，都是不加修飾也很好看的，即便「粗服亂頭」，也被稱為「玉人」或「玉山」。至於王衍，只要看看他那雙和玉柄麈尾「都無分別」的手，便知道其人有多麼白了：

王夷甫容貌整麗，妙於談玄，恒捉玉柄麈尾，與手都無分別。（《容止》八）

兩個「玉人」在一塊兒又怎樣呢？且看下面一條：

潘安仁（潘岳）、夏侯湛並有美容，喜同行，時人謂之「連璧」。（《容止》九）

想想看，「連璧」——連在一起的白璧，那該是怎樣的光彩照人啊！衛玠的舅舅、「俊爽有風姿」的王武子，一見到美男外甥就感嘆：「珠玉在側，覺我形穢。」（《容止》十四）不用說，他是在讚美衛玠的「美白」效果比自已好。

為什麼古人總愛把人與玉聯繫起來？因為先秦時即有「君子比德」的傳統，其中最為人喜聞樂見的就是「君子比德於玉」。而把人與自然物聯繫在一起，在美學上也有個說法，叫「人的自然化」。想想也真有意思，在魏晉六朝，男人的美是可以被欣賞、被「消費」的，那些和「玉」有關的好詞都紛紛用在男人身上，現在倒好，「玉」成了一個陰性的首碼，「玉人」、「玉貌」、「玉體」等詞彙幾乎全被女性霸占了！這說明，現代人的想像力和審美能力已經隨著社會的發展「與時俱退」了。近年來的大眾娛樂文化，出現了「中性化」的潮流，像「好男兒」、「快樂男生」等娛樂節目的出現，表明男性美的消費浪潮又席卷而來，我想，這和女性地位的提高是有關係的，不是什麼新鮮事，也談不上「人心不古，世風日下」！

3

如果說，白、高是描繪其外在之「形」，那麼，內在之「神」靠什麼顯示呢？

首先便是「眸子」，或者說「目睛」，俗稱「眼」。孟子早就發現「眸子」是瞭解人的關鍵，他說：「存乎人者，莫良於眸子。眸子，不能掩其惡。胸中正，則眸子瞭焉；胸中不正，則眸子眊焉。聽其言也，觀其眸子，人焉廋哉？」（《孟子·離婁上》）蔣濟甚至曾寫過一篇《眸子論》，專論眼睛的功用，認為「觀其眸子，足以知人」（《三國志·鍾會傳》）。眼睛是心靈的窗戶，心明才能眼亮，而眼亮，是一個人內在精神和生命活力的體現。所以，我們在《容止》篇中，可以找到好幾雙咄咄逼人的「電眼」：

> 裴令公（裴楷）目王安豐（王戎）：「眼爛爛如岩下電。」（《容止》六）

裴楷說王戎眼亮如山岩下的閃電，他自己也是如此：

> 裴令公有俊容姿，一旦有疾至困，惠帝使王夷甫往看。裴方向壁臥，聞王使至，強回視之。王

出，語人曰：「雙眸閃閃若岩下電，精神挺動，體中故小惡。」（《容止》十）

又是一個「電眼」帥哥！裴楷誇王戎眼亮，怎麼看都像是在「表揚和自我表揚」！再看下面一則：

王右軍（王羲之）見杜弘治，嘆曰：「面如凝脂，眼如點漆，此神仙中人。」時人有稱王長史形者，蔡公曰：「恨諸人不見杜弘治耳！」（《容止》二十六）

「面如凝脂，眼如點漆」，即膚色白和眼睛亮居然成為「神仙中人」的重要條件！劉注引《江左名士傳》說：「永和中，劉真長、謝仁祖共商略中朝人士。或曰：『杜弘治清標令上，為後來之美，又面如凝脂，眼如點漆，粗可得方諸衛玠。』」能和衛玠相媲美，這位杜弘治簡直堪稱江左第一美男了。

如果一個人容貌一般，甚至很醜陋，只要有一雙明亮的眸子，也能凸顯其風神氣度！

謝公云：「見林公雙眼黯黯明黑。」孫興公「見林公棱棱露其爽」。（《容止》三十七）

支道林的相貌醜異是出了名的，但憑著這雙黑白分明的眼睛，照樣讓人刮目相看。

西晉時，最有名的美男莫過於潘岳。《潘岳別傳》說：「岳姿容甚美，風儀閑暢。」他和夏侯湛在一起時被人們稱為「連璧」，珠聯璧合，相映成輝。這是正面襯托。也有「反襯」的例子：

潘岳妙有姿容，好神情。少時挾彈出洛陽道，婦人遇者，莫不聯手共縈之。左太沖（左思）絕

醜，亦復效岳遊遨，於是群嫗齊共亂唾之，委頓而返。（《容止》七）

左思才華橫溢，但貌醜口吃，也算是天公不作美。這個故事除了表明，古代的追星族絕不比今天遜色，附帶也說明了另一個道理，即女人也並不比男人更不「好色」。只要看看那些大姑娘小媳婦是如何對待潘帥哥的，就可推知，「看殺衛玠」的故事雖然有些「八卦」，但卻屬於「源於生活，高於生活」的「藝術真實」。此條劉注引《語林》，則講了一個「擲果潘安」的典故：

安仁（潘岳）至美，每行，老嫗以果擲之，滿車。張孟陽（張載）至醜，每行，小兒以瓦石投之，亦滿車。

張孟陽就是西晉著名文學家張載，他和毛曾、左思一樣，都是缺乏自知之明，毛曾還好，只是被人當作蒹葭奚落一番，左思和張載則一個被「吐口水」，一個被「拍板磚」，「身心」均受到巨大傷害，要多倒楣有多倒楣！要我說，這真是「粉絲的暴政」了。從來的粉絲都是「好惡大於是非」的，他們崇拜一個人，便不許別人褻瀆或影響這種崇拜，而不管他們崇拜的對象，事實上是否值得崇拜。

4

值得注意的是，潘岳不僅貌美，而且有「好神情」，形神兼美，這大概也是他受到女士追捧的重要原因。而在名士圈中，風神之美、才情之美受重視的程度，甚至還在外形和儀態之上！這也就是所謂「神超形越」。「神」是不可捉摸的抽象存在，所以，在方法論上仍不得不訴諸形象的譬喻。比如：

> 林公（支遁）道王長史（王濛）：「斂衿作一來，何其軒軒韶舉！」（《容止》二十九）

東晉的清談大師王濛也是帥哥而自戀得可以，劉注引《語林》說：「王仲祖有好儀形，每覽鏡自照，曰：『王文開那生如馨兒！』時人謂之達也。」男人照鏡子原也稀鬆平常，可是一邊照，一邊臭美，甚至提著父親的名字讚嘆遺傳基因發生了「突變」，這不是極端的自戀是什麼？支道林大概很羨慕這位王帥哥，說：「看他斂衿作態的樣子，多麼軒昂而又美好！」真是舉手投足間，盡顯風流本色！還有一個故事說：

> 王長史為中書郎，往敬和（王洽）許。爾時積雪，長史從門外下車，步入尚書省。敬和遙望，嘆曰：「此不復似世中人！」（《容止》三十三）

面對美麗的事物，人們常常會覺得語言的蒼白，當王導的兒子王洽遠遠看見雪中走來的王濛時，嘆為觀止，思維一下子發生「短路」，只好說了一句：「這簡直不是塵世中人！」言下之意，王真是「神仙中人」了。南宋劉辰翁評此條說：「雪中宜爾。」發現外部環境對人物神韻的烘托作用，可謂獨具隻眼。

無獨有偶，《企羨》篇也有一則完全可以放到《容止》篇中的故事說：

孟昶未達時，家在京口。嘗見王恭乘高輿，被鶴氅裘。于時微雪，昶於籬間窺之，嘆曰：「此真神仙中人！」（《企羨》六）

這個王恭（？—三九八），大概是東晉末年最後一位美男，「身無長物」的典故就與他有關。[4]這又是一個找不到言辭而只好求助「神仙」的讚嘆。而且，又是以潔白的微雪作為背景的。試想，在「白茫茫大地一片真乾淨」的背景之下，驀然看到一個「乘高輿，被鶴氅裘」的翩翩美男，可不就是恍如仙境？！再看下面一則：

有人嘆王恭形茂者，云：「濯濯如春月柳。」（《容止》三十九）

也不知道誰這麼會欣賞人，他看見姿容美好的王恭，竟然把他比作春天新綠的柳樹，「濯」本是動詞，洗滌之意，「濯濯」則是形容詞，表達王恭給人的那種明淨清新的陽光感覺。這固然是口頭即興的感嘆，卻又何嘗不是在作詩！

時人目王右軍：「飄如游雲，矯若驚龍。」（《容止》三十）

這是讚美王羲之的風度，說他如浮雲一樣飄逸，又如驚龍一樣矯健。《晉書》本傳把這個比喻用來形容王羲之的書法神韻，也是別開生面，境界全出！再看對簡文帝司馬昱的神姿風采的描繪：

海西時，諸公每朝，朝堂猶暗；唯會稽王來，軒軒如朝霞舉。（《容止》三十五）

一個被比作「朝霞」的大男人，該是何等讓人覺得親切而又溫暖，簡文帝是個連老鼠都捨不得加害的「心太軟」的男人，[5]這樣的男人不是也自有一種嫵媚麼？

當然，美好的形貌還必須和相應的才情相得益彰，才會文質兼美，如果徒有其表，那也如「繡花枕頭一包草」，讓人徒喚奈何！

王敬豫（王恬）有美形，問訊王公。王公（王導）撫其肩曰：「阿奴，恨才不稱！」（《容止》二十五）

王導對「有美形」的兒子王恬不無遺憾地說：「可惜的是你才華與美貌不相稱啊！」王導的感嘆，是對魏晉美容之風的一個精彩的注腳，說明在當時，對形貌美的追求是與對內在精神氣質和才情風度的重視互為表裡的。

然而，這種男士美容止的風氣到了南朝便走向極端，成了單純的「以貌取人」了。《顏氏家訓．勉學篇》云：「梁朝全盛之時，貴遊子弟無不熏衣剃面，傅粉施朱，駕長簷車，跟高齒屐，坐棋子方褥，憑斑絲隱囊，從容出入，望若神仙。」南朝的史書，到處都充斥著諸如「白皙美容貌」（何炯），「潔白美容儀」（王茂），「眉目如點，白皙美鬚髯」（到溉），「方頤豐下，鬚鬢如畫，直發委地，雙眉翠色」（梁簡文帝），「白皙美鬚眉」（何敬容）之類的外貌描寫。這種崇尚「小白臉兒」的風氣雖然是來自魏晉，但其實質又大不相同。魏晉時，有雄武之貌者如曹操、王敦、桓溫，有落拓之表者如劉伶、庾子嵩、周伯仁、韓康伯諸人，照樣會被欣賞，而到了齊梁年間，一個人長得太對不起觀眾幾乎就成了一場災難，有人就因為形短貌醜一直不被重用，這和「小白臉兒」的左右逢源恰成鮮明對照！

因為對人物的形神之美如此重視和欣賞，所以漢末直到魏晉，人物識鑒、品藻和賞譽的風氣也就大行其道，一系列被我稱之為「人物美學」的概念、範疇、方法和體系應運而生，並對文學、藝術的賞鑒和理論產生重要的影響。宗白華先生說：「中國美學竟是出發於『人物品藻』之美學。美的概念、範疇、形容詞，發源於人格美的評賞。」（《論〈世說新語〉和晉人的美》）從這個角度上說，這股美容之風其意義真是非同小可！這是一場追求「神超形越」的千秋大夢，不僅晉人沉迷於此夢，千年之後的我們又何嘗不是如此？

註釋

1 何滿子先生說：「據弗洛伊特的『伊底帕斯情結』說，兒子對母親懷有特殊的潛在性愛。他畫地為『何氏之廬』，正是對占有其母親的曹操的反抗，一種所愛者被奪取了的本能的嫉妒，或至少有這種潛意識的成分在內。」參見《何晏與伊底帕斯情結》，《中古文人文采》，上海古籍出版社，一九九三年版，頁七三。

2 《三國志．何晏傳》裴松之注引魚豢《魏略》：「太祖為司空時，納晏母，並收養晏……文帝特憎之，每不呼其姓字，嘗謂之為假子。」又，劉注引《魏略》也說：「晏父蚤亡，太祖為司空時納晏母。其時秦宜祿、阿鰾亦隨母在宮，並寵如子，常謂晏為『假子』也。」

3 「朱衣」這個細節也很可注意。《晉書．五行志》稱：「尚書何晏，好服婦人之服。傅玄曰：『此服妖也。』」莫非，何晏此日所穿「朱衣」即「婦人之服」？

4 《世說新語．德行》四十四：「王恭從會稽還，王大（王忱）看之。見其坐六尺簟，因語恭：『卿東來，故應有此物，可以一領及我。』恭無言。大去後，即舉所坐者送之。既無餘席，便坐薦上。後大聞之，甚驚，曰：『吾本謂卿多，故求耳。』對曰：『丈人不悉恭，恭作人無長物。』」

5《世說新語・德行》三十七：「晉簡文為撫軍時，所坐床上，塵不聽拂，見鼠行跡，視以為佳。有參軍見鼠白日行，以手板批殺之，撫軍意色不悅。門下起彈，教曰：『鼠被害，尚不能忘懷，今復以鼠損人，無乃不可乎？』」

服藥之風──無「毒」不丈夫

1

和美容之風有關而又自成氣候的，是服藥之風。服藥，也叫服食，俗稱吃藥。吃的什麼藥？是一種名叫「五石散」的名貴散藥。這種風氣的始作俑者又是那位美男子何晏。魯迅先生說他是「吃藥的祖師」（《魏晉風度及文章與藥及酒之關係》，下引同此），一點都不誇張。《世說新語·言語》篇：

何平叔云：「服五石散，非唯治病，亦覺神明開朗。」（《言語》十四）

這一條在文化史上很有名，值得好好解讀一番。

先說這種藥為什麼叫「五石散」？根據孫思邈《千金翼方》的說法，「五石散」主要是由紫石英、白石英、赤石脂、鐘乳石、硫磺等五種礦石配製而成，美其名曰：「五石更生散」，或「五石護命散」。不過在我看來，什麼「更生」啊、「護命」啊，都是說反話。俗話說，是藥三分毒。「五石散」這種藥至少也有七分毒！和眾所周知的鴉片、大麻、白粉之類的毒品相似，「五石散」可以說是中國古代最著名的毒品，從魏晉到隋唐，不知多少人被此藥所毒殺！

既然有劇毒，為什麼還有那麼多人服食呢？問得好！但又幾乎可以不必答。我們都知道海洛英有毒，可全世界還是有那麼多人在服用；每盒香菸的包裝紙都註明「吸菸有害健康」，可世界上還是有數量可觀的菸民。一句話，牽涉到人類嗜好的事情，是沒有道理可講的！何況，就「五石散」而言，它還有一些附加的「功效」和「價值」，足以使追逐時尚的上層貴族趨之若鶩。

先說「功效」。何晏已經說了：「服五石散，非唯治病，亦覺神明開朗。」由此可知，「五石散」雖然是一種毒藥，但畢竟也還是藥，治病的功能還是第一位的。治的什麼病？我們先來看劉注引《魏略》的一段材料：

> 何晏字平叔，南陽宛人，漢大將軍進孫也。或云何苗孫也。尚主，又好色，故黃初時無所仕。正始中，曹爽用為中書，主選舉，宿舊者多得濟拔。為司馬宣王所誅。

在這則何晏的「個人簡歷」中，別的都沒什麼好說，只有「尚主，又好色」一句大可注意。何晏的確是娶了曹操的女兒金鄉公主的，但他為人「好色」，縱欲無度，以至引起公主的猜忌和不滿。有個材料說：「晏婦金鄉公主，即晏同母妹。公主賢，謂其母沛王太妃曰：『晏為惡日甚，將何保身？』母笑曰：『汝得無妒晏邪！』」（《三國志・諸夏侯曹傳》裴松之注引《魏末傳》）這段記載其實有問題，既說何晏娶了同母妹，又說公主的母親是沛王太妃，其中必有一誤，因為何晏的母親是尹夫人，而沛王太妃則是沛王曹林之母杜夫人。不用說，這麼記載就是要用「亂倫」的醜聞來搞臭何晏。但何晏的確也有各種各樣的「性醜聞」，金鄉公主看不過去才向母親告狀，杜夫人是曹操的眾多夫人之一，她對女婿的行為大概見怪不怪了吧，就笑著諷刺女兒說：「你恐怕是因為何晏的行為而嫉妒吧？」

那麼，何晏的好色與服藥有關係嗎？當然有。晉皇甫謐《寒食散論》說：「寒食藥者……近世尚書何晏，耽聲好色，始服此藥。心加開朗，體力轉強。京師翕然，傳以相授……晏死之後，服者彌繁，于時不輟。」（隋巢元方《諸病源候論》卷六《寒食散發候》引）這裡比較明確地將服藥與好色聯繫在一起。余嘉錫先生也在《寒食散考》中說：「夫因病服藥，人之常情，士安（皇甫謐）之謂耽情聲色，何也？蓋晏非有他病，正坐酒色過度耳。故晏所服之五石更生散，醫家以治五勞七傷。勞傷之病，雖不盡關於酒色，而酒色可以致勞傷。觀張仲景所舉七傷中有房室傷，可以見矣。」

所以，「五石散」這種藥，具有滋陰壯陽、增強性欲的功效是無可懷疑的了。要說治病，我想不過是治腎虛、陽痿、不孕、體弱等病症吧。何晏整日花天酒地，精力嚴重透支，大概需要以五石散這種「猛藥」來增強體力，所以唐代孫思邈《備急千金要方》開篇就說：「有貪餌五石，以求房中之樂。」蘇軾也說：「世有食鐘乳、烏喙而縱酒色以求長年者，蓋始於何晏。晏少而富貴，故服寒食散以濟其欲，無足怪者。」（《東坡志林》卷五）

其實，「求長年」恐怕是癡人說夢，因為服食此藥者沒幾個長壽的，致殘或暴死的倒是不計其數，《古詩十九首·驅車上東門》說得好：「服食求神仙，多為藥所誤。」所以，「濟其欲」的說法可能更可靠些。難怪喜歡「與道士許邁共修服食，採藥石不遠千里，遍游東中諸郡，窮諸名山，泛滄海」的王羲之要感嘆說：「我卒當以樂死。」（《晉書．王羲之傳》）王瑤先生也指出：「服五石散後得到的刺激性，有助於房中術，有助於他們性生活的享受。」（《中古文人生活．文人與藥》）這是服此藥的第一個「功效」。

2

第二個功效是什麼呢？劉孝標注引秦丞相（當為祖）《寒食散論》說：

寒食散之方雖出漢代，而用之者寡，靡有傳焉。魏尚書何晏首獲神效，由是大行於世，服者相尋也。

這個材料說明，寒食散之方出自漢代——據說就是名醫張仲景的發明[1]——而何晏是「首獲神效」的服食者，特別是他的這句「服五石散，非唯治病，亦覺神明開朗」，作為廣告詞實在太有煽動力了，於是「大行於世，服者相尋」。如果說，何晏說此藥能治病，也許一般的公子哥兒未必注意，但他緊接又說「神明開朗」，這就很「吸引眼球」了。「神明開朗」有兩個方面的含義：一是精神舒暢爽朗，一是容光煥發，風神美好。這就說到服食此藥的第二個「功效」——美容。

我們已經說過，魏晉時代是重視男性之美的時代，也可以說是個「好色」的時代，不管男色女色，那時都是受歡迎的。[2]「五石散」這種藥，既然能夠濟「好色」之欲，又能使人變得更有「美色」，那它的消費群體必定是迅速「飆升」的。「京師翕然，傳以相授」，「大行於世，服者相尋」云云，說的正是當時盛況。我們前面講過的魏晉的許多美男帥哥如何晏、夏侯玄、嵇康、王恭等人，幾乎都是服食的。而且，我疑心服食這藥會使人變得更白，只要看看五石散的「形象代言人」何晏就是一個「面至白」的美男，而後來的服食者也個個都是「玉樹」、「玉人」、「玉山」，就可揣測到。所以余嘉錫先生又說：「晏雖自覺神明開朗，然藥性酷熱，服者輒發背解體，雖亦幸而僅免耳。管輅曰：『何之視候，魂不守宅，血不華色，精爽煙浮，容若槁木，謂之鬼幽，鬼幽者為火所燒。』據其所言，晏之形狀，乃與今之吸毒藥者等，豈非精華竭於內，故憔悴形於外歟？」由此可知，何晏的美貌也和後來的衛玠一樣，是貧血而又病態的。

以上所談是「五石散」的特殊功效。那麼，其附加的「價值」又是什麼呢？我以為，就是一種名士的尊貴身份和風雅派頭。由於五石散的配製工藝頗複雜高端，所以它和現在的毒品一樣，成本很高，價格也就十分昂貴。何晏貴為駙馬，雖然在曹丕和曹叡統治下的前半生，政治上沒有什麼發展，但物質生活應該是相當優裕的，再名貴的藥他也吃得起。加上曹爽執政後，何晏當了吏部尚書，在政壇、學界、名士圈中的聲望和地位如日中天，他的好尚自然引起天下追捧。服藥遂成為一種顯示身份和品味的象徵。估計就像廣告詞中所說的那樣，當時的名士見了面也許會問：「今天你吃藥了沒有？」如果你不屑回答，至少也要用「肢體語言」表明：今天你不僅吃藥了，而且吃的很多！

什麼樣的「肢體語言」呢？說起來倒真不少。比如「五石散」還有一個更知名的別稱——寒食散。為什麼叫「寒食散」？孫思邈的解釋是：「凡是五石散，先名寒食散者，言此散宜寒食，冷水洗取寒，惟酒欲清，熱飲之，不爾即百病生焉。服寒食散，但冷將息，即是解藥熱。」還有一種解釋說：「凡諸寒食草石藥，皆有熱性，發動則令人熱，便冷飲食，冷將息，故稱寒食散。」（許孝崇《醫心方》）魯迅的解釋是：「普通發冷宜多穿衣，吃熱的東西。但吃藥後的發冷剛剛要相反：衣少，冷食，以冷水澆身。倘穿衣多而食熱物，那就非死不可。因此五石散一名寒食散。」也就是說，這種藥有劇毒，熱力很大，所以吃的時候要冷服。服用後五內如焚，毒火攻心，熱力開始發散，叫做「散發」。「散發」後必須多吃冷飯以散熱降溫，有時一天竟要吃七、八次冷飯！

「散發」也叫「石發」。說到「石發」，隋朝侯白的《啟顏錄》載有一個很好笑的故事：「後魏孝文帝時，諸王及貴臣多服石藥，皆稱『石發』。乃有熱者，非富貴者，亦云服石發熱，時人多嫌其詐作富貴體。有一人於市門前臥，宛轉稱熱，要人競看，同伴怪之，報曰：『我石發。』同伴人曰：『君何時服石，今得石發？』曰：『我昨市米中有石，食之今發。』眾人大笑。自後少有人稱患石發者。」（《太平廣記》卷二四七引）這個附庸風雅的人，壓根不知道「石發」為何物，卻要當場「秀」給別人看，可見服食之風已經「普及」到了何種程度！所謂「詐作富貴體」，正是服食五石散帶來的「附加值」。

3

服食「五石散」以後，還要多外出散步或運動，以便促進藥力散發，稱為「散動」或「行散」。「行散」也叫「行藥」。如晉人皇甫謐云：「服藥後宜煩勞。若羸著床，不能行者，扶起行之，亦謂之行藥。」（隋巢元方《諸病源候論》六《寒食散發候篇》引）可見吃完藥人不能靜坐不動，必須讓身體「煩勞」。有人以為竹林名士嵇康的「柳下鍛鐵」，就是一種特殊的「行散」方式，雖不可盡信，[3]亦可聊備一說。《世說新語》中也記有名士「行散」的例子，且看關於王恭的兩個故事：

王孝伯（王恭）在京，行散至其弟王睹（王爽）戶前，問：「古詩中何句為最？」睹思未答。孝伯詠：「『所遇無故物，焉得不速老？』此句為佳。」（《文學》一〇一）

王恭始與王建武（王忱）甚有情，後遇袁悅之間，遂至疑隙。然每至興會，故有相思。時恭嘗行散至京口射堂，于時清露晨流，新桐初引，恭目之曰：「王大故自濯濯。」（《賞譽》一五三）

這兩個記載中，美男子王恭服藥之後，出門「行散」，一次是和弟弟王爽談論《古詩》「何句為最」，話題甚高雅；另一次是對早已結成冤家的族叔王大（王忱小字）讚不絕口，心情頗舒暢；這兩件事發生在同一人身上，足以證明何晏所謂「神明開朗」之說不虛。

還有人竟然在「行散」途中，突然幡然醒悟，棄官不做的例子：

初，桓南郡（桓玄）、楊廣共說殷荊州（殷仲堪），宜奪殷覬南蠻以自樹。覬亦即曉其旨。嘗因行散，率爾去下舍，便不復還，內外無預知者。意色蕭然，遠同鬥生之無慍。時論以此多之。（《德行》四十一）

桓玄是桓溫的小兒子，他有篡位之念，欲聯合荊州刺史殷仲堪（?—三九九）一同起兵，殷仲堪便邀請他的堂兄殷覬（?—三九八）加入，後者不同意。桓玄便和另一同盟楊廣遊說殷仲堪奪去殷覬的南蠻校尉一職而自代。殷覬知道了他們的意圖，就趁一次服藥後行散的機會，率性而為地離開了所住的官舍，再也沒有回來，事先裡裡外外沒有一個人知道。當時輿論因此讚美殷覬，說他意趣神色瀟灑自得，和《論語》中「三仕為令尹，無喜色；三已之，無慍色」的令尹子文（姓鬥氏），差可同調！劉辰翁評此條云：「如此去官，亦大善。」這是服藥後的一個非常極端的例子，足以說明人在服藥之後，身心俱輕，陶然忘我，什麼名韁利鎖之類的勞什子，統統可以拋在腦後了！

除了吃冷食、行散，服藥後的「將息」（調理）之道還包括洗冷水澡、喝熱酒等。但是「將息」並不容易，如將息不當，後果也很可怕，輕者致殘，重者喪命！如西晉名士裴秀就是因為「服寒食散，當飲熱酒而飲冷酒」，竟然四十八歲便一命嗚呼！（《晉書·裴秀傳》）

說到飲熱酒，《世說新語》中還有一個故事說：

桓南郡（玄）被召作太子洗馬，船泊荻渚。王大（忱）服散後，已小醉，往看桓。桓為設酒，不能冷飲，頻語左右：「令溫酒來！」桓乃流涕嗚咽，王便欲去。桓以手巾掩淚，因謂王曰：「犯我家諱，何預卿事！」王嘆曰：「靈寶（桓玄小字）故自達。」（《任誕》五十）

王忱也真是可愛，服散之後，估計已經喝了溫酒，醉醺醺地去看桓玄。桓玄用冷酒招待他，他就開始發飆，嚷著要身邊的人「快去拿溫酒來」！這話裡何嘗沒有一種服散者的自我炫耀呢？桓玄是個孝子，因為王忱觸犯了自己父親桓溫的名諱，居然哭起鼻子來。晉人尊嚴家諱之風氣，於此可見。王忱尷尬地想走，這時桓玄更可愛地說了一句：「我因犯了家諱而哭，與你何干呢？」這顯然是執意留客了。王忱不禁感嘆說：「靈寶真是曠達啊！」

4

任何藥久服之後難免會有「併發症」或「後遺症」，「五石散」亦不例外。不過，世界上恐怕沒有一種毒藥的後遺症，會像「五石散」那樣充滿文化氣息和人格魅力。

先說「生理併發症」的例子。《規箴》篇第二十三條：

殷覬病困，看人政見半面。殷荊州興晉陽之甲，往與覬別，涕零，屬以消息所患。覬答曰：「我病自當差，正憂汝患耳！」

還是那位借「行散」之名離職而去的殷覬，此人想必是五石散的「老用戶」，這裡說他「病困，看人政見半面」——看人只能看見半邊臉，其實就是服散後的「併發症」。余嘉錫先生因此說：「此即皇甫謐所謂服藥失節度，則目瞑無所見。《醫心方》卷二十引《釋慧義》云：『散發後熱氣沖目，漠漠無所見。』」（《寒食散考》）又說：「殷覬之病困，正坐因小病而誤服寒食散至熱之藥，又違失節度，飲食起居，未能如法，以致諸病發動，至於困劇耳。凡散發之病，巢氏所引皇甫謐語列舉諸症，多至五十餘條。今雖不知覬病為何等，而其看人政見半面，明係熱氣沖肝，上奔兩眼，暈眩之極，遂爾瞑瞑漠漠，目光欲散，視瞻無準，精候不與人相當也。散發至此，病已沉重。甚者用冷水百餘石不解。晉司空裴秀即以此死。覬既病困，益以憂懼，固宜其死耳。」（《世說新語箋疏》）魯迅先生也說：「晉名人皇甫謐作一書曰《高士傳》，我們以為他很高超。但他是服散的，曾有一篇文章，自說吃散之苦。因為藥性一發，稍不留心，即會喪命，至少也會受非常的苦痛，或要發狂；本來聰明的人，因此也會變成癡呆。所以非深知藥性，會解救，而且家裡的人多深知藥性不可。」

可見，這種毒品的危害實在比它的功效更大！難怪孫思邈要說：「五石散大猛毒。寧食野葛，不服五石。遇此方即須焚之，勿為含生之害。」（《備急千金要方》）

再看又有哪些「文化後遺症」。表現在服飾上，就是喜歡穿寬大舒適的衣服，所謂「寬衣博帶」。為什麼呢？魯迅先生分析說：「因為皮肉發燒之故，不能穿窄衣。為預防皮膚被衣服擦傷，就非穿寬大的衣服不可。現在有許多人以為晉人輕裘緩帶，寬衣，在當時是人們高逸的表現，其實不知他們是吃藥的緣故。一班名人都吃藥，穿的衣都寬大，於是不吃藥的也跟著名人，把衣服寬大起來了！」

不僅如此，甚至人們也不喜歡穿新衣或者章服，而喜歡穿舊衣服。如《賢媛》篇的一個故事說：

桓車騎（桓沖）不好著新衣，浴後，婦故送新衣與。車騎大怒，摧使持去。婦更持還，傳語云：「衣不經新，何由而故？」桓公大笑，著之。（《賢媛》二十四）

桓沖愛穿舊衣大概也與服藥有關。魯迅繼續說：「更因皮膚易破，不能穿新的而宜於穿舊的，衣服便不能常洗。因不洗，便多蝨。所以在文章上，蝨子的地位很高，『捫虱而談』，當時竟傳為美事。」蝨子成為雅物，這在《世說新語》中也有好例：

> 顧和始為揚州從事，月旦當朝，未入，頃停車州門外。周侯詣丞相，歷和車邊，和覓蝨，夷然不動。周既過，反還，指顧心曰：「此中何所有？」顧搏蝨如故，徐應曰：「此中最是難測地。」周侯既入，語丞相曰：「卿州吏中有一令僕才。」（《雅量》二十二）

顧和因為「覓蝨」、「搏蝨」時波瀾不驚的神態，竟然贏得周伯仁的好感，馬上向王導誇獎不已。蝨子在魏晉名士身上，真是「身價倍增」了！連大帥哥嵇康身上也是養蝨子的，他說自己「性復多蝨，把搔無已」，而做了官就「當裹以章服，揖拜上官，三不堪也」，所以拒絕山濤的舉薦（《與山巨源絕交書》）。

此外，魏晉名士愛穿高高的木屐，據說也和服藥有關。魯迅先生不無同情地說：「吃藥之後，因皮膚易於磨破，穿鞋也不方便，故不穿鞋襪而穿屐。所以我們看晉人的畫像和那時的文章，見他衣服寬大，不鞋而屐，以為他一定是很舒服，很飄逸的了，其實他心裡都是很苦的。」

至於魏晉名士性情上忿狷易怒，個性鮮明，如王羲之、王述等，以及居喪期間不遵禮節，狂飲大嚼，如阮籍、謝尚，按魯迅先生的說法，也是和吃藥有關的。[4]我們再把「王藍田食雞子」的故事拿來做例子：

> 王藍田（王述）性急。嘗食雞子，以箸刺之，不得，便大怒，舉以擲地。雞子於地圓轉未止，仍下地以屐齒碾之，又不得，瞋甚，復於地取內口中，齧破即吐之。王右軍聞而大笑曰：「使安

期（王承）有此性，猶當無一豪可論，況藍田邪？」（《忿狷》二）

試想，如果沒有這些我們今天看來匪夷所思的名士做派，沒有這股看似很怪異的風氣，所謂「魏晉風度」、「名士風流」豈不要損失大半？就服藥而言，真應了一句老話了——無「毒」不丈夫！反過來也可以說，我們現在缺乏魏晉風度，苦苦追尋而不得，莫非正是因為我們已經沒有這種服藥的可能了，更談不上風氣呢？

註釋

1 按：東漢張仲景（一五〇？—二一九）《金匱要略方論》中有《傷寒雜病論》一篇，其中提到「宜冷食」的「侯氏黑散」和「紫石寒食散」。隋代巢元方《諸病源候論》裡引晉名醫皇甫謐語稱：「寒食、草石二方出自仲景」。

2 對女色的推崇最著名者如三國的名士荀粲。據《惑溺》二：「荀奉倩與婦至篤，冬月婦病熱，乃出中庭自取冷，還以身熨之。婦亡，奉倩後少時亦卒。以是獲譏於世。奉倩曰：『婦人德不足稱，當以色為主。』裴令聞之，曰：『此乃是興到之事，非盛德言，冀後人未昧此語。』」荀粲公然向儒家傳統中的「婦德」發起挑戰，且身體力行，甚至為情而死，真可以說是「古今第一情種」了。

3 因為行散的方法很多，如散步或沖涼都行，何必要去幹這「杭育杭育派」的重體力活呢？也許，《晉書．嵇康傳》的記載最接近事實：「初，康居貧，常與向秀共鍛於大樹之下，以自贍給。」家裡這麼窮，哪裡有錢吃名貴的「五石散」？「以自贍給」說明嵇康打鐵主要是為了貼補家用。我以為，篤信道教的嵇康所服食的可能更多的屬於山中所採的中草藥，所謂「上藥」。史料亦有記，這裡不贅。

4 魯迅說：「晉朝人多是脾氣很壞，高傲、發狂、性暴如火的，大約便是服藥的緣故。比方有蒼蠅擾他，竟至拔劍追趕；就是說話，也要糊糊塗塗地才好，有時簡直是近於發瘋。但在晉朝更有以癡為好的，這大概也是服藥的緣故。」又說：「又因『散發』之時，不能肚餓，所以吃冷物，而且要趕快吃，不論時候，一日數次也不可定。因此影響到晉時『居喪無禮』。……晉禮居喪之時，也要瘦，不多吃飯，不准喝酒。但在吃藥之後，為生命計，不能管得許多，只好大嚼，所以就變成『居喪無禮』了。居喪之際，飲酒食肉，由闊人名流倡之，萬民皆從之，因為這個緣故，社會上遂尊稱這樣的人叫作名士派。」參《魏晉風度及文章與藥及酒之關係》。

飲酒之風——存在與虛無

1

比服藥之風更源遠流長、更讓人喜聞樂見、更能彰顯魏晉風度的，當然就是飲酒之風了。這種風氣至今仍在神州大地上流行，就酒的品牌之多、產量之富、消費群體之密集而言，今天的飲酒之風可能比古代更甚。但，同是飲酒，今人對酒文化的貢獻實在乏善可陳，除了假酒層出不窮以外，我們表現在酒文化上的創造精神的確是每況愈下了，每年照樣有不少人死於飲酒過量，但沒有一個人說得出劉伶那句「死便掘地以埋」的豪言。總之，酒的銷量在大幅度攀升，飲酒一事所承載的文化含量，所彰顯的人格魅力，所迸發的生命激情，所凝結的哲學深度，卻無處尋覓。

我無酒癮，但酒量尚可，貪杯之時，常冀一醉。不醉，怎知酒的妙處？又怎知酒的害處！不醉的人，千萬不要說自己會喝酒，懂得酒！每一個酒醉的夜晚，耿耿難眠之時，我總是看著頭頂的那一片虛空，尋覓消失在時間黑洞中的魏晉名士的身影。謝安評價他的堂叔謝鯤說：「若遇七賢，必自把臂入林。」（《賞譽》九十七）如果我有幸在時光隧道中遇到七賢，我不知道，他們是否有興趣和我盤桓，也許，阮籍會用他諷刺王戎的話說我：「俗物已復來敗人意！」（《排調》四）

酒，這水與火的綜合物，當它傾瀉在杯中的時候，它是五穀之水，當它順著咽喉奔騰到胃腸的時候，它就是生命之火！酒，它是「存在」，而酣暢之後，酒，更指向「虛無」！喝酒、醉酒的整個過程，人生的各種況味彷彿都一一嘗盡了。有人說，麻將如人生，其實，麻將桌上，機心重重，紅眼相看，從來到不了精神的極峰。倒是酒桌上，杯盞間，千古悲歡，一己悵恨，都可一飲而盡，回味無窮！

喝酒而不醉的人，此篇可以不看——袖手旁觀可也，廢書他顧亦可也。「酒逢知己千杯少，話不投機半句多。」正此意也。

《世說新語》有《任誕》一篇，其實也是魏晉風度的一個重要側面，而最能顯示「任誕之風」的莫過於飲酒。所以《世說新語》正文中「酒」字共出現一〇三次，其中《任誕》篇就有四十三次，占了將近一半！《任誕》篇共五十四條，提到飲酒的就有二十九條，更占了一大半！這個數據很能說明，酒在魏晉名士生活甚至生命中所占的重要地位。而將酒文化的規模、深度推向極致的，莫過於「竹林七賢」了。如果說以何晏、王弼、夏侯玄為代表的「正始名士」是一群服藥成風的名士，那麼，以阮籍、嵇康、劉伶為代表的「竹林名士」，則是一群喝酒成風的名士。那麼，就讓我們把話題壓縮一下，集中在「名士飲酒的理由」上吧。

2

魏晉名士為什麼喜歡飲酒？理由可以舉出N種，但我想，首要的一個理由是——為了找樂子，所謂「及時行樂」。美學家李澤厚先生認為，漢末魏晉時期隨著自我意識和生命意識的覺醒，「人的主題」被提上日程，「人的覺醒」終於「千呼萬喚始出來」（《美的歷程》）。而我以為，自我意識和生命意識的覺醒，必然帶來人對快樂的追逐。《古詩十九首》中就出現了很多表達「及時行樂」主題的詩句，如：

人生忽如寄，壽無金石固。萬歲更相送，賢聖莫能度。服食求神仙，多為藥所誤。不如飲美酒，被服紈與素。（《驅車上東門》）

生年不滿百，常懷千歲憂。晝短苦夜長，何不秉燭遊？為樂當及時，何能待來茲？愚者愛惜費，但為後世嗤。仙人王子喬，難可與等期。（《生年不滿百》）

因為人生苦短，轉瞬即逝，所以人們要及時行樂；又因為人是憂患的動物，要對抗這憂患，更要及時行樂。白天太短，夜晚太長，那就「秉燭夜遊」，當蠟燭的光芒照亮了無邊的黑夜，不就等於延長了白晝嗎？而白晝，是人的生命密度最高、生命體驗最多、最易感受到快樂、最不會被虛擲的時間。現在有了電燈，人們的「夜生活」豐富多彩，反而很難理解古人為什麼要「及時行樂」了。在古人看來，人生在世，真正可以享受的時光太短，功名利祿這些身外之物，又阻礙了人們去追求生命本該有的快樂，真是何苦來哉！《世說新語·任誕》篇中，張翰和畢卓的酒後真言便表達了這層意思：

張季鷹（張翰）縱任不拘，時人號為「江東步兵」。或謂之曰：「卿乃可縱適一時，獨不為身後名邪？」答曰：「使我有身後名，不如即時一杯酒！」（《任誕》二十）

張季鷹就是見秋風起，便想起家鄉的菰菜、蓴羹、鱸魚膾，然後辭官歸鄉的那位江南名士張翰，為人曠達而好飲酒，人稱「江東步兵」——步兵是阮籍做過的官，猶言「江東阮籍」。有人問他：「你固然可以縱情享樂一時，難道就不為身後的名聲考慮嗎？」當我們奉勸一個頑劣無度、不求上進的人時，也會這麼苦口婆心的。但是張翰的回答不僅顛覆了一般常理世故的正當性，而且將其中的荒謬性也揭示出來了。他說：「讓我有身後的好名聲，還不如眼前的一杯酒呢！」存在主義哲學認為：「存在先於本質」。如果說，你「是什麼」是「存在」，那麼，你「想成為什麼」則構成你的本質。而使「存在」能夠抵達「本質」的必由之路，就是人的「自由選擇」。從這個角度上說，沒有囿於儒家禮教的藩籬，而是從這藩籬中突圍出去，盡情宣洩生命的激情、展示自我的風采、顛覆名教秩序的魏晉名士們，倒真是實現了個人的「自由選擇」。他們也許不是傳統意義上的所謂「君子」，但也絕不是如牆頭草一樣隨風起伏的毫無個人自由意志的「小人」。你看，在張翰眼裡，酒，才是真正的「存在」，而名聲則是世俗附加的身外之物，其實質不過是——「虛無」。

畢卓也是東晉著名的狂士和酒徒。太興（三一八—三二一）年間，他曾做吏部郎，卻因為飲酒太過而被廢職。有個故事說：鄰居家的小伙子剛剛釀好酒，畢卓便趁著喝醉的工夫，夜裡跑到人家裡，直接就在酒甕裡取酒而飲。主人還以為是盜賊，便把他抓住綁了起來，後來發現竟是隔壁的吏部郎大人，這才為他鬆了綁。可是這個「疑似小偷」不僅不走，竟又拉著主人在酒甕旁一同酣暢，直到酩酊大醉才回去（劉注引《晉中興書》）。畢卓的豪言壯語是：

「一手持蟹螯，一手持酒杯，拍浮酒池中，便足了一生。」（《任誕》二十一）

這幾乎是一首即興而作的五言詩，雖有些「打油」的味道，但其中傳達的那種狂放和達觀，真是驚世駭俗，震鑠千古，咄咄逼人！再看《賞譽》篇的一條記載：

劉尹云：「見何次道（何充）飲酒，使人欲傾家釀。」（《賞譽》一三〇）

劉惔這話真像是現在好客的主人，不把客人灌醉總覺過意不去，而何充的表現簡直就是最佳客人的代表了。「使人欲傾家釀」一句真是很妙，除了表明何充酒量很大[1]以外，還讓我們想像其喝酒的神態舉止，一定是很有感染力和觀賞價值的，讓人忍不住想把家裡所有的美酒都倒出來，好把這瀟灑美妙的一刻延長、留住。這時的劉惔大概是在心裡呼喊那句我們都知道的名言吧——時間啊，你慢慢走！欣賞啊，這妙人！

3

魏晉時期，酒與詩還經常聯繫在一起，成為文學創作的觸媒，和高雅遊戲的道具。曹丕《與吳質書》說：「昔日遊處，行則連輿，止則接席，何曾須臾相失。每至觴酌流行，絲竹並奏，酒酣耳熱，仰而賦詩，當此之時，忽然不自知樂也。」這是先喝酒再作詩。而在著名的金穀詩會中，則是先作詩，再喝酒。當時名流「遂各賦詩，以敘中懷。或不能者，罰酒三斗」（石崇《金穀詩敘》）。王羲之在《三月三日蘭亭序》裡說得更明白：「又有清流激湍，映帶左右，引以為流觴曲水。列坐其次，雖無絲竹管弦之盛，一觴一詠，亦足以暢敘幽情。」後來，「曲水流觴」就成了一個膾炙人口的風雅典故。這，大概就是通常所說的「詩酒人生」吧。

而和飲酒意思相同而更富雅趣的「酣暢」一詞，則從另一個角度表達了飲酒的快樂：

陳留阮籍、譙國嵇康、河內山濤三人年皆相比，康年少亞之。預此契者，沛國劉伶、陳留阮咸、河內向秀、琅邪王戎。七人常集於竹林之下，肆意酣暢，故世謂「竹林七賢」。（《任誕》一）

阮宣子（阮修）常步行，以百錢掛杖頭，至酒店，便獨酣暢。雖當世貴盛，不肯詣也。（《任誕》十八）

山季倫（山簡）為荊州，時出酣暢。人為之歌曰：「山公時一醉，徑造高陽池，日莫倒載歸，酩酊無所知。復能乘駿馬，倒著白接籬，舉手問葛強，何如并州兒？」高陽池在襄陽。彊是其愛將，并州人也。（《任誕》十九）

子敬與子猷書，道：「兄伯蕭索寡會，遇酒則酣暢忘反，乃自可矜。」（《賞譽》一五一）

「酣」是一個會意字，從酉，從甘，「酉」表意也表形，「甘」則表聲。《說文》釋「酣」

云：「酒樂也。」《廣雅》則說：「酣，樂也。」翻譯成大白話就是：酒喝得很暢快。「酒酣耳熱」之時，才能達到一種樂而忘憂的境界。

這就說到喝酒的第二個原因——「解憂」了。以酒解憂，古已有之。《詩經．卷耳》中就有「陟彼高岡，我馬玄黃，我姑酌彼兕觥，維以永不傷」的詩句，可見酒能解憂在先秦時代就已是常識。還有一個很神奇的故事說：漢武帝駕臨甘泉宮，在馳道中發現一種紅色小蟲，五官分明，大家都不認識。武帝就讓素有博學多聞之名的東方朔去看看。東方朔看後說：「這蟲名叫『怪哉』。當年秦朝法令嚴酷，抓捕無辜，眾庶愁怨，都仰首感嘆說：『怪哉怪哉！』這蟲子就是感動上天所生，所以名叫『怪哉』。這裡一定是秦朝監獄所在之處。」當即按察地圖，果然是秦朝的監獄所在地。武帝問：「怎麼才能把這蟲子消掉呢？」東方朔說：「凡憂者得酒而解，以酒灌之當消。」於是叫人把蟲子放進酒中，須臾，蟲子果糜散。（《殷芸小說》）東方朔「凡憂者得酒而解」的說法真是很妙，一不小心竟使那杯中物成為天下第一解憂靈藥。所以，以酒解憂的「發明專利權」，應該屬於漢代大名鼎鼎的東方朔。

後來曹操也在《短歌行》中寫道：「慨當以慷，憂思難忘。何以解憂，唯有杜康。」不管酒能不能解憂，有憂愁的時候來個酩酊大醉，至少可以暫時忘掉眼前的煩惱吧。酒的解憂作用，《任誕》篇中也有一個極好的例子：

王孝伯問王大：「阮籍何如司馬相如？」王大曰：「阮籍胸中壘塊，故須酒澆之。」（《任誕》五十一）

劉孝標注稱：「言阮皆同相如，而飲酒異耳。」我不太同意這個說法。與其說阮籍比司馬相如更好飲酒，不如說阮籍比相如懷有更多無從排遣和消磨的憂患！「胸中壘塊」，正是指積鬱在心中的憂患和痛苦，就像巨大的結石，又如癌變的腫瘤，所以要烈酒來消毒，來融化！阮籍的好酒實有其不得已之處，他和陶淵明的好酒有著本質的區別：阮籍喝酒是為了麻醉自己，以求全身遠禍，那大醉六十天的記錄，那居喪豪飲的狂放裡面，包含著多少難言的苦楚！所以阮籍的八十二首《詠懷詩》，只有兩處提到酒。而陶淵明的好酒則帶有享樂性質，他在《雜詩》中寫道：「得歡當作樂，斗酒聚比鄰。盛年不重來，一日難再晨。及時當勉勵，歲月不待人。」這是典型的及時行樂的飲酒觀。後來金代文學家元好問在《論詩絕句》中贊阮籍云：

縱橫詩筆見高情，何物能澆塊壘平。老阮不狂誰會得？出門一笑大江橫。

其實，阮籍何曾像李白那樣「仰天大笑出門去」過呢？他只有在窮途末路之時，大放悲聲，「慟哭而反」的份兒！

4

魏晉名士好酒，還有精神上追求超越、肉體上放浪形骸的原因。如東晉名士王忱就說：

「三日不飲酒，覺形神不復相親。」（《任誕》五十二）

「形神」是魏晉時非常重要的一個哲學和美學概念。「形」指外在形骨體貌，「神」則指內在精神氣質。嵇康有個重要的養生觀點，「形恃神以立，神須形以存」；認為「呼吸吐納，服食養身，便形神相親，表裡俱濟」（《養生論》）。而王忱則把飲酒也歸入到道教的養生系列中，並且說：「三天不喝酒，便感覺形體與神明不再相親。」這無意中道出了酒的一大功效，即酒的麻醉作用可以使人短暫地進入「靈肉合一」的境界，飄然若仙，陶然忘憂，反過來，如果不喝酒，人豈不就像行屍走肉一樣，缺乏通常所說的「精氣神」嗎？

值得一提的是，王忱大概是歷史上有明確記載的一位「醉死」的名士。[2]史書上說他「少慕達，好酒，在荊州轉甚，一飲或至連日不醒，遂以此死」（劉注引《晉安帝紀》）。神超而形越，醉生而夢死，這真是實現了尼采所謂的「酒神精神」[3]了！

和王忱觀點相似的也大有人在，例如：

王光祿（王蘊）云：「酒，正使人人自遠。」（《任誕》三十五）

王光祿就是王濛的兒子王蘊，和王忱一樣，王蘊也是個恨不得在酒缸裡過活的酒徒。《晉陽秋》說：「蘊素嗜酒，末年尤甚。及在會稽，略少醒日。」王蘊這話的意思是：酒這東西，好就好在能使人遠離自己的凡俗，進入到一種混沌邈遠之境。看來，他和一般的酒鬼不一樣，他能從實踐中總結出理論來，從肉體的放縱中體驗到精神上的某種昇華，也算對得起那杯中物了。再看下一則：

王衛軍（王薈）云：「酒正引人著勝地。」（《任誕》四十八）

王衛軍是王導的兒子王薈。他一不小心為後世貢獻了一個膾炙人口的成語——引人入勝。我們常說一篇文章能夠「引人入勝」，卻不知最早是用來形容酒的妙處的！喝過酒的人大概都有這種體會，在沒有醉得一塌糊塗的時候，是感覺最美妙的時候，不管別人如何看你，你自己會在那微醺的狀態中，視接千載，心游萬仞，意氣風發，產生一種「我不上天堂，誰上天堂」的飄飄欲仙之感！難怪，像周伯仁這樣的豪放名士，晚年時竟也「但願長醉不願醒」了：

周伯仁風德雅重，深達危亂。過江積年，恒大飲酒，嘗經三日不醒。時人謂之「三日僕射。」（《任誕》二十八）

周伯仁早年是「風德雅重」的朝廷重臣，後來因為嗜酒成性，居喪期間也喝得大醉，他姐姐死，他醉了三天；他姑姑死，他又醉了兩天，每次喝醉，朝中大臣都要共同守候照顧他，因此「大損資望」（《語林》）。

還有一個原因，就是對名士做派的追求，王恭的自白最具代表性：

王孝伯言：「名士不必須奇才，但使常得無事，痛飲酒，熟讀《離騷》，便可稱名士。」（《任誕》五十三）

可見，王恭是個對「名士做派」很有研究的人，他的觀點如「熟讀《離騷》」雖然顯得很不專業，[4]但他對飲酒的推重還是真實情況的反映，「飲酒」還不夠，還要加上一「痛」字，這也是「酒神精神」的題中應有之義。

當飲酒成為名士的身份證明和醒目招牌的時候，飲酒的深刻性和哲學深度也就被消解大半了。

5

其實，在魏晉人看來，喝酒簡直就用不著找什麼原因和理由，用流行的句式套一下，可以說：因為愛喝酒，所以愛喝酒。而且，美酒在前，和什麼人喝都是次要的了，有個故事說：

劉公榮（昶）與人飲酒，雜穢非類。人或譏之，答曰：「勝公榮者，不可不與飲；不如公榮者，亦不可不與飲；是公榮輩者，又不可不與飲。故終日共飲而醉。」（《任誕》四）

這個叫劉公榮的名士也是放達好酒之輩。不管三教九流，上不上檯面的人，他都一塊喝酒。人家笑他，他說：「比我強的，不能不跟他喝；比我差的，也不能不跟他喝；跟我差不多的，更不能不與他喝。所以我每天都是醉著的！」孔子說過「有教無類」的話，這個劉公榮簡直可以說是「有酒無類」了！但你說他可愛不？要我說——真可愛！難怪明代文人袁中道評點說：「慧人。」

竹林七賢中還有一位以喝酒著名的，就是阮籍的侄子阮咸。阮咸字仲容，魏武都太守阮熙之子，阮瞻（千里）、阮孚（遙集）之父。晉時曾做過始平太守。阮咸不僅是當時著名的音樂家，琵琶的發明人，而且也是「任誕」之風的典型代表。《任誕》篇第十條記載了一個好玩的故事：

阮仲容（阮咸）步兵居道南，諸阮居道北。北阮皆富，南阮貧。七月七日，北阮盛曬衣，皆紗羅錦綺。仲容以竿掛大布犢鼻褌於中庭。人或怪之，答曰：「不能免俗，聊復爾耳。」

以大褲衩奚落綾羅綢緞本就不夠「厚道」，可阮咸還要說「不能免俗，姑且如此」，真是便宜都讓他給占了！還有個「人豬共飲」的故事說：

諸阮皆能飲酒，仲容至宗人間共集，不復用常杯斟酌，以大甕盛酒，圍坐，相向大酌。時有群豬來飲，直接去上，便共飲之。（《任誕》十二）

喝酒喝到這個份上，真是物我合一，寵辱偕忘！而且，不太為人注意的是，「人豬共飲」的行為，其實包含了對人的高貴性的顛覆，這種「狂歡」式的豪飲，既是對禮教規定的「人」的一種反動，也是對人的世界本質上的荒謬性的揭露。彷彿在說：在動物性的口腹之欲上，人類和豬並沒有兩樣！就像穿綾羅綢緞的富人並不比穿大褲衩的窮人更高貴一樣，在自然面前，在天地之間，在所謂文明和禮法的約制之外，人類也並不比豬更高貴！

魏晉風度張揚了人，卻從來沒有貶低過自然萬物，莊子說「物物而不物於物，則胡可得而累邪？」（《莊子．山木》）意思是：利用支配外物而不為外物所利用支配，又怎麼會受到牽制和拖累呢？這個外物，不是指自然萬物，而是指社會生活中約束人的種種虛偽教條和名韁利鎖。有人懷疑此事的真實性，甚至從語言文字上找根據，不過是想為人類挽回面子，我只能說，這是因為沒有讀懂《世說新語》，不瞭解「魏晉風度」的緣故，更不知道這是阮咸式的「黑色幽默」！[5]

當然，這種「肆意酣暢」、「醉生夢死」的虛無的狂歡，也曾遭到當時來自權威的挑戰：

鴻臚卿孔群好飲酒，王丞相語云：「卿何為恒飲酒？不見酒家覆瓿布，日月糜爛？」群曰：「不爾，不見糟肉，乃更堪久？」（《任誕》二十四）

王導勸孔群節制飲酒，說話很委婉，用了一個比喻說：「你沒看見酒店蓋酒罈子的布，天長日久就會因腐蝕而糜爛掉嗎？」孔群很聰明，馬上說：「不是這樣。您沒看見用酒或酒糟醃製過的糟肉，更加經久不壞嗎？」言下之意，您這個比方也太爛了，我頂多是塊酒糟肉，總比蓋酒罈的布更耐久吧？總之，喝酒的理由有千千萬，戒酒的理由卻是一個沒有！

順便說一句，「居喪無禮」大概是由阮籍開始的，曾引起社會的極大爭議和震動，後來，王戎母親去世，他也照樣飲酒吃肉，還有很多人，在葬禮上或彈琴，或驢鳴，無不顯得放達不羈。但是，我要說，這一條已經完全被今天的人超越了，君不見如今的婚喪嫁娶、紅白喜事，豪飲狂歡的場景比比皆是嗎？從這個角度上講，魏晉風度總算在酒桌上被我們發揚廣大了。

註釋

1 按：《晉書．何充傳》：「充能飲酒，雅為劉惔所貴。」

2 《世說新語．任誕》五注引戴逵《竹林七賢論》云：「籍與伶共飲步兵廚中，並醉而死。」但劉孝標馬上反駁說：「此好事者為之言。籍景元中卒，而劉伶太始中猶在。」故阮、劉二人不得稱「醉死」。

3 按：德國哲學家尼采在其名著《悲劇的誕生》裡，將希臘神話中的酒神狄奧尼索斯視為迷狂、縱欲、非理性、情感的恣意發洩、對規律與法則的蔑視以及形式的破壞的象徵，認為酒神精神是人在醉與夢的狀態中表現出來的自我否定的死的本能衝動。酒神精神毋寧說是一種「狂歡」的精神。

4 如余嘉錫就說：「《賞譽》篇云：『王恭有清辭簡旨，而讀書少。』此言不必須奇才，但讀《離騷》，皆所以自飾其短也。恭之敗，正坐不讀書。故雖有憂國之心，而卒為禍國之首，由其不學無術也。自恭有此說，而世之輕薄少年，略識之無，附庸風雅者，皆高自位置，紛紛自稱名士。政使此輩車斗量，亦復何益於天下哉？」（《世說新語箋疏》）

5 阮咸式的黑色幽默在《世說新語．任誕》十五表現得更充分：「阮仲容先幸姑家鮮卑婢。及居母喪，姑當遠移，初云當留婢，既發，定將去。仲容借客驢，著重服自追之，累騎而返，曰：『人種不可失！』即遙集之母也。」

清談之風——道可道，非常道

1

清談之風，是魏晉名士圈裡最具特色的一種風氣，和美容、服藥、飲酒一樣，這種風氣也綿延了數百年，使整個魏晉南北朝被一種玄學氣氛所籠罩，清談精神也就成為這一時代的主導精神了。在前面的講述中，清談一詞不時出現，但對一般讀者而言，清談到底是什麼？恐怕還是不甚了了。這一講，我們就結合《世說新語》等文獻的記載，簡單回答一下關於清談的幾個問題。

首先要解答的是：什麼是清談？清談，又叫「清言」、「玄談」、「玄言」、「口談」、「劇談」、「微言」、「言詠」等等，因為主要流行於魏晉，故而常稱作「魏晉清談」。根據臺灣學者唐翼明先生的定義：所謂「魏晉清談」，「指的是魏晉時代的貴族和知識分子，以探討人生、社會、宇宙的哲理為主要內容，以講究修辭技巧的談說論辯為基本方式而進行的一種學術社交活動。」（《魏晉清談》，臺北東大圖書股份有限公司，一九九二年十月版，頁四三。）這個定義的好處在於，既沒有採用清談的廣義的用法，即將魏晉清談作為魏晉思潮的代名詞，又排除了具體的「政治批評」（「清議」）和「人物品題」（「品藻」）的含義，從而將清談的內涵和外延凸現出來了。一句話，清談是魏晉名士追求老莊哲理的闡發、自我精神的超越以及語言修辭的審美享受而進行的一種高雅的學術活動和語言遊戲。

第二個問題：清談為什麼會在魏晉之際產生呢？這就牽涉到「清議」與「清談」的關係問題。有人說，清談就是清議。這是我不敢苟同的。清議是漢末以陳蕃、李膺等黨錮名士（所謂「清流」）為首發起的一場政治批評運動，主要內容包括「政治批評」和「人物品題」。「清議」之風隨著兩次黨錮之禍的打壓而最終消歇，這固然是魏晉清談產生的背景和原因，但不能把「因」和「果」看作同一個東西，正如不能把花朵看作果實一樣。儘管在漢末魏晉的文獻中，的確有「清談」和「清議」互稱的情況，但主要是在「正論」——即符合儒家禮教的嚴正的議論——這一意義上才適用，我們要說的「清談」，主要是指魏晉時代興起的「抽象玄理之討論」，而不是漢末興起的、在每個朝代都普遍存在的「政治批評」和「人物品題」。一個最突出的例證是，即使在魏晉南北朝這整個所謂「清談時代」，「清議」一詞也是隨處可見的。這足以說明「清談」和「清議」在本質上不是一回事。陳寅恪先生稱：「大抵清談之興起由於東漢末世黨錮諸名士遭政治暴力之摧壓，一變其指實之人物品題，而為抽象玄理之討論，起自郭林宗，而成於阮嗣宗，皆避禍遠嫌，消極不與其時政治當局合作者也。」（《陶淵明之思想與清談之關係》）。這就把清談與清議的本質不同以及清談何以產生在魏晉這兩個問題，基本解答清楚了。

不過，這只是一個與政治和社會狀況有關的外部原因。還有一個內部原因，就是在漢代末年的大動亂中，綿延幾百年的經學體系日漸僵化和腐朽，終於陷入全面的崩潰，所謂「禮崩樂壞」。這時候，佛教東漸，道教產生，老莊哲學開始抬頭，學術思想內部再沒有定於一尊的意識形態，故而迫切需要建立一種適應時代變遷的新的理論體系——當儒家構建的「有」的禮法秩序崩潰之時，佛道思想中的「空」和「無」便作為一種亂世的「鎮靜劑」，被用來緩解現實的緊張，安慰內心的痛苦。於是，在精英階層，談空說無的玄學風氣盛行起來，成為主導魏晉南北朝三百年亂世的一種學術潮流。如果說，漢代經學偏重於對儒家經典的文字闡釋，那麼，魏晉清談則漸漸偏重於對老莊哲學和佛學的口頭論辯。這種「空談」的風氣，正是從三國時開始的。

2

接下來，我們要談一個有趣的話題：清談的祖師爺是誰呢？關於這個問題，學術界有多種說法。最有影響的一種是「何王說」，就是認為，何晏、王弼是清談的祖師。晉唐之際的史學家、清代學者趙翼、近代學者錢穆及魯迅等就持這種觀點。[1]第二種是「郭阮說」，代表人物是史學大師陳寅恪，他認為清談之風「起自郭林宗，而成於阮嗣宗」（引見前）。第三種是「傅荀說」，認為魏明帝太和年間（二二七—二三三）的傅嘏、荀粲便已開清談之風。[2]第四種是「曹丕說」，把崇尚黃老之學、「慕通達」的魏文帝曹丕當作清談的開風氣者。[3]第五種是「王充說」，認為王充的《論衡》已開玄學清談之先河。[4]此外，還有漢末馬融說、西漢揚雄說，[5]這裡不再贅舉。

將這些觀點總結一下，我以為，作為一種學術思潮的玄學和作為一種文化現象的清談，可以看作根和葉的關係，玄學思潮在漢末已經肇端，王充《論衡》可以作為奠基；而清談現象則自三國魏正始年間興起，何晏、王弼的確堪為清談宗師。從這個角度上說，我贊成「何王說」。因為清談之風氣不光有理論的研討，還有身體力行的實踐活動相伴隨，而這兩方面，何晏、王弼都是當仁不讓的玄學理論家和清談實幹家。尤其是何晏，不僅「少有異才，善談《易》、《老》」（《魏氏春秋》），而且正始之後，隨著地位的提高，迅速成為學界領袖，清談宗主。如《文章敘錄》就說：「晏能清言，而當時權勢，天下談士，多宗尚之。」

何晏在學問上頗有雅量，他和天才玄學家王弼的故事就很能說明問題：

何晏為吏部尚書，有位望，時談客盈坐。王弼未弱冠，往見之。晏聞弼名，因條向者勝理語弼曰：「此理，僕以為理極，可得復難不？」弼便作難，一坐人便以為屈。於是弼自為客主數番，皆一坐所不及。（《文學》六）

王弼（二二六—二四九），字輔嗣，山陽高平（今屬山東）人。王弼也是出身名門，其外祖父是漢末大名鼎鼎的荊州牧劉表（一四二—二〇八），其父王業過繼給「建安七子」的王粲為嗣，王弼也就成了王粲的繼孫。王弼的玄學才華從哪裡來呢？這又是個說來話長的話題。據說漢末大儒蔡邕，第一次見到十四歲的王粲就大為欣賞，一高興就把家藏書籍文章萬卷送給了王粲。這些裝載數車的書籍，後來全為王弼的父親王業所有。而這些書中，據說就有蔡邕輾轉得到、並且嘆為觀止的王充的《論衡》！可以說，王弼後來之所以能成為首屈一指的玄學家，完全是拜其家學所賜。從上引這條故事可以看出：一、何晏府上經常召集清談辯論會，是當時的清談領袖。二、王弼不僅玄學造詣高，清談的論辯水準也是「超一流」的，「自為客主數番」，就是說同一個辯題，他可以既作「正方」又作「反方」，而且辯才無礙，所向披靡。

緊接著的一條說：

何平叔注《老子》，始成，詣王輔嗣，見王注精奇，乃神伏，曰：「若斯人，可與論天人之際矣！」因以所注為《道》、《德》二論。（《文學》七）[6]

和後來的口頭清談家不同，何晏、王弼不僅會談，而且能寫，是真正的玄學思想家和哲學家。《魏氏春秋》說：「弼論道約美不如晏，然自然出拔過之。」可以說兩人在學問上是各有千秋，各擅勝場。何晏對年少才高的王弼不僅沒有嫉賢妒能，反而不吝讚美，提攜呵護，不遺餘力。兩人共同開啟了經典闡釋與清談辯論相得益彰的「正始之音」。遺憾的是，玄學天才王弼最終死於癘疾（一種流行傳染病），年僅二十四歲。

第三個問題是：清談的內容有哪些？一言以蔽之，就是所謂「三玄」。「三玄」指的是《老子》、《莊子》、《周易》這三部涉及抽象思辨的先秦經典。「三玄」之名出自《顏氏家訓．勉學篇》，其文說：「何晏、王弼，祖述玄宗。……直取其清淡雅論，剖玄析微，賓主往復，娛心悅耳，非濟世成俗之要也。……《莊》、《老》、《周易》，總謂三玄。」前面我們說到清談祖師的問題，比較贊同「何王說」原因也在於此。因為何晏善談《易》、《老》，王弼則善談《莊》、《老》，合起來正好就是「三玄」。「三玄」是「正始之音」的玄學盛宴中不可替代的「玄學大餐」。

「三玄」之外，還有很多「言家口實」，[7]如本末有無之辨、才性四本之論、自然名教之辨、言意之辨、聖人有情無情之辨、佛經佛理、養生論、聲無哀樂論、形神之辨以及鬼神有無論等等。這裡不再一一介紹。

3

第四個問題：清談的程式、規則、術語是怎樣的？

清談作為一種貴族沙龍式的高雅活動，它的程式和規則大概是從漢代經生講經的模式中脫胎而來，同時也吸收了佛教講經的模式。只不過講經更像是獨角戲，一言堂，像我們今天的學者講座，當然也會有討論；而清談則是辯論會，群言堂，而且角色分工十分明細。進行清談的場合要麼是在某個名士的家裡，要麼是在寺院，有時候乾脆就在朝堂之上，山水之間。一般說來，清談往往有一個談論的中心議題，猶如我們現在的辯題。例如《文學》篇第五十五條記支道林、許詢和謝安在王濛的那場清談，主題就是《莊子》一書中的《漁父》篇。有時清談也以「問答」的形式展開，談論的也是比較玄妙高深的話題，如我們前面講過的樂廣的「夢的解析」就是。

清談有主、客之分，好比論辯的正方和反方。如《文學》篇第四十條：

支道林（遁）、許掾（詢）諸人共在會稽王（司馬昱）齋頭，支為法師，許為都講。支道一義，四坐莫不厭心；許送一難，眾人莫不抃舞。但共嗟詠二家之美，不辯其理之所在。

從這條故事可以看出，「法師」是「主」，「都講」是「客」，「法師」提出論題，闡述義理，也叫「條理」或「唱理」；「都講」則一邊負責「唱經」，一邊負責問難；眾人則是辯論的觀眾和裁判。值得注意的是這次清談的效果：眾人莫不拍手而舞，說明清談的氣氛是熱烈的，帶給人的是一種很高級的精神享受。但是後一句就點出了清談的一個特點，或者說是一個問題，大家儘管都感嘆二人清談語言修辭之美，卻說不出其中哪一個更有道理，道理究竟何在？這就是所謂的「辭過其理」。老子說：「道可道，非常道。」真正的「道」是無法言說的，能被言說出來的「道」，也就不是恒常不變的「道」了。從這個角度上講，清談論辯更注重的是義理的融洽，修辭的精巧，辭藻的華美（所謂「花爛映發」、「辭條豐蔚」），音調的悅耳（「韶音令辭」），以及在論辯的過程中所展示出來的人格風神之美。

當然，清談辯論也不是不在乎輸贏，所有的遊戲如果沒有勝負的設置和追求，其中的快樂和緊張便要縮水。清談是高雅的智力遊戲和語言遊戲，有時候，對「真理」的執著也會演變成對「勝利」的渴望。比如我們曾講過的一個故事：

裴成公（頠）作《崇有論》，時人攻難之，莫能折，唯王夷甫（衍）來，如小屈。時人即以王理難裴，理還復申。（《文學》十二）

裴頠對自己的《崇有論》胸有成竹，論辯起來所向無敵，但碰到「信口雌黃」的王衍，便處於下風，「屈」也是清談術語，猶言挫敗。但是別人再用王衍的理論駁難他，他又能鼓起勇氣，取得論辯的勝利。「申」同「伸」，相當於占據優勢，穩操勝券。

說到清談處於下風即「屈」的狼狽，有一條堪為好例：

范玄平（范汪）在簡文（司馬昱）坐，談欲屈，引王長史（王濛）曰：「卿助我！」王曰：「此非拔山力所能助！」（《排調》三十四）

王濛的意思是說，清談是君子「動口不動手」的，靠的是智慧和口才，我縱有項羽拔山之力，只怕也是愛莫能助啊！

這就說到第五個問題了：清談到底有多激烈？我們先來打個比方。清談活動很像體育運動中的乒乓球運動：論辯雙方就是參賽選手，發起者就是裁判，其他人則做觀眾或啦啦隊員，有發球權的一方是「主」，接發球反擊的一方是「客」，攻守隨時發生轉換；發球是「通」或者「道」，接發球是「問」或者「難」，一個回合叫做一「番」或一「交」，多個回合叫做「往返」；發了一個好球或進攻得分叫「名通」[8]或「名論」，回了一個好球或防守得分叫「名對」，打得不好叫做「亂」，或者「受困」，打得好就叫「可通」，打輸了就叫「屈」；打得好，「四座莫不厭心」，「眾人莫不抃舞」，氣氛達到了高潮。這樣一比方，你就會明白，清談論辯其實也是一場關乎榮譽的戰鬥，對於主客雙方來講，要調動極大的智力和體能才能應戰，對於旁觀者而言，只要你進入情境，並帶有一定的傾向性，那也一定是心跳加快，手舞足蹈，狂熱無比的。所以，我們在清談的記載中，經常會看到一些軍事術語，如：

殷中軍雖思慮通長，然於「才性」偏精。忽言及《四本》，便若湯池鐵城，無可攻之勢。（《文學》三十四）

殷浩最擅長的就是「才性四本論」，[9]只要一談及這個論題，大有「天下英雄盡入彀中」之勢。「湯池鐵城」猶言固若金湯，堅不可摧。由此看來，殷浩在清談中十分「好鬥」，絕不給對手留下任何機會。有一次：

劉真長與殷淵源談，劉理如小屈，殷曰：「惡！卿不欲作將，善云梯仰攻？」（《文學》二十六）

殷浩清談常常是咄咄逼人，他讓劉「仰攻」，一副居高臨下的樣子，顯然是占據了這次清談的優勢。不過，清談大師劉惔豈是等閒之輩，很快就找機會還以顏色。《文學》三十三：「殷中軍嘗至劉尹所清言。良久，殷理小屈，遊辭不已，劉亦不復答。殷去後，乃云：『田舍兒，強學人作爾馨語！』」這一次劉惔利用「主場」優勢取得勝利，便對殷浩大加奚落。

當時能和殷浩對抗的還有一人，就是孫盛。孫盛（約三〇二—三七四），字安國，太原中都（今山西平遙）人。西晉名士孫楚的孫子。《續晉陽秋》說：「孫盛善理義。時中軍將軍殷浩擅名一時，能與劇談相抗者，唯盛而已。」二人的清談大戰成為清談文獻中最著名的故事：

孫安國往殷中軍許共論，往反精苦，客主無間。左右進食，冷而復暖者數四。彼我奮擲麈尾，悉脫落滿餐飯中。賓主遂至莫忘食。殷乃語孫曰：「卿莫作強口馬，我當穿卿鼻！」孫曰：「卿不見決牛鼻，人當穿卿頰！」（《文學》三十一）

這一次，殷浩是「主場」，孫盛是「客場」，辯論非常激烈，「往返精苦，客主無間」，是說二人唇槍舌劍，互不相讓，早已分不清主客、攻守的界限，呈現「膠著」狀態。兩人是在筵席上發生的遭遇戰，激戰正酣，完全忘記了吃飯，飯菜冷了被人拿去熱好再端上來，如此反復多次。更好笑的是，兩人竟把清談的風流道具麈尾當作「助攻」的武器，而且不是瀟灑地揮舞，而是「彼我奮擲」，弄得麈尾毛都脫落在杯盤之中，就像是乒乓比賽中的「對攻」戰，高雅的清談論辯由「君子動口不動手」，終於進入到了短兵相接、赤膊上陣的「白熱化」階段。當然嘴巴也沒閑著，到了最後，簡直是大打口水仗，搞起「人身攻擊」了。殷浩說：「你不要做強口馬，小心我穿你的鼻子！」孫盛回答得更妙：「穿鼻子算什麼？難道你沒見過掙脫鼻環逃跑的牛麼？對你這號人，要穿就穿你的臉頰，讓你掙都掙不脫！」這是多麼可愛的一對妙人！

4

在上述故事中，已經出現了清談的著名道具——麈尾。麈（ㄓㄨˇ），古書上指鹿一類的動物，其尾可做拂塵。因古代傳說麈遷徙時，以前麈之尾為方向標誌，故稱麈尾。麈尾的實用功能，是古人用以驅蟲、撣塵的一種工具。其形制是在細長的軸杆兩邊上端插設麋鹿的尾毛，下端與把柄相連接，長度大約一尺有餘，做工十分精美。根據范子燁博士的研究，麈尾主要有黑、白兩種，有竹柄的、玉柄的、犀柄的、木柄的、金屬柄的，不一而足（《中古文人生活研究》）。但麈尾既不是羽扇，也不是拂塵，儘管在實用功能上它們有相似之處。

在魏晉名士心目中，麈尾更多的不是為了實用，而是用來審美，用來展示名士風度的，當時的名士清談時必執麈尾，相沿成習，使麈尾成為一種清談盛會上的風流雅器。在清談過程中，名士們揮麈談玄，是一種與清談相配合的「肢體語言」，其主要作用就是為了展示瀟灑的儀態，從容的氣度，營造自由寬鬆的氛圍，當然有時候也會用來「揮斥方遒」，增強論辯的氣勢，像孫盛和殷浩乾脆用麈尾做武器，畢竟是很少見的場景。

當然，麈尾在清談中，並不全是為了審美，有時候，它也發揮實際的功用，例如：

客問樂令「旨不至」者，樂亦不復剖析文句，直以麈尾柄确几曰：「至不？」客曰：「至。」樂因又舉麈尾曰：「若至者，那得去？」於是客乃悟服。樂辭約而旨達，皆此類。（《文學》十六）

《莊子·天下篇》說：「指不至，至不絕。」意思是：指事的概念不能達到所指事物的實際，即使達到也不能絕對的窮盡。「指」同「旨」，指事物的概念，也可以理解為用語言給事物命名的「名」，「旨不至」的意思就是「名」與「實」永遠難以完全契合無間。有客人問樂令（樂廣）「旨不至」的意思。樂廣覺得文句的剖析太抽象，就用動作來演示，他先用麈尾敲敲身邊的几案，問：「達到了沒有？」客人說：「到了。」樂廣於是舉起麈尾說：「如果到了，又怎麼會離開？」言下之意，達到是相對的，暫時的，而達不到則是絕對的，永久的。客人立即領悟了。樂廣這種言簡意賅說明問題的方式，很像後來的禪宗公案。這個故事中的麈尾，就起到了一種清談指揮棒的重要作用。

有時候，麈尾甚至被當作「人」的象徵物，充滿無盡的意味：

王長史病篤，寢臥燈下，轉麈尾視之，嘆曰：「如此人，曾不得四十！」及亡，劉尹臨殯，以犀柄麈尾著柩中，因慟絕。（《傷逝》十）

這一幕十分感人，當奄奄一息的王濛彌留之際，竟然在燈下對著麈尾看個不停，並且感嘆說：「像我這樣一個人，竟然連四十歲都活不到！」這時，那麈尾就成了他風流一生的縮影。王濛死的時候，只有三十九歲。劉惔與王濛至交而齊名，情同手足，臨出殯的時候，他把一把犀牛角作柄的麈尾放在王的棺材裡，作為陪葬品，自己竟因極度的悲痛昏倒了。這把犀柄麈尾，我猜應該是劉惔的，他的這種行為何嘗不是將麈尾當作自己的化身呢？

關於清談之風的影響和評價，是一個聚訟紛紜，至今仍然莫衷一是的學術話題，我曾寫過《魏晉清談研究的歷史回顧》[10]一文，可以參看。這裡我只想說一點：「清談誤國」的說法在特定的歷史時期十分流行，並非全無道理，在儒家的家國理想和天下關懷的照射下，談空說無、不切實際的清談派如果占據政治制高點，的確容易帶來災難性後果，如王衍就是好例。但另一方面，清談作為一種學術思潮和文化現象，又確實是中國文化中十分具有人類學價值和高貴精神品格的一份文化遺產，清談不僅推動了中國古代哲學由重道德、重倫理、重政治向重思辨、重邏輯、重審美的方向發展，而且，由清談之風催生出的一種清談精神和清談人格，也成為中國人精神史和心靈史上一道十分悅目的風景。別的不說，如果沒有玄學思潮與清談風氣，魏晉風度和名士風流肯定會成為無源之水，無本之木了。

註釋

1 這方面的材料很多，如《世說新語．文學》注引檀道鸞《續晉陽秋》：「正始中，王弼、何晏好《莊》、《老》玄勝之談，而世遂貴焉。至江左李充尤盛。故郭璞五言始會合道家之言而韻之。詢及太原孫綽轉相祖尚，又加以三世之辭，而《詩》、《騷》之體盡矣。」劉勰《文心雕龍．論說篇》：「迄至正始，務欲守文；何晏之徒，始盛玄論。」《明詩篇》又說：「及正始明道，詩雜仙心。何晏之徒，率多浮淺。」唐修《晉書．王衍傳》：「魏正始中，何晏、王弼等祖述老子，立論以『天地萬物，皆以無為本』。」《三國志．鍾會傳》裴注引何劭《王弼傳》：「何晏以為聖人無喜怒哀樂，其論甚精，鍾會等述之。」趙翼《廿二史劄記．六朝清談之習》：「清談起於魏正始中，何晏、王弼祖述老、莊，謂天地萬物皆以無為本，無也者，開物成務，無往而不存者也。」錢穆《國學概論》第六章〈魏晉清談〉：「至於魏世，遂有『清談』之目。及正始之際，而蔚成風尚。何晏、王弼為時宗師，竹林諸賢，聞聲繼起。」魯迅《魏晉風度及文章與藥及酒之關係》：「但何晏有兩件事我們是知道的。第一，他喜歡空談，是空談的祖師；第二，他喜歡吃藥，是吃藥的祖師。」

2 羅宗強《玄學與魏晉士人心態》認為：「談玄不始自正始」，從太和時荀粲已開始談玄了。《世說新語．文學》九：「傅嘏善言虛勝，荀粲談尚玄遠。」注引《荀粲別傳》又云：「粲太和初到京邑，與傅嘏談，嘏善名理，而粲尚玄遠。」《三國志．魏書．荀彧傳》引亦同。

3 劉永濟《文心雕龍校釋．論說第十八》認為：「魏晉之際，世極亂離，學靡宗主，俗好臧否，人競唇舌，而論著之風鬱然興起。於是周成、漢昭之優劣，共論於廟堂；聖人喜怒之有無，競辨於閑燕。文帝兄弟倡其始，鍾、傅、王、何繼其蹤。迨風會既成，論題彌廣。」這說法大概源自晉初文學家傅玄。《晉書》本傳載其《舉清遠疏》有一段有名的話：「近者魏武好法術，而天下貴刑名；魏文慕通達，而天下賤守節。其後綱維不攝，而虛無放誕之論，盈於朝野，使天下無復清議，而亡秦之病，復發於外矣。」「無復清議」，正是清談肇始的另一種表達。

4 孫道昇《清談起源考》（一九四六年）一文認為，「王充的哲學思想是魏晉清談家之思想的唯一源泉，魏晉清談家之思想，濫觴於王充，導源於王充之《論衡》」。

5 賀昌群《清談之起源》（一九四三年）一文認為漢末大儒馬融乃清談「一啟蒙人物」。杜國庠《魏晉清談及其影響》（一九四八年）一文認為，「清談的濫觴也不能限自正始」，在東漢一些經學大師如賈逵、許慎、盧植、鄭玄、馬融的身上，「已或多或少地表現出了清談的作風和因素」。范子燁《中古文人生活研究》（二〇〇一年）一書提出清談「由西漢時代著名學者和作家揚雄開其先河」的觀點。

6 《世說新語．文學》十：「何晏注《老子》未畢，見王弼自說注《老子》旨，何意多所短，不復得作聲，但應之，遂不復注，因作《道德論》。」此條與《文學》篇第七條大同小異，故淩濛初評云：「此與前一條同，不足復出。」

7 按：《南齊書．王僧虔傳》說：「……《才性四本》、《聲無哀樂》，皆言家口實。如客至之有設也。」

8 《世說新語．文學》四十六：「殷中軍問：『自然無心於稟受，何以正善人少，惡人多？』諸人莫有言者。劉尹答曰：『譬如泄水著地，正自縱橫流漫，略無正方圓者。』一時絕嘆，以為名通。」

9 《世說新語．文學》五劉注引《魏志》稱：「（鍾）會論才性同異，傳於世。四本者：言才性同，才性異，才性合，才性離也。尚書傅嘏論同，中書令李豐論異，侍郎鍾會論合，屯騎校尉王廣論離。」

10 原題為《從「清談誤國」到「文化研究」——魏晉清談研究的歷史回顧》，《學術月刊》二〇〇五年第十期。

汰侈之風——暴發戶與敗家子

1

《世說新語》第三十篇名為《汰侈》，汰侈，也可以理解為豪奢，即過分驕縱奢侈之意。這兩個字，正好是對魏晉上層貴族驕奢淫逸之風的一種精準概括。這種風氣的形成，也是上行下效的結果。

其實，這股奢侈風氣自魏明帝曹叡時便已開始扇起，史書上說，魏明帝大興土木，登基沒幾年，就「大治洛陽宮，起昭陽、太極殿，築總章觀。百姓失農時，直臣楊阜、高堂隆等各數切諫，雖不能聽，常優容之。」（《三國志．魏書．明帝紀》）曹爽輔政時，也是奢靡浮華，結黨營私，聚斂無度，最後落得個身敗名裂，不得好死，是個標準的「暴發戶」和「敗家子」。

西晉立國後，晉武帝司馬炎一度抑制浮華，發展經濟，國力空前強盛，最終統一了天下。以至太康年間，天下太平，政通人和，頗有幾分盛世氣象。但好景不長，經濟的發展導致貧富差距拉大，豪門大族壟斷資源，富可敵國，於是乎豪奢汰侈之風甚囂塵上，爭豪鬥富，炫財擺闊，成為許多貴族的一種變態愛好。這方面，司馬炎可以說帶了一個壞頭。史書上說他「平吳之後，天下乂安，遂怠於政術，耽於遊宴，寵愛后黨，親貴當權，舊臣不得專任，彝章紊廢，請謁行矣」（《晉書．武帝紀》）。

在歷史上的皇帝中，司馬炎的好色是出了名的。有一年，為了挑選美女，他竟然荒唐到禁止全國公卿以下家庭的子女結婚，等他挑選之後，認為不合格的，才准嫁人。平吳之後，又將孫皓後宮的五千名宮女照單全收，使他的後宮人數達到萬人的規模。有個「後宮羊車」的典故說，因為後宮人數太多，司馬炎每天選擇到哪裡去就寢成為一件頭疼的事，於是他想了個辦法，每天乘坐羊車在後宮內逡巡，任其所之，羊車停在哪個嬪妃門前，便前往臨幸。宮女們為求得到皇帝臨幸，便在住處門前灑鹽巴、插竹葉，引誘羊車過來。皇帝尚且如此荒淫，朝中大臣就更不用說了。這一時期，浮華成風，出現了許多「暴發戶」與「敗家子」。

西晉開國功臣何曾（一九九—二七八）是個「禮法之士」、「道德先生」。史書上說他「性至孝，閨門整肅，自少及長，無聲樂嬖幸之好。年老之後，與妻相見，皆正衣冠，相待如賓。己南向，妻北面，再拜上酒，酬酢既畢便出。一歲如此者不過再三焉。」（《晉書．何曾》）和老婆見面都搞得如此煞有介事，可見禮法早已滲透其骨髓血液。

但是，史書上緊接宕開一筆，說：「然性奢豪，務在華侈。帷帳車服，窮極綺麗，廚膳滋味，過於王者。每燕見，不食太官所設，帝輒命取其食。蒸餅上不坼作十字不食。食日萬錢，猶曰無下箸處。」吃穿用度，比帝王還要奢侈排場，每天在吃上就要用掉萬錢，仍然埋怨說沒有下筷子的地方！這樣的忠臣孝子，可見也是巨貪巨蠹！有人向晉武帝司馬炎彈劾何曾「侈忲無度」，司馬炎因其人乃朝廷重臣，竟然眼睜眼閉，一無所問！這不是縱容是什麼？

大概這種奢靡浮華的作風也會遺傳，何曾的兒子何劭和何遵也都是有名的「敗家子」。何劭（？—三〇一），字敬祖，西晉文士，傳記作家，所撰《荀粲傳》、《王弼傳》等並行於世。史載何劭「少與武帝同年，有總角之好」，且「博學，善屬文，陳說近代事，若指諸掌」，才華是很好的。但其人「驕奢簡貴，亦有父風。衣裘服玩，新故巨積。食必盡四方珍異，一日之供，以錢二萬為限。時論以為太官禦膳，無以加之」（《晉書·何劭傳》）。比之父親何曾，何劭奢靡的程度有過之而無不及。何曾的庶子何遵和他的幾個兒子，也是個個奢侈過度，對物質的追求幾近變態。

2

朝廷重臣之後尚且如此，其他權貴更不必論。我們且講幾個人物的故事。

先說西晉的富豪石崇——不敢說他就是首富，但他的潑天富貴連皇帝都側目倒是事實。石崇（二四九—三〇〇年），字季倫。渤海南皮（今屬河北），生於青州，小名齊奴。石崇是個標準的「暴發戶」，而且致富的途徑是令人髮指的，史書上說，此人「任俠無行檢」，在他任荊州刺史時，竟然「劫遠使商客，致富不貲。」[1]俗話說：馬無夜草不肥，人無橫財不富。石崇就是靠著打家劫舍、殺人越貨大發橫財，迅速暴富的，可以說，他既是高官，也是巨盜，而且黑白兩道通吃！

順便說一句，我們非常熟悉的「聞雞起舞」、「擊楫中流」的那位名將祖逖，也曾幹過打家劫舍的勾當，[2]說明當時對官員的管理十分成問題。像石崇這樣富比王侯的富豪，在當時竟然很受推重，他依附權臣賈謐，和潘岳一樣望塵而拜，成為賈謐的「二十四友」之一，著名的金谷雅集，就是石崇發起的，而且受到東晉名士王羲之、謝安的「企羨」。[3]這股汰侈之風，真是了得！

石崇和王敦關係很好，有一次兩人到太學裡去遊玩，看到顏回、原憲的畫像，石崇就感嘆道：「如果和他們一起做了孔門的學生，我們也不會比他們差的！」顏回和原憲都是孔子門下出身貧賤而德行高尚的弟子，顏回是「一簞食，一瓢飲，在陋巷，人不堪其憂，回也不改其樂」，原憲是蓬戶甕牖而安貧樂道。王敦對石崇的話表示了異議，他說：「不知別人怎麼樣，子貢倒是和你很相似。」子貢是孔子門下最有才幹也最富有的弟子，王敦的話頗有些諷刺意味，言下之意：你在德行上比顏回、原憲差遠了，也就可以和孔門首富子貢比比誰更有錢！石崇一聽，正色說道：「士當令身名俱泰，何至以甕牖語人！」（《汰侈》十）意思是：讀書人本來就應當讓自己利祿亨通，功名顯耀，怎麼能把原憲那樣蓬戶甕牖的窮酸樣兒四處宣揚呢！」一句「身名俱泰」，將石崇的暴發戶心態暴露無遺。

石崇可以說是魏晉汰侈之風的首席代表，《汰侈》篇共十二條，其中五條都是關於石崇的。開篇第一則說：

> 石崇每要客燕集，常令美人行酒；客飲酒不盡者，使黃門交斬美人。王丞相與大將軍嘗共詣崇。丞相素不能飲，輒自勉彊，至於沉醉。每至大將軍，固不飲以觀其變，已斬三人，顏色如

故，尚不肯飲。丞相讓之，大將軍曰：「自殺伊家人，何預卿事！」（《汰侈》一）

在講王敦的時候，我們已經提到這個「斬美勸酒」的故事，藉以說明王敦其人的殘忍。但如果將目光聚焦在石崇身上，又會有新的發現。我以前一直不明白，這麼一個有點像恐怖小說的故事，為什麼會放在《汰侈》篇？殺人和「汰侈」有什麼關係呢？後來我想通了，因為汰侈含有豪奢驕汰之意，換言之，在這些富豪的眼裡，美人也屬於私有財產，而且是「性價比」最高的財產，如果讓美人勸酒不算豪奢，那麼用殺美人來勸酒，就顯得豪氣沖天，不同凡響了！

無獨有偶。此條劉注引《王丞相德音記》也記載了一個類似的故事，不過主人公換成了王愷：

丞相素為諸父所重，王君夫問王敦：「聞君從弟佳人，又解音律，欲一作妓，可與共來。」遂往。吹笛人有小忘，君夫聞，使黃門階下打殺之，顏色不變。丞相還，曰：「恐此君處世，當有如此事。」

從這兩個故事可以看出：一個被金錢和權位腐蝕到極致的人，其自我可以膨脹到什麼程度，其心靈世界可以扭曲變態到什麼程度！

再看第二條：

石崇廁常有十餘婢侍列，皆麗服藻飾，置甲煎粉、沈香汁之屬，無不畢備。又與新衣著令出。客多羞不能如廁。王大將軍往，脫故衣，著新衣，神色傲然。群婢相謂曰：「此客必能作賊！」（《汰侈》二）

單獨看這個故事，好像是寫王敦的豪爽，但如果和「汰侈」這個門類的主旨結合起來看，就會發現，真正的主人公是石崇。如果給這個故事一個標題，可以叫做「石崇家廁」。他家的廁所豪華到什麼程度呢？我們先來看「硬體」。據史書記載，崇尚節儉的官員劉寔有一次到石崇家做客，「如廁，見有絳紋帳，裀褥甚麗，兩婢持香囊。寔便退，笑謂崇曰：『誤入卿內。』崇曰：『是廁耳。』寔曰：『貧士未嘗得此。』乃更如他廁。」（《晉書・劉寔傳》）石崇家的廁所，竟然有豪華床帳，以至讓沒見過世面的劉寔誤以為闖進了石崇的內室，這廁所的「硬體」實在奢侈得離譜。

再看「軟體」：劉寔那次如廁，看見「兩婢持香囊」在裡邊侍立，這還不算排場，王敦這次如廁竟然看到有十來個衣著華麗的婢女列隊伺候，而且，石崇家的廁所還有個「更衣」的程式——脫掉自己身上的衣服，方便完畢，還要由這些婢女們伺候著穿上新衣方可出去。這種「服務」簡直讓今天五星級賓館的總統套房也自嘆不如！但我估計，這廁所的使用價值並不高，不僅劉寔不敢進，一般客人也不敢進，如果石崇家旁邊有公廁的話，生意肯定更好——本來大家就是為了「方便」的，如此豪華講究，豈不讓人頓生「不方便」之感？

王敦在《世說新語》中共有兩次如廁的經歷：一次是到石崇家，盡顯豪爽本色；一次是在宮廷裡，則暴露出了沒見過世面的「田舍」嘴臉。《紕漏》篇第一條說：「王敦初尚主，[4]如廁，見漆箱盛乾棗，本以塞鼻，王謂廁上亦下果，食遂至盡。既還，婢擎金澡盤盛水，琉璃碗盛澡豆，因倒著水中而飲之，謂是乾飯。群婢莫不掩口而笑之。」我們且不管駙馬郎王敦如何丟人現眼，只要看看公主家的廁所居然有塞鼻子用的乾棗，還有洗手用的澡豆，便知道西晉皇室物質生活上的極端奢靡了。

3

如果僅僅是奢侈浮華，倒也可算是「富而無驕」，可是西晉的這些暴發戶們，似乎唯恐天下不亂，非要顯山露水，爭豪鬥富，弄得如山呼海嘯般，聳人聽聞，驚世駭俗。史書上說，石崇「財產豐積，室宇宏麗。後房百數，皆曳紈繡，珥金翠。絲竹盡當時之選，庖膳窮水陸之珍。與貴戚王愷、羊琇之徒以奢靡相尚」（《晉書．石崇傳》）。「奢靡相尚」就是進行奢侈浪費的競賽，爭先恐後，互不相讓。石崇的主要競爭對手是外戚王愷。[5]

王愷，字君夫，晉武帝司馬炎的舅舅。此人生性豪奢而好鬥，非要和石崇爭奪「敗家子」的頭把交椅不可，處處和石崇作對。石崇在王敦、王導兄弟跟前來個「斬美勸酒」，王愷也如法炮製，等王氏兄弟到自己家時，也來個「打殺吹笛人」！《世說新語．汰侈》篇記載二人爭豪鬥富的故事有三條，讀之觸目驚心。

> 王君夫以飴糒澳釜，石季倫用蠟燭作炊。君夫作紫絲布步障碧綾裡四十里，石崇作錦步障五十里以敵之。石以椒為泥，王以赤石脂泥壁。（《汰侈》四）

第一條說，王愷用飴糖和乾飯刷鍋，石崇後來居上，竟用蠟燭做飯。王愷在自己的莊園裡做了一條四十里長的紫絲布步障，裡子用的是名貴的碧綾，石崇就做了條五十里長的錦緞步障來和他抗衡。石崇家裡搞裝修，用花椒塗牆，王君夫就用更稀有的赤石脂塗牆，寸步不讓。

這是三次小型競賽。接下來還有三次中等競賽：

石崇為客作豆粥，咄嗟便辦。恒冬天得韭蓱（萍）齏。又牛形狀氣力不勝王愷牛，而與愷出遊，極晚發，爭入洛城，崇牛數十步後迅若飛禽，愷牛絕走不能及。每以此三事搤腕，乃密貨崇帳下都督及禦車人，問所以。都督曰：「豆至難煮，唯豫作熟末，客至，作白粥以投之。韭蓱齏是擣韭根，雜以麥苗爾。」復問馭人牛所以駛，馭人云：「牛本不遲，由將車人不及制之爾。急時聽偏轅，則駛矣。」愷悉從之，遂爭長。石崇後聞，皆殺告者。（《汰侈》五）

故事說，石崇家裡有三件事讓王愷憤憤不平：一是為客人準備豆粥，一會兒就可以端上來。二是在他家裡就是大冬天，也總能吃到韭萍做的鹹菜。這兩件事很可以作為文化學的研究材料，說明石崇莊園的「菜籃子工程」搞得不錯，而且很可能掌握了蔬菜和食物的保鮮技術。第三件，是石崇家的牛外形體力都不及王愷的牛，可是他和王愷一起出遊，常常後發先至，兩人比試誰能搶先進入洛陽城時，石崇的牛在幾十步後竟能像飛鳥一樣，迅速超過王愷的牛，王愷的牛拚盡全力也追趕不上！王愷實在忍無可忍，就暗地裡收買了石崇家的管家和車夫，詢問其中的奧秘。管家說：「豆子非常難煮，只要先把豆子煮熟，做成碎末，客人到了，熬粥時把它加進去就行了。韭萍鹹菜是搗好的韭菜根，裡面摻雜著麥苗而已。」又問車夫駕禦牛的竅門，車夫說：「牛原本跑得不慢，只是因為駕車的人不會控制罷了。緊急時候讓車的重心偏向一邊，這樣跑得就快了。」王愷全部照做，果然就戰勝了石崇。石崇後來聽說此事，就把這兩個吃裡扒外的王愷的「臥底」全殺了！

由此可見，「汰侈」之風裡有一個很變態的趣味，就是所謂「拜金主義」或者「拜物教」，為了物質競賽中的勝利，人的生命變得輕於鴻毛，賤如草芥！「人為物役」的結果，最終成了「人不如物」。讀《汰侈》一篇，如只看到富豪的揮金如土，錦衣玉食，不能讀出其中的「殘忍」和「變態」，不能算是得其三昧。

第三個故事更有名，一般選本都冠以「石王爭豪」的標題：

石崇與王愷爭豪，並窮綺麗以飾輿服。武帝，愷之甥也，每助愷。嘗以一珊瑚樹高二尺許賜愷，枝柯扶疏，世罕其比。愷以示崇，崇視訖，以鐵如意擊之，應手而碎。愷既惋惜，又以為疾己之寶，聲色甚厲。崇曰：「不足恨，今還卿。」乃命左右悉取珊瑚樹，有三尺、四尺，條幹絕世，光彩溢目者六七枚，如愷許比甚眾。愷惘然自失。（《汰侈》八）

這個敘事藝術很高的故事說，石崇和王愷鬥富，無所不用其極。晉武帝司馬炎是王愷的外甥，他常常幫助王愷，成了王愷的「後援團」。有一次他送給王愷一株二尺多高的珊瑚樹，枝條扶疏，世間少有。王愷興沖沖地拿給石崇看，石崇看罷，舉起手中的鐵如意向珊瑚樹砸去，只見這株上好的珊瑚樹應聲而碎。王愷非常惋惜，還以為石崇妒忌自己的珍寶，就聲色俱厲地指責石崇。石崇說：「這不值得遺憾，我今天就賠給你。」於是命令手下把珊瑚樹都拿了出來，單是三尺、四尺那麼高、枝條極其漂亮、光彩奪目的，就有六、七株之多，和王愷那株一樣的就更多了。王愷一看，頓時像只鬥敗的公雞，悃然若失了好半天。

在石、王爭豪的同時，還有一位富豪異軍突起，大有後來居上之勢，這個人就是王濟：

武帝嘗降王武子（王濟）家，武子供饌，並用琉璃器。婢子百餘人，皆綾羅絝羅，以手擎飲食。蒸豚肥美，異於常味。帝怪而問之。答曰：「以人乳飲豚。」帝甚不平，食未畢，便去。王、石所未知作。

在西晉貴族的爭豪鬥富的賽場上，晉武帝司馬炎經常充當裁判、觀眾、支持者的角色，基本上屬於「坐山觀虎鬥」，但這一次，王濟潑天的富貴讓司馬炎也坐不住了！如果說王濟家吃飯的排場，諸如用的都是名貴的琉璃器皿，侍侯的婢女有一百多人，穿的都是綾羅綢緞，陣容相當豪華等等，這些都還可以忍受的話，那麼，王濟家蒸的味道鮮美的乳豬竟然是用人奶餵大的，這就有點「是可忍，孰不可忍」了！只要想想，用人奶餵養小豬，需要多少哺乳期的婦女，又有多少嗷嗷待哺的嬰兒可能要和小豬爭奶喝，就知道這個王濟喪心病狂到了何種地步！司馬炎聽後很氣憤，飯沒吃完就走了。作者還補充一句說：「王愷、石崇兩家都不知道這種做法。」說明王濟在這次無形的競賽中，終於憑藉其變態的「創新精神」占了上風。

事實證明，王濟還真有些「敗家子」的天分。即使在仕途失意，遭貶之後，他也不忘擺闊。他把家搬遷到京城洛陽東北角的北邙山下，當時人口眾多，地價很貴，王濟為了滿足自己騎馬射箭的愛好，就買下一大塊地作為騎射場地，並且搞起「圈地運動」，築起一道矮牆作為界限。這倒也罷了，他還把錢串起來，繞著矮牆纏了一圈。當時人們稱此為「金溝」（《汰侈》九）。這真是有錢不知道怎麼花了，又像是「窮得只剩下錢」了！

不知是不是在金溝裡練成了神射手，有一次，王濟開始向王愷挑戰了：

> 王君夫有牛名八百里駁，常瑩其蹄角。王武子語君夫：「我射不如卿，今指賭卿牛，以千萬對之。」君夫既恃手快，且謂駿物無有殺理，便相然可，令武子先射。武子一起便破的，卻據胡床，叱左右速探牛心來。須臾，炙至，一臠便去。（《汰侈》六）

王愷有一頭牛名叫「八百里駁」，他經常用珠寶裝飾牛的蹄角，非常喜愛。王濟就對王愷說：「我射箭的技術不如你，今天就賭你的牛，我拿千萬錢作賭注。」王愷自恃射術高明，並且覺得自己的牛那麼好，不會被殺，就答應了，讓王武子先射。這正中王濟下懷，他一箭射出，正中靶心。接下來的事就讓人不忍再看了：只見王濟退回來靠著胡床，神氣活現地命令左右速把牛心掏出來。不一會兒，烤好的牛心熱騰騰地端了上來，王武子只吃了一塊就走了。可見他不是好吃牛心，殺牛取心的把戲，就是為了讓對手難堪！

不知道為什麼，《汰侈》篇裡竟寫到兩次殺牛、兩次吃牛心的情景。美男名士王衍也有一次與彭城王司馬權賭射殺牛，司馬權輸了後，願以二十頭肥牛換他那頭心愛的快牛，可王衍還是一不做二不休，把牛給殺了。[6] 這真是典型的「成人之惡」！忍辱負重的牛，成了這些富豪們展示「為富不仁」的最佳道具。更莫名其妙的是，一次王羲之在周伯仁的宴席上，本來是叨陪末座的，周伯仁割了一塊牛心肉給他吃，一座客人頓時對年少的王羲之刮目相看（《汰侈》十二）。

如果說《世說新語》中有哪一門讓我讀了不是滋味，那一定是《汰侈》。每次讀到《汰侈》中的這些故事，總會感到一股變態味和血腥氣撲面而來，儘管故事寫得很具視覺衝擊力，但仔細想想，這麼一種驕奢淫逸的社會風氣，恐怕遠比清談帶來的危害更大，更致命。明代王世懋評「斬美勸酒」的故事說：「無論處仲忍人，觀此事，晉那得不亂？」（《世說新語會評》，頁四九四）誠哉是言也！

註釋

1 《世說新語．汰侈》一注引王隱《晉書》曰：「石崇為荊州刺史，劫奪殺人，以致巨富。」

2 《世說新語．任誕》二十三：「祖車騎過江時，公私儉薄，無好服玩。王、庾諸公共就祖，忽見裘袍重疊，珍飾盈列。諸公怪問之，祖曰：『昨夜復南塘一出。』祖于時恒自使健兒鼓行劫鈔，在事之人，亦容而不問。」劉注引《晉陽秋》曰：「逖性通濟，不拘小節。又賓從多是桀黠勇士，逖待之皆如子弟。永嘉中，流民以萬數，揚土大饑，賓客攻剽，逖輒擁護全衛，談者以此少之，故久不得調。」

3 《世說新語．企羨》三：「王右軍得人以《蘭亭集序》方《金谷詩序》，又以己敵石崇，甚有欣色。」又《世說新語．品藻》五十七：「謝公云：『金谷中蘇紹最勝。』紹是石崇姊夫，蘇則孫，愉子也。」

4 劉注稱：「敦尚武帝女舞陽公主，字修褘。」

5 按：《晉書．羊琇傳》：「琇性豪侈，費用無復齊限，而屑炭和作獸形以溫酒，洛下豪貴咸競效之。又喜游燕，以夜續晝，中外五親無男女之別，時人譏之。」羊琇是皇室外戚，其奢侈比王愷的爭豪鬥富尚顯斯文。

6 《世說新語．汰侈》十一：「彭城王有快牛，至愛惜之。王太尉與射，賭得之。彭城王曰：『君欲自乘，則不論；若欲啖者，當以二十肥者代之。既不廢啖，又存所愛。』王遂殺啖。」

嘲戲之風——語不「損」人死不休

1

比起汰侈之風的獰厲怪誕，魏晉大行一時的嘲戲之風應該是個讓人輕鬆愉快的話題。

我們先來解釋什麼是「嘲戲」。嘲戲，指調笑戲謔的行為或言辭，如晉葛洪《抱樸子．疾謬》篇說：「嘲戲之談，或上及祖考，或下逮婦女。」又如曹丕《典論．論文》稱：「孔融體氣高妙，有過人者；然不能持論，理不勝詞，以至乎雜以嘲戲。」用今天的話說，嘲戲就是開玩笑，只不過是有點修辭性和幽默感的玩笑。《世說新語》有一個門類叫做《排調》。排調，同俳調，即戲弄調笑之意。這個門類，就是專門記載魏晉名士的嘲戲言行的，共有六十五條，在《世說新語》中占有較大的比例。

其實，嘲戲之風古已有之。有人說，中國人沒有幽默感，這話真是大錯特錯。中國人不僅富有幽默感，而且充滿樂觀精神和喜劇精神。早期的儒家致力於建立社會秩序，表現出一種「任重而道遠」、「知其不可而為之」的憂患意識和使命感，但在這種憂患意識的背後，還有一種「德不孤，必有鄰」的自信，一種「雖千萬人，吾往矣」的勇敢，以及「飯蔬食，飲水，曲肱而枕之，樂亦在其中矣」的豁達與樂觀。樂觀向上，這是儒家留給後人的精神遺產。

如果說，儒家充滿「建構」的豪情，那麼道家則飽含「解構」的智慧。在老莊的思想裡，名教的世界、甚至概念的世界常常會顯出其原本的荒謬性，於是，一種與樂觀精神相輔相成的喜劇精神誕生了。我們在《莊子》這部書裡，除了感受到一種漫無涯際的智慧，同時也感受到一種入木三分的幽默，那些精彩絕倫的寓言故事，為我們打開了生命的另一扇門，使中國人的心靈世界和思維方式發生了極大改變。莊子嘲笑一切權威，包括先賢聖人；莊子解構一切價值，包括仁義道德。總之，莊子其人堪稱中國嘲戲精神的遠祖，《莊子》其書，也可說是中國幽默文學之濫觴。

司馬遷大概也注意到了這種嘲戲精神，在《史記．滑稽列傳》中，他為許多地位雖不高、卻能以嘲戲精神、詼諧手法勸諫君主、展示才華的滑稽高手樹碑立傳。不過，通觀《史記．滑稽列傳》所寫的淳於髡、優孟、優旃、郭舍人、東方朔等人，給我的印象是：這些人物如果放在《世說新語》中，大多只能入《規箴》，而不能入《排調》。這就牽涉到對「滑稽」一詞的解釋。根據《史記索隱》的說法：「滑，亂也；稽，同也。言辨捷之人言非若是，說是若非，言能亂異同也。」司馬遷則以為滑稽的功用在於：「談言微中，亦可以解紛。」[1]也就是說，這些能言善辯的滑稽詼諧之人，最適宜在皇帝或君主身邊充當言官或諫臣，在關係國家存亡或個人生死的關鍵時刻，他們常常能夠憑藉「三寸不爛之舌」，顛倒乾坤，力挽狂瀾。

事實證明，這個推斷是有道理的，《世說新語》就提供了一個很好的證據。如《規箴》篇第一條載：

漢武帝乳母嘗於外犯事，帝欲申憲，乳母求救東方朔。朔曰：「此非唇舌所爭，爾必望濟者，將去時，但當屢顧帝，慎勿言！此或可萬一冀耳。」乳母既至，朔亦侍側，因謂曰：「汝癡耳！帝豈復憶汝乳哺時恩邪！」帝雖才雄心忍，亦深有情戀，乃淒然愍之，即敕免罪。

但這個記載是有問題的。根據《史記．滑稽列傳》，此事應是郭舍人所為，而不是東方朔。為什麼要張冠李戴呢？王世懋的評語做了回答：「本郭舍人事，附會東方生以為奇。」（《世說新語會評》，頁三二八）一句話，因為東方朔比郭舍人名氣更大！但無論是郭舍人，還是東方朔，這個故事的內核沒有改變，而這兩個滑稽人物在《世說新語》中卻被放進了《規箴》篇。這說明，「滑稽」和「嘲戲」有著本質上的不同，「滑稽」一般帶有「解紛」、「勸善」或「規箴」的功利目的，而「嘲戲」和「排調」則顯然充滿了自得其樂的娛樂精神，從「滑稽」到「嘲戲」，體現了從秦漢到魏晉士人的群體人格，發生了從附庸人格到獨立人格的轉變。不過，在現代漢語的體系中，滑稽漸漸成為嘲戲和搞笑的同義詞了。

2

那麼，為什麼嘲戲的精神會在魏晉大行其道？一言以蔽之，蓋因儒家經學在漢末遭遇崩潰，以道家老莊精神為旨歸的玄學思潮風起雲湧之故。日益腐朽的經學讓人們逐漸「審美疲勞」，儒家宣揚的仁義忠孝之道也在魏晉充滿血腥的政權爭奪中暴露出了其空洞虛偽的一面，在已經看透世界荒誕性的魏晉名士眼裡，一本正經的「建構」早已顯得十分可笑，而超然物外的「解構」卻變得聰明而又時髦。特別是，當《老》、《莊》之學成為知識界、文化圈趨之若鶩的「聖經」時，莊子的喜劇精神便滲透進士人的心靈深處了。所以，我們看到，魏晉名士大都具有喜劇表演的天賦和欲望，但凡有機會展示自己的幽默感和搞笑水準，無不躍躍欲試，以求一時之快。

在嘲戲、排調的語言盛宴中，名士們奉行的是「語不損人死不休」的原則。在這一遊戲規則之下，其他一切都可忽略不計，甚至包括「三綱五常」。即使君臣或上下級之間，也常常用言語戲謔調笑，甚至不惜拿父親的名諱開玩笑：

晉文帝與二陳共車，過喚鍾會同載，即駛車委去。比出，已遠。既至，因嘲之曰：「與人期行，何以遲遲？望卿遙遙不至。」會答曰：「矯然懿實，何必同群。」帝復問會：「皋繇何如人？」答曰：「上不及堯、舜，下不逮周、孔，亦一時之懿士。」（《排調》二）

有一次，司馬昭和陳騫（二一二—二九二）、陳泰（約二〇〇—二六〇）同乘一輛車子，路過鍾會門前時，就叫著要鍾會同行，喊完就丟下他駕車跑了。等鍾會出來時，車子已經走遠。鍾會趕到後，他們嘲笑鍾會說：「和人約好了出行，為何那麼慢哪？遙遙地看見你，就是不追上來。」請注意，這話已經不僅是「倒打一耙」了，而且觸犯了鍾會的父親鍾繇的名諱——「繇」與「遙」古音相同。鍾會何等聰明，馬上反唇相譏：「我矯然出眾，懿美豐盈，何必要和你們同群。」這句話可以說是一石三鳥：分別觸犯了陳騫的父親陳矯、司馬昭的父親司馬懿、陳泰的父親陳群的名諱。司馬昭不甘示弱，又不懷好意地問道：「皋繇是什麼樣的人？」皋繇，是古代的賢臣，但這個「繇」字再次拿鍾會的父親鍾繇尋開心。鍾會應聲答道：「他上不如堯、舜，下不及周、孔，不過也是一時的懿德之士。」這個回答不僅讚美了父親，而且再次觸犯司馬懿的名諱，更是一箭雙雕的妙對！這時，君臣上下之禮完全被拋在腦後，大家只沉浸在語言帶來的快感之中了。

下面一條更出格：

元帝（司馬睿）皇子生，普賜群臣。殷洪喬（殷羨）謝曰：「皇子誕育，普天同慶。臣無勳焉，而猥頒厚賚。」中宗笑曰：「此事豈可使卿有勳邪？」（《排調》十一）

晉元帝（司馬睿）的兒子誕生後，遍賞群臣。殷洪喬（殷羨）謝恩道：「皇子誕生，普天同慶。臣無功勳，卻得厚賞。」司馬睿笑著說：「生兒子這樣的事怎麼能讓你立功呢？」這對君臣，真是一對活寶了。

不僅君臣之間不拘小節，同僚或好友之間更是「損之又損」。王導和周伯仁是一對經常開玩笑的老朋友，可謂親密無間，無話不談。有一次，大概是在酒席上，王導枕著周伯仁的膝上，指其腹曰：「卿此中何所有？」周知道他要說什麼，就反唇相譏：「此中空洞無物，然容卿輩數百人。」（《排調》十八）周伯仁一不小心，就說出一個成語，同時也把王導納入自己腹中，十分機智詼諧。

還有一次，王導和許多官員一起喝酒，舉著琉璃碗時，靈感又來了，就對周伯仁說：「這只碗腹中空空，卻被稱為寶器，為什麼呢？」這是戲稱周伯仁無能。周伯仁是言語談辯的高手，應聲答

道：「此碗雖空，卻是精美超群，清澈無瑕，所以是不可多得的寶貝。」（《排調》十四）

另有一次，司馬紹問周伯仁：「劉真長（劉惔）是個怎樣的人？」周答曰：「故是千斤犗特。」犗（ㄐㄧㄝˋ）特，指閹割過的公牛，有譏諷真長外強中乾之意。王導聽了就笑他這個比喻不夠雅馴。沒想到周伯仁馬上把矛頭指向自己，說：「不如卷角牸，有盤辟之好。」（《排調》十七）卷角牸（ㄗˋ），指年老的母牛，犄角蜷曲；盤辟，是盤旋從容，進退皆如騎者之意。暗指王導就像犄角蜷曲的老母牛，性情溫和，雖然年老體衰，但盤旋進退皆能讓人稱心如意。以牛喻人，是一種善意而促狹的調侃，但非常生動，不是非常熟悉的老朋友只怕說不出這麼絕妙的話來。

王導和諸葛恢的一次口角更為風趣：

諸葛令、王丞相共爭姓族先後。王曰：「何不言葛、王，而云王、葛？」令曰：「譬言驢馬，不言馬驢，驢寧勝馬邪？」（《排調》十二）

諸葛恢（二六五—三二六）字道明，琅邪陽都人。弱冠知名，在過江的北方大族中，名聲僅次於王導、庾亮。諸葛恢做臨沂令時，王導曾對他道：「明府當為黑頭公。」[2]意為年紀輕輕便可位至三公。大概因為是同鄉且年齡相仿，兩人的關係非常親近，所以才有共爭家族先後的戲劇性場面。王導顯然認為自己門第既悠久又高貴，但他的理論根據卻站不住腳，竟然說：「否則，人們為什麼不說葛、王，而說王、葛？」言下之意，孰先孰後不是明擺著嗎？諸葛恢非常機智善辯，馬上反駁道：「人們也從不說馬驢，而說驢馬，難道驢子就勝過馬嗎？」故事到這裡就結束了，可以想像的是，王導這時一定是理屈詞窮，瞠目結舌，而諸葛恢一定是得意洋洋，幸災樂禍，因為他的回答等於把王導罵成了驢子，真是撿了個大便宜！其實，在漢語中，不同姓氏並稱並不具有高下先後之分，而是習慣上「平聲居先，仄聲在後」，[3]如此而已。

上述故事都有一個共同的特點，就是王導在和別人開玩笑、打嘴仗的時候，常常是率先發難，最後卻被別人後發制人，自已往往占不到便宜。這和王導的平易厚道、不願惡言傷人有關係，儘管如此，他還是樂此不疲，哪怕被別人調侃戲弄也在所不惜，這是很需要幾分「娛樂精神」的。所以我說，愛開玩笑的王導是個充滿喜劇精神的幽默家。

3

和我們今人喜歡拿別人的相貌和生理特點開玩笑一樣，魏晉名士也經常拿相貌說事，以為笑樂。有一次，王導取笑西域僧人康僧淵，因為其人「目深而鼻高」，僧淵也是名僧名士得兼的人物，當即回答說：「鼻者，面之山；目者，面之淵。山不高則不靈，淵不深則不清。」（《排調》二十二）不卑不亢，機智詼諧！再看下面一則：

張吳興（玄之）年八歲，虧齒，先達知其不常，故戲之曰：「君口中何為開狗竇？」張應聲答曰：「正使君輩從此中出入！」（《排調》三十）

民間有句俗語：「七歲七，掉門鼻；八歲八，掉狗牙。」張玄之八歲時，掉了幾顆牙齒，大人們知道這孩子不尋常，就故意逗他：「你嘴裡怎麼開了狗洞了？」張玄之馬上還以顏色：「正是為了讓你們從這裡出入呢！」成語「狗竇大開」即由此而來。

桓豹奴（桓嗣）是王丹陽（王混）外生，形似其舅，桓甚諱之。宣武（桓溫）云：「不恒相似，時似耳。恒似是形，時似是神。」桓逾不說。（《排調》四十二）

桓豹奴是桓沖的兒子桓嗣，長得很像他舅舅丹陽尹王混，估計王混長相不雅，桓嗣很忌諱這件事。有一次，伯父桓溫對他說：「你們也不是經常相似的，不過有時相似罷了。」這話很像是善意的安慰，可桓溫馬上又說：「經常相似的是外形，有時相似的是神情。」這等於說，桓嗣簡直和舅舅形神皆似了！桓嗣聽了越發不高興。據我考證，中國古代美學中的兩大概念「形似」和「神似」就從這條不起眼的記載開始進入人們的視野。

桓溫的兒子桓玄也喜歡開玩笑。他手下有個叫祖廣的參軍經常縮著頭。有一次他來拜訪桓玄，剛下車，桓玄看他縮頭縮腦的樣子就說：「天氣非常晴朗，祖參軍卻好像剛從漏雨的屋裡出來似的！」（《排調》六十四）仔細聯想一下，桓玄的調侃真是很妙！

更讓人同情的還是支道林。他因為長相怪異，竟成為大家調侃打趣的「活寶」：

王子猷詣謝萬，林公先在坐，瞻矚甚高。王曰：「若林公鬚髮並全，神情當復勝此不？」謝曰：「唇齒相須，不可以偏亡。鬚髮何關於神明！」林公意甚惡，曰：「七尺之軀，今日委君二賢。」（《排調》四十三）

王子猷拜訪謝萬，支道林也在坐，舉止顧盼之間，顯得十分高傲。王子猷是何等人物？當然不肯示弱，馬上就拿支道林的光頭尋開心了：「要是林公鬍鬚頭髮都很齊全的話，神情氣度應該比現在這樣子好些吧？」謝萬作為主人，馬上打圓場：「唇亡齒寒，所以唇與齒缺一不可；但是頭髮鬍鬚和神明又有什麼關係呢？」這話看似同情，其實還是就著王子猷的話題往下說，而這話題是「聰明絕頂」的支道林不堪忍受的。林公臉色很難看地說：「我這一百多斤，今天就交給二位糟踐吧！」其實也怪不得別人，誰讓你一開始太「牛」了呢？

有時候，先發難的人未必討得了便宜：

王、劉每不重蔡公（蔡謨）。二人嘗詣蔡，語良久，乃問蔡曰：「公自言何如夷甫（王衍）？」答曰：「身不如夷甫。」王、劉相目而笑曰：「公何處不如？」答曰：「夷甫無君輩客。」（《排調》二十九）

王濛、劉惔總看不起蔡公（蔡謨）。有一次兩人去蔡謨那裡，談了很長時間，問蔡謨說：「您覺得你和王夷甫相比怎麼樣？」蔡謨答道：「我不如王夷甫。」王、劉自以為得計，相對而笑，說：「您哪裡不如王夷甫？」蔡謨卻說：「王夷甫沒有你們這樣的客人。」

有時候，相同的語境，兩個人半斤八兩，旗鼓相當：

王文度（坦之）、范榮期（啟）俱為簡文所要。範年大而位小，王年小而位大。將前，更相推在前，既移久，王遂在范後。王因謂曰：「簸之揚之，糠秕在前。」范曰：「洮之汰之，砂礫在後。」（《排調》四十六）

不僅地位相同的同僚和親密無間的朋友口無遮攔，夫妻之間也常常插科打諢，開一些無傷大雅的私密玩笑。我們講過的王戎和夫人「卿卿我我」的故事就是一例。不過，比起下面這條故事，王戎的老婆還算是客氣的：

王渾與婦鍾氏共坐，見武子（王濟）從庭過，渾欣然謂婦曰：「生兒如此，足慰人意。」婦笑曰：「若使新婦得配參軍，生兒故可不啻如此！」（《排調》八）

王渾和妻子鍾氏一起坐著閒聊，看見武子（王濟）從院子經過，王渾高興地對妻子說：「我們生了這樣一個兒子，也該知足了。」那是對自己的「作品」沾沾自喜。沒想到妻子卻笑著說：「如果我能嫁給你弟弟王淪，生的兒子可就不止這樣了！」你看，王渾的妻子鍾氏居然有暗戀小叔子之嫌！王渾的弟弟王倫「醇粹簡遠，貴老、莊之學，用心淡如也」，做過大將軍參軍，故稱王參軍。但是不幸在二十五歲就一命嗚呼。鍾氏此言，大概也有懷念之意，故丈夫也不以為忤。但這樣的放浪之言，連後世風流文人都覺得過分，如明人王世懋就說：「此豈婦人所宜言？寧不啟疑，恐《賢媛》不宜有此。」袁中道也說：「太戲。」（《世說新語會評》，頁四四七）這說明，魏晉風度不僅表現在名士的身上，女性的言行之間也頗有「林下風氣」！

夫妻開玩笑如此，父子之間也常常沒大沒小：

張蒼梧（張鎮）是張憑之祖，嘗語憑父曰：「我不如汝。」憑父未解所以，蒼梧曰：「汝有佳兒。」憑時年數歲，斂手曰：「阿翁，詎宜以子戲父？」（《排調》四十）

這個故事的內核是：爺爺喜歡孫子，就對兒子說：「我比不上你啊。」兒子不解。爺爺就說：「你有一個好兒子。」這分明是拐著彎地罵兒子「不肖」。沒想到孫子不樂意了，拱手施禮說：「爺爺啊，您怎麼可以拿兒子戲弄父親呢？」這樣的祖孫三代，真是其樂融融。

4

魏晉名士的辯才來自他們豐厚的文化素養，引經據典順手拈來，風生水起不留痕跡，而又沉著痛快，令人解頤。

習鑿齒、孫興公（孫綽）未相識，同在桓公（桓溫）坐。桓語孫：「可與習參軍共語。」孫云：「『蠢爾蠻荊』，敢與『大邦為仇』！」習云：「『薄伐獫狁，至于太原』。」（《排調》四十一）

這一次則是拿對方籍貫開玩笑了。習鑿齒是襄陽人，所以孫綽就引用《詩經．小雅．采芑》「蠢爾蠻荊，大邦為仇」之句說：「你一個愚蠢的荊蠻子，竟敢做我大國的死對頭！」習鑿齒就在這個語境上和他舌戰，他知道孫綽是太原人，馬上便引用《詩經．小雅．六月》「薄伐獫狁，至于太原」的句子回擊道：「我正要狠狠地討伐你這獫狁，直搗你的老巢太原城！」在日常口語中引用《詩經》原典，並且結合具體的人物背景，竟能如此迅捷而又精妙，真是談何容易！

有時候，甚至說錯了，名士們也能將錯就錯，點鐵成金：

> 孫子荊（孫楚）年少時欲隱，語王武子（王濟）「當枕石漱流」，誤曰「漱石枕流」。王曰：「流可枕，石可漱乎？」孫曰：「所以枕流，欲洗其耳；所以漱石，欲礪其齒。」（《排調》六）

枕石漱流，語出曹操樂府詩《秋胡行》之一：「遨遊八極，枕石漱流飲泉。」即枕山石、漱澗流之意，喻指隱居山林的生活。孫楚一不小心說成了「漱石枕流」，結果被王濟抓住了把柄，馬上問：「流水可以枕，石頭能漱口嗎？」孫子荊急中生智，應聲答道：「枕流，是為了洗耳朵；漱石，是為了磨礪牙齒。」「洗耳」一句，正好引用了上古隱士許由臨流洗耳的典故，恰情恰景，和王獻之落筆畫牛的典故[4]頗有異曲同工之妙。

在文學創作活動中，有時也會有好笑的場景：

> 郝隆為桓公南蠻參軍。三月三日會，作詩。不能者，罰酒三斗。隆初以不能受罰，既飲，攬筆便作一句云：「娵隅躍清池。」桓問：「娵隅是何物？」答曰：「蠻名魚為娵隅。」桓公曰：「作詩何以作蠻語？」隆曰：「千里投公，始得蠻府參軍，那得不作蠻語也？」（《排調》三十五）

娵（ㄐㄩ）隅，是古代南方少數民族稱魚的說法，桓溫聽不懂，就對南蠻參軍郝隆說：「作詩何以作蠻語？」這話其實包含著當時的詩歌創作觀念，詩歌屬於雅文學，是不宜用俗字方言入詩的。面對詰問，一向詼諧的郝隆說：「我千里迢迢來投奔您，僅僅做了個蠻府參軍，怎麼能不做蠻語呢？」以嘲戲的方式，微妙地表達了對桓溫的抱怨與牢騷。

當時名士還喜歡做聯句的遊戲，如《排調》第六十一條：

桓南郡（桓玄）與殷荊州（殷仲堪）語次，因共作「了」語。顧愷之曰：「火燒平原無遺燎。」桓曰：「白布纏棺豎旒（ㄌㄧㄡˊ）旐（ㄓㄠˋ）。」殷曰：「投魚深淵放飛鳥。」次復作「危」語。桓曰：「矛頭淅米劍頭炊。」殷曰：「百歲老翁攀枯枝。」顧曰：「井上轆轤臥嬰兒。」殷有一參軍在坐，云：「盲人騎瞎馬，夜半臨深池。」殷曰：「咄咄逼人！」仲堪眇目故也。（《排調》六十一）

桓玄、殷仲堪、顧愷之三人一起做隱語聯句的遊戲。先做「了語」。所謂「了語」，就是以完了、終結之意為題所作的聯句遊戲。「火燒平原無遺燎」、「白布纏棺豎旒旐（ㄌㄧㄡˊ ㄓㄠˋ）」、「投魚深淵放飛鳥」三句都含有終了之意，而且合轍押韻，十分精彩。接下來的「危語」，指用極危險的事情為題材賦詩做隱語。桓玄說：「矛頭淅米劍頭炊。」余嘉錫先生解釋說：「此不過言於戰場中造飯，死生呼吸，所以為危也。」殷仲堪說：「百歲老翁攀枯枝。」更加危險。顧愷之接著說：「井上轆轤臥嬰兒。」也是令人心驚膽戰。但這些還都不算「排調」，接下來，殷仲堪有個參軍插嘴說：「盲人騎瞎馬，夜半臨深池。」就含有嘲戲的意味了，因為殷仲堪恰好有一隻眼睛是瞎了的！[5]所以殷十分生氣地說：「簡直是咄咄逼人！」

總之，嘲戲之風和其它魏晉風俗是相輔相成的，沒有玄學思潮的興起，沒有個性才情的解放，沒有「越名教而任自然」的獨立人格，沒有王羲之所謂「卒當以樂死」的遊戲精神，沒有清談所培養的高超的語言修辭技巧，上述這些類似幽默文學段子的故事恐怕是很難發生的。在波詭雲譎的亂世中，嘲戲之風不啻是一帖慰藉心靈、緩解壓力、展示才情的良藥，不管是多麼臭名昭著的人，在這種語言的「損人自損」過程中，都顯出了有趣而又可愛的一面。不禁想起那位患有「笑疾」的陸雲來，一個人若真能從世界中不斷發現可笑的人與事，並報以開心一笑，怕也是一種求之不得的福份吧！

註釋

1 關於「滑稽」的解釋，另有崔浩云：「滑音骨。滑稽，流酒器也。轉注吐酒，終日不已。言出口成章，詞不窮竭，若滑稽之吐酒。故楊雄酒賦云『鴟夷滑稽，腹大如壺，盡日盛酒，人復藉沽』是也。」又姚察云：「滑稽猶俳諧也。滑讀如字，稽音計也。言諧語滑利，其知計疾出，故雲滑稽。」亦可參看。

2 事見《世說新語．識鑒》十一：「諸葛道明初過江左，自名道明，名亞王、庾之下。先為臨沂令，丞相謂曰：『明府當為黑頭公。』」劉注引《語林》曰：「丞相拜司空，諸葛道明在公坐，指冠冕曰：『君當復著此。』」

3 此意余嘉錫先生論之甚詳，他說：「凡以二名同言者，如其字平仄不同，而非有一定之先後，如夏商、孔顏之類，則必以平聲居先，仄聲居後，此乃順乎聲音之自然，在未有四聲之前，固已如此。故言王葛、驢馬，不言葛王、馬驢，本不以先後為勝負也。如公谷、蘇李、嵇阮、潘陸、邢魏、徐庾、燕許、王孟、韓柳、元白、溫李之屬皆然。」見《世說新語箋疏》，上海古籍出版社，一九九三年修訂本，頁七九一－七九二。

4 按：《晉書．王獻之傳》：「桓溫嘗使書扇，筆誤落，因畫作烏駮犉牛，甚妙。」

5 按：此條注引《中興書》曰：「仲堪父嘗疾患經時，仲堪衣不解帶數年。自分劑湯藥，誤以藥手拭淚，遂眇一目。」

藝術之風——「傳神阿堵」分外明

1

美學家宗白華先生有云：「漢末魏晉六朝是中國政治上最混亂、社會上最苦痛的時代，然而卻是精神史上極自由、極解放、最富於智慧、最濃於熱情的一個時代。因此也就是最富有藝術精神的一個時代。」（《論〈世說新語〉和晉人的美》）這段話屢屢為學者所稱引，就因為它用看似矛盾實則統一的語言，揭櫫了這樣一個特殊時代的特殊精神——藝術精神。

藝術一詞，在魏晉六朝漸漸成為一個流光溢彩的關鍵字，藝術家開始從文人學士中區別出來，成為單獨被欣賞、被推重的一種文化人，琴棋書畫、音樂舞蹈、建築雕塑等藝術門類方興未艾，人才輩出，以至於有人把這一時代稱作中國古代史上，繼先秦諸子百家爭鳴之後的又一個思想文化的黃金時代，是中國的「文藝復興」。打開任何一種版本的思想史、文化史、藝術史和美學史，魏晉南北朝都是舉足輕重、不可忽視的一個重要部分。講魏晉風俗，如果不講魏晉藝術之風，怕也說不過去。

「藝術」這個概念，在中國古代有特定的解釋。《後漢書‧伏無忌傳》注稱：「藝謂書、數、射、禦；術謂醫、方、卜、筮。」說明「藝」和「術」各有所指。我們現在說的「藝術」相當於英語中的art，而在中國古代，「藝術」這個概念有時甚至等同「方術」、「巫術」、「方技」，相當於英文中的witchery（巫術）。[1]因為在古代，受巫、史文化的影響，巫醫方士的地位無論在官方還是民間都是很高的，而藝術家常常和「百工」、「匠人」一樣處於社會底層。所以，在漢以前，藝術家很少留下自己的名字，而在魏晉以後，隨著士人地位的提高，文人群體的形成，以及自上而下的對於文學藝術的提倡和愛好，琴棋書畫等藝術樣式開始進入到貴族的雅文化譜系之中，藝術家常常就是達官顯宦、風流名士，這樣上下相扇，藝術的地位自然也就水漲船高，藝術之風於是就成為彌漫朝野、人人競趨的一種時代風氣了。

我以為，在區分「藝術」和「方技」這兩個概念的過程中，《世說新語》起到了至關重要的作用。眾所周知，《世說新語》中設有《巧藝》和《術解》二門，前者主要記錄琴棋書畫等藝術家創作的奇聞軼事，後者則主要記載方術或特異功能之類帶有神秘色彩的奇人奇事。用現在的眼光看，《巧藝》門的設立，正是對藝術和藝術家的一次「正名」。劉義慶把這兩個門類放在一起而又井河不犯，反映了他試圖把純審美的「藝術」從「方術」中獨立出來的一種努力。劉義慶的確不是一般文人，他有著十分強烈的文化抱負和非常敏感細膩的文體意識，比如，在《世說新語‧文學》門裡，他就把「學術」（儒道玄佛）和「純文學」（詩文辭賦）進行了明確的區分；在小說創作中，他不僅著有《世說新語》這樣的志人小說，還編撰了志怪小說《幽明錄》，從而在實踐上將「志人」和「志怪」做了明確的區分，這是非常了不起的創見，對於中國文學的獨立和豐富功莫大焉。限於篇幅，我們主要圍繞《巧藝》門展開，看看魏晉藝術之風究竟如何。

2

《巧藝》門共有十四則故事，分別涉及了彈棋、建築、書法、繪畫、圍棋等內容，我們且選擇幾則講一講。

第一條說，彈棋這種遊戲源自曹魏時宮內的梳妝匣遊戲。不過也有文獻說，彈棋其實是漢武帝時候就發明出來了。[2]這是學術話題，姑置不論。彈棋怎麼玩不是很清楚，估計是在固定的棋盤中，用棋杆撞擊棋子，命中目標為勝。魏文帝曹丕多才多藝，彈棋玩得非常好，好到不用棋杆或其它工具，只用手巾角一掃，也能百發百中。不過強中自有強中手，有個客人自稱他也會，文帝就讓他玩。沒想到客人竟然戴著葛布頭巾，低下頭來，用頭巾就能掃棋命中，比曹丕技高一籌。（《巧藝》一）這說明什麼呢？說明很多文化藝術樣式，最初都與遊戲有關，與最高統治者的愛好和提倡有關。

接下來是關於建築的一條記載：

> 陵雲臺樓觀精巧，先稱平眾木輕重，然後造構，乃無錙銖相負揭。臺雖高峻，常隨風搖動，而

終無傾倒之理。魏明帝登臺，懼其勢危，別以大材扶持之，樓即頹壞。論者謂輕重力偏故也。（《巧藝》二）

陵雲臺建得非常精巧，工藝高超，因為先行稱好所用木料的重量，然後再建造，所以不會出現絲毫的差池。據劉注引《洛陽宮殿簿》：「陵雲臺上壁方十三丈，高九尺。樓方四丈，高五丈。棟去地十三丈五尺七寸五分也。」可知此樓十分高峻，甚至常常隨風搖擺，卻從來不會傾倒。魏明帝曹叡曾登上樓臺，他害怕樓臺搖擺會有危險，就命令再用大木頭支撐它，結果樓就倒了。有人認為這是重心傾斜的緣故。這也應了一句話：「大廈將傾，獨木難支。」對於曹魏政權來講，這真是個不祥的預兆。

彈棋、建築之後，緊接著就是書法。我們知道，先秦貴族子弟接受的教育是「六藝」，即禮、樂、射、禦、書、數這六種修養和技能。這裡的「書」，一般都解釋為「書法」，但事實上，這個「書」更多的還是書寫之意。真正意義上的「書法」藝術，是在「書體」由繁到簡的演變過程中，逐漸成熟的。書法藝術離不開自由的心境和鮮明的個性，魏晉之際形成的寬鬆、多元的學術風氣為書法藝術的發展提供了非常適宜的土壤。這一時期，出現了許多書法世家和書法巨匠。三國時的韋誕就是一個代表。

韋仲將能書。魏明帝起殿，欲安榜，使仲將登梯題之。既下，頭鬢皓然，因敕兒孫：「勿復學書！」（《巧藝》三）

韋誕（一七九—二五三），字仲將，京兆杜陵（今陝西西安）人，是當時著名的書法家。劉注引衛恒《四體書勢》稱：「誕善楷書，魏宮觀多誕所題。明帝立陵霄觀，誤先釘榜，乃籠盛誕，轆轤長絙（ㄍㄥ）引上，使就題之。去地二十五丈，誕甚危懼。乃戒子孫，絕此楷法，著之《家令》。」從這個故事可以看出，書法家在當時受重視的程度，韋誕因為楷書寫得好，竟被皇帝逼著去「玩雜技」，大概韋誕本人也有嚴重的「恐高症」，爬到半空中去題字時，膽戰心驚，等他寫好下來，竟然鬚髮浩然，彷佛頭髮裡的「黑色素」都隨著墨汁揮灑到了半空中了！於是，這個一流的書法家痛定思痛，遂在《家令》之中告誡兒孫：「千萬不要再學什麼書法了！」你不會玩這門技藝，也就不會被人逼著去「玩命」！

據說韋誕的書法是從東漢名士蔡邕那裡學的，另一位書法家鍾繇（一五一—二三〇）曾向韋誕苦求蔡邕筆法，韋誕不給，等到韋誕死後，鍾繇竟然盜其墓而得之。如此事屬實，那麼鍾繇當涉嫌盜墓和侵權二罪，其書法路數應該與蔡邕、韋誕一脈相承。他的兒子鍾會幼承家學，書法造詣也很高，尤其擅長模仿他人筆跡，[3]可惜這個本事他沒用在正道上，下面的故事就是證明：

鍾會是荀濟北（荀勖）從舅，二人情好不協。荀有寶劍，可直百萬，常在母鍾夫人許。會善書，學荀手跡，作書與母取劍，仍竊去不還。荀勖知是鍾而無由得也，思所以報之。後鍾兄弟以千萬起一宅，始成，甚精麗，未得移住。荀極善畫，乃潛往畫鍾門堂，作太傅形象，衣冠狀貌如平生。二鍾入門，便大感慟，宅遂空廢。（《巧藝》四）

故事說，鍾會是荀勖（？—二八九）的堂舅，兩人感情不和。荀勖有一把寶劍，價值百萬，經常放在她母親鍾夫人那裡。鍾會擅長書法，他就模仿荀勖的筆跡，寫信給荀母、也就是他的堂姐妹索要寶劍，鍾會騙走寶劍後竟再也不還。荀勖明知是鍾會幹的卻束手無策，就琢磨報復他的辦法。後來鍾會兄弟蓋了一所價值千萬的宅子，竣工以後，非常精緻漂亮，只是尚未喬遷。荀勖十分擅長繪畫，於是晚上偷偷潛入這所宅子，在門堂上畫了鍾會已故父親、太傅鍾繇的畫像，衣冠相貌，栩栩如生。鍾氏兄弟一進門，看到父親畫像，悲從中來，大哭不已，不敢入住，這所宅子就此荒廢了。本來潁川的鍾氏和荀氏在漢代都是聲望很高的世家大族，但是到了鍾會和荀勖這一代，已經有點「一蟹不如一蟹」的味道了。二人都有高才，一個善書，一個善畫，但都沒把才華用在正道上，這和魏晉之時禮崩樂壞、士無特操的大背景是有關係的。可以說，書畫在他們手裡，還沒有真正成為一種高雅的藝術，不過是一種巧取豪奪的伎倆而已。

即使到了東晉，書畫藝術在儒家學者看來，也還有些旁門左道。例如：

> 戴安道就范宣學，視范所為，范讀書亦讀書，范抄書亦抄書。唯獨好畫，范以為無用，不宜勞思於此。戴乃畫《南都賦圖》，范看畢咨嗟，甚以為有益，始重畫。（《巧藝》六）

戴逵（？—三九六）就是王子猷雪夜拜訪的那位隱士高人，起初戴逵到當時的大儒范宣那裡求學，看范宣幹什麼他就幹什麼，范宣讀書他也讀書，范宣抄書他也抄書。唯獨戴逵喜歡的畫畫，范宣認為沒用，覺得不該在這方面勞費心思。戴逵就畫了一幅《南都賦圖》，范宣看罷讚賞不已，認為大有好處，自此開始重視繪畫了。范宣是當時著名的「道德先生」，八歲時就因引用《孝經》之言爆得大名，長大後「潔行廉約」，素有美名。[4]范宣對繪畫態度的轉變是很有象徵意義的，說明在東晉時，絲竹丹青之類的藝術樣式，在人們心目中，已經漸漸從「無用」變成了「有益」，儒家的功利實用的價值觀，漸漸地融入了道家的審美超越的價值觀。「用」和「益」，雖然只是一字之差，其中所包含的價值觀，價值判斷的重心轉移可以說是「劃時代」的。所以，我們看到，在傑出的人物畫大師顧愷之那裡，繪畫也和書法一樣，完成了從「技術」到「藝術」、從業餘愛好到專精之業的轉變。

3

顧愷之（三四八－四〇九），字長康，小字虎頭，晉陵無錫（今屬江蘇）人。在《世說新語》中，顧愷之也是個光彩照人的人物，《巧藝》一篇共十四條，他一人就占了六條。事實上，顧愷之的才華絕不僅限於繪畫，他在詩賦、書法等方面均有不俗表現。所以當時人稱其有「三絕」：才絕，畫絕，癡絕（《晉書．顧愷之》）。5

所謂才絕，主要指其文才和口才。《文學》篇第九十八條：

> 或問顧長康：「君《箏賦》何如嵇康《琴賦》？」顧曰：「不賞者，作後出相遺。深識者，亦以高奇見貴。」

說明顧愷之對自己的文才頗為自負。再看口才之例：

顧長康從會稽還，人問山川之美，顧云：「千岩競秀，萬壑爭流，草木蒙籠其上，若雲興霞蔚。」（《言語》八十八）

這段話雖短，卻是字字珠璣，如詩如畫。王世懋評云：「便是虎頭畫思。」良有以也。再看下麵一則：

桓征西（溫）治江陵城甚麗，會賓僚出江津望之，云：「若能目此城者，有賞。」顧長康時為客，在坐，目曰：「遙望層城，丹樓如霞。」桓即賞以二婢。（《言語》八十五）

這八個字文采斐然，色彩鮮麗，真是脫口錦繡！

顧愷之的「癡」又有哪些表現呢？史載顧愷之「好諧謔，人多愛狎之」。有一次他在月下獨詠詩歌，感覺非常好，隔壁的謝瞻聽了不斷叫好，顧愷之很高興，吟詠得更加賣力。夜深了，謝瞻想要睡覺，就叫替自己捶腿的僕人代自己讚嘆，顧愷之不覺有異，竟一直興致勃勃地吟詠到天亮！

另有一次，顧愷之「曾以一廚畫寄桓玄，皆其絕者，深所珍惜，悉糊題其前。桓乃發廚後取之，好加理復。愷之見封題如初，而畫並不存，直云：『妙畫通靈，變化而去，如人之登仙矣。』」（《續晉陽秋》）自己的畫被人偷走，卻以為「妙畫通靈」，不翼而飛，真是「癡」到家了！還有一個「漸入佳境」的典故說：

顧長康啖甘蔗，先食尾。問所以，云：「漸至佳境。」（《排調》五十九）

也只有這種「癡」氣才成就了一位大畫家。在《巧藝》篇中，顧愷之剛一出場，就被權威人士謝安「蓋棺論定」——

謝太傅云：「顧長康畫，有蒼生來所無。」（《巧藝》七）

謝安的眼光何其高邁，但他竟然說：「顧愷之的畫，是有人類以來從沒有過的。」言下之意，顧愷之的畫達到了「前無古人」的境界！至於是否「後無來者」，誰也不好說。這句話和曹丕的「文章乃經國之大業，不朽之盛事」（《典論．論文》）差可彷彿。如果說曹丕的時代是「文學的自覺」時代，那麼，顧愷之的時代就是「藝術的自覺」時代。繪畫，乃至所有藝術樣式，所能帶給人的自由超越之境，以及類似於「詩意的棲居」的那種審美經驗，在東晉的精英階層中間，已經達成了一種「共識」。所以，謝安看到顧愷之的畫，很自然地把他放在整個人類精神超越的高度加以欣賞和判斷，這種擺脫事功的審美判斷，充分體現了謝安的慧眼卓識，也是魏晉「藝術精神」深入人心的最有力的證明。

顧愷之可以說是個全能型的畫家，凡人物、佛像、禽獸、山水等無一不能。史載其師法衛賢，行筆細勁連綿，如春蠶吐絲，行雲流水，出之自然。但他最擅長的還是人物畫。不僅善畫，而且善論，著有《論畫》、《魏晉勝流畫贊》、《畫雲臺山記》等。他提出的「遷想妙得」、「以形寫神」等著名論點，成為人物畫的重要技法，對中國繪畫的發展影響深遠。可以說，中國真正意義上的繪畫理論，就是從顧愷之開始的。

4

人物畫在魏晉蔚成大觀，大概是受到漢末以來的人物品評風氣和魏晉玄學清談思潮影響的產物。如果說，品藻人物是用語言文字為人物「立此存照」，那麼，人物畫就是用構圖、色彩、線條為人物「品藻」。而且，在人物品藻中的概念如「形」與「神」等，也都滲透到人物畫的認識論和方法論體系之中。所以，當時的人物畫，不僅求形似，更追求「神明」的展現，這也就是顧愷之所說的「傳神寫照」：

> 顧長康畫人，或數年不點目精。人問其故，顧曰：「四體妍蚩，本無關於妙處，傳神寫照，正在阿堵中。」（《巧藝》十三）

「目精」，即眼睛。顧愷之畫人物肖像，有時幾年都不畫眼睛。有人問他原因，顧愷之說：「四肢的美醜，本來就和精神並沒有什麼關係，最能夠傳神的，就在這眼睛當中。」這個記載，應該是「畫龍點睛」典故的源頭。[6]可以說，這是顧愷之繪畫理論中的「眸子論」。說明人物畫的妙處在於「傳神」，而「傳神」的最佳途徑在於「點睛」。從此，「傳神寫照」就作為人物畫的一個目的論被接受下來。甚至碰到極端的情況，顧愷之仍然有辦法解決：

> 顧長康好寫起人形。欲圖殷荊州（殷仲堪），殷曰：「我形惡，不煩耳。」顧曰：「明府正為眼

爾。但明點童子，飛白拂其上，使如輕雲之蔽日。」（《巧藝》十一）

這是一個「以形寫神」的典型例子，甚至連具體的手法都交代詳盡。故事說，顧愷之喜歡畫人物像，要給殷仲堪畫像時，殷說：「我長得不好，就不麻煩你了。」這是因為殷仲堪瞎了一隻眼睛的緣故。顧愷之卻說：「你只是一隻眼睛不好而已。只要把瞳子畫得明亮一點，然後用飛白掠過，這樣看起來就像輕雲蔽日一樣了。」這大概是「飛白」這一手法的最早出處，我估計殷仲堪的那隻眼睛很可能被顧愷之畫得朦朦朧朧而又不失神采！這從一個側面說明了形式與內容相反相成、水乳交融的密切關係。事實上，在匠心獨運的大藝術家那裡，沒有什麼外在的形式是真正多餘的，只要需要，一樣可以「點鐵成金」。

那麼，除了點睛之外，還有什麼「傳神寫照」的方法呢？且看下面一條：

顧長康畫裴叔則（楷），頰上益三毛。人問其故，顧曰：「裴楷俊朗有識具，正此是其識具。」看畫者尋之，定覺益三毛如有神明，殊勝未安時。愷之曆畫古賢，皆為之贊也。（《巧藝》九）

這個叫做「頰上三毛」的典故說：顧愷之給名士裴楷畫像，在他面頰上添了三根鬍鬚。有人問他為何這樣，顧愷之說：「裴楷英俊爽朗，有見識才具，這三根鬍鬚正是他的見識才具。」看畫的人玩味他的話，也覺得增加三根鬍鬚就添了神韻，比沒有時強多了。這也是「以形寫神」的絕佳例證。這裡的「識具」好比可見之「形」，它對於「神明」的表現未必是唯一的，卻是十分重要的。

所謂「形」，還有第二層含義，即指與人物精神氣質相近的背景環境，因為任何一個人，都不是孤零零的存在，他必然與周圍環境或事物發生關係，在繪畫中合理地安排環境和場景對於表現人物的精神氣質至關重要：

顧長康畫謝幼輿（鯤）在岩石裡。人問其所以，顧曰：「謝（幼輿）云：『一丘一壑，自謂過之（指庾亮）。』此子宜置丘壑中。」（《巧藝》十二）

謝幼輿，即謝鯤。這裡，把謝鯤置於丘壑之中就是非寫實、但又合乎人物風神氣韻的「置陳布勢」（顧愷之《論畫》）；因為謝鯤說過自己和庾亮相比，自己在縱情山水、「一丘一壑」方面要更高一籌。可見，要想畫好一個人物的「神明」，還必須對其人來一個「知人論世」。這與在裴楷頰上「益三毛」一樣，都是顧愷之「遷想妙得」和「以形寫神」的美學理念的具體運用，體現了藝術家不拘格套、銳意創新的精神和妙得於神的高超畫藝。

但是，繪畫作為一種特殊的語言形式，同樣面臨「言不盡意」或「形難傳神」的問題。顧愷之在根據《贈秀才入軍》的四言詩為嵇康畫像時，就感到了「以形寫神」的困境：

顧長康道畫：「『手揮五弦』易，『目送歸鴻』難。」（《巧藝》十四）

嵇康《贈秀才入軍》第十四首云：「目送歸鴻，手揮五弦。俯仰自得，游心太玄。」這裡，「手揮五弦」涉及到不關乎「神明」的手，因而容易描畫；而「目送歸鴻」則直接與「傳神阿堵」（眼睛）相聯，故而極難摹寫。顧愷之的這句話可以當作「畫譜」來看，一言以蔽之就是——「畫形容易傳神難」！

除了書法、建築、繪畫，音樂在魏晉也是頗受士大夫喜愛的藝術樣式。像嵇康、阮籍、阮咸、荀勖、謝鯤、張翰、顧榮、謝尚、謝安、戴逵、桓伊等人，都是著名的音樂家。還有被稱為「手談」和「坐隱」的圍棋，更是名士們樂此不疲的雅好。古語云：人無癖不可以為人。魏晉名士大多都有自己的奇癖雅嗜，像王敦那樣在晉武帝召開的宴會上沒有才藝可展示，是十分令人沮喪的（見《人物篇》王敦一講）。可以說，對藝術的愛好已經成為魏晉名士的一種生命存在方式和身份證明，這一切，都跟藝術之風的影響有著不可分割的關係。

列夫·托爾斯泰說：「藝術不是技藝，它是藝術家體驗了的感情的傳達。」羅曼·羅蘭則說：「藝術是發揚生命的，死神所在的地方就沒有藝術。」可以說，藝術就是人類的「傳神阿堵」，沒有藝術的世界，是蒙昧而灰暗的世界，而藝術勃興的時代，無論多麼動盪，都會給後人留下心靈的安慰。顧愷之的《洛神賦圖》和王羲之的《蘭亭集序》，正是那個時代的「傳神阿堵」，它們的存在，使一個早已消失的世界在時間的深處明滅可見，熠熠生輝。

註釋

1 如在古代史書分類中就是如此。諸如《史記·日者傳》與《龜策傳》、《後漢書·方術傳》、《魏志·方技傳》、《晉書·藝術傳》、《北魏書·術藝傳》、《北齊書·方技傳》、《周書·藝術傳》、《隋書·藝術傳》、《舊唐書·方技傳》、《新唐書·方技傳》、《宋史·方技傳》、《遼史·方技傳》、《金史·方技傳》、《明史·方技傳》等，就是把「方技」「巫術」

和「藝術」等量齊觀了。

2 如淩濛初評云：「《藝經》曰：『彈棋二人對局，先列棋相當，上呼下擊之。』《彈棋經後序》曰：『彈棋者，雅戲也。澹薄自如，蓋道家所為導引之法耳。』」又云：「《西京雜記》曰：漢武好蹴踘，有進彈棋者以代之，帝賜以青羔裘。後漢蔡邕已有《彈棋賦》。注駁起魏世不及此，何也？」參《世說新語會評》，頁四〇五。

3 按：此條劉注引《世語》曰：「會善學人書，伐蜀之役，於劍閣要鄧艾章表，皆約其言。令詞旨倨傲，多自矜伐。艾由此被收也。」

4 《世說新語．德行》三十八：「范宣年八歲，後園挑菜，誤傷指，大啼。人問：『痛邪？』答曰：『非為痛，身體髮膚，不敢毀傷，是以啼耳。』宣潔行廉約，韓豫章遺絹百匹，不受；減五十匹，復不受。如是減半，遂至一匹，既終不受。韓後與范同，就車中裂二丈與范，云：『人寧可使婦無褌邪？』范笑而受之。」

5 據《世說新語．文學》九十八注引宋明帝《文章志》曰：「桓溫云：『顧長康體中癡黠各半，合而論之，正平平耳。』世云有三絕：畫絕、文絕、癡絕。」

6 唐張彥遠《歷代名畫記．張僧繇》：「金陵安樂寺四白龍不點眼睛，每曰：『點睛即飛去。』人以為妄誕，固請點之。須臾，雷電破壁，兩龍乘雲騰去上天，二龍未點眼者見在。」

隱逸之風——「人間蒸發」為哪般？

1

在漢末魏晉六朝，還有一種十分流行的風氣不得不說，那就是隱逸之風。隱逸可以拆開來解釋：隱者，藏也；逸者，逃也。隱逸，也叫「隱遁」、「肥遁」、「歸隱」、「棲隱」、「拂衣」、「嘉遁」等。這是一種典型的逃避心態和行為，是人物主動選擇的一種生活方式，有點像是今天所說的「人間蒸發」。《世說新語》有一個門類叫做《棲逸》，就是專門記載魏晉「隱逸」之風的。為什麼要「隱逸」？從漢代到東晉，隱逸文化的內涵和形式經歷了怎樣的變遷？這是我們這一講試圖回答的問題。

中國古代的隱逸文化源遠流長，成為傳統文化中最具傳奇性、超越性和浪漫氣質的一種文化現象。看起來，隱逸文化和主流意識形態格格不入，似乎處於社會文化生態的邊緣地帶，但是，在傳統士大夫的心靈世界中，隱逸卻有著遠比出仕為官更高的精神品性。有人說，隱逸思想肇端於道家，其實不然，儒、道、釋三家都有隱逸的思想，毋寧說，「隱」的思想正是從「仕」的思想中脫胎而來。孔子就曾多次表達過對「隱士」的同情和欽羨。他說：

「賢者辟（避）世，其次辟地，其次辟色，其次辟言。作者七人矣。」（《論語．憲問》）

這裡，孔子是把隱者與「賢者」等量齊觀的。伯夷、叔齊是一對著名的隱士，他們反對周武王「以暴易暴」的伐紂行為，堅決「不食周粟」，最終餓死在首陽山上。孔子卻對伯夷、叔齊給予了很高的禮贊：

「伯夷、叔齊不念舊惡，怨是用希。」（《論語．公冶長》）

（子貢）曰：「伯夷、叔齊何人也？」（子）曰：「古之賢人也。」曰：「怨乎？」曰：「求仁而得仁，又何怨！」……（《論語．述而》）

子曰：「不降其志，不辱其身，伯夷、叔齊與！」（《論語．微子》）

孔子還曾對懂得自處之道的甯武子、蘧伯玉表示過讚美：

「寧武子邦有道則知，邦無道則愚。其知可及也，其愚不可及也。」（《論語．公冶長》）

「……君子哉蘧伯玉！邦有道，則仕；邦無道，則可卷而懷之。」（《論語．衛靈公》）

孔子欣賞顏回，對他說：「用之則行，舍之則藏，唯我與爾有是夫！」（《論語．述而》）弟子中有個叫南容的，能夠做到「邦有道，不廢；邦無道，免於刑戮」，孔子乾脆把侄女嫁給了他（《論語．公冶長》）。弟子曾點說自己的志向就是「莫春者，春服既成；冠者五六人，童子六七人，浴乎沂，風乎舞雩，詠而歸」。很有點田園牧歌的情調，夫子竟喟然嘆曰：「吾與點也。」（《論語．先進》）孔子還說：「篤信好學，守死善道。危邦不入，亂邦不居。天下有道則見，無道則隱。邦有道，貧且賤焉，恥也。邦無道，富且貴焉，恥也。」（《論語．泰伯》）又說：「隱居以求其志，行義以達其道。」（《論語．季氏》）這些都說明，自稱「無可無不可」的孔子內心深處是懷有隱逸情結的。

一個人一旦走上隱居之路，似乎便與道家的無為逍遙之旨更相契合。因為老子、莊子都是親身體驗隱居生活的，故司馬遷說：「老子，隱君子也。」（《史記．老子韓非列傳》）《莊子．繕性》亦云：「隱，故不自隱。古之所謂隱士者，非伏其身而弗見也，非閉其言而不出也，非藏其知而不發也，時命大謬也。當時命而大行乎天下，則反一無跡；不當時命而大窮乎天下，則深根寧極而待：此存身之道也。」在老莊看來，「隱」，其實是亂世中非常實用的一種「存身之道」。

至於隱居的理由，應該有很多。早期的隱逸行為，甚至和天下「有道」「無道」無關。比如，最富盛名的隱士許由拒絕堯的「天下之讓」，原因就不是當時「天下無道」，而是不願為「名」所累。[1]後來許由隱居在潁水之陽的箕山之下。堯又召許由作九州長，許由不願聞，遂洗耳於潁水之濱。許由和另一位隱士巢父是好朋友，[2]傳說許由洗耳時，巢父正好牽著一頭小牛到這裡飲水，問明緣由後，巢父的反應更激烈，為了不讓許由洗耳所用之水沾染牛嘴，巢父竟牽著牛到上游去飲水了。這兩個頂真的隱士後來竟成了隱士的代名詞，合稱「巢許」、「巢由」，隱居之志後來也叫

「箕山之志」。[3]

許由不為求名，卻最終成就了大名，得以不朽，這就造成了一個巨大的「勢能」，後世隱士層出不窮，大概就很難擺脫求名的心理了。不過隱居的原因還是很複雜，不可執一而論，範曄《後漢書·逸民列傳》就列舉了六條：「或隱居以求其志，或回避以全其道，或靜己以鎮其躁，或去危以圖其安，或垢俗以動其概，或疵物以激其清。」並且說：「彼雖硜硜有類沽名者，然而蟬蛻囂埃之中，自致寰區之外，異夫飾智巧以逐浮利者乎！荀卿有言曰，『志意修則驕富貴，道義重則輕王公』也。」對那些隱逸之士抱以「瞭解之同情」。

2

大致說來，漢代的隱逸文化，更多以儒家「隱居以求其志」為尚，《後漢書·逸民列傳》中的隱士如向子平、嚴子陵、台孝威等人，都有些「不事王侯，高尚其事」的狷介之士的味道。《世說新語》中出現的如黃叔度、徐孺子、管寧等人亦屬同調。漢代的隱士雖然生活貧寒，但一般情況下，不僅不會受到當局的打壓，反而得到官方甚至皇帝的禮遇。這時的隱士，用魯迅的話說，是「和官僚最接近的，那時很有被聘的希望。一被聘，即謂之征君。」（《集外集拾遺·幫忙文學與幫閒文學》）。

到了三國時期，情況就大不相同，這時「天下多故，名士少有全者」（《晉書·阮籍傳》），隱逸遂成為不得已而為之的全身遠禍之道。由於受到漢末興起的道教的影響，這時的隱士往往和道士合流，變得岩居穴處，不食人間煙火。《棲逸》篇前兩條所載的蘇門先生和孫登就是典型的代表。他們和當時一流的才俊阮籍和嵇康有過接觸，但自始至終三緘其口，「沉默是金」。[4]司馬氏的高壓統治使許多士人無法施展才能，遂「隱居以存其身」，阮籍、嵇康等人便是代表。但在當時連「隱居」都不得自由，做官成了一種政治上的「表態」，於是阮籍只好來個「仕隱雙修」，而嵇康拒不做官，將隱居進行到底，竟招來殺身之禍！

山公將去選曹，欲舉嵇康；康與書告絕。（《棲逸》三）

嵇喜所撰的《嵇康別傳》說：「山巨源為吏部郎，遷散騎常侍，舉康，康辭之，並與山絕。豈不識山之不以一官遇己情邪？亦欲標不屈之節，以杜舉者之口耳！乃答濤書，自說不堪流俗，而非薄湯武。大將軍聞而惡之。」「聞而惡之」，正是屠殺的信號！可以說，隱居從來沒有像嵇康所處的時代這麼艱難和痛苦。可見「天下無道」之時，「箕山之志」竟也變得十分奢侈，嵇康死後，其至交好友向秀面臨的就是一個兩難選擇：

嵇中散（康）既被誅，向子期（秀）舉郡計入洛，文王引進，問曰：「聞君有箕山之志，何以在此？」對曰：「巢、許狷介之士，不足多慕。」（《言語》十八）

劉辰翁評此條云：「向之此語，如負叔夜。」但我們實在也不必對向秀求全責備，試想如果他生在一個能夠「免於恐懼」的時代，又怎會慌不擇路，悵然失圖？後來向秀所寫懷念嵇康的《思舊賦》，情調何其淒美悲涼，無奈「剛開頭卻又煞了尾」（魯迅《南腔北調集·為了忘卻的紀念》）。不用說，還是因為恐懼。從這個角度上說，一個欲隱居而不得的時代，一定是一個白色恐怖的時代。

到了西晉建立，天下一統之後，隱逸之風稍歇，當時如左思之輩，雖也在仕途多舛之時，寫過《招隱詩》，但整個時代的急功近利使得隱居之志被遺忘了，當時園林的建造很盛，達官貴人可在莊園中過一過「朝隱」的癮，所以《世說新語》中關於西晉名士的「汰侈」故事所在多有，而「隱逸」故事則付諸闕如。倒是左思的詩句「非必絲與竹，山水有清音」（《招隱詩》其一），為東晉一朝風靡朝野的隱逸之風奏響了序曲。

3

宗白華先生說：「晉人向外發現了自然，向內發現了自己的深情。」這裡的晉人，恐怕更多的是指東晉士人。比之以往，東晉士人的隱逸之志「好像簡直與現實無關」（王瑤《中古文學論集》），對老莊無為之道的嚮往，對自然山水的熱愛，成為隱居的最佳理由。所以，東晉的隱逸之風，就好比一股山水旅遊的風氣，當時的隱士與其說是「隱居以求其志」，不如說是「隱居以求其樂」。這個樂，當然就是莊子的濠濮之樂、山水之樂！

江浙一帶本多佳山秀水，尤其會稽山水，更是冠絕天下，自古以來就是隱居勝地。這使偏安江南的東晉士大夫陶然忘憂，樂不思蜀。這一時期的名士無不喜愛登山臨水，如西晉名士孫楚的孫子孫統，就是典型的例子。劉注引《中興書》說：「承公少誕任不羈，家於會稽，性好山水。及求鄞縣，遺心細務，縱意遊肆，名皐盛川，靡不歷覽。」—《任誕》三十六：

劉尹云：「孫承公（統）狂士，每至一處，賞玩累日，或回至半路卻返。」

我們說一個地方好，常說「留連忘返」，可是孫統卻經常在「返」回去的路上，來個「半路卻返」，他對山水的愛，真是如癡如狂！

士人們不僅登山臨水，還模山範水，用語言和詩賦表達山水之愛。如顧愷之對會稽「山川之美」，就用「千岩競秀，萬壑爭流，草木蒙籠其上，若雲興霞蔚」加以描繪。又如：

王子敬云：「從山陰道上行，山川自相映發，使人應接不暇。若秋冬之際，尤難為懷。」（《言語》九十一）

子敬素以書法著稱於世，但僅憑這幾句山水心得，便可躋身一流的山水文學而無愧！浙江東陽的長山「山靡迤而長」（《會稽土地志》），名僧支道林一見之下，脫口而出：「何其坦迤！」（《言語》八十七）

作為東晉玄言詩的代表人物，孫綽（三一四—三七一）不是個討人喜歡的人，但當他縱情山水時，卻表現出赤子般的童心。《晉書·孫綽傳》說：「少與高陽許詢俱有高尚之志，居於會稽，遊放山水，十有餘年。」他曾寫過著名的《遊天臺賦》，寫完以後交給名士范啟（字榮期）看，非常自豪地說：「卿試擲地，要作金石聲。」（《文學》八十六）成語「擲地有聲」蓋由此而來。不僅如此，孫綽還把山水和「作文」聯繫起來：

孫興公（綽）為庾公（亮）參軍，共游白石山，衛君長（永）在坐。孫曰：「此子神情都不關山水，而能作文。」庾公曰：「衛風韻雖不及卿諸人，傾倒處亦不近。」孫遂沐浴此言。（《賞譽》一〇七）

這裡，孫綽竟然把「神情關乎山水」當作可以「作文」的必要條件，真是以山水的知音自居了。庾亮的話也很可玩味：「諸人傾倒處亦不近」，「不近」也就是「遠」，意為衛永「令人傾倒的地方也不淺近而很幽遠」。聽了這話，孫綽竟然「沐浴此言」，陶醉其間，回味無窮。說明孫綽對於玄遠之境有著常人沒有的敏感。唯其如此，他才能在《庾亮碑文》中說出「以玄對山水」的經典名言，並且在玄言詩的創作中融入山水意趣，為謝靈運的山水詩導夫先路。

和孫綽齊名的玄言詩人許詢簡直是位登山健兒，《棲逸》十六說：

許掾好遊山水，而體便登陟。時人云：「許非徒有勝情，實有濟勝之具。」

這裡的「勝情」就是指縱情山水的情趣，「濟勝之具」則是指許詢天生一副能夠成就山水之樂的好身體！

不僅上層貴族如此，連皇帝都是隱逸愛好者：

簡文（司馬昱）入華林園，顧謂左右曰：「會心處不必在遠，翳然林水，便自有濠、濮間想也，不覺鳥獸禽魚自來親人。」（《言語》六十一）

簡文帝司馬昱是東晉皇帝中唯一一位清談家，他和當時的名士、名僧、隱士都保持著友好關係，他進入三國時吳國興建的大型園林華林園時，看到「翳然林水」，不禁心曠神怡，竟然口吐蓮花，妙語如珠。「會心處不必在遠」一句，幾乎和「移天縮地在君懷」一樣，可以作為對中國古代園林藝術的經典表述；「濠濮間想」，表達的也正是對莊子所演繹的山水隱逸之樂的熱愛；而「鳥獸禽魚自來親人」一句，讓人想起莊子「子非我，安知我不知魚之樂」的智慧話語，真是物我齊一、其樂融融！

當時的佛道人物也都是隱逸生活的踐行者。古語說：天下名山僧占多。東晉僧人竺法濟寫有一部記載隱逸高僧的傳記，名為《高逸沙門傳》，「沙門」即和尚，說明在「出家」的僧人中，亦有「出世」的高蹈之人。像支道林、竺法深、於法開、康僧淵等名僧都是和尚中的隱士。這些僧人常常遊走於「朱門」和「蓬戶」之間，如魚得水：

竺法深在簡文坐，劉尹問：「道人何以游朱門？」答曰：「君自見朱門，貧道如遊蓬戶。」（《言語》四十八）

竺法深和劉惔的對話除了表明語言上的機智之外，還附帶告訴我們，當時的僧道和隱士，常常是最高權力者的座上賓，生活狀況要遠比漢魏時期的隱士為好。像支道林甚至還「常養數匹馬」，有人說：「道人養馬，說起來不夠雅致。」支道林則說：「貧道重其神駿。」（《言語》六十三）就是這個自稱「貧道」的和尚，居然要「買山而隱」：

支道林因人就深公買印山，深公答曰：「未聞巢、由買山而隱。」（《排調》二十八）

深公即東晉名僧竺法深，他對支道林的諷刺可謂入木三分。但反過來說，視「朱門」如「蓬戶」的深公，竟然讓人想從他手裡「買山」，他豈不也成了「靠山吃山」的「山大王」！再看那個因為高鼻深目被王導調笑的胡僧康僧淵：

康僧淵在豫章，去郭數十里立精舍，旁連嶺，帶長川，芳林列於軒庭，清流激於堂宇。乃閑居研講，希心理味。庾公諸人多往看之。觀其運用吐納，風流轉佳，加處之怡然，亦有以自得，聲名乃興。後不堪，遂出。（《棲逸》十一）

《世說新語》的作者何其刁鑽，他為我們描述了隱居在山間豪華別墅中的一代名僧之後，又輕描淡寫地加上一筆：「後不堪，遂出。」——後來他不堪忍受這種寂寞，終於出山了！這簡直是神來之筆！東晉名僧的所謂隱逸，於此可見一斑。

4

僧人隱居都可以如此雍容灑脫，名士更不用說。有一個關於許詢的故事說：

許玄度隱在永興南幽穴中，每致四方諸侯之遺。或謂許曰：「嘗聞箕山人似不爾耳。」許曰：「筐篚苞苴，故當輕於天下之寶耳！」（《棲逸》十三）

故事說，許詢隱居在永興縣南部的深山洞穴中時，經常有各地的官員贈送物品給他。有人就諷刺他說：「聽說在箕山隱居的許由好像不這樣。」意思是，哪有這麼沒有操守的隱士呢？可許詢卻振振有詞地說：「接受點裝在竹筐草包裡的東西，實在比天子之位輕多了！」把許詢這句話和向秀的「巢由狷介之士，不足多慕」一比較，便可知道，東晉名士似乎已達到「跳出三屆外，不在五行中」的逍遙境界，以往士人們執著的價值在他們看來，根本不值一哂。至少，東晉的隱士已經獲得了「免於恐懼的自由」。這也是道家之隱和儒家之隱大相徑庭的地方。

相比之下，嵇康的同鄉戴逵還算是個真正「隱居以求其志」的隱君子。《續晉陽秋》說：「逵不樂當世，以琴書自娛，隱會稽剡山，國子博士征，不就。」有個故事說：

戴安道既厲操東山，而其兄欲建式遏之功。謝太傅曰：「卿兄弟志業，何其太殊？」戴曰：「下官『不堪其憂』，家弟『不改其樂』。」（《棲逸》十二）

戴逵的兄長名叫戴逯，二人志向不同，一仕一隱。謝安就問戴逯說：「你們哥倆志向行跡，何以如此懸殊？」戴逯就引用《論語．雍也》篇裡，孔子誇顏回「一簞食，一瓢飲，在陋巷，人不堪其憂，回也不改其樂」的話說：「下官不能忍受隱居的憂苦，而家弟則不改其隱居的樂趣。」這個哥哥也真是弟弟的知音了。史書上說：「（戴）逵後徙居會稽之剡縣。性高潔，常以禮度自處，深以放達為非道。」（《晉書．戴逵傳》）這說明，戴逵在當時的隱士中，頗類似於儒家之隱，在東晉逍遙無為的隱逸風氣中，反而顯得有些「另類」了。

有道是「大千世界，無奇不有」。當時不僅隱士如雲，而且還有人充當隱士的經濟後盾。最著名的莫過於桓溫的高級參謀郗超（字嘉賓）了。郗超家資殷富，出手豪闊，大概他相信「無恆產則無恒心」，所以自己雖不隱居，但看到別人隱居卻喜出望外，恨不得傾囊相助。史載郗超「性好聞人棲遁，有能辭榮拂衣者，超為之起屋宇，作器服，畜僕豎，費百金而不吝。」（《晉書．郗超傳》）有個很好玩的故事說：

郗超每聞欲高尚隱退者，輒為辦百萬資，並為造立居宇。在剡，為戴公起宅，甚精整。戴始往舊居，與所親書曰：「近至剡，如官舍。」郗為傅約亦辦百萬資，傅隱事差互，故不果遺。（《棲逸》十五）

這個郗超實在太可愛了，只要一聽到有人隱居，他便出資百萬為其建造別墅，簡直可以說是隱士的「發燒友」兼「經濟人」！戴逵是著名隱士，郗超便為他造了一座豪華別墅以資鼓勵。而另一位名叫傅約的名士揚言要隱居，郗超也為他準備了百萬鉅資，但傅約隱居是「雷聲大雨點小」，最後竟不了了之；郗超也是「不見兔子不撒鷹」，你不隱居，我的「贊助費」當然就此「凍結」！

不僅如此，郗超還在輿論上為隱士們張目造勢：

郗尚書（超）與謝居士（敷）善，常稱：「謝慶緒識見雖不絕人，可以累心處都盡。」（《棲逸》十七）

謝居士即謝敷，字慶緒，信奉佛教，隱居修道不仕，人稱謝居士。郗超和謝敷關係很好，就常稱讚謝：雖然見識不一定勝過別人，但可以做到把世俗煩惱統統拋在腦後，這就了不起！

對於那些不專心致志隱居的人，郗超甚至還出言譏刺：

> 郗嘉賓（超）書與袁虎（宏），道戴安道（逵）、謝居士（敷）云：「恆任之風，當有所弘耳。」以袁無恆，故以此激之。（《排調》四十九）

大概當時的文學天才袁宏也曾流露過歸隱之意，但又遲遲不能付諸行動，郗超便寫信給他，讚美戴逵和謝敷，然後話裡有話地說：「持之以恆和負責到底的作風，應該有所弘揚啊！」這故事被放在《排調》篇，是因為郗超話裡有個「弘」字，恰與袁宏的名字同音，一語雙關，言下之意，你雖然名叫宏，可該弘揚的東西卻沒有弘揚啊！

上述故事無不說明，在東晉一朝，隱逸之風已經和安貧樂道無關，和全身保命無緣，反而成了一種讓人趨之若鶩的時尚了。這是東晉名士才能享受的盛宴，降及隋唐，以隱求仕，或者「隱而優則仕」的「終南捷徑」，便把隱逸和隱士的名字給抹煞了！難怪魯迅要在《隱士》一文中出言譏諷，說：「隱士，歷來算是一個美名，但有時也當作一個笑柄。」

不過，當我們對著他們特立獨行甚至突梯滑稽的舉動忍俊不禁的時候，難道我們真的可以自以為高明嗎？當田園牧歌式的時代已成過去，當自然山水已成旅遊業的聚寶盆，當無孔不入的現代科技滲透到我們的大腦皮層，當國家意識形態裹挾著每一個個體奔向未知的未來，特別是，當我們早已不知「隱逸」為何物的時候，……難道，我們就不應該對自己的生存狀況和精神症候有所警醒嗎？

隱居，不僅是中國古人的一個夢，也是我個人的一個夢，然而環顧周遭：剡溪何在？安道何在？子猷何在？嘉賓何在？所以，我只能用下面這句話來結束本書的講述了——

「雖不能至，心嚮往之」。

註釋

1 按：《莊子．逍遙遊》：「堯讓天下於許由，曰：『日月出矣而爝火不息，其於光也，不亦難乎！時雨降矣而猶浸灌，其於澤也，不亦勞乎！夫子立而天下治，而我猶尸之，吾自視缺然。請致天下。』許由曰：『子治天下，天下既已治也，而我猶代子，吾將為名乎？名者，實之賓也。吾將為賓乎？鷦鷯巢於深林，不過一枝；偃鼠飲河，不過滿腹。歸休乎君，予無所用天下為！庖人雖不治庖，尸祝不越樽俎而代之矣。』」

2 關於巢父，漢王符《潛夫論．交際》：「巢父木棲而自願。」晉皇甫謐《高士傳．巢父》：「巢父者，堯時隱人也，山居不營世利，年老以樹為巢而寢其上，故時人號曰巢父。」

3 《世說新語．言語》一注引皇甫謐《高士傳》：「（許）由字武仲，陽城槐里人也。堯舜皆師而學事焉，後隱於沛澤之中，堯乃致天下而讓焉。由為人據義履方，邪席不坐，邪饍不食，聞堯讓而去。其友巢父聞由為堯所讓，以為污己，乃臨池洗耳。池主怒曰：『何以污我水？』由於是遁耕於中嶽潁水之陽，箕山之下，終身無經天下色。死葬箕山之巔，在陽城之南十里。堯因就其墓，號曰箕山公神，以配食五嶽，世世奉祀，至今不絕也。」傳聞異辭，可以並參。

4 《世說新語．棲逸》一：「阮步兵嘯，聞數百步。蘇門山中，忽有真人，樵伐者咸共傳說。阮籍往觀，見其人擁膝岩側，籍登嶺就之，箕踞相對。籍商略終古，上陳黃、農玄寂之道，下考三代盛德之美以問之，仡然不應。復敘有為之教、棲神道氣之術以觀之，彼猶如前，凝矚不轉。籍因對之長嘯。良久，乃笑曰：『可更作。』籍復嘯。意盡，退，還半嶺許，聞上唒然有聲，如數部鼓吹，林谷傳響，顧看，迺向人嘯也。」又《世說新語．棲逸》二：「嵇康遊於汲郡山中，遇道士孫登，遂與之遊。康臨去，登曰：『君才則高矣，保身之道不足。』」

國家圖書館出版品預行編目資料

一種風流吾最愛：《世說新語》今讀 / 劉強著.
-- 初版. -- 台北市：麥田出版：家庭傳媒城
邦分公司發行, 2011.08
面； 公分. -- (麥田文學；249)

ISBN 978-986-120-938-8(平裝)

857.1351　　100013885

麥田文學 249

一種風流吾最愛——《世說新語》今讀

作者	劉強
責任編輯	洪禎璐
副總編輯	林秀梅
編輯總監	劉麗真
總經理	陳逸瑛
發行人	涂玉雲
出版	麥田出版 城邦文化事業股份有限公司 104台北市中山區民生東路二段141號5樓 電話：（886）2-2500-7696 傳真：（886）2-2500-1966、2500-1967
發行	英屬蓋曼群島商家庭傳媒股份有限公司城邦分公司 104台北市中山區民生東路二段141號2樓 客服服務專線：(886)2-2500-7718；2500-7719 24小時傳真專線：(886)2-2500-1990；2500-1991 服務時間：週一至週五上午09:30-12:00；下午13:30-17:00 劃撥帳號：19863813；戶名：書虫股份有限公司 讀者服務信箱：service@readingclub.com.tw
麥田部落格	http://ryefield.pixnet.net/blog
香港發行所	城邦（香港）出版集團有限公司 香港灣仔駱克道193號東超商業中心1樓 電話：(852)2508-6231 傳真：(852)2578-9337 E-mail：hkcite@biznetvigator.com
馬新發行所	城邦（馬新）出版集團【Cite (M) Sdn. Bhd. (458372U)】 11, Jalan 30D / 146, Desa Tasik, Sungai Besi, 57000 Kuala Lumpur, Malaysia. 電話：(603)9056-3833 傳真：(603)9056-2833
設計	蔡南昇
印刷	前進彩藝有限公司
初版一刷	2011年8月9日

定價399元
ISBN：978-986-120-938-8
版權所有・翻印必究（Printed in Taiwan）
本書如有缺頁、破損、裝訂錯誤，請寄回更換

城邦讀書花園
www.cite.com.tw